昭和前期女性文学論

林芙美子❖岡本かの子❖宇野千代❖尾崎翠❖ささきふさ❖中本たか子❖平林たい子
佐多稲子❖八木秋子❖宮本百合子❖小山いと子❖牛島春子❖川上喜久子
森三千代❖田村俊子❖大田洋子❖阿部静枝❖野上弥生子❖真杉静枝❖岡田禎子
中河幹子❖辻村もと子❖原阿佐緒❖大谷藤子❖吉屋信子❖網野菊❖矢田津世子

新・フェミニズム批評の会

翰林書房

はしがき

本書は『明治女性文学論』（翰林書房、二〇〇七年）、『大正女性文学論』（同、二〇一〇年）に続いて、近代女性文学論シリーズの第三弾となる。

一九九一年に発足した新・フェミニズム批評の会では、フェミニズム／ジェンダー批評を取り入れて文学作品の再評価や発掘をはかると同時に、これまで女性作家やその作品を正当に評価してこなかった日本の文学史の書き換えを目指してきた。その成果として『樋口一葉を読み直す』『『青鞜』を読む』（共に學藝書林）の刊行に続き、先の二冊の女性文学論を刊行するとともに、会発足から二〇年を迎えた年、東日本大震災とその直後の福島第一原発の事故に遭遇し、今日の文明そのものを問い直す意味から『〈3・11フクシマ〉以後のフェミニズム――脱原発と新しい世界へ』（御茶の水書房）を刊行するなど、研究活動を続けてきた。

これまで近代日本の家父長制によって市民的な権利を与えられることなく、教育や文化、生活や風俗にいたる様々な領域に浸透したジェンダー規範に縛られ自己確立が困難であった明治期の女性たちが、女子教育の進展や家父長制国家の揺らぎのなかでしだいに自我に目覚め、自己主張の声を上げ始めた。明治末の『青鞜』創刊に象徴的に示されているように自らの表現の舞台を獲得し、大正期にはそこに育まれた多くの女性作家達が、デモクラシーの高揚とも相まってその才能を開花させてきた。本書では、そうした成果を継承した昭和前期の女性文学の多様な展開を探っている。

昭和は、一九四五年の敗戦がもたらした社会構造の大転換があるため、ここでは一九二〇年代半ばから四〇年代半ばまでの約二〇年間に絞っている。この時代は、世界資本主義の飛躍的発展や第一次世界大戦前後のグローバル化の進展によって社会が大きく変容した時代である。それは一九二三（大正一二）年の関東大震災による帝都の崩壊と、その後の新しい都市空間の創造に象徴的に表れているといっていいが、こうした変化は文学にも大きな影響を与えた。

まず、第一次世界大戦前後の急速なグローバル化による欧米文化の流入で、文学芸術のみならずスポーツ、大衆芸能、風俗など社会のあらゆる分野で近代化が一挙に進み、大衆社会化現象が進展して、モガ・モボに見られるようにモダニズムが流行現象となった。なかでも「放浪記」で一躍文壇の寵児となった林芙美子、〈模倣の天才〉から独自の境地を拓いた宇野千代、短歌から出発し、この時期には小説に心血を注いだ岡本かの子、さらに独特の感性で人間存在を捉えようとした尾崎翠などは、まさにモダニズム文学の代表的な作家といえよう。

また、この時代は機械化の進展に伴う合理化や管理の強化により労働環境が一変し、世界的な労働運動の盛り上がりやロシア革命以後のマルクス主義の高揚によって、プロレタリア文学が文壇を席巻した。ソヴィエトから帰国後マルクス主義の立場を鮮明にした宮本百合子をはじめ、「キャラメル工場から」に描かれたような貧しい生活体験をもつ佐多稲子や、アナキズムからマルクス主義者となった平林たい子、横光利一に師事しモダニズムの洗礼を受けた中本たか子のようなプロレタリア女性作家も登場した。

さらに第一次世界大戦で戦勝国となった日本は、日清・日露戦争で獲得した領土に加え、ドイツ領であった南洋諸島を委任統治下におき、さらなる植民地帝国として版図を広げていった。この時代、真杉静枝、平林たい子、川上喜久子、牛島春子、森三千代など父や夫とともに「内地」を離れ、朝鮮や満洲、台湾や「南洋」などに赴きそこでの生活を通し、〈帝国〉日本を外部から見る視点を獲得した女性作家も少なくない。また、田村俊子は日中戦争下の中国に渡り、中国女性の解放という目標を掲げて『女聲』刊行を続けた。

一方この時期は、大戦後の不況に続きニューヨークの株価大暴落に始まった世界的な大恐慌のなかでファシズムが台頭し、満洲事変から日中戦争、太平洋戦争へと足掛け一五年にわたる侵略戦争に突き進んでいく時代となる。日中戦争以降、総力戦体制のもと文学者も国策遂行に動員されたが、吉屋信子や林芙美子、真杉静枝、岡田禎子らのように戦地に赴き、戦争協力的な文章を書いた女性作家たちも少なくなかった。女性は二流国民として抑圧されている存在であるからこそ、女性誌『輝ク』を母胎とした輝ク部隊のように主体的に国策を担おうとし、その自己実現や女性解放への希求が国家にからめとられていったことも否定できない。

しかしほとんどの文学者が時局に迎合する中で、国家の要請に背を向け、あるいは逸脱し抗争する抵抗の表現を紡ぎ出した女性作家の存在も、忘れてはならないだろう。それは非転向を貫く獄中の夫を支え、戦時下の厳しい言論統制のなかでも抵抗の姿勢を保持した宮本百合子や、警察の不当な拘留で瀕死の状態に陥り、保釈後も闘病生活のなかで戦争協力的文章を一切書くことは無かった平林たい子などである。また、戦争協力に加担したとはいえ、女性抑圧に対する批判とシスターフッドを貫いた吉屋信子、家父長制社会への批判を手堅いリアリズムで描いた大谷藤子などのほか、野上彌生子のように、検閲を逃れるぎりぎりの表現によって時局への批判を試みた作家もある。

本書の構成を、「Ⅰ関東大震災以後のモダニズム」、「Ⅱプロレタリア文学――労働・闘争・抵抗」、「Ⅲ帝国の〈外地〉と〈内地〉」、「Ⅳ戦争とジェンダー」、「Ⅴ女性文学の成熟と展開」の五章としたのは、かつてない激動の時代の中で複雑かつ多様な女性たちの表現や活動を捉えようとしたためである。〈母性〉の表現に新境地を開いた歌人・中川幹子、妻の不幸を自然主義リアリズムの手法で描いた網野菊や、「妾もの」でフェミニズムに通じる新しさを見せた矢田津世子などは最後の第Ⅴ章に収めた。

もちろんこの期の女性作家たちにはそうした範疇に納まりきれないまだまだ多様で豊かな展開と発展があったことも確かである。とりわけ円地文子、壺井栄、中里恒子、芝木好子などが入れられなかったことはまことに残念である。今後、さらなる研究を重ね、戦後編でとりあげ補っていきたいと考える。

今日、米ソ冷戦構造の崩壊後、グローバリゼーションの進展と市場原理主義に基づく新自由主義経済の席捲により、合理化や競争が労働環境を変え、格差と貧困が世界的に深刻化している。と同時に、それらが生み出した偏狭なナショナリズムやレイシズムとも絡み合いながら、テロとそれに対する報復という新たな戦争の危機が拡大している。それは本書で対象とした昭和前半の時代相とも重なるところがある。九〇年代以降、自衛隊の海外派遣を認め、歴史の書き換えや教育・メディアへの政治権力の介入が進むなか、二〇一五年には集団的自衛権の行使を可能とし戦争のできる国へと道を開いた安全保障関連法が制定され、現在、その総仕上げとして平和憲法の改悪すらも目論まれているからである。

本書の編集にあたっては、戦後七一年を経過した今、かつてのような時代を再来させてはならないという強い思いを込めている。読者の皆様のご批判、ご叱責をいただければ幸いである。

最後になりましたが、厳しい出版状況のなか快く出版の労をおとりくださった翰林書房の今井肇氏、今井静江氏に、心より御礼申し上げます。

二〇一六年一〇月

新・フェミニズム批評の会編『昭和前期女性文学論』編集委員

岩淵宏子　岩見照代
岡野幸江　北田幸恵
小林裕子　中島佐和子
長谷川啓　矢澤美佐紀
渡邊澄子　渡邉千恵子

昭和前期女性文学論◎目次

Ⅲ　帝国の〈外地〉と〈内地〉

Ⅳ 戦争とジェンダー

V　女性文学の成熟と展開

I

関東大震災以後のモダニズム

方法としての〈放浪記〉――林芙美子『放浪記』の時代

岩見照代

1　はじめに

関東大震災（一九二三年九月一日）に乗じて、強権によって社会主義者や「朝鮮人」が虐殺された。震災後には、都市中産階級を基盤とした消費主体の生活様式と、新しい社会風俗が出現した。この震災前後の日記に基づいて書かれた、林芙美子の『放浪記』は、アヴァンギャルド芸術だけでなく、「私達が私生児を生めば皆そいつがモダンガールだよ」と、差別や不安を内包していたモダニティの矛盾を日常的身体において生きていた、これまで語られることのなかった階層の女たちの経験についても、多くの素材を提供してくれる。

一九三〇年三月二七日の『讀賣新聞』に、「尖端を行く！ 女流各派文芸講演会」開催の社告が出た。「マルキシズム――中本たか子、芸術派の陣営――吉屋信子・岡田禎子・三宅やす子、ダダイズム――林芙美子、アナーキズム――望月百合子、形式主義――中河幹子、詩人――深尾須磨子、ジャーナリズム――北村兼子」と、いったメンバー構成である。ここには、プロレタリア文学・ダダイズム・アナーキズム・新感覚派、その他うまく分類できない「芸術派」と、昭和前期の女性作家や詩人の文学的立ち位置もみてとれる分類である。讀賣新聞文芸部主宰、入場料五〇銭のこの社告は、二八日・二九日と続けて掲載された。ところがこのメンバーの中で、芙美子一人だけが、翌二八日から「ニヒリズム陣営より」と変更されていた。まだ『放浪記』は出版されておらず、『蒼馬を見たり』（南宗書院、一九二九・六）の詩人として注目されていた時代、芙美子は、「今日も南天堂は酔いどれでいっぱい。辻潤禿頭に口紅がついている。浅草のオペラ館で、木村時子につけて貰った紅だと御自慢。集まるもの、宮島資夫、五十里幸太郎、片岡鉄兵、渡辺渡、壺井繁治、岡本潤。五十里さん、俺の家には金の茶釜がいくつもあると怒鳴っている」（『新版 放浪記』第三部。引用は新潮文庫版を採用。以下同じ）と、南天堂に集っていたダダイストたちを作品の中に、多く登場させていた。壺井繁治や岡本潤、そして『放浪記』に何度も登場する萩原恭次郎たちが中心となった詩誌『赤と黒』は、「詩とは？ 詩人とは？我々は過去の一切の概念を放棄して、大胆に断言する！『詩とは爆弾である！詩人とは牢獄の固き壁と扉とに爆弾を投ずる黒き犯人である！』」という宣言を掲げて、震災前の一九二三年一月に刊行された。震災後に、萩原恭次郎が村山知義の『マヴォ』に編集を協力しはじめた一九二五年六月号には、芙美子（詩「酔醒」他）、岡本潤、陀田勘助、野村吉哉、壺井繁治と、『放浪記』でおなじみのメンバーも執筆を開始している。ちなみに平林たい子は、「曾つて起りし事」という互いに名前も知らずに暮らしている男女を描いた小品を、同年八月刊行の第七号に寄せていた。

『赤と黒』の「牢獄」と「爆弾」は、『蒼馬を見たり』（以下、『蒼馬』）の「序詞」[1]にも「赤い放浪記」と、「留置場」のイメージとなってしっかりと共有されていた。また生田春月が『蒼馬』の書評、「彼女の見た蒼馬」（『詩神』一九二九・一〇月号、引用は『生田春月全集第十巻』新潮社、一九三一）で、「ヨハネの見た蒼馬は死であつた」、「自殺したニヒリスト、ロオプシン」の馬は、失敗した革命の記念、死のボムベン（爆弾：岩見注）であった、そして芙美子が見た蒼馬とは、「失はれた生」であり、「過去の夢」だったと指摘していたように、たちどころにロープシンを想起させるものだった。また『蒼馬』の「序」は、近代日本のアナーキズム思想をになった石川三四郎と辻潤二人が「長い放浪生活をして来た私は血のにじんでゐる貴女の魂の歴史がしみじみと読める心地が致します」（石川）、「あなたは詩をからだ全体で書いてゐます。かう云つたらもうそれ以上のことは云はないでもい丶のかもわかりません」（辻）と、芙美子の詩を〈全身〉で受けとめていた。生田春月と事実婚をしていた生田花世も、『讀賣新聞』で、石川と辻の「序」に触れながら、『蒼馬』を「此女性の心は真夏の滝だ」と、賞賛していた（一九二八・七・一二）。『讀賣新聞』だけでなく、芙美子は、「ダダイズム」の陣営だと、誰もが認識していたのだ。翌日に「ニヒリズム」と変更を申し出たのは、芙美子にちがいないだろう。

戦後も芙美子は、「現在の私」は「ニヒリスト」であり、「私の精神の根底はアナーキイ」（『放浪記Ⅱ　林芙美子文庫』「あとがき」新潮社、一九四九）だと、終生変わらぬ自己認識を語っている。

廣畑研二が整理したように（『放浪記　復元版』論創社、二〇一二）、『放浪記』は、林芙美子の生前に刊行された版だけでも、雑誌『女人藝術』（昭和三・一〇～昭和五・一〇）連載の初出をいれて一五種ある。[2]まず『放浪記』を論じるためには、どのテキストを選べばよいのか、そのこと自体が論のスタートとなるのだが、廣畑は丁寧な校訂作業の後、「この作品には定本も完本も存在せず、二十年にわたり書き継がれた執筆史こそ放浪記なのではないか」（「解説」『復元版』）と指摘した。私も改稿してゆく過程全体を〈放浪記〉と考える。そのため、引用は、現在もっとも流布している「新潮文庫」版を採用した。本稿では、詩人として出発し、終生詩を書き続けた芙美子にとって、〈書くという行為《エクリチュール》〉とはなんであったのか、なぜくり返し、〈放浪記〉の時代が描かれるのか、そして〈放浪記〉で描かれたものは何か。〈放浪記〉の方法と、〈放浪記〉を通して描きたかったことを明らかにしたい。

2
〈詩人〉の成立

『放浪記』は、前年に自費出版された『蒼馬を見たり』（南宗書院、一九二九・六）や、その他の詩も多く引用された「歌日記」である。芙美子は、「私は放浪記の生涯を土台石的なものに考へます」（「私の仕事――自作案内書」『文芸』

一九三七・八、後『心境と風格』創元社、一九三九）という。「「放浪記」の生涯」とは、たとえば「共同生活してゐたとき子と云ふ女に別れて、私は二日も飢ゑてゐながら、なほかつ詩を書いて、飢ゑをまぎらし」、「自殺のやうなこともした」というように、どんな飢えの中にあっても、〈書くこと〉を放棄しなかった生活である。そうしたギリギリの生活の中で、芙美子は書くことの体験を、次のように語っていた。

自分が何故こんなところにいるのか判らない。（中略）越し方、行末のことがわずらわしく浮び、虚空を飛び散る速さで、瞼のなかを様々な文字が飛んでゆく。

速くノートに書きとめておかなければ、この素速い文字は消えて、忘れてしまうのだ。仕方なく電気をつけ、ノートをたぐり寄せる。鉛筆を探しているひまに、さっきの光るような文字は綺麗に忘れてしまって、そのひとかけらも思い出せない。また燈火を消す。するとまた、赤ん坊の泣き声のような初々しい文字が瞼に光る。（中略）物柔らかな暮しというものは、私の人生からはすでに燃えつくしている。自己錯覚か、異様な狂気の連続。ただ、落ちぶれて行く無意味な一隅。（中略）自分の生きかたが、無意味だと解つた時の味気なさは下手な楽譜のように、ふぞろいな濁った諧音で、いつまでも耳の底に鳴っているのだ。

「ノートに書きとめておかなければ、この素速い文字は消えて」しまうと、書こうとすれば忘れてしまい、「燈火」を消せば、また「赤ん坊の泣き声のような初々しい文字が瞼に光る」。この力弱く単調だが、繰返し書くことを強いられる体験とは、特定の作品の開始を語ろうとしているのではない。「光るような文字」は、あまりの素速さで消え去るため、何ものをも名づけることがない。しかし「自己錯覚か、異様な狂気の連続」を招来するような、「文字」でそれへと近づくことが困難な体験は、「いつまでも耳の底に鳴っている」音のように、終わることがない。「ふぞろいな濁った諧音」が、聞き取れる〈音〉になるまで、芙美子は待つしかないのだ。こうした書くことの特異な体験は、ブランショに倣って言えば、「この雷撃のごとき瞬間は、作品の噴出として、その全体的現存として、その「同時的ヴィジョン」（マラルメ『骰子一擲 序文』の引用）として、作品から噴出する」（粟津則雄・他訳『文学空間』現代思潮社、一九八六）のだ。

「同時的ヴィジョン」の接近という、言いあらわしがたい何かを含む体験、この体験は到達することが不可能な体験でもあるが、この体験を持った詩人は、もう書くことを止めることができない。芙美子は、次のように自問する。「私は本当に詩人なのであらうか？詩は印刷機械のやうにいくつでも書ける。只、むやみに書けると云ふだけだ。一文にもならない。活字にもならない。そのくせ、何かをモーレツに書きたい。心がその為にはじける。毎日火事をか、へて歩いてゐるやうなものだ」、「私はかひこのやうにまで糸を吐いて死ぬ」、「書く。ただそれだけ。捨身で書くのだ」と決意し、「書く」という「ただそれだけ」の行為を、かいこのように、「糸を吐いて死ぬ」まで止めることができないと書く。「私はつくり始めの詩稿から全部もつてゐますが、旧作が一番なつかしく思ひます。（中略）私は私の生活のキロクである一枚の古い詩稿でも命なのです」（『日本詩人』一九二六・三。引用は野田敦子編『ピッサンリ』思潮社、二〇一三）という。ブランショはまた、「日記（強調はブランショ）は、作家が、自分が危険な変身にさらされているのを予感した場合に、自己確認のために打ちたてる一連の目印をあらわして」おり、「日記を書く作家があらゆる作家中もっとも文学的だなどということが起るが、おそらくそれは、彼等が、文学が時間の不在の幻惑的な君臨であるとき、そのようにして文学のかかる極限を避けているから」だという（『文学空間』）。〈放浪記〉の時代とは、そうした「書く。ただそれだけ」というエクリチュールの本源的な体験を、絶えず生き直すために、「私の頭の中はいま真空だ。危急なものが流れこんで来そうに思える。その危急なものをまとめてみたいと日夜考えてゐるのだけれどもその正体をつかむまでに至らない」と、幾度でもくりかえし〈立ちかえっていく／いかねばならない〉原点だったのである。芙美子は、こうした〈文学空間の接近〉を書きとめた原《ウル》歌日記＝〈放浪記〉を、終生手放すことができなかったのだ。

3 「心の経験」

昭和二一年一〇月、戦後直ぐに、改造社から『放浪記』が刊行された。廣畑は、この出版は、「憲法公布にあわせ、横浜事件で解散させられた改造社と、芙美子による放浪記の復活・復刊版」（『復元版』）だと指摘していた。芙美子はこの戦後版にも、「私はもう一度捨身の「放浪記」時代の心に戻りたいとおもひます」、「このころの野性的な私の文藝心をふくいくと感じる」と、〈放浪記〉時代の「文藝心」を、再確認しようとしていたのだ。この〈文藝心〉のありようを、芙美子が初めて明瞭に意識化したのが、一九三三年八月に『婦人公論』の「わが身上相談」で言及された、「心の経験」の一節である。

この頃の心のやりばにして、私はウォルター・ペイターを読んでいます。「ウォルター・ペイターは少数の中の特異な芸術家で、我々は彼の生活の中に芸術に対する芸術家の生活の極度の謙譲の例を見出す。彼の生活は、あたかも多量の潮を容いれるために平かになった満潮時の海のように心の経験が深くなればなる程かえって静まった」と云う一節があったけれども、心の経験がペイターの日蔭であるならば、ペイターも案外ロマンチストに違いない。だが、そんなところが魅力なのか、ペイター研究は仲々愉しい。

芙美子が言及している「ペイター研究」は、工藤好美の『ペーター研究』（京文社、一九二四）であるが、工藤はこの三年後に、書名を『ウォオルター・ペイタア』と改めて岩波書店から改訂版を出している。都築佑吉が指摘していたように、大正末期から昭和初期にかけて、日本のペイター・ブームは、本間久雄、矢野峰人、土居光知、工藤好美などの研究や訳業と相呼応して、「ペイター・カルト」といわれたほどの活況ぶり（「最近の本邦におけるペイター研究（3）」（『群馬大学教育学部紀要 人文・社会科学編』第34巻一九八六）で、上田敏も『渦巻』（大倉書店、一九一〇）に、ペーターの『ルネッサンス』の「結論」の思想をほとんどそのままに写し出している（（1）「序論」『同前』一九八四）という。上田敏の引用箇所の一部は、「人間の心は渦巻のやうだ。経験が刻付ける印象の為に、感覚と感情と思想の波は、眩むばかりの回転をしている。此世に真の現実と言へる物は、只一瞬間、一刹那の鋭い知覚であるが、はつと思ふ間に、其知覚は消えて、過去の闇に没して了ふ」と、「渦巻」のような「心」に言及していた。ちなみにペーターは、「心の経験」という言葉は使っていない。芙美子は、ペーターの評論そのものではなく、「彼の生活は、あたかも多量の潮を容いれるために平かになった満潮時の海のように心の経験が深くなればなる程かえって静まった」という工藤の評論に刺激を受けていたのである。ささきふさも、大正一五年に、「近代に生れて、多少ともウオルター・ペーターの洗礼を受けぬものはあるまい」（「多点的存在」『婦人画報』六月号）と、特集テーマは「モダアン・ボーイの側面観」であったが、「瞬間」的、「一刹那」的存在としてのモダンボーイを論じるために、ペーターに言及するほどであった。当時編集長をしていた八重樫昊《ヒロシ》が、この号の「或る日の対話」（「編集後記」）で、「林芙美子さんの「わが身上相談」はい丶ものでせう?よんでゐる中に心の芙《ママ》（芯）がシンと静まつて来るのを感じますよ」と、「私の身上話」全体から受ける印象を的確にコメントしていた。

この引用は、『旅だより』（改造社、一九三四）に「小さき境地」として改稿され、『林芙美子選集　第五巻』（改造社、一九三七）に、「追ひ書き」として収録された。この『第五巻』には、「追ひ書き」のほかに、「放浪記に就て」があり、更に「あとがき」がある。結局、後書きが三つもあることになる。「末尾に「追ひ書き」として一章を加へてみましたが、これは、巴里から帰へつた当時の、私の身上話で、（中略）これもある時代の私の心境だつたので、追ひ書きとして入れておきました」と、わざわざ当時の「私の心境だつた」と断っていた。以後、この「追ひ書き」は、芙美子生前刊行の『放浪記』すべてに収録されている。廣畑は、この『第五巻本』は、「各章タイトルと年次をすべて抹消し」、「正続の区分も取り払ったため、全29章の歌日記物語短編集が、年次不明の歌日記」になってしまい、放浪記刊行史上、最も大きな改作と改稿を施したにも関わらず、芙美子が、「あまり手を入れませんでした」というのは、検閲当局による強制的な改作であり、こうした反語的表現をしたと指摘し、この「追ひ書き」は「放浪記を構成するものではない」（「前書き」『甦る』）と、『復元』版から削除した。しかし芙美子は、〈放浪記〉に具体的な年次をいれて、「日記」として甦らせたかったのではない。過去の〈歌日記〉を日付に関係なく分解して、散文の水平的な時間を断ち切って、垂直的な時間をもつ詩を挿入し、母との濃密な愛情関係や、恋愛や嫉妬、飢えた経験などをモンタージュ的手法で、〈作品〉化しようとしていたのだ。原《ウル》日記を読み直す過程で、芙美子があらためて発見したのが、「噴出してゐる文字の力」（『第五巻』の「あとがき」）である。

この〈日記〉を〈作品〉化する方法を、芙美子が明確に認識をしたのが、「心の経験」という概念である。「わが身上相談」を書いた一九三三年は、芙美子の私生活でも大きな変化があった年である。『放浪記』の印税を得て、一九三一年一一月四日から、朝鮮・満州・シベリヤ経由で渡欧し、一九三二年六月一六日に海路で帰国するまで、主にパリに滞在していた異文化体験は、あらためて芙美子に、〈外〉から〈日本〉を考える大きな視点を与えていた。一九三三年、義父沢井喜三郎と一時同居したり、共産党に資金の寄付を約束した疑いで、中野警察署に留置される（九月四日〜一二日）。釈放まもなく義父が亡くなり（一一月三日）、母キクとの同居生活がはじまっていた。『わたしの落書』（啓松堂、三月）、五月には改造社から『三等旅行記』・『放浪記・續放浪記』・『清貧の書』、そして八月には第二詩集『面影』（文学クオタリィ社）と、矢継ぎ早に『放浪記』と『蒼馬』の時代に重なる作品を刊行している。

この年、『婦人画報』三月号は、「母と子の愛情号」という特集を組んだ。この号の「母を語る」欄（他に岡本かの子・野上弥生子）に、芙美子は、「私の母はキクと云ひます」というタイトルで、渡欧にあたって、あらゆる種類の「お札」をもたせた迷信深い母や、カタカナだけで書かれた愛情に溢れた手紙、幼い日には腕力でしつけされたことなど、飾らぬ筆で率直に母親を紹介している。中流以上の階層をターゲットにした『婦人画報』にすれば、芙美子の母のような存在は、きわめて異端であった。『面影』に、芙美子は次のような詩を所収している。

「歴史」
　一九三三年の頃――
林芙美子と云ふ女が生きてゐた
　キクさんと云ふ母親がひとりゐた。

「私の「放浪記」は、別れてゐる母へ送る手紙のやうなもの」という芙美子は、「歴史」に、「キク」という母の名前を書き記した。林芙美子とキク。実父が認知しない私生児と、父親の違う私生児を二人も産んだ女。父性的血縁関係からみてこれほど異端的な存在はなく、無名性を帯びた〈名前〉はない。しかし、「ゐた」という現実的で女性的なものが詩の真ん中を貫いているのだ。「一九三三年の頃」という、直線的で連続した歴史の中に、血統や家名など、既存の制度で獲得されたアイデンティティーではなく、一人一人が唯一の存在として、かけがえのない「ひとり」の始まりを大切にする、もう一つの〈歴史〉を対置したのである。「追ひ書き」を収録した『第五巻』刊行半年後に、芙美子は、「一人の生涯」の連載をはじめている（『婦人之友』一九三八・一〜五）。『一人の生涯』（創元社、一九四〇）の「あとがき」に、「自伝的なスタイル」で「私のいままでの生活から数々のヒントをとらへて、深い波のままに、おもひきり抒情の海に溺れて書いた作品」だという。ペーターをロマンチストだと評し、「平かになった満潮時の海」のイメージを書いた「わが身上相談」を彷彿とさせる「あとがき」である。芙美子は、物語られる過去の記憶が、「抒情の海」として湧出してくるほど、生き生きとした「心の経験」を描こうとしていたのだ。「自分としてはおしみなくこの作品に青春をかたむけ尽した感じがしてならない」ともいうが、この時重要なのは、体験の〈事実〉ではなく、芙美子が〈いま〉保っている「心の経験」との関係である。『一人の生涯』は、最後に「生きて生活してゐることだけが、私には辛じて信じられる私の「道」でありうるとおもふきりです。（中略）いまは、私自身の生き動いてゐる後姿を、もう一人の私が、ぢつとみおくつてゐるかたちでもあるのでせう」と書く。この時芙美子は、「自伝」という過去の出来事を書く〈私〉と、書きながら〈過去〉を追体験する〈私〉の存在の二重性を認識していたのだった。つまり、記憶のイメージの持つ圧倒的な力によって、「記憶するわたし」が記憶の中に取り込まれることで、過去の「心の経験」と、現在の「心の経験」との距離を見きわめ、「私」は「いま」、なぜここにいるのか問おうとしていたのだ。

ところで、過去はなぜ何度も反復されるのか。たとえば、エルンスト・ブロッホは「わたしたち自身は過去と未来の間の時間の海を動きつつ泳ぎ抜けてゆく中心であり、わたしたち自身いかなる生きられた瞬間にあってもこの中心にいるのであって、わたしたち自身は影、隠された芽」だと、意識の表層をなぞるだけではとらえきれない重層的、流動的な現実を、〈生きられた瞬間の暗闇〉という認識論上のアポリアとして、前景化していた（好村冨士彦訳『ユートピアの精神』白水社、一九九七）。かつての経験は、たとえそれがもはや現在あるものとして意識されなくとも、存続し作用しつづけることをやめない「**体験そのものの暗闇**」（強調はブロッホ）であり、私が生きたのではない過去、私が経験することのできなかった過去を内包しているから、反復可能なのだ。「体験そのものの暗闇」を想起しようとするたびに、無意識下の細部が記憶の底から取り出される。それは単に忘れられていた過去を想起することではない。そこには重大な何かを想起させようとする力がある。作為的には取り出すことができない記憶のかけらが、〈ノスタルジー〉という媒介物を通して明るみに出てくるのだ。芙美子は、改稿によって、通常の時間を切断し、鼓動する心臓のリズムとともに刻まれるような「心の経験」を書き、「私自身の生き動いてゐる後姿」を、再確認し生き直していたのだ。

芙美子は、一九三九年『決定版 放浪記』の「はしがき」で、「この「放浪記」は昭和四年の六月に出版された」と書いていた。『放浪記』が初めて単行本になったのは、「昭和五年七月」。昭和四年六月は、『蒼馬を見たり』の出版である。この「序詞」は、「忘れかけた風景の中に／しほしほとして歩ゆむ／一匹の蒼馬よ！（中略）めまぐるしい騒音よみな去れっ！／生長のない廃屋を囲む樹を縫つて／蒼馬と遊ぼうか！／豊かなノスタルヂヤの中に」と、「蒼馬」が「豊かなノスタルヂヤ」の象徴として表出されていた。両書ともに、「旅愁／ノスタルヂヤ」を書いていたのだから、刊行年を誤ったのも、「心の経験」の作用だといっていいだろう。次節で、この「ノスタルヂヤ」の問題を考えてみたい。

4　方法としての〈帰郷〉

『放浪記』の序文となった「九州炭坑街放浪記」（『改造』一九二九・一〇）の原型的エッセイ、「洗濯板――一つの追憶から――」（『文芸戦線』一九二八・一〇）を見ておこう。「慰さめもない私には、追憶は一つの新しい力だ。／思ひ出を拡げる事は、汚れた布を引つぱり出すやうなものだが、私はいつもその汚れた布を洗濯板にかけて、透きとほる程綺麗に洗ひあげたいやうな気がする」、「――こんな古臭い話はけつして面白いものではないが、私は此の小さな追憶の根から花をもつた、今の佗しい生活を思ふと、せめて遠い昔の生々とした追憶の中からでも、新しい力を私は見出さうとしてゐるのです」と、ここには、芙美子の創作方法が、凝縮して語られていた。「思ひ出を拡げる事」とは、一度書かれた経験を再び思い出すことだが、それはどのように「汚れた布」であっても、いくども繰り返し、「透きとほる程綺麗に洗ひあげ」ることができるという。「思ひ出」とは、差異化しながら反復できる新しい「過去」なのだ。だからこそ、「私は十二三の少女時代にすごした、あの貧しい泥まみれな生活を思ひ出すと、じくじくした今の心に、ジン……と新しい油をそゝがれるやうな気がするのです」と、その思い出がどんなに貧しく泥まみれなものであっても、「追憶」は、新しい力となって、生き直したいという欲望をかきたてるのだ。この「追憶」の力が、「豊かなノスタルヂヤ」として、「遠い古里の蒼い馬」に表象されていたのである。

芙美子自身が『放浪記』の発行日を、『蒼馬』の刊行日と錯覚するほど、『放浪記』も冒頭からノスタルジアに溢れていた。「北九州の或る小学校で、私はこんな歌を習った事があった。／更けゆく秋の夜　旅の空の／侘しき思いに　一人なやむ／恋いしや古里　なつかし父母／　私は宿命的に放浪者である。／私は古里を持たない」。ところで、芙美子が小学校時代の明治末年、文部省唱歌としてよく歌われていたのは、芙美子が引用した犬童球渓訳詞の「旅愁」ではなく、高野辰之作詞の「故郷」である。一九一四年に発表されたこの唱歌は、「兎追ひし彼の山／小鮒釣りし彼の川」ではじまり、「志を果たして」という節を含んでいる。しかし内田隆三は、この唱歌は「そう単純に立身出世主義」を志向していないという。唱歌『故郷』が登場するのは、「交通のシステムや複製イメージのメディア」に媒介され、国境を超えて広がる「抽象的な社会空間」が成立しはじめたときで、「『故郷』の歌が人びとの記憶の領域に刻みこむ「故郷」の形象も、そうした抽象的な社会空間のなかではじめてリアルな位置を占めるような何か」であり、『故郷』の歌の世界は、「あらゆる具体的な要素を省略し、地域の個別性や経験の特殊性から自律し、浮きあがった、きわめて一般的・抽象的な「故郷」で、「無──場所としての「故郷」はイメージの形象としてしか存在しえない」と指摘していた（『国土論』筑摩書房、二〇〇二）。[4]

両歌詞とも、一度として存在したことのなかった「故郷」に対する憧れのイメージは共通している。しかし、唱歌「旅愁」に際立つ感情は、ノスタルジアである。だから芙美子は、遠く離れているときにだけ存在する、故郷への思慕を歌った「旅愁」を選んだといえる。帰国後まとめた『私の紀行』（新潮社「文庫版」、一九三五）の「序」には、「旅へ出て旅空の虚妄のなかにありのまゝをつかむたのしさは、これこそ私のなつかしい天国であり、旅愁癖となつてくるのだ。／私のたましひは旅愁の渦のなかにのみ生々としてゐるやうである。（中略）私は旅だけがたましひのいこひの場所となりつゝあるのを感じてゐる」と、「旅愁」と「旅空」が、「私のなつかしい天国」というユートピア像と二重写しになっており、「旅空の虚妄のなかにありのまゝをつかむたのしさ」が、〈放浪〉の喜びであると語っていたのだ。山崎行太郎は、「林芙美子の『放浪記』の中にあるのは、ハイデガー的な「存在喪失」と「存在の発見」という問題」で、モーゼの旅は、「放浪と旅の中に、存在があり、存在の回復」があるように、「林芙美子の『放浪記』もまた、一種の『出エジプト記』にほかならない」と指摘していた。（「林芙美子の『放浪記』を、ハイデガー哲学で読み解く」『世界の中の林芙美子――林芙美子生誕百十周年記念』日本大学芸術学部図書館、二〇一三）。

5　「母さんの思想に生きる」こと

「決定版」として刊行された『放浪記』（一九三九）の「はしがき」には、次のような詩が書かれている。

匂ひを嗅ぐためには鼻があり／ものを見るには二つの眼がある
美しい音楽をきく耳のほかにも／味覚や感覚が与へられてゐる
わたしは少しも淋しくはないのだ。
怖ろしい孤独のなかにおちこんでゐても／わたくしは友だちをほしいと思つたこともないのだし／哀愁や憂欝のそこから／わたしはわたしの歌をさがして唄ふことも出来る／憂愁の海のなかには悠々と今日も／わたしの偏愛号《パシオン》が航海してゐるのだ。

身体感覚は、「匂ひ」「眼」「耳」「味覚」のように、さまざまな感覚器官の刺戟をうける。印象の強烈さや、感覚の微妙な鋭さを生きたこの瞬間、この場所を、生々しい感覚作用に忠実な言葉に鍛え直し、「哀愁や憂欝のそこから」、「わたしはわたしの歌をさがして唄ふ」という。「憂愁の海」という、意識の虚空に向って収斂するような風景の中心のなかで、「悠々」と、航海している「偏愛号《パシオン》」とは、「人間ぎらひの私でありながら、遠くから人間を愛してゐる私でもあつた。人間に対する観念的な私の偏愛は、この「放浪記」のなかの到るところに発見出来るであらう」というように、「坑夫上りの狂人」や「親指のない淫売婦」、「鮮人長屋」の人たちなど、弱者の受苦に感応できる情念《パシオン》であり、連帯の情であった。「哀愁や憂欝」といった「憂愁の海」という「郷愁《ノスタルジア》」が、芙美子の夢想の中心にあるものだったのだ。

『一人の生涯』には、「貝殻一族も、どれもこれも私生児ではないのかとふつと考へる時があります。大きな、この、大宇宙のなかに、『人間』のみが壮大な戸籍を持つてゐて……私は、貝殻や草や花と同じやうに、夏の初めに生れて来ました」と、「私生児」問題を正面から取りあげていた。「不動の姿で生れて来たわたしではあるけれど、／海には海の秩序があり、／山には山の、川には川の支配があつた。生れて來たわたしに／いつたい何の罪や罰があるのだらう。／秩序や、支配や、規律は、幸福な者のみに存在してゐるやうだつた。／わたしもまた人類の一派生である。（中略）子供は毎日生れてゐる、／色々な女から、女の美しい夢のなかから、わたしは、わたしの母を何で侮蔑することが出來るだらうか！」と、「海」や「山」や「川」という自然の太古の「秩序」にそえば、欲望や、セクシュアリティには、何の貴賤もない。芙美子は産む性としての女の身体を際立たせ、〈女／私生児〉に対して投げかけられる、社会的まなざしに抗して発話の主体として、身体《カラダ》としての自らの経験を語ろうとしていたのだ。

私は無政府主義者だ。／こんなきゅうくつな政治なんてまっぴらごめんだ。人間と自然がたわむれて、ひねもす生殖のいとなみ……それでよいではございませんか。猫も夜々を哀れにないて歩いている。私もあんなにして男がほしいと云って歩きたい。

箒で掃きすてるほど男がいる。／婆羅門大師の半偈の経とやら、はんにゃはらみとは云わないかな……。

蛆が湧わくのだ。私の躯に蛆が湧くのだ。

これまでものを言わぬ身体《カラダ》であった女の身体は、「はんにゃはらみ」と、お経をパロディー化して妊娠を語りはじめ、「蛆が湧く」という異様な女の身体を提示して、身体とイメージの再生産に抗議し、一方的に見られる存在であった女の身体に亀裂を走らせたのだ。身体《カラダ》は、社会の制度のなかで、道徳や慣習、文化やテクノロジーのあいだで構築されている。とりわけ家族は、生をめぐる統治システムに欠くことのできない装置である。私生児という統治システムの〈外部〉におかれた芙美子は、幼児的な孤独の生の充足を、母との紐帯に求めて生きてきた。

また「どんなに私の思想の入れられないカクメイが来ようとも、千万人の人が私に矢をむけようとも、私は母の思想に生きるのです」という。キクは、芙美子の実父宮田麻太郎よりも一四歳年上、また芙美子の養父となった澤井喜三郎よりも二〇歳上で、事実婚を通している。「哀れなオッカサンが何故なぜ私を生んだのだろう。私生児と云う事はどうでもいい事だけれど、オッカサンには罪はない。何の咎める事があろう。世界のどこかのおきさきさまだって私生児を生む事もある。世の中と云うものはそんなものだ。女は子供をうむために生きている。むずかしい手つづきをふむことなんか考えてはいない。男のひとが好きだから身をまかせてしまうきりなのだ」と、処女や貞操を守ることからはみ出した二人は、結婚を強制する性愛装置としての家庭からの自由と、血縁としての母性からの自由を求めて、ひとりひとりの人間の尊厳的根拠を提示する存在だったのだ。

母の排便する姿を見て、「人間がしゃがんでいるかっこうというものは、天子様でも淋しいかっこうなんだろう。皇后さまもあんな風におしゃがみなのかねえ。金の箸で挾んで、羽二重の布に包んで、綺麗な水へぽちゃりとやるのかもしれない」と、「哀れなオッカサン」の身体は、生物としての一体感を呼び起こし芙美子の生きる感覚を激しくつらぬく。このように母の身体を通じて身体を自覚することは、生を規定し操作するものに対する戦いであり、芙美子自身の主体の構築と、〈おんな〉を語る契機となっていたのだ。「生きて生活してゐることだけ」が、「辛うじて信じられる私の「道」」(『一人の生涯』)だという〈生活〉そのものであった。

「私の詩がダダイズムの詩であってたまるものか。私は私と云ふ人間から煙を噴いているのです。イズムで文学があるものか――只、人間の煙を噴く。私は煙を頭のてっぺんから噴いているのだ」と、芙美子にとって、エクリチュールとは生きることそのもの、生存そのものである。新しいスタイルの詩を書くということは、世界への観点や、人生の見方を一新することであり、〈生〉や存在の仕方を変えることであった。そして生と身体とが、根底において同じ一つのものであるためには、「ぐいぐい陽向葵の花は延びて行つた（中略）洋々たる望を抱いて野菜箱の玉葱のやうにくりくり大きくそだつて」（「いとしのカチユーシヤ」『蒼馬を見たり』）いく、「陽向葵」や「玉葱」のように、身体をその固有の生成の力において再発見しなければならないのだ。芙美子の私生児としての孤独な感受性は、まさに権力的な感受性の対極にあったのだ。

*

芙美子は、日中戦争の最中、『毎日新聞』の特派員として、南京陥落を視察し[5]（一九三七・一二・二六〜一九三八・一・上旬）、翌年九月に「ペン部隊」の一員として上海に渡り、一〇月に「漢口一番乗り」を果たした。そして『戦線』（朝日新聞社、一九三八・一二）や、『北岸部隊』（中央公論社、一九三九・一）が刊行されるが、こうした〈戦争協力〉の姿勢を、どう考えればいいのか。たとえば阿部知二は、「日記の形のままで、北岸部隊に従って行った何日かの見聞」が、「生のままで投げ出され」、「彼女が現実から受けた感銘や、それに対する思想は、前後矛盾」さえしているが、そこに林芙美子の「面目」と、「一篇の深い魅力がある」という（「文芸時評（三）素材と詩と文学」『東京朝日新聞』一九三八・一二・二九）。私も戦争という危機的状況のなかで、芙美子が「生のまま」に〈現実〉と対峙する姿勢を、「告発型」ではなくエクリチュールの原点に立ちかえって考察することを次の課題としたい。

注

（1）『編集復刻版 日本女性詩集〔1930年〜1943年〕』（編集解説 澤正宏、不二出版、二〇一四）には、一九三〇年刊行の芙美子の詩が掲載された詩集『現代新選女流詩歌集』（太白社）、『日本女性詩人集 一九三〇年版』（詩集社）、『詩神』（詩神社）が復刻されている。『詩神』の第六巻第五号特集〈現代日本女性詩人研究号〉で、女流詩人・作家座談会がもたれた。女性メンバーを挙げれば、深尾須磨子・尾崎翠・英美子・深町瑠美子・碧静江、そして芙美子である。同時代の芙美子の目されかたは紛れもなく〈詩人〉である。

（2） この序詞の初出は、奥むめおが編集刊行した『婦人運動』（一九二八・五）で、タイトルは、「蒼馬の夢を見た」であった。その他の違いは四連目の冒頭「だけど」が、「だがね……」であったことと、途中の「古里の厩は遠く去った」で全体を二つにわけていたことである。

（3） 初出『女人藝術』（昭和三年一〇月～昭和五年一〇月）、初めての単行本『放浪記』・『続放浪記』（『新鋭文学叢書』シリーズ　改造社、昭和五年七月・一〇月）、その正・続の区分を取り払い、各章毎のタイトルと年次を消した『林芙美子選集　第五巻』（昭和一二）、新潮社から『放浪記――決定版』（昭和一四）、戦後和田芳恵主宰の『日本小説』に断続的に連載したものをまとめた『放浪記第三部』（留女書店、昭和二四・一）、留女書店版にはない「新伊勢物語」とそれに続く未発表部分を追加して第三部とした『放浪記Ⅱ　林芙美子文庫』（新潮社、昭和二四）。全三部を収録した『放浪記　全』（中央公論社、昭和二五）。

（4） 戦前の子ども向けラジオ番組（一九二五年三月―一九三〇年一〇月）でも、もっとも多く放送された唱歌のなかの一つが『故郷』であった。（内田・前掲書）

（5） 南京視察旅行の行程は、陳亜雪「林芙美子の南京視察旅行」（『内海文化研究紀要42号』広島大学大学院文学研究科附属内海文化研究施設、二〇一四・三）に詳しい。

岡本かの子『帰去来』──関東大震災へのまなざし

近藤華子

1　はじめに

一九二三（大一二）年九月一日、午前一一時五八分、関東大震災が起こった。震源地は相模湾北西部で最大震度六、マグニチュード七・九の大地震が関東地方南部を襲った。三百回にも及ぶ余震が繰り返され、多くの建物が倒壊・焼失し人々が死亡した。岡本かの子『帰去来』（初出『文藝春秋』）は、関東大震災から約一年後の一九二四（大一三）年の六月に発表された一幕物の戯曲である。作品内の「時」は、「関東大震災後二ケ月」、「所」は「中京の或るホテル」と設定されている。登場人物の名前は示されず、ともに「三十二三歳位」の第一の夫人、第二の夫人と、それぞれの息子と娘、老いたる西洋婦人が登場する。第一の夫人、第二の夫人、西洋婦人の各々が関東大震災による被災状況と現在の境遇、さらには今後について語る。

かの子は被害の特に大きかった鎌倉で被災し、その痛切な体験を短歌、戯曲、随筆に描いている。[1] 戯曲は本作と『黄昏前後』（初出『新小説』一九二四（大一三）年二月）の二作だが、『黄昏前後』が震災後の夫婦の相克についてより具体的に、劇的な筆致で描出されているのに比して、[2] 本作には山場となるような大きな展開はなく主に第一の夫人と第二の夫人の語りで淡々と物語は進行する。

被災者の一人として関東大震災を自分自身の肌で感じ見聞を広げたことや他の作品にあまり見られない報告文学のような形式によって、階級意識や為政者及び支配者層の生み出した言説に抗う姿勢等が描き出される本作には、かの子文学にしばしば欠けているとされる社会的なまなざしを見出すことができるのではないだろうか。

2　第一の夫人と第二の夫人における格差

第一の夫人と第二の夫人は、東京にいる頃の知り合いで、「中京の或るホテル」で偶然にも再会する。両者ともに有産階級で、かなり裕福な暮らしをしていることが言葉遣いや語っている内容のはしばしから読み取れる。東京にいた頃に「あなたと御一緒になつた」のは「舞踏場」で、再会したホテルも「廣」い「ヴヱランダ」を有し、そこには「棕櫚竹、龍舌蘭、大なる菊花の盆栽などところどころに置きあり、それに大小の椅子テーブル適宜に配置せらる」といった豪奢な様子である。再会した途端、二人は「あなたどう遊ばして？ほんとうにまあ、大変な世のなかになつてしまひましたのねえ」（第二の夫人）、「ほんとうにねえ、何といふことでせう。あなたはそして、どうでゐらつしやいましたの、あの時」（第一の夫人）と、互いの被災状況を尋ね合う。

関東大震災の被害を大きくしたのは東京・横浜市内で出火した火災で、一日から三日未明まで燃え続けた。小田原、横須賀、横浜などは壊滅状態になり、東京市の被害地域は六五パーセントに及ぶ。東京市の場合は、一三四箇所から発火、家屋を焼き、焼死する人が相次いだ。死者九万人、負傷者一〇万人、行方不明者四万人、全壊家屋一二万戸、半壊一二万戸、焼失家屋四四万戸、罹災者は東京、神奈川、千葉、埼玉、茨城、静岡、山梨の府県三四〇万人に及んだ。東京湾岸の地盤の弱い所を地震が見舞ったこと、昼食の支度をしていた時間帯だったために火がまわり、あちこちで爆発が起こったことが被害をより甚大にした原因だとされる。前日の台風の影響による風速一〇メートル以上という風に煽られて、延焼範囲は瞬く間に広がった。火災発生からほぼ二時間半以内に一〇〇パーセントに達するという凄まじい状態であった[3]。

第一の夫人は家屋半壊の上に火災の被害に遭っている。「わたくしの家は半つぶれの上丸焼でしたの。それに火のまわりが早かつたので、何一つ出すことも出来ず……」と呟く。第一の夫人の息子も「僕の飛行機の模型も、自動車の玩具も、みんな焼けちやつたんです」と母の言葉に続ける。「僕たち芝公園のお山に逃げてた時、東京中の火事が天までとどいて、天が真赤に焼けてたよねえお母さん。あん時、鳥なんか一つも天に居なかつたよ」と子供ながらに当時の状況を振り返った。

第一の夫人の居住地は詳らかにされないものの、「芝公園」に避難していることから当時の芝区（現在の港区の赤坂、青山、麻布、六本木）に住んでいた可能性が高い[4]。芝区の家屋倒壊被害は、全壊三九八戸、半壊七七戸、と東京市内では比較的大きかった。地盤の脆弱な湾岸沿いであったことが関係している。また火災に関しては京橋区に接する地域で延焼している。京橋など人口が密集する東京の中心繁華街は火災の被害も大きかった。家を焼失し、家財道具など一切の財産を失った第一の夫人は、「焼け出されて五日目に船で、大阪の親戚へつき京都や神戸の親戚にも散々世話になりましたの、それからずつとあちらの田舎の方の知り合ひにも参つて居た」、「罹災民だといふので、避難地ではどこでもそれは大切にして呉れますの」と、関西の親類の家を転々としながら二カ月間避難生活を送っていたことが明らかにされる。

さて、一方の第二の夫人に目を転じてみたい。第二の夫人は、自身の被災体験を「そりやもふ大変な音で家中の道具も人間もひつくり返つてしまひましたの」と語る。第二の夫人は、第一の夫人をホテルで目に止めるやいなや「つかつかとそばへ行き派手に」話し掛けるような大袈裟な人物である。続けて語った被害状況は、「でもね、御存じのとほり山の手の高台で、とりわけ地盤のしつかりした処でしたから、家は倒れたりはしませんでした、壁や瓦がかなり損じただけで、火事も参りはしませんでした」というものである。第二の夫人は、家屋倒壊も火災の被害も免れていた。吉村昭『関東大震災[5]』によれば「震度は、おおむね台地では軽く、台地と平地の接点と下町において激しかった」、北原糸子『関東大震災の社会史』[6]によれば「山の手台地上の本郷、小石川、四谷、牛込、赤坂、麻布などは、多少の倒壊家屋はあるものの、ほとんどの地域は延焼を免れた」ということだ。第一の夫人は第二の夫人の発言に対して「お仕合せでしたのね」と漏らす。同じ被災者であるにもかかわらず、両者の境遇には大きな隔たりが存在する。第一の夫人と第二の夫人にはそれぞれ、息子と娘がいる。第一の夫人の息子が「君、君たちの学校焼けたかい」と問うと、第二の夫人の娘は「焼けないの」と答える。第一の夫人の息子たちの通っていた学校は「焼けちやつた」、「僕が運動場に置いといたラケツトもちい兄ちやんのミツトも大兄ちやんのボールもみんな一しよにねえ」とあるように全焼している。置かれた状況は対照的だ。

一方、田山花袋は「震災を機縁として」（『婦人公論』一九二三（大一二）年一〇月）において震災後の焦土を前に「何うしてかう隅から隅まで綺麗に焼けたか？何うしてかう平等に遺憾なく破壊されたか？私は不思議な力を感じずにはゐられなかつた」と感慨を漏らしている。さらに「物質上の平等といふことと精神上の平等といふことが、今回の震災を機縁にして深く考へられて来るやうになりはしないか。否、単に物質と精神との平等ばかりでなしに、人間の心の中に絶妙な自他の平等といふ種子が蒔かれて来はしないか」と述べている。「自他の平等といふ種子が蒔かれて来はしないか」という一節からは、一九二一（大一〇）年に創刊された雑誌『種蒔く人』が想起される。震災前の時代相として、社会主義への関心の高まりにより無産階級の闘争の多発、激化があった。農民運動や未解放部落解放運動もおこり解放への動きが広がる一方で、対する国や軍部の弾圧も強化されていた。「平等」が希求される只中に起こった関東一円を揺るがし焼き尽くす天変地異に、花袋は「平等に遺憾なく破壊された」という感想を抱いたのである。平塚らいてうも「私は大自然の威力の前に、あらゆる人為的な差別が否応もなく粉砕されて、人達が平等にかえったこと、少なくとも生死の境から無一物となって新たに生まれ出た人達が理屈なしに平等観に目醒めた」[7]と述べる。確かに俯瞰的に見れば「平等に」「破壊された」と言えるかもしれない。しかし、吉村昭が下町に大きな被害が出たことを指摘し、「下町の密集地域の家屋が古く、また堅牢さを欠いていたことも原因」[8]とするように、居住地域や建物の格差が被災状況の格差を導き出していたという点を看過してはならない。被災者の大部分が焼死であったということに鑑みても、周囲の住居との距離にゆとりをもって建てられた頑強な建物に住まう山の手の有産階級と、過密に建てられた脆い建物に住まう下町の人々とでは被災状況に格差が生じることは明白であろう。また、下町には多くの工場や商店が林立しており、火災の発生元となっている。

東京市で最も悲惨な光景を呈した場所は、本所区横綱町の被服廠跡である。本所は、現在の東京都墨田区で、下谷・浅草・深川とならび東京の下町の外郭をなす。本所区の約九割は焼失し、約三万八千人の死者が出た。被災者の数は、東京市全体の五割に及ぶ。被服廠跡は、陸軍省被服廠があった場所で二万四百三十坪余の広大な敷地は、付近の住民の絶好の避難地となった。しかし、周囲に火の手が迫り、住民の持ちだした家財道具などに引火、さらに大旋風が巻き起こった。人々が炎を避けて逃げようとするが、既に家財道具と大勢の人間で身動きの取れない状況になっていた。被服廠跡に次いで死者の多かった地域の中で本所区以外には、浅草区田中小学校敷地、浅草区吉原公園、深川区東森下町、深川区伊予橋際などがある。いずれの場所も広場や橋の袂で、火に追われた人々が密集し、身動きが取れなくなり、大量の人々が焼死している。平常時から地域住民同士で助け合い、非常時においても共に一箇所に避難していた下町の人々の連帯意識が仇となった。新吉原における遊女たちの死については、吉村昭が「その悲劇の原因を遊郭という特殊世界の性格と切りはなして考えることができない」とし、「娼家の中には、火災発生後も娼婦たちを廓内にとどめた家が多く、それらの家の娼婦たちは逃げる機会を失ってしまった。それに娼婦たち自身も、機敏に逃げる能力に欠けていた。それは廓内を出ることを厳禁されている彼女たちが方向感覚に乏しかったからで、地震につぐ火災に身の危険を感じながらも廓外に逃げ出すことができなかったのだ[9]」と述べる。

以上の下町や遊郭の被災の状況からは、搾取される立場にある人々の悲劇が読み取れる。第一夫人と第二夫人に起こった被災状況の格差は、単なる偶然による差異ではなく、「山の手の高台」とそうではない地域という居住区によるものであり、すなわちそれは所有財産による差異であると捉えることができる。階級という意味においては、両者ともにブルジョア階級の有閑マダムであり、かつ第一の夫人の居住地は下町ではないが、生活水準には差がある。本作には、無産者階級への眼差しについては皆無であるが、第一の夫人と第二の夫人との間に生じた居住地区による被災状況の差異を通して、震災の被災者相互に生じていた格差とそれによる複雑な感情の機微が描出されている。

3　第二の夫人と天譴論

かの子の作品では、しばしば「山の手」と「下町」というトポスを意識した舞台設定がなされる。小品『晩春』（初出『明日香』一九三六（昭一一）年六月）の主人公は、「下町の而も、辺鄙な深川の材木堀の間に浮島のやうに存在する自分の家を呪つ」ている少女鈴子である。「山の手に家の在る女学校時代の友達から、卒業と共に比較的智識階級の男と次〳〵に縁組みして行く」ことを羨み、「此の住居の位置が自分を現代的社交場裡へ押し出させないのだと不満に思ふ」のである。『金魚撩乱』の主人公復一の場合は、「崖邸のお嬢さんと呼ばれて」いる真佐子を崖下から見上げている。復一は真佐子を「自分とは全く無関係に生き誇つて行く女。自分には運命的に思い切れない女」とし、「階級意識から崖邸の人間に反感を持つている」[10]。

第一の夫人と第二の夫人の居住地の位置関係は、復一と真佐子のそれと似通っている。しかし、構造的に上位にある第二の夫人と真佐子の描かれ方は対照的である。真佐子は、高良留美子が「現実からの高貴な追放者」、「経済的には富裕階級に属しているが、それにとらわれることはなく、本質的に旧時代を生きる人間」と捉えている[11]ように、俗世間から遊離した雰囲気を醸す。一方の第二の夫人は、富を貪り、贅沢三昧の日々を送る俗悪な人物として描かれる。他者への関心も配慮もなく、非常に利己的な人物だ。第二の夫人は、「わたくし達、京都へいよ〳〵越しますの」という。「どうしてあなた、お焼けにもならないのに」と驚く第一の夫人に対して、「東京はもう、それはそれはつまりませんのよ」、「東京はつまりませんのよ」と繰り返す。その理由は、「ミス・ナレーの舞踏場だつて焼けて跡方もありませんし、それに芝居だつてみんな駄目ですわ（中略）三越だつてホコリ臭いマーケットや焼焦臭い陳列場なんかへ這入る気はしませんわ」と不謹慎極まりない。衣食住に事欠く被災者が大勢いる中で、自らの娯楽が奪われたことが我慢できないと平然と訴えるのだ。続いて、「空気だつて塵や埃で一ぱいですもの子供達の衛生の為にも宜くはありません」と我が子の健康を気遣う面を見せるものの、当の娘に「お母さまも私たちも宜いおべべは着られないのよ、木綿でないとおもてを歩いてはいけないいから嫌だつてお母さまが」と暴露され、その自己中心性を露わにされる。第二の夫人は慌てて「しーつ」と娘の発言を止める。震災の犠牲者はおろか、家族を失った者、財産の一切を失った者など、被災者たちの苦しみや悲しみは第二夫人の眼中に全くない。第二の夫人の差別的なまなざしがより鮮明になるのは、「東京はめざましい勢ひで復活して居る」という第一夫人の言葉に対して反論する以下の場面である。

（少し冷笑的に。）それはあなたバラツクのことですよ。バラツクならそれはそれは大変ですよ、日比谷なんか、汚いマツチの箱を何百と押しつめた様ですわ、でも万事が下品で野蛮でねえ。

バラックは震災後の街を象徴するものだ。母親の本音を暴露してしまう第二の夫人の娘は、「うちのお母さまね、毎日どこへも行けないで退屈だ退屈だつて困つて居らつしやつたのよ」と付け加えた。第二の夫人が閑を持て余している一方で、バラックではどのような暮らしが繰り広げられていたのだろうか。ちょうど震災から二カ月後に東京市役所によって聞き取り調査が行われている。食糧は行き渡っているが配給方法が不公平、衣類は一様に不足しており冬に向かって心配、住居は雨露を凌ぐものにすぎないもので雨漏りが激しく夜も眠れない、一人一畳の割合で収容されているため小家族の者は二三家族雑居の状態、水道は大混雑、入浴は震災以来一度もなし、便所ははなはだ不潔で糞尿が流出しているといった惨憺たる有様が記録されている。(12)

賀川豊彦は、「貧民窟的な公設バラックを見て、何人か悲しまないであろうか[13]」と憤りを表し、成安二郎は「正しき希望を、抱くに至る精神を、このバラックに在りては持ち難し[14]」と嘆く。バラック住居者のうち資力を持つ者は稀で、バラックを半永久的住居としている様子で、到底復興の気分は認められないということだ。悪臭漂う不衛生な環境の中、治安も悪く、虐げられる悲惨なバラック街での生活に人々は希望を持てずに苦しんでいた。そんな被災者の生活を第二の夫人は「万事が下品で野蛮」、「汚い」と蔑み「冷笑」するのである。母親の価値観を引き継ぐ娘も、「バラックが建つて授業が始まつたからつて通知があつたよ」と言う第一の夫人の息子に対して、「お丶、やーだ。バラック学校の生徒になるの」と差別的な発言をする。東京で震災前のような贅沢な暮らしができないことに不満をもつ第二の夫人は、関西に移住し、「住居は静な京都にして遊ぶには大阪をあてにしますの」と無神経な発言をし、享楽的な生活を続けていくつもりである。

一貫して描かれる第二の夫人の酷薄さと俗悪さは作品中でも特に際立っている。震災前も震災後も変わらずに贅沢の限りを尽くす俗物のブルジョアが描かれたことにはどのような意味があるのだろうか。

一九二三（大一二）年九月、山本権兵衛内閣は「治安維持ノ為ニスル罰則ニ関スル件」という緊急勅令を公布し、治安維持に努めた。同時に政府は、治安が乱れた背景に朝鮮人と社会主義者があると宣伝した。人心の不安が高まる中で、朝鮮人暴動のデマに端を発した朝鮮人虐殺事件、社会主義者の大杉栄らが虐殺された甘粕事件、労働・政治運動の拠点であった南葛労働組合員が虐殺された亀戸事件など政府による弾圧事件が起こる。社会不安が広がり、弾圧が強化される時代の空気の中で、大震災直後に広まった言説の一つである「天譴論」に着目したい。最初に「天譴論」を唱えたのは、渋沢栄一であった。渋沢は「両立し難い二の条件」（『雄弁』一九二三（大一二）年一〇月）において「輓近、我が国民の心は著しく、弛緩し、皇室中心の観念はようやく薄らぎ道徳心の頽廃また著しく、ことに欧州戦争以来、僥倖にも経済界の好況を来たし、いわゆる成金時代を出現して、奢侈軽兆の風滔々として一世を蓋うがごとき観を呈した。（中略）かかる大惨禍が、特に国家繁栄の中心地たる帝都や、これに隣接せる市街地等を粉砕するに至ったのは、そこに何処か天意の存するものがあるのではないか。（中略）これを天譴として、人々は深く肝に銘ずるべきであろう」と述べた。背景には、第一次世界大戦後の好況と先にも指摘したデモクラシーの思想の広がり、労働運動、解放運動の激増があった。「天譴論」は、大戦以来国民が贅沢にながれ放縦に走り、危険思想の横行を招いている、大震災はそれに対する天の戒めだと説く。古代中国においても天譴論はあるが、原因は為政者の不徳であり、国民の不徳に起因するとされた点に関東大震災後に日本で説かれた天譴論の特徴がある。渋沢は、「各自専ら忠節謹慎の態度に帰り」、「浮華軽兆の凡を去り」、「天譴を恐れ畏むと共に、よくこれに堪え、質実剛健の風を起して、おおいに再起する覚悟がなくてはならぬ」と続ける。さらに、一九二三（大一二）年一一月には、大正天皇の名で「国民精神作興詔書」が出される。「浮華放縦ノ習」、「軽佻詭激ノ風」を戒め、災害後の国力回復・道徳振興のため「質実剛健」と「醇厚中正」の奮励に、国民の精神を集中させることが政治的狙いであった[15]。国民の不徳を責める「天譴論」は、震災後の国民の倫理とされ、世論を大きく支配した。鏑木政彦「災害を日本人はいかに受け止めてきたか――関東大震災の場合」（直江清隆・越智貢編『災害に向き合う』岩波書店、二〇一二年七月）によれば、「人間は自分の不幸の理由を知りたいと、思うものである。その問いに対して天譴論は、当時の人びとの多くが共鳴できる答えを提供した」ということだ。

　少数派ではあるが、「天譴論」に対する反論もあった。高村光太郎は「今度の事変をいい加減な道徳臭味のある解釈に堕せしめないやうに為よう。事実をありのままの事実として背負ひ込まう[16]」と呼びかけた。注目すべきは、柳田國男の言説である。

　本所深川あたりの狭苦しい町裏に住んで、被服廠に逃げ込んで一命を助かろうとした者の大部分は、むしろ平生から放縦な生活をなしえなかった人々ではないか。彼等が他の碌でもない市民に代って、この惨酷なる制裁を受けなければならぬ理由はどこにあるか（中略）例えば銀座通りで不良青年がたわけを尽した故に、本所で貧民の子女が焼き死ななければならぬという馬鹿げた道理は無く、それは又制裁でも何でも無いのである」[17]

被災者は「平等」に被害に遭ったわけではなく、資本や階級の格差が概ね被害状況の格差に繋がっていたと言える。震災後の生活も同様だ。市民の体験記にも「「なにネ、我々が贅沢して来た天罰かもしれないなァ」と他の男がいつた。「いや」と老人はかぶりを振つた。「贅沢しない人間だつてやられたんだ、天罰なら悪い奴だけに下りさうなものだ」と老人は誰にいふともなくつぶやいた[18]」とある。

第二の夫人は、震災以前、天譴論にて震災の原因とされた「奢侈軽兆」を絵に描いたような生活を送ってきたが、前述の通り、ほとんど被害に遭っていない。贅沢していたにもかかわらず、被害に遭っていないということは、逆説的な形による天譴論への反論と捉えることができるのではないか。加えて、震災後も引き続き「浮華放縦」「浮華軽兆」を貪欲に追い求めている姿勢は、体制への反抗と捉えることもできる。政府には、第一次世界大戦後の民衆の解放を求める動きを逆転させるという意図があった。震災を機に、社会主義者の検挙、弾圧が強化されていくのである。

当然のことながら第二の夫人に階級意識や権力に対する懐疑的なまなざしなど全くないが、天譴論が世を席巻している震災から二カ月後という時に、このような人物が作品に形象化され、執拗に俗悪な人物として描かれていることは注目に値しよう。

4　第一の夫人と東京偏愛

作品において第二の夫人の俗悪さとともに際立っているのは、第一の夫人の東京への思慕である[19]。震災後、関西に避難していた第一の夫人だったが、「どうも東京へ帰り度くてならなくなつてしまひまして」と東京へ戻ることを切望する。息子の口からは「お母さんがね。どうぞ早く家を探して来て下さいつて泣いた」、「バラックでも長屋でも宜いから東京に棲みたいつて（中略）お父さんに泣いているんです」と明かされる。「東京のものなら、私はいま、ひとたらしの水だつてどんなに有難いんだが……」と「情熱的な独白」をする第一の夫人は、「いくら御馳走が出ても仕舞ひには喰べない」、「東京のお香物でも欲しい」と願うのである。荒廃した東京を「つまりません」と蔑む第二の夫人に対しては、「でも東京はめざましい勢ひで復活して居る」と反論し、「勇気がおありになりますこと、今の東京へお帰りにならうなんて」と呆れられても「帰り度くてならないのですわ――……今度といふ今度こそ東京の懐かしさが沁み沁み感じてしまひました」という。

東京は、第一の夫人にとって「あんな殺風景になつても生れ故郷」なのである。題名の『帰去来』は、東晋末～宋初の中国の詩人陶淵明の代表作『帰去来兮辞』（四〇五（義熙一）年に成立）がふまえられていると考えられる。陶淵明は、生活のために官職に就いたが肌に合わず、苦悩の末に隠遁の道を選ぶ。『帰去来兮辞』では、官位を捨て、故郷の田園に帰る心境が四段構成で述べられている。全体を通して、世俗への絶縁宣言と、田園生活での精神の解放と喜びが描かれ、最後には自然の摂理のままに生の道を歩んでゆこうという気持が歌い上げられている。冒頭の句「帰去来兮」（帰りなんいざ）が有名である。陶淵明と第一の夫人は帰る場所が田舎と都会という点が異なるが、故郷へ帰るという意味においては一致している。さらに両者に共通しているのは、帰ろうとしている故郷の荒廃である。陶淵明の故郷は「田園将蕪胡不歸田園（将に蕪れなんとす 胡ぞ帰らざる）、故郷の田園は今や荒れ果てようとしている、どうして帰らずにいられよう」と描き出される。第一の夫人も「東京のひどいことを新聞などで知れば知るほど、自宅へ病人でも残して来た様な落ちつかない気持ちになりますの」、「東京がひどくなつて帰れるかどうかになると急に矢も楯もたまらなくなる」という。

熱烈な思慕により東京に帰ろうとする第一の夫人は、東京を捨てて一時的に関西に移住する第二の夫人とは異なる存在として描かれ、両者の対立は双方の子供たちの喧嘩を通して浮き彫りにされる。「また私たち東京へ帰るんですつて、帝劇も三越もちやんと出来れば……お母さまがさう仰つてよ」と「まけぬげに」いう第二の夫人の娘に対し、第一の夫人の息子は「さういふのは狡い」、「うちのお母さんがいつも云つてる」、「そんな狡い人が多いから、なほ東京へ帰り度いんだつて」、「狡いの狡いのわあーい」と非難の言葉を繰り返す。俗物で利己的な「狡い」第二の夫人に対して、どんなに荒れ果てていようとも故郷に帰ろうとする第一の夫人は浮世離れした純粋な心根をもつ人物のようにも見える。「まだ余震が度々ありますわ。気の弱い人はそれだけでも逃げ出しますのよ」という第二の夫人に対し、息子が「でもお母さんは死んでも東京へ棲み度いのですつて」と母の気持ちを代弁している。命を賭してでも故郷の東京に帰ろうとする第一の夫人は、自己の欲望が満たされる土地を渡り歩く第二の夫人とは対照的であるかのように見える。

しかし、注目すべきは「お家（東京での住居——引用者注）はお見つけになりましたの？」と問われた後に、第一夫人が「急に生き生きして」放った言葉である。「ええ、ずっと山の手の代々木の方にね」。余震による死を覚悟している第一の夫人は「山の手」に住むという。関東大震災の被害状況に鑑みれば、「山の手」は死どころかほとんど被害に遭うことはない。結局のところ、第一の夫人が偏愛する東京とは、「山の手」、「舞踏場」、「帝劇」、「三越」、「銀座あたりのお料理屋」、「帝國ホテル」、「紅葉館」といった第二の夫人が希求する華やかで豪奢な享楽の地としての都会である。後に発表される『渾沌未分』（初出『文芸』一九三六・九）では、都会を偏愛する少女の姿が描かれている。自身も「自分の魂の置場はあそこ——都会——大東京の真中よりほかにない」と考えているが、恋人にも「小初先生（主人公——引用者注）は東京の真中で贅沢に暮らさなけりあならない人なんだもの」と告げられる。「必死で都会を取り返さなけりやならないのよ」という東京への執念は、第一の夫人に通ずるものである。表層においては対照的に見える二人の夫人であるが、本質的には同じであると捉えたい。たとえ今は荒廃していても、第一の夫人自身が「めざましい勢ひで復活して居る」と述べるように、この後、東京は大きな発展を遂げる。都市化が進み、丸の内のビル街が発達し、渋谷、新宿などのターミナル、自動車、活動写真、カフェー文化などが現れ、大衆娯楽が一気に花開く。第一の夫人は、急速に発展していく東京へと戻り、「山の手」に住まい贅沢を享受していく存在なのである。

5　おわりに

最後に、第三の夫人とも言える「老いたる西洋婦人」が登場する。西洋婦人は「横濱モトマチ」で被災したという。横浜元町の被災状況は深刻であった。西洋婦人は、「みなやけました。横濱みな焼けました」と嘆く。一般に関東大震災といえば、主に東京の被害について語られることが多いが、死亡者の割合は東京の倍で、家屋の被害も甚大であった。震源地により近かったこと、洋館風の建物が多かったことと関係がある。元町周辺の主だった建物はほとんど倒壊し、焼失した。三、四軒の残骸が残るのみで荒涼の丘になり、二〇〇名近い死者が出たという[20]。西洋婦人も「たくさんたくさん宜い人死にました」、「わたくしもすこしで死にました」と語る。第一の夫人、第二の夫人の被災状況とは比べものにならない。物語は、「行き度いひと行くよろしいねえ。かへり度いひとかへるよろしい」と、西洋婦人によって第一の夫人と第二の夫人の葛藤が止揚される形で閉じられる。

本作では、三人の夫人を通して、震災後に徐々に浮かび上がってくる被災者間の格差が浮き彫りにされている。作品内時間は「震災から二ケ月後」、震災から時を経るごとに、震災直後には同じ被害に遭った者同士の平等の意識及び連帯感を共有していた被災者たちの間に断絶が生じ、従来から存在していた格差が明るみに出始める。被害状況の程度の差や被災後の生活の差は、しばしば経済的な格差を背景としている。震災は全ての人々に平等に起こったというのは、一方では真実に違いないが他方では見えていないものがあると言えよう。経済的な格差と被害状況はパラレルとなっている。贅沢な生活を送っていたにも拘わらず何の被害にも遭っていない第二の夫人の存在は「天譴論」に逆説的に抗う意味をもつと捉えられる。柳田が主張するように、むしろ犠牲となったのは「貧民の子女」だったのである。

今後の道が別れたかのように見える第一の夫人と第二の夫人だが、ブルジョアの有閑マダムとして享楽的に生きるという本質においては何の差異もない。未だ震災の傷癒えぬ時流にあって、他者の痛みに対してどこまでも鈍感で徹底的に無関心な様相、自己の過剰な欲望を追い求める両者の姿は非常に滑稽である。冷徹な語り手のまなざしは、明らかに両者の浅薄さと俗悪さを剔抉している。本作は、未曾有の天災にあっても階級格差が消え去ることはなく、むしろその格差がさらに際立っていくという点に語り手の批判的なまなざしが向けられている作品として読むことができる。本作に確認できる社会構造を俯瞰的に見据える公平な視座は、かの子文学における社会的なまなざしを裏付けるものだと言えよう。

注

(1)　かの子は、夫・一平、息子・太郎とともに鎌倉の貸別荘平野屋で被災した。大きな揺れの後、火災が発生し、鎌倉周辺は火の海となる。かの子は避難するなかで、多くの遺体を目にしている。余震の続く折、周囲の人々と協力して藁むしろの小屋を作り、震災当日の夜を明かした。その後、鎌倉のバラックで一〇日間生活をする。一平が東京の自宅に戻り、再会した恒松安夫の故郷（島根県石見大田）に避難することを決める。罹災者の一行に加わり、東海道線、山陰線と岩見大田に向かう途中に多くの慰問の差し入れを受けた。当時の様子は随筆「秋のロマンス」（初出『令女界』一九二四年一〇月）に詳しい。短歌は「大震――鎌倉にて遭難――」、「圧死焼屍交り合ふ」（『浴身』越山堂、一九三九年五月）等がある。「身辺共存の物象をあまりに惨逆にしひたげられ、生きのこつた人々も、殆ど生きて居る心はなかつた。しばらくは髪も皮膚もみなむしりとられて、たゞわづかに呼吸をとゞめられなかつたほどの意識しか残つて居なかつた」（「秋のロマンス」）「ひとしなみに焼けたるむくろそがなかに子を抱く母かひたよりて見るも」「驚きに続く驚き悲しみに続く悲しみわきがたきかな」（「大震――鎌倉にて遭難――」）等。

（2）震災時の生死の境にあって、学者である夫は、妻には目もくれず少しでも書物を持ち出そうと必死になり、夫が焼死したと思った妻は、火事から自分を救い出してくれた男と再婚した。実は生き残っていた夫は妻を捜し出し、妻の裏切りをなじるが、妻は夫が自分よりも書物を優先させたことを責める。震災後に再会した夫婦の攻防が緊迫感をもって描かれている。

（3）関東大震災の被害状況に関して、今井清一「関東大震災とその意義」（藤原彰・今井清一・大江志乃夫編『近代日本史の基礎知識』有斐閣、一九七二年九月）、中島陽一郎『関東大震災』（有斐閣、一九八二年八月）、清原康正・鈴木貞美編『史話日本の歴史三〇帝都壊滅』（作品社、一九九一年四月）、原田勝正・塩崎文雄編『東京・関東大震災前後』（日本経済評論社、一九九七年九月）、吉村昭『関東大震災』（文藝春秋社、二〇〇四年八月）、成田龍一『大正デモクラシー』（岩波書店、二〇〇七年四月）、北原糸子『関東大震災の社会史』（朝日新聞出版社、二〇一一年八月）を参照した。

（4）中島陽一郎『関東大震災』によれば、東京市の主な避難場所は上野公園、浅草寺境内、宮城外苑、日比谷公園、芝公園、赤坂離宮周辺、新宿御苑ほか、小中学校、寺院、神社等。最大の避難場所となったのは上野公園である。

（5）文藝春秋社、二〇〇四年八月

（6）朝日新聞出版社、二〇一一年八月

（7）「都市経営に繋がる女性の分け前」（『女性』一九二三年一一月）

（8）吉村昭『関東大震災』

（9）注（8）に同じ。

（10）高良留美子「男性性の解体――『金魚撩乱』を読む」（岩淵宏子・北田幸恵・高良留美子編『フェミニズム批評への招待』学藝書林、一九九五年五月。後『岡本かの子いのちの回帰』翰林書房、二〇〇四年一一月に再録）において、復一に込められているものついて「プロレタリア文学壊滅以後のいわゆるファシズム期に顕在化してきた小市民階級（中略）の富裕層にたいする反感、羨望、嫉妬、怨念などの情念」であると指摘されている。

(11) 注(10)高良留美子「男性性の解体――『金魚撩乱』を読む」

(12) 注(5)北原糸子『関東大震災の社会史』を参照した。

(13)「震災救護運動を鑑みて」(『太陽』一九二四年九月)

(14)「バラックからバラックへ」(『中央公論』一九二三年一一月)

(15) 石毛忠・今泉淑夫・笠井昌昭他編『日本思想史辞典』(山川出版社、二〇〇九年四月)を参照した。

(16)「美の立場から(震災直後)」(『報知新聞』一九二三年一一月四日)

(17)『青年と学問』(青年館、一九二八年四月)

(18) 小杉重太郎「火焔の中の幻覚」(震災共同基金会編『十一時五十八分』(東京朝日新聞社、一九三〇年三月))

(19) かの子は、避難先の恒松の家で歓待され美しい自然に心身を癒す一方で、東京への思慕を募らせる。結局、恒松が白金今里町に手頃な家を見付けると半倒壊の家から荷物を掘り出し、東京へ戻れるように準備をする。白金での仮住まいを経て、青山南町に移転した。都会への執着は短歌「わが東京」(「故郷のわが東京をのがれ来て茲の安居の楽しくはあらじ」等)、「招ぜられたる其家別荘雅至を極む」(「東京を遠くおもひていらだたし静なる庭に石投げてけり」等)、東京に戻った喜びは「愛惜吟」(「東京は東京なれや焼野原となれりとて東京は東京なれや」、「われやいま銀座を歩めり焼原とよしなれりとて東京の銀座」等)に詠まれている(全て『浴身』越山堂、一九三九年五月)。

(20)『横浜・中区史人々が語る激動の歴史』(中区制五〇周年記念事業実行委員会、一九八五年)を参照した。

〈付記〉 本文の引用は『岡本かの子全集』第一巻(冬樹社、一九七四年九月)による。

宇野千代「老女マノン」までの軌跡――モダンガールとしての女給の肖像

藤木直実

1　はじめに

一九二一（大正一〇）年一月に「脂粉の顔」（『時事新報』懸賞小説一等入選、藤村千代名義）で中央文壇進出を果たした宇野千代[1]は、以後、当時の一流媒体を舞台に旺盛な執筆活動を展開、単行本『脂粉の顔』（改造社、一九二三・六）、『幸福』（金星堂、一九二四・一〇）、『白い家と罪』（新潮社、一九二五・二）、『晩唱』（文芸日本社、一九二五・五）を次々と刊行して、大正末年までには新進気鋭作家としての地歩を築く。昭和期に入っても精力的な執筆は続き、早くも一九二九（昭和四）年九月には、叢書『新選名作集』のうちの一冊として『新選宇野千代集』（改造社）が刊行された。二段組本文五一八頁、六一篇を収めた大冊で、既刊単行本収録作品を含めた初期作品の集成となっている。『新選名作集』の定価は各一円、すなわちいわゆる円本全集のひとつで、漱石、鷗外、荷風などの大家から、菊池寛、前田河広一郎など活躍中の作家までが並ぶ。なかで最初の女性作家が宇野千代であった。井伏鱒二は当時を回想し、宇野が「文壇随一の花形閨秀作家」であったことを証言している[2]。

ところで、現行の『宇野千代全集』（中央公論社、一九七七・七～一九七八・六）のうち第一巻は、「処女作「脂粉の顔」から、昭和四年十月にいたる初期の作品[3]」を収めるが、収録作品数はわずかに一五篇を数えるのみである。先に述べたように『新選宇野千代集』収録作品数が六一篇、そのほかにさらに四〇篇ほどがこの時期までに発表されていた事実と照らせば、実に、八割以上の作品が除外されていることになる。作家生存中に刊行されたこの全集の編纂当時、八〇歳を迎えようとする宇野千代は、「こんな小説を誰が書いたか、と作者自身にとっても記憶にないものばかりだと言ったら、信じる人があるだろうか。」（第一巻「あとがき」）と読者を煙に巻く。こうした韜晦は、「私と言う作家が、どう言う道を辿って、脱皮し、脱皮し、そして到達したその道筋が眼に見えるようなのも、思えば恐ろしい経路である。」（同）という意識、すなわち、現在の「到達」にいたるまでの「道筋」や、その過程で「脱皮」したものがあからさまにされることへの忌避感情にもとづいているように思われる。

全集に収められなかった初期作品のうち、特に「墓を発く」（『中央公論』一九二二・五）と「巷の雑音」（『中央公論』一九二二・八）は、どちらも自身の見聞を踏まえて社会的弱者に焦点化した長編力作で、前者は当時の文壇ジャーナリズムに好意的に迎えられ、後者は「初期・宇野千代文学の代表作」[4]であると評価されている。後年の作家自身はこれらを「社会主義的な傾向小説」[5]として否定的に自己言及しているが、今日一般的なたとえば「恋多き女」といった通念に留まらない作家像を示す作品であるばかりでなく、文壇での地位を固めるまでの彼女の、既成作家の作品との交渉の軌跡を示すものとして重要であると考えられる。幸いなことに、近年、それまでは稀覯本であった単行本が復刻されて、主要な初期作品を通覧することが容易になった。以下本稿においては、『新選宇野千代集』収録作品を中心に、自他共に認める初期代表作「老女マノン」（『宇野千代全集　第一巻』所収、初出『改造』一九二八・七）にいたる行程をたどり、昭和初年代における宇野千代とその文学の位相を検討してゆきたい。

2　境界を生きる

宇野千代の中央文壇デビュー作[6]であり現行の『宇野千代全集』劈頭に置かれている「脂粉の顔」は、カフェの女給お澄と外国人男性との交情とその破綻、それに伴う彼女の自尊心の損壊を描く。周知のように、日本におけるカフェは芸術家の交際の場として明治末年に始まったが、やがて女給のサービスを売り物にする風俗営業としての業態へと移行し、大正末期から昭和初年には「私娼窟」[7]としての実態をも担うに至った。「脂粉の顔」においては、わずか三七〇〇字ほどの字数制限の中に、当時のカフェの一様相が活写されている。すなわち、「女給」というジェンダー化された主体が、人種の境界を越えて外国人男性と交渉することで大金や贅沢な暮らしを手に入れ、自らの出身階層から――「情人」や「妾」あるいは「らしゃめん」という制限された立場ではあっても――移動し得る可能性を垣間見せる場としてのカフェが描出されている。一見するとモダン風俗の一齣をスケッチしたにすぎないようにも見える「脂粉の顔」は、第一次大戦後のグローバル都市を生きる複雑な主体としての女性と、その単独性を、確かな筆致で捉え得ている[8]。

以上のように「脂粉の顔」の社会性を前景化したうえで次作「墓を発く」を見るならば、そこに盛り込まれた様々な社会悪の告発は、後年の作家当人が全否定するほどに彼女に似合わないものではない[9]。「脂粉の顔」を端緒とする一連の「女給もの」と呼ばれる作品群が、後述するようにやがて男性による女性身体の搾取を厳しく糾弾していくことを勘案すれば、それらと「墓を発く」に代表される「社会主義的な傾向小説」の系譜との間には、むしろ連続性が見出されよう。従兄で最初の夫の藤村忠と千代とは、忠の第三高等学校在学中から京都で同居生活を送り、東京帝国大学進学に伴って東京に移り住んだ。郷里からの仕送りの途絶えた彼との生活を支えるために、千代は、雑誌社の事務、家庭教師、絵画モデルなど様々な仕事に従事した。さらに『万朝報』に小説を投稿し、女優を志して日舞の稽古にも励んだという。特に本郷三丁目の西洋料理店燕楽軒で給仕を務めた折には、中央公論社主幹の瀧田樗陰をはじめとして、今東光、東郷青児、芥川龍之介、久米正雄、菊池寛、佐藤春夫、邦枝完二、上野山清貢らが競うように通ったことは有名である。「脂粉の顔」は、「泥棒と人殺しのほかは何でもした」という当時の彼女の見聞に材を取っていると見なされ[10]、「墓を発く」は岩国時代の教員歴と家族歴に虚構化を施したものであって、それぞれ作家の体験に基づく点でも共通している。

　こうした文脈において注目される作品のひとつである「街の灯」（『中央公論』一九二四・一二）は、夫の学費を賄うために、別の男に身を委ねる瀬戸際にまで追い詰められる女性を描く。夫とは従兄妹同士とされ、つまりは作家の経歴にいっそう近接した設定で、結婚の経緯や夫婦の困窮ぶり、あるいは、夫と別の男とのそれぞれにヒロインが抱く屈折した感情が生々しく描出されている。ヒロインの名「澄江」は「脂粉の顔」の「お澄」を容易に連想させるのみならず、彼女の試みる金銭獲得手段が「女給」から「妾」「情人」「ばいた」までの幅で描き込まれ、「不可思議な脂粉の魔術」への言及がみられるなど、「脂粉の顔」との共通性を備える。結末部での「――解った！解った！解らないで如何しよう。ばいたと言うのは、この私ではなくってお前（＝夫を指している。引用注）の事なのだ！（中略）さよなら、さよなら、ほんとうに、あの爺さんの情人になって遣るから見てるが好い！なって遣るとも！――」というヒロインの強い怒りは、彼女の身体資本を横領しようとする男たちへの告発とみなされ、すなわち「墓を発く」の動機に連なるものであると言えるだろう。

　加えてこの「女給」というモチーフは、文壇における作家自身の位相と関係づけて理解すべきであるだろうと思われる。「脂粉の顔」[11]入選の際、選者の久米正雄が「第一等の藤村千代氏の如きは、男子の変名ではないかとさへ疑われた」と講評したのを発端に、ほどなく「現今の文壇に於て最も寵児的境地にありまた流行的色彩を帯びてゐる[12]」、「優に男の作家を凌ぐばかりの手腕を持つてゐる（中略）女流として珍しいほどな人[13]」との評価が定まった。従って、第二単行本『幸福』の広告文は、誇大広告ではなしに、当時の文壇における彼女の評価を反映していよう。曰く、「女流の兎もすれば陥り易き安価なるセンチメンタルと見え透いた深刻がりとを避け、堂々たる筆触、冷酷なる解剖、一作毎に世評を震はし、男子をも後に瞠若たらしめてゐるものはひとりわが宇野千代氏である」。この文言は、「女流」を一括して「男子」の劣位に位置づけた上で、宇野千代を唯一の例外としている。褒詞のようでいて、「女流」全体への、また「女流」の類型から逸脱しようとする宇野千代への、ミソジニーに裏付けられていることは見やすい。卓越した女性に向けられるテクスチュアル・ハラスメントの常套である。翻ってそもそも「女給仕」の略称である「女給」は、その名称自体が有徴性を帯びており、すなわち「女給」が職業人であることと女であることの境界を生きていることを暗示している。「女給もの」のヒロインたちと、例外的な女流作家としていわば二重に徴づけられた作家自身との間には、有徴化され境界を生きることを強いられたものとしての相同性が見出されると言えよう。

3　消えない過去を物語る

文壇での宇野千代の位相にかかわってもう一点、芥川龍之介の小説「葱」についても触れておかなくてはならない。「発表当時、噂の真偽のほどは知らぬが、とにかく文学女給時代の宇野千代がそのモデルのヒントになつているという文壇ゴシップが喧伝されて、この意味で注目された作品である[14]」と伝えられ、今東光からの伝聞をもとに宇野千代をモデルにして書かれたことは定説となっている。初出は一九二〇年一月（『新小説』）、宇野千代が中央文壇にデビューする一年前に相当する。その梗概は次のようなものである。神田神保町のカフェに勤めるお君さんは、竹久夢二の画中の人物のような美貌で評判である。通俗的感傷的な芸術趣味の持ち主であるお君さんは、芸術家気取りの青年田中君に恋をし、彼とのデートに出かけるが、八百屋の店頭で格安の葱を見かけて二束を買い求める。その辛辣な匂いはお君さんを待合に連れ込もうと企てていた田中君の鼻を打つのであった。

歴史小説から現代小説の転換期の模索として再定位され、近年活況を呈している「葱」に関する研究のうち、西原千博の論文[15]は、作中にしばしば「おれ」が顔を出し、かつ、「おれ」と作品外部の芥川龍之介との同一性が誇示される特徴的な語りに言及して、「結果的に物語世界とその外の現実との枠が壊され」「同時にこの作品の作中人物のリアリティの根底がこれによって形成される」と解析する。この特徴によって出来する「芥川龍之介は（中略）生身の人間である。とするならその生身の人間が見ている「お君さん」は同様に生身の人間でなければならないことになる」という論理は、一般読者、とりわけ同時代読者の関心を、「お君さん」の特定・実定へと向かわせることになるだろう。以上の前提にもとづいて、お君さんの形象の細部を確認していこう。「女髪結の二階」に暮らすお君さんの机上にならぶ本のうち、「不如帰」「松井須磨子の一生」「カルメン」等はいずれも演劇に関連の深いものである。また田中君とのデート前夜に彼女の胸中に去来する「不可思議の世界の幻」においては、やはり演劇との親和性が高い「三越[16]」が登場し、薔薇や真珠や橄欖や夜鶯《ナイチンゲール》の声をバックに、アメリカ映画俳優のダグラス・フェアバンクスと帝劇付属技芸学校一期生女優の森律子がダンスを踊る。つまりお君さんは、自身と田中君とを彼らに重ね合わせている。小説冒頭においてお君さんの容姿がメリー・ピクフォードに似ているとされていたのは、ここでその恋人（後に夫）のフェアバンクスが登場する伏線でもあったわけだが、いずれにしてもお君さんの表象には、演劇や女優にまつわるディティールやイメージが張り巡らされている。すなわち、お君さんの造型は、小石川駕籠町の髪結の二階に暮らし、女優を目指し、生活のために女給を含む様々な職業に従事したという宇野千代の年譜的事項と多分に通じ合う。梗概に明らかなように、また、お君さんに冠せられた「通俗小説」という渾名が端的に示すように、そのころすでに小説の投稿に励んでいた宇野千代を揶揄的に表象したものであると言えるだろう。

　芥川がその作品に宇野千代らしき人物を登場させるのは、これが初めてではない。「葱」の前年に長編を目指して連載された「路上」（『大阪毎日新聞』一九一九・六・三〇〜八・八）には、主人公の大学生安田俊助（芥川を模している）の友人大井篤夫が、「未来の細君」としてカフェの女給お藤さんを俊助に紹介し、「この人にゃ、特別に沢山ティップを置いて行つてくれ」と言う場面がある。「括り頤の、眼の大きい、白粉の下に琥珀色の皮膚が透いて見える、健康そうな娘」というお藤さんの容貌の描写、殊に肌についての記述は、美人を形容する類型表現を超えて宇野千代その人の特徴に通じ、「お藤さん」の名は「藤村」の姓に通じる。またこの場面は、燕楽軒に連日のように通った瀧田樗蔭が宇野千代に多額のチップを与えたというエピソードを想起させるものでもある。「路上」の連載は一九一九年の夏、すなわち千代が忠と正式に結婚し藤村姓となる直前の時期にあたる。翌年一月には「葱」発表、この年の九月に千代は北海道拓殖銀行に就職した忠とともに任地札幌に渡る。「葱」は、初出以後、『影燈籠』（一九二〇・一）、『或日の大石内蔵助』（一九二一・一二）、『沙羅の花』（一九二二・八）、『芥川龍之介集』（一九二五・一）と、単行本に四度収録されたから、その度に再読され、また、新たな読者を得ただろう。つまり、芥川の作品中の「お藤さん」「お君さん」のイメージは、千代の東京在住時から、中流家庭の専業主婦であった札幌時代を経て、職業作家となったのちも、七年にわたって反復され、その後も流通しつづけたことになる。

以上の事実を踏まえるとき、たとえば「薄墨色の憂愁」（『中央公論』一九二三・一）冒頭の次のような叙述には、この間の——とりわけ札幌在住時の——千代の心境が反映されているとも考えることができよう。

その頃は大変困って居たものだから、私は無精《むしょう》に金が欲しかった。もう少しで自分を失くするところだった。／私は今でもその頃の事を顧みて、「まあ、よくも淫売にもならずに通って来たものだ」と自分乍ら不思議な気がする位である。／淫売にはならなかったけれども、今でもその頃の生活が私を追っかけて来る。色々な場合に色々なかたちで追っかけて来る。／それも、今のところ少し楽な気持になって居るが、もう半年も前には、私もこれで、世間並な奥様になりたいと思って居たところであったから、その私が五六年前にはレストランの女なんかになった事もあると言う事を、誰にも知られまい悟られまい嗅ぎ出されまいとして、それはそれは苦労をしたものであった。（中略）私を女房にして居る人の気持を考えて居たからであった。あの人の奥さんはそんな女だったのかと、人に言わせるのが気の毒で仕方がなかったからであった。

（傍線引用者）

さらに「私」は、「次のような思い出話が書けるようになれたのをしんから嬉しいことに思って居る」と述べる。つまり、現在の「私」が「世間並な奥様」から作家に転身したこと、「書ける」という心境や能力や境遇を手にいれたこととその喜びが示される。続けて、レストランの女給仕時代に発端し、十年にわたって彼女を脅かし続けてきた一連の出来事が物語られる。すなわち、トラウマ的に不意に襲いかかってくる過去を、自らの手で「作品」にすること、主体的に書き換えることが試みられている(17)。

以上の経緯を勘案すれば、『時事新報』への投稿作品「脂粉の顔」において選択されたモチーフが、「女給」であったことの必然性がさらに詳しく見えてくる。すなわち、中央文壇への進出を賭けた投企であったのと同時に、他者によって彼女に貼り付けられた彼女のイメージであるところの「女給」の表象を、自らの手で書き換える企図でもあったといえる。略取された自己表象を自身の手に取り戻すための企ては続く。「墓を発く」のヒロインの職業「教師」は、女性が就業し得る数少ない専門職であるという意味において「女給」の対極にある。「墓を発く」は好意的に迎えられ、それにともなって作家自身が教員であった事実が報道された。「巷の雑音」においては再度「女給」が題材とされる。原稿用紙換算一三五枚の紙幅で、生真面目な若い女性が、にもかかわらず、あるいはそれゆえに、社会の底辺に落ちていく経緯と機構が詳細に描出されてゆく。さらに、女給たちの過酷な労働と劣悪な福利厚生、醜悪な酔客の様相、彼ら似非文化人を内心では軽蔑しきっている女給の本音が、女給に寄り添った視点でラディカルに描かれて、一流とされるカフェの裏面が剔抉されている。「巷の雑音」が描出した舞台裏の女給の様態は、軽佻浮薄の域を出ない「葱」のそれを圧倒し凌駕するものであると言えるだろう。

その後、尾崎士郎と出会い、藤村忠との協議離婚の成立（一九二四年四月、届出は翌年二月）に伴って筆名を宇野姓に改めた千代は、平行して自身の経歴に取材した作品多数を含めた精力的な執筆を行い、虚実皮膜の自己表象をかたちづくってゆく。「奥様」の立場から脱して「書ける」境遇を得た喜びは「薄墨色の憂愁」にも銘記されていたが、ここでは特に「晩唱」（『新小説』一九二五・二）に触れておきたい。生活に困ってカフェの給仕になった浪江は、客の一人に誘われて彼と避暑地を歩く。料亭の座敷で仕掛けられた接吻を拒み、夜道で抱きしめられた時には「汽笛が笑ってよ」と言うと、合図したかのように汽笛が鳴り、男は離れた。別の夜、男から一人で電車に乗って帰るように言われた浪江は、財布を持たずに男と会う習慣になっていたことを見透かされたように感じる。それきり男は現れず、浪江は他の男に連れられて南国に旅立ち、その男と炭屋を営んで暮らした。時が経ち、名高い小説家になったあの男の噂は浪江の住む小さい町にまで伝わった。浪江は平和な生活の中に暈が投げられたように感じるが、男の書いた小説を読むと、避暑地での夜の浪江が小鳥のようにリスのように可憐に描かれていた。さらに時が経ち、今ではあの小説家の名を言う者は誰もない。浪江は老い、夫も銀髪の老人となった。もう何も隠しておく必要はない。晴れた秋の日に「面白い話」を夫に告げようとする浪江の眼は、若い娘のように輝いた。

この「晩唱」と「葱」とを対照してみよう。まずヒロインの名を見れば、「お君さん」が二人称「君」の美称でしかない、つまりは符丁ほどの意味しかないのに対し、「浪江」は、お君さんの愛読書のひとつとされた「不如帰」のヒロイン「浪子」と「浪」の文字を同じくし、加えて「街の灯」の「澄江」とも通じる。すなわち、「浪」「澄」「江」という縁語的な発想によって、「葱」における小説内小説のヒロインの名と宇野千代の既発表作品のヒロインの名とが重ね合わせられて、新たなヒロインが立ち上げられている。「葱」において男の気持ちを挫くのは一束四銭の葱の臭気、言い換えれば、お君さんの生活の現実であったが、「晩唱」はこれを浪江の機転と折しも響いた汽笛の音としてロマンチックに反転させている。男が「名高い小説家」となったことが地方で炭屋の妻として暮らす浪江を不安に陥れるくだりは「薄墨色の憂愁」の「私」の心労に相似するが、しかし浪江の不安に反して小説の中の女は「可愛い」「気取った女」であり、浪江は男の記憶に残る自己像に「喜び」と「夢」を抱きつつ老いてゆくことができる。小説家の名が世間からすっかり忘れられるほどの長い年月を生き延びた浪江は、過去を「面白い話」として夫に語り始める。つまり、ヒロインが自らの過去を語り直すモメントとして、時間の経過に伴う状況の変化という設定が用いられている。加齢が彼女を過去の出来事の当事者であることから解放し、浪江は過去を語る自由を得るのである。この結末は、「老い」を肯定的に捉えている点で宇野千代の老年期の作品の特徴をいち早く示して興味深いばかりでなく、芥川の死後さらに七〇年を生きることになる宇野千代の長生をあたかも予言しているようでもある。

4　老女としてのマノン

単行本収録の際には表題作となり、従ってその時点での代表作のひとつと見なされる「晩唱」が、「葱」と交渉しつつそれを反転し、さらに宇野千代の初期から老年期の作品にまで通じる特徴、言い換えれば作家性を備える作品であることを見てきた。「晩唱」での試みは「老女マノン」（『改造』一九二八・七）においてより複雑化され洗練されて結晶する。全三章からなる本作をたどってみよう。「私」――名前は「千代」であることが「3」に至って明かされる――は去年の夏の初めから五ヶ月ほどを伊豆の温泉場で暮らし、三七歳にも四六歳にも六二歳くらいにも見える「船屋の小母さん」を識る。小母さんは小料理屋「船屋」の女中頭でお妾もしている。己れの老衰を信じないという点で、三二歳にもならない「私」と五一歳の小母さんは差がないと「私」は考える。ある日、「私」は小母さんから不思議な話を聞く。小母さんは若いころ歌を詠んでいて、女歌人と言われたこともあったという。小母さんの顔を見ながら、「私」は「二人の過去がまるで一つもののように似通っていることを、迷信のように信じ始め」、「だから私はその小母さんの話を、まるで私自身のことででもあるかのように私の言葉で書いて見る」として、「1」は閉じられる。

続く「2」は、終盤まで「小母さん」による一人称語りで進行するが、いったん「私」による実況中継的語りが挟まれ、末尾では「私」による総括が施されて、「3」ではふたたび「私」の安定した語りに戻る。すなわち、「聞き書き」の手法が採用されることによって、語る「私」と語られる「小母さん」との入れ替わりが見られる。「私」は作品全体を統御する語りの主体でありつついったん主体から離れるとも言え、さらに言い換えれば、「私」が「小母さん」に乗り移る、あるいは、乗り移られるかのような仕掛けである。「料理屋の女中」すなわち飲食店で給仕に従事する女にして「妾」という「小母さん」の設定は、それまでの宇野千代作品のヒロインたちに通じるものであり、札幌在住時の宇野千代が短歌を詠んでいた事実は、北海道歌壇の人々を中心に一定程度知られた事柄でもある。すなわち、「小母さん」の形象には宇野千代その人との相同性があらかじめ付与されている。以下、「2」で展開される「小母さん」の若き日の回想を見ていこう。

「私」（=「小母さん」）は友人で歌人の秋月なお子と短歌の集まりに出かける。日清戦争後、思い切った洋装の流行った頃で、「私」は自分の纏った青羅紗のマントに気持ちが囚われてぎこちなかった。集まりの会場で「私」は、かつて金をくれたことのある男と七年ぶりに再会する。その当時の「私」は密かに情人を持ち、情人を食べさせるために他の男から金をもらい、また別の男と街を歩いていた。なお子はその男を知っていた。なお子によれば、彼が話した「私の知らない私に就いての面白い話」がその仲間内で共有され、すでに一人の作家によって一篇の小説になり巷で売られているという。「私」はなお子から借りてそれを読んだ。「私」によく似ているがまるで違う若い女と、あの男とよく似た男が、一緒に街を歩く。男が女をどこへ連れ込もうかと考えていると、女は八百屋の店先で安い葱を買う。その無風流さに男の伊達な物好きな心は消え失せる、という小説であった。

すでに明らかなように、ここには、一読したことのある者なら誰もがそれとはっきりわかるような形で「葱」が引用されている。その上で、女の造型については「（おお、それはまるで違う。）」と当事者たる「私」による異議申し立てが挟まれ、小説全体については「――これが面白いのか。それは面白い。まるで粋なフランス種の洒落本をでも読むように面白いではないか。」と、「葱」のコント性を的確に捉えつつも反語的な評価が下されている。既述したように、「私」の名が作家と同じ「千代」であることは「3」に至って明かされ、同時に「小母さん」の名も「千代」であることも示されるが、「葱」の明示的な引用は、「私」=「小母さん」が宇野千代、「あの男」が今東光、「一人の作家」が芥川龍之介をそれぞれモデルにしているという前提をも明示するだろう。以上の論理から導かれるのは「秋月なお子」にもまたモデルが存在するという仮定である。後述するように、また「なお子」の命名が示唆するように、それは女優の葉山三千子ではなかったか。本名は小林勢以子、周知のごとく、谷崎潤一郎の義妹にして

「痴人の愛」（一九二四年三月連載開始）の「ナオミ」のモデルとされる女性である。

ところで、千代の随筆[18]によれば、札幌に赴く以前、東京で奮闘していた頃の彼女は、芥川龍之介の知遇を得て、田端の芥川邸を二、三度訪れたことがあるという。新版全集に初めて収められた芥川龍之介書簡（藤村千代宛、推定一九二〇年、日付一二月二〇日）は、札幌在住時の千代に宛てられたもので、それに先だって千代から送られた習作についての講評が書かれており、さらにその末尾には小林勢以子の名とその近況が添えられて、千代と彼女が同時期に芥川邸を訪問していた事実を示すとともに、その事実が芥川周辺の文壇人に共有されていたことを物語る。[19]他方で葉山三千子（小林勢以子）と今東光が昵懇の間柄であることは、今の回想によっても伝えられているが[20]、今や谷崎や芥川周辺の文壇人にとってはこれも周知の事柄に属するだろう。以上を踏まえて「老女マノン」に戻れば、「秋月なお子」を葉山三千子と同定する同時代受容を想定することは充分に可能であると言えよう。作中で唯一フルネームが付与された「秋月なお子」は、従って「あの男」や「一人の作家」以上に特権的な登場人物であるとも見なされる。加えて彼女には、著名な歌人であるという形象、すなわち創造の主体としての属性も付与されている。とりわけ興味深いのはこの「秋月なお子」が「私」＝「小母さん」に彼女をめぐる小説の存在を教えるという設定で、すなわちこれは、「私に就いての面白い話」を共有することで形成され、さらに「一篇の小説」として「巷に売られ」ることで公共の言説空間にまで拡大された、男たちのホモソーシャルな紐帯に亀裂を走らせる行為を意味している。

さて、「2」の終盤、回想から転じて語りの現在に戻った「私」（＝「小母さん」）は、いまの自分には自身の売笑婦的生涯の価値を誇負し妄想することだけが残ったと言い、その生活が自身の死を以て終わることを「一つの悟り」であると言う。鳥や犬や猫のように一人で死ぬが、死んだ後に埋めてもらうための金は枕の下に敷いて寝る。その金は最後の「ヽヽ」（＝売春行為を暗示している）で得たばかりの金である、と述べて「小母さん」の語りは終わる。語りの主体は「私」に戻り、「小母さん」へ再度の強い共感が示される。「3」では、東京に帰り良き妻として暮らしていた「私」のもとに温泉場から戻った友だちが訪れ、小母さんがいなくなったこと、本当の年齢は六二歳であったこと、村の義太夫会では「私」と同じ名「千代」を名乗ったことを話す。小母さんはどこかへ死ににゆくのだと考える「私」の頭には、ついこの間シネマ銀座で見たばかりの光景が浮かぶ。いっぱいの桜の中を箱馬車が行く。乗っているのはうすい青羅紗のマントを着た薄命の美姫マノンである。

作中で「私」は最近マノン・レスコーの映画を観たと述べているが、これは一九二七年にアメリカのワーナーブラザース社が製作し、二八年四月に日本で公開された「マノン・レスコオ」（原題"Manon Lescaut"）[21]であると考えてほぼ間違いないと思われる。「宿命の女」の最初の形象化とされるマノンの物語は、すでに大正中期から広津和郎や田沼利男によって紹介されていたが、この映画の公開に伴って一気に大衆に知られるようになったであろうことが、新聞や雑誌における関連記事件数の推移から判断できる。西条八十・中山晋平コンビによるいわゆる「新民謡」のうちの一作として「マノン・レスコオの唄」が作られ、最初のベストセラー歌手とされる佐藤千夜子の歌唱でビクターよりレコードが、また、山野楽器より竹久夢二の挿画で楽譜が発売されたのが映画公開翌月の二八年五月、翌年には久米正雄の新訳が刊行されることを見れば、この時期はいわば映画公開を契機とした「マノン」ブームの到来であったと見なすことができる。二八年七月の「老女マノン」はその波に乗り流れに棹さすものであった。

見てきたように「小母さん」は、孤独、老い、実年齢を粉飾する演技性を備えている。自身の葬儀代を最後の売春で得た金で賄おうと考えている「小母さん」の徹底した娼婦性は、回想の中で若い頃に着ていた「うすい青羅紗のマント」を媒介としてマノン・レスコーのイメージ[22]に昇華される。再三示された「私」から「小母さん」への共感と同一性は、ふたりが同じ「千代」という名であることで強化され、したがって「私」にもまたマノンのイメージが付与されるということになる。映画のヒロインの華やかさを纏いつつ、しかし、これら「千代」たちの明晰な自照性、言い換えるなら「老女」性は、男の成長物語の中で死んでいくファムファタールの類型とは明らかに異なっている。ところで、先駆的フェミニストとして知られるジョルジュ・サンドは、「マノン・レスコー」のジェンダー分配を逆転させた小説を書いているという。[23]「ジョルジュ・サンドのように、田村俊子のようになろう。私はそう思った。[24]」という宇野千代の決意は、サンドの試みと、奇しくも響き合っている。

5　おわりに

「マノン・レスコオの唄」を書いた西条八十は、「椿姫」の翻案映画のテーマ曲も手がけており、「近代の西洋文学で、娼婦のもつ純情をテーマとした有名な三部作」のうち「特にふたつを偶然なぜわたしが書くやうになつたか?」を後年自問し、「時恰も欧州戦後の好景気時代で、あらゆるところにカフェーや酒場が繁盛し、娼婦のやうなウエイトレスが充満してゐた。その彼女たちの魂がさういう唄をただ呼んだゞけであるか?」と自答して、「或る不思議な感慨をおぼえる」と綴っている。[25]つまり西条は、いわば時代の集合的無意識に呼びかけられ、自身でも半ば無意識のうちにそれに応えたと述べている。

この点に関わって、日本の歌謡曲に組み入れられた外国人名の変遷をたどった岡崎一の論[26]を参照すれば、明治前期においては「ナポレオン」や「ワシントン」など男性の政治家を、後期には男性文化人を主としていた傾向が、大正期から昭和期にかけて「ノラ」「カチューシャ」「マノン」といった「西洋文芸作品の登場人物であり、実在ではない」「可憐な女性」に推移することが認められており、「青鞜社を淵源とする女性解放運動」すなわち「〈新しい女〉」の「新潮流」の影響が指摘されている。より正確には初期の女優劇のヒロインである「ノラ」や「カチューシャ」が『青鞜』の潮流と相関するものであり、映画の普及に伴って「新しい女」のイメージは舞台から映画のヒロインに推移し、一気に拡大したと考えられる。言い換えれば、「新しい女」は大衆化し、「モダンガール」へとシフトしたと見なされる。「マノン」はその代表的なアイコンであったと言えよう。

周知のように、「モダンガール」の語の創始者であるとされる北沢長梧（秀一）が、前時代の「新しい女」との差異に言及して、「女権拡張論者だの、婦人参政権論者と云うやうな、其の時代の婦人を導いて行かうとする、優れた階級の婦人」ではなしに、「何処にでも見出す事の出来る、町をあるいても、家庭へ這入つても、見出す事の出来る、普通の女性」であること、しかしながら、「あらゆる伝統と因習から解放されて、自分達の魂が要求するまゝに生きようとしてゐる」「女性の大群」がモダンガールであると論じたのは一九二三年のことである。宇野千代の描いた「女給」は、これに同伴するものであり、かつ先んじて出現した、すぐれたモダンガール表象であったと見なされる。広津和郎が実在の女性に取材して女給の置かれた過酷な状況を描いた小説、その名も「女給」の連載が開始されたのは一九三〇年のことだが、「巷の雑音」はそれにずっと先駆けて女給の実態を世に問うた。言い換えるならば、「葱」への対抗言説の企ては、略取された自己表象を自身の手で上書きするものであったのと同時に、客としての男性作家のまなざしが捉え得なかった女給のリアリティを描出することと不即不離のかたちで結びついていた。見てきたように「老女マノン」は、当時の「マノン」ブームに機敏に乗りつつ、「千代」の肖像を奪取する一連の作品の集大成であったと考えられる。「晩唱」によって獲得された先行する男性作家の作品との交渉による反転という方法は、「老女マノン」で試みられた聞き書きの手法をも伴って、やがて「河合譲治」の手記を「湯浅譲治」の語りへと変換させた「色ざんげ」として結実することになる。

注

（1）この時期の宇野千代の動向について詳しくは、拙稿「宇野千代の出発期——「脂粉の顔」「墓を発く」とその後の活躍」（『大正女性文学論』翰林書房、二〇一〇・一二）を併せて参照されたい。
（2）井伏鱒二「古い話」（「宇野千代全集月報6」『宇野千代全集　第一巻』中央公論社、一九七七・一二）
（3）大塚豊子「書誌」（『宇野千代全集　第一巻』中央公論社、一九七七・一二）
（4）尾形明子『宇野千代』（新典社、二〇一四・三）
（5）宇野千代『私の文学的回想記』（中央公論社、一九七二・四）

（6）宇野千代の創作をめぐる履歴は、女学校在学中の『女子文壇』への投稿に始まり、一九一九年ごろには『万朝報』の懸賞小説欄に盛んに応募してときおり賞金を獲得、夫に伴って移り住んだ札幌では、一九二一年末より地元紙北海タイムスにたびたび寄稿、地元文学関係者の中で一定の位置を占めるようになっていったことが明らかにされている。詳細は、神埜努『女流作家の誕生　宇野千代の札幌時代』（共同文化社、二〇〇〇・八）、神埜努「宇野千代、札幌時代の文学修練――萬朝報が作家への〝導火線〟――」（『札幌の歴史』四三、二〇〇二・八）、尾形明子前掲書を参照。

（7）赤川学『セクシュアリティの歴史社会学』（勁草書房、一九九九・四）。なお後年の作家本人は、「脂粉の顔」について、「或る娼婦の生活」を描いたものであると述べている（『私の文学的回想記』）。

（8）橋詰静子は本作について、「都会の一見享楽的な女性像を細かく描き分けている点に注目したい」と述べる（「ジェンダーと文学――宇野千代作品史・1921・作家の誕生――」『目白学園国語国文学』六、一九九七・三）。

（9）つとに生田長江は、「脂粉の顔」と「墓を発く」に共通する人道主義的観点を指摘している（「宇野千代さんの芸術」『婦人公論』一九二五・一〇）。

（10）なお、この時期の生活や見聞に取材したと見なされる習作「お染」は、男との生活の貧しさから妾奉公を決意する女性の葛藤と、男の狡猾さを描く。男性への批判意識がすでに書き込まれていることは注目に値しよう。『万朝報』の懸賞短編小説欄に掲載（一九二〇・一一・二八）、常連投稿家となっていた千代にとっての初入選作品である。神埜努（前掲論文）は、ここに貧苦の生活から性を金に換えようとする以後の作品群の典型を見出し、「脂粉の顔」以降の一連の「女給もの」の源流であるとする。ヒロイン「お染」の名は「白い家と罪」（『世紀』一九二四・一二）に共通し、また、「白い家と罪」と同月に発表された「街の灯」（『中央公論』）は「お染」と設定を同じくしている。モチーフが反復され深化されているのを確認することができる。

（11）『時事新報』一九二二・一・二二

（12）鷹野つぎ「創作批評（四月）」（『文芸年鑑　大正十四年』文泉堂書店、一九二二・三）

(13) 無署名「大正十四年の文壇」(『文芸年鑑　大正十五年』文泉堂書店、一九二六・二)
(14) 浅見淵「宇野千代　岡本かの子入門」(『現代日本文学全集　71』講談社、一九六六・二)
(15) 西原千博「『葱』試論――作品を飛び出す作中人物――」(『稿本近代文学』二一、一九九六・一一)
(16) よく知られる「今日は帝劇　明日は三越」のコピーの原型は明治末期に作られ、大正初期には劇場プログラムなどに刷られるようになり、中期には流行歌の歌詞(「コロッケの唄」一九二〇年)にも取り入れられるなどして広く大衆に浸透した。
(17) 正確にはこの小説は、「「トラウマを作品にすること」への自己言及」という入れ子的な構造を備えたいわばメタ小説的な試みである。加えて、現在の「私」=語る「私」が語られる過去の出来事にしばしば介入し口を挟むのも特徴で、この特徴は、小説外部の「おれ」=作者が小説内世界に顔を出す「葱」の特徴と共通するものでもある。なお、この時期の小説のうちたとえば「夢」(初出未詳、『新選宇野千代集』所収)は死産体験の夢を、「夜」(初出未詳、『新選宇野千代集』所収)は夫であった男にレイプされる夢を、「冬日閑夢」(原題「冬日閑話」、『時事新報』一九二八・一・二九～二・三)は女給たちとともに南洋に売り飛ばされそうになる夢を、それぞれ題材としている。いずれも不意打ちのように夢に出現した過去=トラウマを、主体的に書き換え、把持しようとする試みであると見なされる。
(18) 宇野千代「あの頃、この頃　女から観た芥川さん」(『婦人公論』一九三七・九)
(19) 詳細については、曾根博義「芥川龍之介と宇野千代」(『国文学』一九八八・九)を参照。
(20) 今東光『十二階崩壊』(中央公論社、一九七八・一)
(21) 世界映画史研究会編『舶来キネマ作品辞典――日本で戦前に上映された外国映画一覧――』(株式会社科学書院、一九九七・七)を参照。
(22) 『キネマ旬報』一九二八年三月号に掲載されたこの映画のスチール写真には彩色が施され、ピンク色の花を満開にした桜並木の下で向き合うファビアンとマノンのワンシーンを伝えている。これを参照するなら、「老女マノン」末尾の桜並木の下を馬車で走るマノンのビジョンは、宇野千代の創作ではなく、映画を踏襲したものである可能性がある。老年期の宇野千代が好んで用いることになる桜のモチーフの最も早い出現が、フランス文学を原作とするアメリカ映画に由来するものであるとするならば、事態はナショナルシンボルとしての桜との切断を意味して興味深い。

(23) 高頭麻子「時代遅れの恋――『マノン・レスコー』と『痴人の愛』――」(『Etudes francaises』二、一九九五・三)

(24) 宇野千代「文学的自叙伝」(『新潮』一九三四・七)

(25) 西条八十『あの夢この唄　唄の自叙伝より』(イヴニングスター社、一九四八・三)、のち『唄の自叙伝』として増補再刊(小山書店、一九五六・七)。

(26) 岡崎一「歌詞と異文化――日本近代流行歌小論――」(『PHASES』五、二〇一四・一一)

(27) 北沢長梧「モダーン・ガールの表現――日本の妹に送る手紙――」(『女性改造』一九二三・四)

(28) 初出『婦人公論』一九三〇・八～一九三一・二。なおこれに先立って、プロレタリア作家細井和喜蔵による自身と妻との生活に基づく短編「女給」(初出不詳、『無限の鐘』改造社、一九二六・七所収)、および「モルモット」(遺稿、『文章倶楽部』一九二五・一〇)がある。

〈付記〉 テキストの引用に際しては『宇野千代全集』所収本文に依拠した。

『途上にて』――ナジモヴァの「サロメ」と「私」

溝部優実子

『途上にて』（『作品』2巻4号、一九三一・四）に、ひときわモダンな光を添えているのは、映画「サロメ」と「椿姫」である。主演はいずれも、アラ・ナジモヴァ。ロシア出身の彼女は、「強烈な個性と美貌でサイレント期最高のアメリカ女優」(1)と謳われている。尾崎翠にとっても、ナジモヴァは特別に思い入れの深い存在であった。「映画漫想(三)」（『女人芸術』一九三〇・六）では、彼女の「「お芝居」の巧さ」、「体躯の動き」が「舞踊の美」を帯びていることを高く評価している。その文中で、「追慕は身に滲みて深い」(2)と特出された主演映画が、「サロメ」と「椿姫」であった。両者が点描された『途上にて』は、ある意味で、ナジモヴァを意識させる作品でもある。

日本で「サロメ」が封切されたのは、一九二三年一一月一六日、目黒キネマ。「椿姫」はその一年後、一九二四年一〇月一五日に帝国ホテルで上映されている。(3)つまり、『途上にて』のテクスト内時間は、モダニズムの高揚期である一九二〇年半ばを射程に入れているといえるだろう。(4)

しかし、「きんつば」を抱えて歩む「私」は、モダン都市の喧騒からは遠い。屋根裏部屋への帰り道、女友だちの「泪」を思い出し、図書館で読んだ本の一篇を反芻し、最後に絶交した男友だちと再会する。脈絡のない記憶が収拾されるのを拒んで、ただ流れていくようだ。早くも同時代、「観念の域を脱してゐない」(5)と評されたように、つかみどころのないこの作品は、尾崎翠を論じる際に一部言及されることはあるものの、単独の作品論はほとんど見当たらない。管見では、太田路枝「尾崎翠「途上にて」論」（『阪神近代文学研究』第7号、二〇〇六・三）と拙稿「尾崎翠『途上にて』――〈失恋〉をめぐる物語――」（『国文目白』第54号、二〇一五・二）があるばかりである。太田は、この作品に「「私」の中の別の人格」を顕在化させる手法の成立をみて、『木犀』から『第七官界彷徨』へ至る道程の中に位置づけてみせた。拙稿では、「私」と女友だちの分身性を指摘することで、この作品には、「私」が〈失恋〉の思い出を再編成し、「中世紀氏」と精神的に決別する過程が描かれている可能性を提示した。

本稿では、『途上にて』のプレテクストとして、ナジモヴァの「サロメ」が存在することに注目する。そのインターテクスト性を通じて、この作品に、ヨカナーンとサロメの関係性を敷衍したかのように、女のセクシュアリティを忌避する男と、そのような男に恋する女の関わりが重奏していることを検証する。その作業を通して、ナジモヴァの「サロメ」に通じる、「私」の先駆的な意識を浮上させてみたい。

1　イヴの末裔としての「私」

物語は、「パラダイスロストの横町」から始まる。この名称は、ジョン・ミルトンの『失楽園』に直結するもので、『途上にて』が聖書的な時空と無関係でないことを示唆しているだろう。周知のように、『失楽園』は旧約聖書「創世紀」におけるアダムとイヴの楽園追放の物語である。神代の時代、イヴは蛇にそそのかされて、神が禁じた善悪の知識の実を食べ、アダムをも巻き込んだ。イヴはその責めを負い、「夫への性的、家庭的服従と、出産の苦しみ」を課せられ、人間を「神との一体性と調和からの転落へ、疎隔と罪へとかりたて[6]」た存在とみなされるようになる。そして、彼女は「〈あらゆる女〉であり、女のプロトタイプであり、来るべきその同性のすべて[7]」となった。「イブの物語は、ある意味で、西洋文明の女の概念の核心にある。[8]」といわれている。

市電が縦横に走る近代都市にあっても、「パラダイスロスト」はその意味を剥奪されているわけではなかろう。この名を負った町を歩む「私」は、紛れもなく、そんなイヴの末裔なのだ。だから、この場所で女友だちの「泪」につながる「昔ばなしをひとつ思ひ浮べ」るのも、故なきことではないのである。

ある、それも今夜のやうに爽かな秋の夜のこと、友だちは私の右の肩によつかかり、私は彼女の重みで舗道の底にめりこみさうな思ひをし、二人は散歩者の流れのなかを揉まれ、流されてゐました。私の右の肩は、彼女の両手と顔だけでなく、みだれて重い彼女の心を、いつてしまへば失恋の苦味を載せかけられてゐたことになります。

失恋にまつわるこの思い出は、「ナヂモヴのサロメをみた帰り」の出来事であったという。その「サロメ」を引き合いに出して、「私」は友人の「泪」を次のように述懐する。

やがて、私は、右の肩に寒いしめりを感じました。（いま、ふつと、右の肩が寒くなりました。サロメの悲恋にことよせて流した彼女の泪が幾年か後のいま、袷の肩をとほして残つてる気がしたのです。季節も、あたりのけしきも、今夜はまつたくあの夜とそつくりです。日は覚えてないけれど、ふとしたら同じ日ではないかと思ひます――）

（傍線引用者　以下同じ）

ここで、留意すべきなのは、「私」が友人の「泪」を「サロメの悲恋にことよせて流した」ものと表現したことだろう。サロメの恋を、他でもない「悲恋」ととらえる「私」の感性が注目される。「私」は少なくともサロメ側の視点から、その恋を意味づける者のようだ。果たして、ここに引かれた「ナヂモヴのサロメ」とはどのような映画だったのだろうか。

2　「ナヂモヴのサロメ」の位相

サロメを「黙示録的なイブ」(9)と表現したのは、ジュリア・クリスティヴァである。サロメは、福音書「マタイ伝」14章（3―19）、「マルコ伝」6章（19―24）に記載のあるイスラエル王女ヘロディアスの娘を指す。彼女は古くから、芸術的素材となってきたが、特に一九世紀末に多くの芸術家を魅了し、文学においては、フローベール『ヘロディアス』、マラルメ『エロディアード』、オスカー・ワイルドの戯曲『サロメ』（一八九三年）が生み出された。その中で、「ナヂモヴのサロメ」の原作であるワイルドの『サロメ』は、サロメの描き方において、従来のものと一線を画していた。

洗礼者聖ヨハネへの思いを一度の口づけに果し、兵士たちの盾の下に圧死するサロメ。母王妃ヘロディアスの意のままに踊りの報酬としてヨハネの首を所望した操り人形のような福音書の娘を、ワイルドは自分の意志と感情のままに行動し、自らの運命に従って身を滅ぼすイスラエル王女の悲劇一幕に仕立てた(10)。

サロメは、預言者ヨカナーン（別称　洗礼者ヨハネ）に恋するが、彼から徹底的に拒まれている。ヨカナーンは、キリストに洗礼を施した聖者なのだ。彼は「この世に悪が生れいでたのは女人の所為」ととらえており、サロメは「巴比倫《バビロン》の娘！　所多馬《ソドム》の娘！」(11)と幾度も批判される。しかし、サロメはヨナカーンを得るためにヘロデ王の欲望に応じて踊り、ついに彼の首を手に入れる。ワイルドは単なる母妃の傀儡ではなく、恋に殉じる意志ある王女を創出したといえよう。

このようなワイルドの『サロメ』を経て、欧米では「一九〇〇年代から一九一〇年代にかけてサロメ役は多くの女優や女性舞踊家・女性芸能家に出演されるようになり」「サロメ踊り」はいわゆる「サロマニア」――サロメの大流行――を巻き起こした」[12]。リヴィア・モネは、このような女性のサロメ像は「男性知識人・芸術家たちの抱いたファム・ファタル（femme fatale）としてのサロメのイメージに逆らった、「新しい女としてのサロメ」という風に読まれた」ことを推測し、次のように述べている。

サロメは「新しい女」――つまり、当時欧米女性の自我・身体・セクシュアリティの目覚めや解放願望、そして彼女らの抱いた社会進出への憧れを象徴するイメージのように見做されるようになり、「サロマニア」、あるいは「サロメ・フェミニズム」という現象を巻き起こした[13]。

ワイルドの『サロメ』を原作とした「ナヂモヴのサロメ」もまた、その延長線上に位置していた。さらに、この映画は一九六〇年代のキャンプ美学理論の下、「二十世紀のゲイ／クイヤー・カルチャー、そして一九二〇年代の、モダニズム・前衛映画の先端に立つ作品として再評価され[14]」る先鋭性すら持っていたのである。

リヴィア・モネは、翠が「ナジモヴァの映画のプログラムや映画雑誌・ファン雑誌を読んでいた」ことを根拠として、「一九〇〇年代から一九一〇年代にかけて花を咲かせた「サロマニア」、そしてこの「アーリ・フェミニズムの大衆現象」に託された、女性たちの自由、解放、革命の夢と願望を知り、それへ深い共感を抱いたことを推理[15]」している。冒頭に示したように、翠がナジモヴァを高く評価し、特に「サロメ」に言及していたことを思えば、そこにナジモヴァの思想性への共感があったとしても、何ら不思議なことではないだろう。

『途上にて』において、こういった「ナヂモヴのサロメ」のバックグランドが、顕在的に語られることはない。だが、独り「パラダイスロスト」を歩む私の脳裏に、この映画が反芻されていることを見過ごすことはできない。サロメの恋を、「悲恋」ととらえる「私」は、少なくともサロメを宿命の女《ファム・ファタール》とみなす地平にはいないのである。

このような「私」の位相は、「パン屋のおかみさん」の存在からも照らし出されている。「私」は「おかみさん」を「チエホフ型の可愛い女」ととらえ、友人の顔と見比べて、「女の顔の感じといふものも、違へば違ふものだ」と語る。チェーホフの『可愛い女』（一八九九年）の女主人公は、夫を失っても、自分の生活を保全し得る相手を見つけ、幾度も結婚する。そんな女の類型でとらえられる「おかみさん」が「パン屋」であることも故なきことではないだろう。パン――生きる糧と直結した安全地帯にいる「おかみさん」は、同じ「パラダイスロスト」にありながら、死を賭して恋するサロメとは対極の存在といえるだろう。「ナヂモヴのサロメ」に失恋の「泪」を誘発される女友だちも、サロメの恋を「悲恋」ととらえる「私」も、どうやら「可愛い女」の領域には属していないようだ。むしろその範疇にとどまることのできない、サロメ的な〈新しい女〉ではなかったか。

3　「カラバンの少年の話」に潜む「サロメ」

「パラダイスロスト」を歩む前、「私」は一日中図書館にいた。読むことに時間を費やす「私」は、やはり「チエホフ型の可愛い女」ではないようだ。読んできたのは、「蜃気楼」の話で、その中で特に心に残ったというのが「カラバンのなかにゐた一人の少年が、沙漠のなかで変な死にかたをしてゐた一篇」（以後「カラバンの少年の話」と記す）だったという。

主人公の少年は、「まだ発育の途にある肩と、発育してしまつた足とを持つてゐ」て、「いつも神様ほど澄んだ顔をして窓に坐つてゐる」「何処か遠くに生きてゐる未知の美しい娘に待たれてゐることと信じて」いた。そんな少年に恋する村娘がいたが、少年は彼女に見向きもせず、「眼瞼のなかのこひびとにめぐり逢ふために、商人の一行に加は」り、それから五日目の朝、「砂の上に膝をつき、両手をある高さにさしあげたまま」の屍骸で発見される。「私」は、そのような死に方に対する著者の解釈を、次のように紹介している。

若者の眼瞼のなかの界を知つてゐる著者は、彼の死を、壮年旅行者のやうなデザイアでなく（著者は、若者が丘の繁みで村の娘をもぎはなし、繁みをでてからつばを吐いたことも知つてゐるのです）一種の清しいマゾヒズムのやうな情念の、影のやうに冷淡な女に対する思慕の、だからひとつの信仰ともいへる想ひの生んだ蜃気楼として釈いてゐたやうです。（傍線引用者以下同じ）

さらに「私」は、著者の「おもしろい浪漫心理感」として、「死の原因となる心理が、死の姿態にはたらきかける力」に触れ、「デザイアは人間を枯葉のやうに斃死させ、それの混らない純粋な思慕は祈祷のかたちの死を与へるさうです。」と解説を加えている。つまり、「カラバンの少年の話」は、生身の女に目もくれず、「ひとつの信仰ともいへる想ひ」に生きた男の逸話であるといえ、この少年は、不思議とヨカナーンのイメージをまとっている。そういえば、洗礼者ヨハネは「荒涼とした不毛の砂漠をさまよう孤独な説教者として描かれることが多い」[16]。また、少年の死のフォルムは「祈祷のかたち」で語られていて、宗教的なパラダイムをもっているのも見逃せない。

このように精神性が特化された少年に対して、村娘は、「ひと月ごとに胸巾の幅をひろくしなければならない年ごろ」で、「胸板が厚くなればなるだけ」「心は重く」なっていく存在だ。成熟に向かう身体性が、とりわけ強調されているのである。

男がはじめて眼を開いたのは、彼の胸の上に、重い、もやもやと温かいものが、どさりと被さつてきたときです。

女の上半身が、ぢき眼のしたで、顔をそむけたいくらゐ多い頭髪に包まれて男の胸をつかみ、彼の全身は蒸れた髪の匂ひに包まれてゐました。――男は胸の上に上半身を必死にもぎはなし、波を打つてゐる女の五体を草の上に捨て、だまつて潅木の繁みを出て行く。

恋する相手に積極的に接近し、肉体的な接触を求め、徹底的に拒否される経緯において、村娘にはサロメとの類似性が見出せるだろう。つまり、「カラバンの少年の話」には、「サロメ」と同じく、生身の女を忌避する男と、そのような男に恋する女というパターンが潜在するのである。両者の違いは、恋する女を主体とした物語であるか、女を遠ざける男に焦点化した物語であるかという点にある。

これまで、「カラバンの少年の話」は、『こほろぎ嬢』のウィリアム・シャープとフィオナ・マクラウドの関係性と同系列に置かれてきた。翠文学に固有の「異性としての〈私〉」への究極的なプラトニック・ラヴの典型例というわけである。[17] だが、「カラバンの少年の話」は、それほど単純に割り切れるものでもなさそうだ。

そう考える理由は大きく二つある。一つは、リニアに流れる物語の必然に従い、「カラバンの少年の話」が、「ナヂモヴのサロメ」に誘発された「泪」のしめりを残存させて、語り出されている点である。このことを考慮すると、「カラバンの少年の話」に対する「私」のシンパシーを、一貫して少年の側に置くことは難しくなろう。「私」の心情としては、少年から避けられる村娘の側へ容易にシフトし得るからである。このような「私」のスタンスは、例えば、少年が村娘を振りほどいて出て行く際の、次の表現にも窺うことができるように思われる。

　ここに二つの重要なことは、男はまだ肩の発育しきらない年ごろ。もう一つは、彼が繁みのそとにでたとき、横をむいて（うしろでは、女の五体が草に喰ひ入つてゐるのです）草の上につばを吐きすてたこと。

「私」は、少年が村娘のいる草むらに唾を吐いたことを「重要なこと」として言挙げしている。唾棄が非礼な行為である以上、「カラバンの少年の話」を精神的な恋の美しさを謳うだけのものとして完結させることは出来まい。

これを裏付ける理由は、もう一つある。拙稿（前述）で詳述したように、「カラバンの少年の話」の著者が「何とか閑氏」と紹介されている点である。その一文字は容易に「長谷川如是閑」を連想させ、この話が彼のバイアスを

抱え込んでいることを示唆していよう。(18)

さらに、この話に単純に割り切れない奥行きを感じさせるのは、少年に対する村娘の言い知れぬ「嫉妬」が記されていることである。

あるとき娘は、草の上にながながと伸びてゐる美しい足に忍びよつたのです。男は、潅木の穂にふち取られた底深い空に向かつて死んでゐるかと思はれるくらゐ。しかし閉ぢられた眼瞼だけは、絶えまなく細くふるへてゐる、それを感じる近くに娘は寄つてゐるのです。息はきこえないで、胸はたひらなままで、眼瞼のふるへだけ。このとき、娘は、なぜか男に嫉妬を感じたのです。草の上に、立つてるときよりもよけい美しく、よけい長く伸びた脚をかるく重ね、静かに臥てゐる男自身に対して。

村娘に突如わき起こるこの「嫉妬」は何なのか。少年の「眼瞼のなかのこひびと」を感知し、彼女に嫉妬したというのだろうか。先に、村娘がサロメのイメージに重なることを指摘したが、興味深いことに「ナヂモヴのサロメ」にもこれに重なるシーンが存在する。牢に閉じ込められたヨナカーンが、月に向かい眼を瞑るシーン――月光に浮かび上がる敬虔な姿に、恐れとも怒りとも悲しみとももとれる表情で眉根を寄せて見入るナジモヴァがクローズアップされていた。それは自己完結した精神界の愉悦に浸りきる男に対する、無意識の「嫉妬」ではなかったか。サロメも村娘も自らの肉体の成熟をとめることはできない。サロメが否応なくヘロデ王の性的欲望の対象であったように、彼女たちは肉体ゆえに誘惑者であり、聖性から遠ざけられる。それは、神代のイブに課せられた咎でもある。

唾棄された村娘の、その後の消息はわからない。だが、ナジモヴァ演じるサロメは拒まれたままでは終わらなかった。ヨカナーンの首を手に入れ、口づけを果し、ヘロデ王の政治的権力によって死に追いやられる。最期、ナジモヴァのサロメは空に向かい、カラバンの少年のように「両手をある高さにさしあげた」「祈祷のかたち」で、取り囲んだ兵士の槍に突かれていく。ワイルドの原作ではサロメはなす術なく盾に圧死されているから、この最期はナジモヴァの演出であったことになる。[19] 試みに、この死のフォルムを「カラバンの少年の話」の著者「何とか閑氏」の論理にあてはめてみるとどうだろう。「両手をある高さにさしあげた」サロメの死形は、彼女の恋が「デザイア」ではなく、紛れもなく「ひとつの信仰ともいへる想ひ」「純粋な思慕」であったということになりはしないか。

「ナヂモヴのサロメ」に誘発された「泪」のしめりを残しながら語り出された「カラバンの少年の話」には、サロメの「悲恋」が重奏されているように映る。だとしたら、ここには、「私」の中のサロメの恋の意味づけが、屈折した形で潜伏していたことになるだろう。インターテクストとしての「ナヂモヴのサロメ」によって浮上してくるのは、聖性から遠ざけられた女の恋に、「純粋な思慕」を見ようとする「私」の思いではないだろうか。それは、精神と肉体を分断する男権的な価値観のなかでは存立しがたい、女のセクシュアリティと聖性を共存させようとする志向に他ならない。それを裏付けるかのように、このような女のセクシュアリティの問題は、「中世紀氏」との邂逅にもつながっていく。

4
「中世紀氏」の〈奪還〉

「中世紀氏」は、「顔やはなしかた」、「のろのろ歩」く様、「昔ながらの中世紀の羊」のようであると語られる。『途上にて』が「パラダイスロスト」という聖書的な時空から立ち上げられたことを思えば、「羊」が「キリストの名において洗礼を受けた信者たちを表わす」[20] ことも考慮すべきであろう。また、「チュウセイキシ」という音は、「中世騎士」と合致し、その昔、騎士のほうが聖職者よりも一層聖職者的な倫理観に貫かれていたことを思い起こさせる。[21] 中世はマルクス主義歴史学の区分では、封建制・農奴制社会を指し、モダニズムの地平から遠い前近代的な属性が与えられていることは間違いない。このネーミングには、彼に対する意味づけが最初から明かされているようだ。

太田（前述論文）は「中世紀氏は、「私」のなかに棲むもうひとりの「私」」と解釈している。翠に特徴的な分身の創出過程を検証した上での見解だが、何よりも有力な根拠は、「きんつば」の包みの数にある。「中世紀氏」に一つ持ってもらったはずの「きんつば」の包みが、返してもらった覚えはないのに、家に帰ってみると戻っている。この物的証拠が語るのは、今夜、「私」が「中世紀氏」と邂逅したのは幻だったということだろう。だが、この「きんつば」の数は、二年前の「椿姫」を観た思い出までも無化するものではない。結論を先に述べるならば、「中世紀氏」は思い出の中で実在を保証されているものの、今夜の「中世紀氏」は私の願望が生み出したものであったということである。

過去の「中世紀氏」のリアリティーは、ナジモヴァの「椿姫」によって支えられている。アレクサンドル・デュマ・フィスの『椿姫』（一八四八年）を原作とするこの映画は、パリの高級娼婦であったマルグリットが、アルマンの誠実な愛に目覚め、新たな人生を歩みだそうとするものの、自身の過去がアルマンに及ぼす影響を憂いて身を引き、病に死す物語である。原作では、マルグリットは別れた後にもアルマンを訪問し、一夜を共にするのだが、ナジモヴァの「椿姫」にそのシーンはない。娼婦から脱しきれない者として、誤解を身に引き受けたまま、アルマンの顔を見ることなく独り名を呼びながら死んで行く。ナジモヴァのサロメと同じく両手をひろげ、幻のアルマンをみつめながら。この話もまた、性的な身体ゆえに男に拒まれる、失恋の物語であるといえよう。

開口一番、「中世紀氏」が口にしたのは、「ナヂモヴ夫人は、どうも、僕にはにがてです」という言葉だ。彼は、ナジモヴァが「肩をくねらせる」ことに拒否感をあらわにし、「今夜の映画見物を幸福だとは思ひません。」という。氏の意識は、マルグリットに貫かれている献身的な愛を素通りし、何よりも彼女の肩に向かう。彼女が肩をくねらせるのは、肩を露出した衣装をまとって、娼婦として客の注意を引く場面に限られる。つまり、くねる肩への嫌悪は、彼女のかりそめの媚態に向けられたものだったと考えられるだろう。「中世紀氏」は、マルグリットがセクシャルな存在であるゆえに、その恋を決して正当に評価しない。彼にも、聖性から女を分断する価値観が明らかだ。太田（前述論文）も指摘しているように、この姿勢は、村娘の肉体を振り放したカラバンの少年に重なると言えるだろう。

だが、「椿姫」鑑賞後の「中世紀氏」の行動は、カラバンの少年と逆行するものだ。彼は、「私」たちと性を介在させない交友を結びながらも、結局のところ、生殖を公的に容認する結婚を選んだからである。もし、今夜の邂逅がなければ、「私」にとって、「中世紀氏」は医者となり結婚した男として完結していたはずだ。

今夜もたらされた「中世紀氏」の近況は、彼をカラバンの少年、さらに言えばヨカナーンの系譜に引き戻させるに足るものだろう。医者にならず、結婚もせず、歌詞のいい賛美歌を歌い、「臥たつきり」の先生の「粉粉にされてゆく人間の心に呼びかける」言葉を文字化する仕事をしている。田舎にある「北むきに窓のある小さい教会」に行こうとしている。これらの情報は、ナジモヴァの肩を嫌った「中世紀氏」にふさわしい行く末といえるだろう。

しかし、先述したように、「きんつば」の数が、今夜の「中世紀氏」が幻であることを明証しているとすると、(22)彼の近況は全て「私」の観念が作り出したものに過ぎないことになる。それならば、なぜ「私」はそのような観念操作を行ったのだろうか。まず考えられるのは、「中世紀氏」の変節（医師となり結婚する道を選択）から被った心理的なダメージを、補償する作用であったということである。ここに「私」の「中世紀氏」に対する〈失恋〉に近い心象をみることも不可能ではあるまい。「中世紀氏」が「私」との交友を断った理由を、「結婚」ではなく、ヨカナーン、カラバンの少年のように、精神界に生きることを選択した結果として再編することは、ある意味で「中世紀氏」の観念上の〈奪還〉といえるからである。その操作は、ナジモヴァのサロメの穏健な擬態であるようにも映る。サロメは、ヨカナーンの首をその身体から切り離して、その存在を領有した。「私」もまた、「中世紀氏」の一生をモダン都市から切り離し、永久に生身の女と交わらない「北むきに窓のある教会」で暮らす聖人として封じているといえるからである。

だが、『途上にて』は、それだけでは終わらない。さらなる奥行きが用意されている。

5 「私」のみつめる地平

「中世紀氏」との別れは、「あと二分で私の屋根裏につく地点」で、「私」が「つひきいてしまつた」一言によってもたらされる。

「でも、神様はほんとに暗示の外に――」

「たくさんです」中世紀氏は私の問ひを蹴とばしました。「それが暗示といふものです。あなたがたこそ暗示にかけられてゐるんです。だから賛美歌を曲でうたふのです。明日の指練習が残つてゐますから、さようなら」

ここにいう「暗示」とは何を指すのだろうか。このシーンの前、「中世紀氏」はこれまでの自分の選択は、すべて「父による暗示」だったと語っている。その中で、「いちばん大きい暗示」は「結婚」だと述べていたことから、ここでのやりとりは「結婚」にまつわることと考えて良いだろう。ここで、注目すべきなのは「私」が「暗示の外に」ある「結婚」の意味を匂わせていることである。今夜の「中世紀氏」が断言するように、「結婚」が父権的な規範によって強制されたものに過ぎないとするならば、「結婚」の意味は全て無化されるのだろうか――という問いが、どうやら「私」にはあるらしい。ナジモヴァの肩をめぐる見解と同じく、ここにも「結婚」に対する、「私」と「中世紀氏」との認識の差を見ることができるだろう。それでは「私」は、「暗示の外に」「結婚」にどのような意味を想定していたのだろうか。それは最後まで明かされることはないが、賛美歌の歌詞にこだわる「中世紀氏」と「曲でうたふ」「私」の違いが記されていることがヒントになるかもしれない。

「讃美歌の歌詞」を偏重することに明らかなのは、「中世紀氏」の聖書の〈言葉〉への固執であろう。このこだわりは、新約聖書「ヨハネによる福音書」の劈頭「初めに言（ことば）があった」という成句を思い起こさせる。このフレーズは、一般的には「創生は神の言葉（ロゴス）からはじま」り、「言葉はすなわち神」[23]であると解される。「中世紀氏」に言わせれば、「私」の間で話題にされる「結婚」もまた、例外ではないのだろう。「結婚」を広く男女の結びつきととらえるならば、その関係性は、『旧約聖書』「創世記」におけるアダムとイブの物語を綴る〈言葉〉によって措定されたといえる。1章で「イブの物語は、ある意味で、西洋文明の女の概念の核心にある。[24]」といわれていることに触れたが、聖書の〈言葉〉を重んじる「中世紀氏」は、その意味づけから自由ではないといえよう。だが、「私」は、〈言葉〉ではなく「曲」という肉体のリズムに向かう者であるらしい。それは、聖書の〈言葉〉で規定される以前の、女の実存に向かうことを意味しているのではないだろうか。〈言葉〉から自由になって、男女の結びつきを見つめた時、どのような意味が見い出せるのだろう。そこに、生殖があるならば、女のセクシュアリティは、決して忌避されるものではないはずだ。「暗示の外に」と呟いた「私」は、「中世紀氏」の地平を相対化し、女をめぐる既存のイデオロギーに対して、根本から疑義を呈する存在であったことになるのではないだろうか。

最後に、「私」はこう記している。

> でもふとしたら、こんどはあなたが思ひがけなくそちらで中世紀氏に邂逅なさる番かもしれないなどと思ひ、私はきんつばを嚥み下しながら、会堂わきの小さい閑素な居間に、決して嘘を知らない氏の寒い肩を思ひ描いてしまひました。

「きんつば」には、「ツバ」という音が含まれている。この菓子を「嚥み下す」行為には、唾棄された村娘のその後を請け負う姿勢が託されているのかもしれない。物語の始まりから、「私」はずっと「きんつば」と共にいた。それは、他でもない、知の領域である「図書館下の広場」で手に入れたものだ。

そもそも「きんつば」の名は、刀の鍔に似た形をもっていたことに由来する。「文化年間（一八〇四～一八）には吉原の土手で売られ」「遊女の間で評判」となった菓子であるという。[25]武士の命ともいえる刀の一部を周縁化された女が食すとは、実にアイロニカルな品といえよう。男性社会が特権化したものをもじり、女性が消化してしまうのだから。そのような歴史をもつ「きんつば」は、「私」のスタンスを雄弁に語るツールなのかもしれない。

『途上にて』に重奏するのは、女の肉体を忌避する男と彼らに拒まれる女である。カラバンの少年、「中世紀氏」は、ヨカナーンの系譜に連なる聖性を帯び、自らの精神世界に佇立している。一方で、サロメと村娘、そして「私」は、彼らが忌まわしくまなざす肉体を持て余している。その狭間で、「私」は「寒い肩を思ひ描」く一抹の哀惜を滲ませながらも、「中世紀氏」を観念上で前近代の領域へ封殺していこうとしている。その心理的な過程に、女を聖性から遠ざけてきた男の特権を、カリカチュアライズしていくような「きんつば」的な意識を掬いとることも不可能ではあるまい。そこには、女のセクシュアリティを聖性との分断から救おうとする欲望すら、潜んでいるように思われる。一方で、その行く手に途方もない遥かさ、限りない困難が自覚されていたこともまた事実だろう。『途上にて』と題された所以である。

「きんつば」と歩む「私」の意識は、ナジモヴァの「サロメ」をプリズムとした時、思いの外くっきりとした偏光を放つようだ。それは、ナジモヴァの「サロメ」に通じる、確かに挑戦的な光であったに違いない。

注

（1）『外国映画人名事典　女優篇』（キネマ旬報社、一九九五）

（2）尾崎翠「映画漫想(三)」（『女人芸術』一九三〇・六）

（3）『舶来キネマ作品辞典』さーと（科学書院、一九九七）

（4）佐藤毅「モダニズムとアメリカ化――一九二〇年代を中心として――」（南博編『日本モダニズムの研究』ブレーン出

版、一九八二）によると、「二〇年代の「モダン相」は三〇（昭和五）年にはそのピークに達した」という。
（5）岡田三郎「同人雑誌に拠る新作家群」（『新潮』一九三一・七）
（6）J．A．フィリップス著、小池和子訳『イヴ／その理念の歴史』（勁草書房、一九八七）
（7）注（6）に同じ。
（8）注（6）に同じ。
（9）ジュリア・クリステヴァ著、星埜守之・塚本昌則訳『斬首の光景』（みすず書房、二〇〇五）
（10）井村君江『「サロメ」の変容――翻訳・舞台』（新書館、一九九〇）
（11）日夏耿之介訳「サロメ」（『近代劇全集』第41巻　第一書房、一九二八）
（12）リヴィア・モネ「サロメという故郷　尾崎翠の「映画漫想」におけるナジモヴァ論、変装のドラマツルギー、そして女性映画文化宣言」（「尾崎翠国際フォーラムin鳥取　2004報告集」二〇〇四・一二）
（13）注（12）に同じ。
（14）注（12）に同じ。
（15）注（12）に同じ。
（16）ピーター・カルヴォコレッシ著、佐柳文男訳『聖書人名事典』（教文館、一九九八）
（17）川崎賢子『尾崎翠　砂丘の彼方へ』（岩波書店、二〇一〇）
（18）「カラバンの少年の話」の著者として、「たしか何とか閑氏とかいふ人」という説明が付されている。さらに、「私」は「如是閑でも薔薇閑でもなかつたことだけは覚えてゐ」ると言葉を継ぎ、いわば古文書学でいう〈見せ消ち〉のような手法が用いられている。拙稿「『途上にて』――〈失恋〉をめぐる物語――」で検証したが、如是閑は、生涯独身で恋愛や結婚に対する記事も多く書いているが、「恋は社会化され、同時に醇化された生殖本能である」（「性的感情の醇化」『犬、猫、人間』改造社、一九二四）と主張していた。この見解に合致した村娘は唾棄され、その論理に背いた少年は「信仰」の名の下にロマンとなる。如是閑の〈見せ消ち〉に視点をスライドすると、ねじれた矛盾が炙り出されよう。

(19) リヴィア・モネ注(12)は、「監督名はクレジット・タイトルでチャールズ・ブライエントとあるにも係わらずナジモヴァが演出・監督のメガフォンを握ったことが明らかにされてい」ると指摘している。

(20) ミシェル・フイエ著、武藤剛史訳『キリスト教シンボル事典』(白水社、二〇〇六)

(21) フィリップ・デュ・ピュイ・ド・クランシャン著、川村克己・新倉俊一訳『騎士道』(白水社、一九六三)

(22) 拙稿「『途上にて』――〈失恋〉をめぐる物語――」で詳述したように、中世紀氏の近況は、「パラダイス横町」とは違う木犀の香が漂う道で語られていて、明らかに会話の質が違う。心内語の特徴をもっており、この点からも、二年前の思い出との異質性が確認できる。

(23) 松村明監修『大辞泉』(小学館、一九九五)

(24) 注(6)に同じ。

(25) 中山圭子『事典　和菓子の世界』(岩波書店、二〇〇六)

〈付記〉『途上にて』よりの引用は、『定本 尾崎翠全集 上巻』(筑摩書房、一九九八)による。

ささきふさ「春浅く」と「ある対位」——モダニズムとフェミニズムの視点から

江黒清美

1　はじめに

モダン都市文学を代表する作家で、新興芸術派における数少ない女性作家のひとりに、ささきふさ（一八九七〜一九四九）がいる。デビュー作「男女貞操論」が矯風会の懸賞論文で一位入選を果たしたのは大正七年、ふさが大学四年になる春先のことである。大正八年には当時ではまだ珍しい断髪を試み、二年後に『断髪』というタイトルの短篇集を刊行した。大正十二年には万国婦人参政権大会に出席するため単独でローマに渡り、そのまま一年間をヨーロッパで過ごすこととなる。

活動家として活躍する一方で、大正九年から昭和二十四年まで数多くの短篇を執筆したが、その作品群は行動派のふさとは真逆と思えるほど静謐な個性が光っている。

そこで、本論ではささきふさの『新興芸術派叢書・豹の部屋』（復刻版ゆまに書房、二〇〇〇年）から、都市の描写を通して昭和モダニズムを色濃く反映した「春浅く」と、フェミニズムの視座からも解読可能な「ある対位」の二作品をとりあげ、モダニズムとの関係性、ジェンダーの位相を考察しながら、戦後には忘れられつつある存在となっているささきふさの再評価を試みたい。

2　ささきふさと断髪

一九二一（大10）年、ささきふさは大橋房の名前で、九編の短篇からなる『断髪』[1]を発表した。その中の一編「断髪」には、クリスチャンになることを条件とした見合い話に抵抗して、自ら鋏で髪を切るヒロインが描かれている。見合いの断り状には、「結婚は恐しい事です。私はまだ世間的に公然許された娼婦の獣的生活を是認するほど堕落してはゐないつもりですから……」と、書いている。作家である若いヒロインの自我がはっきりと露呈されている作品である。

ふさ自身は一九一九（大8）年に、簡便さと身体的理由から断髪を決心したと述べているが、「自分の個性と自由を大胆に表現すること」[2]が目的だったようである。しかし、その後、周囲の好奇に満ちた冷たい反応に向き合うこととなる。『断髪』の一篇「高原の初秋」には、髪を短く切ったヒロインが避暑地で、「何だ、あれは、男のできそこないか?」と聞こえよがしに男性から揶揄される場面がある。ふさが断髪した翌年の作品である。当時、横浜で同居していた次姉の大橋繁[3]も、東京へ行った日にいきなり断髪して父親をひどく落胆させたふさに対して、驚きと諦念を隠さない[4]。

一八九七（明30）年、東京芝公園で生まれたふさには三人の姉と二人の兄がいた。東京市公園課に勤務していた父親は、全国に多くの公園を造ることで「近代公園の父」と呼ばれた造園家の長岡安平である。長兄は弁護士。次兄はロシア語教授で、ゴーリキの『母』の翻訳者である。都心部のインテリ家庭に育ったとはいえ、大正時代に断髪を試みるのはかなり大胆な行動であったはずだ。当時、「髪を切ることは、ひとつの文化秩序からの切断」[5]を意味しており、断髪した女性が「郷里では、帰って来るな」と、いわれたとある。

こうした断髪という自己表現にまつわる違和感について水谷真紀は、「ささきふさが紡いだ断髪の物語は、〈自我〉

のために切り捨てた髪に〈好奇的な衆目の一斉射撃〉を背負うことになって苦しむ物語」[6]であるという。ジェンダー規範の厳しい社会の中で、髪を短く切る行為は女性主体の形成を意味しているからだ。断髪が罪悪感を伴う行為とみなされたのは、短い期間であったが、明治政府が女子の断髪禁止令を公布した[7]という背景もあるからだろう。

海外の断髪事情をみると、一九二〇年代後半のアメリカにおける二十代から四十代の女性には断髪の者が多かった。[8]ヨーロッパでは、第一次世界大戦後にイギリスで女性参政権が認められた影響を受け、イギリス、フランス、ドイツなどでは女性の社会進出と同時に断髪と服装の簡略化が進んだ。一九二〇年代のスペインにおける断髪現象については、cómodo（スペイン語でふさわしい、便利な、適切なという意）という身体感覚が、断髪という身体表現にどうコミットしているかという考察がある。その中では、断髪をめぐる争点は「女性性」にあり、断髪という身体表現が「男性化、あるいは男性化の表象としてジェンダーの越境とみなされ、激しい批判を浴びた」[9]としている。さらに、女性が自己の身体にまなざしを向けたとき、そこに生じた衛生概念が断髪を正当化する根拠として後押ししたのである。断髪が〈英断〉や〈勇断〉という覚悟なしには果たしえなかった時代に、髪を切ることで自由と解放を図ったふさの行動が作品にどう反映しているのかを考察してみよう。

3　ささきふさの男女平等論

同じ時期にふさと同期の女性文学者たちが示していた動きをみると、女性解放の文学といわれた『伸子』を執筆した宮本百合子は、離婚後、湯浅芳子と三年にわたる欧州旅行に出ており、帰国後、プロレタリア作家同盟に加入している。佐多稲子や平林たい子もそれぞれ男女間における問題を抱えながらプロレタリア文学運動を通して優れた作品を輩出させていた時期であった。同じように、ふさも男女間のジェンダー問題に関して具体的な論を表明している。

一九一九（大8）年には、大阪毎日新聞の懸賞小説に『恐怖の影』が選ばれ、一九二二（大11）年には有島武郎への献辞を表した『愛の純一性』[10]が発刊されている。有島との関係はある牧師を通して知り合い、友好を重ねていたが、与えることが信条のふさに対して、「愛は自己への獲得」であるとし、「奪うこと」に主眼を置いた有島の評論『愛は惜みなく奪う』（一九二〇）に呼応して書かれたものと思われる。『愛の純一性』の中の「貞操論」は、一九一八（大7）年、青山学院大学英文科在学中に矯風会の懸賞論文で一位に入選した「男女貞操論」を改題したもので、矯風会のガントレット恒子の秘書となるきっかけをなした小論文である。

その中でふさは、男性の優位性と横暴性を生む男性中心社会に対して、女性だけに要求される貞操観念に問題があると指摘し、その解決策を次のようにあげている。そもそも、家、地位、財産、後継ぎのための結婚は間違いであり、男女同等の価値観をもって、愛のある結婚をすべきである。そのためには相和して助け合うことが必要だが、まず、女性には高等教育を与える一方、男性には人として紳士としての人格的教養を与えるべきである。さらに女性の経済的独立のために職業に就くことは必須であり、法律上の規定は男女同等でなければならないと説いている。

ちなみに一九一四年には、それまでタブーとされていた女性による性の論争が『青鞜』誌上を中心に展開されている。生田花世、安田皐月、平塚らいてう、伊藤野枝らによるいわゆる「貞操論争」である。論争のきっかけとなった生田花世の随想は日本初のセクシュアル・ハラスメントとパワー・ハラスメントの告発といえる。しかし、要因となった男性の強制猥褻や、それを生んだ社会構造を批判するよりも、女性側の貞操観念を論ずる姿勢が強く、これは安田皐月の反論にも同様のことがいえる。この時代に貞操を捨てる時の決定権が女性側にあったとは思えない。

この論争の四年後にふさが書いた「男女貞操論」は、旧態依然のままの男女間の意識格差を冷静に分析しており、革新的な新しさがあった。「男女貞操論」から五年後、男女同権に対するふさの理念は彼女の女性参政権運動に繋がっていく。

一九二三（大12）年五月十四日から十九日にわたってローマで開催された第九回万国婦人参政権大会に出席するた

め、ふさはこの年の三月に単身で渡欧する。渡航にあたっては、『読売新聞』、『改造』、『婦人公論』などが後援している。ローマ大会では、列席したムッソリーニ（当大会ではフェミニストの首相と呼ばれていた）に日本から単身出席した女性として紹介される。急遽壇上に上がることを依頼されると、風邪で発熱していたものの即刻承諾し、振袖姿で二度も英語のスピーチをした。大会での議題は主に、婦人参政権、婦人労働賃金、既婚婦人の国籍、正妻及び内縁の妻と子どもの経済等の問題解決と向上並びに改良策等についてであり、その論議は「大きなプロパガンダ」[11]になったと報告している。結局、ヨーロッパ滞在は一年以上にわたり、関東大震災の知らせは遠くパリの屋根裏部屋で聞くこととなる。

以上、ふさの断髪という行動と、男女平等に関するイデオロギー、婦人参政権運動への参加など、主に活動家としてのふさの動向をみてきた。これらの行動がモダニズムとフェミニズムを色濃く反映した作品にどう呼応していくのか、次の章から考察したい。

4　「春浅く」と昭和モダニズム

「春浅く」（一九二八）は、麹町に生まれ、青山にある大学の付属高校に通う十七歳の大庭さち子が主人公である。同じ大学の男子部出身で校内にあるイグレク図書館で司書として働いている小野比呂志と交際を始めるが、十五歳年上のお見合い相手も絡み、女一人に男二人という構図でストーリーは展開していく。

人間よりも書物好きで、羞恥心の強い純粋なさち子だが、比呂志および見合い相手の二上氏《ふたかみ》に対しては、「男というものは案外単純でのんきなもの」で、「男を裏切るのは雑作もないないこと」と考えながら、「子供らしい彼女に似合はぬ悪魔的な微笑」をたたえるような一面をもつ。彼女は押しは強くないが意志のはっきりした少女で、結婚も自分で決めようとしており、二人の男性もさち子を尊重する立場をとっており、男女の関係性は同等に近い。

「春浅く」において特筆すべきは、三越、松屋、帝国ホテルなど都市部の建造物や、青山、麹町、千駄ヶ谷など都心の地名、巴里、伊太利、モスコーなど海外の地名や、インダイレクト、ニュアンス、インターヴァル、デイテール、アッパーハンドなど、当時は一般化されていない外来語などの記載が目立つことである。さらに、さち子と比呂志がオートバイで都心を走ったり、丸善書店でのデートや、湘南へのドライブ、帝国ホテルの音楽会など、都会の中産階級人ならではの行動が数多く活写されている。

モダニズムの特徴としては、現代感覚の表象の他に、意味の不確定性、無定形、曖昧性、意外性、ナンセンスなどがあげられる。小林洋介は、戦間期の前衛的な文学という意味におけるモダニズム文学を、「①前衛的な表現方法（文体など）②関東大震災後に改造され人口が集中した東京の大都市文化（デパート、盛り場などとそこに集う大衆）の表象③近代合理主義（特に自己の理性）に対する疑念・反発[12]」と区分し、定義している。ささきふさのモダニズムは敢えていえば、②の「大都市文化の表象」だろう。カフェやダンスパーティー、音楽会など都市生活を背景に物語が展開していき、昭和の東京モダニズムを濃厚に表現している。さらに英語やフランス語の会話表記により、現代感覚を取り入れる意図がみられる。

日本におけるモダニズムの傾向は、「大正の中期（一九二〇年代はじめ）から、昭和一〇年代のはじめ（一九三七年頃）までの時代にあらわれた、特殊日本的な近代化現象[13]」を指すといわれている。その中でも特にモダンガールについて南博は、「〈モダンガール〉といわれる女性には、女性の文化的エリートが含まれ、当時のことばで、〈先端を行く〉女性、今のことばでは〈とんでる〉女性もあらわれる。たとえば作家であった大橋フサ〈のち、佐々木フサ〉のような人は、同時に断髪で、ファッショナブルな存在であった」と、ふさの外装的な新しさを指摘している。

ふさ自身はモダンガールの特徴について、「近代女性《モダン・ガール》批判」という座談会[14]で、「今まで圧迫されていた自我が起き上がってきた」感覚、つまり自我の目覚めであると発言している。さらに機知があり、心理的に優先権を握っていると分析しており、ふさがモダンガールといわれたのは外見ばかりでなく、メンタルな面でも呼応していたからと思われる。

ヒロインの自我の目覚めという観点からみると、さち子は男性と対等に会話し、自分の意見を主張することもできる。意に沿わぬ結婚には応ずることもない。かといって、男性と口論したり、無謀な主張を押し通すという暴挙にも出ない。ふさのいう「自我の目覚め」とはそれまで抑圧されてきた自己を解放すべく、一人の人間として全うな自己を尊重しつつ、承認欲求を満たすことである。

この対談の四年後には、モダニズム文学についての座談会にも出席している。昭和五年、徳田秋声、新居格、川端康成、龍膽寺雄、中村武羅夫、平林初之輔、浅原六郎らが出席した「モダーニズム文学及び生活の批判」と題した座談会[15]で、女性では吉屋信子とささきふさが参加している。モダニズム文学の特徴として、ナンセンス、エロティシズム、理知主義、機械主義などがあげられており、ふさ自身はモダニティについて次のように言及している。

> デイテイルに於るモダニテイ、例へば今迄論ぜられてきたナンセンスとか、エロチシズムとか、機械主義とか、さういふものは、ダンスの場合の変つたステップみたいなものではないでせうか。ステップといふものは、その日その日に変つて行くが、ダンスそれ自身はダンスとして残つてゐる。それと同じやうにモダニテイのデイテイルといふものは、文学の中に順次に取り入れられるけれども、それは要するにデイテイルであつて、文学の本質を犯すものではない。新しいステツプステーヂ《ママ》ダンスといふ芸術に何らかの影響を与へるでせう。その意味でモダニテイは文学に或影響は与へるといふことが出来る。しかし要するにモダニテイは常に転々と変わつて行くもので、ジヤーナリズムはそれと駆けつこをしなければならないが、リテラチユアはそれを取り入れてもよし、取り入れなくてもよい。つまり文学はモダニテイに影響されることはあつてもそれに即したものではなく、何か其自身別の世界を持つたものだと思ふのです。

ふさはダンスの新しいステップ（デイテイル）にたとえて、常に変化しながら文学に影響を与えるモダニティの変幻自在性について語っている。

この座談会の終盤では浅原六郎、岡田三郎、新居格の三氏との次のような応酬がある。「世界の大勢から云へば、日本のモダンなど大したことはない」と浅原が語り、岡田の「今までモダンといふと、非難の的になつて居つたのだが、今日は当たり前になつてしまつた」という意見に、新居格が「無茶苦茶に壊すべきもの」があると答えている。それに対してふさは、「モダンといふ機関車を作つて、破壊すべきものは思ひきつて一度破壊してしまつた方がさばさばするかも知れませんね」と私見を述べている。新居格はふさに機関手になるように言い、ふさは新居に機関車になるようにと応答して対談は終わっている。

モダニズムによる既成概念の転覆をうかがわせるが、彼女の作品にも古い伝統を壊すようなゆるやかな破壊力が潜んでいる。

マルカム・ブラッドベリーが「モダニズムは都市化された社会に対する想像力の反応を意味する[16]」と定義したように、ふさのモダニズムも都市文化ならではのライフスタイルの西洋化や、新しい男女の関係性、新しい感覚などを取り入れていたところにその特徴がある。この「新しい」という視点こそがモダニズムのコアであり、エリス俊子は日本におけるモダニズムを「近代主義」と訳す時、その位置づけが困難であることを踏まえた上で、モダニズムのもつ多様性を「モダニズムをモダニズムたらしめているのはまさに新しい様式を探し求める姿勢それ自体[17]」であると述べている。さらに「もし、ひとつの様式がモダニズム様式として確定してしまえばそれはもはやモダニズムではない。なぜならその時点で、モダニズム芸術を支えている、変革の先端にあるという意識、つまり過去と断絶し新時代を構築する、そしてその新しい感覚を新しい方法で表現するのだという意識は無効になってしまうからである」と指摘する。これは常に変化し、固定しないモダニズムの変容性を語ったふさの持論と地つながりの概念である。それは創作としての「新時代の構築」ばかりでなく、ふさが結婚後の旧姓保持など婚姻や男女平等に関する新しいイデオロギーを表明しているところにも現れている。

「新しい感覚を新しい方法で」表現するという例として、「春浅く」の小野比呂志の話し言葉がある。オートバイの後ろにさち子を乗せようとした比呂志は、

比呂志「僕ね、今日宿直なの。だから、一緒に書庫を見に来ない？」
さち子「ビアズレーを見せて下さる？」
比呂志「見たことがなかつたの？」
さち子「え、——はじめお手紙を見て、ビアズレーつて何だらうと思つたのよ」
比呂志「さう、それは悪かつた。今書庫には『サロメ』だけしかないけど、とにかく行つてみない？」
（名前表記は筆者）

と誘う。和服を全く着なかったさち子に対して、「僕は女の帯つてものが大好きなの。五月が来ると、外へ出て帯を見るのが楽しみだ」と、屈託なく語る。また、丸善でビアズレーの挿絵『モート・ド・アーサー』を差し出したさち子に、「素敵、素敵。早く見たいな」と無邪気に喜ぶ。比呂志はさち子を情熱的に愛するストレートな男性である。あえて比呂志に女性の言語表現をさせることで、支配型男性ではないという印象を与え、またモダニズムのもつ意外性をも企図している。これらは都市部を中心とした小説だから成り立つ会話だろう。作品内で男性的権力の横溢を表現しなかったふさは、男性優位社会における不当な圧迫を忌避することで男性のジェンダーを希薄にし、作品を通して小さな抵抗を試みたのではないだろうか。ふさの作品の主要人物にはマッチョで権威的な男性は登場しない。

またカップルや夫婦の関係性において、ヒロインの過去の恋人の存在や新しく現れた男性の存在が軽い三角関係

のように頻出する。このとき、女一人に男二人というのが特徴である。次に扱う「ある対位」は例外的だが、逆のパターンはほとんどなく、「豹の部屋」（一九二六）、「エスコート」（一九二六）、「ふもとの諦め」（一九二八）、「とまやの精神」（一九二九）、「夏と鞄」（一九二九）、「誰のダイヤ」（一九三〇）なども同様の関係性を描いている。男性優位社会にありがちな男一人対女二人の図式をゆるやかに攪乱する索略がみてとれる。

このような男女の組み合わせ方以外にも、気の進まない見合い相手を拒絶する点に、新しいヒロイン像が提示されている。「春浅く」の音楽会での見合いは伯父や母親、姉夫婦が仕組んだもので、さち子がそのことに気付くのは帰りの車の中であった。しかし、休憩時間に比呂志に偶然会って話したことを知る者はおらず、そのことで「アッパーハンド」を握ったような痛快さを感じたのも事実であった。次に仕組まれたのは姉夫婦に誘われた関西旅行である。結局、目的は洋行する見合い相手の二上氏を横浜まで見送ることにあり、船上の彼が持つテープを握らされる。さち子は二上氏の仕事関係者の前で婚約の公認を強制されたような気がして、急いでテープを離そうとすると、その手を義兄が強く押さえ込む。十七歳の女子高生と三十代の成熟した男性との見合い話は、自我が目ざめているさち子のような少女にとって「不快なディテール」という出来事でしかなかったのだ。

一方、比呂志に対しては、その情熱に反応して着物を着て心情を示すものの、さち子には冷静で醒めた部分がある。つまり、ふさが描くヒロインは男性との関係性において主従関係はなく、いつも思い詰めず、悩まず、余裕をもってことの次第に身を任せていく。

ふさの「ゆるやかな破壊力」は主に男女の関係性に表われている。さち子はことさら女性性をアピールするわけでもなく、比呂志はマッチョな男性性を押し出すこともない。むしろ女性言葉を使う現代のいわゆる「草食男子」に近いのではないか。男女平等論を謳う作者が新しい男女関係を創出した作品であるといっていい。また、ダダや表現主義のように前衛的な芸術性が色濃く出ているわけではないが、あえて強いドラマ性を取り入れずに、むしろ淡々とした筆致によって、ヒロインの透明感とニュートラルな精神状態を表現しているところがふさ独特のモダニズムといえるのかもしれない。次の章でも同じようなヒロインの特徴が出ているもう一つの作品について考察したい。

5　「ある対位」にみるフェミニズム

「ある対位」（一九二五）は、「春浅く」より三年前に書かれた作品である。夫婦二人暮らしの日常生活が淡々と述べられていくが、珍しく男一人対女二人の構図である。

発熱した妻・より子の氷枕を買いに行ったまま、夫・進は夕方になっても帰ってこない。翌朝、夫が帰宅した様子がないことに気付くが、常日頃、夫の体臭が気になっていたより子は、彼がいない無臭の朝をむしろすがすがしく感じる。上機嫌で帰って来る夫に上機嫌で出迎えるのは、外泊にこだわらない自分を表現する自然な方法であった。

しかし、この「ヴァイス・ヴァ――サ」（逆）はあり得ない、とより子は思う。なぜなら、「女だから、といふ不当な割引」はせずに、彼女には遊び友達もなく、勝負ごとに関心がなく、外出もままならない病身であったからだ。

夫の女からの四通目の手紙の封を自分の手で切ったより子は、夫に対して初めて悪事をしたことで、なぜか晴れ晴れとした気持ちになる。帰宅した夫に対して良き妻として接し、幸福すら感じるのだ。妻は夫の行為を達観しており、動じることはない。不信感を抱きつつも嫉妬を感じたり、詰問して深追いしたりすることもない。当然、自分自身を卑下することもない。夫を愛してはいるが、淡々としていて醒めており、平坦な日々の連続をよしとする。女からの手紙が来るたびに、「ほらね」と微笑を浮かべ、「ほほえましい勝利感」を感じる。日常の中の非日常をゲームのように楽しんでいるのだ。夫へ探偵眼を注ぐくだりも、深刻にならずにむしろチャーミングな妻という印象を与えることに成功している。こうしたより子の心情が作品に独特の雰囲気を添えている。

さらに、相手の女に同情して、夫の煮え切らない態度が残酷だと言い、自分は留守にするから家に呼んで話し合うようにと提案する。やがて夫の夜遊びと女からの手紙が途絶え、外泊もなくなると、より子は再び無臭の朝が恋しくなり、同時に夫の悪事を期待する自分を発見する。

作者は妻にこうした一連の行動をとらせる一方で、夫の体臭に対して妙なこだわりを持たせており、「臭」のつく単語を多用する以下の箇所にとりわけ顕著である。

病気になるずつと前から彼女は夫と別の部屋で眠る習慣をつけてゐた。それでも夫が在宅の日は、何処からともなく彼女に迫つて来る彼の体臭が気になつてならなかつた。外泊のあとでも残り香がないとはいへなかつたが、なまなましい臭気のもと、——謂わば発臭体はないわけだつたから、彼女は異臭を混へぬ、謂わば単臭の中に楽楽呼吸出来る気がした。単臭はまた無臭とも等しかつた。無臭の朝は何となくすがすがしかつた。

（傍線筆者）

体臭、残り香、臭気、発臭体、異臭、単臭、無臭と、七種類の匂いの表現がでてくる。他の作品でも男性の体臭についての記述があるが、そこでもどちらかというと否定的な表現として使われている。文中に『人形の家』のノラの引用もあることから、より子の場合は自立を望む妻の夫への淡い反抗ともとれる。

また、「春浅き」の中には男性の体臭ではなく、「音の匂ひ」という表現が出てくる。

彼女は思はず目をつぶつて、その世界の匂ひを胸一杯に吸ひこまうとした。と、さち子は彼女と同じやうにその匂ひを吸つてゐるもう一人の人間の息づかひを身近に感じる気がした。いや彼は、音の匂ひと同時に、さち子自身の匂ひを吸うてゐるのかも知れなかつた。或ひは彼は音の匂ひには耳だけ借して、眼では鋭くさち子を見守つてゐるのかも知れなかつた。

お見合いのコンサート会場で比呂志に遭遇したさち子は、隣に座るお見合い相手ではなく、離れて座る比呂志を近くに感ずる。男性の体臭に対してフェティシズム的要素はないが、音楽の聴覚を嗅覚として捉える感性はふさ独自のものである。

こうした音と匂いの結合に関しては、尾崎翠もまた『第七官界彷徨』（一九三一）で五感を駆使しながら表現してきたものである。そこでは、兄が研究のために煮る肥しの匂いと、従兄弟の奏でる調子はずれのピアノの音とが混ざり合って醸し出すのは「哀感」という情感であった。尾崎翠と同様にささきふさにも聴覚と嗅覚の融合という新しさにモダニズム的表現の要素が見てとれるのだ。

次に作者のフェミニズム的視点から作品をみてゆくと、「ある対位」の終盤では、より子は夫を赦すことの喜びが度重なると、相手にもその喜びを味わわせたくなってくるとある。むしろ快く赦される側の気持ちを味わいたくなるが、夫にその度量はない。そこで、せめて夫に隠れて何か悪いことを企んだら気が済むのではないかと思い込む。

　此処で彼女の気をすます為の悪いことといふのは、子供のつまみぐひに類することで足りるのだつた。或ひはノラのボンボンに相当するものでよかつた。だがより子は進さんとの生活に於いては、凡てがあまりに自由だつた。彼女はおのれの家庭内では何ら犯すべき定律を持たなかつた。で《ママ》彼女は漸次彼女自身の落度のないことそのことにえ《ママ》たへなくなつて来た。

平凡なノラがひとつの事件で突如開眼したように、目の前の現実をどう捉え、どう決断するかによって破壊力の大きさに違いが生じる。より子の生活は「凡てがあまりに自由」で、夫の度重なる外泊と女の存在があったとはいえ、そのことがノラのような行動を起こす起爆剤にはならない。あえていえば、夫の体臭への拒否があるが、より子はあくまでもマイペースで客観的で承認欲求すらなく、自らの結婚生活を俯瞰する余裕がある。

ふさの短篇の多くは、数日間の日常を切り取った断片を事細かに表現し、極端にいえば山場や落ちのない筆致の連続性が特徴である。冗語の繰り返しとまではいかないが、ヒロインに攻撃性がないため葛藤のないストーリーがほとんどである。感情の起伏が少なく執着心のないヒロインの造形は他作品でも同様であり、同時代の小説と比べると、異質ともみるべき女性像を表象している。そのように理性や客観性をもち、感情に走り過ぎることのない女性像の造形はふさの男女平等観にも表われており、女性の抑圧感を運命だから仕方ないと決めつけるのではなく、その資質と自律性は男性に劣るものではないというのがふさの持論である。

先の「春浅く」にもいえることだが、ふさは夫や恋人との関係性において女性の側が一方的に虐げられたり不当な扱いを受けるような悲惨な状況は描かない。むしろ、女の側に余裕があり、攻撃性はないが、自分の意志をもち、男性の支配を受けないヒロインの造形を意図しているようだ。これは題名の「ある対位」が同等の存在を表象しているように、ふさの男女平等感にも由来している。早い時期から男女の不平等性に違和感を感じていたふさが、作品を通して発したメッセージと受け取れよう。

6　おわりに

ささきふさのモダニズムは都市文化の表象を押し出すことでその世界を表現してきた。断髪や西洋型ライフスタイルをいち早く始め、同時に女性解放と自立のための活動をしてきたふさは、多くの短篇を残したが、戦局に直面した実体験などを直接投影した作品は少ない。作品のヒロインのほとんどは執着心がなく、醒めていて物静かである。彼女たちは自己語りをせず、葛藤や懊悩や克服を表現することをよしとしない。このことは、活動家として積極的に活動していたふさ自身の姿と相反するようにみえるかもしれない。

確かにふさは、その活動を支える主張をストレートに作中に表現せず、むしろ新興芸術派作家としてモダニズム文学を指向した。とはいえ、彼女のフェミニズム的な意図が表示されているのは事実で、男にすがったり、媚びたり、けなげな女を演じるヒロインは描かなかった。ひそやかな自立を指向し、個を大切にし、自我を守るという、新しい女性像が形象されているのは確かである。ヒロインを抑制の効いた人物像として表象することで、他者からの抑圧に対して従順なだけではない、自分自身のスタンスをもった女の表象化を企図していたのではないだろうか。そうだとすれば、この点においてささきふさは特異な女性作家といえよう。

広津和郎は、「頭がヴィヴィッドに働き、従つて観察も鋭く早いが、ナマの感情をそのまま人には見せたくない、云ひかへればはしたなさなどは凡そ人には見せたくない、と云ふやうな意地で、自分を抑制してゐるさういふしとやかさ。――それには明治の東京の山の手の教養を身につけたひとの意地つ張りのやうな味もある。そこがまた理智的に冴えた風貌の一面に、一種古風なものを何処かに感じさせる所以でもある(18)」と述べている。また、親しくしていた三宅やす子が、「はしたなさを自ら卑しむ制御(19)」と並んで、「思い切って何もかもぶちまけない」性格をふさに見たのは昭和四年頃のことで、そうした抑制心と矜持と複雑な美学をふさは亡くなるまで持ち続けていた。

これまで、ささきふさの作品と活動が掬い上げられずにきたことは非常に残念なことである。未だ断髪が珍しかった時代に、行動と執筆を通して、ジェンダー社会に一石を投じようとしていたささきふさの作品の再評価を望みたい。

注

(1)　大橋房『断髪』(警醒社書店　一九二一年七月)

(2)　大橋房子「私の断髪の動機と其後の感想」(『婦人世界』婦人世界社　一九二二年一月号)

(3)　十三歳で子どものいない次姉の養女となり、長岡姓から大橋姓となる。大正十四年、芥川龍之介の媒酌で後に文芸春秋社長となる佐佐木茂索と結婚し、佐佐木姓に。

(4)　大屋典一「ささきふさ年譜」(『ささきふさ作品集』中央公論社　一九五六年九月)

（5）鈴木貞美『モダン都市の表現――自己・幻想・女性』（白地社　一九九二年七月）

（6）水谷真紀「モダンガールの断髪と自我――ささきふさと「婦人グラフ」の東京モード――」（東洋学研究通号48　二〇一一年）

（7）明治四年に男子の散髪脱刀令が布告されると、影響を受けた女子が断髪を始めたため、翌年、明治政府は女子断髪禁止令を発布した。

（8）F・L・アレン『オンリー・イエスタデイ――1920年代・アメリカ――』（筑摩書房　一九八六年十二月）には、「断髪はごく当たり前のことになり、六十代でも、別に珍しいことではなくなった」とある。

（9）磯山久美子『断髪する女たち一九二〇年代のスペイン社会とモダンガール』（新宿書房　二〇一〇年七月）

（10）大橋房子『愛の純一性』（アルス　一九二二年一一月）

（11）『大阪朝日新聞 夕刊』一九二三年七月十七日～二十一日

（12）小林洋介『〈狂気〉と〈無意識〉のモダニズム戦間期文学の一断面』（笠間書院　二〇一三年二月）

（13）南博編『日本モダニズムの研究思想・生活・文化』（ブレーン出版　一九八二年七月）

（14）新居格、千葉亀雄、久米正雄、中村武羅夫、三宅やす子らが出席（新潮社『婦人の国』一九二六年五月号）。垂水千恵編『コレクション・モダン都市文化第16巻モダンガール』所収（ゆまに書房　二〇〇六年五月）

（15）座談会「モダーニズム文学及び生活の批判」（『新潮』一九三〇年二月号）

（16）マルカム・ブラッドベリー、ジェームズ・マクファーレン著／橋本雄一訳『モダニズムⅠ』（鳳書房　一九九〇年四月）

（17）エリス俊子「日本モダニズムの再定義――一九三〇年代の文脈のなかで」（『モダニズム研究』所収　モダニズム研究会編思潮社　一九九四年三月）

（18）広津和郎「ささき・ふさ小論」（『ささきふさ作品集』所収　中央公論社　一九五六年九月）

（19）三宅やす子「ささきふさ論」（『新潮』一九二九年十一月号）

岡本かの子とスポーツする女性たち

漆田和代

1　はじめに

岡本かの子（一八八六（明治19）－一九三九（昭和14））はまず歌人、ついで仏教研究者として世に知られたが、作家として評価され始めるのは『鶴は病みき』（一九三六年六月）以後のこと、二年半後には旅先で病に倒れ、執筆不能となった[1]。その短い期間に、時代を先駆ける多様な女性たちを描き、併せて東京の変貌する姿を特異な角度から捉えている。中でも当時目新しかったスポーツする女性を作品に登場させ、そこにも東京の断面を描きこんでいることに注目したい。発表順にあげてみると――「混沌未分」（一九三六年。古式泳法を伝える水泳教師）、『肉体の神曲』（一九三七年。オーストリーなどで創始された体操や四足歩行訓練などで肉体改造に取り組む女子学生）、「快走」（一九三八年。ランニングの元選手）、「娘」（一九三九年。スカール（一人乗りボート）の選手）、それに、長編『生々流転』（一九三九年。重要な脇役である体育教師の榛名湖スケート場面など）。長編『やがて五月に』（一九三八年）にも終り近く主人公の期待を担って踊る少女が見せるのが、かの子自身が習ったダルクローズ（モダンダンスの源流の一つ）である。『丸の内草話』（一九三九年）には、スポーツジム経営を企てる若い女性も登場する。

本稿では主として、短編「混沌未分」「快走」「娘」を取り上げて、かの子がスポーツする女性たちをモチーフとして、その身体をどのように言語化したかを見て行くが、彼女たちを通して変貌する東京をかの子がどう捉えていたかにも触れてみたい。さらに、独特の身体観を吐露する『肉体の神曲』や、『丸の内草話』についても付言したい。がその前に、女性とスポーツの歴史、そして当時、都市の新風俗として注目されていたいわゆる「モダンガール」とスポーツの関係について、一通り言及をしておかねばならない。時代の風を感じながらも、かの子がどのくらい時代に先んじて疾走していたか、知るためにも。

2 スポーツの歴史と女性、モダンガールとスポーツ

「スポーツ」という言葉は、日本では明治以降、学校を中心にお雇い外国人教師による様々な外国スポーツの紹介・普及が進む中で定着した新しい言葉である。(2) また、学制の整備につれ、学校教育のなかにも今日でいう「体育」が教科として組み込まれて行く。(3) 小学校令改正で「体操」が必修科目になったのは一九〇〇（明治33）年、「運動会」なども人々が楽しむ催しになって行く。ただ日本語では、実際今日でも「スポーツ」「体育」「運動」「競技」「体操」という言葉が、厳密に区別されないまま用いられているため、(4) 本稿では主として「スポーツ」（ときに「体育」）を用いることにした。

一九一一（明治44）年には日本体育協会の前身・大日本体育協会が、東京高等師範学校長だった嘉納治五郎らによって創立され、翌年の第五回オリンピック（ストックホルム大会）に日本選手も初参加する。女子の参加は第九回（一九二八年アムステルダム）からであった。

女性がスポーツをしたり、オリンピックに出場できたりするのは、西欧諸国でも遅かった。古代ギリシャで始まったオリンピックは女性を排除していたから、競技に参加することも観客になることもできなかったし、近代スポーツもスポーツ史学の通説に従えば、伝統社会にありがちだったむき出しの暴力をルールの下での争い・戦いに変え

て整序されてきたもので、男性の肉体を前提とし性別の二元化を強固に保ちながら発展してきたという。そのため、女性がスポーツすることは生殖、出産に悪影響をおよぼすとみなされてもいた。最初に男性に混じってスポーツを始めたのはイギリスの上流階級の女性たちで、戸外で乗馬やテニス、ゴルフ、スキーなどに親しんだ。不自由な服装との闘いや折り合いを続けながら、規範のゆらぎをもとめた様子が銅版画などに残っている。(5)

一八九六年近代オリンピックがアテネで開かれた時も、古代ギリシャに倣い、女性は競技に参加することができず（提唱者クーベルタンの反対）、一九〇〇年のパリ大会で女性の初参加が実現した（パリ万国博覧会の一行事として行なわれた）が、種目はゴルフとテニス限定。

日本の女性がスポーツをするきっかけは学校体育を通してであった。一九二〇（大正9）年高等女学校でテニスと水泳が体育教科に、その後、陸上、バレーボール、バスケットボールも組み込まれた。学校でスポーツを学ぶ機会を得たことで、人見絹枝は岡山高女時代にテニスを始め、走り幅跳び、三段跳び、円盤投げなど多種目をこなして、アムステルダム大会に参加、八〇〇メートルで二位に輝いた。翌八月ベルリンでの「インターナショナル競技会」にも出場、八〇〇メートルと走り幅跳びで優勝、槍投げでも二位になった。(6) 前畑秀子が二〇〇メートル平泳ぎで金メダルをとり、国民を熱狂させたのはその一〇年後のベルリン大会。無論男子選手の活躍も目覚ましく、陸上三段跳びや競泳部門で続けて金メダルを得、スポーツは新時代の文化として輝いて見えたはずである。

そこに登場したのが、「モダンガール」である。(7) 「モダンガール」とは一般に、一九二三年の関東大震災後の東京に現れた新風俗として注目される一群の女性たちを指すが、男性の場合と併せて「モボ・モガ」と略称され、流行語の一つともなった。洋装、断髪、濃い化粧などの外見的特徴が指摘されたが、次第にメディアを中心に享楽的、軽薄、不品行、貞操意識が低い、としてバッシングの対象とされて行った。その一方で、都市の消費生活の象徴として、デパートやカフェを中心に洗練されたイメージを担うものとされ、戦時統制経済が始まる頃まで、人々の欲望に訴える機能を果たし続けてもいた。

鈴木貞美はアンソロジー『モダンガールの誘惑』（『モダン都市文学』全一〇巻のⅡ）を編む際、こんな風に記した。[8]

モダンガールは、髪を切る。パリやニューヨークの新しいファッションに身を包む。着物だってモダンに着こなす。新しい魅力を振り撒きながら、さっそうと街を歩く。

モダン・ガールは新しい職業につく。マネキン、タイピスト、電話交換手、バスの車掌、カフェの女給、エトセトラ、エトセトラ。

モダン・ガールはスポーツが好きだ。六大学野球の応援席に座る。ラグビーやボートに胸を躍らせる。テニスをする。ゴルフもする。

モダンガールは音楽に耳を傾け、シネマを楽しみ絵画を愛する。

モダンガールは、自分の好みで男を選び、恋愛する。

（以下略）

実の所、これまで、言説レベルでのモガ、図像イメージないしイコンとして流通したモガ、モガと名指された実在の女性たちの区別もあいまいな議論がなされてきたように見える。最近ではこの区別を意識化し、国際的な共同研究が展開し、特に図像レベルに注目する（人々や資本の欲望を投影されたイコンとしての機能を果たした側面の）研究[9]が強力に進んだ。その結果、モダンガール現象は米英独仏日でほぼ同時期に起こり、東アジアの植民地女性たちにもモガ現象は一定のインパクトを与えていたという報告も出ている。鈴木が編集したこの巻にも三つのレベルのものが資料として収録されているが、スポーツを見るのが好きだと取材記者に語っている女性の記事はあるが、かの子の小説と比較できそうなスポーツを取り上げた小説は見当たらなかった。ただ、口絵に収録された資料類からモガとスポーツを結びつけるイメージ戦略がかなり意味をもっていたことは確認できる。[10]

同じシリーズの海野弘編『モダン東京案内』（『モダン都市文学』Ⅰ）には、モダニズム絵画として知られる古賀春江の水着（風の服？）を着た女性を口絵に掲げ、阿部知二の小説『スポーツの都市にて』（一九三〇年）を収録している。モボ・モガと言える人物が登場する小説で、スポーツ観戦や、インターハイに出場する選手たちも出てくるので期待して読んでみたが、残念ながらスポーツは新しさを演出する小道具に止まっていた(11)。

かの子の場合、スポーツを見る女性より、スポーツをする女性を取り上げ、スポーツをする身体の動きを実に生き生きと書いている。また彼女たちはスポーツに集中した極みで、突然異次元に身体ごと跳ぶ体験をしばしばするのである。以下そういう点に注目してテクストを読んで行くが、ついでに、彼女たちの暮らしの場としての東京が、かの子の目にどう映っていたかにも、随時触れるつもりである。

3　「混沌未分」

『鶴は病みき』から間もなくして発表された「混沌未分」は、古式泳法の若い水泳教師（小初）が主人公である。猛烈に都市化の進む東京で、隅田川岸にあった水泳場が年々周辺に追われ、この夏は砂町の材木堀の一角を借りて開くまでに追い詰められた。父親は時勢に立ち遅れた今でも、まずいものを食べるくらいならくたばった方がましと言って、夕食は料理屋から取り寄せる。小初は幼くして母親を亡くし、父祖伝来の「青海流」を継ぐ水泳の天才として躾られてきた。その小初が櫓の上にたち、姿勢を整えて、号令とともに跳び込みの型を見せるシーン――

それは、まったく翡翠《かはせみ》が杭の上から魚影を覗ふ敏捷でしかも瀟洒な姿態である。そして、このとき今まで彫刻的に見えた小初の肉体から妖艶な雰囲気が月暈のやうにほのめき出て、四囲の自然の風端の中に一箇不自然な人工的の生々しい魅惑を掻開させた。と見る間に「三！」と叫んで小初は肉体を軽く浮かび上がらせ不思議な支への力で空中の一箇所でたゆたひ、そこで、見る見る姿勢を逆に落としつつ両脚を梶のやうに後へ折り曲げ両手を突き出して、胴はあくまでしなやかに反らせ殆ど音もなく水に体を鋤き入れた。

静から動へ、微細な変化を追って、静の中に動の力を見、動の中に静の要素も併せ見る描写が見事である。被写体を高速カメラで撮影し、時にそれをスローモーションで見せるような手法。それが、「水中へぎゅーんと五体がただ一つの勢力となつて突入し」た瞬間、視点がすっと変化する。「全皮膚の全感覚が、重くて自由で、柔軟で、緻密な液体に愛撫され始めると何も彼も忘れ去って、小初は『海豚の歓び』を歓び始める」と、彼女自身の身体感覚として表現される。鍛え抜かれ水への恐怖が一切ない小初には、水は「クッション」か「羽根布団」、いや「溶けて自由なもっといいもの——愛」なのではと、女学校時代からの親友（女流文学者）がギリシャの詩らしいものを見せて示唆してくれたりもする。水中は黎明といえば永遠に黎明、黄昏といえば永遠に黄昏、すべての色彩と形が水中に入れば一律に化生させられて「人間のモラルもここでは揮発性と操持性とを失つた。いはば善悪が融着してしまつた世界」に変わり、小初は意地も悲哀も執着も失くして「素朴不逞の自由」を覚える、と表現される。視点の移動で、小初自身がカメラとなることで、泳ぐ小初自身の内面を言語化して見せる。

この作品については別稿で述べた(12)ので詳しいことは省くとして、小説末尾近く、生徒たちを連れて荒川放水路下流から海へ泳ぎ下る遠泳会の場面がある。それが済めば、小初は齢下の恋人・薫と別れ、横堀を貸してくれている貝原（小金を貯めた田舎出の材木商）の世話を受けるかどうか、身の振り方の決断をしなくてはならない（親子は水泳場の仮小屋を閉じた後、住む家も見つかっていない）のだが、傍を泳いでいた薫や、小初を呼び立てる貝原の声さえだんだんいまわしくなって、泳ぎながら不思議に性根が据わってくる。こせこせしたものは一切投げ捨て、「生まれたてのほやほやの人間になつて仕舞へ」、運命のきりきりの根元の所へ詰め寄って掛け値なしの一騎打ちの勝負をしよう、と沖へ泳ぎ出す。「颪の加つた雨脚の激しい海の真只中だ。もはや、小初の背後の波間には追つて来る一人の男の姿も見えない。灰色の恍惚からあふれ出る涙をぽろぽろこぼしながら、小初は何處までも何處までも白濁無限の波に向かつて抜き手を切つて行く」と結ばれる。

　舞台は荒川放水路が完成し、南葛飾郡全域が東京市に編入されて間もない昭和七、八年ごろか。跳び込み台から小手をかざす小初の目を通し、エネルギッシュに拡大し続ける城東市街地の瓦屋根、高層建築や大工場群としての東京が鳥瞰されている。貝原に伴われて行くダンスホールでは軽やかにステップも踏むし、銀座では遠慮なく洋食にも旺盛な食欲を見せる。が、古式泳法の水泳の天才にオリンピックのような活躍の場は恐らくない。そんな脇道は今措くとして、テクストが小説末尾の小初の「実存的投企」というほかない一点に向って巧みに収斂して行く様子を見届けておけばよい。

4

「快走」

「快走」の主人公道子は、三月に女学校を卒業し、今は家事を手伝う。父親は都心に勤める会社員で、一戸建ちの家に夫婦と子どもでの暮らし。女学校を出た娘は結婚までは家事見習いとして家で過ごすのがフツーだった時代、今は正月が近づいて家族の縫物に忙しい。あわただしく縮こまった生活が続いて、気詰りなある暮方、近くの多摩川の堤防に出てみた。屈託した体を伸ばしたが、誰も見ていない。では思いきり手足を動かしてやろうと、「膝を高く折り曲げて足踏みをしながら両腕を前後に大きく振」り、下駄を脱いで足袋裸足になり、着物の裾を端折って、堤防を一散に駆け出すのである。

　ランニングの選手だった頃の意気込みが湧きあがり、「心臓の鼓動と一緒に全身の筋肉がぴくぴくとふるへた。――ほんたうに溌剌と生きている感じがする。女学校にゐた頃はこれほど感じなかつたのに。毎日窮屈な仕事に圧へつけられて暮らしてゐると、こんな駆け足ぐらゐでもかうまで活きてゐる感じが珍しく感じられるものか」。

そして前夜の快感が忘れられない道子は、翌日は外出の口実を考え、今度はアンダーシャツにパンツ（注：下着のことではない）を穿き、上から着物で隠し、汚れ足袋は新聞紙にくるんで家を出る。銭湯に行く（注：一戸建ちでもまだ銭湯利用が多かった時代である）と言って。

注目したいのは、二日目に運動用のスポーツ着姿になった道子は、夢中になってランニングをする時、異次元に跳んでしまう、特別の経験をすると叙述されていることである。

堤防の上で、さつと着物を脱ぐと手拭いで後ろ鉢巻をした。凛々しい女流選手の姿だつた。足袋をはくのももどかしげに足踏みの稽古から駈足のスタートにかかつた。爪先立つて身をかがめると、冷たいコンクリートの上に手を触れた。オン・ユアー・マーク、ゲットセッ、道子は弾條《ばね》じかけのやうに飛び出した。昨日の如く青白い月光に照らし出された堤防の上を（中略）次第に脚の疲れを覚えて速力を緩めたとき、道子は月の光りのためか一種悲壮な気分に衝たれた――自分はいま溌剌と生きてはゐるが、違つた世界に生きてゐるといふ感じがした。人類とは離れた、淋しいがしかも厳粛な世界に生きてゐるといふ感じだつた。

道子のスポーツする身体の動きを巧みに表現するだけでなく、走ることで道子が日常生活では経験することのない別次元の深い充足感を味わっていることを描いている。走ることに集中するうち、燃焼状態に達した身体が現実の縛りを抜け出てしまう体験、である。

「快走」には若い女性のジェンダー規範も自然な形で描き込んである。道子は人目を避け、走ることを家族にも内緒にして、銭湯に行くといって家を出ているのである。学校では真剣に取り組んだランニングも、卒業した今では求められもせず推奨されもしない。現代のようなスポーツジムやクラブも存在しなかった時代、体育教師になるような人以外、女性には継続してスポーツをすること自体が難しかった。夕方出かけて一時間半も戻らない娘を心配した母親は、兄に後をつけさせたり、自分と一緒に昼間銭湯に行こうと言いだしたりもする。若い娘の夜の外出を咎める母親は、社会の女性身体を見る際の価値観を内面化し、娘の身体を無難に管理しようとする側に立っている。不審を募らせた母親は、道子の女学校時代の友達からの手紙を盗み見る。手紙には、「毎晩パンツ姿も凛々しく月光を浴びて多摩川の堤防の上を疾駆するあなたを考へただけでも胸が躍ります」とあった。

しかし一緒に手紙を盗み見た父親は、「人の目のないところでランニングをするなんて、よくよく屈託したからなんだらう」、「俺だつて会社の年末整理に忙殺されてゐると何か突飛なことがしたくなる」、「自分の娘が月光の中で走るところを見たくなつたよ」と言い出す。興味深いのは父親だけでなく母親も道子が走るのを見るために多摩川べりに出かけるが、颯爽と走る道子を見て、自分たちも後を追って走るという設定になっていること。娘には追いつかないが、父親は走ることに快感を覚え、「俺たちは案外若いんだ」と言って笑い出し、母親も走ったことでやはり快感を覚え、二人が「あはは」「おほほ」と笑い合うところで終わる。

東京近郊多摩川べりにまで都市富裕層の別荘やサラリーマン（丸の内などに勤務する会社員たち）の住宅が広がり、東京に「郊外」が形成されつつあった時代である。この設定には意味があると思われる。つまり、「快走」は、走ることを楽しむ女性とその両親を通して、家制度のしがらみから比較的自由な、モダニズムの影響を受けた新しい単婚家族の姿を描いたもの、と読んでもよいだろう。

5　「娘」

次に、スカールの選手室子が登場する「娘」(13)。スポーツ以前のこととして、まずその健康体をかの子はこう表現する。朝目が覚めると、健康な空腹感から、「くく、くく、といふ笑ひが、鳩尾《みづおち》から頸を上って鼻へ来る。それが逆に空腹に響くとまたをかしい。くく、くく、といふ笑ひが止め度もなく起る。室子は、自分ながら、どうしたことかと下唇を痛いほど噛んで笑ひを止め、五尺三寸の娘の身体を、寝床から軽く滑り下ろした」。健康で自己肯定感に満ちた女性である。

パンを焼く匂いで目が覚めたとか、カーテンを開けたとか、シュミーズを脱いだとか、語彙だけ並べてもモダニズムの匂いのする小説だが、ここは隅田川の橋場、江戸から続く日本橋の鼈甲屋の寮（別荘・別宅に近いしもたや）、室子はその家の一人娘。昨夜の友人の結婚披露宴（これで独身は彼女一人になったが、本人は頓着しない）の上品すぎる食事を滑稽に思うほど溌剌とした若い女性である。日本髪がすたれ、模造品が出回る時代で鼈甲に将来性はあるまいと見て、親が嫁に出してもよいと見合いをさせれば、何分にもお立派過ぎて、と断られてしまうほど。

室子が漕艇用のスポーツシャツに着替えて、「逞しい四肢が、直接に外気に触れると彼女の世界が変わつた。それは新しい世界のやうでもあり、懐かしい故郷のやうでもあつた。肉体と自然の間には、人間の何物も介在しなかつた」。寮の脇の引き堀でスカールの覆いを取り、挺身を回転させながら注意深く渚に卸し、左右のハンドルを片手で握って腰をすべり込ませ、水に艇を押し出すまでのもの慣れた敏捷な所作ぶりが順を追って描かれ、スカールで水上選手権を得るまでの修練を積んできたことがよくわかる。

彼女をそのように導き、スポーツの醍醐味や水の上の法悦をともに味わわせてくれたのは、洋行帰りの遠縁の松浦という青年紳士であった。親切で厳しく、漕ぎ勝とうとする彼女と一進一退の競り合いをするうちに「競漕の昂揚点に達すると、台風の中心の無風帯とも見られるべきところの意識へ這入る。ひとの漕ぐ艇、わが漕艇と意識の区別は全く消え失せ、ただ一つのものが漕いでゐる。無限の空間にたった一つの青春がすいすいと漕いでゐる。（中略）ふと投網の音に気が逸れて、意識は普通の世界に戻る。彼女はほつとして松浦を見る。松浦も健康な陶酔から醒めて、力の抜けた微笑を彼女に振り向けてゐる」。

松浦は「懐かしい」が、それは水の上だけのことで、陸の上で会う松浦は単に平凡で勤勉な妻子持ちの会社員だということも、室子は理解している。「水の上であの男に感じる匂ひや、神秘は何處へ消えるか、彼は二つ三つ水上の話を概念的に話したあとは、額に苦労波を寄せて、忙しい日常生活の無味を語る。彼女に何か、男といふものの気の毒さを感じさせる。その同情感は、一般勤労者である男性にもつうじるものであらう」。室子は、こんな醒めた現実感覚の持ち主でもある。

と、そこに一艘のスカールが不自然に近づいてきて…、詳しく観察する暇もないうちに、「競漕の最中に、しばしば襲ってくるあの辛いとも楽しいともいひやうのない極限感」に痺れ、「生まれて初めてこんな部分もあつたかと思はれるやうな別な心臓の蓋が開けられて、恥ずかしいとも生々しいともいひやうのない不安な感じと一緒に其処を相手から覗きこまれた」。「青年は抜群の腕と見えて、彼女の左舷の方に漕ぎ出ると、オールへ水の引掛け方も従容と、室子の艇の、左舷の四分の一の辺へ、艇頭を定めると、ほとんど半メートルの差もなく漕ぎ連れて来る。その漕ぎ連れ方には愛の力が潜んでゐて、それを少しづついたはりに変へ、女を脅かさぬやうに気をつけながら大やうに力を消費して行くかのやうである」。「室子は疲れにへとへとになり、気が遠くなりながら、身も心も少女のやうになって、後からの強い力に追はれて行く――この追ひ方は只事では無い。愛の手の差し延べ、結婚の申し込みでは無からうか。カンとカンで動く水の上の作法として、このやうなことも有り得るやうに思ふ」。

室子はこの後気を失って、蓑吉（腹違いの幼い弟。川向こうまで桜餅を一人で買いに行かせたところだった）の呼ぶ声かと思って気が付くと蓑吉はいなくて、自分を抱き起してくれていたのは、あの後の艇の青年であった、というところで小説は終わる。この小説は掲載誌『婦人公論』の当時の読者を大いに満足させたかもしれない。そして現在のある種のフェミニストを悔やしがらせたりがっかりさせるかもしれない。それは、男性に対する敗北を肯定しているとも読めるテクストを、どう読むかにかかっていることでもある。私はスポーツする身体がその燃焼の窮まりにおいて、自我や自意識を乗り越えて異次元空間に飛翔する瞬間を言語化した（松浦に対しても水上で暫時健康な陶酔を経験している。「快走」にはズバリ「異次元」と表現されていた）ものとして、評価している。

6 『肉体の神曲』、『丸の内草話』

ところでかの子には、いわゆる近代スポーツなどをやすやすと跳び超えて、独自の身体観を構想していたと思われる長編小説『肉体の神曲』がある。[14]

主人公は、青山にある医院の娘、一八歳の茂子。適齢期の娘としてはかなりの肥満体、最近はそれに引け目を覚え、兄の結婚を契機に家を出た。遠縁の岐阜県高山地方の家で減量に励もうと山国暮らしを始める。二足歩行が人体機能を退化させたとするオーストリアの体育家の科学的自然運動を取り入れ四足歩行の練習を始めたり、塩気のない木の実や葉っぱの食事をしたり。重い結核で医者に見放され山で自然治癒に成功した男や、薬草研究を中断されるのが嫌で徴兵忌避をしようとして本当に怪我をしてしまった男らと山で知り合い、同年代の娘たちにも歓迎されたりするが、田舎暮らしも思っていたより難しいとわかった。いくらか健康的に減量が進んだところで東京に戻ると、兄は離婚し病気になっていた。「持てるものはみな尊し」、痩せようなんて不心得だ、と言い残して亡くなり、茂子は肥満をこれまで引け目に思っていた（「顔だけは好き」という自己肯定感は持っていた）が、太め（硬肥り）の自分を肯定し、堂々と母校の同窓会に出席し、旧友たちと歓びの再会を果たす。

茂子は、女学校時代には未婚「令嬢リスト」に写真が載って、悪い気はしなかったが、肥満が気になりだしてからはそういう品定めの視線が辛かった。「見られる身体」という他者の目からの評価を気にして苦しんでいた状態から、帰京後は、自分の身体をまるごと肯定し、「見られる身体」の拘束を自ら脱ぎ捨てたのである。この作品には近代の都会人とは異なる、山国の人々が何世代にもわたり伝えて来た、自然に適応しながら人間身体を活かそうとする知恵が、エピソードとしていろいろに織り込まれていることもあり、それによって外国の体操家の真似事のような突飛なエピソード（四足歩行など）も相対化されてしまうところが面白い。プレモダンが、ポストモダンに通路を拓くような、奇妙な読後感が残る[15]。

小説『丸の内草話』には、ビジネス街の先端・丸の内に働くモガ女性たちが登場する。語り手は中年の女性医師。呉服橋近くの医家に生まれ、女子医専を出たが、研究職の夫と結婚して主婦となった（実家の方は妹婿が継いだ）。夫と死別してからは、夫の旧友が役員をする丸の内の会社で健康管理や医務に携わる。若い女事務員たち、一木をマネージャーとして支えるチェーンストア経営者の娘などと多彩だが、女性とスポーツという点から興味深いのが、「相当な事業家の令嬢」一木である。これまでも、洋装店のマネキンや文化生活雑誌の発行などをしてきたが、今は丸の内でビルを改装し、スポーツジム（「体育館」にギムナジュウムとルビ）を開く準備をしている。もとは円形外壁を造ったところで放置されていた建物を見て、ふと「体育館《ギムナジウム》」にでもしてみる気になったというのである。

一木は外遊中に知り合ったKという女性歌人がローマで読んだ歌を思い出したといい、かの子の「廃墟は廃墟としての生命もちつつ羅馬市の空に聳えてとこしへなるべし」を引き、躍動する見事な肉体——腕、胴、脚の動きや、砲丸、槍投げの槍などを夢見る。また「雨の日には覆はれ、晴れた日には中央から真っ二つに割れて青空を剥き出してくる開閉自在の移動屋根」を思い浮かべもする。

明治二〇年代から四〇年ほど、何次かにわたる開発が進み、丸の内がオフィス街に変貌していく姿を、多彩な人物を交えて描こうとしたらしいが、エピソードは拡散し、連載最終回はかの子没後の発表とあって、未完の印象は拭えない。小説が唐突な終わり方をする直前、体育館はほぼ完成するが、巨大なロマネスクの柱頭を持つ黒曜石の柱の間にビロードの大幡幕を垂らし、幕の隙間から筋骨逞しい一五、六人の青年が砲丸投げやレスリングの稽古をしているのが見える、とある。かの子想像の体育館は、古代の大理石彫像のような理想的な身体の持ち主が美しい身体をさらに磨き上げるような場でもあったろうか。

7　おわりに

実の所かの子が関心を寄せて描いた程、当時女性のスポーツへの支持や理解が進んでいたとは思えない。紙幅の関係でそうした側面についての言及は割愛したが、ともかくも、かの子は自分のやり方で突き進み、スポーツする身体の動きを一つも見逃すまいと意識し、それを言語化して倦まなかった。[16] そして、意識が捉えようとしている対象と、意識化という身体の働きとが、時空の距離が縮まり融合するような瞬間が訪れ、主人公は突然異次元世界に突き抜ける体験をするのである。かの子は、そういう体験をもたらすはずのものとしてスポーツを見ていたように思われる。[17]

ただ、女性たち、そして男性たちも、スポーツをすることのできなくなる時代が、すぐそこまで近づいていた。言うまでもないが、スポーツも平和な時代でなくてはかなわない営みなのだから。

注

（1）没後も夫一平の手により、『生々流転』など長編二篇を含む膨大な遺稿の整理・発表が続く。加えて、作家としての活動期間の短いこともあって、通常は作家の成熟とともに見られる作品モチーフの展開を辿ることも難しい。

（2）柳下芳史『西洋スポーツ事始め――横浜外国人居留地での誕生から一五〇年の歩み』（文芸社、二〇一六年）及び、日本体育協会編『日本スポーツ百年』（一九七〇年）参照。

（3）森田信博「『体育』概念の形成過程について」（『秋田大学教育学部研究紀要教育科学部門』四八号、一九九五年）。

（4）法令や団体名、各種大会名など、またその英訳にも関係し、明快な腑分けは不可能と思われる。

（5）『21世紀スポーツ大事典』（朝倉書店、二〇一五年）。ジャン・ジュール・ジュスラン、守能信次訳『スポーツと遊戯の歴史』（駿河台出版社、二〇〇六年）。
（6）人見は岡山高女卒業後、二階堂トクヨの体操塾に学んだ。東京女高師出身の国語教師だった二階堂が体育も併任させられて悩み、その後イギリスの体操専門学校に留学し、女性体育教師を育てるために始めたもの（日本女子体育大学の前身）。オリンピック出場を決めたとき、人見の実家には「人前で太ももをさらすなど…」と非難の手紙が届いたという。人見はこの活躍から間もなく、過労から病気を併発し、二四歳で没した。『人間の記録23人見絹枝――炎のスプリンター』（生前の自伝風著書をベースに編集された本の復刻版。日本図書センター、一九九七年）、参照。
（7）北沢長梧（秀一）の「モダーン・ガールの表現――日本の妹に送る手紙――」（『女性改造』一九二三年四月）を嚆矢に、清沢洌、大宅壮一、片岡鉄平らが取り上げ、当初やや好意的に紹介したが、揶揄・断罪も一般紙でかまびすしかった。一方、『青鞜』終刊後「新婦人協会」に拠る平塚らいてう、「赤瀾会」の山川菊栄は、モダンガールの享楽主義・男性追随主義・無思想を批判し、冷ややかに見ていた。参照、岩見照代『ヒロインたちの百年――文学・メディア・社会における女性像の変容』（學藝書林、二〇〇八年）。
（8）鈴木貞美編『モダンガールの誘惑』（モダン都市文学Ⅱ、平凡社、一九八九年）。
（9）伊藤るり他編『モダンガールと植民地的近代――東アジアにおける帝国・資本・ジェンダー』（岩波書店、二〇一〇年）。田丸理砂・香川檀編『ベルリンのモダンガール――1920年台を駆け抜けた女たち』（三修社、二〇〇四年）。
（10）ダンスホールやカフェを舞台にしたものが多く、スポーツをモチーフとしたものはない。ただ、口絵には、水着姿の女性たち（デパートのマネキン）や、テニス・ラケットを持った軽装のワンピース姿の女性の写真（商品カタログ）がある。他に野球のユニフォーム（六大学のロゴ付き）を着た女性たちは浅草松竹座のスターの扮装だという。
（11）主人公は大学時代ラグビー選手で、今は商事会社に勤務する男、汽車の中で、断髪で色鮮やかなスカート、口笛を吹くモガに会う。後輩の応援で神宮球場に行くと相手側のスタンドに彼女が…。ほかに陸上競技や水泳も出て来るし、スポーツ観戦の好きな彼女は昔柴野の試合も見たというが、小説は格別の展開もなく終わる。スポーツも、モダニズム演出のアイテム——ストッキング、「碧いリヴィエラ」（口笛の曲）、エアシップ（煙草）、ラッシュアワー、シャンパン…と変わらない風俗現象扱い。

（12）漆田和代「『混沌未分』（岡本かの子）を読む」（江種満子・漆田和代編『女が読む日本近代文学——フェミニズム批評の試み』新曜社、一九九二年）。

（13）近藤華子『岡本かの子——描かれた女たちの実相』（翰林書房、二〇一四年）は、室子の「空腹感」に様々な意味を読むが、筆者はあえてそうした深読みはしない。同書には『肉体の神曲』『混沌未分』についても独自の論の展開がある。

（14）かの子存命中の『三田文学』に載ったが、単行本には未収録。ケアレスミスを校訂したものが、冬樹社版全集、第二巻（一九七四年）に初めて収録された。

（15）女性の身体の自己肯定感という点にこの小説の主題を見るが、これは第二波フェミニズムの「私（女）の体は私（女）のもの」という主張に先駆けたものである。なお、近藤、注13の「肥満」をめぐる言説紹介には教示されるところが多かった。ただ、筆者はこの作品をプレモダンの身体観（〝肥満〟は美や富の象徴でもあった、など）とも付き合わせて読んでみたいと思っている。

（16）ロスのオリンピックにボートで出場した田中英光は、後に『オリンポスの果実』（一九四〇年）を書いたが、ボートを漕ぐ苦しさについて、「漕いだものには書かなくても判り、漕がないものには書いても判らぬだろう」と書き、「言語を絶した苦しさがある」と言うところでやめてしまう。そのためもあるか、田中の関心はスポーツそのものに向かうよりスポーツする人たちの人間関係の方に向かっていく。スポーツ経験のあるものが必ずしも身体技法の言語化に巧みだというわけではないようだ。

（17）ほとんど「神秘体験」に近いものとしてかの子は何度も描いている。『丸の内草話』に一木が脈絡なく投げ出した言葉の一つ「スポーツの即身成仏性」という言葉が思い合わされる。『岡本かの子全集』第四巻、三六四頁。

〈付記〉使用テキストは『岡本かの子全集』冬樹社版である。

コラム

戦時下のタカラジェンヌ

渡辺みえこ

宝塚「少女」歌劇は一九一四年の初公演以来、戦時下においても形を変えながら現在に至るまで百年の歴史を刻んできた。

宝塚の創始者、小林一三は宝塚について、女性芸能者や女優の系譜ではなく、「良家の児の音楽好き」であり、団員は、あくまでも「生徒」であるとした。当時は、近代女優の祖である貞奴も芸者であったが、人前で歌舞する女性は、女歌舞伎以来、売春と結び付けられ禁圧されてきており、女優のスキャンダルが問題にされていた。

宝塚の前身、宝塚唱歌隊が組織されたのはそのような時代だった。大戦中は、全国各地での慰問公演を中心に活動し、一方で女子挺身隊として川西航空機宝塚製作所や縫工所等に動員され、労働奉仕を行った。戦時中の宝塚公演は、一九三四（昭九）年ころから、作品タイトルにも『太平洋行進曲』、『軍歌レビュー』などといった戦時色の強いものが多くなっていった。

一九三八（昭十三）年一月七日付けの『朝日新聞』には、国民の一体感や戦意高揚を演出する「皇軍大捷の歌」が、宝塚少女歌劇団や松竹などの公演で歌われ華を添えた、と紋付袴姿で合唱する宝塚少女歌劇の写真が掲載されている（『宝塚歌劇華麗なる１００年』朝日新聞出版　二〇一四年三月）。

小林一三は、当時の歌劇団公認のファンクラブ「女子友の会」からの要請について、一九三八年十二月号の『歌劇』に報告している。それによると恋愛ものだけではなく時節柄、日本精神発揮のものを取り入れた歌劇上演の希望があり、「統制のまなざし」が、実は「大衆の目」でもあったことが示されている（川崎賢子『宝塚というユートピア』岩波新書　二〇〇五年三月）。

一九三八年にはドイツ、イタリアへの海外公演、翌年には万国博覧会の催し物としてアメリカ公演でも成功をおさめ、一九四二年からは満州国での公演が行われた。

一九三九（昭十四）年には宝塚少女歌劇の生徒十三名で皇軍慰問団を結成し、約一カ月にわたり日本軍兵士を慰問して回った。

一九三九年、歌劇団は、大阪の陸軍憲兵隊に以下のような誓約をした。「宝塚歌劇学校今後の経営指導については国策の線に沿い、大いに日本精神の発揚に努めること」（玉岡かおる『タカラジェンヌの太平洋戦争』新潮社　二〇〇四年七月）。その後の中国での慰問公演は歌劇団の自発的な活動として許可されたという。公演先は、北京、青島などの大都市から、徐州、石家荘など、日本軍が駐留する最前線にまで至っている。

一九四〇（昭十五）年、大日本国防婦人会宝塚少女歌劇団分会が設立され、全生徒が加入した。

一九四三（昭十八）年三月、空襲の激化により宝塚大劇場が閉鎖、海軍に接収された。翌年三月には、国家による決戦非常措置要綱が決定され、「高級享楽の停止」によって東京宝塚劇場も閉鎖、陸軍の風船爆弾製造工場となった。最終公演は『翼の決戦』であったが、ファンが殺到し宝塚大橋を越えて宝塚南口駅付近まで列を作り、出動した警官が抜刀して混乱を鎮めた（『宝塚歌劇９０年史すみれ花歳月《とし》を重ねて』宝塚歌劇団　二〇〇四年四月）。

このような宝塚歌劇団とその団員による戦争協力の歴史、および現在まで続く若年での退団制度、未婚女性のみという規則、労働条件などもその自覚と検証、内部から問題視される必要があろう。

宝塚乙女たちは、二年間の教育を終えた歌劇団入団以後も、団員は「生徒」、歌劇団員は「研究科～年」と呼ばれ、職業女優とは異なるという自覚がされるような制度となっている。商業演劇でありながら「生徒」であるのだが、二〇〇三年のカリキュラム改革までは後期中等学校（高校）資格は得られなかった。

歌舞伎役者は、「男子」の仕事であり、襲名制度がある。宝塚では、とくにトップスターの退団（卒業）公演は華やかに行われるが、その後彼女たちは虚脱状態になり、後の生活は余生になってしまうスターも多いといわれる。

退団後のジェンヌの追跡調査なども「秘密の花園」ゆえに難しい。宝塚の規律教育によってこれまでほとんど内部告発などが起きなかったのだが、二〇〇八年には万引きと窃盗の嫌疑で退学処分となった生徒が裁判を起こし勝訴している。そこでの学校側の不誠実な対応が問題にされた（山下教介『ドキュメント　タカラヅカいじめ裁判――乙女の花園の今――』鹿砦社　二〇一〇年一一月）。

宝塚団員も女性労働者である現実を生きているということの自覚と権利意識が必要であるが、そのためには、演出家、企画者、経営陣に宝塚団員がもっと加わり、「宝塚」という女性が担う文化に自らが責任を持つ制度としていく必要があるだろう。

II

プロレタリア文学――労働・闘争・抵抗

中本たか子〈前衛〉たらんとして
——その密かなる抵抗 「赤」・「鈴虫の雌」から『新しき情熱』へ

渡邉千恵子

1　はじめに

一九〇三（明治三六）年、山口県に生まれた中本は、高等女学校を卒業後は県下の小学校教師となるが、その職を捨て上京。かねてより傾倒していた横光利一の縁で雑誌編集を手伝いながら執筆に励んだ。二年後に『女人芸術』に掲載された「赤」（一九二九・二）、「鈴虫の雌」（同年・三）には新感覚派の影響が見てとれ、モダニズム文学の洗礼を受けての順調なデビューであった。だが、プロレタリア文学運動に共鳴し、急進的活動家となり逮捕。実刑を受け、〈転向〉後は「生産文学」を書いたとされるが、生産形態の変化に伴う新時代を見据えて、新しい労働観・人間観のもとでの、新しい「勤労文学」を意図したのではないか。本稿は、中本の密かなる抵抗の可能性を読み解こうとするものである。

2　モダニズム文学としての「赤」

「赤」は、五人の子を抱える母しげが、近所の腕白らに礫を投げられ泣き叫ぶわが子を助けようとするところから始まる。だが、事の発端が犬に投げ与えられたパンを横取りしたわが子にあると知って、おもいきりその頬を平手打ちする。しげの頬をつたう涙には、「一片のパン」さえ買ってやれない貧苦へのやりきれなさが滲む。そんな矢先、日々の生活費さえ酒代に当ててしまう酒のみの夫が警察に連行される。仕事場の監督に手を出してしまったのだ。このときしげの腹にはすでに新しい命が宿っていた。自分のわずかな内職代だけでは子どもたちを養ってゆけない、そう判断したしげは、すぐに人を介して上三人を子守奉公と丁稚に出すのだが、下三人の養い親は見つからなかった。そこで身重の体をおして新道開削工事現場に働きに出ることにする。むろん表向きは生計を立てるためだが、実は「胎児に与へる変化を期待」してのことだった。

案の定、胎動が活発になり、腹部の張りと痛みとで仕事もままならない。そんなしげの肩に突如圧し掛かる現場監督の足。しげは臀部をしたたか打った。腹部を異常な痛みが襲う。それに堪えながらトロッコを押し続けるが、足を滑らせ転げ落ちてしまう。末尾の語りは、その晩、腹部を襲っただならぬ痛みがしげに期待通りの結果をもたらしたことを読者に告げ、小説は終わる。

暁の脚の窓にほの白む頃、しげの月経は五ケ月目に開放された。
紅潮の中に咲いた一片の肉塊が、慎ましく縮まつて、運命に流眄を送つてゐる。此の世に一つの悲劇の種が滅つたのだ。誕生と墓場……開幕と幕切れ……。
赤の歌が始まつた――太陽の歌が始まつた。赤だ……

赤だ……

赤……

赤……

………

………

語り手は、胎児の死を「運命」と意味づけるも、子殺しをせざるを得ない社会への呪詛も抗議もなければ、母としての悲しみの一言もない。身体の拘束が解かれ、「暁」「月経」「紅潮」「太陽」といった生への躍動を暗示する隣接的な語の並置と「……」の記号の反復が「赤」に表象される生への賛歌にエコーを効かせている。

3 「鈴虫の雌」における〈労働〉の隠喩《メタファ》

次いで、『女人芸術』の巻頭を飾ったのが「鈴虫の雌」である。広津和郎は、「これは恐ろしく強い、執念深い、そして痛快な冷酷味を帯びた作家だ」とし、「一種独特の表現のし方——意識的に企てゝゐるとまで思はれる生硬な熟語の連続が読むのに最初はやや窮屈な」印象を与えるが、「その積み重ねが不思議なグロテスクな味を構成し」、「ユニック」だと評した(1)。

この「執念深い」「冷酷味を帯びた」という評は、視点人物知子の像へと重なる。内縁の夫（秋田）は親の意に従い裕福な家の娘との結婚を決め、「ブルジョアの息子へ」と寝返ってしまうのだが、新妻を娶るまで二人の逢瀬は続く。その関係も終わりを迎える頃、知子の向かった先は、「牡鹿のやうに温良で貧しい」青年（詩人）三木のもとであった。三木は、知子が来た時のためにと、残しておいた鍋底にへばりついたわずかの飯と猪口に盛った塩昆布を差し出すが、そこに三木の「野心」が「彼女の××へ向かつて、日々角度をなしてゐる」のを見て取った知子は、食・住を宛がわれる代わりにその肉体を与えるという即物的な等価交換を始める。知子にとってその肉体はいわば生活手段（資本）であり、肉体を与えることが彼女の〈労働〉となった。一見、居候の知子が三木に性的奉仕をさせられているようだが、実は、奉仕させられているのは三木のほうである。知子が同居してから、三木のわずかな稼ぎは、知子の食欲を満たすために費やされ、次第に、書物をはじめ、部屋中のモノが米や炭、チキンライスやビフテキへと姿を変えていく。三木の収入源は、神田の文具屋のレターペーパーに自身の詩を装飾として印刷して得る十円のみである。それが知子との暮らしではたちまちすき焼き鍋に化けてしまうのだ。外に働きにも出るでもなく、さりとて家事をするでもない。三木に肉体を提供することが知子の唯一の〈労働〉となり、「セルロイドの人形のやうに無感覚に過」すことに徹する知子。三木は、知子が「今に、鈴虫のやうにこの雄を食ひ殺してしまはうと構へ」ているとは知るよしもない。「日々に滑らかに肥つて」、「張り切つた皮膚はすべすべした洋紙のやうに艶やか」になっていく知子に対し、「日々に蒼く痩せて」いく三木。知子の〈労働〉への対価を支払うため、三木はペンによる〈労働〉を怠るわけにはいかない。知子の肉体は、三木が身を削って筆で耕す行為によって購われ、恋人に捨てられた知子の復讐は、矛先を変え、若き詩人を誑かし貪婪な肉体に隷従させ堕落させることで遂行されていく。

しまいに「腐つた肺から出る呼吸で酸化したやうな筆耕」でしか知子の豊満な肉体への「脂肪」の「補給」が覚束なくなった三木は、もはや用済みの鈴虫の雄同然である。そこでふいに外に飛び出した知子が帰宅するなり三木に突き出したのは、五円紙幣であった。これは「腕に撚りをかけて」書いた詩の対価が十円にしかならない三木とは対照的な、「ブルジョア紳士」を誘惑し、わずか「数時間の運動」で手に入れた知子の〈労働〉の対価である。〈女〉にとってその肉体は当人の意思でその処遇を決することのできる所有物として、貨幣と交換可能な商品であることを巧みな隠喩によって描く一方、搾り取られ、面子をつぶされた〈男〉の末路を、三木が吐き出す「一塊の赤黒いぶよぶよした血液」に焦点化し、それを知子が「流眄の先にひつかけ」るさまで止めを刺すのである。

こうして、三木が詩作によって十円を得る〈労働〉を「筆耕」と表記し、字面から肉体を使役するイメージを読者に喚起させつつ、知子が「身売り」によって得る対価も五円とするなど、中本は、貨幣の論理の前では、両者の〈労働〉の質的差異など無効であり、すべては貨幣と交換可能な〈モノ〉でしかない消費文化の非情さをアイロニカルに描いてみせた。

4　横光の影響からの脱却・〈前衛〉たらんとして

この時期、ロシア・フォルマリズムの芸術理論にいち早く反応した横光利一は、「形式」とは「文字の羅列」（技法）であり、それが「客観」であって、「内容」は、「形式を通じて見た読者の幻想」にすぎず、作者の思想感情は読者に直接伝達できないとの立場で形式主義を唱えた。[2] 一方、マルクス主義芸術観から、芸術を「情緒的『感染』の手段」[3]と見るブハーリンの理論に拠る蔵原惟人は、「内容」（主題）こそが「形式」を決定するとし、形式主義文学論争へと発展した。[4] 先の「痛快な冷酷味を帯びた作家」という評は、横光に傾倒した頃の中本らしく、一切倫理的・情緒的判断は差し挟まず、鈴虫の雌雄の隠喩《メタファ》を通して食うか食われるかの資本主義の非情で即物的な世界観を描くことに徹した姿勢への評価といえよう。

特に、身を売る非情さは、平林たい子の「嘲る」[5]と比較するとより明らかである。「嘲る」では、「無能な貴方の生活を守るために、私は街に出て、こんなことまでして、どうかしようとしているのです。これ程、私はこの生活を守りたがっているのですよ。」と、生活力のない夫を詰るも、不如意な生活から「こんなこと」（身を売ること）になったのを、誰かが「同情して、批評して呉れる」ことを「私」が世間に期待し理解を求める語りになっているのに対し、「鈴虫の雌」では、〈男〉との関係は食・住を満たすための契約関係にすぎず、身を売ることは、知子には「悲哀も悔恨」も「煩しい感情も思索」も一切伴わないものだった。こうした情緒性の欠如は、わが子をさっさと手放し堕胎を決行する「赤」のしげの潔さにも通じ、ジェンダー化された受苦的女性表象ではない、生き物として〈女〉の逞しさを描いている。

その頃文壇では、蔵原惟人のもとで発行された『戦旗』の小林多喜二「一九二八年三月十五日」や徳永直「太陽のない街」に注目が集まっていた。「鈴虫の雌」の翌月発表の「蟹工船」を読んだ中本は、「その視野の広さ、階級対立のはげしさ、階級意識の高さをもって、みごとに形象化した創作力に圧倒された」と後に語っている。(6)折しも二九年二月、全日本無産者芸術同盟から独立した日本プロレタリア作家同盟が蔵原惟人を理論的指導者として創立され、中本は「小ブルジョアの最低」に位置する自分が文学で身を立てる以上は、「被圧迫階級の解放と人間性の拡充」を「任務」と考え、(7)二九年一〇月、当時労働者街として知られた亀戸への転居を決意。指導者の蔵原は「『ナップ』藝術家の新しい任務――共産主義芸術の確立へ」(『戦旗』一九三〇・四)の中で、「文学(芸術)は党のものとならなければならない」というレーニンの言葉を引き、所謂「前衛の観点」に相応しい題材を選ぶべきだという「主題の積極性」を要求、芸術運動のボルシェヴィキ化を提唱した。そんな中、亀戸モスリン工場の争議で女工をオルグする活動に関わった中本は、三〇年五月亀戸署に検挙され、三十一日間拘留される。七月には治安維持法違反で逮捕。府中署での壮絶な拷問を受け精神を病み、翌年二月には病院送致となり、一〇月に長谷川時雨の仲介で保釈。菊池寛のいる文藝春秋社に身柄は引き取られた。翌三二年三月からは、川崎窯業会社に耐火煉瓦製造臨時工として働く(『耐火煉瓦』に結実)が、三三年二月、再逮捕。公判で中本は転向を表明する。というのも、今後も検挙、投獄を繰り返すようでは創作機会を失するとの念からである。(8)だが官憲はこれを偽装と見なし、党員でない中本に四年の実刑判決(その後皇太子誕生の恩赦により一年減刑)が下った。

5　『新しき情熱』は「生産文学」なのか

刑期を終えた出所後の三八年、『白衣作業』（六藝社）、『南部鉄瓶工』（新潮社）、『耐火煉瓦』（竹村書房）の三作が相次いで刊行される。中本は、『白衣作業』は三七年度の芥川賞の候補作に上がるなど、〈転向〉が評価された感はある(9)。だが、『白衣作業』は翌年一二月、単行本化された後に発禁処分を受け、問題箇所を修正後、四〇年に普及版が出版された(10)。

この『白衣作業』（初出一九三七・九『文藝』）をめぐっては、当局の意に添って軍需品の生産効率を上げるべく率先して邁進する女囚「七番」を描いたとして、中野重治が、これまで「作者がどこまで主人公をほんたうに支持もしくは拒否しているか」が判らないよう描いてきた「過去の『転向文学』の哲学の線を破つた」（「『白衣作業』ノート」『文藝』一九三七・一〇）といい、中本の完全なる〈転向〉を見てとった。林淑美は、この批評をふまえ、プロレタリア文学はマルクス主義芸術論という「外界の価値」を規範として導入してきたが、〈転向〉によってその規範を失った結果、中本は『白衣作業』に「産業報国運動という全く違う意味システム」に新たな規範を求めたのだと指摘する(11)。また、成田龍一は、「総動員体制下での主体化は女性の場合、国民化という契機抜きにしては論じられない」とし、中本を女権主義者の一人と位置づけ、その「文学作法とそこに見られる認識は一貫」しており、出所後の一連の作品は微妙な差異はあるものの、「総力戦」への「参画」をどう意味づけるかに要所があり、特に『新しき情熱』（金鈴社、一九四三年）は、「状況への対応とその意味づけ」において、明らかに「参画」を肯定する「生産文学」の一つだと見る(12)。岡田孝子も、『新しき情熱』こそ「生産文学」であるとし、総力戦を機に女性指導者らが陥った「翼賛」の姿勢をこの作品に見ている(13)。

検閲を逃れ執筆を続ける中本は、「翼賛」的な視点から『新しき情熱』を書いたというより、むしろ、プロレタリア文学の見果てぬ夢をまだ追っていたのではないか。

この作品は、日本屈指の大資本と謳われた紡績工場が、戦時における経営の悪化から大陸に工場を移す代わりに、業務内容を機械部品の旋盤へと転換するため、女工らを機械工補導所の作業習得に行かせるところから始まる。戦時下での産業構造、労働人口の変化が働く女性たちに、新たな職場をもたらす。同社で働いていた元女工のスミとアキノと補導所で出会った元女給のタエ、元百貨店店員の光子。四人は出身地、年齢、経歴こそ異なるが、〈労働〉を通じて結びつき、〈労働〉によって苦難を乗り越え、〈労働〉に従事する中で自己の成長を確信していく。

作品が時局に迎合的なのは、四人が旋盤工の技術習得の困難に打ち勝つべく努めるのも、彼女たちが作る部品が海を越えて戦地の兵士のもとに届けられる軍需製品だからであり、「お国のため」でもあるからだ。たとえば、スミが心を寄せていた従兄の丈吉は南方戦線で戦死し、アキノも結婚を考えていた恋人勇造が傷病兵となって結婚はおぼつかなくなる。二人は彼らのためにも「たゞ精一杯に働きぬいていく」ことが愛情の証であり、生きる意義だと自己を奮い立たせる。一方、実習期間が終了し新たに派遣された現場で奇しくも別れた夫河井と再会したタエは、職場の上司に、よりを戻すことが「本人にとつても、職場にとつても、またお国にとつても急務である」と諭され、復縁を決意する。また、工場の班長豊崎に惹かれていた光子も、豊崎が南方に徴用されると知り別れの挨拶に行ったが会えない。やがて豊崎から送られた手紙を読み、豊崎が望むよう「お国のために身も心も投げ出して働きぬく」ことを誓うといった具合である。こうした言動は、先に林が挙げた産業報国運動の精神、すなわち「職場ハ我等ニトツテ臣道実践ノ道場ナリ。勤労ハ我等ニトツテ奉仕ナリ。歓喜ナリ、栄誉ナリ。手段ニ非ズシテ目的ナリ。」（「大日本産業報国会創立宣言」）といった精神に合致する。国内労働力不足解消を目的とする、「女子の勤労分野を拡張すべき」との国家的要請とも相俟って[14]、「生産文学」と見なされるのもやむを得まい。だが、〈労働〉に対する女子工員の真摯な姿を題材に、〈労働〉を通じて彼女たちの意識が変化するさまを生き生きと描いている点で、かつて蔵原が説いたプロレタリア文学における「主題の積極性」の残滓をここに見てしまうのは的外れであろうか。

6　『職場』から見えてくる〈労働〉の意義と中本の時局への認識について

中本は亀戸に居を移し、共産党のシンパとして活動を始めて以降、逮捕、実刑を受けて〈転向〉した後も、一貫して働く女性たちに注目してきた。モダニズム風とはいえ、「鈴虫の雌」も〈労働〉のあり方を皮肉った作品であった。出獄後に書いた『職場』[15]でも繰り返し〈労働〉の意義を語っている。蔵原がかつて、「生産様式の発達がそもそも弁証的」である以上、その「反映」である芸術の形式も「弁証法的発展としてのみえられる[16]」と言ったように、中本も生産様式の変化が文学の内容、形式を刷新すると述べている。これには蔵原にも翻訳のある弁証法的唯物論を唱えるプレハーノフの影響が見て取れなくはない。プレハーノフは、生産力の発展が社会構造を規定し、その構造が人間の心理に反映するとして、「社会の心理はつねに社会の経済にたいして合目的的であり、つねにそれに順応し、つねにそれによって規定される[17]」とする。中本も、生産形態が「共同」的で「機械」的なものへと変化していることから、社会総体の「人間性」は、必然的に「集団的社会的共同性」を持つとし、「集団的」・「労働的」・「組織的」であることが「働く民衆の持つ新しい人間性」の「本質」であることを文学は題材に取上げるべきだと考えていた。また、「自然的個別的な人間性が、総体性に於て生産的に蘇り、思惟を物質に浸透させ、物質を思惟に高めて行く生命の創造的過程」は、〈労働〉によって「はかられる」とも断じている（「新しき文学の理念の出発」『職場』三八年）。この〈労働〉観には、「人間は外部の自然に働きかけ、それ変化させることによって、自分自身の本性（自然）を変化させる」（『資本論』第一部第五章）というマルクスの言葉を髣髴させるものがあり、〈労働〉が人間生命の「下部構造と上部構造を統一」する（「勤労文学の現実的意義」『職場』三八年）といったマルクス主義の用語も使われている。

一方、戦争を「過去の平時の本質なり、矛盾なりの集中的表現」、「将来の新しい時代の出発点を規定する重要な契機」と見ており、戦争が民衆をして、「民族共同体として国家の自由へ、個人の自由を統制し、概括し、その中に於て飽和した自我の自由を未発達な自我に転向させ、又貧しい自我を集めて団結させ、それら各自我を統制した普遍我の拡充へ、新しい生命の歴史を開かうとしてゐる」といい、今や「個人は集団を作り、階級は民族性を通じて国家と云ふ共同体へ立体化する」時だと述べている（「真実の創造――新しい文学の任務――」『職場』三八年）。中本は、戦争を「将来の新しい時代の出発点を規定する重要な契機」と見て、生産様式の変化とともに総動員体制に伴う社会環境の変化が、〈労働〉に従事する人々の意識を必ずや「集団的社会的共同性」という「新しい人間性」へと変革し得ると考えたのであろう。また、「思惟」と「物質」の相互浸透作用によって、対立物への転化を原則とする唯物論的思考運動を体現するのが〈労働〉であり、その〈労働〉によって「下部構造と上部構造を統一」が図られ、「各自我を統制した普遍我の拡充」が創出されれば、やがてそれは一つの大きな「階級」を成す。当然その「階級」は、「集団的社会的共同性」を有するプロレタリアートによるものであり、ひいては「階級は民族性を通じて国家と云ふ共同体へ立体化する」ことも可能だ。つまり圧倒的に数において勝るプロレタリアートが「集団的社会的共同性」を共有することができれば、戦時という過渡期を経た後、そこに立ち現れる「国家」は、おのずから現存する国家とは異なる「民族共同体としての国家」として立ち現われるはずだ、そう中本は言いたかったのではないか。

「新しい」という語を冠した表現が『職場』の随所に見られるのも、潰えたプロレタリア文学に代わる、新しい「民族共同体としての国家」に相応しい新しい「勤労文学」の理念を語らんがためであろうと推察する。

むろん、事態はそれほど単純ではなく、「各自我を統制した普遍我の拡充」といった考え自体、多元的な個のあり方を捨象し、一つのパースペクティブによって全体を統合する総動員体制の国家理念と酷似しており、〈労働〉を重んずることも、一読しただけでは、勤労を尊ぶ報国精神、あるいは個の自由を抑圧する国家体制を従順に支持する言説と受け取られよう。

そもそも『職場』に収録された評論の文章は、分かりづらい。一見、国家に迎合的に見えるのは、おそらくは検閲を逃れるためではなかろうか。中本は、非転向を貫き、出獄後、活動の場を奪われた夫蔵原の不遇を託つものの、芥川賞の候補作である『白衣作業』が検閲により発禁処分を受けた経緯からして、ペン一本で生活を支える自身が、またもや逮捕収監になる事態だけは何としても避けたかったに相違ない。[18]

7　『新しき情熱』はいかにして描かれているか

来るべき新しい時代の新しい勤労者のための文学、その手法もまた、自然主義的な「リアリズム」ではなく、「社会的、立体的、多面的なるリアリズム」、換言すれば、「総体と部分の連関、対立物の交互作用、原因から結果に到る本質の推移の過程（歴史性）これらを具体的に、実証的に、合目的ゝにとり上げて、客観的実在性を決定する」[19]ものでなければならなかった（「生産場面の小説の描き方」三八年）。三八年に発表された『南部鉄瓶工』『耐火煉瓦』の舞台は工場であり、生産の場にあった。蔵原は、機械や工場を人間疎外の装置ではなく、合理的律動性を有する新しい美の対象と見て、構成派が機械に「合理性・合目的性」見出だした点を評価し、日本のプロレタリア芸術家も積極的に「生産」に接近し「近代工業的感覚」を「摂取」すべきとの考えを抱いていた。また、「近代的大都会」、「群集」を新しい美の対象とし、とりわけ「群集」を「合目的的な力学的」で、「メカニックな方面」からとらえ、その真の美を表現したのは、「プロレタリア芸術」であると評した。[20]中本も機械への関心は高く、「機械の美観」（一九二九・四『女人芸術』）では、「機械」を「力学と物質を基調にする唯物論の息子であらねばならぬ。」といい、未来派、立体派、構成派らによる力学を基調とした芸術運動の台頭を高く評価している。[21]

『職場』に収録された「生産場面の小説の描き方」（三八年）にも、機械の律動感に人間の〈労働〉との相同性を見出し、「音響と云ふことが、生産場面に於ては、それの表現に非常に重要な価値を示す」とあるが、「生産文学」と目される『新しき情熱』にもその傾向は顕著である。始業、終業の鈴の音や、四人の女性がそれぞれに旋盤を削る際の金属音など、直接文字に起こされていない音が、終始重低音のように鳴り響いているといった印象である。冒頭の「一　燦く鐵屑」、一階の実習室で訓練を受ける女工たちが一斉に身支度を整える場面をまずは見てみよう。

西側の窓ちかく二列にならぶ十幾台の旋盤には、それぞれ二人で組んだ若い女たちが、紺色の作業服の身ごしらへもりゝしくたち向つてゐたそれぞれの旋盤には、天井から垂れ下がるベルトから原動力がつたはり、秘めた女性たちの鐵屑にきりこむバイト（刃物）の切削のきしりがとがつたひゞきをたてゝゐる。それらの旋盤の後ろには、研磨機で派手に火華をちらしつゝバイトをとぐ軋りが甲高い咆哮となつて場内を厭し、中央の後方ではシェーバーが動き、ボール盤が動いて居り、東側の窓辺には、万力のついた仕上げ台がづらり並んで、二十人ばかりの仕上げ実習生が鑢の音をきしませてゐる。たかく、ひくく、哮えるやうに唸るやうにおこる金属の音響は、頭のしんにつきさゝり、心臓をひつかくあらい爪のやうに、神経にこたへて来るが、そこにゐる若い女たちはみなそれぞれに悲壮な決意と荒々しい興奮をたかめつゝ、そのふくよかな胸にいろどりゆたかな夢をえがいてゐるのだつた。

分業体制の近代的労働では「時間的に前後すべきものが同時に行はれ、後にそれ等が統一されて行く」（「生産場面の小説の描き方」）というが、語り手は実習室全体を俯瞰的に眺め、多面的分業的労働のあり方を示唆するように、東西中央にそれぞれの仕事内容に応じて合目的に配置された機械（道具）の固有の動きとその音を拾っていく。「頭のしんにつきさゝり、心臓をひつかくあらい爪のやうに、神経にこたへて来る」という耳を劈く金属音。それとは異質な、個々に夢を抱いて集う柔らかで「ふくよかな胸」の若き女性たち。異質なもの同士の組み合わせが彼女たちに「悲壮な決意と荒々しい興奮」をもたらす。その張り詰めて高揚した胸の鼓動までもが聞こえてきそうな臨場感である。

「六　邂逅」では、「金属の肌からさんぜんと燦き出る光沢」が、光子の目を通して「未知の自己を発見したよろこび」として語られる。旋盤工として働くことで、動揺しやすい自身の感情の奥底に「不動の自己」が育ち、「同じ職場の幾百人の息吹きのかよひあふ空気を共に吸ひ、この時の流れの中にいのちを同じくもえたゝせていけば、幾百人の、否幾千人の呼吸も生命の焔も、自分の中に押し流れてくる」のが実感できるのだと語られる。非力な女性が行うバイトでの切削作業は、機械の力をいかに制御し、いかに無駄をなく合理的に製品を作り上げるかが勝負である。柔らかな女性の身体と無機質な金属の触れ合い。女性たちは、懸命に機械と格闘することで、光沢ある金属の美を発見し、精確に切削を成し遂げたことで、自己に確固たるものを見出していく。こうした〈労働〉が、「一人ゐても一人ではなく、まるで、百千万の心臓を一時に感じてゐるやうな興奮」へと光子を誘う。〈労働〉という「思惟を物質に浸透させ、物資を思惟に高める具体的運動過程」（『職場』）を通じて、各々の仕事に対する情熱が芽生え、それが個我を越えた「普遍我」から成る「組織的統一体」の形成を促す駆動力となり、〈労働〉を通じて生まれる、この高揚感こそが「新しき情熱」の源泉だともいえるだろう。

　他にも、四人の中心的存在であるスミに、自身の「生命の本源」を「祖国」に重ね、「旋盤工となつて自己を発見し、自己を高めていくのは、祖国をみいだし、祖国への愛情を増していくことだつた」と語らせ、自分たちが眠っている間も戦い、働き続ける兵士や労働者の存在が「直ちに国を守り、祖国の歴史をはづかしめないこととなる」と自覚を促す。また、工場の伍長である内田に、タエと光子の仕事の能率が急に落ちたことを指摘された光子は、「自分の生き方はたゞ自分のためにのみ働くことではすまされない」、「たゝかふ祖国が求める職場の責任をはたさなければ、自分の生き方もたゞしく解決しない」、「忠実に働きさへすれば、自分と祖国とが共に生き得る」とも語らせる。このような個別の自我を越えた「祖国」（「普遍我」）との一体感や忠誠が、自己を十全に生かすことだと覚らせる表現が多々見られる。

　こうして近代の合理化された分業体制の下、作りだされた均質的画一的な部品が最後に組み立てられて合目的的に「統一されて行く」ように、近代的生産労働に従事する者たちも、個別の自我を越えた「お国のため」、「祖国のため」という大義に向けて「普遍我」へと「統一され」るかのようである。工場という空間の特性や生産工程に沿って、彼女たちの意識もまた合目的に組織化されていくのである。これが戦時がもたらした、「貧しい自我を集めて団結させ、それら各自我を統制した普遍我の拡充へ、新しい生命の歴史を開く」生産現場の姿であり、誤解を恐れずにいえば、「お国のため」とは方便であって、中本が表現したかったものは、むしろ、ある合理的な目的（大義）に向かって〈労働〉する身体を通して変革される女性たちの意識、あるいは、社会に目を向けはじめた女性たちの認識の変化それ自体ではなかったか。

8 おわりに

以上、『新しき情熱』には、「女の細腕」で旋盤を操れるようになった女工たちの喜びと高揚感、目的意識を持って働くことへの充実感が生き生きと描かれ、いかにも「生産文学」風であり、その後のソヴィエト社会のありようからすれば、普遍的な目的、普遍的な真実に向けた個我の統一を是とすることは難しい。だが、それは後知恵であって、当時、官憲の酷い拷問を行き延びた中本は、眼前のブルジョア国家の滅びゆく先を見据え、検閲を逃れてなお、最後までプロレタリア〈前衛〉たらんとして生き、その残滓の中に新しい時代の「勤労文学」の可能性、「主題の積極性」という見果てぬ夢を追い求めていたのではないか、あの「鈴虫の雌」のごとく。中本の所謂「生産文学」の全容については稿を改め、論ずることとしたい。

注

（1）「最近の女流作家Ⅰ」『東京朝日新聞』一九二九年三月二七日。

（2）「文芸時評」（二）（『定本横光利一全集』第十三巻（河出書房新社、一九八二年一月）。
（3）ブハーリン『史的唯物論』直井武夫訳（同人社、一九二一年）による。
（4）この論争をめぐっては、平野謙他編『現代日本文学論争史』上巻（未来社、一九五六年）に関連する文献が収められている。
（5）『日本プロレタリア文学集・21婦人作家集1』（新日本出版社、一九八七年九月）。
（6）『わが生は苦悩に灼かれて——わが若き日の生きがい』（白石書店、一九七三年一一月）。
（7）（6）に同じ。
（8）『愛は牢獄をこえて—私の行路の素描—』（五月書房、一九五〇年三月）。「レーニンは進路の喪失をかたくいましめてゐた」が、「私は一歩退却して、やがて二歩前進することにしよう——」との決意から転向を表明したとある。
（9）久米正雄は選評で「此の作家たち（引用者注——中本たか子、間宮茂輔）が再生の努力の前には、一方ではない敬意を持つた」と評価するが、今更、「芥川賞でもあるまい」と述べている。
（10）千代田区図書館主催の講座「浮かび上がる検閲の実態」（二〇一一年一月二八日）で講演された安野一之は、『白衣作業』の検閲の実態を紹介。検閲官指定の削除箇所は左翼的信念が窺える箇所と女囚の同性愛的関係を描いた部分であるが、安野は、作者自らも自発的に削除を行った箇所が見て取れるとする。
（11）林淑美『中野重治連続する転向』（八木書店、一九九七年一月）
（12）「女性と総力戦——大日本帝国の女性たち」『ジェンダー史叢書5　暴力と戦争』明石書店、二〇〇九年一〇月）。
（13）「戦時下における中本たか子の文学」『帝京平成大学紀要』第二三巻第一号。岡田孝子は、先の三作の後に発表した『第一歩』（六藝社、一九三九年）に注目。中本を連想させる主人公津知子は、「堅く無言の団結」で突き進む「群集」の姿に心打たれ、かつての左翼的言動の脆さを反省し、戦時下一丸となって進む民衆と共に歩み、「そこから芽生える進歩的要素を、日本の特殊性に応じて導き、発展させ」る決意を覗かせる。岡田はそこに中本の変節を見るが、「群集」

への関心は、「翼賛」とは別の、芸術的題材としての関心からの検証が必要だと考えている。

(14)『女と戦争11戦時労務管理――近代女性文献資料叢書』(大空社、一九九二年五月　原典『戦時労務管理』東洋書館四二年二月)第七章によれば、女子の勤労は「母性の完成」に役立つよう、特別な保護と指導を要すとし、女子特有の貢献(「真実さ」「濃やかさ」)(二六五頁)を求め、勤労が人口政策と矛盾なきよう指導する旨を記している(二八一頁)。

(15)『職場』は、三七年から三九年かけての随筆・評論を収録。本稿では引用部末にその表題と年次を付した。

(16)蔵原惟人は、三二年四月逮捕。未決拘留の後、三五年五月懲役七年の実刑を言い渡され、獄中でも非転向を貫き、病身のまま四〇年一〇月出獄。中本の献身的介護により一命を取り留め、二人は四一年に結婚。

(17)「新芸術形式の探求へ――プロレタリア芸術当面の問題について――」『蔵原惟人評論集第一巻　芸術論I』(新日本出版社、一九六六年一〇月。初出『改造』一九二九年一二月)。

(18)本稿では岩波文庫版『史的一元論』(一九六三年、川内唯彦訳)を参照した。

(19)この内容は、蔵原惟人が「プロレタリア・レアリズムへの道」(『戦旗』一九二八年五月)で「レアリズムの芸術は客観的・現実的・実在的・具体的である。」、「レアリズムは勃興しつつある階級の芸術態度であるということができる」としたのを想起させる。

(20)(17)に同じ。

(21)この論評は「鈴虫の雌」を発表した翌月のものだが、蔵原の思想に急接近していることがわかる。「文芸評価の規準」(『女人芸術』一九二九年一一月)では、プレハーノフ、ルナチャルスキー、メーリング、マーツァといった弁証法的唯物論者の説を引き、短期間に急進的にこれらの思想を吸収したことが窺える。

平林たい子にみる〈愛情の問題〉――コロンタイの恋愛論とハウスキーパー問題を通して

岡野幸江

はじめに

戦後、政治と文学論争の焦点の一つとなったものにハウスキーパー問題がある。平野謙は「ひとつの反措定」(『新生活』一九四六年四月)で、杉本良吉と岡田嘉子の亡命事件をとりあげ、小林多喜二『党生活者』での笠原という女性の描き方を引き合いに出しながら、革命のために女性を利用したその非人間性に対して批判を行ったが、この問題は充分解明されぬままに今日に至っている。

一九二〇年代は、大正中期の「教養主義」的、観念的な恋愛論とは異なる恋愛、ないし性愛論が流行し、文壇やプロレタリア文学内部でも「愛と性」をめぐる問題が盛んにとりあげられた。(1) この問題は、性愛の自由を論じたコロンタイの恋愛論の影響を抜きに考えることはできず、ハウスキーパーの出現とも密接にかかわる。この頃、平林たい子は「プロレタリヤの星――悲しき愛情」(『改造』一九三一年八月)、「プロレタリヤの女」(同一九三二年一月)を発表し、こうした問題に独自に向き合っていた。この二作は連作であり、一つのまとまったテクストとしてみる必要があるし、当時相次いで書かれた〈愛情の問題〉をテーマとした作品との関係で読み解いたとき、より鮮明になると考える。(2) そこで、ここではこの二作を中心に、コロンタイの恋愛論が〈愛情の問題〉に与えた影響、また、ハウスキーパーと妊娠・出産などの問題について考えてみたいと思う。

1 コロンタイ論争とたい子のコロンタイ理解

コロンタイが日本ではじめて言及されたのは一九一〇年代だが[3]、コロンタイが論壇や文学界で話題になったのは、松尾四郎訳『赤い恋』（世界社、一九二七年一一月）の刊行以降である。『赤い恋』は原題「ワシリーサ・マルイギナ」の英語版「Red Love」からの重訳である。ボルシェビストのワッシリッサは、アナキストでプレーボーイのヴォロジャと結婚したが、二人の間に生じた思想的、感情的齟齬で葛藤し離婚して一人で子供を育てていく決意をする、というロシア革命直後の新しい時代の男女関係がテーマとなっている。

その翌年には林房雄訳『恋愛の道』（世界社、一九二八年四月、「三代の恋」「姉妹」を収録）が出版され、コロンタイの『働き蜂の恋』に収められた三部作「赤い恋」「三代の恋」「姉妹」が翻訳された。『恋愛の道』巻末掲載の広告には、『赤い恋』はわずか五ヶ月で既に「忽ち十版」とあり、各誌紙からの再録だが著名人らの感想が載せられ、その二ヶ月後には一五版、一九三〇年には七八版に達し、当時、いかに注目されたかがわかる[4]。

コロンタイ論争の発端となったのは、「赤い恋」ではなく「三代の恋」である。これは、祖母、母、娘の三代にわたる恋愛を描き、娘の世代の恋愛が理解できない母の視点から書かれている。祖母マリヤは両親に逆らって恋愛結婚したものの平穏な結婚生活に退屈し、若い男と恋愛して二度目の結婚をしたが、夫が牛飼い女と関係したため夫を捨て一人で娘を育てた。娘のオリガはボルシェビストになり同士と同棲するが結婚はしない。しかし、妻子ある技師と恋愛し妊娠して結局夫の元へ戻ったものの、三角関係の中で悩み両者とも別れる。その後成長したオリガの娘ゲニアは、母親の若い夫やさらには他の男とも愛のない肉体関係を結んで妊娠し、どちらの子かわからず堕胎を考える。母オリガはそうした「理知」に偏りすぎる娘を理解できずに悩み、「私」のもとに相談に訪れる。後日、ゲニアも訪ねてきて、恋愛するには時間がないと話し、愛している母を苦しませたことに涙して家を出る決心を語る。そして「私」は、若々しい笑い声を残し仕事に戻るゲニアを見送りながらこの物語は終わる。もちろんここで「私」はゲニアの恋愛観を肯定も否定もしていない。つまり、コロンタイが提出したのは、新しい感覚、新しい概念、新しい考えをもった、新しい階級の真理はどちらの側にあるのか、という問いである

論争の発端は、高群逸枝が『東京朝日新聞』紙上の「新刊良書推奨」（一九二八年五月一八日）で『恋愛の道』をとりあげ、「恋愛をするには暇がない」というゲニアを、かつて「己は重大な仕事をもつてゐる。恋などをしてゐる暇はない」と言った伊藤博文に重ね、コロンタイの解釈はブルジョア政治家と同意見で新しい恋愛観ではないと批判したことにある。林房雄は「新『恋愛の道』」（『中央公論』七月）で、コロンタイは伊藤博文のような恋愛観を女性に求めたのであり、今は、独立人、活動人として女性の登場が必要だとした。これに対し高群は「官僚的恋愛観を排す」（『中央公論』八月）で、コロンタイの恋愛観は女権主義であり、その玩弄的恋愛観は在来の有閑男性の恋愛観を踏襲しているとした。当時ソビエトにいた宮本百合子も「林房雄のコロンタイのチョーチン持をよみ、頭のひだがまだよく発育して居ないのを感ず」と「日記」（一九二八年七月二〇日）に記していた。

林房雄の主張は一見女性の独立を促すように見えるが、実際には女性の自立が困難な現実で、また女性の場合、男性とは異なり恋愛の結果が妊娠の可能性を伴うものである以上、単純に男性の場合と同列に論じることはできず、男性のご都合主義的な論であるのは言うまでもない。同時期、神近市子もジェシカ・スミス『ソヴェート・ロシアの婦人』の抄訳「革命と恋愛」（『女人芸術』一九二八年八月）で、レーニンとクララツェトキンとの談話（一九二〇年）を紹介した。そこでレーニンは「あなたは、共産主義者の社会では性的衝動と恋愛要求との満足は、一杯の水を飲むやうに簡単で些細なことであるといふかの有名な理論は、よく御承知だ」と言い、しかし「常識ある人間が普通の状態の下に街に座つて泥水を飲みますか？　又沢山の人がつかつたコップで飲みますか？」とゲニアに象徴されるコロンタイの「自由恋愛論」を「水一杯論」として批判した。これによってコロンタイの恋愛論は「水一杯論」と

して受け取られ流布したわけである。その後、林房雄は高群への批判を書いていないが、「プロレタリア恋愛学」（『中央公論』一九三〇年一月）において、自らが先導した自由恋愛論を「水飲み理論」と呼び、「過渡期のロシアに一しきり現れた性的肥大性」として早くも退けた。この間も文壇、論壇ではコロンタイの恋愛論が盛んにとりあげられた。このコロンタイの移入の歴史や、思想界、文学界での反応については杉山秀子『コロンタイと日本』（新樹社、二〇〇一年二月）に詳しいのでそちらに譲りたい。(5)

ところで、平林たい子がコロンタイに触れたのは「コロンタイ女史の『赤い恋』について」（『文芸戦線』一九二八年一月）が最初で、ワッシリッサに力強い示唆を受けたとし、「ロシヤの革命後の社会状態をユニークな筆」で書いたこの小説は「日本の小説の最高の標準」より「はるかに上」だと評価した。また、高群・林が論争していた頃、たい子は「ロマンチシズムとリアリズム――山川菊栄氏と高群逸枝氏の論争批判」（『婦人公論』二八年九月）で、コロンタイにも触れながら高群にかみついた。論争は山川の「景品付き特価品としての女」（『婦人公論』一九二八年一月）を高群が「山川菊栄氏の恋愛観を難ず」（同五月）で批判したことに始まり、それに応えた山川の「ドグマから出た幽霊」（同六月）と高群の「踏まれた犬が吠える」（同七月）の応酬に対し、たい子は山川を擁護し高群を批判した。

山川は女性が身売りのための恋愛や結婚をしないで生活しうるためには、夫婦関係の「経済的基礎」を変革しなければならないと主張したが、高群は現在「結婚を唯一の生活手段とみる意識が崩壊」しかけていて、その表れが「近代の自由恋愛」だとした。しかしたい子は、高群の言う「自由恋愛主義者」は「ごく少数の特殊な例」とする山川の主張を支持し、「婦人の単純純粋な恋愛（たとえば、コロンタイ女史の小説「赤い恋」の中に於けるワッシリッサの様な）は、現在彼女を縛っている経済的桎梏を打破した後でなければ生れて来ない」といって、「自由恋愛」を否定したが、これは明らかに先にも述べた林房雄のご都合主義への批判でもあった。

その後、「無産婦人と恋愛」（『改造』一九三〇年二月）でもコロンタイに言及し、その影響は「社会の一面の恋愛模索者たちを合理化」するものだとし、「ロシヤの社会に向って叫んでいるコロンタイ女史の恋愛観をそのまま日本に移植しようとする一群の当為主義者に反対する」と述べた。そして翌年「コロンタイズム」（『社会科学講座』三一年五月）をまとめ、ロシアの歴史的、社会的事情を抜きに「この恋愛論を、単に男女関係の発達の上からのみ見て、日本の知識階級の一部が採否を論じたのは滑稽」であったとし、コロンタイズムは実在しない、「革命時代の変態的な男女関係の形式」はコロンタイの主張ではないと喝破したが、これはきわめて妥当なコロンタイ評価だった。

そしてこの直後、「プロレタリヤの星」を、その五ヶ月後に続編「プロレタリヤの女」を発表し、「愛と性」の問題に独自の見解を示していくが、それは直接的には当時クローズアップされた〈愛情の問題〉をめぐる一連の作品に対する批判でもあったと考えられる。

2　〈愛情の問題〉をめぐる作品

当時、今野賢三は『プロレタリヤ恋愛観』（世界社、一九三〇年五月）で、「『既成の観念』の一切から、さうした伝統や因習の一切から、根こそぎ解放されて」いるゲニアの「新しい性道徳」は「過渡期」だから受け入れられるが、日本はゲニアのような考えや行為が何の顧慮も必要としない都合のよい社会環境にはなっていないとした。これは林房雄が早くもコロンタイズムを否定したようにレーニンの「水一杯論」の影響もあったと思われるが[6]、裏返せば社会環境が整えば受け入れられるという考えがうかがわれ、実際に『赤い恋』やゲニア的性道徳は以後も都合よく解釈され、むしろ〈愛情の問題〉としてプロレタリア文学内部で大きなテーマとなった。そこでたい子の先の連作との関連を明らかにするために、〈愛情の問題〉をめぐる作品について触れておこう。

まず、徳永直「『赤い恋』以上」（『新潮』一九三一年一月）だが、これは新労農党樹立をめぐって対立する夫婦の相克を描いたものである。新党樹立に賛成する全農連合会の矢崎には活動家の妻がいる。矢崎は妻が「すこし闘士すぎる」と不満を抱いているが、ナップの鷲尾は矢崎に対し「伝統的に潜んでいる男性の、女性に対する感情――性欲の対象としての、従属物としての、女性へ対する感情」が拭いがたく存在することを衝く。一方、矢崎の妻は新党樹立には反対であり結党準備会に出ようとする夫に対し「封建制度の奴隷関係を清算」すると宣言するが、それを見た鷲尾は現実が彼女を「飛躍させた」と思う。これは明らかに「赤い恋」においてワッシリッサがネップ（新経済政策）の生活に次第に馴染んでいくヴォロジャを切り捨てたことを、日本の現実に持ち込んだものである。党の方針に反し結党準備を進める矢崎を切って捨てる妻は、新しい女性活動家タイプとして描かれる。しかし活動家ではない妻を持つ鷲尾は、矢崎の古い男性意識を指摘し、矢崎の妻を「飛躍」とみても、それを自身の問題として捉えるわけではなく、結局、党の方針を守る女性活動家への賞賛はあっても新たな男女関係への掘り下げはない。従って、当初は新労農党結党を企図しながら合法政党結党に反対するコミンテルンの決議により反対を表明したという共産党内部の混乱に、〈愛情の問題〉を持ち込んだだけの図式的な作品でしかない。

一方、片岡鉄兵「愛情の問題」（『改造』三一年一月）は、階級闘争のために個人的な幸福を犠牲にする必要が説かれた作品である。闘争の必要から始まった皆木との結婚生活だったが、十日もたたないうちに女は任務のため石川と同棲した。「本当の夫婦」になろうと言う石川に、貞操が「階級闘争の上の役に立つというのならいつだって犠牲」にしなければと考えるが、石川に反発し恐怖を感じた彼女は夫の皆木に相談すると、皆木は「個人的な感情」で「任務を放棄した」と批判する。だが、石川は逮捕され、新しい任務で岸田と同棲したものの、四・一六が起り岸田は姿を消した。その後捕まったと思った岸田と偶然にも再会した女は、夜「あらゆるものを投げ出したものに、貞操なんか何だ？」と岸田の布団に入っていくが、既に寝入ってしまった岸田を見て、彼が「高いところ」に行っていることを知る。岸田は翌日捕まり、彼女は「同志愛」をかみしめて「これこそ世界を成長させる愛情」だと思う。

ここには階級闘争のためには個人的な幸福は犠牲にすべきであり、必要とあらば貞操すら投げ出すべきだという思想が示され、コロンタイの恋愛論議のなかで新しい恋愛の形として提唱された「同志愛」が称揚されている。一九二八年三月の共産党への大弾圧、いわゆる三・一五事件が起き、その翌年に行われた一斉検挙である四・一六事件を中心に、当時の非合法活動家たちの全生活をかけた緊迫した闘いとそれを支える女性活動家、いわゆるハウスキーパーがとりあげられ、一方では前衛活動家の持つべき性のモラルが、またその一方では「同志愛」を名目にして女性活動家が「貞操」をも捨てるべきという性モラルが説かれているのである。

江馬修「きよ子の経験」(『ナップ』一九三一年二月)も同様の問題を扱っている。「お茶の水の高等師範」在学中、「非合法な社会科学研究会」に参加し、学校に知られて放校になったきよ子は、会合に来た野口に指導を仰ぎレポーターとして活動する。野口から原田を紹介されたきよ子は夫婦を装って同居したものの、ある夜コロンタイの「三代の恋」を論じ「性愛の自由」を強調する原田に肉体的交渉を持たされてしまう。きよ子は悩みながらも関係が深まるにつれ原田に愛情を感じるようになっていたが、ある日、警察に連行され、彼に妻子があることを知らされる。拘留を解かれた後、きよ子は打撃で病気になり、原田を憎み党そのものに裏切られたように感じ野口に相談すると、逆にそのプチブル性を批判され、自分自身にも責任がある個人的な問題で憤慨して組織を離れることは正気ではないと諭され、自分の間違いを悟っていく。

ここでもハウスキーパー問題が正面からとりあげられていて、身を任せた原田には妻子があったが、責任は女性自身にもあるとされている。これは、その直前に完結した野上彌生子『真知子』(『改造』一九二八年八月〜『中央公論』一九三〇年一二月)が、真知子の友であり同志である米子を妊娠させながら真知子に結婚を申し込む活動家関三郎を厳しく批判し、左翼運動のモラルを痛烈に衝いたことに対するアンチテーゼとなっている。

他にも武田麟太郎「W町の貞操」(『1929』、一九二九年六月)では、生活のために男に頼らざるをえなかった母の目を通し、活動の必要から結婚し任務で地方へ行かされる息子と、任務で他の男と一緒になる嫁がとらえられているが、かつては「生活」のため、今や「党」のためという時代の変化に問題が矮小化され、ハウスキーパーは風俗として切りとられているにすぎない。

蔵原惟人は「芸術的方法についての感想(前編)」(『ナップ』三一年九月)で、今野の『プロレタリヤ恋愛観』やこれら一連の作品について手厳しく批判している。それは、これらが当時プロレタリア文学内部で課題となった「題材の固定化」を打破する「作品の多様化」という点からして、第一に芸術を多様化させていないこと、第二に愛情の問題は階級闘争の必要の観点から問題にすべきであること、第三に全的な人間は、ただ階級闘争の中にのみ現れること、そして第四にプロレタリアートにとって家庭や恋愛は中心的問題ではないから、階級闘争の一部として取り扱われるべきである、という理由からだった。ここでは片岡の「愛情の問題」で提出された「女性の人間的権利」の問題は個人的な問題であり、階級的観点から解決すべきとされ、ハウスキーパーという制度については全く問題にされていない。この蔵原の批判の延長上に「階級闘争の中にのみ現れる」「全的な人間」として小林多喜二の「党生活者」が書かれ、そこに登場する「笠原」という女性の描かれ方が戦後平野謙から批判の対象となったことは先にも記したとおりである。

もちろんこうした作品が相次いで書かれる背景には、当時巻き起こった空前の恋愛ブームがある。また、先にも記したようにプロレタリア文学内部での「題材の固定化」から「作品の多様化」が課題となり、それまで個人的な問題としてとりあげられなかった〈愛情の問題〉がにわかにクローズアップされたことがある。しかし平野謙は「ハウスキーパー問題」(『展望』一九七四年九月)で、〈愛情の問題〉が多くなった現象は、このころ「定着されてきたいわゆるハウスキーパー問題の文学的反映ではなかったか」と指摘している。激化する弾圧下で官憲の監視に対するカモフラージュとして男女の同棲が必要とされるなか、コロンタイの恋愛論、特にゲニアに象徴される恋愛論は過渡期の新しい性モラルとして男性活動家に歓迎され、ハウスキーパーの制度化に利用されたといっていいだろう。

3 闘争と愛情との葛藤

平林たい子の「プロレタリヤの星——悲しき愛情」は、運動と個人的な愛情との葛藤の中で苦しむ夫と、男に頼らなければ生きられない女の苦渋のありようが描き出されていている。石上は「ある組織」の外部員であったが、党員と思しき「ある闘士」に渡った印刷物の件で逮捕され留置場にいた。石上は妻が最近差し入れに来ないことに不安を募らせていた。石上は「愛するが故に闘う。闘わんが故に愛する」という、愛と闘争は同等で不可分のものであったが、今は「愛するが故に闘ってはならぬ」「愛するが故に妥協して一日も早く出なければならぬ」と思う。妻が面会に来なくなった裏に、自分が身を挺して守っている、しかも自分を支えてくれている同志安田の存在を考える。安田も石上同様内気で従順な女が好きだったからだ。そしてその不安は的中する。新たに留置された知り合いの青年から、妻が「安田の家に引きとられている」ことを知らされ、それまでの「家庭での幸福」は、彼が庇っている安田の手によって「余す所なく奪いとられ」てしまったことを感じ、石上の胸中には「冷厳で狂暴で痙攣的な感情のくるめく発作」が起こる。

一方、石上が捕まり生活に困った妻小枝は、安田を頼り、いつの間にか夫婦の関係となる。一緒に住み食わして貰う以上、そうなることは義務のようにさえ考えられたからだが、「これでよいのかしら」と自問せざるを得ない。「無力にして憐れむべき妻。／妻の名は小枝と呼ばれた。／石上小枝。／何と弱く控え目で、可憐な響きをもった名前だろう」。父の教育によって「小さな枝」として生きることの中に女の幸福を信じた小枝は、「夫であるたのみの強い幹に寄生した」のだ。したがって「ここを避難所たらしめたい自己、保護を要する避難所の有形無形な哀訴、それらと闘うことがすべての闘いに於ける、最初の闘い」だった。

たい子は、この小枝という女性をこう表象すると同時に、彼女を保護する安田についても「それは快い義務」だったが、「その快い義務感の裏には、意識にまで未だ形づくられていない、微かな、しかし強靭な野望が線をひいていた」とその内面を照射し、徳永直「『赤い恋』以上」でも、「性欲の対象としての、従属物としての、女性へ対する感情」として指摘された男性活動家のなかにある古い女性観を抉り出している。

ここでもう一人の女性が登場する。活動家の清子である。石上への救援金が遅れたのは入営した愛人山宮との会見に時間を使った清子の責任だったが、救援金を持って安田の家をたずねたことで、「働くプロレタリヤ女」清子と「寄生するプロレタリヤ女」小枝は初めて対面する。初めは「警戒と観察との冷たい閃きの往復」があったが、それは「長い隷属と互いの孤立の歴史から来た習慣」でしかなく、その時二人の間に流れた共感を、たい子は「そこにはまるで別な、生々とした本能的な理解も通っていたのだ。プロレタリヤの女と女とにのみ通じ合う所の」と書いている。

やがて小枝と安田の関係は周囲に察知されるところとなり、訪ねてくる人間の詮索の目に鈍感な小枝と、それに我慢できなくなった安田との間には「見えない垣」ができ、一層安田を組合から遠ざけた。安田は時々「道義的なものや、階級的な自己呵責」と同時に「利己的な恐怖」も混じって「小さい反省」が襲い、ついに小枝に謝罪する。このように愛情と闘争との間で葛藤する夫、欲望に負けて堕落しながらも自省する活動家のそれぞれの苦悩を掘り下げながら、「弱く従順な女性」を求める男性活動家の内面を浮き彫りにし、一方では男性に寄生せざるを得ない女性の苦衷をも照らし出している。そしてその古いタイプの「寄生するプロレタリヤ女」小枝と活動家として生きる新しいタイプの「働くプロレタリヤ女」清子は、ともに通じ合うものがあることも示されている。

たい子は、実は前年に岩藤雪夫の代作問題[7]で文戦派を脱退し、この一九三一年の夏は作家同盟への加入を真剣に考え、委員長の江口渙に推薦を依頼するほどナップに最も接近していた時期である。この点については拙論「平林たい子とナップ――江口渙宛書簡からみる一九三一年の〝熱い〟夏[8]」に詳述したが、明らかにこの作品は執筆時期や副題の「悲しき愛情」からしても〈愛情の問題〉に触発され書かれたものと考えられる。

4 性と生殖の自己決定を求めて

続編の「プロレタリヤの女」では、小枝と清子という二人の女性を対比させながら、それぞれの成長が描かれる。

「小さい小さい節穴のような視野」があるだけの小枝の場合、安田が捕まり「たのみ難い男性の綱はまたしても切れ」、「また振り落され」てしまう。そこで清子は安田のいなくなった家に移るが、幹部の伊藤の家に近くなったため、借りた組合資金も返済せず、ほとんど酒代からなる消費組合の払いも延滞している「放恣で消費的な幹部の家庭生活」を見ることになる。清子の愛人山宮は伊藤と親しかったことから、左翼派の性急な部分は、清子が山宮を通じて伊藤派に引摺られたと考え一線を引いたため、清子は「外部的には孤立」「内部的には孤独」となる。そして指導部が清子と山宮を別れさせようとする動きのなかで、清子は、同志絹代に勧められ、かつて反感を持っていた『赤い恋』を手にして「苦しい真実なワッシリッサのあとを追って」いった。

コロンタイと東洋の一プロレタリヤ婦人との間には漠然とした見解の相違があった。それは同時に清子と他の組合員との茫然とした相違だった。

女が男と意思を異にする毎に別れねばならなかったのは女の力が未だ微弱で男に妨げられた時のことだ――清子はそう考えた。

今女はそうでない。その自覚から出発すれば、ウォロジヤは――まして山宮は突き放されるべきではなかった。

清子は「彼は突き放される所かもっと執拗に親切に引き摺り込まるべきだった」と思う。そして「清子が批判されるとすればその執拗さの足らなさ」だったとしている。

清子は明らかに江馬修「きよ子の経験」の「きよ子」を意識した命名だろう。清子は、「きよ子」のように党や男性活動家の都合で振り回されたりはしない。「きよ子」は、コロンタイの「性愛の自由」を口実にして性の自己決定権を奪われた。しかし清子は指導部の決定を拒否し、ウォロジャを切り捨てたワッシリッサのように山宮を切り捨てたりはしない。これは思想的対立で妻が夫を切り捨てた「『赤い恋』以上」への批判と同時に、指導部の都合でハウスキーパーにされる「愛情の問題」や「きよ子の場合」への痛烈な批判である。ここに当時作家同盟への加入を希望したたい子が、ネックとなった労農派幹部の夫小堀甚二を「切つて捨てる覚悟はある」と委員長の江口渙に伝えながら、結局小堀とは別れず加入を辞退したという個人的事情も反映されていると思われる。

ところで小枝も安田の子を妊娠して悲しい「呵責の涙」を流し、清子は「身動きできない気持」でそれを眺めた。そして小枝は自らの意思である行動に出る。それは「羞恥と屈辱との闘いの後」清子に金を借り、堕胎のための薬を買って飲むことだった。ここには先にも述べた一連の作品への批判と同時に、たい子自身の階級闘争における〈愛情の問題〉への独自の考えが示されている。石上の「愛するが故に闘う。闘わんが故に愛する」、「愛と闘争は同等で不可分のもの」という考えはたい子の考えでもあろう。ただし石上が、今は「妥協して一日も早く出なければならぬ」と思うのは、小枝が男性に「寄生する」女だったからであり、ここには中山和子が指摘したように「社会的に無防備な弱さふがいなさが、プロレタリア解放戦線の現実を大きく左右[9]」するという現実も示されている。

しかし最終的に小枝は石上によって救い出されてはいない。安田の欲望の犠牲となりながらやがて自身の手で性と生殖に関する自己決定権を取り戻そうとしているからだ。むろん薬などを飲み堕胎することは問題をはらんでいるが、産児制限が普及していない当時としては一般的であり「性の自己決定」を問う一つの方法であったのも確かだろう[10]。

また、この小枝と清子の間に「プロレタリヤ」の女としての「生々とした本能的な理解」を通わせている点も見逃せない。これは早くから女性を男性による被抑圧階級と位置づけていた平林のジェンダー意識の高さによっている。もちろん小枝が、最終的には清子の持ってきた活動資金を盗んで買った堕胎薬が、結局は下痢を促し、その反動で激しい便秘をもたらすものでしかなかったという皮肉な結末には、小枝の愚かさへの批判があることは確かである。これはたい子が「ロマンチシズムとリアリズム」で主張したように「婦人の単純純粋な恋愛」は「経済的桎梏を打破した後」でなければ成り立たないことを示すものでもあった。

しかし、その後小枝はどうしたかのか、また清子も今後指導部とどう対決していくのか、さらに石上もその後どうなったか、それらは描かれていない。しかも明確には示されていないが、安田の逮捕も石上の報復だったかもしれないのだ。そうした宙吊りにされた問題をはらみつつも、この作品はナップの創作方法をめぐる論議の中で「家庭や恋愛は中心的問題」ではなく「階級闘争の一部」として扱うべきとして、階級闘争にすべてを回収することで切り捨てられた〈愛情の問題〉に対するたい子なりの抗議だったといえよう。そこに性と階級の問題にきわめて自覚的に向き合っていたたい子の思想をうかがうことができるのは確かだろう。

5　ハウスキーパー問題の行方

近年、阿部浪子は『平野謙のこと、革命と女たち』（社会評論社、二〇一四年八月）のなかに「女活動家たちへの視線」という一章を設け、ハウスキーパーだった北村律子からの貴重な話をもとに、この時代のハウスキーパー制度について詳述している。小林多喜二が殺された一〇日前、福岡で虐殺された西田信治のハウスキーパーだった北村律子からの貴重な話をもとに、この時代のハウスキーパー制度について詳述している。それによれば、北村の場合、性的関係以外に金銭の提供も要求されたという。晩年、「ハウスキーパー制度は、女性党員への最もひどい扱いかたでした」とよく語っていたという牛島春子はハウスキーパーではなく、当時、西田の用意した下宿で事務を行い月給三〇円をもらっていたというが、逆に資金源となる女性党員からは金銭をも提供させていたという。阿部は、女性史研究家の故市原正恵から聞いた「おんな活動家は自身の過去を話したがらず、会いたがらない。それにひきかえ、男活動家は自分の過去を大きく語ろうとする」という言葉を伝えながら、女性活動家たちがこうむった傷の深さを想像している。

当時、平塚らいてうは、男性活動家が「旧社会における男子の在来の婦人観――婦人をただ手段として見、機械として扱っていたそれとまったく同一」であるとし、運動に女性の「性」が利用されたことを批判し、「四、五年前に読んだコロンタイ女史のある短編の中の若い女性ゲニヤを思い出す」と述べている。(11) しかし、ハウスキーパー問題を運動の内部から女性自身がとりあげたものとしては宮本百合子「乳房」(『中央公論』一九三五年四月)があるが、戦後も中本たか子の『光くらく』(一九四七年二月、三一書房)、「赤いダリア」(『世界』一九四九年二月)などに描かれたくらいで、極めて少ない。(12)

平林たい子は昭和初期に文壇にデビューし、コロンタイの恋愛論が一世を風靡したころは既に作家として立ち、ナップから誘いの手が来るほどの存在だった。しかしアナキストたちとの交際のなかで、妊娠、出産、子どもの死を体験したたい子だからこそ運動の内部から愛と性の問題をとりあげ女性抑圧の内実を剔抉し、ハウスキーパーを正当化する作品を批判して、女性自身の性と生殖における権利の奪還という問題を投げかけることができたのではないだろうか。

上野千鶴子は「女性革命闘士という問題系」(『現代思想』二〇〇四年六月)で「正しい暴力はあるか?」と問い、対抗暴力とジェンダーの問題を提起している。上野は正義の戦争はありえず、いかなる場合にも女性や老人や子どもなどの弱者が、暴力の手段として利用され犠牲にされているという。したがって「被害者になることを拒絶する」ことで「加害者になることをも拒絶する」方法として「逃げよ、そして生きのびよ」と訴える。革命運動=対抗暴力をすべて否定できるのかは極めて難しく簡単には答えが出せないが、少なくとも戦後の政治と文学論争で曖昧にされた対抗暴力におけるジェンダーの問題は、今後もこの問題を考えていく上でさらに追及され検証されなければならない課題だといえよう。

注

(1) 小谷野敦『恋愛の昭和史』(文藝春秋、二〇〇五年三月)。太田知美「昭和初期の『恋愛ブーム』における『女人芸術』

の位置」（大学院教育改革支援プログラム「日本文化研究の国際的情報伝達スキルの育成」活動報告書、お茶の水女子大学、二〇一〇年）でも『女人芸術』を中心にこうした恋愛論ブーム現象を検証しているが、他の婦人雑誌にも恋愛のみならず性愛にも言及した記事は実に多い。

（2）「プロレタリアヤの星」は後に『悲しき愛情』（ナウカ社、一九三五年）に収録された。近年グプタ・スウィーティ『平林たい子――社会主義と女性をめぐる表象』（翰林書房、二〇一五年九月）が〈愛情の問題〉に触れこの二作品に登場する女性像の分析を行っている。

（3）コロンタイの日本への紹介は、秋田雨雀「現代ロシアの恋愛と結婚」（『婦人世界』一九一九年三月）で『赤い恋』『三代の恋』について言及したのが最初だという。

（4）細田民樹、谷崎精二、土田杏村、平塚明子、神近市子、明石光子、内田すが子、時岡弁三郎、石浜金作、平林たい子などの感想が掲載されている。この年作られた西條八十作詞、中山晋平作曲「東京行進曲」の歌詞の三番には、「長い髪してマルクスボーイ、今日も抱える『赤い恋』」という歌詞があったが、発売直後削除された。

（5）杉山秀子『コロンタイと日本』（新樹社、二〇〇一年二月）。杉山はコロンタイの自由恋愛論は性的放縦を説いたように受け取られたが、「究極的には一夫一婦制を目標としていた」ことは知られていないと指摘、コロンタイは「大いなる恋」を獲得する過程で「恋愛遊戯」「恋愛学校」が必要だが、その恋愛経験こそが人間を豊かにし理想的究極の形として「大いなる恋」に基礎を置いた一夫一婦的結合に至ると考えていた、と述べている。

（6）池田啓悟「〈中絶〉される論争――「愛情の問題」をめぐる林房雄と中条百合子」（『立命館文学』二〇一一年三月）は、コロンタイズムをめぐる論争では「妊娠・出産」の問題がネグレクトされ、先導役だった林房雄自身、早くも一九三〇年一月にはコロンタイズムを排除し、その論争を引き継いだ〈愛情の問題〉をめぐる作品や論議でも、ハウスキーパー問題は〈異物〉として排除されたと指摘している。

（7）岩藤雪夫の「工場労働者」「訓令工事」が他人の手による代作だったという告発により文芸戦線派内部に紛争が起こ

り、たい子は文線派を脱退した。

（8）（『日本近代文学館年誌　資料探索7』二〇一二年三月）。たい子は江口渙に宛た書簡（五月二二日消印）で作家同盟加入のために推薦を依頼し、小説を書いていることを伝えているが、「二ヶ月後の改造に多分発表されるべきもの」とも記されているので、これが「プロレタリヤの星」だと推定される。

（9）中山和子「平林たい子――初期の世界」（『文芸研究』一九七六年三月）。

（10）自己堕胎は刑法二一二条で懲役一年以下の犯罪であった。またグプタ・スウィーティは、小枝の妊娠は姦通の結果であり、石上の出獄後離婚される可能性から「今後の生活」を心配して堕胎したと指摘している。

（11）平塚らいてう「ニュースの中から問題を拾って――女性共産党員への抗議」（『東京朝日新聞』一九三三年一月二一日）、「女性共産党員とその性の利用――主義貞操の問題」（『婦人公論』一九三三年三月）。

（12）中本たか子の回想「受刑記1」（『中央公論』一九三七年五月）には、自身の体験が記されている。

〈付記〉たい子の作品については『平林たい子全集』（潮出版社、一九七六年九月～一九七九年九月）に拠った。なお、全集未収録の作品は初出に拠った。

佐多稲子における戦前の女性労働争議の描かれ方——「女工もの五部作」を視座に

矢澤美佐紀

1　本稿の目的と「女工もの五部作」の現代性

佐多稲子の「女工もの五部作」と呼ばれる作品群、「幹部女工の涙」「小幹部」「祈祷」「強制帰国」「何を為すべきか」は、一九三一（昭6）年一月から翌年の三月にかけて『中央公論』等の一流雑誌に掲載された。これは、近代日本の工業化の流れのなかで、手先の器用さや忍耐力、安価な労働力を背景に女性固有の労働領域としてジェンダー化された、紡績工場の「女工」[1]における労働争議の実態を描いた連作である。本稿では、一九三〇年代初期の「女工」が抱えていた差別の内実と、女性の労働争議が内包していた問題点を、佐多がいかに形象化したのかを明らかにする。更には、本連作の再評価を契機に、プロレタリア文学の今日的な意義を再考する手がかりとしたいと考える。

佐多は、実際の東京モスリン亀戸工場の争議を題材に、舞台を一九三〇（昭5）年七月末から八月末にかけての「東邦モスリン西工場」と設定して作品化した。そして、馘首を意味する強制帰国への反対闘争に立ち上がる「女工」たちの姿を、争議を指導する二つの組合組織の抗争を通して描いた。二つの組織とは、会社側に妥協的な「同盟」（日本労働組合同盟）と、共産党の指導下にある「全協」（日本労働組合全国協議会）である。[2]争議は、結局「織部女工二百五十名の帰国及び、二ヵ月交替としての七十五名の帰国、合わせて三百二十五名の帰国」という実質的な敗北として終わった（「強制帰国」）。

佐多が相当な労力を注いだにもかかわらず、中野重治が嘆いたように、[3]当時文壇で高い評価を得ることはなかった。確かに共産党による政治の優位性が先行しているうえに、個々の作品の完成度は決して高いとは言えず、全体的に荒削りな印象は否めない。また、時に語り手の視点が定まらず、客体化された対象との距離に不安定感が生じており、作品間の時系列もわかりにくい。

しかし、その作品世界は、当時の運動理論に忠実な政治的宣伝小説としてのみ存在しているわけではない。それぞれ立場を異にする若い「女工」たちの、葛藤や逡巡や挫折を抱かざるを得ない現実生活の過酷さが、生々しく剔抉されていると言えよう。登場人物たちは、時にはそもそも作家が設定した、向日的で鼓舞的なテーマを裏切り、現実的な困難をリアルに吐露している。そして、それを打ち砕こうともがく若々しい熱気が、身体感覚を伴って伝えられている。

ここに描かれた体制側の「女工」と、反体制側の「女工」の実態や、運よく会社に留まることができた「女工」と強制帰国させられる「女工」とは、現代の労働者が置かれた労働状況を彷彿とさせる。「プレカリアート」[4]と呼称される、現代の使い捨てに近い待遇の非正規労働者や、新自由主義経済の合理化と競争に起因する過重労働によって、人間らしい生活を奪われている正規雇用労働者の困難な状況を考える時、この連作は、現代にも通じる労働疎外の問題を描いていることに気づく。本来連帯しなければならないはずの両者は、いつしか社会的に分断させられている。あるいは、連帯の方法を模索しつつも、それが叶わない現実に直面させられている。作品における「女工」の連帯の様相、組合組織内での男性上司の横暴ぶりや、女性同僚間における、決定権のイニシアチブを巡る心理的なドラマなどは、労働現場における現代的なテーマである。

近年小林裕子は、代表的な「女工」たちの「状況への親和性を持つ身体と、社会変革の意思を貫こうとする内面とのせめぎあい」に焦点化して、「プロレタリ文学の枠組みを超え」た「優れた特質のある」小説として評価した。(5)文学的に再評価しようとする意図と身体性に依拠した分析方法には賛同するが、「プロレタリア文学を超えた」という評価軸には疑義を抱かざるをえない。この連作は、総体として、党の論理を優先する、確固としたプロレタリア文学の枠組みの中で成立しているのは間違いない。党のオルガナイザーとして成長する、小林いくの姿を最後に前景化することで、作品全体を総括し、党の絶対的正当性を打ち出している政治性は否めないのである。はたして、現代を生きる私たちは、この連作を現代の視点から再評価するために、プロレタリア文学の枠組みを取り払わねばならないのだろうか。むしろプロレタリア文学であるからこそ、当時の「女工」の争議を前面から描き、記録に残すことが可能だった点を、今一度考えるべきではないだろうか。

現代の読み手に求められているのは、わかりにくい点を補いながら、当時のプロレタリア文学を、そのままプロレタリア文学として受容するという読書行為なのではなかろうか。プロレタリア文学は、歴史的限界性を抱えてはいる。だが、現代へと通底する、労使間の葛藤や労働疎外という現代的テーマを表現している。「女工もの五部作」もまた、作品の完成度は低いが、そのディテールにおいて、生身の労働者の迫真的な姿が確かに今に伝えられていることを、より積極的に評価したいと思うのである。

2　佐多の課題と方法

佐多が連作の第一作「幹部女工の涙」を『改造』に発表したのは、一九三一（昭6）年一月。まさに昭和恐慌のまっただなかであり、労働争議が激発し、とりわけ女性労働者が大部分を占める紡績工場に争議が集中的に起こった年であった。九月には、満州事変が勃発。日本の帝国主義が経済的にも政治的にも未曾有の危機に直面するなか、工場閉鎖や馘首、賃下げなどの産業合理化が強行され、都市も農村も生活苦にあえいでいた。昭和恐慌の到来は、資本の側にも大きな転換を迫った。苛烈な国際競争に打ち勝ち、企業として存続するためには、次第に強まってきた労働組合と労働者の力をおさえることが、第一の課題となった。

このような状況下、プロレタリア文学は一種の流行のような勢いをもっていた。佐多も、「この三一年は私の最も多作の年であった[6]」と回顧している。また板垣直子は、「窪川いね子の名はめだったし、その陣営にとっても、一種のつよみ、宣伝的な効果もあった[7]」と指摘している。佐多は、一九二九（昭4）年二月に日本プロレタリア作家同盟（ナルプ）に所属。一九三一（昭6）年には日本プロレタリア文化連盟発行『働く婦人』の編集委員になり、女性の労働運動を後押しした。翌年日本共産党に入党。佐多は、プロレタリア文学の若き担い手として、非常に意欲的な生活を送っていたのである。一九二九（昭4）年から紡績工場の争議が頻発する中、翌年四月、初めての単行本『キャラメル工場から』が戦旗社から刊行された。その後、夫・窪川鶴次郎を通じて、東京モスリン労働組合の「全協」系女性活動家たちと知り合う。彼女らの実生活と、当初二千人馘首を掲げた会社側との闘争となった亀戸工場の労働争議（一九三〇年七月末から八月末）の現場に取材して、「女工もの五部作」を書き上げた。一九三〇（昭5）年一一月一八日の中野重治宛の書簡には、「強制帰国」について『中央公論』新年号の橋本英吉、徳永直との「共同制作」であることが記され、「三人三様の短篇が集まって失業反対のテーマを出すといふ、それが、芸術派や文戦の共同制作に対するナップの組織的生産といふことになります」と意気込みが語られている[8]。しかし、その背景には創作上の複雑な思いがよこたわっていた。当時の心境について佐多が自己分析した、一九三四（昭9）年の『婦人文芸』一一月号掲載の文章がある。

① 当時はまだ文化活動と政治闘争の統一ということは、正統には解決を持たれず、文化活動は非常に低い功利主義でのぞまれていた。私は一応文学の仕事にも一つの任務があることを思いながら、だがこれは第一義的なものではないという風に考えられ、今日言われている政治か文学かの問題に私は非常に悩み始めたのである。

当時私は毎日泣く思いをした。そして出来る限り私は政治闘争にも参加しようとしていた。／②こういう生活の中で、私の作品にのぞむ態度はいつも、この作品を完成させるための充分な努力を払うということに重きがおかれず、私はいつも作品を短い時間に書いた。ただどの一作にも階級的主題を盛ろうとし、手っとり早く短くまとめた。／このことは、芸術の完成の立場から私の作品を見た場合にも、決して否定的な答え許りを生んではいないということを今も確信している。階級闘争の現実の動きにふれていたことから、作品活動でも、決して現実にない公式的な解決へと急ぐような観念的なことへ走らないで、主題の掴み方も大きな間違いをしりしていない。

（「自己への感想」傍線・引用者、以下同）

この一文には、佐多が創作活動と実践的な革命運動との間で引き裂かれていた心情が、切々と語られていると同時に、それとは背反するような、作家としての強固な自負が伝えられている。まず傍線①で述べられているのは、いわゆる「階級運動に特等席はない」というプロレタリア解放運動における、文学の役割や意義に対して提示された、否定的評価に翻弄されたことの告白である。当時の運動内で、実践活動より下位に見なされた文学活動への複雑な思いが語られている。「女工」経験もある労働者階級出身だからこそ、労働者の実態を反映した作品を書かねばならぬという周囲の期待や使命感と、安全な書斎で安閑と暮らしていられない活動家への負い目との狭間で、佐多は「泣く思い」を強いられていた。底辺の労働現場について、文学的想像力によってではなく、「知っている」という強い自負があったからこそ、「特等席」と名指しされることに忸怩たる思いを抱いたであろう。しかし同時に、②の記述から看取できるのは、自作への芸術的評価を肯定する、確固とした自信である。その理由は、ひとえに「公式的」な内容ではないという点にある。これは、例えば争議を描いて、それが常に労働者の勝利に終わるような教条的で図式的なものではなく、過酷な労働現場に対する労働者の怒りの声を、リアルに伝達し得たという実感ではないだろうか。(9)

注目したいのは、「私はいつも作品を短い時間に書いた。ただどの一作にも階級的主題を盛ろうとし、手っとり早く短くまとめた」という箇所である。ここで説明されているのは、そもそも小説創作上最も問題になるはずの、作品の完成度の高さはあえて脇へ追いやり、日々変化する事象をニュースとして、古びる前に生々しい証言として記録し、まとめ上げていったということではないだろうか。そしてこの言説からは、「階級的主題」という理論を、思弁的に構成された観念としてではなく、現実に生起する問題として、正確に捉えていたという確信が読み取れるのである。結構の完成度は、必ずしも志向しない。しかし、芸術的には一定の評価を受けるはずだという、一見矛盾したような興味深い見解がここにはある。自己の活動内容の鮮度が落ちぬ前に書き、テーマを世に問うという姿勢である。

女工たちははるばると遠くの広っぱの先きに白雲の浮いた蒼空をのぞみ、愉快であった。ちく生やるぞ、きけ万国の労働者ア。歌といっしょにドンドンと大太鼓が鳴った。たすきをかけ、後ろ鉢巻きをして、一つの大太鼓を大勢の女工がかこみ、屋根の上から手をのばして折ったポプラの枝を手に手にかざして、調子を合わせて振っていた。

（「小幹部」）

語り手と視点人物の内面がないまぜになり、台詞と地の文が溶け合った語りによって映し出された情景には、今にも「女工」がこちら側に飛び出してきそうな、臨場感と躍動感がある[10]。また、「強制帰国」における「解決覚書」の列記や、諸作品で実際の「ビラ」檄文を示すことで、争議の情報を正確に記録しようとの意図が明確に見られる。小説の枠組を採用しながらも、佐多が選択したのは、現場の情報と「女工」の生の声を刻々と記録し、現地から社会に実況するというルポルタージュ的手法だったのだ。

3　差別の複層化 ――「小幹部」ナカにおけるねじれ

日本の工場法は、一九一一（明44）年に公布されたがほとんど実効性がなく、一九二三（大12）年の改正後も実際には労働条件が改善されることはなかった。一九二九（昭4）年の児童・女子労働者の深夜業禁止後も、休憩時間の極端な短縮により、かえって労働が過酷になっている。一九二五（大14）年七月改造社から刊行された細井和喜蔵の『女工哀史』には、東京モスリン亀戸工場についても多くの記録があるが、「女工」たちには、親元への「強制的送金制度」や「年季制度」「身代金制度」が課せられていたと記されており、家父長制度下の抑圧を一身に被っていたことがわかる。また織本貞代は、「明日の女性女工を語る」（『中央公論』一九二九年一二月）で、「女工」の労働がいかに過酷かを述べた上で「紡績工場の従業員の八割は女工で、（中略）男工は地下室や倉庫の綿の中で居眠りすることが出来る」にも係らず、「本年二月日本紡績労働組合亀度支部が二千余名の全支部員に就いて調査」した結果、入社一年目の工員月給における男性との大差に愕然としたと報告している。[11]

一方、一九一六（大5）年頃から、タイピストや事務員・教員等の増加により働く女性は一般に「職業婦人」と呼称されるようになったが、日給制の「女工」は「無学と無知を連想させ」る「労働婦人」と名指しされ、差異化された。[12]知的階層における働く女性の増加に伴い、皮肉にも「女工」は、同じ労働現場で男性から差別された上に、外部である社会では（もとより「職業婦人」という言葉には世間の貧窮階層視が込められていたが）、本来共闘すべき働く女性や、職業を持たない女性の両方から蔑視されるという、幾重にも差別視された構造のなかに再配置されていったことがわかる。

五部作最後の「何を為すべきか」は、先述したように連作全体の総括的役割を担う。それまで放置された時系列のわかりにくさや、物語内容の説明不足を補填すると共に、「党の組織を工場へ！」という語り手の強硬な主張に沿って、視点人物が一貫した思想のもとで理想に向けてひた走る内容である[13]。第一作では間接的に語られ、他でも共産党の指令に忠実な、八重やタエの指導的立場にある先輩「女工」として要所で登場しつつも、表舞台に出ることはなかった共産党員の熟練工、小林いくを中心に据えている。彼女が、非合法に入っていく中での揺れ動く内面を考慮しながら、共産党の指示のもと、「全協」のオルガナイザーとして逞しく成長していく姿を描いた。このように、最終的に党の理論によって総括される連作のなかで、作品世界にねじれや軋みを投入し、異彩を放っているのが、「全協」と対立する「同盟」の「小幹部」古田ナカである。

連作第一作目の「幹部女工の涙」と、二作目「小幹部」で焦点化される古田ナカは、非常に粗野で勝気、神経の図太い「分厚な胸」をした「女工」として登場する。この連作では、ナカの「ダラ幹」に阿る様子を内側から照射するために、八重とタエという、実直で健気な「女工」の姿を常に対立軸として配置している。強制帰国反対の争議のなか、「労働総同盟系の御用組合友信会」東モス婦人部の副部長であるナカは、同僚を懐柔する知恵もあり、弁も立つ。男並みの演説を、野太い東京弁でそつなくこなすナカの姿は、「女工」たちの抑圧された心を刹那解放する。寄宿舎内では権力と威厳を誇っている反面、その横柄な態度から密かに反感を買っているが、「女工」たちは会社との交渉に頼らざるをえない状況でもある。ナカは、工場内では一定の権力を持ち、自信に満ちている。だが、一歩外へ出た外界では、蔑視の対象として定置されている。この連作では、具体的な描写はないが、語り手のナカへの意識には、そのような「女工」への、社会における複層化した蔑視が考慮されていたはずである。ナカのギラギラした獰猛さの背景には、彼女が無自覚のうちに纏っている、世間への荒々しい反発を感じずにはいられない。八重やタエがストライキを主張するのに反して、ナカが会社と「平和的に」交渉せよと説く言説には、「争議に対する方針は飽くまでも平和的交渉によって解決すべきを原則」とするという方針を示した[14]日本労働総同盟の圧力下にあった、当時の「同盟」の考えが正確に反映されている。ナカは、疑義を抱きながらも、依拠する組織の喫緊の政治方針に拘束されているのだ。確かにナカには、「女工」を統率したいという強い権力意識があるが、その行動は、単に彼女の仲間内での、権力志向のみに起因しているわけではなかったのだ。

とは言え、結局は、根本的な環境改善より、目先の権力志向に回収されてしまうナカの存在は、語り手によって、一見「ダラ幹」の手先の表象として設定されている。しかし、だからといって定型に囲い込んだ単純な描き方はしていない(15)。彼女は、小林いくから、共産党サイドの「全協」に与するよう働きかけられ、左翼系の書物も読むようになる。争議の方法を巡って、「同盟」への忠信と共産党へのシンパシーの狭間で揺れるナカの心境については、描写に不足があり曖昧ではある。彼女の葛藤は、言動の綻びとして描かれることになる。ナカは生活の閉塞感から、共産党が主張する大胆な直接行動に感覚的に惹かれながら、その反面、現実的には過激であるとの警戒も怠らないのである。語り手の視点は一定せず、ナカと一心同体であるかのような身振りを見せたかと思えば、「ダラ幹」の配下として一蹴する潔癖さも見せる。語り手は、俯瞰的に登場人物の内面を語るというより、自由自在にそれぞれの人物、殊に代表的「女工」にぴったりと寄り添い、その内面を客観視せずに直観的に語っていく。語り手は、それぞれにたっぷりと感情移入するため、地の文や台詞、ビラなどの引用文や内面描写の境界も曖昧になるほどだが、共産党の理論を基軸に批判すべき点に抵触した途端、容赦なくナカを「ダラ幹」の手先として徴づけるのだ。

しかし結果的に、寄り添いつつ批判し、批判しつつ寄り添うという冷静ではいられない語り手の、こうした身振りからは、時にその厳しい裁断をも潜り抜けて、ナカによるナカなりのやむにやまれぬ切迫した皮膚感覚の内実が透けて見える仕組みになっている。「幹部女工の涙」の最終部では、共産党の指令を一度は請け負ったナカが、自分の「立場」がないがしろにされたことに反発して意を翻す。彼女が、泣いて同情に訴えたことで「女工」の決起が失敗に終わり、八重が歯ぎしりする場面が描かれる。八重やタエに扇動された「女工」たちのあいだで「ダラ幹」批判の怒号と事務所へのデモの欲望が渦巻くなか、八重がナカに向けた「引っ込んでろ、馬鹿やろう」という怒りを込めた乱暴な叫びに対して、ナカは「泣く」という、それまでの彼女が最も回避したであろう「女らしい」素朴な行為によって、相手の不意を突き、緊迫した事態の収拾を図るのである。

「（前略）①私に黙って、こんなことされちゃ、私の立場がなくなるじゃないか」（中略）「どうぞ私の立場を考えておくれ、みんなはそれでいいかも知れないが、私は須永さんや増井さんたち（※組合上司の男性幹部）の板ばさみになって困ってしまうのだ」／叫んでいたナカの声が興奮にかすれて泣き声に変っていった。（中略）「お前ら、八重ちゃん、タエちゃん、やるんならおれのいないところでやってくれ」／女工たちは今や、デモよりも婦人副部長の「悲壮」な涙に興味があった。（中略）ナカは廊下の端まで八重を引き出した。②ナカは取りもどしたごう慢さの上に狎れ合いの皮をきていた。／「お前、先刻のこと、どう思う?」／「どう思うと、よけいなお世話だ」／「そうかい。………③お前、おらあが今、全協と連絡があることが、幹部に知られたら、友信会の幹部たちのやることは何にも分からなくなってしまうよ」

傍線①にあるナカが選択した「立場」という言葉は、ナカの誇りの真相を示している。ナカは、ナカなりの自立した「女工」としての誇り、男性幹部とも対等に渡り合おうとする自我の所在を、仲間の代表である「小幹部」の「立場」を固持することで表現しようとしている。陰惨な日常での、こうした自己表出の試みは、作品テーマの意義から見れば、「ダラ幹」の手先として否定されるべきものだ。しかし、その表出過程においては、実は幾重にも差別された労働現場で、実力で掴んだ「小幹部」のポジションこそが、彼女の労働者としてのアイデンティティを支えているのだという、ねじれた切迫感が荒々しい語気で描き出されていると言えるだろう。

語り手は、ナカの内情をありのままに提示しようとしているが、しかし、直後の傍線②では、ナカへの否定的評価が決然と下される。更にすかさず、傍線③の言説で、②とは異なるナカの賢い側面を炙り出すのも忘れない。

4　ナカの退場と「クリスチャン」トミヨの物語

語り手は、党の運動理念を尊重し、ナカに否定されるべき「小幹部」としての表象を纏わせつつも、一方では困難な労働現場を生き延びるための、高度な知恵と技術に富み、社会の蔑視と闘っている、逞しい労働者としての彼女の生き様を多面的に伝えようとしている。一般的に当時の女性組合員は、「男子労働組合の婦人部として男子労働者によって組織されたもの」である結果、「二三の優れた闘士を除いては、殆ど凡て組合の事務に無関心であり、唯男子のいうがままに行動するだけである」と見做されていた。[16] このような状況下にあって、ナカが、女性小幹部を見下す男性幹部の横暴さを、辛辣に批判している点が注目される。「小幹部」において、婦人部長増井から、「女工」たちの意に反した「争議拡張否定」を伝えるビラの配布を一方的に指示されると、ナカは決然と拒否する。そして、工場内の「女工」のデモを咎める増井に対し、怯むことなく相手の弱点を突いてみせる。その結果、増井は言葉ではなく卑劣な暴力行為によって、ナカを黙らせ打ちのめすのだ。ラストは、次のようなあっけない語りによって、ナカが物語世界から退場させられて幕が下りる。原因が説明されているとはいえ、その描き方はそっけなく、あれほど活躍していたナカの退場は、やはり唐突な感がある。ナカの虚脱したその後を伝える描写も、ほんのわずかであり、精神的傷痕が癒えたか否かについての長期的記録は空白のままだ。

> 増井に殴られて半病人のようになったナカは、①伯父に引きとられて寄宿舎を出て行った。ナカは身体が癒ってからも当分の間、ぼんやりとしていた。②右翼も左翼も分からなかった。考えることすらものうかった。／
> 警察から注意を受けている伯父は、こういうナカを一生懸命監視していた。

傍線①「伯父に引きとられて」という記述から推察されるのは、頼るべき家族の不在、あるいは問題を起こした時点で家父長制度下の家から拒絶された過酷な現実である。ここでも語り手が、寒村出身で苦労を重ねてきたであろう、労働者としての彼女に目立たぬように寄り添いながら、キャリアと居場所を喪失したことへの同情の眼差しをさりげなく滑り込ませていると言えるだろう。生命力に満ち溢れ饒舌だったナカは、男権主義の暴力によって、徹底的に言葉を奪われ思考停止の状態に追い込まれてしまう。組織運営に異議を唱えた時、労働者の地位向上を目的に連帯していたはずの男性の「仲間」から、自己より下位の女であるという一点により、当たり前のように肉体的・精神的虐待を受けるのだ。傍線②「右翼も左翼も分からなかった。考えることすらものうかった」という、ナカの内心が示すのは、組織や社会というものへの漠然とした虚無感であり、全ての希望を奪われた絶望感である。勿論、彼女には、右翼／左翼を相対化するほどの知識も経験もない。しかしここには、その後描かれる小林いくと「全協」の関係にも通底する、組織の矛盾が浮き彫りにされている。対立する両陣営は、共に男性運動家が主権を握っているという基層において、皮肉にも暗く繋がっていると言えるだろう。語り手は、党の論理を遂行しつつも、ありのままの現実を提示する方法によって、そうした問題の所在を記録し得たのだ。

男の政治理論によって退場させられたナカと引き換えに、語り手は、運動に躊躇いを感じ、抗議集団に加入できない故に異端視される、内気な「女工」の内面を詳細に語りはじめる。それにより、争議における「女工」群像を更に多様化し、立体化することに成功している。「祈祷」では、「クリスチャン」であるトミヨを視点人物に据え、リーダー的存在にはなりえない「女工」のひとりとして、争議に翻弄される労働者の苦悩を描き出した。硬質な組合組織の論理から遠い存在であるトミヨの物語は、連作中最も肌理細やかに描出されている。

工場には、キリスト教徒の「女工」が二十人ばかりおり、浅草にある教会から、会社の許可を得た伝道師が週に一度説教に通ってくる。平和裏に事を収めることを主眼とし、争議に参加しないよう指導する教会は、「祈ること」で労使の互助と平和的解決が生じるのだと説く。トミヨは、「神様、どうぞ、お力を持ちまして、会社の争議が、一日も早く止みますように」と、争議が勝ち、強制帰国が取り消されるよう自他のために祈るが、周囲からは異端者として疎外される。また、共産主義に立脚する語り手も、当然ながらキリスト教を現実からの逃避の一形態として否定しており、最終的には教会への違和感から、デモに向かうであろう彼女の様子を彷彿とさせて作品を閉じている。しかし、そこに至るまでのトミヨの微妙な心の揺れが、かなりデリケートに丁寧に扱われているのである。そもそもトミヨが、キリスト教に惹かれたのは、工場ではひとりの自立した人間として承認されることがなかった彼女を、教会は丁寧で上品な言葉によって尊重してくれたからだ。また、より人間らしく生きたいと願い、自分の生活に欠落している文化的な何かを満たしてくれる対象を求めたのだった。ここには、出口のない貧困のなかで、文化的なものへの憧憬として一時キリスト教世界に惹かれた、作家以前の佐多の実体験が反映されている。

作品中、教会の指導者が「神父」ではなく、「牧師」と表記されていることから、トミヨの通う教会が、カトリックではなくプロテスタントであることがわかる。土肥昭夫は、「一九三〇年代のプロテスタント・キリスト教界(1)」[17]で、当時キリスト教界を支えたのは裕福な中間層で、その指導者は「高度な教育をうけた知識人」であり、「彼らは次第にその支配体制のなかに埋没したのみならず、それを補完する役割を担って、民衆の間に行動するようになった」と指摘している。勿論、全てのプロテスタント系のキリスト者がそうであったとは言えない。しかし、この作品では、共産主義者である語り手の意図にそって、本来教義がもつ平等思想に反する指導にあたる教会の姿が描かれている。当時浅草に実在したプロテスタント系列の教会は八つあり、モデルを特定することは困難だが、登場する教会が当時強大な力を持っていた、賀川豊彦の「神の国運動」の影響を受けて、「女工」など社会的弱者への布教と社会問題への取り組みに力を入れていた様子は容易に推察できる[18]。トミヨも、そうした教会運動に影響を受けた労働者の典型として、リアリティーをもって描かれていると言えるだろう。労働疎外の状況下、自分の存在意義を確認したいと願い、生活に文化的要素を希求するトミヨは、争議の破壊力を忌避し、平等思想に救済を求める。しかし、結果的には真の貧困とは無縁の教会組織から離脱していく。描き方に偏りがあるとは言え、こうしたトミヨの形象には、親族という人間関係からの私的支援もなく、また当然ながら労働者への公的支援も皆無に等しかった時代、宗教という魂の領域に唯一の救いを求めざるをえない、切迫した労働者の内実の一側面が炙り出されていたと言えよう。

「女工」の労働争議を記録した「女工もの五部作」は、単に共産党の活動に有益なステレオタイプの「女工」だけではなく、体制のなかでもがき続ける、実に多様で豊かな個性を持った「女工」たちを、その細部において浮き彫りにした。プロレタリア文学が、その全体の整合性や、現代から見た芸術性の有無から評される時代は、既に終わりつつあるのではなかろうか。確かに、政治的宣伝小説であったという歴史的側面は考慮しなければならない。しかし、現代に通じる生きたテーマの継承の問題として、あるいは生身の労働者の克明な記録として、今こそ我々の生活に密着させて読み継がれていくべきジャンルなのではないかと考える。

注

（1）姫岡とし子「ジェンダー化された労働――日独の織物工業を例として――」（『女性史学』第8号年報、一九九八年）

（2）これらの組織については、小林裕子が「走る女工、揺れる女工、泣く女工――佐多稲子の女工もの五部作について――」（『始更』第十三号、一九一五年一〇月）で詳述している。

（3）「くれなゐの作者に事よせて」（『都新聞』一九三三年一二月二二日）

（4）成田龍一は、「不安定な」という形容詞と「労働者（プロレタリアート）」という単語とを組み合わせた造語で、雨宮処凛『生きさせろ！』（太田出版、二〇〇七年三月）がその概念化に寄与したと指摘する（「「現代の文法」を探るために――二〇一五年の歴史的位相――」『社会文学』第四三号、二〇一六年二月）。

（5）注（2）の小林論文に同じ。

（6）「あとがき・時と人と私のこと」（『佐多稲子全集第一巻』講談社、一九七七年一一月）

（7）板垣直子『婦人作家評伝』（角川文庫、一九五六年二月）

（8）日本近代文学館編『日本近代文学館資料叢書［第Ⅱ期］文学者の手紙7佐多稲子』（博文館新社、二〇〇六年四月）

（9）佐多は、「七月の創作批評」（『婦人文芸』一九三四年八月号）において、「初期のプロレタリア文学には、たとえばストライキについて、これを勝ったと書くべきか、負けたとするかという時、勝ったと書くべきである、という意見が盛んであったことを徳永さんが話していた」と語っている。

（10）長谷川啓は「解題」（佐多稲子全集第一巻「月報」、講談社、一九七七年一一月）で、女工の群像描写の迫真力について言及している。

（11）赤松良子編集・解説『日本婦人問題資料集成第三巻労働』（ドメス出版、一九九四年四月）所収。

（12）中曽根貞代「職業婦人へ」（『無産婦人へ』潮流パンフレット、潮流社、一九二五年一二月、所収は注（11）に同じ。）

（13）注（2）小林論文と北川秋雄（『佐多稲子研究（戦後篇）』大阪教育図書、二〇一六年三月）は、小林いくの人間的苦悩や党への違和感を指摘している。

（14）斉藤勇「関東紡争議の意義」（『労働婦人』第53号、日本労働総同盟、一九三二年六月、所収は注（11）に同じ。）

（15）注（10）の長谷川と中沢（五十嵐）福子が、この点を早くに指摘している（「五部作論――プロレタリア作家としての成長」佐多稲子研究会誌『くれない』、一九七〇年一〇月）。

（16）赤松明子「婦人労働運動の諸問題」（『婦人運動』5巻第6号、一九二七年、赤松良子・原田冴子監修『戦前婦人労働論文資料集成』第1巻一般、二〇〇二年七月、クレス出版所収）

（17）『キリスト教社会問題研究』25号（同志社大学人文研究科キリスト教社会問題研究会、一九七六年一一月）

（18）『日本基督教団　浅草教会の百二十年』（日本基督教団浅草教会、二〇〇六年九月）

〈付記〉本文よりの引用は、『佐多稲子全集1』（講談社、一九七七年一一月）による。

コラム

アナキズムと女性文学
——八木秋子の場合

松田秀子

八木秋子は一九八五年、長野県西筑摩郡福島町に生まれた。アナキスト活動家として名をなす一方、八七歳で病没する直前まで、読書の傍ら書くことにこだわり続けた。その著作の多くは相京範昭の協力によってまとめられた『八木秋子著作集』Ⅰ～Ⅲ（JCA出版、一九七八年～八一年）で読むことができる。以下、八木秋子の著作を中心にその軌跡を追ってみる。

一九二二年二月号『種蒔く人』に発表された「婦人の解放」は、現段階では八木秋子の最も初期の著作とされており、執筆活動の出発点で女性解放論を書いている点に注目したい。その眼目は、女性自身の自我追求の甘さ、妥協的な態度に対する批判にある。「容赦なく自己を掘り下げて、確実なる自我の姿を発見せんとする努力ほど真剣な苦しみはないであろう。女性の多くはその恐ろしさに堪えないで、つとめて避けようとする、そして大抵はよい加減な所で妥協してしまうのである」という言葉は、自身の体験に根ざしている。八木は、自己実現のために離婚し、子どもを置いて家を出ていた。

一九二八年一一月、八木はコロンタイ論争に参加し、自由連合の機関紙『自由連合新聞』（一日）に佐上明子名で「恋愛と自由社会」を発表している。大正末年頃からアナキズムに接近していた八木は、この評論で階級闘争等の任務を優先し、恋愛の価値を低めるコミュニストの恋愛観を批判する。また、コミュニスト女性は「党あるいは組合の幹部と見られる指導者」を「支配と強制に圧伏されつつも（奴隷的に）崇拝している」と、運動内部の性差別にも言及している。そして「恋愛は性欲と友情で食欲と同じ本能だ」と「恋愛の自由」を訴え、既成社会の私有観念に基づく性道徳を否定するとともに、自由で人間的な結びつきをも希求している。

時期は前後するが、八木は東京日日新聞の記者等を経て、一九二八年から『女人芸術』の編集に携わる。小説、評論と多彩な執筆活動を繰り広げるが、『女人芸術』との関わりでは、やはりアナ・ボル論争に触れておかなければならない。一九二九年四月号に「公開状―藤森成吉氏へ　曇り日の独白」を書き、八木は、文芸の価値を「政治的目的への効果」に置き、創作を「闘争目的の手段」とするプロレタリア文学への批判を行った。そこには当初から政治の問題が内在化していたことに加え、藤森の回答が、「アナ」は「小ブル的」と決めつけ、『アナ』のあなたとは論争する気はありません」と切って捨てる態度がアナ・ボル論争に火をつけたとも言える。アナキズム陣営からは八木の他に高群逸枝、松本正枝が、ボルシェヴィズム陣営からは中島幸子、隅田龍子が加わったこの論争は翌年一月号まで続いたが、政治と文学の問題に関しては進展がなく、双方の水掛け論に終始した。しかし、八木個人にとっては、当時進行していた、アナキスト活動家宮崎晃との恋愛とも相俟って、アナキズム運動へ傾斜していく契機となったと思われる。

以後八木は、一九三〇年創刊の『婦人戦線』に参加し、「ウクライナ・コムミュン」などの小説、社会時評、調査欄などで活躍した。一九三一年には、宮崎らと共に「農村青年社」を結成し、実践活動への道を模索するが、運動はすぐに資金面で行き詰まり、翌一月、中心メンバーは窃盗により検挙される。八木は男装して警察から宮崎を取り戻そうと試みる一方、佐伯明子名で『黒色戦線』四月号に「奪還せよ」を発表する。同志の逮捕に対する怒りが執筆の契機となっているが、八木はまず「生存の自由と人間性」こそが奪還されねばならないという。また、アナキスト活動家として女性に決起を促す文章でもあり、「×命の大事業のまへには完全に男と女との性の区別はない」と男性と対等の意識も表明される。同じ号には、宮崎が八木に宛てた手紙「獄中から」が掲載されているが、八木を「一介の糟糠の妻」、「内助者」と呼ぶ男と、いずれ決別することは目に見えていた。

四月に入り、八木も盗品を売りさばくなどして協力したかどで検挙されるが、六月には釈放され、それからは大阪で編集の仕事などに携わっていた。ところが、一九三五年一二月末、「農村青年社事件」により再度検挙されることになる。すでに農村青年社自体は壊滅状態であったにもかかわらず、アナキストや農民運動家が相次いで検挙され、治安維持法違反の思想犯として裁かれ、八木自身も二年六ヶ月の拘禁生活を送ることになる。その裁判の過程でも、八木を庇おうとする宮崎らに対し、「私の責任も問はれるのは当然のことだ」と述べ、ここでも男性と対等な立場を宣言している。

出所後八木は「満州」へ渡り、満鉄新京支社等で勤務した。ソ連参戦と敗戦の混乱の中引き揚げるが、戦後も赤羽で母子寮の寮母を勤める傍ら母子更正協会を設立するなど、社会事業に携わっていた。晩年は生活保護を受け、老人ホームに入居しても、前述したように読書、執筆活動を続け、生涯にわたって自己を問い返してやまなかった。

III

帝国の〈外地〉と〈内地〉

一九四〇年前後の女性文学

――宮本百合子・牛島春子・小山いと子における〈抵抗の諸相〉

北田幸恵

1　はじめに　女性文学における戦時下の翼賛と抵抗

女性文学とアジア・太平洋戦争のかかわりは、日本近代とジェンダーの関係を考える上で核心的テーマであるにもかかわらず、長い間、女性文学研究において主要な研究対象となることはなかった。しかし、前世紀末あたりから女性文学の「翼賛」の面からの研究が活性化し、近年は「抵抗」についてもポストコロニアルの新たな視点からの研究が進んでいる。(1)一九三〇年代は一九三一年満洲事変、一九三七年日中戦争から、一九三九年国民精神総動員へと「層々と暗い谷間に降り」(2)ていき、一九四一年十二月八日には太平洋戦争開戦に至るが、開戦直前の一九四〇年前後は最後の抵抗が展開された時期であった。本稿では、太平洋戦争開戦直前に発表された宮本百合子「三月の第四日曜」、「紙の小旗」、牛島春子「祝といふ男」、小山いと子「熱風」、「オイルシェール」をとりあげ、女性文学の表現空間における戦時下の〈抵抗の諸相〉の一端を明らかにしたい。

戦時下、文学は言論統制により委縮していたと考えられがちであるが、一九四〇年前後は実は、近代文学史上、何度目かの女性文学の高揚期を迎えていた。未曾有の出版ブーム到来の中、「著書を出すや否や易々と五十版を越す」作家六人の一人に林芙美子の名が挙げられ、岡本かの子の遺作長編「生々流転」は「今年第一に推すべき傑作」であり、中央公論新人特集に掲載された壺井栄の「赤いステッキが光る」、「暦」「廊下」は「好評嘖々」、「本年度に頭角を現はせる新人中の第一人者」と、昭和十五年度版『文藝年鑑』(新潮社)には女性文学の活況が紹介されている(深田久弥「創作外観」)。また同時期の『文藝年鑑』彙報欄などには、ペン部隊海軍班に吉屋信子、陸軍班に林芙美子が従軍した記録をはじめ、多くの女性作家が翼賛文化団体、銃後講演会、戦地・植民地慰問へと動員されたことが報告されている。総力戦において男性作家と同様に女性作家もまた、その活躍は翼賛と表裏一体で進行し、翼賛・動員に抵抗することは、断筆・沈黙・「国外逃亡[3]」するか、さもなければ弾圧により生存が脅かされることを覚悟するか、という極限の選択を迫られた。文学者は基本的に個人の名において公然とした表現の遂行が前提となるため、総動員体制下の抵抗の困難は想像を絶するが、宮本百合子はこの暗黒の時代に敢えて主体的に「抵抗」を選び取った女性文学者であった。また一九四〇年前後の牛島春子、小山いと子においても、底流で百合子と交錯する抵抗の表現空間が存在したことを明らかにし、女性文学における〈抵抗の諸相〉の連関を見ることにしたい。

2　宮本百合子の抵抗と「三月の第四日曜」

百合子は一七歳で「貧しき人々の群」(『中央公論』一九一六・九)で文壇に登場し、アメリカから帰国後『伸子』を著わし女性作家としての地歩を築き、ソヴィエト・ヨーロッパへの旅を経てプロレタリア文学運動、革命運動に身を投じた。『働く婦人』編集責任者として帝国主義戦争反対の論陣を張り[4]、一九三三年の小林多喜二虐殺後は抵抗文学の先頭に立った。一九三五年治安維持法違反で起訴され、翌年六月懲役二年執行猶予四年、保釈出獄となった。戦後、百合子は「自筆年譜」で「予審と公判とを通じて私は文学の階級性を主張することができなかった」と記しているが、保釈後も思想犯保護観察法の対象となり、一九三七年末からは中野重治らと内務省警保局による執筆禁止、一九四一年二月より内閣情報局による執筆禁止を受け、太平洋戦争開戦の翌朝に「戦争非協力の共産主義者[5]」として逮捕投獄された。一九三二年から敗戦まで「わたしが奴隷の言葉をもってにしろ、ものをかき発表することの出来たのは、途切れ途切れに三年と九ヵ月だけであった」[6]と、百合子は戦時下の弾圧の苛烈さを回顧している。しかし、百合子の核心部はこの暗黒の戦時下の抵抗を通して形成されたことは疑いないところである[7]。

一九三七年に百合子は小説「海流」「道づれ」他、約八〇編の評論を発表、前述の如く一九三八年から翌年四、五月までの執筆禁止を経て、一九四〇年には小説集『朝の風』[8]、『三月の第四日曜』[9]、評論集『明日への精神』（実業之日本社・一九四〇・九）を相次いで刊行した。矢田津世子は「敬虔な人間への愛情」と題して『三月の第四日曜』の書評を『早稲田大学新聞』（一九四一・二・一）に載せ、作品の鏡に映る人物は「私たち自身の相」であり親近感を覚える、自己喪失や低迷しがちな私たちに精神の指針、いかに生きるべきかを考えさせてくれると、百合子の文学の意義を擁護した。『都新聞』無署名の書評（一九四一・三・三）もまた「つよく心底に通うて来る言葉を盛った作品の数々を収めた小説集だ。淋しさは淋しさなりに、然し感傷をつき抜けて底には確な抵抗があるからだ」と、同書の「確な抵抗」を評価している。また『明日への精神』は売れ行き好調で「評論集がトップになるのは珍しい」（『現代』「文壇展望」欄、一九四一・一）と報じられた。太平洋戦争開戦前の一九四〇年前後は、百合子の抵抗精神とそれを支えるメディア、批評、読者による抵抗の共同体が存続していたことが確認できる。

一九三八年から一九四〇年まで『文芸』（改造社）に掲載された女性文学論（『婦人と文学』初出）は、近現代の女性文学を歴史的構造的に捉えた先駆的なフェミニズム批評であるが、最終章「しかし明日へ――昭和の婦人作家」（一九四〇・一〇）で百合子は、「現実に対する創造的な批評の力」を歪曲する日本のヒューマニズム理解や、「急なカーヴを描いて生産文学、農民文学・大陸開拓文学」へ降下する日本文学を、「自意識と行為の分裂を経て、遂に自我が放棄」され「現実に敗北した姿」を露呈したものとしてきびしい批判を加えた。しきたりに抗し「幾艘かのボートをおのれのうしろに焼きすて」てきた「小説をかく女」たちの進路に待ち受ける「気流は駘蕩たるものではない」、しかしいやでも広い現実は「より明らかな角度」を学ばせるだろうと、文学の高揚が翼賛へとたやすく転化する時代の危機を認識し、絶望することのない現実への視角と文学精神を自身と女性作家に強く求め、長編評論を結んでいる。

「三月の第四日曜」（『日本評論』一九四〇・四）は、このような百合子によって、「表現の許される限りで、戦争が生活を破壊して、小学校の上級生までが勤労動員させられはじめた日本の現実を描きたい」（自筆年譜）という意図で書かれた作品である。小学校卒業直後の三月第四日曜日に、教師に引率され東北から集団で上京した弟勇吉を迎える姉サイの視点から、戦時下の姉弟関係を緊張感のあるリアルな筆致で描いている。

上京の朝、「銃後を守る産業戦士の誓」のため、二重橋前広場で宮城遥拝、万歳三唱をする戦時下の典型的翼賛の光景はその意味を剥ぎ取られる。「風の勢はちっともおちず、サイの長い袂は羽織から長襦袢まで別々に吹きちらされた。一行は風にさからってうつむきながら砂利を踏んで行った」。「小倉服の肩に朝日の光を浴び、生れて初めてひろい東京の風に吹きさらされながら、一生懸命な顔をしている弟たちを見ているうちに、サイは唇が震えるようになって来て、目立たないようにショールをもって行った」。「朝の陽かげは益々砂利の広場を広々と照し出して、一行の姿も小さく見え、叫ぶ声も風の中へとんだ」。サイの袂を翻し、勇吉ら少年の声を荒々しく空に吹き飛ばす帝都東京の春先の風は、姉弟を待ち受ける戦時下の運命のメタファとして多用されている。「可憐なる産業戦士、晴れの入京」と、写真入りで集団上京が報道された新聞記事に見入り、「よくニュース映画に思いがけなく出征している息子や兄の顔が映っていて、大よろこびした話を、サイは思い出した。この子の親がもしこの新聞を田舎で見たら、どんな気がしただろう」と思いを馳せる。姉弟の関係は戦地に出征した兵士と兵士を見守る家族の心境へと転移拡大され、銃後と戦地がモンタージュされる。サイの勤める軍関係の製図作業場では、翌日に出征を控えた監督が女工を前に「睡眠不足と酒づかれの出たような艶のない顔を平手でこすって」、寧ろ早くその時になった方がいいと言うように、「滿洲事件のときにも出征したが、どうも……」と言いさす。夜勤が続く中、珍しく定時に引いた日、サイは歩道に止まった大型トラックのそばの菰をかぶった哀れな形と自転車を目にする。日本橋の羅紗問屋に働くふだんの勇吉の自転車姿が浮かび、震えが止まらない。電話をかけて勇吉を呼び出してもらうと頼りなげな声が聞こえる。

「――ハア」／と云うのが伝わって来た。サイは爪立って送話口へのびあがった。／「ああ、もし、もし、勇ちゃん？」／間をおいて「――ハア」／「勇ちゃん！もっとおっきい声出しなさいよ。もし、もし。きこえる？私よ……」／サイは、そういう間も時間がきれそうで気が気でない思いをしながら、ひろい東京のあっちの果てから覚束なく響いて来る弟の声を一心にたぐりよせた。

当時の新聞は「十六県から一万三千／働く小戦士動員人間飢饉の帝都に救ひ」と題して、府職業課から関東・東北に少年見習工一万三千名の上京を促したことを奉じている（『読売新聞』一九三九・二・七夕刊）。「三月の第四日曜」は明らかに戦時下の少年労働政策に対応した「働く小戦士」の上京として設定されている。作品執筆中、百合子が読んでいた『資本論』第一巻第七篇第二十四章「謂はゆる本来的の蓄積（六）工業的資本家の発生（植民制度――国債制度――近世的の租税制度――大工業の初期における児童略奪）」にはランカシアの児童虐待が述べられているが、[10]このような広い歴史的な問題意識がこの作品の確固とした視点に反映している。弟の命を慮る姉の愛情は、獄中の夫宮本顕治への思いをこめていると同時に、戦争によって切り裂かれる無数の恋人、夫婦、家族を象徴している。この時期、百合子は自身の作品を主観的素材と客観的素材とに分けて、女性としての自我の目覚め・解放を追究する「広場」「おもかげ」「朝の風」の系列と、「乳房」「三月の第四日曜」の、個を越える民衆の現実を描く系列からなると捉えていた。やがてこの二系列は「一つの現実への情熱のなかにとかされ」、自我は「生活者的自我」に解放されていくものとして構想されていた。[11]

3 「紙の小旗」——銃後の母と出征する息子——

一九三九年三月『文藝春秋』からの依頼で執筆した「その年」はプロレタリア文学の系譜を引くすぐれた反戦小説であったが、内務省内閲により発表不能となり、[12] 二分の一程度に圧縮し「紙の小旗」と改題され、『文芸』(一九四一・二)に発表された。「紙の小旗」は「その年」の二年後の「紀元二千六百年祝典」のさ中に執筆・発表されており、表現は和らげられているものの文学的意義において「その年」に劣らないとする、水野明善の「軍国主義的狂宴に毅然たる百合子」(『民主文学』一九七一・二)での重要な指摘がある。「紙の小旗」は「その年」に比較すると、検閲を考慮した表現の抑制、圧縮に伴う表現の象徴化などがみられるが、簡明ではあるが新たな加筆によって、母親お茂登の視点に寄り添った、より自然な展開となっている。

男たちが家業の相談もできぬまま家族を残して兵士として出征して行く場面から「紙の小旗」は始まる。息子源一が召集された駐屯地を訪れた母親お茂登は、慣れない混んだ電車を乗り継ぎ、市内の店を回って、水に当たっても大丈夫な時計のコードバンの皮とガラスが壊れないという細いニッケルのついた覆いを息子のために買い求める場面は、激化する日中戦争での息子の命を気遣う母親の真情を描き、「その年」にはない重要な加筆である。また兵士として召集される息子の身体を母親として愛惜する描写も加筆された。

胸いっぱいだのに、さて、何といったらいいのだろう。お茂登の目は、安座の片膝に肘をついてやっぱり云うことが分らないという風に前歯の間で妻楊子をこまかく折っている息子の艶々した顔から肩、逞しい肩から膝、膝からまたその若い額つきへと飽かず移った。／「ほんに、体だけは大事にすることで」／「うん」／二十五の源一は独身で出て行くのである。

戦地の源一から届いた手紙には、眠い夜行軍のときは仲間の兵士を慰めるためハーモニカを吹いているとある。お茂登は源一との別れの場面を忘れられない。別れの挨拶もせぬうちにバスがいきなり動き出し、後ろの座席から窓ガラスをたたいたが息子は全く気付かぬふうだった。しかし腹は立たない。「母親に泣かれると思って、ようこちらを見なんだのだろうか。泣きゃせんのに。お茂登はそう思う。ほほ笑みと一緒に思いもうけない涙の粒が血色はいいけれどかさかさしたお茂登の頬をころがり落ちた」。一方「その年」では、別れの言葉も交わせず発車したバスに「体が二つに折れかがみそうに切なくなって」揺られて行くお茂登の直接的な描写があり、後になって、「自分をまいたりした日ごろやさしい源一の出発前の心根が、哀れに思われるのだった」と、源一が若い兵士仲間と行動を共にしたいゆえに「自分をまいた」のだろうと理解し許容している。「紙の小旗」の場合は、源一からの手紙に隣接させ、あのとき「母親に泣かれると思って」目をそらしていたのかと、ハーモニカで兵士を慰める源一の優しさ、愛おしさと重ねて強調されている。前作より二年後のより緊迫した状況での変更であると同時に、圧縮に伴い、源一の優しさに焦点化したためと解釈できる。「その年」、「紙の小旗」のいずれにおいても出征する息子と母との無念な別れは作品のクライマックスをなすが、その作品上の意味には微妙な差異が生じている。「紙の小旗」の源一像はや単純化された恨みは残るが、短縮の中で精一杯の抵抗の表現であったといわざるをえない。予想される次男出征後も肥料店・運送業を続けることを決意するお茂登は、夫や息子を獲られた後も過酷な現実に屈せず、生活を持続する意志を持つ年配女性として描き出され、「遠い森の手前に光っている増し水の面」を凝視する姿には息子を奪う理不尽な力への、静かだが強い抵抗がこめられている。「紙の小旗」はいくつかの後退を余儀なくされつつも、「その年」の主旨を生かし、出征兵士の母親お茂登を生活者の視点で捉え、戦争の中でも磨滅されぬ感性、覚悟、勇気を持つ女性として表象した重要な作品であり、銃後の抵抗文学として評価される。

銃後の労働者として少年が動員される一九四〇年の「三月の第四日曜」から、壮年者が戦場へ送られる一九四一年の「紙の小旗」へと、百合子は作品の中でより厳しい現実に対峙しているが、二作ともプロレタリア小説の伝統を内在させ、民衆の生活に降り立って描き出したすぐれた反戦小説である。母親、姉は、「軍国の母」や銃後のチアリーダーとしてではなく、日本全体の牢獄化、戦場化に、生活のレベルで抵抗し憂慮する女性として、愛する者同士が引き裂かれていく時代の哀切、悲惨きわまりない悲劇の証言者として表象されている。[13]

以上のように、一九四〇年前後の宮本百合子の小説、評論における抵抗は、表層と深層まで近代を溜め込んだ複雑な重層構造になっており、以下の五つの様相から見ることができる。第一、唯物史観、マルクス主義の擁護（一九三五年以降は公的な表明不可能）。第二、反戦思想の擁護（百合子は太平洋開戦時に投獄されるまで反戦のために書いたとしている）。第三、自由、個人主義の擁護、第四、合理主義、科学性の擁護。第五、生活・生存・生命の擁護、である。戦争の進行と共に第一より第五の相へと、生存の根幹に降り立つ抵抗となっていった。これらの相の基底には女性としての自我の拡大、解放のテーマが貫かれている。アジア・太平洋戦争はそれまでの日本の近代文学者の誰も体験したことのない、長く過酷な十五年であり、諸相にわたる抵抗は、ファシズムの中での葛藤・交渉の痕跡も含めて、翼賛・総動員体制に組み込もうとする力にどのように対峙したかを、時代のコンテクストにおいて捉えることが今日の歴史的想像力に求められている。[14] 百合子は危機の中でその都度、足場を再構築し、文学的可能性を極限まで追求し、戦後的価値の根幹となる道を切り拓いた。

4　牛島春子「祝といふ男」における外地と他者の発見

牛島春子は今日の満洲文学研究の活性化の中で集中的に論じられている作家である。中でも『満洲新聞』夕刊、（一九四〇・九・二七〜二九、一〇・六、八）に掲載され、同年下半期芥川賞予選作・次席となった牛島春子の代表作「祝といふ男」（『文藝春秋』一九四一・三）は多彩な視点から論じられている。[15] 本稿では抵抗文学の側面から考察することにしたい。

牛島春子は久留米高女卒業後、労働運動、非合法活動にかかわり、一九三五年六月に懲役二年、執行猶予五年の判決を受けた。翌一九三六年二十三歳で牛嶋晴男と結婚し、「日本に住む所はないと感じ」満州に「国外逃亡」した。夫の奉天省属官就任に伴い一九三七年から約二年間龍江省拝泉に、その後、夫の興農部参事官就任により一九四五年八月十一日まで新京(現在は長春)に住んだ[16]。第一回建国記念文芸賞の二等一席となった春子の文壇デビュー作「王属官」(原題「豚」『大新京日報』一九三七・五・二二〜六・四)は、王道楽土が喧伝される満洲農民の困窮の現実を通して、満洲の虚妄を鋭く撃つ作品であった[17]。

三年後に発表された「祝といふ男」は、県弁公署副署長に赴任した日本人官吏風間真吉の視点から、満系の通訳者祝廉天を通して、他者としての異民族への関心と違和感が受容、驚異・畏敬に反転し、さらに謎と翳りも深まる過程を追究している。祝は平気で人を裏切る男だと噂され、尊大傲慢な振舞が顰蹙を買っているが、流暢な日本語、的確果敢な判断力、行動力で、満洲の腐敗や因習を鋭く告発する。役所では日本人上司に忠実な能吏、家では日本の着物と下駄姿の男。しかしいつも拳銃を持ち歩き、一旦ことが起こるとやられると、自分の悲劇を見通している。日本の植民地政策や植民者日本人との親和的な関係の深まりは、自国への背信とならざるを得ない被植民者の存在を描き出す。上司夫妻に対して一瞬ひらめく本音、素顔も、冷ややかな厚い仮面の中に回収されていく。五族協和の虚妄と、日満間の深い闇を自分の中に閉じ込めた祝の悲劇性を描く。植民者と被植民者の権力関係の把握、その悲劇性の提示、また女性への暴力への視点の存在など[18]、植民地の複雑さ、多層性を描くことで、満洲の虚妄性を暴く抵抗文学[19]としての位置を占めているといえる。

「農村を描け――「王属官」を中心に――」(『緒土』一九三八・三)の中で春子は、現象を越えて本質を把握し、否定的要素も肯定的要素も同時に掴み取るものが「リアリズム」であるとしながらも、肯定的要素のみを「満洲国の只一つの姿」として誇張する文学は「政策的なもの」だとして、満洲文学の国策文学性を明確に批判し、「満州国の事実を事実と認め」、そして後に「尚批判的」であることこそが「インテリゲンチャ(文学人)の特権」だと記している。リアリズム、批判性を中核に置く春子の文学的表明は、「祝といふ男」の基調につながっている。「事実」として植民地関係を前提とする限界はあるとしても、日本人が正視した植民地下の中国人という他者の表象として祝廉天は光彩を放っている。戦後、春子は、祝のモデルは北満の奥地で出会った満人通訳で、その「強い、そして複雑な印象」は「太平洋戦争直前の、満洲という不思議に混とんとした国の印象の一つ」であったと回想している。[20]反満抗日軍の根強い抵抗の中でいつ襲われるかという恐怖と、「不安な奥地の生活」に魅力と夢をもって生活していたとも記している。

太平洋戦争下、春子は国家政策との妥協をみせるが、[21]「福寿草」(『中央公論』一九四二・九)では、満州の日本人警官島田が討伐すべき少年突撃隊「匪団」の夜襲を、「勇敢に、若々しい声を張り上げて歌をうたひながら射って来る」、その中に「ひときは朗々と響く美しい声が敵味方の耳を聳てさせた」、「若い者のみがもつあの透明な不思議な声の魅力が惻々と聞く者の胸に迫」ってきて、戦闘の只中で「何ともいへぬいやな、体から一人でに力の抜け落ちて行くやうな気分に襲」われる。敵味方・民族の区別を越え、戦意が萎える前戦での「魔」の一瞬を大胆に描き出している。外地の他者への不安と魅力に戦慄し、鋭い矛盾の中に引き裂かれて生きた春子によって捉えられた現実であった。

5 小山いと子の「オイルシェール」「熱風」の合理主義

小山いと子は「海門橋」(『婦人公論』一九三三・七〜八)で架橋工事に苦闘する技師を描いた作品で出発し、家父長制下の女性の自我の葛藤と脱出を志向する「深夜」(『中央公論』一九三四・一)、「高野」(『中央公論』一九三七・五)を経て、「4A格」(『新潮』一九三八・一二)では、それまでの二系列を統合する。第八回一九三八年下半期の芥川賞予選候補となった。「4A格」は、最高の生糸4A格を産む女性労働者をヒロインに、労働者同士の競争や労働環境の悪化、製糸工場の合理化の中での解雇撤回闘争、工場長との性的関係、「堕胎」のための彷徨、婚約者からの暴力と流産というように、労働の困難と生殖・身体の危機を統合し、展開した意欲作である。何カ所もの削除部分は空白のまま発表されている。

一九三九年一二月には、さらに舞台を外地に広げ、日本人男性技師を主人公にした産業・開発小説「熱風」（『中央公論』）、一九四〇年三月には「オイルシェール」（『日本評論』）を発表した。いと子を詳細に論じた同時代評に、岡澤秀虎「新人道主義の作家――小山いと子論」（『早稲田文学』一九四〇・五）がある。「人道主義文芸」から出発し、昭和初頭の社会思想による集団的社会的愛他主義、「調べた文芸」、「男性的」「四角ばった」「正面から取組む文章」に至り、「湖口」では「資本主義的機構の明確な形象化」を果たし、身を犠牲にして不正と戦う主人公の設定へと進展したと、その文学的軌跡を丹念に追う。「熱風」「オイルシェール」を、「新しい国家主義文芸」という「必然の歴史的動向」に踏み出したと評価し、「文芸の重要なる指導者の一人」と位置付けている。「国家主義」を最高基準とする評価には時代性を濃く示しているが、いと子を昭和文学の中に位置づけた代表的な評論である。また宮本百合子も「人間の像」（『文芸』一九四〇・八）で、いと子に言及したが、これまでの女性作家の枠を越えた「取材の範囲」の拡大の意義を認めつつも、「本来題材がそれ自身必然にもっている生活の具体性や、感情」が現実として浮彫りにされていず、「性急さ、芸術上の主我性」と「ロマンティックなあらわれ」が見られることを指摘している。近年の池田浩士による注目すべき小山いと子論[22]では、「戦争を直接の主要テーマとして描かなかった女性作家」であり、「銃後の日本文学の現実を等身大で再発見する試み」にとって避けることができない女性作家の一人として、重要な位置付けをしている。しかしながら、海外を舞台に開発に取り組む男性たちの世界を描き「異彩を放った」が、「熱風」「オイルシェール」は事変も戦争も視野に入っていず、「戦時動員態勢と不可分に進行する技術革新や地域開発」の関連を「無化」し、「無自覚に描」き「銃後の外へ身を置いてしまった」と鋭い批判を加えている。本稿では百合子や池田の批判を踏まえつつ、いと子の文学が内包していた可能性、現代性についても救い出し、再評価することにしたい。

「熱風」は日本人が滅多に訪れないアフガニスタン政府に招聘された内務省技師久谷晧吉と妻朝子が、苛酷な自然や生活環境、伝統や宗教の中で、西欧の技師たちと激烈な競争を繰り広げながら独自の開発に取り組む。フランス人技師との確執、土地の長老の娘とフランス人青年技師との異教徒同士の禁じられた恋愛、フランス人夫婦の破綻と新たな愛、東洋と西洋の価値観の対立が描かれる。長老宅に祀られた明治天皇の肖像への主人公久谷の拝跪場面など国家主義的な唐突な時局便乗の展開もありながら、「熱風」は全体として、中東開発をめぐる各国の対立と国家を越えた個人の友情を丁寧に描き分け、田を水没させたくない現地住民の立場を守り、良心を曲げずに圧力に抗う日本人技師の姿、複雑な恋愛関係や国を超えての女性の位置についても追究した力作である。

「オイルシェール」は中国の炭鉱のガス工場で働く一技師瀬川達夫が世界で注目され始めたオイルシェールの実用化の研究を始め、周囲のあらゆる無理解、艱難を背負いながら、将来の日本のエネルギーを支える可能性を見出そうとする。会社はより経費がかかるにもかかわらず外熱式で固まるが、達夫は疎外されながらも、技術者の立場から内燃式をとるべきだという主張を命がけで貫く。工場が火災に見舞われ、達夫は火中から取り出した計算表を息子への遺言として自殺を図る。現地の「土工」への蔑視、反対する住民への批判など、前作「熱風」に比べても植民地への視野は著しく後退し、技師の内面も単純化され観念化されているが、限られた枠内にせよ、合理性、科学性を守り抜こうとする技術者の良心と辛苦を擁護している点は評価されてよい。

戦時下の権力構造への無自覚や受容は前掲の池田の批判の通りであるが、敗戦から七〇年を経た今日、新たな小山いと子像が紡がれてもよいのではないだろうか。一貫して女性の性や身体が蒙る抑圧に抗議し、ジェンダー的制約を大胆に越え、外地の環境や技術・開発に取材しテーマ設定を行ったこと、たとえ局限された職域の技能や専門的能力の範囲であっても、非合理、非人間性に同調を強いる圧力に対しては、個人の信念・内面を生命を賭して守る人間を擁護するテーマの追究は現代文学としての意義を十分に持ち、戦時下の女性文学の一つの挑戦として評価されなくてはならない。一九三〇年代から一九四〇年代に代表作を著わした女性作家小山いと子はその限界と同時にその可能性についても今日、正当な光が当てられる必要がある。

6　終わりに　太平洋戦争下へ

以上、一九三九年から一九四一年に発表された、三人の女性作家の主要作品を通して、戦時下の一九四〇年前後の女性作家における抵抗の軌跡と意義について論じてきた。宮本百合子、牛島春子、小山いと子は昭和初期の社会的潮流に影響を受け、それぞれ独自の経歴と体験、思想によって、戦時下に抵抗を示す文学的真実を表現した作家である。総動員体制下で国家の政策への順応が強いられた時代にも、根底に独自の抵抗の思想を潜在化させ、現実の矛盾への鋭い告発、あるいは違和感、不同調を沈潜させていたことが浮き上がって来る。宮本百合子の場合は人道主義、プロレタリア文学から、より広い民衆を包摂した反戦、反ファッショ、女性の解放をテーマにした銃後の抵抗文学を担った。牛島春子は転向後逃亡した満州で、内地作家の想像力を越え[23]て、植民地の他者の心理や実相を描き出し、五族協和の亀裂を照らし出している。小山いと子は戦時下の枠組み内という限界を持ちながら、外地のアフガニスタン、中国で働く日本人技術者たちの非合理主義との闘い、個の内面的信条の擁護を追求した。

今後は、権力、メディア、読者などとの重層的な関係の中で進行した〈抵抗の諸相〉を、ファシズムとの熾烈な葛藤・交渉・闘争を含めて検討していく必要がある。また「抵抗」の可能性を再検討する際、自国内論理を超えてその「抵抗」が他者にとってどのような意味を持ったかも検証されるべき課題であろう。

太平洋戦争開戦後の百合子、春子、いと子ら三人の女性作家たちの内地・外地での動向、及び三人以外の女性作家たちの〈抵抗の諸相〉については、稿を改めて論じていきたい。

注

（1）女性文学の抵抗研究としては池田浩士『「海外進出文学論」序説』（インパクト出版会、一九九七・三）、岩淵宏子・北田幸恵・沼沢和子編『宮本百合子の時空』（翰林書房、二〇〇一・六）、呂元明『中国語で残された日本文学』（法政大学出版局、同・一二）、長谷川啓・岡野幸江編『戦争の記憶と女たちの反戦表現』（ゆまに書房、二〇一五・六）などがある。

（2）本多秋五「宮本百合子――人と作品」（本多秋五編『宮本百合子研究』新潮社、一九五七・四）

（3）坂本正博「考察と資料　牛島春子年譜第二稿」一九三六年の項で、牛島春子が「日本に住む所はないと感じ、この渡満は国外逃亡のような思いだった」と、渡満を「国外逃亡」と回顧していたことを記している（『叙説2』第3号、二〇〇二・一）。

（4）評論「モダン猿蟹合戦」（『働く婦人』一九三二・一）で百合子は、満蒙支配と帝国主義戦争との関係を明確に指摘し、批判している。

（5）『風知草』解説（文藝春秋新社、一九四九・二）

（6）安芸書房『宮本百合子選集』第四巻「あとがき」（一九四八・一）

（7）注（2）論文で本多秋五は、三四年から四五年までの一二年間を、「宮本百合子の作家生活におけるもっとも意味深い時期と私は見る」と述べている。

（8）「朝の風」「牡丹」「顔」「小村淡彩」「一本の花」「海流」「小祝の一家」など七編を収録。河出書房、一九四〇・一一

（9）「三月の第四日曜」「築地海岸」「昔の火事」「おもかげ」「広場」「夜の若葉」「鏡の中の月」「杉垣」「猫車」など九編を収録。金星堂、一九四〇・一二

（10）顕治宛書簡（一九三九・一二・六）の中で「三月の第四日曜」に触れて、「この姉弟の生活の絵を思うと、それの背景の気分のうちに、この間うちの読書にあらわれていた少年と少女の生活状態が浮んで来ます」と記している。新日本出版社版『宮本百合子全集』第二十三巻の注に、百合子の「読書」が『資本論』であることと該当部分の指摘がある。

(11) 顕治宛書簡一九四〇・一一・九、一一・一一、一二・九参照。
(12) 安芸書房『宮本百合子選集』第五巻「あとがき」(一九四八・二)
(13) 戦時の「チアリーダー」的役割については、ジーン・ベスキー・エルシュティン、小林史子・広川紀子訳『女性と戦争』(法政大学出版局、一九九四・四)、若桑みどり『戦争がつくる女性像』(筑摩書房、一九九五・九)参照。
(14) 佐藤卓己『言論統制』(中公新書、二〇〇四・八)の中で、戦時の言論統制の中心にいた少佐・報道官鈴木倉三と、宮本百合子、金子しげり、深尾須磨子ら女性文化人による座談会「新体制を語る座談会」(『婦人朝日』一九四〇・一〇)をとりあげ、鈴木の発言を主に受けているのは百合子であり「意気投合している」と論じているが、鈴木の「戦争=福祉国家」観と戦時下の女性労働を憂慮する百合子の発言を混同し、鈴木の言論統制に果たした役割を免責する結果になっている。
(15) 飯田祐子「『劉廣福』と『祝といふ男』と植民地主義的越境を例に、多層性について考える」『移民とトランスボーダー』ブックレット、神戸女学院大学研究所、一九九八・三(『彼女たちの文学』名古屋大学出版会、二〇一六・三に収録)、坂本正博「拝泉へのまなざし　旧満洲での牛島春子の作品(上)(下)」(『序説Ⅱ』01、02、二〇〇一・八)、尹東燦『「満洲」文学の研究』(明石書店、二〇一〇・六〈二〇〇三日本大学提出博士論文〉)、池内輝雄「「滿洲」表象と日本文壇――横田文子と牛島春子」(『日本研究』二〇一〇)、崔佳現「牛島春子『祝といふ男』の基礎的考察転載の経過から主人公造型論に及ぶ」(『現代社会文化研究』二〇一一・一二)などがある。
(16) 注(3)参照。
(17) 北田幸恵「牛島春子の文学から見た「満洲」」『歴史読本』二〇一三・八(『満洲国を動かした謎の人脈』KADOKAWA新人物文庫、二〇一五・八に収録)で牛島春子における抵抗の側面について言及した。
(18) 注(15)飯田論文。
(19) 注(15)池内論文に「作者の意図を超えて(作者の無意識の領域が作用して)、物語が「満州国」の実体をあますことなく表象してしまったといえる」との指摘がある。

(20) 「重たい鎖――『祝といふ男』のこと」(『ある微笑――わたしのヴァリエテ』創樹社、一九八〇・一〇に収録。同書に一九六四年執筆とある。)

(21) 鄭頴は牛島春子の中国語作品『遥遠的訊息』(『青年文化』第一号、一九四三・八)を発掘し、同作品が「女」(『芸文』一九四二・四)と同様に、「戦争昂揚」の作品であることを論じている。(「「満州」と日本女性――発掘した牛島春子の中国語作品『遥遠的訊息(遠くからの便り)』を中心に――」城西国際大学大学院紀要『日本言語文化研究』二〇一四・五)。

(22) 注(1)池田著。

(23) 女性表現における外地の意義については、水田宗子編『外地と表現』(城西大学出版局、二〇一五・五)に収録された水田宗子による諸論文に示唆を得た。

牛島春子『祝といふ男』と氷壺中国語訳『祝廉天』――「満洲文学」の力学と実相

鄭　穎

1　はじめに

「満洲」は一時期日本にとってロマンチシズムのシンボルであり、亡命先でもあると見なされていた。少なからぬ知識人が混乱の日本内地を嫌い、逃れて「満洲」の地を踏んだ。そこは元左翼系の人達の吹き溜まりでもあったが、牛島春子もその中の一人である。

牛島春子は日本で左翼運動に参加して検挙され、さらに入獄した。「転向理由書」を書かされ、執行猶予の身で新天地「満洲」に渡った。一九三七年五月短編小説『王属官』で「満州文壇」にデビューし、ついで一九四〇年九月『祝といふ男』を書いた牛島春子は、「満洲」で名を馳せた女性作家である。『王属官』は第一回建国記念文芸賞を受賞し、演劇や映画に脚色され、漫画にもなって大いに反響を呼んだ作品である。また『祝といふ男』は芥川賞次席となって、高く評価された。

川村湊は「牛島春子は「満洲文学」の有力な担い手となると期待され、注目された」「いい意味でも悪い意味でも、彼女は「満洲」という看板を背負っていかざるをえなくなったのである(1)」と牛島春子を位置づけている。牛島春子は「満洲」へ移住した日本人女性の記号であり、彼女は植民地女性の記憶を筆で記録している。植民地や戦争の激動を体験した牛島春子の個人の記憶を取上げて分析することを通し、その背景となった植民地時代の理解を豊かにすることができる。

近年、「満洲文学」の研究が進み、牛島文学の意義が問われ、評価が高まっている状況の中で、中国側の資料や視点に基づき、新たな研究を展開する可能性が広がっている。しかし、多民族が共存した植民地「満洲」において、異民族支配、交流には、翻訳は不可欠な手段であり、重要な領域である。にもかかわらず、中国語の雑誌に掲載された日本人の作品についての翻訳や中国人読者への受容についての研究はまだ十分とはいえない。それを究明しないと、「満洲文学」の全容が見えにくいであろう。「満洲」文学の翻訳の問題を深く掘り下げることによって、「満洲」ならではの文化構造の複雑性や翻訳の力学が理解できるはずである。筆者は二〇一三年四月、中国東北部の図書館で資料調査を行った結果、長春の東北師範大学図書館で『祝廉天』（『新満洲』第3巻6月号「満洲女性特輯」）と『遥遠的訊息（遠くからの便り）』（一九四三年『青年文化』第1号）を発見した。これらの中国語の作品の存在はほとんど知られていない。

本論文は新たな視点で牛島春子の代表作『祝といふ男』を再読し、さらに中国語に翻訳された『祝廉天』に焦点を当て、「満洲文学」の翻訳の実相を掘り下げることを試みたい。

2　牛島春子『祝といふ男』論

初めて『祝といふ男』を評価したのは尾崎秀樹の「〈満州国〉における文学の種々相」[2]である。尾崎はこの小説の文学的意義を述べ、その後の評論の視座を基礎づけ、祝の不可解な性格、民族協和の困難を指摘し、民族問題が正しく受け取られなかった問題点を提起した。

また川村湊の『異郷の昭和文学――「満洲」と近代日本』[3]では、祝が日系からも満系からも嫌われるのは「『日本人』的な行動パターン、原理で動」いたためであると指摘した。これに対し、大川育子「牛島春子『祝といふ男』論」[4]では祝の性格は日本人的というより「むしろ正反対で、日本人的な義理人情を無視したから敵視の的になった」

と、正反対の論点を出した。原武哲の「〈満州〉時代の牛島春子」[5]は大川の見解に共感を示している。また『〈外地〉の日本語文学選』[6]の編者黒川創はその「解説」で日本語が堪能な植民地人の内面の不可解さ、宗主国との関係の危うさを指摘し、そこに牛島春子の政治体験が滲んでいることを論じた。田中益三の「牛島春子の戦前・戦後」[7]は牛島春子を追悼する気持ちで彼女の戦前、戦後の作品を見直した。春子は「男に仮託する、トランスジェンダーによって成り立つ世界である」という見解を示した。尹東燦の「牛島春子『祝といふ男』論」[8]では「この不思議にさえ思われると、はっきりした内外分別は、実は祝の生き方、信念の現れでもある。つまり、祝が忠実を示そうとするのは満洲国を象徴する権力にであって、それを代表する個々の人間ではない」と祝の不思議な性格を分析した。崔佳琪「牛島春子『祝といふ男』の基礎考察──転載の経過から主人公造型論に及ぶ──」[9]は分段の違いと本文中の字句の改変を考察し、特に字句の改変を通して、「作品の主人公〈祝〉の性格における最も目立っている〈異色性〉のほかに、一般的に役人と同様な、仕事に対する責任感、熱心さがいかに表現されているのかを検討した」。

祝は日本人の目を通して語られているため、祝への理解が困難である。異民族の日本人の目に映った通訳祝廉天は「傲慢とも、不遜ともとれる不可解さに満ちている」不思議な人物であり、「日本人よりも日本人化した満州人」である。植民地「満洲」で、祝は心に秘めたものを漏らさないために、顔を「化石化」したのではないか。それは植民者にとっては、文化、習慣といったものが収奪されている極めて窒息的な状況である。祝の顔は緊迫な支配関係からくるものであり、またそれをぼやかしてしまうものである。その「冷たい化石したような顔」の裏に、正義感や人間性が潜んでいる。またその「冷たい化石したような顔」の裏に、正義感や人間性が潜んでいる。祝は春子の夫をモデルとした副県長真吉に協力し、いろいろな難事件を解決し、「満洲」の悪い因習を取り締まった。しかし、「彼の正義感が非常な冷酷さと一緒に住んでゐる際、或ひは自分の一身の利害に直接かかはってくれば何時でもかなぐり捨てられる正義感なのではないだらうかと疑はれて来る。祝を動かしてゐるものは、今は満洲国に進んで忠節であることこそ流れに棹さすもっともさかしい生き方なのだといふ処世上の知恵でしかないやうに見える」(『祝といふ男』)。祝の元上司吉村が他県に転任するとき、祝は村を回り、餞別を調達した。祝も私腹を肥やした嫌疑を持っているので、検問された。この吉村事件の取調べに対し、祝は吉村を庇うことなく、「べらべらと問われるままに喋ってしまった」。祝はすぐれた直観力や判断力、戦略や行動力により真吉を助けたことも、吉村事件の取調べに対する反応も自分を無罪にし、生き延びるためである。真吉の転勤を知った時、祝は「急に黙りこんでぢっと立ってゐた」反応は、真吉に人間らしさを感じさせられた。副県長夫人みちが祝の家に回って別れの挨拶をしに来た時、「ぢっとみちを見る祝の顔に寸時ほのかなものが動いたやうであった。それきりであった」。その「ほのかなもの」は人間的な感情であり、複雑なものである。そこには植民者女性みちへの憧れ、関心、名残り惜しさが含まれているかもしれないが、祝はあえてそれらを押えようとした。最後に、真吉達の乗ったトラックが出発するまで「祝の冷たい化石したやうな顔は動かなかった」。祝の悲惨な運命が暗示されると同時に、その「化石化」した顔の裏に日本人に対する憎しみ、自分自身に対する悲しさや虚しさも隠されていたのではなかろうか。筆者は実地調査を通じて、牛島春子の自画像を見つけた。それも無表情であり、仮面をかぶっているような顔である。その顔が祝の顔と合致している。左翼経験で挫折し、居場所が失い、「転向」した牛島の経験は祝の経験と重なっている部分がある。植民者の女みちと被植民者の男祝、お互いのまなざしに複雑な要素が含まれている。植民地はサイードをはじめとする理論家に「女性」として表象されている。サイードは宗主国男性にとってオリエント(植民地)＝女性という表象に対し、批判している。「脱亜入欧」の日本人における中国人の表象は西洋のオリエンタリズムと共通していた。しかし日本がヨーロッパと異なるのは、日本が東アジアに位置する黄色人種の国だということであり、その点が日本のオリエンタリズムの在り方を複雑にしてきた。近代日本のアジア認識は、西洋に対抗するアジア的な価値の強調と、他のアジア諸国とは異なる日本の独自性、優位性の強調という、二つの傾向の緊張の中で展開された[10]。祝が女性のように「従順的」に植民者の言いなりにすることは望まれていた。すなわち、コロニアリズムによって被植民者の男性祝は象徴的に去勢され、ジェンダー化されているといえよう。「満洲」で社会を形成するには女性植民者が欠かせない。彼女たちは生命や労働力の再生産の任務を担い、男性植民者を支えている。牛島春子を原型とした副県長夫人みちもその中の一人であり、コロニアリズムによって「男性化」される存在であろう。被植民者の地位は家父長制社会の女性と同様である。家父長制に束縛されていること、裏切り（転向）の経験、ある意味では牛島春子は祝と同じ立場の人間であるから、祝に強い関心を寄せたわけである。予見された祝の顛末は女性としての悲劇につながる。一方、セジウィックの『男同士の絆』は「男同士の絆を介したうえで——男性対女性の関係構造に切り込んでいるのは、父権制が、なによりも男性の社会的な連帯（ホモソーシャル）を基盤とするから[11]」と記し、「男性の結束」と「女性の排除」を指摘している。有能な祝は副県長真吉に協力し、いろいろな難事件を解決した。みちは傍で傍観するしかなく、「男の領域」に入れない。その場合、被植民者男性は植民者女性の上に移動する。植民地特有のヒエラルキーは不安定なものであり、崩れる危うさも伴っているが、崩れない限り、植民地のヒエラルキーの最高位に位置するのは植民者男性であり、最下位に位置するのは被植民者女性である。しかし、植民者女性と被植民者男性の順位がシフトする場合もある。女性のみちは副県長夫人であるし、当時「満洲」の一等民族の一員であり、祝の上に位置するが、男同士の領域に入れない。祝は男としての特権があり、みちの上に移動する場合もある。

また、日本人を映し出すための鏡として中国人の表象が構築された。祝のような被植民地的主体は隅々まで、風間真吉のような帝国主義的な他者の監視と凝視のまなざしに曝され、かつ刺し貫かれることになる。「敏捷」「無遠慮」「確信ありげ」「不屈」というのは「激しい日本人のタイプ」であるということになる。自己中心的に他者を眼差すという行為の中で、逆に他者もまたそのようにして、眼差しを返してくることは忘れられがちである。〝日本人〟は眼差す主体であると同時に、〝中国人〟に眼差される存在でもある。祝は「日系同士が猫のひたひほどのこの土地で、時々縄張根性やら小姑根性をむき出しにしてなぐり合ひをはじめる事などを冷然と半ば嘲るやうに語るのだった[12]」。それに対し、「満系であれ程傲慢な奴はいないいな」と凝視した日本人たちはいかに優越的な自己イメージを保ちたくても、他者の中国人はそのようには見てくれないという苛立ちが隠せない。日本人が祝を憎悪した理由はまさに民族差別、日本のオリエンタリズムによるものである。それに対し、中国人に嫌われたのは祝が満人達の「掩護幕」を取り外したからと作者は書いているが、深層を探って見ると、中国人民衆に嫌われた最も重要な理由は祝が裏切者であることである。「満洲国が潰れたら、祝はまっ先にやられますな」。日本人が支配者の座から去らないかぎり、しばらく祝の身の安全を保障できるが、「満洲国」が崩壊したら、母国を裏切った祝は周りの人に裁かれるに決まっていると自身も予感した。この禁句を祝の口を借りて言えたのは牛島春子の特権的な地位と関わっているが、そこからも一九四一年太平洋戦争勃発前の牛島春子の反発のスタンスが窺える。さらに、春子は祝の感を通じて、植民地支配の危うさと恐怖を指摘した。「彼はやはり同族の敏感さで、一見忠実に為政にしたがひ、異議らしいことも申立てぬ柔和な相貌の者達の幾部かが、もし一朝ことあった場合、突然反満抗日の旗をかかげ、銃をあべこべに擬して立ち上らぬとも限らぬ、さうしたものを嗅ぎ取ってゐたのだろうか」(『祝といふ男』)。擬態のアンビバレンスで解釈すると、「被支配者を認知、統御可能な他者として表象する過程で、その「白人ではない」という可視化された差異が、支配を脅かす記号とも容易に転換しうる[13]」他者として表象するプロセスの中では中国人たちの「日本人ではない」という可視化された差異が、日本人の植民地支配を脅かした。日本人は有能な祝を見て不気味さを感じ、恐怖を覚えるのであろう。

3　中国語訳『祝廉天』

「満洲国」時代、日本文学の移植か、「満洲」独自の文化を樹立するかという「満洲文学論争」が行われていたが、本格的な文学システムはまだ整備されていなかった。当時の、各機関誌や新聞には数多くの翻訳作品が載せてある。翻訳文学は社会的コンテクストと切り離せない密接な関係を持っている。特に植民地の場合、状況は一層複雑になりかねない。訳本のディスクールには訳者の内心に潜めているものが入っているに違いない。翻訳作品を深く探ることによって、「満洲国」の文化構造やイデオロギーの多様性と複雑性が窺える。「満洲」の翻訳状況について、岡田英樹は『続文学にみる「満洲国」の位相』で考察している。

　日本人が「在満」中国人との交流を目的として、その作品を翻訳する「民族協和型」であるのに対して中国人側は同時期日本人の文学には冷淡である。
（中略）この時代の趨勢が一定影を落としていて「国策文学」とされる作品が混在しているが、日本近代文学の代表作を翻訳するという基本姿勢は貫かれると言えるだろう[14]

岡田の考察によると、当時「満洲」文学の翻訳の単行本として出版されたのは少数であり、牛島春子『王属官』と大内隆雄の『文藝談叢』以外に見当たらず、翻訳されたのはほとんど日本近代文学の代表作であり、雑誌も同じ傾向を呈した。そこに中国人の抵抗を見ている。筆者は訳本『王属官』を入手し、それが藤川研一の脚本を翻訳したものであることを確認できた。牛島春子『王属官』というより藤川研一の脚本『王属官』といったほうが適切な程、修正されている。

　このような社会風潮の中で女性作家氷壷は日本の近代文学の代表作でもない『祝といふ男』を訳したのは珍しいことである。氷壷に関する情報は極めて少ない。「満洲」の中国人女性作家呉瑛[15]の「満洲女性的人与作品」（「満洲女性の人と作品」[16]）の中には氷壷についての紹介がある。

　冰壶出身于明大，曾在社会上活动有很多年的历史，但我们在从文上来看，最擅长的恐怕要算她那冲淡明快的散文或小品吧！对其散文和小品的脉路，很看出有和早期冰心作品相类似的地方，从文章里透出那样令人感到轻

朗的意味，确为冰壶作品的一大特长。（氷壷は明大出身であり、長年間、社会で活躍したが、物書きの面から見ると、最も上手なのは恐らくそのあっさりした明快な散文と小品であろう。その散文や小品の作風は氷心の早[17]期の作品と似ている。文章から朗らかなものが滲み出ていることは確かに氷壷の作品の特徴の一つである[18]）

呉瑛は氷壺の作品は明朗であり、謝氷心の早期の繊細優美な作風に似ていると高く評価しているが、実は氷壷は流れ星のように、文学生命が短い女性作家である。

氷壺が訳した『祝廉天』の原本について、検討するならば、『祝といふ男』は一九四〇年九月『満洲新聞』[19]に初出、一九四〇年一二月『日満露在満作家短編選集』[20]、一九四一年三月特別号『文藝春秋』[21]、一九四一年一二月『日本小説代表作全集・昭和一六年前半期』[22]、一九四二年『満洲国各民族創作選集』[23]の可能性がある。戦後になって一九六四年一一月『昭和戦争文学全集』、一九九六年『〈外地〉の日本語文学選』第2巻「満洲・内蒙古／樺太」、二〇〇一年九月『日本植民地文学精選集』「満洲編」7「牛島春子作品集」といった収録や転載の経緯がある。中国人女性作家氷壷の訳には一九四一年三月二五日訳完（訳済み）と末尾に記載されているので、『満洲新聞』『日満露在満作家短編選集』『文藝春秋』に掲載されたものが訳された可能性がある。ただし、訳文の形式は『満洲新聞』に連載の形式と違うし、内容からみれば、『日満露在満作家短編選集』に転載されたものとも違う。たとえば、『日満露在満作家短編選集』には「第一非常に宣伝的だよ。満系であれ程傲慢な奴はゐないな」という祝のことを批判する文は『文藝春秋』では「第一非常に官僚的だよ。満系であれ程傲慢な奴はゐないな。」という文になる。訳文は後者と一致している。したがって、一九四一年三月特別号『文藝春秋』が中国語訳の原本になっていると判断したい。

4　氷壺による翻訳表現の特徴

次は翻訳の細部に触れながら、訳者の意図や選択を考察してみる。氷壷はタイトルを主人公の名前をタイトルにし、『祝廉天』に変えた。『祝といふ男』というタイトルは宗主国の女性（牛島春子）と植民地の男性（祝）の関係をも表象している点を強調するが、『祝廉天』はもっと具体的であり、性別を問わずにただ一人の人間にクローズアップするという意味合いが強い。『新満洲』に掲載された中国語訳『祝廉天』はタイトルのすぐ下に、「芥川賞候補作」という括弧つきの部分があり、「牛島春子作、氷壷訳」と作者、訳者それぞれ明記された。一頁目の右側に、チャイナドレス姿の短髪の中国人女性の挿絵が描いてある。中国風の女性が女性特輯を際立てるための工夫であろう。氷壷訳には内容の面では大きな書き換えが見られなかったが、表現細部に差異があり、それは牛島春子の原作と氷壷の翻訳を通して「満洲文学」の力学が浮かび上がる。

まず、言葉遣いからみると、枚挙にいとまがないほど日本語と中国語の混用は非常に目立つ。中には中国語にはない日本語語彙もあれば、中国語と同形異義語の日本語語彙もある。いくつかの例を挙げてみる。

①　祝を呼び、陶器の卸の斡旋方を祝にたのんだのであった。

訳文：把祝喚去，求他給斡旋卸陶器的事情。

②　訊問が始まると祝はぴったりと真吉の傍にゐて、真吉の鋭い訊問を注意深く、正確に通訳して行った。興奮もしてゐず、顔色も動かない。その機械のやうな非情さは不気味にすら見えた。

訳文：訊問开始时，祝紧紧坐在真吉的旁边，深深注意真吉锐利的讯问，正确的去给翻译，也不興奮，也不动颜色，这种机械似的无感情的样子，看起来似乎令人可怕。

① ②は中国語にもある語彙であるが、日本語の意味とは微妙に異なっている。次の表にまとめてみる。(24)

	中国語の意味	日本語の意味
卸	荷を卸す、部品などを取り外す	商品を問屋が小売商に売りわたす
訊問	問う、聞く、尋ねる	裁判所などがある事件について証人、鑑定人、当事者などに口頭で問いただすこと
興奮	元気付く、活気付く、うれしい	感情の高まること
顔色	色	顔の色

③ 頭に受けた傷は全治二週間の打撲傷だったと証言した。
訳文：据说是头部受伤，为全治需两礼拜的打撲傷。

④ かういふ時、祝の持つあの鋭利な刃物にひやりと触れる気がする。
訳文：这时就觉得好像冰冷的触到了祝所携带的那个锐利的刃物似的。

⑤ 四人は懲戒免職、四人を始末書で、真吉はこの事件を終りにした。いふまでもなく有形無形の祝の協力は大きいものであった。
訳文：四人懲戒免職，四人写始末書，真吉这样把这个事件解决了，不肖说有形无形中，祝的協力很大。

⑥ はじめ各村に出向いて行って下検査を行ひ、それに合格したものが今度は県城で省から来た係員の本検査を受けることになってゐた。
訳文：现在要开始到各村去行下検査，合格的把他带到県城，再受从省里来的係员的本格検査。

⑦ ああいふ家からでも兵隊にとられるのだからと村民達は何がなしに安堵し、募兵の性質も見なほしたやうに見受けられ、凡ては案外スムーズに運んだ。ほかに原因もあったであらうが、兎も角真吉のやった募兵では一人の脱走者も、替玉もなかったことは事実であった。

訳文：村民们一听说从那样的家里，都挑了兵去，定能觉得安堵，以使她们明瞭募兵的性质，一切运行都意外的顺调，另外也许还有别的原因，不过无论如何，真吉所行的募兵，没有一个逃走的或替身的，这是事实。

③〜⑦はいずれも日本語固有の語彙であり、中国語にはない。氷壺は現代中国語と違う日本語の意味そのままで訳した。今日考えて見ると、とても理解しにくい文であるが、「満洲国」という独特な時代に限って、通じていたと考えられる。

この現象について、岡田英樹が『文学にみる満洲国の位相』で詳しく分析を行った。

中国人は、漢字による日本語語彙を受け入れるにあたって、みずからの発音をこれにあてた。政府側は皇室関係の人名や日本の地名などには日本語の読みをおしつけたということだが、また榻榻米，古魯碼といったことばが、東北の田舎にはのこされている、という指摘もあるが、大部分の語彙は中国語の発音に変換されて流入していったと考えられる。ということは、ある程度の定着をみせた日本語は、文字のうえからも、音声のうえから母語との区別がつかなくなることを意味する。抗日戦に勝利し、日本人がいなくなったあとでも、東北人の語彙のなかから「輸入された日本語」を払拭することは、容易ではなかった。[25]

日本語流入に対する作家の対応をみると、二つの立場があった。古丁は、積極的に外来語を吸収して、中国語の語彙を豊かにすべきだ、と主張する。それにたいし、在満作家小松は、新しい語彙が入り込んできて、意味不明の文章が横行し、「国語」に乱れが生じていると警告し、小説家が「国語の文学」を守るため、「語彙の運用」、「語彙の鑑定」に慎重であるよう、と小松は注意を喚起している。

訳者の氷壺はこれだけ積極的に日本語語彙を導入したから、古丁の見方と一致していることが伺える。

5 訳語におけるニュアンスの違い

中国人読者が受け止めた『祝廉天』と日本人読者が受け止めた『祝といふ男』は微妙な違いがある。それは氷壺が誤訳したか、それとも意識的に工夫して翻訳したかを断言しがたいが、その差異に目を向けないと、「満洲」文学の本質を把握しえないであろう。次は氷壺訳『祝廉天』の表現の特徴を考察してみる。

（一）植民者日本人についての翻訳表現

日本人についての描写はマイナスな表現を控えていることが浮き彫りになった。実際的に「満洲」を支配している植民者、指導民族としての日本人を批判したら、ひどい目に遭う恐れがある。たぶんそれは当時デリケートな問題であり、訳者も身を護るために慎重に訳したと考えている。

①それに続いて県下の各機関や、県公署内の風潮日系同士が猫のひたひほどの土地で時々縄張根性やら小姑根性をむき出しにしてなぐり合ひはじめる事などを冷然と半ば嘲るやうに語るのだった。

訳文：继续关于县下各机关和县公署内的风潮，甚至日系同士们因为一块极小的土地，也会小气的，嫉妒的，互相殴斗起来，他冷然半嘲笑的讲了一些。

牛島春子が「縄張根性」と「小姑根性」という日本民族の劣っている根性を暴き出す文であるが、氷壺はそれぞれ「小气」（けち、気が小さい）「嫉妒」（嫉妬する）と訳した。客観的に、批判の程度が軽減された。「縄張根性」は「排他性」（排他性）、「小姑根性」は「搬弄是非」（無責任なうわさ話をしてごたごたを巻き起こす、騒ぎを引き起こす）と訳したほうが原文の意味に近い。当時、文学者達は「八不主義」という恐怖に覆われていた。その中の一つは「時局に対し逆行的傾向を有するもの」である。厳しい検閲の目の下に置かれ、「五族協和」と裏腹に、「排他性」と訳したら、「逆行的」になりかねない。

②それは一見陰険にも狡猾にも見えるけれど、これも永い被抑圧者の生活が教へた知恵かもしれぬ。だから満系達は日本人のやうに弱点を発きあって満人の前で大びらに喧嘩をやるやうなことはほとんどない。

訳文：令人一看便觉得阴险，狡猾，然而这也许是长期被抑压的生活所教给的智慧，所以满系们几乎没有像日本人那样发挥弱点，在满人面前，公然吵架的事情

これは日本人同士がお互いに弱点を発き、満人の前で喧嘩するという日本人一九四〇年二月『日満露在満作家短編選集』、一九四一年三月特別号『文藝春秋』に転載された時、「相手」という語が削除された。それは編集者の意志であるか、或は牛島春子本人の意志であるか確認できないが、日本人の悪質な行為を弱めにする効果が見られる。また、「弱点を発きあって」に当てる中国語は「互相揭短」である。氷壺は「发挥弱点」（弱点を生かす）と訳すと、「お互いに弱点を発く」という悪質な根性が読み取れなくなる。

（二）祝についての翻訳表現

主人公祝についての描写に注目してみると、原文とのずれが多いことに気付く。中国人としての氷壺は同胞の祝に対し、同情、理解、賞賛という複雑な気持ちを持っているのであろうか。訳文の微妙な変化によって、祝という人物像も微妙に変わっていく。

①「気の毒だったと思ひます。けれど副県長殿、吉村さんも上司なら、検察官も上司です。祝は上司に対して正直であったまでです」

訳文：我也觉得很对不起，不过，副县长，吉村先生是上司，检察官也是上司，祝只是对于上司，就是要忠实。

原文の意味と大きなずれがある。「気の毒」は「かわいそう」という同情の意味であるが、お詫びの訳文になってしまった。「很对不起」というのは「たいへん申訳ありませんでした」という意味である。原文においては、祝という人物は罪の意識を持っていないため、謝罪する意識も全くない。中国人読者が読み取れる祝は反省し、日本人上司に謝る人間である。それは祝の心理や人物造形に影響を及ぼしかねない。

②所が、間もなく祝廉天は真吉が思ひもかけなかったタイプの人間として真吉の前に登場して来たのである。
訳文：然而不久，祝廉天出乎真吉的意料之外的乃是一个很有派力的人，在真吉的面前登场了。
「很有派力的人」とは「気迫のある人」という意味である。ここで訳者は原文にはない褒め言葉を追加し、祝を評価した。
③歩く時、机に向かってゐる時、不用意の手のあげさげにも何か確信ありげな、不屈なものを感じさせる。
訳文：走路时，在桌旁时，他那不出于故意的一举手一投足的轻微动作，都好像有什么确信似的，而让人感到绝不是好惹的。
『祝といふ男』は一九四〇年九月はじめて『満洲新聞』に連載された時、「不屈」ではなく、「不届き」と書いてある。一九四〇年二月『日満露在満作家短編選集』、一九四一年三月特別号『文藝春秋』に転載された時、「不屈」と変えられた。否定の言葉を肯定の言葉に転じ、まさに雲泥の差である。それは「五族協和」「王道楽土」の理念に基づいた牛島春子の変化と伺える。さて、「不屈」とは「困難にあっても志を貫くこと」であり、中国語に当てると「不屈不挠」が一番適切であるが氷壺は「不是好惹的」（ばかにすることができない）と訳した。「中国人をばかにしていけない」という反抗の意が読み取れている。
④よく喋る男ね
訳文：很能讲究的一个人啊
　これは祝が帰った直後、妻のみちは真吉に祝のことを評価した文である。「讲究」とは「～に凝っている」という意味である。「よく喋る」に該当する中国語は「很能说、能说会道」である。ここでも訳文と原文のずれが見られ、次第に祝の性格も変わっていくであろう。それに、原文にある「男」は「人」になってしまった。タイトルの変化と相応し、性別をぼかしていることが浮き彫りになる。
⑤祝はあの晩真吉に半ば哀願したことも忘れたやうに相変わらず痩せた肩をそびやかし、無遠慮に大股で各課を歩

きまはり日系職員達と一緒に入口に近い机で満文の翻訳をやったり、書類の整理などをしてゐた。

訳文：祝像是想了那天晚上向真吉半哀愿了的事情似的，依然耸着瘦削的肩膀，不客气的迈着大步，在各课里走来走去，和日系职员们一起在靠近门口的一张桌子上，从事满文翻译，书类整理等。

「忘れた」は「忘记、忘了」という意味であるが、正反対の語「想了」（思い出した）に訳された。原文は祝の分裂した姿を強調するため、真吉に哀願する姿と役所で無遠慮な振舞いを対照的に表していた。それにひきかえ、訳文は祝は真吉に哀願したから、無遠慮に歩き回り、通常通りに仕事できたという意味になる。したがって、分裂かつ矛盾している祝の内面が見えにくくなってしまった。

(三) その他

①二時間以上も喋ると祝は急に坐りなほし、真吉と後にずっとお茶をくみながら話を聞いてゐた妻のみちの方に向きなほって、
訳文：讲有两个小时以上的话了的祝，立时改成了坐的姿势，对着真吉和在后面一面喝茶一面听着说话的妻—道子说道。
妻のみちが傍でお茶を入れながら、祝と真吉の話を聞いているシーンである。「お茶をくみながら」に当てる中国語訳は「一面倒茶」である。「一面喝茶」（お茶を飲みながら）と訳されると、真吉に従属する「良妻」の姿がぼかされてしまった。
②北満の冬は四時にはもううす暗くなる。真吉が夕食をすまして一服してゐると、表の方で轍のきしむ音がし、それからちりんちりんと馬夫の踏む涼しい鈴がなった。
訳文：北满的冬，四点钟时候，天已薄暗了，真吉用过晚饭穿上件衣服，就听见外面隐隐的辙音，随着便是叮当叮当的马车夫踏的凄凉的铃声。
これは祝が馬車を用意し、真吉を迎え、満系警察をひそかに調査にいく場面である。原文の「涼しい」は「清爽、

凉爽」の意味であり、負の語感がなさそうであるが、訳者は「凄凉」（もの寂しい、ぞっとするような寂しさ。荒れ果てて見る影もない）と訳した。「王道楽土」と裏腹に植民地「満洲」の物寂しい、暗い雰囲気が漂ってくる。このように、氷壺の翻訳から女性として、被植民者としてのささやかな抵抗が読み取れる。

6 おわりに

中国語に翻訳された牛島春子の作品はほとんど知られていなかった。筆者は『祝廉天』の発見により、それらの翻訳作品を深く探ることを試みた。これらによって、「満洲国」の文化構造やイデオロギーの多様性と複雑性が窺えるであろう。『祝廉天』と『祝といふ男』の対照研究により、「満洲」時代ならではの翻訳状況が見られる。また翻訳者氷壺の選択により、当時「満洲」の中国人読者が理解した『祝廉天』は原作と微妙な違いがあることも明らかになった。『祝といふ男』は宗主国の女性（牛島春子）と植民地の男性（祝）の関係をも表象している点を強調するが、『祝廉天』は性別をぼかし、一人の中国人にクローズアップする意味合いが強い。氷壺は古丁の見解と一致し、積極的に日本語語彙をそのまま導入した。翻訳に大きな書き換えはないが、ニュアンスが違う文は少ない。被植民者の言論が厳しく制約され、やむを得ない選択であろうか、『祝廉天』では日本人に対する批判の表現が控えめに、軽減される現象が見られる。さらに、氷壺は同族の祝への同情、憧れなど複雑な心境が入っているためか、祝に関する表現は褒め言葉に書き換えられる例がしばしば出てくる。次第に中国人読者に与えた祝の人物像も変わっていく。裏付けの資料がなく、氷壺の翻訳は誤訳なのか、意識的に工夫して翻訳したか、断言できないといえるが、翻訳テキストの変容からみると、ひそかな抵抗が読み取れる。岡田英樹は当時の「満洲」文学の翻訳がないことに中国人の反抗を見たが、氷壺は「満洲国」の不協和を暴露する牛島春子の『祝といふ男』を選んで訳したのも一種の抵抗といえよう。

牛島春子のもう一編の中国語の作品『遥遠的訊息（遠くからの便り）[26]』は一九四三年『青年文化』第一号に掲載された小説である。不思議なことに、訳者の名前がなく、文末に「筆者は満洲有数の女性作家である。作品は満洲の風土を題材とするが、『祝といふ男』『王属官』などの作品がある。後者は満映により、映画化された[27]」という括弧付きの説明がある。これまで「牛島春子年譜」にも触れられておらず、対応する日本語の作品はまだ見つかっていない。それについては稿を改めて論じたい。

注

（1）川村湊『満洲崩壊――「大東亜文学」と作家たち』文藝春秋、一九九七年八月、三三六頁
（2）尾崎秀樹「〈満州国〉における文学の種々相」『旧植民地文学の研究』勁草書房、一九七一年
（3）川村湊『異郷の昭和文学：「満洲」と近代日本』岩波書店、一九九〇年
（4）大川育子「牛島春子『祝といふ男』論」『昭和文学史における「満洲」の問題第二』一九九二年
（5）原武哲「〈満州〉時代の牛島春子」『近代日本と偽満州国』日本社会文学会、一九九七年、三五九頁
（6）黒田創『〈外地〉の日本語文学選』新宿書房、一九九六年、二三七頁
（7）田中益三「牛島春子の戦前．戦後」『朱夏』二〇〇三年、八五頁
（8）尹東燦の「牛島春子『祝といふ男』論」『「満洲」文学の研究』明石書店、二〇一〇年、一九八頁
（9）崔佳琪「牛島春子『祝といふ男』の基礎考察――転載の経過から主人公造型論に及ぶ――」『現代社会文化研究』二〇一一年二月、一九―三七頁
（10）村井寛志「日本のオリエンタリズムと中国」『ポストコロニアリズム』姜尚中編、作品社、二〇〇一年、一二四頁
（11）セジウィック上原早苗訳『男同士の絆』名古屋大学出版会、二〇〇一年二月、三五七頁
（12）牛島春子『祝といふ男』『文藝春秋』一九四一年三月、三八八頁

（13）大橋洋一『現代批評理論のすべて』新書館、二〇〇六年、八三頁
（14）岡田英樹『続文学にみる「満洲国」の位相』研文出版、二〇一三年八月、二二九—二三五頁
（15）「満洲」で有名な中国人女性作家
（16）『青年文化』満洲青少年文化社、一九四四年、九七七頁
（17）謝氷心（一九〇〇—一九九九）は中国近代の有名な女性作家、翻訳家、詩人、児童文学家である。
（18）筆者訳
（19）牛島春子『祝といふ男』『満洲新聞』一九四〇年九月
（20）山田清三郎編『日満露在満作家短編選集』春陽堂書店、一九四〇年二月
（21）牛島春子『祝といふ男』『文藝春秋』文藝春秋社、一九四一年三月
（22）小山書店編『日本小説代表全集昭和六年前半期』小山書店、一九四一年二月
（23）川端康成編『満洲各民族創作選集』創元社、一九四二年
（24）『広辞苑』第五版、岩波書店、一九九八年を参照『中日辞典』第二版、小学館、二〇〇二年を参照
（25）岡田英樹『文学にみる「満洲国」の位相』研文出版、二〇〇七年、一七八頁
（26）小論「「満洲」と日本女性——発掘した牛島春子の中国語作品『遥遠的訊息（遠くからの便り）』を中心に——」で論じた『日本言語文化研究』（城西国際大学大学院紀要）二〇一四年三月
（27）筆者訳

参考文献

満洲浪曼編集部『満洲文学研究：評論随想』東都書籍新京出張所、一九四〇年
呉瑛「満洲女性的人与作品」『青年文化』満洲青少年文化社、一九四四年

尾崎秀樹『旧植民地文学の研究』勁草書房、一九七一年
川村湊『異郷の昭和文学――「満州」と近代日本』岩波書店、一九九〇年
山田敬三・呂元明『五年戦争と文学――日中近代文学の比較研究』東方書店、一九九一年
西原和海「満洲文学研究の問題点」『昭和文学研究』25 昭和文学会、一九九二年
川村湊「満州文学研究の現状」『植民地と文学』日本社会文学会オリジン出版センター、一九九三年
王向遠『筆部隊和侵華戦争』北京師範大学出版社、一九九九年
岡田英樹『文学にみる「満州国」の位相』研文出版、二〇〇〇年
川村湊『日本植民地文学精選集』［満洲編］7（『牛島春子作品集』）ゆまに書房、二〇〇一年
姜尚中『ポストコロニアリズム』作品社、二〇〇一年
鉄峰『黒龍江文学通史』第2巻 北方文芸出版社、二〇〇二年
池田浩士『文学史を読みかえる5』インパクト出版会、二〇〇三年
川崎賢子『読む女書く女――女系読書案内』白水社、二〇〇三年
北田幸恵他編『女たちの戦争責任』東京堂出版、二〇〇四年
佟冬『中国東北史』第5巻 吉林文史出版社、二〇〇五年
大橋洋一『現代批評理論のすべて』新書館、二〇〇六年
早川紀代他編『東アジアの国民国家形成とジェンダー』青木書店、二〇〇七年
多田茂治『満洲・重い鎖――牛島春子の昭和史』弦書房、二〇〇九年
尹東燦『「満洲」文学の研究』明石書店、二〇一〇年
平塚征緒『図説写真で見る満州国全史』河出書房新社、二〇一〇年
葉山英之『「満洲文学論」断章』三交社、二〇一一年

川上喜久子――植民地の支配秩序を通じて問う言語と女性の主体性獲得の問題

乾　智代

1　植民地の知事の娘としての生い立ち

一九〇四（明治37）年生まれの川上喜久子は、朝鮮総督府の知事の娘である。川上が五歳の時から十八歳まで、父の篠田治策は朝鮮平安南道の知事にあたる行政職にあったため、一家は道庁のある平壌に住んでいた。川上は、「或る醜き美顔術師」（一九二七年四月）で大阪朝日新聞紙上にデビューした後、一九三〇年代から敗戦直後にかけて活躍した。代表作に芥川賞候補になった「滅亡の門」（『文學界』一九三六年一一月号）や「光仄かなり」（『文學界』一九三七年二月号）がある。朝鮮を舞台にした作品として、「滅亡の門」の他、書き下し『白銀の川』（新潮社、一九三九年十二月）や時代物である「白路記」（『文芸』一九三七年四月号）「木槿咲く国」（『文學界』一九三八年八月号）等がある。

まず、彼女の生い立ちを随筆集『影絵文様』（自費出版、一九八五年八月）と遺稿集『歳月の澱』（自費出版、一九八六年一二月）から辿ってみたい。一家は韓国併合条約が締結された一九一〇年に平壌に移った。平壌の官邸や自宅では昼夜宴会が続き、国際色豊かな宴席には各方面の要人や文化人などが集い、川上はその場でおおいに知的な刺激を受けた。一方で道庁に爆弾が投げられたり、父の首に懸賞金が掛けられたりするなど、内地人（日本人）による統治が抵抗の上に行われていることを川上は実感して育った。十八歳で親の勧めに従い結婚したが、これは一生の後悔の元となる。父は官吏として一切の収賄を拒否し、寄付や自宅での接待は自費で賄った。朝鮮では李氏朝鮮時代に官僚支配の下で贈賄が慣行になり、民衆の官吏への依存とその裏腹の不信が根強く、統治のために慣行廃絶の必要があったという。しかし、そのしわ寄せは母をはじめ家族が蒙った。子沢山な一家は官吏の俸給だけでは「赤貧洗うが如し」だったという。希望に反した早婚は、娘に内地留学をさせる余裕が実家になかったためだった。二十三歳頃から自意識が目覚めかけたという彼女は、当初完全な人と思っていた夫に不満を感じはじめ、三十代半ばのまさに自分の作家活動のピーク時に夫と寝室を別にした。日記に家政に集中する時期は精神が低俗に陥り、精神の成長を感じる時期には建物を拳で壊して暴れたいほどの焦燥を味わうと記したように[1]、精神生活の充実は良妻賢母としての日常生活と相反していた。彼女はこれを「情念の過多」と呼び、それを修める道を文学の他にキリスト教に入信するなど宗教や哲学といった精神世界に求めた。

川上作品の同時代評では、小林秀雄が「滅亡の門」を何物にも捕らわれない良識の目で物を見ようとしていると評し[2]、森山啓は、川上作品は「浪漫的奇趣」を帯びながらも理知的であり、その特異さが意義を持つと述べている[3]。平林たい子は戦後に、女性作家には珍しく川上の作品は観念的だったと回想している[4]。このように川上作品はその独特な観念性が評価されていたが、その内容についての分析はその後も行われていない。本稿では、指摘された観念性とはどのような内実であったのかについて考察したい。

2　時代背景としての政治状況と女性

川上の作家性を時代の中に位置づけたのは宮本百合子である。宮本は、言論弾圧が強まった一九三〇年代半ばに知識人の「思惟と行為との分裂」の傾向が蔓延し、それは横光利一が「高邁な精神」として唱えたように、自分の感情と思想とを独立させて眺めるという精神の追求として現われ、それを反映したのが「滅亡の門」などの川上の作品であるとした。[5] 宮本は横光の主張には現実に対する決定力が欠けていることが問題だとし、文学者のこの傾向に傍観性と主観的な独善性を見て批判した。[6] 一方で当時、女性作家が植民地を舞台に男性を主人公にした作品を発表することに男性作家の一部からは批判が起きたが、宮本は川上らを弁護しつつ、それらの作品に共通して主観的なロマン性が見られることを指摘した。

日本で国民が国家総動員体制に組み込まれていったこの時期、世界的に全体主義が台頭し、国際情勢は第二次世界大戦開戦へと向かって突き進んでいった。そこで宮本が指摘した決定力の欠如や主観的な独善性の傾向が問題視されたのは日本だけではない。当時これに取り組んだのはドイツの政治哲学者カール・シュミットである。シュミットは西欧近代の法学概念が体系的にキリスト教の神学概念と同型だと論じ、神学の最後の審判にも比される「決断」の問題を重視した。「非常時」に法規範から離れて決断が下され、そこに国家権威の本質が現れると考えた彼は、非常事態における決断者を主権者と規定した。[7] 当時の政治状況に議会主義の行き詰まりを見たシュミットは、民主主義が治者と被治者の同質性に基づくことを指摘し、決断を行う独裁者による政治を大衆民主主義の形態として支持した。[8] 一方、彼は政治的な決定能力の欠如を「ロマン主義」に帰し、ロマン主義者の態度を政治における完全な受動性と批判した。ロマン主義はヨーロッパで近代初期の理性・合理性偏重的な啓蒙思想の反動として現れ、近代革命の情緒的な原動力かつ市民的な芸術活動の揺籃となった思潮である。シュミットはロマン主義の性質として極端な主観性を挙げ、そこに「ロマン」=小説というその語源どおりの文学的な創造性を見た。主観的なロマン化の過程では、歴史的事実などの客体としての対象は偶然のきっかけでしかなくなり、国家や国王と恋人の間には区別がなくなるとするシュミットの分析は、言語の比喩表現の象徴機能に着目するものである。シュミットによれば、ロマン主義は対立を美的にみて調和あるものへと変え、融合する。自己決定力を欠いたロマン主義は、二者択一の逃げ道として常により高次の第三者を求め、最も近くの最も強力な観念に付き従うという。[9]

ナチス政権の支持に結びついた彼の結論は大戦後に批判の的となったが、日本では、戦後に橋川文三や丸山眞男によってシュミットの分析が導入されている。シュミットはロマン主義と大衆民主主義が「正統性」と切り離されるとしたが、日本における全体主義の帰結は、皇国史観に裏打ちされた「正統性」の宣言である。彼らの分析は、西欧と日本との近代化の過程と文化構造の差異を追求するものであった。橋川は、『日本浪曼派批判序説』（未来社一九六〇年二月）で、一九三〇年代半ばから戦争終結までを近代日本の全矛盾が集中的に噴出した時代と認識し、当時の知識人の思潮を、現状の絶対容認というイロニカルで受動的なロマン主義と位置づけ、それが青少年に大きな影響を与えたと批判している。橋川は、当時の日本のロマン主義は、政治を伝統や歴史のうちに解消して美意識に還元すると指摘した。そこでは歴史意識は「個人」に対する「伝統」の優位性を認める審美的非歴史主義や歴史の神話化に変容し、一方、生活上の実感として家族、郷土、国家が同一視されるという。橋川は、日本の文化的土壌には合理主義や形而上学が内在せず、「個人と社会との対決」という近代的な主題は成立しないとして、日本で「一個の社会的な思想形成」は可能であるかを問うた。一方、丸山眞男は日本語の古語の分析を通じて、日本では歴史的に政事《まつりごと》としての政治は上位の権威に対して「献上する」形で遂行されるので、常に権威の正統性の所在と政策決定は分離され、正統性の所在は動かず、決定はより下位へと下降し、さらに身内化して「決定」が私化する不断の傾向があると論じた。(10)

世界的に近代政治体制は女性を排除して成立し、当時日本では女性は参政権を持たず、政治決定の場から切り離され、家庭を中心とした私的領域に留まるものとされていた。政治思想を考える上で、家庭や私的領域と国家との関係に着目した橋川や丸山の分析は、「参加の禁止」としてしか結びつかない女性と当時の政治との関わりを思考する可能性を拓くものである。そこでは禁止の意味が問われねばならない。一方で植民地支配の構造を分析する視点からは、植民地における支配被支配関係のジェンダー化が問題とされる。川村湊は、植民地朝鮮を舞台にした日本人男性作家による小説を分析し、支配する性としての男性が宗主国側、支配される性としての女性が植民地側という紋切り型を指摘し、宗主国――植民地という支配被支配の関係は両性関係に転位されると述べた。(11)両性関係への転位は、書き手が女性の場合さらに複雑な様相を帯びる。川上と同じく少女時代を朝鮮で過ごした森崎和江は、朝鮮人男性のまなざしに対峙した感覚を「集団姦」と表現し、植民地内部では支配被支配の関係は反転を繰り返すねじれたものであると指摘している[12]。

川上の作品で語られるのもまた「決定」の問題である。しかし、複数の郷土・国家の対立と併合の緊張の只中に少女期を送った彼女が捉えた国家の輪郭は、日本に限定されるものではなかった。本論考では、川上の朝鮮在住時代の京城を舞台にした「滅亡の門」と平壌を舞台にした『白銀の川』を取り上げ、言論統制下で植民地の支配関係にからんでどのように「決定」がジェンダー化されて語られているかを分析する。これらの二作品が発表された時期、内地で厳しさを増す言論統制に平行するように、朝鮮統治では一九三六年に「内鮮一体」の政策が掲げられ、一九三九年には創氏改名が断行されている。つまり、この時代は朝鮮では「名前」と「言語」が奪われる形で朝鮮人の民族としての自立性が急速に損なわれていく時期だった。二作品は、朝鮮の内地人社会を通して語られる、近代化の波の中で自立を模索する知識人階層の若者たちの物語であり、男女それぞれの内地人の主人公と、内地人・朝鮮人の双方の異性との三角関係を基軸に話が展開している。

3　「滅亡の門」における女性の「選択の失敗」の問題

一九三六年発表の本作は、内地人男性の主人公が、内地人女性と朝鮮人女性との間で揺らぐ心を告白する物語である。中盤からは内地人女性画家さわ子の悲劇の解明という謎解きが加わる。主人公西山は、内地の名家の跡取り候補という身の上を嫌って京城に辿り着き、新聞記者としての自分をただの「傍観者」と感じている。彼は取材に抵抗してきた若く美しい金仁淑に惹かれるが、栄養失調で倒れた金はさわ子によって助けられ、内地人経営の病院に匿われて西山に看護される。西山と金は親しくなるが、夫経由で共産主義活動に身を投じた金が、夫と結婚したのは生延びるためで、彼は密告により仲間を裏切ったと告げると西山は幻滅し、金の愛の告白を拒否してしまう。一方、西山は三十に近いさわ子にも惹かれるが、彼女は夫と息子に裏切られた母の近親憎悪を一身に受けて育ったため、虚無感から抜け出せず自殺を遂げる。

西山は、物語の核心となるさわ子の苦悩を、めったな男に満足できない高邁な精神と成熟した身体の肉慾の相克からくる神経衰弱と解釈する。それはさらにさわ子の言葉で、各々の主義や信仰に打ち込むという「狭き門」をくぐる生き方ができない自分は、結局は滅亡の広い門に吸い込まれていく、と表現される。ここでは異性愛の不調和が女性の「精神」と「肉慾」の二律背反の問題として表され、「めったな男に満足できない」ことは個別の主義や信仰を信奉できないことと同一視される。つまり「主義や信仰」が個々の男性の主体として表現されているのである。さわ子の苦悩は「一個の思想＝男」を選べないという自分の決定能力の欠如に起因し、彼女の「高邁な精神」とは一対一の異性愛に没入できないほど強い自我という意味になる。西山は自分の鬱屈をさわ子に重ねて彼女に惹かれる。一方、金の夫の正体を知って幻滅したときの西山は、金の共産主義者としての信念を夫が活動家であることによって確かめている。このように、双方の女性に惹かれる西山が実際に恋愛の対象としてまなざしているのは、二人が男（＝思想）を選ぶ行為である。つまり西山は「男を選ぶ女」を選んでいる。夫に裏切られた金も、選べなかったさわ子も「選ぶ」ことには失敗し、従って西山もどちらかを選ぶことに失敗するのである。

金は「成長」する主体として描かれる。西山にふられた後、金は信念貫徹のためには経済的余裕が必要だと考え始め、活力を取り戻して洋画鑑賞などを楽しみ始める。貪欲に文化的なものを吸収していく金の様子は、周囲の内地人たちに「大きな赤ん坊」と呼ばれて愛されるが、回復した金はさわ子と西山の元から離れていく。夫にも西山にも裏切られた金は、「赤子」の状態から内地人社会を足掛かりに再出発するのである。ここで朝鮮人としての彼女の成長は、異邦の文化の受容として表されている。再出発は、自分が惹かれるさわ子の人生の解明への興味からはじまり、金はさわ子をもっと知るために、彼女の父が経営する別の病院に勤める。その後西山らに別れを告げた彼女は、出発への衝動を、中心へと分け進んで見極めずにはいられないと表現する。京城は内地人にとっては辺境の地であり、西山とさわ子が鬱屈を抱えた周縁者なのに対して、金にとって京城は首都としての「中心」である。

男を選ぶ女をまなざす西山は、自分自身で思想を形成する主体とはなり得ず、金の愛を受入れることができない。こうして女に選ばれる側の男性主体となることに失敗した後、西山はさわ子との関係によって「（思想＝男を）選べない」主体としての彼女への同一化を志向する。これは西山の主体の女性ジェンダー化である。金と反対に、母の怨念という過去に捉われるさわ子は滅亡＝死に直面している。西山はその「生」か「死」かのどちらかを選ぶことはできず、決定できない主体＝「傍観者」として留まり続ける。一般に両性関係の他に植民地の支配関係を表わす象徴表現として、宋主国を父、植民地を子とする親子関係がある。内地で家父長となる運命から逃れようとした西山の鬱屈は、たどり着いた京城で、「日本がどんな行為を行なっても、被支配者の反抗と憎悪の感情は消えない」という、他国の主権を奪う宗主国（父）の「絶対悪」に対する憂鬱に転化している。最終場面で金は再会した西山に、西山は「向う側」の人間で「さわ子と同様」に消えさるのみで生きることも死ぬことも戦うこともできない、しかし自分は戦う、と改めて自分の意志を情熱的に告げて走り去る。ここで金は彼我の区別をつける「決定」を行う主体である。

男性ジェンダーとして表される西欧起源の「形成された思想」（夫＝共産主義）にも、決定できない日本の男（西山）にも裏切られ、なおかつ白紙で再出発する金は、支配された地である朝鮮を女性ジェンダーとして表徴している。西山は親しくなった金と音楽を鑑賞しようとするが、金は「国境警備の歌」でいい、と返答してその期待を裏切る。西山は気がつかないが、文化の受容によって、自分の「身体」としての領土の境界を自覚し自衛するという形で金の成長が始まっていたのである。男性の選択に失敗した後、もはや「男」に頼ることない彼女の成長＝自立の行く手には、成長した抵抗精神による「戦い」が宣言され、支配者との決別が告知される。決別の内実とは、西山の主体が「決定」できずに死んだ支配者側の女と同じ位置にあることを指摘して、自分の命を救った善意の支配者側の人間が「生きることも死ぬこともできない」不能者であると見切ることである。自ら「決断できる主体」となった被支配者側を象徴する「女」の成長の暁には、もはや宗主国（父）もパートナーとしての特定の思想（男）も必要ないのである。

4 『白銀の川』にみる支配／被支配の親子関係とジェンダー

言論統制は年を追うごとに厳しくなり、「滅亡の門」発表の翌年、川上は規制を受けた当事者となった。自分の掲載作「光仄かなり」が原因で『文学界』が発禁処分を受けたのである。一九三九年発行の『白銀の川』も、検閲のため多くの単語が欠字になっている。自伝的要素を含む本作では、平壌の知事の娘が内地人男性と婚約するまでのいきさつが描かれ、そこに平壌生まれの朝鮮人男性の自死に至る悲劇が絡む。主人公の純子は、反逆精神を持つが内向的で、「高邁な精神」を追究しているという作者を模した十九歳の少女である。純子の家庭は母が別居し、知事である多忙な父は子供の気持ちが理解できない。純子の周囲には、婚約者となる農学者の矢吹をはじめ内地人の青年が次々に現れ、彼らの中で実学を専門とする者たちは、「新天地」である平壌を舞台に、産業発展のための土地「開拓」という使命を持って活躍する希望を持っている。作中で青年達の主体は、彼らの職業を反映した思想や主張の集積として表現されており、本作でも個々の思想＝個々の男という図式が成立している。純子は青年達と知的な会話を交わし、彼らを惹きつけるが、その魅力は彼女の美しさと不可分である。

作中では、平壌の民は「独立の気風」がある故に、李氏朝鮮の時代にも警戒され、高級官吏登用の道を絶たれるという歴史的悲劇を負う存在であると繰り返し説かれる。本作では平壌の文化や歴史が参照され、郷土の歴史は郷土の固有性として描かれる。それゆえに異なる固有性を持つ複数の郷土の融合が問題となる。朝鮮人青年の柳俊哲は、商家を営む平壌の名家の親亡き跡取りの身であり、出奔して排日運動に加わっていたが懐疑を感じ、平壌に戻ってきている。柳の属する組織は「親米派」である。柳を後見している叔父は商売の便宜上「親日派」で純子一家と親交がある。不安定な政情の下で、贈収賄を禁ずる内地人の官僚は誠実だが強大な庇護者とはなりえず、結果的に柳の反抗的な行動を諌める叔父の説得は効果がない。柳家の叔父甥が表徴するように「独立の気風」を持つが故に支配層から疎まれ、それゆえに抵抗心は一層強くなるが、少数者としての力の弱さからその意志は「自立」に至らず、より強大な頼るべき第三者を選ぶ行為に還元されてしまうという平壌の民衆の悲劇は、日本の植民地経営に絡んで「頼れない親」（日本の官僚的な植民地の統治体制）と「自立できない子」（平壌の民）の悲劇として象徴化される。さらに、この親子の図式は叔父と柳の世代間の関係性にも、純子の家にも当てはまるのである。

優男で美男子の柳に自分の「反逆精神」を重ね合わせて興味を持った純子は、ある日家族に内緒で柳と落ち合い、彼に心情を吐露する。そこで純子は、西欧文明がキリスト教という「国や民族を超えた権威」を持つことをうらやみつつ、ロマン派作家スタンダールの革命小説のヒーローへの憧憬を情熱的に語り、柳を煽る。ここで純子は「真実に権威ある主義なり思想なりに打ち込みたい」と自分の欲望を口にする。この欲望は純子の「高邁な精神」追究の内実であり、純子にとって「権威ある思想」とは自己の内部で形成するものではなく、外部からもたらされるものである。柳は純子の情熱のたわいなさを指摘するが、支配被支配の分断の溝を自覚している純子の悩みは理解し、内地人青年たちと同様に純子に惹かれる。「権威ある思想」に打ち込みたいという欲望は、二項対立の逃げ道として強大な第三者としての権威を求めるという前述のロマン主義的な思考に他ならないが、さらにこれは、独立を目指す抵抗精神が力の弱さゆえに「頼るべき対象を選ぶ」行為として現れるという平壌の民衆の運命と同型である。支配者側の統治者の娘の理念が被支配者側の民衆の運命と重ね合わさるのである。

一方、矢吹は柳に殖産興業の重要性を説明して仕事を勧めるが、彼は従う気になれない。被支配者側の柳は、働くこと自体が資本関係を通じて親日・反日の政治的な関係性に絡めとられてしまうのである。国策会社に支えられた「開拓者」の内地人青年たちにとって、平壌は空間的・時間的に未知の「未開の土地」だが、柳にとって平壌は内地人たちをはじめ親族や仲間といった関係性が支配する土地で、権利や義務の関係が歴史的に決定されている場所である。矢吹と柳の間には、このような同性間での土地をめぐる立場の支配被支配間の断絶がある。「歴史意識」は共感の基である一方で、過去からの関係性で人々を縛る基ともなる。柳に「抵抗精神」の共感を求める純子と、柳との立場の断絶に気がつかない矢吹との双方の会話を通じて、被支配者の柳は支配者側の男性の位置から疎外され、支配者側の女性の位置に並置される。これは柳の主体の女性ジェンダー化である。その結果として柳は、抵抗運動側に純子たちとの交遊を逆手に取られて知事暗殺の任務を要請され、純子の家の傍らで自殺する。親日と反日の二項対立の間で「決定できない主体」として進退窮まったのである。死後に柳は、事情を知らない平壌の民衆によって知事の暗殺を試みた英雄とされて抵抗のシンボルとなる。知事の娘による被支配者の若者のヒーロー視という抵抗運動のロマン化は、民衆の誤解を通じて具現化してしまう。この悲劇はまた、帝国側からすれば辺境の一官僚にすぎない父が、土地の民衆からは首級を挙げるべき支配者に見えるという事実と表裏一体である。

　純子の「権威ある思想」に打ち込みたいという願いは、特定の思想＝男に思いを捧げたい欲望だと解釈できる。しかし、若い純子は「滅亡の門」のさわ子と異なり、若者たちの誰彼に自分の欲望を表明はしても、誰かを実際に選ぶことについて深刻に悩むには至らない。また、婚約までの経緯で純子は主体的に矢吹を選ぶ意志を表さないのである。かわりに矢吹と純子の父との関係が強調されている。農学者として農家出身の純子の父に気に入られた矢吹は、徐々に父の代わりに純子姉弟に助言・諫言を行う保護者役を務めるようになり、婚約は純子が不在の折に矢吹から父に対して申し込まれる。一方矢吹に対して純子は常に受け身であるにもかかわらず、彼は純子の「反逆精神」を怖れ、本人への告白には慎重である。少女は「未開の処女地」でそれを耕す耕作者は愛情を持たなければならない、というのが矢吹の女性観であり、彼は純子を地中で発掘を待つ「平壌の無煙炭」に例える。ここでは支配者側の若者の視点で平壌と少女（純子）が同一視されている。終盤で、入院した病身の純子を矢吹が看護し、彼女が甘える形で二人は親密になる。結末では、矢吹は病弱な純子が言いつけに背いて出歩いたことを戯れで咎めて「打つ」

とからかい、「お嫁さんになるのなら許す」という言葉で純子に結婚を約束する。結婚は、純子の反逆精神へのロマンチックな「罰」なのである。

純子の庇護を引き受ける矢吹は、土地を耕し万物を育てる「開拓者」兼「養育者」の性質をもつ創造主的存在＝「父」として理想化される。純子の父や柳の叔父などの「頼れない親」たちの欠点を補填するかのような存在として表現されるのである。支配者の娘の「反逆精神」の危険性は、それに同調した被支配者の若者の死によって示され、結果として理想化された支配者側の若者が監視役（婚約者）になり、彼女が反逆心＝主体性を持つことに対して「罰」が与えられる。純子の側から言えば、この結末は自分で伴侶を選ぶ「決定」を行うことなく、身近にある強大な観念たる婚約者に受動的に身を委ねるという、「男選びの失敗」の回避である。ここで純子の精神的な「成長」は抑圧され、矢吹と純子の関係は実質的に庇護者（父）と甘える娘として表されるが、失敗の回避と引き換えに抑圧された純子の成長への欲望は、性関係が結べず救済もできなかった柳への「罪」の意識として残される。宗主国としての日本の「内鮮一体」の方針の成就は、開拓者（日本＝男）による処女地（平壌＝少女）の耕作であるが、それは被支配者側の男性主体の抹消と、その原因となった支配者側の娘の主体性獲得の欲望に対する罪の認識の上に成立するのである。

5　言語による表象行為と女性主体――女が「決定権者」となるとき

以上のように両作品では、「高邁な精神」を追究する女性の懊悩が物語の核となり、植民地の支配秩序に絡んで決定能力の問題がジェンダー化されて表現される。その内容は、異性愛における女性の主体性の現れとしての「思想＝男を選ぶ」決定行為という主題として現れる。金と純子は支配された土地を表徴しており、彼女たちの異性関係は日本と朝鮮の郷土との主権を巡る関係性を暗示するが、しかしこの象徴化は単なる技法に留まらない。作中では登場人物の思想信条への情熱は常に三角関係の相手へと投影され、しかもそれは若さや美しさなどの彼らの外見の魅力と連動した感情として表現される。つまり、思想信条の正当性が常に男女間の性愛の感覚と切り離せない形で語られ、その性愛の感覚こそが、民族や国家の主権の問題に通底しかつ先行するものとして現れるのである。

両作品では、各人の思想や主義は職業的な専門性を反映しており、職業は象徴的な意味を持つ。「滅亡の門」の西山と『白銀の川』の矢吹は内地人だが、全能性が付与される矢吹の職業が実業系の農学なのに対し、不能者として描かれる西山は記者で言論人である。「滅亡の門」は恋愛の進行中に書かれる西山の手記という設定であり、さわ子と金は西山の眼を通じて再表象された女である。彼女たちの生死を巡るドラマに参加できなかった「傍観者」の西山は、さわ子の死後に「編集室の指揮者」として彼女の追悼記事を書き、一瞬だけ当事者としての充実感を味わう。記録することは常に既に起こった事象の再表象という過去を振り返る行為であり、「追悼」こそ「事実を書くこと」の本質となる。この記録の性質を通じて、本作では手記の作成による恋愛の小説《ロマン》化の過程と、「社会の木鐸」としての記者の記事作成の性質が重ね合わされ、「書くこと」の本質が、抹消された女性主体への追悼として表現される。

西山や矢吹に対し、被支配者側である『白銀の川』の柳俊哲は政治的な立場を決定しない限り職にもつけない。支配者側の娘の「どの男に嫁ぐか」という問題は、どの勢力を頼るかという柳や平壌の民衆の運命と同型であるが、これを巡っては、娘にとっての淡いロマンスが柳にとっては死活問題という支配被支配間の隔絶がある。一方、純子や矢吹との会話を通じて決定できない主体となった柳は追い詰められるが、純子の身体は、もし父が真の支配者であれば「内鮮一体」の象徴として婚姻を通じて朝鮮側へと差し出されている可能性があり、実際に皇室外交のレベルではそれが現実だった。純子にロマンスの「自由」があったのは、一代限りの官僚である父が帝国の意志遂行の代行者にすぎず、従って純子の身体にあまり国家的価値がなかったことの反映でもある。ここで浮上するのは女の身体と言葉との関係である。「滅亡の門」のさわ子の苦悩は、精神と肉体の乖離の問題が思想を選べない問題と一致するところにあった。また、金と純子は双方共に病室で異性と身体的に触れ合うが、その場面では言葉による誓いが徹底的に排除されており、金の恋愛は誓いを要求した時点で破たんし、純子の婚約者が誓った相手は父である。このように川上は両作品で、言葉を交わすことを「身体を交わす」性愛に比した上で、言葉が性愛を完全に代理（表象）できないことの深刻さを繰り返し問うている。思想は言葉に依拠し、行為は身体に依拠する。川上の「思惟と行為の分裂」は、植民地体験を通じて性愛における「言語と（女の）身体の乖離」の問題として現れた。『白銀の川』で川上は、父による支配権力の不完全な代理と、娘の身体の言葉による不完全な代理とが同根の問題であることを提示しているのである。

名家出身の西山と柳が名家の関係性に囚われるがゆえに抱える鬱屈は、男性主体の女性ジェンダー化として表現される。一方で川上は女性の主体性の獲得を精神の「成長」と捉えており、女性側の鬱屈は成長の不可能性として表される。「滅亡の門」のさわ子のしがらみの源は母の失敗であり、「男選び」の失敗の原因が母の系統を通じて過去に繋がることが示唆される。両作品において未来へ向かっているのは、過去と空間的・時間的に断絶した場所にいる矢吹と、家族制度から離脱した金の二人のみである。両作品のヒロインは三人とも病身であり、金と純子の異性との接触が看護者の男性と病人との関係として描かれていること、画家のさわ子には父の同僚の医師が後見役になっていることなど、女性が自立することについて「病理」としての困難が暗示される。そして三人の中で貧苦で子供まで失った被支配者側の金だけが、男の選択の失敗を経験した後に、病人を看護する側へと立場が反転して「決定する主体」へと成長するのである。庇護者との決別を告げる彼女の「決定」は、一切の過去からの関係を遮断して立場の反転を宣告する。一方、言論統制のさらなる厳格化に平行して、『白銀の川』では主人公の精神的成長が抑えられる。彼女の主体性は婚姻の相手に吸収され、婚約者の権限が強大化するが、ひきかえに抑圧された娘の主体性獲得への欲望は「罪」として暗示され、彼女は病弱なままである。

川上は思想形成する主体を男性、形成された思想を選ぶ主体を女性ジェンダーで表わした。前述の橋川が前者の成否を問うのに対し、川上が追究するのは後者である。議会主義などの代表制民主主義で、圧倒的多数の民衆は代表者の思想を選ぶ後者の立場である。さらに実際には、外来文化の受容や教えの継承など、思想は他人によって説かれた思考の選択と受容として伝播し、そこで問題になるのは後者なので、厳密には思想形成しうる主体は創始者のみである。思想が選択されればその伝播経路は創始者からの系譜を描き、それは歴史＝固有性となる。一方、家父長制では血の系譜が連なるが、実際に系譜を担保するのは家系図には明示されない子供を産む女性の身体である。川上は作品を通じて言語と女の身体の乖離の問題を提示し、双方の系譜間の関係性に潜むジェンダー構造をあぶり出そうとする。そこで問われるのは、言語というバーチャルな体系に立脚した近代政治体制が、果して血の支配を完全に脱却し得るのか、という民主主義自体の懐疑に至る深刻な問題である。ただ一人「決定する主体」に成長を遂げた金仁淑は、被支配者側の社会の最下層まで身を落とした女性であり、植民地の支配秩序の最も下位の存在である。丸山の分析のように「決定権」が下降しつづけ、最も下位の女に到達したとき、示唆されるのは戦いの開始による系譜の「正統性」の否定という秩序の反転である。このとき金は「最後の審判者」として、言葉による文民統制が限界に達し、むき出しの行為としての暴力が世界を被う「非常時」が到来することを作品内で予告する。

　女性による決定権の行使は根源的な革新性を持つゆえに、決定の下降の傾向がある社会では、社会的・公的活動への女性参加の禁止の圧力は一層強くなるといいうるのではないか。大戦後のフェミニズム思想が言語におけるジェンダー構造の解明へと向かったことからも、川上の問題意識の今日性は明らかである。川上は敗戦後に、今度は秩序の回復を巡って言葉と女性の身体との関係を追究する。[13] それらを含め、川上作品と現代思想との関わりについては今後の課題としたい。

注

（1）「日記帳より」（『歳月の澱』所収）一九三八年七月十日

（2）小林秀雄「川上喜久子「滅亡の門」」（『小林秀雄全作品7　作家の顔』新潮社、二〇〇三年四月　初出『東京朝日新聞』一九三六年十一月）

（3）森山啓「文壇管見」（『文学界』一九三七年三月）

（4）『群像』一九六〇年四月号「女流作家対談」における発言

（5）宮本百合子「人間の像」（『文芸』一九四〇年八月）。後に加筆・整理され単行本『婦人と文学』（実業之日本社、一九四七年一〇月）にまとめられたが、ここでは初出稿を参照した。

（6）同「今日の文学の展望」一九三七年十二月付未発表稿。初出『宮本百合子全集』第八巻（河出書房、一九五二年十月）

（7）カール・シュミット「政治神学」『カール・シュミット著作集Ⅰ』長尾龍一編（慈学社、二〇〇七年九月）（原著 *Politische Theologie : Vier Kapital zur Lehre von der Souveränität*, Duncker & Humblot, 1922）

（8）同「現代議会主義の精神史的状況」前掲書（原著 *Die geistesgeschichtliche Lage des heutigen Parlamentalismus*, Dunker & Humblot, 1923）

（9）同「政治理論とロマン主義」『政治思想論集』服部平治／宮本盛太郎訳（社会思想社、一九七四年三月　原著 *Politische Theorie und Romantik, Historische Zeitschrift*, Band 123.3. Folge 1921）

（10）丸山眞男「政事《まつりごと》の構造――政治意識の執拗低音――」『丸山眞男集』第十二巻（岩波書店、一九九六年八月）（初出「日本思想史をめぐる諸問題」『百華』二十五号　一九八五年十二月）

（11）川村湊『妓生「もの言う花」の文化誌』（作品社、二〇〇一年九月）

（12）森崎和江『異族の原基』（大和書房、一九七一年十月）

（13）『サタンの族』（文潮社、一九四八年十二月）など

森三千代の「東南アジア」小説

――「国違い」「帰去来」の先駆性

小林富久子

1　はじめに――作家森三千代の再評価に向けて

明治維新このかた日本政府は、アジアを後進世界として蔑視し、そこからの脱却を図る一方、文明世界としての西洋に可能な限り近づくべしという、「脱亜入欧」の政策を進めていた。それがアジア諸国への植民地主義的支配を生み、果ては自国はもとより、アジア各国にも甚大な危害をもたらす太平洋戦争へと繫がったことは、誰しも認めるところだろう。そうした中で、ちょうど上海事変が起きる直前のあしかけ五年間に亘り、アジア・ヨーロッパを共に放浪後、各々その経験を多彩な作品として実らせた金子光晴と妻の森三千代は、極めてユニークな存在である。いずれもパリという西洋文化の中心に滞在し、その果実を貪婪に作品化した点では、「入欧」への動きを顕著に示したと言えるが、それが必ずしも「脱亜」へとは向かわず、当時としては驚くほどアジアの土地や人に寄り添う作品の数々を残しているからだ。

だが、一方の金子が「反戦詩人」として日本の文学史上確たる地位を築いているのに対し、作家森三千代への関心は余りにも低い。むしろ夫婦でのアジア・ヨーロッパへの旅を金子が晩年に振り返ったいわゆる自伝三部作（『どくろ杯』、『ねむれ巴里』、『西ひがし』）における詩人金子の魅力的な妻としての三千代のみを浮かべる者も多いのではないか。だが実際には森三千代は、昭和初期には独立した作家として名をなしており、放浪からの帰国後程ない一九四三年には、小説『和泉式部』で新潮文学賞を受賞するなど、当代の人気作家として、夫の金子と一人息子の乾を経済的に支えるまでに至っている。

それでは、現在彼女の知名度がかくも低くなっているのは何故か。まず、最盛期に関節リューマチで文壇からの離脱を迫られたことが大きいだろう。今一つには、著名な詩人の妻という立場が足枷となったことも否めない。実際、現在まで出されている森に関する批評書は、牧羊子のもののみで、雑誌『こがね蟲』に牧が連載した「心情的森三千代論」が基になっているが、それも一巻本として出された際には、タイトルが『金子光晴と森三千代――おしどりの唄に萌える』と改められており、著名な夫金子の同伴者たる立場が強調されている。[1]加えて、献身的で忍耐強いといった日本女性のステレオタイプからは程遠い森はまさに「新しい女」を地で行く存在で、そもそも夫婦揃っての放浪も森がアナキストの東大生土方定一と起こした恋愛事件からの逃避行といった趣が強い。だが元はと言えばそれも、金子がろくろく仕事もせず、赤ん坊を抱えた森を残して上海に出ていた間に起きたことである。にもかかわらず森が「底の浅いインテリであった」などという桜井滋人の言葉からも窺えるように、短絡的に彼女に与えられた「悪女」としてのラベルもその後の低評価の一因となったことは否めない。

しかしながら、結局のところ、互いにとって生涯の伴侶となりおおせている森と金子の関係は、傷つけながらもインスパイアし合うという独自のオープンなものであった。それを可能にしたのが、妻を別の男に奪われたいわばコキュとして、本来は特権的であるべき「男」の範疇から零れ落ちることを余儀なくされた金子がそれ故にこそ、ジェンダーを含むあらゆる因襲的な支配・被支配関係に疑いの目を向けたことが大きかったと言えよう。[2]

それでは、肝心の森三千代は自らのそうした自由さ、とらわれのなさを作品内にどう反映させているのか。森の作品は概して、(1)詩集、(2)実生活に基づく私小説的作品、(3)異国に材をとる小説群、という具合に三分される。最初の詩集(『龍女の瞳』、『東方の詩』等)に関しては、東洋を鑑賞的に美化しがちなため、金子の東南アジア詩には遠く及ばない。私小説的作品では、とりわけ自らの二度目の愛人(若き台湾軍人)との出会いと別れ(「去年の雪」)、及び、夫金子が晩年に起こした愛人騒動を扱うもの（「新宿に雨降る」）などが目立っている。いずれも妻の性を淡々とリアリスティックに語る点に、婚姻や妻の座などに縛られない姿勢が認められるが、全体的に個人的事件として扱ってしまっていることから、家父長制自体へのラディカルな批判的精神がさほど示されない点にもの足りなさが残る。最後の異国に材をとる小説群はさらに、(1)パリ、(2)上海、(3)「東南アジア」もの、という具合に三分される。うち、パリを扱う作品（『巴里の宿』、『巴里オペラ座』等）に関しては、すでに多くの作家によって同工異曲のものが出されている一方、アジアを舞台とする作品群は、日本の植民地政府下における「外地」ないしは植民地に独自の視点から肉迫するものが多く、今最も注目すべきものと見るべきだろう。うち、上海ものに関しては、すでに趙怡が森三千代の「上海小説」として相当詳しく論じている。[3]それ故ここでは、森の「東南アジア」小説、とりわけマレー半島を舞台とする連作短編「国違い」及び「帰去来」にのみ焦点をあてることにする。[4]

この連作はふとしたことからマレー人の妻となった日本人女性をヒロインとしており、元々夫金子から聞いた話が土台となっているという。ヒロインとそのマレー人の夫、及び、日本人集落とマレー人共同体等の対比を生き生きと描くこの作品は、小説家としての森三千代の力量を十分に感じさせるもので、特に異人種間結婚、混血などの今日的テーマを鋭く追及する点で意義深い。以下では主にこれら二つの作品を考察することで、森三千代再評価の一助となすとともに、時代の制約からくる彼女の限界についても触れておきたい。

2　異人種間結婚のテーマ

「国違い」及び「帰去来」が相次いで出された一九四二（昭和一七）年は、日本がアジア各地の植民地を守り拡大すべく、ひたすら侵略戦争を進めていた時期である。物語自体の舞台も、戦争によるゴム需要の高まりから日系企業が盛んに進出を図っていた世界的ゴム生産地たるマレー半島（現在のマレーシア）の漁村バトパハからさらに奥に入ったジャングル内に建てられたS拓殖ゴム園付近の集落とされている。

まず、「国違い」から見てゆくと、主な登場人物は、青木園子という日本人女性、その夫でS拓殖ゴム園の口入れ屋の親方として働くマレー人ガンボ、及び、ゴム園に勤務する日本人技師宮崎の三人で、物語の大半は宮崎の視点から語られている。

冒頭の場面は、宮崎がガンボを伴って川漁に行くところで、宮崎の目にはまるでジャングルの化身のようなガンボは、「押しと威嚇とずるい追従笑いで、世の中のうまい汁を吸って生きている種類の人間」として提示されている。そんなガンボに宮崎が殊更目をかけるのも、ガンボの妻、園子への特別の感情に由来していることは、その朝、ガンボの家で目にした園子の、「髪を乱し、琥珀色の肩をむきだしにして、寝床から抜け出したばかりの」姿が「なまなましく」頭に焼き付いているとの箇所からも窺える。

そもそも宮崎が園子に初めて出会ったのは、新人技師として赴任してきた六年前のことである。元々園子は日本から失跡した許婚者を追ってマレー半島に来たのだが、こともあろうに誘拐業者に捕らえられてしまい自由を奪われているところを、金を支払ってマレー人集落に連れてきたのがガンボということなのだ。そんな園子の「ほっそりした」姿が背は低いが肩幅の広いガンボと連れ立つ様子を「いたいたし」く感じた宮崎が、以後、仕事上のことでガンボに目をかけ始めたというわけだ。

その後、ガンボが開いた日本人向け雑貨店で忙しく立ち働き始めた園子に対して、周囲に集まってくる日本人たちは、それまで彼女が忘れていた日本人としての立場を熱心に説き始める。「マレー人のなかでも醜怪なガンボのような男とつれ添う、悲運で哀れな」日本人女性――それが彼らの目に映る園子なのだ。特に日本人クラブの新任書記の大庭は、「現在の彼女の生活が日本人としていかに恥辱か、女学校まで出た人間の甘んずべき生活でない」などと力説する。そうした周囲からの執拗な介入が効を奏し、結局、園子は夫の家を密かに抜け出て、一人日本に帰るという道を選んでいる。「国違い」の最終場面では、領事館や日系新聞社等に助けられ、船に乗り込む園子を興味本位に報じた煽情的記事が現地の日本語新聞を賑わわせている頃、商売もそっちのけでぽかんとしているガンボを目にする宮崎は、まるで自分も園子の日本への帰国を画策した一人であるかのように後ろ暗さを感じている。

続く「帰去来」の方に目を移すと、冒頭で読者は、ほんの六カ月間にまるで「十年も老け込んだような」園子が再びマレー半島に戻ってきているのに遭遇する。日本に帰ったものの、かつて若い男と暮らすべく出奔していた実母には会う気がせず、また園子の持ち金ばかりを当てにする親類縁者にも幻滅し、結局、「日本には彼女の小さなからだひとつを休める空席もなくなって」いたことを思い知らされたのである。

逆に夫のガンボからも近隣のマレー人たちからも暖かく迎えられ、再び雑貨店内で働き始めた園子だが、そこに新たに波風を立てるべく現われるのが、かつて日本で置いてもらっていた伯父の娘のゆきのとその夫の吉三である。マレー半島の好況に引かれ、園子を頼って来たにもかかわらず、遠慮がちなゆきのとは逆に、傲慢な吉三は、ガンボを馬鹿にし切っており目を合わせようともしない。そんな二人がガンボの助けで始めた菓子作りの商売がようやく軌道に乗った頃、ゆきのの妊娠という事態が生じ、それが園子にとっても大きな分岐点となる。

結局、吉三とゆきのは帰国を決意するのだが、一方、「懐妊」という言葉に揺さぶられ、それまで混血児としての呪われた運命を我が子に担わせないとの思いから子をもつことを諦めていた園子は、ガンボが妻の再度の帰国を阻むべく隠していた金を探し出し、餞別としてゆきのに届けに行くのだが、その際、妊娠三カ月のゆきのを見ながら、ふとそれが自分の身の上のことなら夫のガンボがどんな喜び方をするのかを想像してみる。以下は、その時の園子の心情を示す文としてきわめて印象的である。

　彼女を愛するために何事も省みず、残忍な債鬼と言われ（中略）ているガンボのひたむきな心に対してそれくらいな償いがあってもいいのではないかと思った。（中略）国違いとのあいだのこどもの引け目や不幸も、ガンボと自分の愛情でおおい尽くすことの出来るゆたかな感情と大きな自信とが彼女の胸にあった。（一九〇－一九一頁）

皮肉にもこれと同じ頃、再び園子が持ち金とともに自分のもとを去ったと勘違いして取り乱しているガンボが見世物のように群衆の目に晒されており、それを目にする宮崎は、「純粋でひたぶるな彼の愛情などは省みてやろうともしない日本人と彼を二度まで裏切った」と彼が見なす「園子への憤怒でいっぱい」になる。結末では、宮崎が乗る船と園子が家に向かう船がすれちがう場面が置かれており、それとは気づかないまま宮崎はバトパハへと急いだとされている。

3　アイデンティ意識の揺らぎ／「民族」意識の恣意性

以上が二つの短編を通した筋だが、まず目につく点は、概して他の小説では淡々と情景や心理描写をするのみの森が、ここでは珍しく宮崎の心の叫びを通して、「ゴム園の日本人や、バトパハの日本人クラブの人たちがマレー人を見る片寄った眼、不公平な考えかた」への激しい憤りを表明していることにある。

ガンボになりかわった抗議が、宮崎の心のなかにふくれ上がった。ガンボの立場になって誰一人考えてやるものがなかった。（中略）ゴム園の人々もクラブの人々も、醜いマレー人から同胞をひきはなそうとばかり工作してきたといえるのだ。なんとしても、それはひどすぎることだ。

（「帰去来」一九三－一九四頁）

最初にも触れたように、この小説が発表された年は太平洋戦争の最盛期で、日本人の民族意識が最も高揚していた頃である。そうした時にこのような文が書かれていたこと自体が特筆されるべきで、それは例えば、戦後、新しい恋愛観で人気を博する作家の石坂洋次郎が、戦時中に同じマレー系のフィリピン人について書いていた文と比べるとより明らかとなろう。

外地に在って、日本を思うと、（中略）日本及日本人の優秀なことがよくわかり、そういう国に生まれた有難さが沁々と胸にあふれる（中略）殊に私の居ったフィリッピンは（中略）住民も典型的な弱小民族の性格を具えており（中略）彼らのそうした状態を観るにつけても、自分が日本人である歓びが歌のように、胸の底からわき上がってきた。(5)

ある民族が自分たちの民族的アイデンティティを確かめようとする時、しばしば別の民族を貶め、その民族と自らを明確に別つことによって異なるアイデンティティを打ち立て、かつ自らの優秀さを際立たせようとしがちになるということは、今日のポスト植民地主義的観点からは常識とも見られるが、石坂のこの文などまさにその好例と言えよう。

しかしながら、仮に森の作品が単にマレー人も同じ人間といった主張のみに終始しているのであれば、今日の読者にはさして見るべきものはないと言えよう。森の連作の意義は何と言っても、マレーと日本という二つの文化の狭間に立つ園子のアイデンティティ意識の揺らぎと変容を刻明に描いていることで、それを通して固定的な民族という概念がいかに恣意的でかつ人為的な構築物かを興味深いドラマとして明確化している点にあるだろう。

そうした園子の変容のプロセスを最初から振り返るとまず、宮崎技師が初めて出会った際の彼女は、日本人社会から完全に切り離され、現地人化してしまった人物とされており、それは、彼女のぎこちない日本語、身につけた上着（かやば）の薄物とサロンの木綿一枚という出で立ちによって表わされている。けれども、彼女の現地人化は内発的なものではなく、外的必要に迫られた結果なので、次々と彼女を取り巻く日本人たちによって容易にグラつかせられる類いのものである。実際、日本に戻るようにとの大庭の説得に彼女が易々と乗るのもそのためで、帰国を決めた瞬間に夫ガンボへの見方を大きく変えているのも、そうした心の状況に関わっている。

ガンボと思っただけでも身震いの出るような、一瞬の心の変化が不思議なくらいだった。それよりも、十数年もガンボのような男と一緒に暮らした自分の方が不思議で憑きものでもしていたとしか思えないのだ。
(「国違い」一七四－一七五頁)

ここでは、マレー人を一段低く醜い者とみなす日本人一般の見方に園子は完全に同調している。と同時に、それまでそうしたことを考えもしなかったという事実は、彼女がいかに一般の日本的尺度から離れた意識を育てていたかをも物語っている。結局、故国に戻った彼女がそこにいたたまれなくなるのもその辺りからもきているということは、「帰去来」における次の文からも明らかである。

甘酸っぱく、椰子酒(カラッパ)くさい彼女の(中略)汗ばんだ身体を、ぐうたらにらくらくと、眠らせてくれるのは、ガンボのゆったりした腕のほかにはないことに気付いた。(中略)それに、一度放縦な田舎(カンポン)暮らしが身についてからは、人の心の裏をはかり、立ち居にも気を使う面倒な内地暮らしは、神経が疲れ、肩がつまって、しばらく我慢すれば病気になりそうで耐え難かった。
(一八三頁)

ここでの園子はすでに自らが日本の文化や慣習の枠をはるかに越えており、再びそこにはまりえないほど、マレーの暮らしに馴染んでしまっていることを自覚している。
そうした彼女の内的変容を把握できず、再び彼女が舞い戻ったことにとまどう日本人社会の面々は、かつて同様の日本人女がいたことを思い出し、その理由がマレーの悪霊に祟られたせいであったなどと決めつけることで安心を得ようとしている。そのように日本からどれほど長く離れていても、現地人社会とは一切実のある接触をもとうとしない彼らは、日本的尺度から一歩も抜け出ることができず、それ故何の変容も遂げられないままなのだ。

他方、悪霊とは言わないまでもマレーの地には、単なる慣れ以上に園子を深くとらえるものも存在している。即ち「奥行き深い密林の神」、「彼女の魂に心強い信頼をあたえてくれる」ものである。さらに「森林に生まれ、人となったガンボの血のなかにも、もはやどこへ行っても求めることの出来ない、心を虚しくして身を任せられる頼りのあるものが流れているようにも」彼女は感じ始めている。それが彼女の思い込みでもないことは、ガンボ同様、「森に生まれ、人となった」近隣の人たちも「心から彼女の帰来を喜び、ご馳走を作って祝いに来てくれた」ことにも示されていよう。また、選びさえすれば、そうしたマレー人に自分もなれると園子が考えるに至っていることは、「今度こそマレー人になりきろうと」「こころひそかに決意」した後、「村の女房たちと一緒に小流で水浴し、祭りの夜には、娘たちと連れ立って、暗い森を越え、隣村まで踊りを見に出かけ」ていることからも明白である。

こうして初めて意識的にマレー人の中に溶け込むことを選んだ園子にとって、もはや日本からの新たな闖入者であるゆきのと吉三の夫婦は脅威にならない。また吉三夫婦に関しても、時とともに「土足掴みもいつしか平気となり」、「繻袢にサロン一つというらくな姿」で「だるい体をぐうたらと持ちあつか」うようになったとするくだりは、民族の違いと思われていたものの多くが人為的に形作られたものにすぎないことを明示している。それでも、ガンボとの間に子を作ることだけは諦めていた園子が翻意するのは、優越感は強いが実際には怠け者で、身重な妻を置いて遊び歩いている吉三と自身の夫ガンボを比べたからともとれよう。ガンボと自分の愛情で「国違い」との間に生まれる子供が感じうる「引け目」をも覆うことができるとの自信を得た彼女は、同時に初めて国、民族といった恣意的カテゴリーから離れ、自分の尺度で物事を見、自らの行動をも決定しようとする一人の成熟した女性としての主体性をも得ているのだ(6)。

この連作が混血の子をもつことへの園子の決意とともに閉じられているのは示唆的である。と言うのも、夫の金子もまた、様々な作品で混血を肯定しており、むしろ混血にこそ未来の希望をかける旨、繰り返し強調しているからだ。「牛乳入りコーヒーに献ぐ――牛乳入りコーヒーは黒人と白人の混血児」(一九四九年)はそうした金子の思いを吐露した典型的な作品の一つである。

イギリス人は神の従僕キングのために、(中略)朝夕神に平安を祈り(中略)／日本人は白木の神棚に／祖先の神の木札を斎く(中略)／……だが、混血児よ。おまへにだけは／かざるものがない。／まつる神がゐない。(7)

金子が混血児を祝福するのは、彼らが本来的に民族への固定的帰属意識をもちえず、それ故に自国や自民族への思い入れもたないことに由来している。つまり、金子の反戦詩の基盤となる個人重視の姿勢を具現化するものとして混血があるというわけだ。

ちなみにこれと対照的な考えを示すものとして触れておきたいのが、太平洋戦争勃発の前年に三木清が書いた「比島人の東洋的性格」というエッセイである。そこでは、スペイン人との混血児が多いフィリピン人は異民族に開かれすぎており、それ故個人主義的傾向が強すぎるので、それを日本人の指導により改めさせることこそが今後の課題であるとして、次のように説いている。

かくてフィリピン人にとって、東亜共栄圏の建設が何を意味するかは明瞭である。(中略)彼らの家族制度が個人主義であった点を清算して、フィリッピンという家族の発達、更に東亜共栄圏という家族の平和のために自己犠牲の精神を振るい起こすということである。日本人としては、親の権威と慈愛、兄の指導と扶助を兼ね備えなければならぬことは言うまでもないだろう。(8)

ここには家族の称揚がそのまま自国の称揚となり、ひいてはそれが他者としての他国の支配に繋がるという大東亜共栄圏の支えとしての家族的国家主義の構図が透けて見える。

これとは異質の家族を森三千代が園子とガンボの家族に思い描こうとしていたことは、断るまでもなかろう。園子がガンボに求めるものが、主人《あるじ》としての夫というより、多分に母親的なものであることは、ガンボのゆったりした腕で初めて安心して眠れるとしていることからも窺える。皮肉にも園子は内地でもちえなかった母親を遠く離れたマレーの奥地で見いだしていると捉えるのは考え過ぎだろうか。いずれにしろ混血の子を産もうとしていることといい、母親のような夫の存在といい、園子がガンボとの間で保持している関係性を通して森は日本の家父長的な家族像とは極めて異なるものを提示しているのだ。

ところで森は、自作の小説『和泉式部』を振り返るエッセイで、「和泉式部の血の中には唐の国を通じて帰化してきたペルシャ人かヨーロッパ人の血の何分の一かが入っていたのではないか」との大胆な推論を行っている。その理由として森は、「彼女の解放的な素行の、愛すべき稚気や恥知らずが、どう考えても、やはり日本人とは異質なのだ」と述べている。(9) 和泉式部に関するこの文がそのまま森自身の人となりに当てはまるのを見る時、森が自分をも混血ないしは異種混淆的存在として思い描いていたことは確かと言えよう。

4　おわりに――「外地」作家としての森三千代の先駆性と限界

最後に押さえておかねばならないのは、戦前・戦中の日本の植民地政策においては、異人種間結婚（「雑婚」、「通婚」）は大東亜共栄圏に居住する多民族を同化させる方策として肯定されており、それ故、混血さえも容認されていたということである。(10) その点では森の混血への姿勢は独自のものというより国策に沿ったものではないかとの疑念も生じてこよう。但し、その場合、必ず守るべき前提とは、日本人こそが他のどのアジア人に比べても優秀な民族で従って、仮に異人種間結婚、ないしは、その結果としての混血が行われるのであれば当然、より劣った他のアジア人をより優れた価値観や基準をもつ日本人に同化させるという形をとるべきということである。

この点に関しては、戦中の台湾を舞台にやはり混血のテーマを追及していた坂口䙥子との比較が有益だろう。[10]森の連作の出版年と同じ一九四二年に『台湾文学』に掲載された代表作「時計草」において坂口は、日本人を父に、台湾原住民を母にもつ混血の男性主人公のアイデンティティにまつわる悩みを繊細に描き出しており、今後再評価されるべき「外地」作家の一人と言えよう。だが坂口の主人公は結局、自らの半分を占める日本人としての血脈を重んずる立場から、より劣った原住民たちの教化、すなわち「皇民化」を推進するという役割を選びとっている。その点で明らかに大東亜共栄圏での「混血」政策に見合う道筋を踏襲しているのだ。

翻って最終的には日本人社会より、むしろマレー人共同体の風習や生活様式に積極的に溶け込むことで「マレー人になりき」ろうとするヒロインを描く森の作品がそうした前提から大きくそれるものであることは明白である。実際、そうした園子の姿勢が当時の日本人間ではどれほど希であったかは、誰よりも同情的なはずの宮崎ですら最終的には園子を掌握し切れていないことに示唆されている。最終場面での宮崎が園子の船とすれちがったのに気がつかなかったとされていることは、その事実を如実に物語るものと言えよう。

さらに今一つ、直接には「国違い」、「帰去来」に関わる事柄ではないが、森自身が戦時下で示していた問題含みともとれる姿勢にも触れておくべきだろう。それは、一九四二年に森が「文化親善」の名目で外務省から派遣された仏印での滞在を振り返るメモワール『晴れ渡る佛印』にまつわるものである。と言うのも、「国違い」、「帰去来」と同年に少し遅れて出されたこの書には明らかに時局に見合う言辞が織り込まれており、その点で直前の連作との整合性が問われるからである。実際、仏印に駐在中の邦人役人たちと天皇誕生日を大っぴらに寿いだり、日本語を学ぶ現地人の生徒たちに満足げな眼差しを投げかけたりする同書での森は当然、他の多くの戦争協力者としての作家たち同様、問題とされるべきだろう。[12]但し、これに関しても、森への弁護として一言だけ付け加えておくと、森の仏印訪問の隠された目的が同地で語り継がれていた民話を集め、そこに込められた民衆の奥深い真実を日本の読者のために記録することにあったということである。その点では、「国違い」、「帰去来」に示される現地人に寄り添う姿勢に重なるものともとれよう。事実、帰国後程なく森は、仏印での民話収集の成果を『金色の伝説』と題する、当時としては極めて珍しいベトナム民話集として結実させており、同書を通してベトナムの民衆文化を学んだ同時代の日本人読者もかなりいたはずなのだ。[13] ちなみに、先述の森の「上海小説」を論じた趙怡と並んで、作家森を作品自体を通して再評価するもう一人の稀な研究者としての土屋忍は、『金色の伝説』における森の語りの戦略を近著『南洋文学の生成』で詳細に論じているが、[14] そこから見ても、森の民話語りの意図が、今日のポスト植民地主義批評家たるトリン・ミンハが『ここのなかの何処かへ』で主張する、民衆の真実を明るみにするものとしての民話の力という考えに驚くほど通じるものであることが窺え、興味深い。[15]

以上のように、時代の制約による森自身の限界は認められるものの、ここで取り上げた「国違い」及び「帰去来」での異人種間結婚や混血のテーマの扱い方に見られる森の先駆性は、やはり評価すべきであろう。夫金子のアジア詩同様、森三千代のアジア小説もまた、現在盛んに掘り起しが進められている日本の「外地文学」ないしは「植民地文学」の一環として、今後さらなる検討を加えられるべきと言えよう。[16]

注

（1）牧羊子『金子光晴と森三千代――おしどりの唄に萌える』（マガジンハウス、一九九二年六月）

（2）金子のジェンダー観にまつわる変容過程については自伝三部作を論じた以下の拙論を参照。小林富久子「金子光晴におけるジェンダーと境界的思考」（江種満子、漆田和代編『男性作家を読む』新曜社、一九九四年四月）

（3）趙怡「森三千代の上海――金子光晴と放浪の旅へ」（『駿河台大学論叢』三四、二〇〇七年七月）、及び、「森三千代の「髑髏杯」から金子光晴の『どくろ杯』へ――森三千代の上海関連小説について」（『駿河台大学論叢』三六、二〇〇八年七月）。なお、趙怡によって取り上げられている森の「上海小説」は以下の通りである。「通り雨」（『新潮』一九四〇年八月）、「病薔薇」（『桃源』一九四六年一〇月）。「春灯」（『改造』一九四七年三月）、「女の火」（『世界文化』３（２）一九四八年二月)、「火あそび」(『東北文学』一九四九年三月)、「髑髏杯」『新小説』五(二)(一九五〇年二月)、「根なし草」(『文学界』四(四)一九五〇年四月)。

(4) 石坂洋次郎「比島土産話」(『世界紀行文学全集南アジア編』修道社、一九六〇年一〇月)一六頁。

(5) 現在では「民族」とは、客観的・固定的基準よりも各自の主観的帰属意識によって分類するしかないもの、即ち、「本来的に限定されかつ主観的なものとして想像される」、いわゆる「想像の共同体」(ベネディクト・アンダソン)にすぎないとの見方が一般的である。その場合、「彼ら」に対する「我々」という見方を強調する余り、各民族間の差異を不動のものとして思い描きがちなことが問題となる。これに対して森三千代のヒロイン園子は、両集団の境界に位置し、双方の間を行き来することで、境界を侵犯し曖昧化させるトリックスター的存在と見なしうる。以上のような「民族」観に関しては、主として以下の二書を参照。ベネディクト・アンダソン、白石隆、白石さや訳『想像の共同体』(NTT出版、一九九七年五月)、及び Werner Sollors *Beyond Ethnicity* (Oxforod University Press, 1997).

(6) 金子光晴「牛乳入珈琲に献ぐ――牛乳入りコーヒーは黒人と白人の混血児」(『金子光晴詩集』岩波文庫、一九九一年一一月)二四〇 - 二四一頁。

(7) 三木清「比島人の東洋的性格」(『世界紀行文学全集南アジア編』修道社、一九六〇年一〇月)三六頁。

(8) 森三千代「わたしの大休暇」(『相棒　金子光晴・森三千代自選エッセイ集』蝸牛社、一九八二年三月)二六二頁。

(9) 戦前・戦中の日本の植民地政策における混血に関する諸論に関しては以下が詳しい。小熊英二『単一民族神話の起源〈日本人〉の自画像の系譜』(新曜社、一九九五年七月)

(10) 坂口䙥子「時計草」(『鄭一家／燭光日本植民地文学精選集臺灣編一二』ゆまに書房、二〇〇一年九月)

(11) 森三千代『晴れ渡る佛印』(室戸書房、一九四二年八月)。後にゆまに書房より二〇〇五年六月に再版されている。

(12) 森三千代『金色の伝説』(協力出版社、一九四三年)。後に中公文庫の一冊として一九九一年一二月に再販されている。

(13) 土屋忍『南洋文学の生成――訪れることと想うこと』(新典社、二〇一三年九月)

（14）トリン・T・ミンハ、小林富久子訳『ここのなかの何処かへ――移住・難民・境界的出来事』（平凡社、二〇一四年一月）

（15）日本の「植民地文学」研究に関しては川村湊の先駆的業績群が知られるが、そのうち「東南アジア」を扱うものとしては、『南洋・樺太の日本文学』（筑摩書房、一九九四年一二月）がある。さらに最近の「南洋文学」を扱う書としては、既述の土屋忍の書がある。

〈付記〉 底本としたのは以下の通りである。森三千代「国違い」、「帰去来」（『森三千代鈔』濤書房、一九七七年八月）。なお、最初の版は小説集『国違い』（日本文林社、一九四二年）に所収。他の森による「東南アジア」ものの作品には、『新嘉坡の宿』（興亜書房、一九四二年）、『豹』（杜陵書院、一九四九年）等がある。ちなみに「東南アジア」という呼称が公式化されたのは太平洋戦争後なので、それ以前にその地を舞台とする文学は「南洋文学」と呼ばれることも多い。だがここでは、現在の読者にとってより馴染み易い「東南アジア小説」という呼称を用いることにした。

女性作家のアジアへのまなざし――帝国主義日本の植民地・半植民地支配とその表象

長谷川　啓

1　今なぜ植民地問題か、そして近代日本の植民地・半植民地支配への貪欲な道程

戦後七〇年目にして再び戦争の危機に陥り、近隣諸国との緊迫状態を招いている日本国家の現在を憂慮する時、かつての帝国主義時代の日本のアジアへの侵略を思い起こさざるをえない。加藤陽子・田中宏・大沼保昭・内海愛子『戦後責任　アジアのまなざしに応えて』（岩波書店　二〇一四・六）に、「二一世紀日本の進路を求めて　二一世紀の日本がアジアの人々とともに生きていくためには、今なお清算されない戦争と植民地支配の責任に向き合わなければならない」とあるが、現在の日本政府はいまだその責任を果たしていない。中国の「南京虐殺」や「従軍慰安婦」の世界記憶遺産登録に反対して、ユネスコ基金に出資しないと主張。又、アメリカの強圧によって、「従軍慰安婦」問題は、二〇一五年の暮れに米国属国同士の日韓両国の間で妥結が成立したが、それも日米韓による安保協力強化による中国包囲作戦に他ならない。日本政府は「軍の関与」を認めて「お詫びと反省」、一〇億円の「拠出金」を決定し送金したものの、「最終的かつ不可逆的」解決を求め、しかも「法的責任」を欠いた条件や当事者抜きの合意のあり方に、韓国の国民は反発。在韓国日本大使館前の平和の碑「慰安婦」少女像の撤去という日本側の要求を拒否する運動へと拡がった。国連の女性差別撤廃委員会からも、女性の人権を無視した日韓合意と日本政府は厳しく問

われる。北朝鮮拉致問題にしても、日本のアジア侵略に対する責任を正視しなければ解決できないにもかかわらず、日米の軍事同盟を一層強化するばかりである。

日本政府の本音はいまだ明治以降の脱亜入欧精神と政策を抜けきらないばかりか最近は復活傾向にあるが、依然として植民地主義が残存している証拠であろう。日米地位協定下のアメリカ重視による辺野古問題も同様で、アジアを蔑視し、戦争責任を直視しようとしてこなかった。敗戦後の東京裁判は、「アメリカの意思が強く反映された」「占領政策の一環という色彩が濃く」（『東京裁判ハンドブック』青木書店　一九八九・八）、ドイツとは違って自らの責任は半ばアメリカに託してきた。一部知識人以外は、日本人自身の手で裁く自国責任追及はなされぬまま戦後七〇年を経て曲がり角に立つ今日まで至ったことになる。ヘイトスピーチ、レイシズムなどが再燃する温床は続いていたということになる。

もっとも、アジア・太平洋戦争による敗戦以後の戦争責任を問う思潮の中で、植民地主義批判、植民地研究はなされてきた。二〇〇〇年代前後になると、サイード、フランツ・ファノン、ホミ・バーバ、ガヤトリ・スピヴァク、トリン・ミンハ等のポストコロニアル思想が日本にも導入され、姜尚中・高橋哲哉・小森陽一等によって日本の植民地問題は再燃する。そうした状況の中で、日本の女性作家をポストコロニアルな視点から研究し始めようという気運が出てきた。日本の女性作家に関してはむしろ始まったばかりといってよいのではなかろうか。日本の家父長制社会にあっては、二流市民として見做されてきたため、犠牲者としての側面が強調され、女性の戦争責任を問う傾向がフェミニズム運動の中でむしろ隠蔽され、正視されてこなかったからである。加納実紀代・鈴木祐子・大越愛子といった先達の研究は別として、文学研究では数少ない。

以上、今なぜ日本の植民地問題を取り上げるか述べてきた。本稿では、この問題すなわち、かつて宗主国の立場にいた日本の女性作家たちが植民地・半植民地支配されたアジアについてどのようなまなざしを向けてきたか、又、そこに赴いた日本人をいかに表象しているか、探査したい。その前に、近代日本のアジア侵略、植民地・半植民地化について少々みておこう。なお、半植民地とは、占領地のことである。

日本帝国主義の天皇制近代国家は、「近代において欧米以外の国で植民地をもった唯一の国家」であった(『岩波講座　近代日本と植民地1』一九九二・一二)。沖縄、北海道、台湾、「朝鮮」を侵略、中国を攻めて「満洲国」をつくり、南方まで侵略の手を延ばした。植民地支配は明治維新と同時進行で進んだ(『岩波講座　東アジア近現代通史1』二〇一〇・一二)が、維新政府樹立の翌一八六九年にまず蝦夷地を北海道と改称し、アイヌ民族殲滅法ともいうべき北海道旧土人保護法を制定して北海道を併合、「内国植民地」にする。七二年には琉球王国を琉球藩に改め、アイヌの民の時と同様、琉球の民の反抗・抵抗運動を弾圧しつつ、七九年には沖縄県とする。いわゆる琉球処分である。七五年、ロシア側から提案された「樺太千島交換条約」で、日本は樺太に対する権利放棄の代償としてウルップ島以北の北千島全部の島々を獲得した。

大日本帝国は植民地帝国であったと、『岩波講座　近代日本と植民地2』(一九九二・一二)で指摘されているように、植民地問題は近代日本の根幹だったといえよう。したがって植民地・半植民地に関する文献は多数あるが、ここでは総括的・体系的にまとめたこの講座シリーズを借りて、日本の侵略・支配の様相を概括してみる。

同講座中、大江志乃夫は「近代日本の二大植民地であった台湾も朝鮮も武力で略取した植民地である」と言及。日本史の教科書で台湾は日清戦争の講和条約で清国から割譲された植民地であり、朝鮮は日露戦争直後の日韓保護協約を経て一九一〇年の韓国併合条約で日本の植民地となった国と記されているため、条約という外交的手段で日本が植民地を獲得したかのような錯覚を日本国民にもたせる教育結果となる。そのため「現在の日本国民の多くが過去の植民地支配の責任を日本の歴史的な痛みとして感じることなく、その責任の償いに無関心でありつづける一因がある」と述べている。日清・日露という二大戦争の他に植民地戦争という大戦争があり、長期にわたる台湾植民地戦争を闘い、朝鮮でもより長期にわたって断続する軍事的干渉・侵攻をもって植民地化がおこなわれたのだった。

台湾植民地戦争は、一八九五年に日清講和条約の調印が行われ日本軍が台湾に上陸して台湾侵攻戦争が開始して以来一九一五年に至るまで、二〇年間続く泥沼の戦争となる。台湾民主国を崩壊させ台湾全島を軍事的に制圧するまでの第一期、日本軍の軍事占領下で武装蜂起による中国系平地住民のゲリラ的抵抗が続けられた第二期、少数先住民族である山地住民を軍事的制圧するまでの第三期である。この間に台湾で一旗揚げるために出かけた日本の男や女が零落して人格まで崩壊させて帰ってくる様相を、田村俊子は「海坊主」（『新潮』一九一三・一〇）「暗い空」（『読売新聞』一九一四・四・九〜八・二九）で描き、「土人」という差別的表現も含めて台湾に対する当時の世相を映し出している。第一次世界大戦後は抗日運動が活発化したが、台湾総督府によって山地に集団移住させられ生業まで変更させられた先住民族は一九三〇年に霧社蜂起（霧社事件）を起こして徹底的に弾圧され、太平洋戦争期の南方占領期には高砂義勇隊として駆り出される。

朝鮮への武力干渉を開始したのは一八九四年の甲午農民戦争以降で、東学農民軍包囲殲滅作戦を行い、日本の公使が首謀者となって国母の閔妃（明成皇后）を虐殺（凌辱説もある）。反日義兵闘争が起きるも、伊藤博文は韓国総督府を開設して統監に就任する。ハーグに密使を送った高宗は「大韓帝国皇帝」の退位を強制され、義兵運動激化の中で、伊藤はハルピンで安重根に射殺される。そして翌年の一九一〇年に韓国併合、朝鮮総督府が設置される。一九一九年、高宗が急死（毒殺説もある）し、三・一独立運動が起きたため、朝鮮支配は武断政治から文化政治に変更を迫られるが、内実は同化政策「一視同仁」「内鮮融和」であり、二三年には関東大震災で六〇〇〇余名もの在日朝鮮人が虐殺される。二六年に六・一〇万歳運動、二九年に光州抗日学生運動、三〇年に間島五・三〇武装蜂起等々、反日抵抗運動が起こっている。

同講座で江口圭一は、明治維新によって成立した天皇制国家は、日本の対外的威信を確立して欧米列強と並ぶ国際的地位に到達することを最も重要な国家目標に定めたと指摘。国威発揚の最初の対象が朝鮮であり、朝鮮制圧のために宗主国・清国と日清戦争を引き起こし、台湾・澎湖諸島を獲得した。そして朝鮮支配を目的に日露戦争を遂行して勝利し、遼東半島の租借権、長春――旅順間の鉄道関連の権利、サハリン南部（南樺太）、清国の安東――奉天間鉄道の経営権等を獲得、関東州を設置して満鉄という日本最大のコンツェルンを創立する。関東州・満鉄・関東軍を基軸の三本柱とした満蒙特殊権は日本が中国大陸に打ち込んだ強大な楔となり、この膨張がやがて一九三一年の満州事変、翌年の「満洲国」実現となると述べる。

そのように、一九一一年二月の日米通商航海条約によりはじめて関税自主権を獲得し、幕末以来の不平等条約体制から脱出して名実ともに大日本帝国として自己を確立する。その他、間島・山東（青島も）・南洋諸島を侵略。ついに、日清戦争以来、台湾・揚子江流域・天津・関東州・南樺太・朝鮮・間島・山東・南洋群島と膨張を重ね、第一次世界大戦終了時に膨張の最初の極に達した。それが第一次段階であり、第二次段階は満洲事変（柳条湖事件）以降で、この事変は中国反帝ナショナリズムを武力で圧殺して中国東北の併合を目指した帝国主義侵略戦争であると同時に、米英協調路線に対する挑戦であったという。したがって「満洲国」は、戦争を目的とする「国防国家」として作られた傀儡国家であり、五族協和という虚構の装置による日本の植民地であった（満州国の近代化に意義をみる論者もいるが今日からみれば自然破壊、生態系の破壊に他ならない（安冨歩・深尾葉子編『「満洲」の成立　森林の消尽と近代空間の形成』名古屋大学出版会　二〇〇九・一一））。さらに一九三七年七月の盧溝橋事件すなわち日中戦争（日支事変）の開始を機に中国の全面的な侵略に乗り出した時、大日本帝国は植民地体制を全方位的に形成した植民地帝国となり、国際的な孤立と米英との対立、日中関係の深刻な破綻を来す。日中戦争を継続しつつ、欧米の植民地だった東南アジアのほぼ全域侵略へと拡大して太平洋戦争に至り、帝国の解体に陥っていく。

中国占領地の軍事支配についてもう少し触れておくと、一九三七年七月盧溝橋事件により開始した侵略戦争は同年一二月一三日、蔣介石率いる国民政府の拠点である南京を陥落させ、北京で臨時政府成立式典を行い日本軍の傀儡政権をつくる。翌年の一〇月には武漢・広州を占領するまで侵攻、中国関内の四分の一を支配下においたが、国民党軍（蔣介石）と八路軍（毛沢東）を中心とする反日闘争により日本軍は中国人民の抵抗の前に敗北する。

東南アジアにおける日本軍の第一の目的は、戦争継続を可能にするための資源や労働力を獲得することであり、同時にアジアから欧米の支配者を駆逐して「アジア人のためのアジア」を建設し、日本の指導のもとに一大共栄圏を構築するという政治的理念も掲げていた。この侵略戦争が大東亜戦争といわれた所以だが、確かにアジア主義、アジアの解放、大東亜共栄圏をスローガンにしたにせよ、内実は日本天皇制の強要による侵略であった。幕末期、日本は排外的な民族意識に突き動かされ、欧米列強に対する激しい抵抗の主体となったが、明治維新を経て一転し、西欧近代を規範とした近代化を急いだ日本は、その過程でアジア唯一の植民地帝国となり、まぎれもない帝国意識の所有者となっていく。

川村湊は「脱亜入欧を実現しようとした近代日本。東洋の悪友を謝絶しようとした日本人は、出自たるアジアを否定して西欧近代に就こうとして、自分以外のアジア人を『土人』視するという精神構造を作りあげ」、「とりわけ、植民地や占領地の先住民族を『土人』として差別的に取り扱うという傾向は、皇国史観による皇民化教育が日本の内外でエスカレートしてゆくにつれ強まっ」たと、同講座中の「大衆オリエンタリズムとアジア認識」で述べている。

それでは、女性作家たち、筆者が研究を重ねている田村俊子、大田洋子、佐多稲子の一五年戦争中にみるアジアへのまなざしを検討してみよう。

2　日中戦争期以降の田村俊子にみる中国占領地表象と女性の能力活用政策

日中全面戦争開始時における天皇制軍国主義の日本軍の残虐で野蛮な侵攻ぶりを最も生々しく伝えているのが、本多勝一の『南京への道』(朝日文庫　一九八九・一二)である。一九八〇年代における中国の民の証言集でもある。一九三七年七月七日北京郊外で盧溝橋事件勃発後、日本軍は北京を出発して一一月五日未明、杭州湾一角の金山衛周辺に敵前上陸して南京攻略戦を目指すが、虐殺・強姦は上陸直後から行われたという。上海制圧後は南市・南翔を占領、そして常熱・嘉興・蘇州も占領。さらに皇軍は無錫を占拠（村民の避難先の安鎮郷も襲撃）、常州も占領し、丹陽、句容、鎮江を経て南京へと進撃する。侵攻の度ごとに三光作戦（焼きつくし・奪いつくし・殺しつくす）や百人斬り競争（捕虜虐殺競争等殺人競争）を繰り返し、日本軍将兵によって村や街の民たちは略奪・暴行・虐殺・強姦・輪姦・放火・焼殺・集団銃殺され、凄惨な被害に襲われたのであった。輪姦された後局部に箒を刺し込まれ銃剣を刺されて殺害されたり、妊婦は腹を銃剣で切り裂かれ胎児が抉り出されたりした。泣き叫ぶ幼児は煮え湯の鍋に放り込まれた。又、第二次上海事変（八月一三日）における日中両軍の死力を尽くした大決戦での死体の山。

日本軍の南京占領は一二月四日で、完全占領した一四日から入場式の一七日までの間に「南京大虐殺」すなわち大暴虐事件を起こすなど、大殲滅戦が展開され、民衆も含む大殺戮になった。南京城内は焦熱地獄となり、揚子江は屍の河と化したという。しかも、死体の山の片付けは中国人が強要されたのであった。この南京攻略戦では、毒ガスも使用されたようだ。難民区（安全区）からの大量連行・虐殺は翌年の一月になっても続き、四月になっても農村に日本兵が現れては少女を拉致、輪姦する事件が起きたという。大量虐殺を組織的に行った当人自身の手記も紹介され、『読売新聞』の元従軍記者や元兵士の「女がいちばんの被害者だった」「強姦をやらない兵隊なんかいなかった。そしてたいがいやったあとで殺しちまう」「強姦は日本軍隊のつきもの」という話など、日本側の証言も併記されている。日本軍はこの攻略戦の勝利によって、むしろ引き返す道を失い、泥沼の戦いへ落ち込んでいったと、本多は考察を重ねている。

一九三八年三月二八日に傀儡政権・中華民国維新政府の成立式典が挙行されたが、田村俊子はその年の一二月に東京を発って中国に行き、上海から南京へ向かい、南京で越年している。中央公論社の特派員として赴いたのだった。佐多稲子の夫・窪川鶴次郎との情事が発覚して一時逃れるためもあってか一、二ヵ月で帰国するつもりであったが、一九四五年に客死するまで中国に滞在、『女声』を発刊し続けた。

一九四〇年五月の『改造』に発表した「南京の感情」で、三八年の南京の様子を次ぎのように記している。

一昨年の暮れであった。南京の事変後一年目に初めて南京へ来た頃は、まだこの市街は灯火管制であった。（中略）夜に入れば住宅街は闇黒で、裏町は自動車で通過することさへ恐ろしいやうであつた。破壊された建築物の間々に、損はれずに残る豪華な政庁や、近代的な清楚な住宅、大きな商店、宏壮な銀行などが、破壊されて残骸となつた建築との対象の上に、寂々とした印象を与へ、大街を貫く広いコンクリートの大道路は、荒涼としてゐた。光華門には涙をそゝる戦跡の生々しさが残り、城外の支那人の耕作する小さい畑地に、青い色を見ることさへ、傷ましい感慨を催させるやうな南京であつた。（中略）城内は安定されてはゐても、日本軍隊の警備の厳しさには、前線的な気分が十分に漲つてゐた。

と、「事変後一年を過ぎても、死骸と同じであつた」南京の状態を伝えている。翌々年の四〇年二月二九日に訪れた南京は、「次第に呼吸を吹き返し」、灯火管制からも解放されて、「破壊された建て物の表面を糊塗」し、「広い道路からは荒涼とした陰影が拭はれて、近代都市の均斉を保つ破壊以前の美しさが取戻されてゐる」と、復興の様子を報告。そして、日支事変前の南京についても触れ、「文化的な政治都市の性格を完全に備へ」た美しい都市だったと言及している。事変前の南京については自身の見聞ではなく人づてに聞いたことだが、今日からみれば南京を破壊に至らしめた日本側への痛烈な皮肉ととれなくもないこの直言は、日本が仕組んだ盧溝橋事件の真相を知らないが故に書いているようにも思われる。

そもそもこのルポルタージュは、日本軍によって蒋介石の国民政府が敗走させられた後の、日本の傀儡政権・汪精衛政府の樹立を伝える報告的なエッセイである。「和平運動」と「大東亜主義」を目的とする新政府の南京への遷都により「新しい感情が南京に流れ」る様を記録している。だが、翌々年の太平洋戦争が始まった一九四二年一月三〇日付け『満洲日日新聞』に発表した「北京から南京まで」では、「大東亜」の意義を伝えつつ、その後の「新らしい空気が消え去り」「荒廃したものはそのまゝの形で残されてゐる」南京の様子をも見つめている。南京難民の多さ、夜の町を彷徨い歩く子供の乞食の声も書きとめる。一九三九年六月の『改造』に発表した「京包線」においては、寝具をまとめて持ち歩く夥しい中国人労働者の移動の姿に、「ルンペン的な不定着性が支那人の特性なの」かと民族性に帰し、そこに至らしめた日中戦争の本質、日本の侵略については言及していない。表現の自由が許されない時代ではあった。

それにしても、カナダ時代に鈴木悦の影響でマルクスを読み社会主義にも傾倒、日支事変開始の年の一二月に執筆禁止になった中野重治らを事前から案じていた俊子は（佐多稲子宛俊子書簡　三七・三・二）、事変の翌年に発表した「力の文学を！」（『帝国大学新聞』三八・九・一二）「婦人の能力」（『東京日日新聞』三八・九・一五〜一六）では、事変の発端の真実を知らないためか戦争肯定論者のごとき内容を書いているのである。前者では、従軍作家に選ばれたことは「日本文学全体の幸運」であり、その文化的任務は兵士の国家的任務以上の重大さをもつこと、「今までの日本文学の弱性に代つて、力の文学が観戦後文人たちの筆によつて生れ出る」などと言及。後者では、林芙美子と吉屋信子が婦人作家の代表として従軍作家に参加することの意義を説き、政府の要望にしたがって国民精神総動員下における女性の能力の発揮を促しているのである。まさに戦争協力的発言といえよう。俊子の大陸への逃亡・進出はこの延長戦でもある。国家総動員法がこの年の四月一日に公布され、女性の能力活用政策が始まってもいた。

俊子の生涯にわたる女性解放思想は大陸に渡った後も変わらず、日本帝国主義国家の女性活用の意向に重なり、促進していく。戦争と女性解放はある意味で矛盾しない。女性の能力を発揮する場でもあった。中央公論社の特派員として大陸から発信された国内の女性に向けての報告・啓蒙文は、ジェンダー・フェミニズムの視点から捉えたものばかりだ。例えば、「国家の事変によつて誉れある犠牲」となった日本の女性の悲劇と労苦を指摘した「未亡人と銃後婦人の協同」（『婦人公論』三九・二）、中国の働く女性たちの逞しい生活力や革命以後に解放された近代的で知的な職業婦人の快活さを伝える「上海に於ける支那の働く婦人」（『婦人公論』三九・二）。後者にはさらに、事変後の上海中国難民や難民救済のために踊るダンサーが凝視され、日本人経営紡績工場の昼夜交替一二時間ずつの不休連続作業を続ける女工の実態などが報告されている。又、日本人に会うことすら拒む中国の若い知識階級の女性がいる一方、日支の平和提携・東洋平和のために日本女性との協力を希望する中国女性がいることも伝えている。

「知識層の婦人に望む　日支婦人の真の親和」（『婦人公論』三九・三）では、「私の目的は後備の地方的和親工作（所謂宣撫工作）を観、そして其の工作上の委しい知識を得たい点にある」と自分の役割を明言し、「日本文化を支那大陸に移植する使命を持つ」者には当然女性も参加しなければならないこと、使命を負う者は特に知識層の女性で、まず「支那」を観、「一切の優越感を取り去つて支那婦人に接触することによつて真実の友愛を感じることが出来るならば、期せずして既に文化工作の第一歩が得られるのである」と、占領政策の一環としての文化工作の方法を説いている。中国女性たちに接触して「日支婦人の結合若しくは親和」について得た結論は、「真に婦人としての立場から、又其の自覚の上に立つて東洋婦人の生活向上を真に考へる日支相互の知識層の婦人たちの結合の上に、不変のそして真実の友誼性が成り立つ」ことだ、と述べているのである。いかにもフェミニストらしい発言だが、女性解放思想が日本帝国の国家戦略に絡め取られていく証左といえるものだ。

さらに「国民再組織と婦人の問題」（『婦人公論』三九・四）では、事変後の国民再組織にあたって女性は国家の一員として認められていないという、今でいう女性の二流市民問題を取り上げている。愛国的精神は女性の方が強いこと、「今後東亜を導くものが日本であるならば、東亜の婦人を導くものは日本の婦人でなければならない。婦人は婦人との提携によつて新たなる東洋平和の道へ進出しなければならない」にもかかわらず、女性は「国民的無資格者」であると指摘。「英霊の母」や妻にせよ「戦場に働く看護婦」、「多くの勇士を生み」育てる女性等の国家的任務はいかに重いか。したがって、日本国民全体の総力の中に女性の力も加え、日本の歩みとともに女性も又一歩も遅れず歩まなければならないと日本国内の女性に発信している。ジェンダー差別社会への批判が、日本の侵略戦争の歩みに添う結果になってしまっているのである。

続く「婦人の大陸進出とその進歩性」（『婦人公論』三九・五）では、「支那大陸に夥しい数の日本婦人が進出してゐる」として、看護婦・教員・事務員・女給・芸者・娼婦等さまざまな職業婦人を挙げ、事変後女性たちが進んで内地から渡って来る新しい現象を伝えている。そこには「事変の重大性に対する認識」があり、「若い婦人の時代的覚醒が考へられ」、新生活を「支那」に求める気運があると指摘。そして「日本は支那大陸に於いて武力を誇ることが出来る」などと言及し、「大陸の土の上に、日本と云ふ大きな国家の存在を肩にして、民族融和の使命を帯びつゝ働かなければならない婦人たち」だと啓発している。「婦人の歩む民族協和の道」（『婦人公論』三九・六）でも、日中の女性解放史を辿り、それぞれの女性文化の長所短所を踏まえつつ「民族協和の精神の実現」を説く。「半植民地的な支那を、諸外国の搾取から解放」せんとする「熾烈な民族意識の所有者」である中国女性に言及する時、あたかも自国の中国半植民地化には気づかず、解放の協力者としてのみ捉えているかのようだ。「新しき母性教育とは？」（『婦人公論』三九・八）は、男女平等教育に根ざした母性教育を唱え、その限りでは革新的だが、国民精神総動員を支える一翼としての女性教育に繋がっている。あるいは国民精神総動員を逆手にとって、男女平等を促しているととれなくもない。がしかし、本心はどうであれ、レトリックに近いものであれ、結局、日本の侵略戦争に加担する結果に陥っている。

なお、この章で取り上げた田村俊子の作品については、復刻版『田村俊子全集　第九巻』（ゆまに書房、二〇一六・一〇）監修者・黒澤亜里子及び編集部、そして谷内剛、西田勝の発掘によるものである。

3　日中・太平洋戦争期の大田洋子と佐多稲子にみるアジアへのまなざし

女性作家の動向を考える時、一五年戦争のなかでもとくに日中戦争開始後の状況が重要な意味をもっているように思われる。それは作家たちに深刻な動揺をもたらしたばかりか戦争協力的な言動を早くも決定していった時期であった。一九三七年七月七日の「日支両軍衝突」を機に謀られた挙国一致体制づくりは、国民精神総動員運動を展開し国家総動員法を公布して、女性たちの内面まで戦時体制に組み込んでいく。婦人運動が掲げた「女の社会進出」という要求さえ体制の強化に繋がり、田村俊子で追跡してきたような事態となる。かつて拙稿「日中戦争期の女性作家」（大東文化大学人文科学研究所編『戦時下の女性文学』二〇〇一・一〇）で大田洋子と佐多稲子の場合について論及したように、洋子も稲子も、結婚生活の破綻や退廃（俊子は失恋）と戦争の時代による動揺の中で、作家欲の追求が「観る」（この場合は現場観察）ことへの欲求に繋がり、半植民地や植民地へ赴くことになる。

大田洋子は「海女」（『中央公論』三九・二）と「桜の国」（『東京・大阪朝日新聞』四〇・三・一二〜七・一二）がともに懸賞小説に一等当選して文壇にカムバックし、作家的地位を確立する。前者は生産文学、後者は大陸文学といえる時局的な国策文学であった。ことに「桜の国」は、「皇紀二千六百年」に相応しい日本を象徴する題名で、日支事変開始の翌三八年の一〇月から年末にかけて天津や北京を取材旅行して創作されたものだ。激動する戦時下で自己の進むべき道や愛を求めて美しく苦悩し、そこから脱出してそれぞれの人生を発見していく青春群像を描き、ナショナルな心情へと傾斜し戦争を担う若者たちへと筆を進めている。そして、時代の先端を生きるインテリ青年に「日本はいつ見ても若々しい国ですね。青春の国だ。よし、僕はあの老廃の匂ひの強い支那で、青春の焔のやうに働いてやる！支那を若い日本の男の血で若返らせてやる」などと傲慢な侵略精神を持たせているのである。四〇年には輝ク部隊の慰問使として「中支」（中国中部）の日本軍も慰問している。

だが、四一年発表の取材旅行記のような私小説「淡粧」（『淡粧』（小山書店　四一・八）に収録）には、旅情の中に煙幕のごとき厭戦気分さえ漂い、日中戦時下の日本人とともに中国人も描きとめられている。例えば、塘沽沖に押し寄せてくる荷揚人足やおびただしい苦力、運送屋の人夫や物売りなどの黒々とした群れ。背が高いにもかかわらず「細長い雑草」にも似て、蹴られても反抗せず微笑を浮かべ「敗北の国の匂ひはたゞよひ流れ出て」いる、被占領者たちの光景。とくに北京の、何百という列をつくり「襤褸切れ」のようになって移動する苦力の黙々と歩く群れ。又、「天津へ向かう車窓から見えるおびただしい土饅頭」（占領時の死亡者の墓か）。さらに、車中の向かい側に坐る二人の中国人の「ちらとの視線も眼の前の千穂に注がなかつた。千穂には彼等が弱いのか強いのかすこしも解らないのだつた」という「強弱も賢愚もないこの無に等しい表情」。描写はあくまでも表面だけで深層を探ろうとはせず、無表情を装った本音の怒りや怨みや諦念を掘り起こそうとはしていない。検閲厳しい時代の表現方法ともとれようか。

天津はまだ、一九三七年七月二九日に起きた天津事変で激戦をきわめた工場の池に「長い間支那兵の死体がいつぱい浮いて」いて、匪賊が神出鬼没していたと伝えている。北京は、蘆溝橋付近の城内の紀念標には「日支事変勃発第一日両国軍使折衝之跡」「昭和十二年七月八日」と書かれ、城内は「人の住まぬ街の姿が、恐怖をそゝるほど静まりかへ」り耐え難い空虚さだったと記す。一方、外地の日本人が「とかく薄情で恐るべき利己主義者になつてゐる」こと、言葉だけ勇敢だがどこへ行くのだかわからない日本人たちや、日本の踊り子や娼婦・女工等「たゞならない女の群れの多さ」を、悲しみが漂う視点で書きとめている。ことに、一間きりで入り口がカーテンで仕切られただけの両側に並んだ小部屋に住む娼婦たちの光景は、読者の胸を撃つ。

それでは佐多稲子の場合はどうか。一九四〇年二月の書き下ろし長編『素足の娘』が新潮社より刊行され、ベストセラーとなって一躍流行作家となる。六月には朝鮮総督府鉄道局の招待で壺井栄を誘って朝鮮を旅し、最初の植民地旅行となる。以来、四一年六月に『満洲日日新聞』の招待により満州を旅行、帰路、再度朝鮮へ、そして、九月から一〇月にかけて朝日新聞社より銃後文芸奉公隊の一員として林芙美子等と満洲各地の戦地を慰問する。四二年三月から四月にかけて大東亜戦争文芸講演会のため台湾を一周、五月から六月にかけて陸軍報道部の慫慂により新潮社『日の出』特派員として真杉静枝と上海・南京・蘇州・杭州・漢口・宜昌の中国各地を戦地慰問する。さらに一〇月末から翌年五月にかけて、軍の徴用により毎日新聞社特派員として林芙美子等とシンガポール・マレー・スマトラなど南方を戦地慰問。結局、日本の植民地・半植民地のほとんどを廻ったことになり、小説、エッセイ、ルポルタージュ、戦地報告等を数多く執筆している。拙著『佐多稲子論』（オリジン出版センター　一九九二・七）で、それらについては戦争協力の視点から言及したが、ここでは日本に侵略されたアジアの地や人々がどのように表現されているか見てみよう。彼女が赴いた朝鮮・満州・支那・南方・台湾についての作品である。

宗主国日本の植民地支配の根幹の一つが日本語教育であったが、朝鮮旅行記「朝鮮の子供たち、その他」（『新潮』四〇・九）で「内地語がこんなにゆきわたるまでには、あるひは朝鮮にとつてもずゐ分大変なことだつたのだらう」と日本語の浸透ぶりに触れ、母国語と日本語に引き裂かれる苦悩や創氏改名を迫られる朝鮮の悲劇を凝視している。だが、翌年に発表した『満州の少女工』（『大陸』四一・一二）では、いささか変質している。満洲奉天の日本人経営による再生品工場では安価な労働力として満洲人の障害をもつ少女たちを雇っているが、彼女たちの働き方や権利意識へのまなざしが経営者に近いものとなり、思春期特有の艶めきも揶揄的な表現になっているように思える。四二年発表の「おみやげ話――少年たちに――」（『続・女性の言葉』（高山書院　四二・一二）に収録）でも、南京の孤児院の子供たちが捨て子にされたり、戦争の避難時に親からはぐれたりしたことが原因で預けられているとのみ書かれ、大虐殺も行われた日本による南京占領に要因があることにはちらりとも触れていない。「南京の驟雨」（『オール読物』四二・一二）においても、四一年一二月八日、英米との開戦後の「和平反共建国」汪政府下の活気ある南京を伝えるばかりで、戦禍で廃屋となった建物をちらりと点描しているだけだ。戦地の具体名すら伏字になっているほど言論統制が厳しい時代ではあった。南方戦地慰問報告「マライの旅」（『日の出』四三・七）では激戦の跡を巡り日本語の南進化を伝え、日本の兵隊教師を慕う「マライ」の少年を描く「ゴムの実」（『少国民の友』四三・九）でも「日本の軍隊はマライから英国の勢力を追ひはらふとすぐ、マライ人の生活の安定をはかるために」努力、手助けをしたと、イギリスの植民地だったマレーの日本占領を当然化し、教育による宣撫政策の効果をはからずも宣伝するような短編になっている。

とはいえ、「台湾の旅」（『台湾公論』四三・九〜一一、四四・一）では霧社事件による大弾圧後の高砂族の変貌を以下の通り刻印している。「高砂族の青年団員の訓練された統制の姿」について、彼等に向けての講演会で「天皇陛下の御名を言ふと、館内に、ざざつと、ひゞくやうな一斉の音がした。それは聴衆の皆の人が一斉に居ずまゐをなほす靴音だつた。青年団員たちは、黒い顔だけれど、団服に身を固めた凛々しさだつた」と描出。続けて「今、ぢつとそのことを想ひ出すと、またしても、あの一斉に居ずまゐを直したときの、ざざつといふ靴音が聞えてくる」と書き、さらに「新聞で読んで、高砂族の若ものたちの南の戦場での働きをも」と記しているが、作中何度か高砂族について触れてこだわっていることから推測すると、佐多稲子は一九三〇年に起きた霧社事件を深く記憶に刻み、日本の台湾侵略、植民地支配の本質をも知っていたのではなかろうか。霧社事件翌年の満州事変、翌々年の上海事変後に、満州侵略戦争に抗して「帝国主義戦争のあと押しをする婦人団体」（『働く婦人』三二・八）を発表してもいる。「最前線の人々――中支現地報告・第一便」（『日の出』四二・七）でも、戦跡の跡、「目のあたりに見る廃墟の町の空しさ、寂しさは、ひと時もそこに一人では立つてゐられさうにない」宜昌の町を凝視しているのである。しかしながら稲子は、南方から帰国した四三年の八月、「決戦精神の昂揚、米英文化撃滅、共栄圏文化確立、その理念と実践方法」を議題とする第二回大東亜文学者大会にも出席。円地文子、林芙美子、吉屋信子とともに議員であった。そして翌年、進んだ兵器を開発するために陸軍兵器学校に入り、やがて前線派遣を志願する日本の青年の美談として、戦意昂揚小説「生きた兵器」（『満洲新聞』四四・三・四～二六、西田勝発掘）を発表するに至っている。

以上、三人の女性作家のまなざしを通して、日本のアジア侵略の一端に触れ、かつ、国家総動員法下の女性能力活用政策、女性の大陸進出がいかに日本の侵略戦争に加担する結果なったかを見てきた。補足していえば、田村俊子の戦争協力的な作品ばかりを紹介してきたが、中国の大地や文化や女性たちに好意的な文章も残している。デラシネの人俊子にとって女性解放の思想が唯一の拠り所であったと思われるが、そのことが日本の帝国主義戦争に利用される（又、利用する）結果にもなった。大田洋子は、自己実現のために時代に迎合しつつ、虚無の人ゆえに厭戦気分にも陥ったりした。左翼作家佐多稲子は大衆との一体感や作家欲に引きずられ、面従腹背の姿勢をとりつつ戦地慰問も重ね、戦争の時代に添う結果になった（経済的な問題ばかりではない）。そして稲子は女性の能力活用政策についても、「輝やかしい戦果」をあげる戦いの中、「婦人の能力をこの際最も有効に」活用する必要があることを説き

（「小さな感想」『続・女性の言葉』（前掲）に収録）、近代兵器・飛行機の部品を造って銃後の最前線の担い手として働く女性に感動して、「もう女は、たゞ男子に代るだけではなくて、この大切な仕事に女の方がよい、といふことになるのだ」（「空を征く心」『婦人公論』四三・一〇）と書くに至る。中国の女性作家・関露（俊子の片腕）との対談「日華両国の女性生活」（『毎日新聞』四三・八・二四〜二六）で「大東亜建設には女が大切な役割を占めて」いると語り、俊子同様、大東亜共栄圏の真実を看破していないようにみえる。

しかし、これら十五年戦争における女性たちの行方は、決して過去のものではない。「戦争のできる国」から「戦争する国」に変貌しつつある現代、「一億総活躍社会」や「女性活躍推進法」は何とかつての国家総動員法や女性能力活用政策に酷似していることか。今再びの道を危惧させるが、そもそも女性の解放、フェミニズムとは、女性の能力の活用や自己実現の達成というだけでいいのか。それはどこかで近代の欲望追求と重なる。私たちは今こそ、アジア侵略への貪欲な追求を行いながらも現在なお戦争責任追及を果たしていない近代日本の総括、近代というものへの根底的な問いかけを迫られているのだ。さらに、フェミニズムのあり方そのものをも再考しなければならない時期を迎えているといえよう。

コラム

「従軍慰安婦」

但馬みほ

「従軍慰安婦」とは第二次世界大戦中、日本軍兵士の性の管理（占領地での強姦防止と性病予防）のために軍慰安所で性労働をした（させられた）女性たちを指す。日常的な性暴力にさらされた女性たちを「慰安婦」というオブラートに包んだ名称で呼ぶことが適切か否かについては議論が必要だが、日本人、朝鮮人、台湾人、中国人、フィリピン人、インドネシア人、ベトナム人、ビルマ人、オランダ人が徴収され、総数は二万人とも二十万人ともいわれている。一九八二年以降吉田清治証言に基づき軍の強制連行があったと報じてきた朝日新聞は、二〇一四年八月五日付けで記事が誤報であったことを認め、大きな波紋を呼んだ。近年では韓国系団体によりアメリカ各地に慰安婦像が建てられ、「従軍慰安婦」の問題はあらたな局面を迎えている。

「従軍慰安婦」が登場する日本文学の作品の中から、ここでは昭和一五年陸軍に応召され中国戦線で従軍した田村泰次郎作『春婦伝』（昭和二二年）の一部分を取り上げて、「従軍慰安婦」が文学作品でどのように描出されたかを見てゆきたい。女性文学論の中で田村の、しかも戦後の作品を取り上げる理由についてまず触れておきたい。第一に、この時期の女性作家の作品に直接的に「慰安婦」という表現が使われていないこと、そして戦中は内務省による言論統制、終戦直後はGHQによる検閲で作家が自由に筆を振るえなかったことがある。

『春婦伝』には「春美」という源氏名を持つ朝鮮人慰安婦の生と死が多分にロマン化されて描かれている。作者は作品創出の意図を「銃火のなかに生き、その青春と肉体を亡ぼし去った」朝鮮人慰安婦たちへの「泣きたいやうな慕情」を描くことにあったと述べている。しかし朝鮮人慰安婦に対する過剰な叙情化は、彼女らの生きた現実を被覆する。また、実際には中国山西省を中心に従軍した田村が『春婦伝』の主人公に朝鮮人慰安婦を選んだことにも留意しなければならない。『春婦伝』のテクストからは拉致・監禁されて性的暴行を受けた多くの中国人女性たちの姿は浮かんでこない。

『春婦伝』における朝鮮人慰安婦観が集約された部分であるため、長くなるが以下にテクストの一部分を引用する。

ときに、酔つて侮蔑的な言葉を投げつける客からは、相手とはちがふ人間の一人であることを覚えさせられて怒りと、なんともいへない絶望に身を打ち砕かれる思ひをするのだつたが、気分のあつた客は民族を超えて素直に愛することが出来た。いやな客は口ぎたなく罵つてはねつけ、好きな客には借金をしてまでご馳走し、うれしいときは歌をうたひ、悲しいときは大声をあげて泣きわめき彼女たちは天真爛漫に生きた。彼女たちには一種のそんな度はずれな情熱のやうなものがある。それは頭で考へた理窟や、本で読んだ知識から出てくるものではない。彼女たちの肉体そのものが編みだした烈しい生活理論である。（略）にんにくを噛じり、唐辛子を食ふ彼女らの肉体は、肉体そのものが一つの苛辣な意志なのである。そして、そんな意志のままに生きたどのやうな激情のあとにも、悔ひはなかつた。それは彼女たちの特質かもしれなかつた。

ここには民族間に厳然と引かれた境界の存在が示唆されている。テクストで強調された春美の「天真爛漫」さは、論理性とは相容れない性質であり、春美の理性によらない「肉体そのものが編みだした烈しい生活理論」が提示されることで、「天真爛漫」さは容易に獣性に横滑りする。「にんにくを噛じり、唐辛子を食ふ彼女ら」の食嗜好の記述は、刺激的なエキゾチシズムを喚起する。

テクストに過剰に込められた肉体性への偏執は、朝鮮人慰安婦から言葉を奪う。悔いるという行為には論理的な省察が必要になるが、激情のままに生きる春美の肉体性だけが前景化されるとき、彼女には人生を悔いる権利すら与えられない。そしてそのような「特質」を持つ民族として朝鮮人が本質化されるのである。このことを別の視角から考察することも可能だ。それは「悔ひ」という語が包含する認識である。実際春美に「悔ひはなかつた」と記述されても、この語が挿入されることによって、春美が陥った凄惨な境遇は彼女の自由な選択の帰結であるという認識が浮上し、慰安婦の悲惨な体験が個人の責任に帰せられることになる。そのことによって背景にある社会構造が不可視化されてしまうのである。

このようにして、春美を肉体の枠に閉じ込める認識がテクストを浸潤し、ロマンティシズムの彩りの影で朝鮮人慰安婦は貶められる。春美に与えられた結末は、若い日本人兵士との心中ともとれる壮絶な爆死である。こうして春美は悲劇のヒロインとして物語世界に封じ込められるのである。「従軍慰安婦」たちの生の声を誰がどのように表象するのか。田村自身も戦争の当事者であるだけに、読者は輻輳した問いを突きつけられるのである。

IV

戦争とジェンダー

戦争と女性文学

渡邊澄子

1　はじめに

この時期を論じた著書は多いが男性による男性中心に書かれていて、女性文学は関心外とされている。川西政明の『昭和文学史』（全三巻、01、講談社）には、「二十世紀は女性の世紀で」、「二十世紀の日本文学は女性の時代という視点から読み解かるべき」なので本書では、この「不公平」を正すとあるが、その正し方は男性作家と対等扱いではなく、「女性の世紀」（一）（二）（三）の項目に括られ、しかも時代と相渉ってはいない。昭和前期に当たる上巻の「二章　戦争下の文学」における「女性の世紀（二）」は、野上彌生子の戦争下とは無縁の明治・大正期の「縁」と「海神丸」が中心で肝心の時代作については「自己確立」は「長編『真知子』である。」のただ一句のみで終わっている。佐多稲子は「くれなゐ」のやや詳しい紹介だけで、続けて壺井栄、宮本百合子、岡本かの子、平林たい子、林芙美子、大田洋子、円地文子、大谷藤子、矢田津世子、網野菊、中里恒子、尾崎翠、金子みすず、野溝七生子、宇野千代の名が並ぶが、何れも時代とは無関係に、川西の関心・好尚に添った履歴中心の掻い撫で紹介に過ぎず、時代下の作品は扱われていない。川西は一九四一年生まれである。男性の女性下位視は根深い。

2　昭和初年代の女性文学

昭和前期文学は一九三七（昭和12）年の盧溝橋事件を発端とした日中戦争を堺に無条件降伏までを括りとする。この区分による前期を荒っぽく言えば山川菊栄・神近市子らも活躍している『種蒔く人』（1921・2〜24・8）を引き継ぐ形で、プロレタリア文学運動再建の塁となった『文芸戦線』（'25・6〜'32・7）の創刊に始まる。新しいプロレタリア文学のあり方をめぐる真剣な論議によってプロレタリア文学運動は四分五裂しながらも最盛期には発行部数二万部に達するプロレタリア文学の昂揚期を招来し、平林たい子はじめ、女性の活躍促進の場となった。それまで主流だったリアリズム文学に対して、イデオロギーと芸術方法との分裂から昭和文学は幕を開けたという言い方も出来るが、新感覚派的手法とイデオロギーとが複雑に混じり合った過渡期にダダ的なアナーキズムからコンミュニズムの立場への転換が見られ、アナーキズムとボルシェヴィズムの雑然とした同居から、マルクス主義のイデオロギー的優位によって、各派の主義・主張の錯綜がマルクス主義文学に統一されて一九二八年三月にナップ（全日本無産者芸術聯盟）が結成され、機関誌『戦旗』（'28・5〜'31・12）が創刊された。『戦旗』は『新潮』や『文芸戦線』をも抜いて二万六千部発行を見た一時期を持ち、政治的・思想的内紛を抱えながら小林多喜二の『蟹工船』、徳永直の『太陽のない街』ほかプロレタリア文学の代表作を生み出しているが、女性作家の作家的発展の場ともなった。別冊付録として『少年戦旗』（'29・5）、『婦人戦旗』（'31・5）が創刊されたが満州事変勃発で潰された。

この時期の文壇は錯綜しながら活況を呈しているが、背後にはファシズムが勢いをつけていた。芥川龍之介が「ぼんやりした不安」を遺書に遺して自裁（'27）、共産党員らの大量検挙（三・一五事件）、特高設置（'28）、山本宣治右翼に刺殺、共産党員の一斉検挙（四・一六事件）、東大新人会解体（'29）、浜口首相狙撃、三木清・中野重治ら検挙（'30）、満州事変勃発（'31）、上海事変、満州国建国、五・一五事件、国防婦人会結成（'32）、日本国際連盟脱退、京大で滝川事件（'33）等々が示すような暗雲の急速な進展下にあった三三年二月二〇日、小林多喜二が築地警察署で虐殺されるという文学史上未聞の事件が起き、事件を知って駆けつけた人たちが片端から検挙されるという状況下で、六月、佐野学・鍋山貞親の獄中における転向声明が発表された。

その少し前に発表された『真知子』（'28・8～'30・12、『改造』）で、野上彌生子は山本有三・広津和郎・芹沢光治良と並ぶ「同伴者文学」(1)作家と位置づけられていた。「モスクワ印象記」「赤い貨車」（共に『改造』）の百合子なども含めて、まだ新人だった小林多喜二や徳永直らの作品が『改造』や『中央公論』などに掲載されたのは、「ナップ」を中心とするマルクス主義文学がこの時期の文壇の主導権を握っていたことの証しと言えよう。

「政治と文学」問題は芸術の大衆化論に及び、マルクス主義文学が理論的に優位を占めた風潮に抗ってアンチ・マルクス主義文学を表明した新興芸術派が結成されるなど文学界は混沌の様相を呈している。隆盛を誇ったマルクス主義文学も満州事変以後は弾圧による有能な書き手の相次ぐ検挙によって衰退の途を辿ることになるが、その少し前には新旧世代相競い数々の名作の生まれた文芸復興の気運のなかで文学の豊穣期を出現させている。ささきふさの『豹の部屋』が『新興芸術派叢書』（全二四巻、新潮社）の紅一点に、林芙美子の『放浪記』、窪川いね子（佐多稲子）の『研究会挿話』、中本たか子の『闘い』なども収録された『新鋭文学叢書』（全二七巻、改造社）の刊行開始は一九三〇年のことだが、佐多稲子の実質的作家出発作「キャラメル工場から」の『プロレタリア芸術』への掲載、平林たい子の出世作となる第一著作集『施療室にて』が文芸戦線社出版部から刊行されたのは二八年のことである。プロレタリア文学運動の理論的指導者（もちろん男性）には高学歴のエリートたちが中心だったので、彼らの気づけぬ差別や貧困に苦しむ者が圧倒的に多かった女性の作品は歓迎されて多数の女性作者を輩出させた。女性たちの自己表現の場として長谷川時雨によって創刊（'28・7）された『女人芸術』はまさに時宜を得た雑誌と言える。この雑誌は林芙美子・上田（円地）文子・中本たか子・大田洋子・矢田津世子・尾崎翠・松田解子など新人作家を誕生させた。左翼雑誌の弾圧による廃刊で左翼系作家の『女人芸術』依拠が誌面の左傾化を招き、それが原因の一つとなって『女人芸術』は廃刊（'32・6）に追い込まれた。『女人芸術』に三ヵ月遅れて竹島きみ子によって創刊された『火の鳥』（'28・10～'33・10）は、『女人芸術』に比べて、階層上位者が多く「高踏的」「サロン的」とみられていたが、『女人芸術』の廃刊で左翼系作家が流入したことで発禁にあい、廃刊せざるを得ぬ事態を招いた。『女人芸術』に比べると影が薄いが山川柳子の娘彌千枝の遺稿集「薔薇は生きてる」（33・6）は感動を呼び、戦後にわたって九度も重版されている。この雑誌には若杉鳥子・小山いと子・中里恒子・大田洋子・矢田津世子・辻山春子・大谷藤子・富本一枝・山川菊栄・窪川いね子・板垣直子らも寄稿している。

3　ファシズムの荒波――〈転向〉の時代――

佐野・鍋山の転向声明の波紋は大きく、捕らえられていた人たちの九割が転向したとも言う。日本における転向概念の内実は複雑で、語義は共産・社会主義者などがその主義を放棄することだが、そんな単純なものではない。検挙・投獄・拷問・虐殺・死刑の覚悟を迫られる外的強圧への恐怖は当時を知らぬ者にも想像するだに余りある。転向した作家の文学の謂である「転向文学」が賑わったのは三四年を頂点とする昭和一〇年前後であるが、転向の様態も様々で、本心から思想を放棄して積極的に国是に荷担した者もかなりいたが、マルキシズム思想を正としながら思想運動からの離脱を認めた上申書を書いて釈放を得た偽装転向者も多かった。良心を偽って獄や拘置所を出て来た人たちの屈辱的苦悩の深さは中野重治の作品が代表的に示している。これらを読む私の心は震える。本多秋五は『転向文学論』のなかで窪川いね子の「牡丹のある家」をこの範疇にいれている。後に刊行された『時と人と私のこと』（『全集』第三巻）に、この作品に関連して、「私はその頃から（略）組織を失い、闘うという場が、自分の書くもの以外になくなって、しかも日常はいわゆる小市民性に流れ」、「もう闘いは題材となっていない」と、当時を振り返って書いているが、短編一三編を収めた『牡丹のある家』（'34・8、中央公論社）の収載作には闘う労働者像が描かれている。この本刊行の翌年、百合子が検挙され、その翌日稲子も逮捕されて一ヵ月余留置されるが、生活のための原稿（「杜」）を取調室で刑事の検閲を受けながら書き上げている。代表作となる「くれなゐ」（'36・1〜5）は、『驢馬』時代の「わが青春」以後作家として自立する過程の不可欠存在だった夫窪川鶴次郎が偽装転向で出て来たものの良心の呵責が女性問題に逃避したことへの妻の苦悩の吐露だが、ここには多くの女性を泣かせる女の問題がリアルに描出されている。女性にもかなりの数の転向者はいたが、転向の心の痛みを中野文学に匹敵するほどの優れた文学に昇華させ得た女性の転向文学を管見では見出せない。

既に〈非常時〉が日常用語となっていたが、太平洋戦争勃発はそれまでを一変させた。ファシズム、ミリタリズム深化過程を勃発少し前から要点のみを挙げてみよう。左翼文化団体の相次ぐ解体、文部省に思想局設置、母性保護法制定促進婦人連盟結成、軍需景気の一方で東北農山村の窮乏深刻化（'34）。『日本浪漫派』創刊、国体明徴決議案可決、平均寿命男四四・八歳、女四六・五歳（'35）。二・二六事件、メーデー禁止、内務省の言論取締強化方針明示、警保局特高課治安警察の強化拡充決定、海外移民促進会結成、日独防共協定秘密裡調印（'36）。文部省「国体の本義」刊行、盧溝橋事件から日中戦争に発展（'37）、ここまでが前期。以後、後期に入る。愛国婦人会の活動活発化、国民精神総動員中央連盟結成、大本営設置、・日本軍南京占領・大虐殺事件、人民戦線事件で大量検挙、著名作家の戦地視察、軍国色強化（'37）。人民事件第二次検挙、愛国婦人会が銃後家庭強化運動展開、国家総動員令公布、勤労動員開始、フランス人民戦線崩壊、商工省が雑誌用紙制限を通告（雑誌の再編成）、従軍作家部隊出発（'38）。大学で軍事教練必修、米穀配給統制法公布、ノモンハン事件、内務省が自由主義的図書および言論の取締り強化、国民徴用令公布、第二次世界戦争、大陸開拓文芸懇話会結成、大陸開拓国策ペン部隊出発、国策文学盛行、言論弾圧激化により筆禍事件多発。この年、大陸開拓文学や海洋文学など盛ん（'39）。文芸家協会主催の文芸銃後運動として各地で講演会、食料他生活必需品の切符制、内務省が左翼出版物の弾圧強化で発禁（紙型押収）続出・本屋の在庫本まで検索、日独伊三国同盟調印、大政翼賛会発会、紀元二六〇〇年祝賀行事、長谷川時雨ら女流文学者会結成（'40）。内閣情報局が雑誌編集部に執筆禁止者リスト提示、国民学校令、改正治安維持法公布、予防拘禁制開始、独ソ戦開始、「臣民の道」を各学校に配布、東条英機内閣、電撃的真珠湾攻撃で太平洋戦争勃発、報道班員として文学者の外地行き盛ん（'41）等々。

以上は時代の流れのほんの表層的羅列記述だが、戦争激化における生活の逼迫、人権・自由圧殺の様態の酷烈さが想像されて慄然とする。

4　反動期の文学

時代は少し戻るが、プロレタリア文学は潰されたが文学的には豊穣な一時期を招来させている。芥川賞・直木賞はじめ幾つもの文学賞が創設され、文壇は活気を呈し、既成作家の活躍が再開され、この潮流は女性作家登場を促し、新旧作家に名作・佳作が生まれている。苛烈な生活を描いてプロレタリア文学の代表的作家となっていた平林たい子は転向者続出の状況への「愛想づかし」から「文学放棄」を思ったものの「プロレタリアの心理に沿」った生活実態を描いた「春」や「繭」、加速一途のファシズムへの批判を込めた「桜」（'35）によって心機一転、旺盛な活動期に入っている。反戦を書ける時代ではない。男権社会を痛撃したフェミニズム文学「章魚」「女の問題」（'35）は注目される。「拭けば拭くほど黒くなる板の間を、尚拭かねばならないのが日本の女だ」とあって、戦争に狂奔する男を支えなければならぬ制度化された女の在り方の批判と読むことが出来る。たい子について先走るが、三七年一二月、人民戦線事件の大検挙で逮捕に来た官憲の隙をみて逃げた夫小堀甚二の身代わりに参考召喚され、小堀の自首後も事件とは無関係だったのにそのまま留置され、拘置所の劣悪環境下で腹膜炎に肋膜炎を併発して重篤となり、翌年八月中旬に危篤状態で釈放されたのを、円地文子たちの懸命な救援活動と、死の淵に何度も臨みながら「生きたい」凄絶な意力とやがて仮釈放された小堀の文字通りの献身的看護で奇跡的に回復し、五年にわたる激烈な闘病期を乗り切ってペンを持てるようになり、疎開後は力仕事もしているが、最後まで戦争に荷担した文章を書いてはいない。このことは特筆大書すべきだろう。

一九四〇年、いね子はベストセラーになった『素足の娘』刊行（'40）後の六月から七月にかけて壺井栄と一緒に朝鮮総督府鉄道局の招待で韓国（朝鮮）各地を経巡っている。朝鮮総督府が、植民地とされて韓国人民の尊厳を剥奪した、日本帝国主義による侵略の大本だったことへの認識皆無とは考えられないのにである。この旅行以後、「暗さに蹌踉となって」、生活維持のため「でろりとした」通俗的作品を書く「自己韜晦」に陥ったと戦時体制に巻き込まれたことを後に書いているが、招待旅行もその一環だったのだろう。全集未収録の『心通はむ』『香に匂ふ』「気づかざりき」『若き妻たち』など執筆量は多い。栄も家族愛を描いた作品が多いが「日本の母」のように軍国の母・妻を美談として描いていて、いね子と一緒に文芸銃後運動講演会に参加している。

急速に書く自由を奪われていた中で文学の豊穣期を現出した一時期の女性文学を寸言で触れておきたい。上海事件勃発でプロレタリア文学運動活動家の検挙が相次ぎ、非常時・挙国一致体制が日常化していた一九三二年から太平洋戦争勃発により沈黙か入獄かの時代になるまでの、先に羅列したようなファシズム跳梁下の抵抗と挫折の時期である。プロレタリア文学作家たちは検挙の恐怖に耐えながら必死に抵抗している。百合子の、「一連の非プロレタリア的作品」「一九三二年の春」「冬を越す蕾」「乳房」「杉垣」「三月の第四日曜」「明日への精神」などにはぎりぎりの抵抗が見られる。窪川いね子は夫の転向による挫折感を感動を呼ぶフェミニズム作品「くれなゐ」で乗り切り、「乳房の悲しみ」「樹々新緑」『素足の娘』他で踏ん張っている。新感覚派からプロレタリア文学作家に転進して『恐慌』（『プロレタリア前衛小説戯曲新選集』）、『闘い』（『新鋭文学叢書』）などでプロレタリア作家としての地位を確立した中本たか子はその後相次ぐ検挙で言語に絶した凄まじい拷問の果てに懲役四年の実刑で服役、保釈出所後窯業工場で女工として働いた重労働の体験を「耐火煉瓦」に、刑務所内で体験した女囚の苛酷な労働を「白衣作業」に、さらに「南部鉄瓶工」などを発表しているが、その間のことを回想した『わが生は苦悩に灼かれて』（'73）は息を飲む。

この時期の作品は「生産拡充」の国策に添った「生産文学」とされたが、綿密な調査に基づく創作方法によって資料的価値があり体制容認作と決めつけられない。松田解子は第一詩集『辛抱づよい者へ』（発禁）、「白薊夫人」（のち『女性線』と改題）、尾去沢事件のルポルタージュなどによって着実に成長していて、出身の鉱山関連作は他の追随を許さぬ出来だが、この時期、通俗的小説を一一冊も出していて時局に屈している。野上彌生子は同伴者的「哀しき少年」、後に『迷路』第一・二部になる「黒い行列」「迷路」を書くが伏せ字が多く、以後書斎派に徹して、それが可能な恵まれた環境によって沈黙期に入る。プロレタリア文学隆盛期にコント風プロレタリア文学から作家の道に入った矢田津世子は[3]彼女を愛した大谷藤子の励ましを得て純文学に転進して開花。芥川賞候補・人民文庫賞作「神楽坂」、「やどかり」「秋扇」「ひかげかずら」「秋袷」など、フェミニズムを湧出させた津世子特有の文学世界創出の秀作を相次いで発表した。わけても圧巻作「茶粥の記」のほか「鴻の巣女房」など、発表していたが、友人への僅かな資金カンパで検挙、拘置され、それを原因として病の床に伏し敗戦を知らずに惜しくも没した。思想運動とは無関係に友情から渡した僅かなカンパでも片端から検挙、留置される狂気の時代になっていた。

武田麟太郎に「師匠のものに触れてゐる気持ちで読む」と言わせた、『日暦』生みの親でもある大谷藤子は豊かな作家的資質の持ち主で、「半生」「須崎屋」「山村の女達」など農山村を舞台とした手堅いリアリズムの手法で高い評価を得た。「一握りの白い握り飯」が夢だった林芙美子は『放浪記』を機に、「泣虫小僧」「牡蠣」「稲妻」「魚介」など相次ぐ佳作発表で流行作家になったが宇野千代の発展も目覚ましい。平然と公言する男性遍歴で心中未遂事件後の東郷青児と同棲時、青児の語る事件の顛末の「聞き書き」的作品「色ざんげ」が出世作となり、「別れも愉し」その他で文壇に地歩を占めるとスタイル社を創立して、日本最初のファッション雑誌『スタイル』を、二年後には月刊文芸誌『文體』を創刊するなど起業家の才能を発揮した。その後結婚した北原武雄の感化でフランス文学に親しみ、語りの手法による「人形師天狗屋久吉」[42]「日露の戦聞書」[43]は戦後の宇野の頂点作『おはん』に結実することになる。自分を短歌・仏教・小説の三つの瘤を持つ駱駝に例え、初恋は小説と小説に拘った岡本かの子がその恋を成就させたのは四七歳の時の「鶴は病みき」(’36)からで三九年の死までに「混沌未分」「母子叙情」「金魚撩乱」「東海道五十三次」「老妓抄」「家霊」「鮨」「河明り」「生々流転」と名作・佳作を矢継ぎ早に発表している。

女性最初の芥川賞受賞者(’39)となった中里恒子の「西洋館」「乗合馬車」「日光室」などは親類縁者の国際結婚が素材となっている。戦時下、外国人や「混血児」のいる家はスパイ嫌疑から軍部や官憲に監視されていたなかでの、いわゆる〈マリアンヌもの〉は馬車の行く手の不安を描いていて時局批判作と言えるだろう。女性作家としては珍しい硬骨な素材の関門海峡架橋工事の苦闘を描いた『婦人公論』懸賞当選作「海門橋」で作家出発した小山いと子はその後も「熱風」「オイル・シェール」、製糸工場に取材した「4A格」(芥川賞予選候補)などを発表している。刮目されるのは尾崎翠である。チャップリンから学んだ感覚世界をユニークに作品化した「アップルパイの午後」「こほろぎ嬢」ほかとりわけ代表作『第七官界彷徨』(’33)に不世出の才を発揮したが薬物中毒で文壇から姿を消した。女性二人目の芥川賞受賞者となった芝木好子の「青果の市」(’41)は太平洋戦争突入直前の戦時統制経済強化下で仲買人として奮闘する女性を描いた作品だが、国策批判部分のカットが条件の受賞だった。他にめぼしい作品を挙げると「月給日」「大根の葉」「暦」で登場した壺井栄、日本最初の女性探偵小説作家となった大倉燁子の「妖影」から始まる『踊る影絵』他。島本久恵による口述筆記が多いが相馬黒光の文学史的資料価値を持つ『黙移』や『明治初期の三女性』、高群逸枝の画期的な業績『母系制の研究』、板垣直子の「戦争文学批判」なども看過されてはなるまい。

以上は太平洋戦争勃発までの戦争使嗾の見られない作だが後期で注目されるのは元田村俊子の佐藤俊子[4]であろう。俊子の「ヒモ」的存在になっていた田村松魚を芻狗として、男性作家にも類を見ないが大正初期に『新潮』『中央公論』に三度も特集が組まれるなど明治末から大正期にかけて一世を風靡した俊子文学の特色だった虚無と官能の頽廃美、男女の相克を葬り去り、バンクーバーに渡った鈴木悦を援けて日系労働者の労働環境改善、わけても差別されていた女性たちの啓蒙運動に取り組み、女性の人権解放運動に献身していたのだった。『女人芸術』に集ったメンバーを中心に長谷川時雨によって創刊（'33・4）された『輝ク』が戦争加担誌化する中で、俊子は、「桜」を思うと日本に帰りたい気もするが、「今のあの極端な日本のミリタリズムは考へてもいや」と書き送っている。悦の死によって十八年ぶりに帰国（'36）した日本はミリタリズム蔓延の激動の時代になっていた。日本を遠く離れて当地の特に女性の人権獲得運動に挺身していた俊子は日本の現況をグローバルな視点で見る力を培っていた。帰国後、日本滞在二年八ヵ月余で中国に旅立つことになるがその間に「残されたるもの」「馬が居ない」「カリホルニヤ物語」「山道」「侮蔑」その他を発表している。この間の作品は愛友佐多稲子の夫窪川鶴次郎とのことを素材とした「山道」のみが採り上げられているが、カナダ体験を通して国家・民族・女性の人権を「広いライフ」を生きる視座から日本の軍国主義を批判したその他の作品は見逃せない。とりわけ戦争のリアルを剔抉した反戦文学「馬が居ない」（'37・12）は美事の一語に尽きる。俊子の女性の人権確立の闘いの掉尾を飾るのは、上海で創刊した中国語雑誌『女聲』であろう。月ごと週ごと日ごとに倍々する凄まじい物価騰貴のなかで一号の欠号もなく三年間刊行し続け、意欲新たに四周年に向けての資金調達に出かけた帰途で斃れた。敗戦の四ヵ月前だった。葬儀は氷雨降る寒い日だったが号泣する中国人女性に大勢の男性も交じって延々の列をつくったという。この時代の俊子を忘れてはならない。

5　太平洋戦争勃発後の女性文学

中国との戦争は泥沼状態になっていた。戦争使嗾小説増加状況下で、女性の出番が多くなった結果、既述のような名作、佳作、問題作も生まれている。だが、太平洋戦争勃発で文壇は一変した。誰よりも先がけて戦争謳歌の口火を切ったのは女性解放のパイオニアとしてオピニオンリーダーを自他共に認めていた與謝野晶子だった。[5] 満州事変勃発の年、『みだれ髪』初め初期の歌を「私を振返させる一首」もないと全否定して、『街頭に送る』（'31・2）には命がけで闘っている反戦運動家を人々を煽動して「衣食する」者たちと決めつけ、芥川の自裁を「贅沢な行為」

と述べ、『優勝者となれ』（'34・2）には天皇・皇室礼賛を始め、夫唱婦随で「爆弾三勇士」の「超人的な忠烈」（事実は国民精神作興のための作り話）に「銃後の国民」は「男女の差なく」三勇士同様の「勇気を発揮」せよと、戦争のプロパガンダを努めているが、それは晶子の「まことの心」だった。

長谷川時雨の戦争指嗾、軍部べったりさも加速している。女性作家の親睦の場であった『輝ク』は一九三七年一〇月の「皇軍慰問号」から誌面は一挙に戦争応援誌に様変わりし、岡本かの子の「出征将士となりたまふ時、日本男子は既に神なるを感じる」で始まる巻頭言「わが将士を想ふ言葉」に、翌号で窪川稲子と宮本百合子が「感情的」と批判している。だがこの号から高まった時雨の熱情的戦争協力に『輝ク部隊』員は呼応して、慰問袋献納を競い（四一年には五千個突破）、満州や中国へ兵士慰問に積極的に出かけ、さらに陸軍・海軍病院慰問、出征兵・傷病兵・遺家族見舞い、靖国の遺児への揮毫白扇寄贈、満蒙開拓青少年義勇隊激励図書寄贈等々、軍の将官と会談を重ねながら戦争協力度はエスカレートしている。この運動の為の醵金を募り、また、著書寄贈を呼び掛け、著者による街頭販売も繰り返し行っている。時雨の考案による輝ク部隊編による兵士慰問の小説集（百合子も稲子も村岡花子も参加）を、陸軍恤兵部から『輝ク部隊』（'40・1）、海軍省恤兵係による『海の銃後』（同）、海軍省恤兵係による『海の勇士慰問文集』（'41・1）を刊行していて、軍から感謝されている。一九四一年八月、時雨の死によって『輝ク』は時雨追悼会の記録号（'41・11）で廃刊となったが、時雨が生存していたら「輝ク」部隊員たちの戦争協力は倍加しただろう。日本女流文学者会が時雨の努力で大政翼賛会文化部の一組織として成立したのは一九四〇年一一月である（戦後の女流文学者会は別組織）。

6　将兵慰問、戦地視察の従軍

日本文学史上画期的出来事は作家・評論家の「軍・官・民」一体での「ペン部隊」結成である。三八年八月の漢口攻撃に際して内閣情報部の依嘱に応じた日本文芸家協会会長菊池寛の人選で、当時の流行作家吉屋信子が海軍班に、林芙美子が陸軍班に紅一点で抜擢され、帰国後、ジャーナリズムの寵児となった。だが既に三七年八月に女性の戦場特派員第一号として吉屋信子が「主婦之友皇軍慰問特派員」として天津に行き、その勇姿が雑誌を飾ったことに負けじとばかり林芙美子が『毎日新聞』特派員として南京陥落時に「女性の南京一番乗り」で人々の耳目をひいている。芙美子は一二月三〇日の朝上海から南京に向かい年を越した二日まで慌ただしく各地を視察して上海に戻ったらしいが、彼女のルポルタージュは戦争などなかったかのようなのどかな正月風景が描かれていて不思議である。一二月一六日から翌年二月にかけて無辜の市民まで無差別に行われた残虐行為によって、揚子江の水が血の色になり悪臭が何キロにも及んだと伝えられているが[6]、芙美子はこの惨状と無縁の地にいたのだろうか[7]。吉屋信子は「戦禍の北支現地に行く」（'37・10）を初めとして満州、蘭印まで出かけ、南方体験を素材の戦争小説「月から来た男」に至る作品で戦争のプロパガンダを果たしている。

新聞社・雑誌社などからだけでなく、軍から将兵慰問・戦地視察への声がかかるのは作家の名誉という風潮が広がっていた。ペン部隊に課せられた任務は将兵の勇戦、労苦を描いて国民に奮起を促すことだった。爆発的に売れた火野葦平の『麦と兵隊』にあやかった芙美子の「漢口入城一番乗り」（'37・10・22）を描いた『戦線』『北岸部隊』はインパクトに欠け失敗作となった。『昭和戦争文学全集』第二巻（集英社、'64・9）の大岡昇平の解説に火野葦平たちが受けた厳しい執筆制限が挙げられているが[8]、そこには「人間を書くな」ともある。人間を書かずに感動的従軍記が書けるだろうか。石川達三の「生きてゐる兵隊」（'38）には戦争における「人間」が描かれていたが故に発禁となり石川は禁固四年の処分を受けている。女性作家は戦地で歓迎されたらしくペン部隊には著名作家に限らず多くが参加している。一般民衆は衣食住とりわけ食糧確保に命がけだったのに引き替え、戦地慰問派遣者たちは贅沢に遇されていた。四二年から四三年にかけて四ヵ月間陸軍の報道部派遣で三宅艶子と共にフィリピンに赴いた川上喜久子の克明な日誌『フィリピン回想』（'84・1）には待遇の贅沢さが活写されている。誰もが行きたがったというのも頷かれる。ところで、一兵士として戦った大学卒の田村泰次郎の戦後作「裸女のいる隊列」「蝗」他などに描かれた残酷極まりない扱いを受けた慰安婦(9)についてや、田中英光の強姦や慰安所についてあからさまに書かれた「奇妙な復讐」他に見られる日本兵による女性凌辱を女性作家は書いていない。戦地の到る所に「聖戦大勝の勇士大歓迎」「身も心も捧げる大和撫子のサーヴィス」の幟を立てた慰安所について書いていないのは、「女のこと」は書くなの厳命によったのか、女性作家たちには注意深く隠蔽されていたのだろうか。ペン部隊のほか、新聞・雑誌社からの派遣や、『輝ク部隊』の積極的戦地慰問に出かけた女性たちはマインドコントロールされていて、自分たちが果たしている役割を栄誉と認識していただろう。だが、戦後、自分たちが行った「侵略」への荷担を自省しただろうか。殆どが平然と何事でもなかったかのように無視し、あるいは覆い隠す方向で恬淡としていたなかで、この時期の行為に対する慚愧の念を以後の仕事で誠実に責任を取り続けた佐多稲子は特殊な例と言えるだろう。

7　太平洋戦争勃発後の女性文学

出版物の規制強化、真珠湾を攻撃した特別攻撃隊を〝軍神〟と称賛、出版物への「撃ちてし已まむ」「産めよ殖やせよ国の為」などの標語掲示、日本文学報国会・大日本言論報国会設立、理工系以外の学生の徴兵猶予停止、女子勤労動員促進、兵役を四五歳まで延長、徴兵年齢一九歳に引き下げ、女性バス運転手登場、以後、男性の職域に女子登用加速、都市民の疎開、英語教科廃止、国民総武装で竹槍訓練、学徒出陣、女子挺身勤労令、学童集団疎開等々と矢継ぎ早の施策は、本土決戦の敗戦が目睫の間に迫っていたことを上層部は知っていたからだろうが、大本営発表は特攻隊の活躍の過大発表で国民を欺いていた。B29による空襲の激化は東京下町の大空襲を頂点に全国規模で敗戦日まで続き、戦場はどこも凄惨な敗北続きだったのに、大本営は虚偽の戦果を連日報道していた。沖縄は島民を人身御供として全滅し、人類史上かつてない残虐な大量殺人兵器の原子爆弾の投下によってようやく戦争は負けて終わった。新聞報道はジャーナリズムの機能を失っていて大本営発表そのままに、熱線によって骨も残らぬほどの原爆の威力を、防空頭巾と手袋で火傷は防げる、新型爆弾は恐れるに足りないなどとある。[10] 戦争は二千五百万にも及ぶ尊い人命を犠牲にした。

この時期の女性文学は国策に添った作品のみとなり文学不在の時代になったことは必然のなりゆきだろう。国策順応の戦地慰問体験をも含めて円地文子の『南支の女』、牛島春子の「女」「福寿草」他、大庭さち子の『みたみわれら』他、岡田禎子の『祖国』『病院船従軍記』等々文学結晶度の低い夥しい数の作品が書かれている。時局に阿っていないのは野上彌生子の「明月」、後に長編『長流』に結実する島本久恵の作、名作『おはん』の先蹤作ともいえる宇野千代の前掲作（ただし、同時期の「妻の手紙」は「お国のため」の出征を慶賀）、鷹野つぎの『限りなき美』『幽明記』などだろうか。

この時期の女性作家の行動と文学を詳述する紙数を失ったが、省筆できないのは戦争べったりの言行者が戦後、慚愧、反省もせず臆面もなく知名者として生き、称賛を得ていることである。その一例がNHK朝ドラ『花子とアン』の村岡花子である。総力戦体制下で戦争勢力の有力な担い手となって女性達を駆り立てた犯罪性には触れず、戦争批判者の如く創られて、村岡の戦時下を知らぬ視聴者を欺いている。[11] この種の例は枚挙に遑がない。円地文子も韓国（朝鮮）の皇民化昂揚促進の日本語雑誌『興亜文化』[12]に、アッツ島の玉砕に際して、兵士量産のために女はどんどん子を産まねばならぬとか、朝鮮（韓国）の青年が「大君の赤子」として、「君（天皇）の為、国（日本）の為に笑って死」ねる人造りに感動したなどと書いている。以上、散文中心に述べてきたが韻文ジャンルにおける戦争加担ぶりはさらに露わだが、それは専門評者に任せたい。二度と戦争はしないと誓った平和が脅かされている今、真実の検証こそ重要だろう。

注

（1）宮本顕治が「プロレタリアートの××（革命？）的同盟者ではないが」「プロレタリアートの同伴者である」（1931）と評価して生まれた用語。
（2）拙稿「戦時下『国民文学』の位相」Ⅰ・Ⅱ（大東文化大学紀要、2014・5）参照。
（3）拙稿「矢田津世子の世界」（大東文化大学紀要、2003・3）
（4）拙著『日本近代女性文学論』（世界思想社、1998）所収「田村俊子――『女聲』が見せるその晩年」、「佐藤（田村）俊子新論」（大東文化大学紀要、2006・3）他。
（5）拙著『與謝野晶子』（新典社、1998・4）
（6）早稲田大学教授だった歴史学者洞富雄は、詳細な資料に基づいて『南京事件』（新人物往来社、1972）『「まぼろし」化工作批判南京大虐殺』（現代史出版会、1975）、『決定版　南京大虐殺』（徳間書店、1982）、『日中戦争史資料』「南京事件Ⅰ・Ⅱ」（河出書房新社、1973・11）などで検証している。
（7）注（6）の『決定版 南京大虐殺』によると、年末から正月の二、三日までは虐殺、略奪、強姦などが禁止されたとある。禁止期間だったために見なかったのか、跡は見ても軍に配慮したのか。
（8）制約はいろいろあったが、火野の列記によると、「一、日本軍がまけているところを書いては成らない。二、戦争の暗黒面を書いては成らない。三、敵を憎らしく嫌らしく書かねばならない。四、作戦の全貌をかくことは許されない。五、隊の編成と部隊名は書けない。六、軍人の人間としての表現は許さない。小隊長以上はすべて人格高潔、沈着勇敢に書かねばならない。七、女のことは書いてはならない」だったという。
（9）拙稿「身も心もささげる『大和撫子』」（『買売春と日本文学』所収、東京堂出版、2002・2）
（10）拙稿「言わねばならぬこと」（『現代文学史研究』、2014・6）
（11）秦重雄「村岡花子――決戦下の実像」（『社会文学』四一号、2015・3）に同様の指摘がある。
（12）拙稿『大東文化大学紀要』（2014・3～16・3）参照。

コラム

日本文学報国会

武内佳代

アジア太平洋戦争下の一九四二(昭一七)年五月二六日、内閣情報局の指導のもと、「全日本文学者ノ総力ヲ結集シテ、皇国ノ伝統ト理想トヲ顕現スル日本文学ヲ確立シ、皇道文化ノ宣揚ニ翼賛スル」(日本文学報国会定款)ことを眼目として、社団法人「日本文学報国会」が組織された。会長に徳富蘇峰、常任理事に久米正雄・中村武羅夫、理事には折口信夫・菊池寛・佐藤春夫・柳田國男等が名を連ね、旧プロレタリア系の宮本百合子や中野重治等も入会した文学者の一元組織である。小説・劇・評論・詩・短歌・俳句・国文学・外国文学の八部会から成る同会は、戦時体制に資すべく様々な活動を展開した。

まず、同年一一月には第一回大東亜文学者大会が東京で開催された。文学者として戦時体制と大東亜共栄圏建設に挺身協力する策の協議を旨とした本大会は、日本の植民地だった朝鮮、台湾のみならず「満州国」、「中華民国」、「蒙古」の作家を招いた大規模な催しだった。のちに戦局の悪化とともに規模は縮小されるものの、四四年一一月の第三回にいたるまで継続された。また、四二年には短歌部会が東京日日新聞等の協力を得て、万葉の時代から幕末までの愛国短歌を公募し、「愛国百人一首」を選定して新聞各紙に掲載。翌年、これをもとに『定本愛国百人一首』(毎日新聞社)を刊行する。加えて同年、報国会は朝日新聞社と共催で国策にかなう日本の名言名句を公募し、三六六句を選定、『定本国民座右銘』(朝日新聞社)として刊行した。同会の事業はこうした大規模なものだけでなく、忠霊塔建立の勤労奉仕隊、国語問題懇談会、古事記まつり、大東亜戦争一周年記念講演会等、多岐にわたった。機関紙として、大政翼賛会(一九四〇年)と同時に発足した日本文芸中央会の『日本学芸新聞』を引き継ぎ、四三年以降は『文学報国』を発行してもいる。

こうした活動のなかで女性達の「美談」も利用された。四二年五月、読売新聞社と提携して全国の無名の母を選定し、「日本の母」として顕彰する運動を行っている。三七年の日中戦争勃発以降、戦時体制が深まるなか、人的資源確保のために「母性」が称揚された延長上の運動だった。軍人援護会の推薦で選ばれた四九名の「日本の母」について会員が訪問記を書き、『読売新聞』に連載、四三年に『日本の母』(春陽堂書店)として刊行した。書き手のうち男性は、菊池寛・佐藤春夫・大佛次郎等、錚々たる作家四三名で、女性は豊田正子・壺井栄・岡田禎子他六名。「日本の母」は大半が女手ひとつで極貧の中、子を立派に育てた母親達であり、報国会はそうした女性達の美談を利用して戦争遂行に即した価値観の拡大に参与した。また、四三年九月、短歌部会が戦意昂揚を目的として、三九年から四二年までに詠まれた戦地詠を三三九八首収録した『大東亜戦争歌集』（協栄出版社）を刊行したが、うち九〇首近くが戦地勤務の「看護婦」による職務を全うせんとする歌だった。

報国会には日本女流文学者会も設置され、女性作家達も積極的に参加した。委員長に吉屋信子、幹事・委員には板垣直子・窪川（佐多）稲子・林芙美子・壺井栄・円地文子・深尾須磨子・森三千代等が就任した。四二年一〇月の軍人援護週間に女性作家を総動員し、銀座や新宿の街頭で女学生の「軍人援護章」販売に協力したのがその最初の活動である。翌年二月には有楽町で第一回総会を開き、本格的な事業の手始めとして三月に「建艦献金色紙短冊即売会」を銀座の松屋デパートで開催した。百余名の女性作家が色紙短冊六〇〇枚を出品し、二日間で千数百円を売り上げた。

当時こうした建艦献金運動は報国会の重要な事業の一つであり、小説部会を中心に積極的に展開された。小説部会では四三年、国民士気の高揚を旗印とし、部会員全員に執筆させた四百字詰め原稿用紙一枚の小説・檄文を、日蓮が布教のために行った辻説法にちなんで「辻小説」としてデパート等に展示し、集めた原稿を雑誌・新聞等に掲載して、原稿料を建艦のために献金した。原稿は六〇〇以上にも及び、同年、二〇七篇が『辻小説集』（八紘社杉山書店）として上梓された。女性の書き手には、宇野千代・円地文子・大田洋子・芝木好子・壺井栄・中里恒子・吉屋信子等がいた。同年には詩部会もまた、女性詩人を含む会員三〇〇名が執筆した原稿用紙一枚分の「辻詩」を都内の書店等に展示し、それをもとに『辻詩集』（八紘社杉山書店）を刊行している。

また、四四年には日本女流文学者会が選定した第一回一葉賞（敗戦のため以後廃止）を、北海道開拓の様子を描いた辻村もと子の『馬追原野』（風土社、一九四二年）に授与している。

以上のように、戦時中、文学者が日本文学報国会の活動を通じて戦争遂行に果たした役割は大きい。女性の書き手も例外ではない。

なお、同会については桜本富雄による詳細な研究『日本文学報国会——大東亜戦争下の文学者たち』（青木書店、一九九五年）があることを付記する。

阿部静枝の短歌はどう変わったか——無産女性運動から翼賛へ

内野光子

1　はじめに

本稿では、阿部静枝の一九四五年敗戦前に着目し、歌人として、無産政党の活動家、評論家としての活動をどのように融合し得たのか、社会的にも、文学的にも大正末期から昭和前期を経て、間断なく精力的に活動し得たのはなぜかをたどる。

阿部静枝（一八九九〜一九七四年）は、宮城県登米郡石森村（現、登米市）の二木家の長女として生まれ、本名は志つゑ。県立高等女学校を経て、一九二〇年四月東京女子高等師範学校卒業後、仙台の東華高等女学校に着任する。女高師在学中より、教師であった歌人尾上柴舟の指導のもとに短歌を作り始め、『水甕』に入会、仙台の教師時代には歌人石原純に出会い、『玄土』に参加する。同郷の弁護士で政治家の阿部温知[1]と結婚、夫とともに無産運動の活動家としても活躍した。短歌作品のみならず短歌評論の書き手として、無産運動の活動家としての発言も盛んとなった。一九二三年『ポトナム』に参加[2]、中心的な指導者となる。一九三八年、夫との死別により母子家庭となったが、その歌人としての感性と無産運動の活動経験による社会的な視野からの発言が重用され、新聞や女性雑誌など執筆のメディアを広げ、注目された。一九四〇年、戦時統制下において無産政党の活動は終息し、静枝の活動や発言も大きく翼賛へと傾斜していった。

2　「林うた」の時代――歌人としての出発

阿部静枝の歌人としてのスタートは、尾上柴舟の勧めにより入会した『水甕』（一九一四年創刊）一九一八年一二月号の「林うた子」名による「さひはい」三首であった。しかし、静枝最晩年の筆になる「自筆年譜」（『阿部静枝歌集』短歌研究社、一九七四年三月）には、「大正九年（一九二〇年）」の欄に「二木静枝の名にて短歌を水甕に発表、社友となる」の記述のみで、「林うた（子）」への言及はない。が、『ポトナム』の阿部静枝追悼号（一九七五年二月）では、数人がその筆名は、本名の「二木」に由来するものであったと記している。(3)

この時期の作品はその歌数から精力的に作歌していたことがわかる。当時の二十歳と言えばすでに大人だが、つぎのような感傷的な文学少女の延長線上と思える作品が多い。

・プラタヌス落葉浴びつつ行く君のうしろ姿を見てたちにけり　（『水甕』一九一八年一二月）
・幾日の間君にいはんとねがひつる言葉いひ得てうれしき日かな　（同一九一九年一月）
・ほどを経てみづからなせし過ちを見出でし時の心さびしさ　（同一九一九年八月）

一九二〇年、静枝が着任した仙台の東華高等女学校は、一八八六年創立宮城英学校（初代校長新島襄）を前身とし、一九二一年に廃校、県立第二高等女学校に統合（宮城県仙台二華中学校・高等学校ＨＰ）される。一九二〇年、『アララギ』の石原純が指導する「玄土短歌会」に参加、『玄土』一〇月号より作品発表を重ねていた。

・せまり来る淋しきおもひうちおさへ教壇にもつむちのぬくもり　（『玄土』一九二〇年一〇月）

・ねたみ持てば強いても人にさからひつつわれからなせるとほきへだたり　（同　一九二一年三月）
・なやみふかき師を思ひつつわれもまたただに世の寂しさを堪へ踏まんとす　（同　一九二一年九月）

『水甕』の初期の作品と『玄土』の作品との大きな違いは何か。前者では、家族らの期待を背負い、自らの夢を追う学生という身分であったこと、後者では、当時の女性にとっての最高学府を終えた自負と現実の厳しさに直面する新任の教師であったこと、の違いである。社会人になって、生徒や家族との関係に加えて、自ら選んで飛び込んだ短歌グループの指導者、石原純との関係など、人間関係の重層・複雑化したことが作品にも反映されている。上記二首目「ねたみ持てば」などはその典型であろう。表現の上でも写実的な明確さが際立つようになる。静枝自身、さきの「自筆年譜」では、「大正九年（一九二〇年）」の欄に「特に石原純の指導を受け、開眼す」とある。「開眼」とは何であったのか。環境の変化が短歌への覚悟をより強固にしたことは確かであり、さらに表現上の相違も見逃せない。『水甕』初期に頻出していた詠嘆の「かな」は消え、「さびし（さ）」は少なくなった。『玄土』からの抄出作品には、結句の自動詞や決意を示す「さからはんとす」「まぎらはさんとす」「堪へ踏まんとす」などが多用されている。心情や意思に踏み込んだ表現が見られるようになるが、石原純のアララギ流の指導の結果と言えるかもしれない。一九二一年、石原純は、『玄土』のメンバーであった原阿佐緒との恋愛関係がスキャンダルとなって、東北帝国大学教授も辞職にいたっている。(4)

この時期は、静枝自身も人生最初の難関に直面していた。静枝の没後、樋口美世「阿部静枝の人間像」（女人短歌会編『女歌人小論』短歌新聞社一九八七年一月）は、「妊娠して出産した子を残して同一一年（一九二二年）には上京した」と記す（一〇二頁）。先の「自筆年譜」では、「大正一一年」（一九二三年）の欄において「四月、退職。上京、阿部温知と同棲、後結婚す」とあり、「昭和一三年（一九三八年）」の欄に「一月、夫、死亡。脳出血なり。五月、居を麻布信濃町に移す。家族は、一子の長男と末妹なり」と初めて長男の存在を明らかにする記述がなされた。『現代短歌全集』第六巻（創元社、一九五二年一〇月）収録の「阿部静枝作品集」の「自筆略歴」と較べてみても、出産・退職・上京・結婚の時期が錯綜するが、その詮索自体をしようというわけではない。しかし、これらの事実が、相聞歌集としての『秋草』の背景、敗戦後の『霜の道』（女人短歌会、一九五〇年九月）のフィクション性を論ずるにあたって、無縁であるとも言い切れない。しかし、その後の阿部静枝作品鑑賞や評伝などでも、タブー視されて触れられることはなかった。

3　『秋草』の世界

静枝は、『ポトナム』の創刊からのメンバーではなく、翌一九二三年七月号から「阿部静枝」の名で作品を発表し始めた。『水甕』では、同年六月から「二木静枝」を「阿部静枝」に変えて、一九二四年一〇月まで作品を発表し、二つの結社に在籍していたことになる。

『秋草』の収録作品は、阿部静枝自身の「あとがき」によれば、「集中みちのくの数首が大正十一年前の作であり、他は其後より十五年の七月に至る順序である」とあり、歌集全篇の配列は、ほぼ暦年順とみられる。『秋草』における表現について、静枝自身が言及しているものに、歌集の「あとがき」と晩年の『阿部静枝歌集』の自筆「解説」がある。前者には具体的な指摘はないが、後者には次のような記述がある。「私の歌のはじめの方がカナ書きなのは、（尾上：筆者注）先生に習字を学んだ影響である。（中略）。もう一つは石原純の影響が残っている〈自（し）〉という語、〈ひと〉という呼び方がそれである。夫ですむところを〈ひと〉としたのは、当時の規格べったりの夫婦生活に抵抗があったからで、愛人としての気分を濃くしていたいためであった。思わせぶりで核心の掴めない現し方、二〇代のくせに孤独などませた言い方をしているのは苦笑ものだ」と、やや自嘲的な側面をも見せているのが興味深い。

阿部温知との結婚により精神的にも経済的にも安定した暮らしを背景にしながら、夫の弁護士活動や一九二四年六月東京府議会議員（革新倶楽部）当選後は、政治家としての活動を支えることになる。『秋草』は、全編を通じて知的な若い女性の抒情的な相聞歌集と言えるのだが、つぎの冒頭二首に見る夫と妻の「さびしさ」は何であったのだろうか。

・ほそぼそと草のそよげりわれに背き月みるひとのなにをさびしめる　（一頁）
・おのづからたらはぬ情（こころ）にただになやむひとをまもりつつわれもさびしき　（同）
・かなはざるねがひにひそむねたみゆゑ強ひてもひとにさからはんとす　（二頁）

感情をあらわにした三首目の作品鑑賞の参考になるのは、敗戦後に刊行される歌集『霜の道』であり、前述樋口による記述である（一〇三～一〇五頁）。未婚の母として出産した子を養家に託した後、結婚したという事情を知れば、以下の三首への理解も深まるだろう。養家に我が子を訪ね、幼子との短い旅を共にし、束の間の母子の交情を描くつぎのような作品は、この相聞歌集のもう一つの底流となっていることがわかる。

・うつしよにいのちさやる汝をもちてなほながき日を堪へ生くべけれ　（七九頁）
・生ひさきの汝が苦の責を負ふべくて命を明日にわが生くるかも　（一一一頁）
・たまたまに会ひにいまだもなづかぬ児遠く連れ来てこころもとなさ　（一一九頁）

二〇代後半の静枝自身は『ポトナム』の選者として活躍、『秋草』出版の翌一九二七年一月号には『秋草』批評特集が組まれ、社外からの批評も概ね好評だった。「理性の強さを証明し、自身を客観的に洞察できる態度と思想」（矢嶋歓一）、「自意識の強い愛情の念の深い陰影をきつかりと持つた複雑な心境が神経的に鋭く起伏してゐる」新時代の女性の歌（山田〔今井〕邦子）などと高く評価された。

4　無産女性運動への参加と短歌の変容――一九三〇年代の軌跡

大正から昭和にかけて、阿部静枝がかかわることになる社会労働運動、なかでもマルクス主義とは一線を画した無産政党による種々の活動は阿部温知との結婚が動機であったと言ってもいい。夫が一九二四年東京府議会議員に当選した折の前後の作品からは、政治家の妻としての新鮮な感動と感慨が伝わってこよう。

・いつしかに拍手に心ひきたちて語れるひとをまともに見つむ　（『秋草』五六頁）
・あやうきに勝ちしありがたさ祝はれてひとまへに涙かくしかねつつ　（『同』五八頁）

後掲「無産政党の歩みと阿部温知・阿部静枝の活動年表（1901～1940）」に添い、無産運動について概観しておこう。一九〇一年に普通選挙の実現を目標とし、安部磯雄らによる社会民主党が発足したが、即日禁止、一九一〇年の大逆事件を機にさらに弾圧が厳しくなるなか、一九一二年、鈴木文治は労資協調をうたって友愛会を立ち上げた。後、大日本労働総同盟友愛会と改称され、一九一六年には婦人部が設立される。一九二七年、静枝の夫は社会民衆党に参加、一九二八年には、静枝自身が社会民衆婦人同盟の執行委員となる。一九二八年二月、普選による初めての総選挙で無産政党から八人の当選者を出すと、当局の取り締まりは強化された。社会民衆党は、大恐慌下における生活擁護のため、女性労働者の争議参加促進、母子扶助法制定運動、産児制限運動などに力点を置いた。ところが、満州事変後の一九三二年八月、満州侵略によって恐慌打開の道が開けるとして、社会大衆党として再編された。静枝は、赤松常子、岩内とみゑの委員長の下でも社会大衆婦人同盟の中央執行委員を務めたが、同盟の活動実態は、徐々に細り、一九三七年三月「母子保護法」公布、翌年施行後の主要メンバーらは、個人的な活動に傾き、阿部静枝もその一人となった。一九三七年七月、日中戦争が始まり、一九三八年国家総動員法などによる戦時統制が厳しくなるなか、一九四〇年七月、社会大衆党の解党を受けて、社会大衆婦人同盟も解散し、無産女性運動は終止符を打つ。

この間、静枝の短歌は、「破調」と「口語的短歌」へと傾斜し、さらに「定型」「文語」へ復帰する過程をたどった。『秋草』以降の阿部静枝を当時の『ポトナム』の主宰者小泉苳三はつぎのように分析する。『ポトナム』の短歌を大きく芸術至上主義、形式主義傾向、近代主義的傾向に分け、阿部静枝は明確に近代主義的傾向にあり、坪野哲久、岡部文夫らは、そこからプロレタリア短歌へと転向し、中野嘉一は近代主義的な特異性を詩歌で鮮明にしたとする。静枝のモダニズム的傾向は『秋草』の脈を引いており、歌壇的にはもっと評価されてもいい、との見解を示していた（「ポトナム短歌」『ポトナム』一九二九年一二月、四四〜四五頁）。さらに同号の「ポトナムの道」では、「我ポトナム人が、現歌壇に於て最もよく新興短歌を知り、其歌学を整理し、其歴史の一頁を書き、最も明確に〈ねばならぬ〉明日の道を、第三者の位置から指示しているではないか」と記し、具体的には「用語は現代語に近く形式は定型を基準とする。定型と言ってもそれは直ちに従来の定型をのみ意味するものではない。ポトナムの一部の自由律的な表現はやがて新定型へと到達する過程であらねばならない」としている（傍線筆者）。それは、同号において、「ちゆういんがむを噛みつつきたり外人船夫くるわ町の角をまがつてしまふ（大坪晶二）」「ちつぽけな優越感を利用して骨までしやぶらうとするあいつらなんだ（南文枝）」と並ぶ静枝の「少数のインテリに支持された無産党の美しい字体のこの四千票」などを前提としていよう。

では、静枝が「破調」の「口語的短歌」を発表するようになったのは、いつからだったのか。『ポトナム』などに発表した静枝の短歌を調査するとつぎのような流れがつかめる。一九二九年あたりから口語的表現の傾向はみられるが、かなりはっきりした分かれ目は、一九三〇年であることがわかる。静枝自身は、「昭和七年（一九三二年）ころから破調に傾いた」（『現代短歌全集』第六巻「自筆略歴」）と言葉少なに語るが、現実には、上記資料からもその時期は二年ほど早いとみていいだろう。しかし、五七五七七の定型からはやや外れる程度の、いわば緩やかな自由律――「破調」と言える作品が圧倒的に多くなる。(5)

・この雨は雪とかはりて降り積まむみちのくへゆくひとを送るも（『まるめら』一九二八年五月）
・ケーブルを降りてゆく山きりりとした秋の空気の冷たき圧力（『ポトナム』一九二九年一二月）
・金！金！それを持つてゐるものはしぜんと私の敵になつてゆく（『ポトナム』一九三〇年二月）
・ビラを投げる腕から體の気流の中へ引き抜かれる錯覚、ふと空に孤独を感じる（「空から呼ぶ」『東京朝日新聞』一九三一年一一月二四日）
・両側から蔽ひかぶさる桑の葉を擦りながら村の会場へたどる自動車（『ポトナム』一九三二年一月）
・湖の上に澄み透る月を指しても少女は網を編む手を休めない（「運動」『昭和7年版年刊歌集』アトリエ社、一九三二年三月）

四首目は、一九三一年一一月二二日、東京上空から母子扶助法制定、女中待遇改善などの要求ビラ十万枚を撒いた折の一首だが、翌年の『労働婦人』（一九三二年二月号）に掲載された「空から呼ぶ日」のなかに「きびしき気流にからださらはれんとするに抗しつつビラ投げ投げる」の一首もある。同じ発想の作品ながら、大きく表現を変えている点が興味深い。読者数が断然多い新聞には「破調・口語的短歌」で、後者の「破調」は、やや定型に近づき、文語と口語が入り混じっている。筆者の現在の感覚からいえば、むしろ逆の選択、使い分けの方が理解しやすいのだが、静枝は違っていた。その思惑はどこにあったのかは、今後の課題であろう。遊説・講演先での取材と思われる最後の二首は、その土地の自然や人々への親しさや優しさが見て取れる。

前述の「ポトナムの道」では、プロレタリア短歌の作者たちにも余裕を示していた小泉苳三だったが「プロレ短歌もシュウル短歌もすでに今日では短歌の範疇を逸脱してゐる。ポトナムとしてはその各に対して歴史的役割を果して来たと思ふ。今後も研究はつづけてゆくつもりであるが、現在の作品は短歌として認めることは否定したい。従って誌上への発表も中止する」と断ずるようになった（『ポトナム』一九三一年五月、一〇一頁）。さらに、一九三三年一月号では、小泉苳三は、「短歌の方向——現実的新抒情主義短歌の提唱」を発表した。そこでは、短歌形式に対する諸説に言及の上、生活観念、生活感覚の変革を短歌において具象化しなければならず、これまで以上に短歌形式を意識すべきだとした。「生々した感覚をもつて、現実感を、まさしくかの短歌形式によつて、表現することこそ我々の新しい目標ではないか」（二四頁、傍線筆者）と提唱するにいたる。さらに、一九三〇年代半ばからの静枝の短歌をたどると、目立つ破調が少なくなり、口語は文語にかわっているのがわかる。

・街空に冷々と耀ふ白い城　都市の過労はここに息づくやうな （『中央公論』一九三五年一二月）
・合格の児の名見つけて見凝めつつ眼熱くなる陽光る校庭 （『短歌研究』一九三七年五月）
・寒夜の月想へば戦場は兵の寝顔にこの光冴ゆるか （『新女苑』一九三七年一二月）

一九三七年後半から『ポトナム』以外の一般女性雑誌や総合雑誌などに発表する短歌作品に「破調」は影をひそめ、文語化を進めている。なぜ、この時期に、静枝は、定型・文語へとシフトしていったのか、静枝自身が自ら語っている文献は見当たらないが、私はつぎのように推測する。

この背景には、大きな三つの要因があったと思う。最大の要因は、前年に二・二六事件、一九三七年七月七日には盧溝橋事件が起こり、日中戦争が始まったことによる言論統制が強化されたという社会的な要因である。言論統制については、一九三七年が出版統制の歴史における一つの分岐点であった。[6]前年の二・二六事件後の七月にスタートした内閣情報委員会は、一九三七年九月には内閣情報部に改組、情報官を設置し、言論・出版統制の強化を図った。さらに、七月には、雑誌の事前検閲である「内閲」が開始していた。同年八月には「国民精神総動員計画要綱」が閣議決定されている。

さらに、「年表」でみるように、無産政党運動の閉塞感も大きく影響していると思われる。無産女性運動の目標の一つであった母子保護法が成立、施行にいたったが、その一方で、婦選を目指していた女性団体が統合して日本婦人団体連盟が発足、加えて、愛国婦人会・大日本国防婦人会などが国民精神総動員中央連盟の傘下となるなど、銃後の体制作りが一層強化されていった。

もう一つの要素は、一九三七年、歌壇では、国文学者や歌人が入りまじり、短歌滅亡論議が盛んとなったことである。言論・出版統制による歌人たちへ迫る危機感は、この短歌滅亡論議を通して、伝統的な詩形の短歌を再認識することになり、伝統回帰への傾斜が加速し、静枝の定型・文語復帰の後押しをしたと考えられる。さらに、加えるならば、前述の一九三一年『ポトナム』のプロレタリア短歌・シュールレアリズム短歌との明確な決別であり、一九三三年の「現実的新抒情主義」の提唱であった。

5　夫との死別と執筆メディアの拡大——敗戦までの評論家・歌人としての翼賛

・夫の眼を背にかんじてふとふり向けりかくて笑みあひし日はすぎしもの　（『女性展望』一九三八年四月）
・亡骸にふれし冷たさいつまでもわが現身の芯は残れり　（『短歌研究』一九三八年四月）

一九三八年二月、静枝の夫は病により急死した。静枝、三九歳、一六歳の息子との母子家庭となった。直前には、「群衆の歓呼に圧されゐる出征兵我が夫ならば吾は堪へざらん」（『ポトナム』一九三七年一〇月）の一首もあった。当時の著作をたどると、短歌作品・短歌評論の著作点数はほとんど変わらないが、一般評論の著作点数が一挙に増加する。『婦女新聞』（一九四二年三月廃刊）、『女性展望』（一九四一年八月廃刊）に加えて、『婦人公論』をはじめ『婦人倶楽部』、『婦人画報』、『婦女界』、『新女苑』など女性雑誌への執筆、『東京日々新聞』の「亭主教育」、『読売新聞』の「女の立場から」などのコラムを担当するようになり、読者の数は飛躍的に増加し、その影響力も絶大なものになった。戦時下における女性の生き方、女性の役割、仕事と結婚、教育や育児など多岐にわたる実践的、実用的なテーマが多い。対談や座談会への登場も多く、男性論者とともに肩を並べて、どんなテーマに対してもある程度の知見を持ち合わせ、明確で平易な発言ができる女性論者として、登場の場は拡大していった。同時に、執筆のみならず、一九四〇年一〇月服飾改善委員会委員、一九四二年一二月大日本言論報国会会員、一九四三年二月には日本文学報国会女流文学者委員会委員などとしての活動により、国策への貢献も果たす。『文学報国』（一九四三年八月～一九四五年四月）への女性での執筆回数では、深尾須磨子、今井邦子、村岡花子らと並ぶ。静枝のエッセイなどは、紙不足に見舞われつつも、つぎつぎと単行本化され、その発行部数も確保されていた。[7] 発行部数の多い当時の「婦人雑誌」の原稿料や図書の印税は、静枝の経済的基盤を固めるに充分であったと思われる。

一般商業メディアへの登場の機会が増えるのに並行して、短歌評論、短歌作品においても、その内容に変化が現れるのである。まず、短歌雑誌での時評や座談会においては、「歌人は足元から新体制の方に向けて進んでいただきたい。進むのに邪魔な困難があつたならば、それを早く見透して、克服するために力をつくす。政治をさういふ方に目覚めさす。さういふ大きな使命を果たしてもらひたいと思ひます。」（「座談会・歌壇と新体制」『日本短歌』一九四一年一月）とか「こまやかに自然を見、明かに自己を客観した歌人の眼で、戦果と戦局を観じ、戦勝への道を歌ひだしたい。」（「時評・決戦の日々」『日本短歌』一九四五年一月）などの発言となった。そして、この間、短歌においても、つぎのような戦意昂揚的な作品が多くなる。

・来る敵らのすべてを射ちて帰すなき島と国土をなして勝つべし　（『短歌研究』一九四四年四月）
・敵機来なば眼あはせて闘はん秋立つ岬の空澄み冴ゆる　（『短歌研究』一九四四年一一月）
・死傷せる人をおもへば倒れし樹起しつつ哭く勝たねばならず　（同上）

しかし、自然詠や境涯詠に混じり、ときには、つぎのような自省や苦渋とも取れる作品も散見することができる。

・わが痛手にわれと鞭打ちかきたるはふたたび見るに苦しきわが著　（『ポトナム』一九四一年六月）
・戦時女性のさだめ語りて夜更けぬ月あかるければ聴衆と歩む　（『日本短歌』一九四二年七月）
・戦力に守られて海渡り来る紙に依る仕事畏れつつなす　（『短歌研究』一九四三年六月）

当時の歌壇において、指導的な女性歌人たちが競うように寄稿していた、つぎのような作品と比べてみると、その違いが分かるのではないか。「大みいくさ勝たず止まじ三千とせ御祖のみ霊生きて守らす」（四賀光子『新女苑』一九四四年七月）、「落下傘をあふぎ驚かむ青き瞳の亜米利加鬼や打ちてしやまむ」（今井邦子『日本短歌』一九四三年三月）、「戦ふものは滅びずとの言葉あり皇祖の御一生に平和おはさず」（杉浦翠子『日本短歌』一九四四年一二月）などに見る、大仰な、手離しの皇祖礼賛、鬼畜米英の標語めいた表現が少ない。この時期、戦局の危うさは、広く国民にも不安をもたらしたが、静枝自身は一九四三年の長男の出征をつぎのように歌っていた。さらに、「特攻」の二首には、特攻隊員の母にわが身を重ねた悲痛な葛藤も見える。銃後においては、空襲や疎開で、歌人たちの生活自体も危うくなり、戦災で家を焼け出されていた歌人も少なくなかった。静枝も一九四五年四月、空襲で自宅を焼失、郷里に居を移していた。

・われの子の唇より聞きし生還を期せずとふ言想ひ耽れり
（『日本短歌』一九四四年二月）
・輝けるいさをしは子に成さしめてひそかに老いし母よ浄けれ
（「特別攻撃隊」『軍神頌』青磁社一九四四年一二月）
・国のため果てし子の幸うべなひて悲しみは身の奥処に秘めぬ
（同上）

6　おわりに

阿部静枝は、青春前期に短歌と出会い、教師としての自立の道を歩みかけたときの出産、そして無産政党活動家との出会いと結婚が静枝自身の変革をもたらし、短歌と社会運動という二つの世界に在って、当時の女性としては貴重な研鑽と体験を重ね、昭和前期の短詩型文学における自由律・口語をめざす運動、プロレタリア短歌運動の影響も受けた。一時期、自由律・口語短歌の実践を試みながらも、伝統的な短歌に回帰することによって、戦時体制下の歌壇において、指導的な地位を維持することができたことを検証した。

いずれのターニング・ポイントにおいても、静枝自身の自覚的な選択が伴ったと見るべきであろう。さらに、無産運動終息後の一般商業メディアへの頻出は、銃後の女性の活動推進という国策が文章力、弁舌、行動力を兼ね備えた静枝に着目したのは必然であったし、静枝にとっては生活の経済的基盤を確保し、能力発揮の場の獲得を意味したであろう[8]。作歌や評論活動における表現者にとって、メディアへの頻出と翼賛による誘惑は、世俗的に言えば、名誉欲の充足、自らの能力への自負、達成感、権力との一体感、加えての経済的な安定などがないまぜになって、押し寄せてくるものなのだろう。時代を問わず、人を選ばず、その誘惑は執拗でもある。そして、衆目を集めておきたい社会的地位・栄誉の保持、いわば自己顕示欲と金銭への欲が、強弱こそあれ、表現者としての自立が問われる道標になっていることは、現在にあっても決して変わることはない。

なお、静枝の歌集は、『秋草』以後、敗戦後の『霜の道』まで待たねばならない。その間の作品は、取捨選択の上、再構成され、「フィクション」として『霜の道』に収められた。その経緯と意味、敗戦後の活動の検証は、次の機会に譲りたい。

注

（1）阿部温知（一八八九〜一九三八）宮城県登米郡登米町（現、登米市）出身、第二高等学校を経て東京帝国大学法科卒業弁護士となる。日本借家人組合、日本農民組合総同盟などの立ち上げにかかわる。一九二四年革新倶楽部より東京府議会議員に当選以降、一九二七年社会民衆党結成に参加、一九二九年同党より東京市会議員に当選、一九三二年より社会大衆党中央委員を務めた。一九三〇年第一七回総選挙以降二回にわたり、国政選挙にも挑戦するが落選、一九三六年東京府議には当選している。静枝との結婚に際しては、双方の事情から「同棲」という形でスタートしていたことを前掲、静枝による「自筆年譜」に記されている。なお、仙台市在住の温知・静枝双方の縁者でもある方から、静枝の母の姉の夫の弟と温知の姉が結婚していた旨の教示をいただいた。

（2）『ポトナム』は、一九二二年四月、尾上柴舟系『水甕』に参加していた京城高等女学校教師の小泉苳三が百瀬千尋らと京城で創刊、誌名は朝鮮語で「白楊」を意味する。頴田島一二郎、平野宣紀、小島清、国崎望久太郎、和田周三らの学究的な歌人が支えた。一九三三年「現実的新抒情主義」を提唱、二〇〇九年八月で一〇〇〇号を迎え、月刊誌として続いている。筆者は、一九六〇年に入会、阿部静枝の指導を受けた。

（3）「林うた」の筆名や短歌雑誌『水甕』、『玄土』、『ポトナム』などに発表した短歌と第一歌集『秋草』（ポトナム社、一九二六年一〇月）収録作品との照合・考証を行った先行研究に、菅原千代による『歌人・阿部静枝とその精神性』（サガデザインシーズ、二〇〇八年八月）と『林うた歌集・さいはひ』（左右社、二〇一二年一二月）がある。

（4）当時の「玄土短歌会」の模様は、吉屋信子「時は償う（原阿佐緒・石原純）」（『ある女人像——近代女流歌人伝』新潮社、一九六五年一二月）、秋山佐和子『原阿佐緒〜うつし世に女と生まれて』（ミネルヴァ書房、二〇一二年四月）で知ることができる。

（5）「破調（短歌）」は、五・七・五・七・七の三十一音の定型を基調としつつ、各句音数の過不足――字余り・字足らずあるいは句割れ・句またがりなどを含む形式をいい、万葉集から現代短歌にまで見受けられる。「自由律（短歌）」は、定型にこだわらない自由な形式の短歌で、明治の短歌革新期に登場し、口語短歌と直結した。昭和初期、「プロレタリア短歌」と「モダニズム短歌」の双方と結びついたが、戦時体制が強化される中で、前者は弾圧され、後者も衰退していった。

（6）吉田則昭『戦時統制とジャーナリズム』（昭和堂、二〇一〇年）一八三頁。三鬼浩子「戦時下の女性雑誌」『戦争と女性雑誌』（ドメス出版、二〇〇一年）一五頁。

（7）単行本として『亭主教育』・女の問題』（一九三九年）、『寡婦哀楽』『女性教養』（一九四一年）、『結婚の幸福』『若き女性の倫理』『愛情流域』（一九四二年）、一九四三年発行の『愛の新書』（三〇〇〇部）『苦しめど克ちてゆかん』（三〇〇〇部）『女の残置灯』（七〇〇〇部）の奥付には、カッコ内の部数が記されていた。出版用紙は、内閣情報局の監督下に一九四〇年一二月に設立された日本出版文化協会が、一九四一年六月二一日施行の「出版用紙割当規定」により、出版事業者が提出する企画届をもって査定をしていた。

（8）その時期の著作活動や社会活動の軌跡の一部は、「阿部静枝著作一覧・戦前篇」として拙稿「内閣情報局は阿部静枝をどう見ていたか――女性歌人起用の背景」（『天皇の短歌は何を語るのか』御茶の水書房二〇一三年七月）に収録している。

無産政党の歩みと阿部温知・阿部静枝の活動年表（1901 ～ 1940）

年	月日	無産政党の動向と阿部温知・静枝の活動ほか
1901	5 月	社会民主党（片山潜、安部磯雄、幸徳秋水ら）結成、即日禁止。1911 年 10 月社会党（片山潜ら）結成直後禁止 **1912 年 8 月友愛会（鈴木文治ら）設立**、11 月『友愛新報』創刊、14 年 11 月『労働及産業』に改題
1916	1 月	吉野作造、民本主義提唱、6 月友愛会婦人部設立、わが国初の労働組合婦人部、8 月『友愛婦人』発行、18 年 6 月『労働及産業』に合流 19 年 6 月友愛会、大日本労働総同盟友愛会と改称
1919	10 月　5 日	友愛会婦人部、婦人労働者大会開催、国際労働会議政府代表田中孝子へアピール、市川房枝、山川菊栄、与謝野晶子、平塚らいてうら参加
1924	6 月 10 日 12 月 13 日	**阿部温知**（京橋区・革新倶楽部、東京府議会議員選挙で当選）（695 票、7 人中 3 位） 婦人参政権獲得期成同盟会（久布白落実、市川房枝ら）発足、婦選団体大同団結、25 年婦選獲得同盟に改称、27 年『婦選』創刊
1925	4 月 22 日	**治安維持法公布、5 月 12 日施行。5 月 5 日普通選挙法公布**
1926	12 月　5 日	**社会民衆党**（安部磯雄委員長、片山哲書記長）結成
1927	7 月 10 日 11 月	労働婦人連盟（日本労働総同盟・社会民衆党系　赤松常子ら）結成。10 月 2 日全国婦人同盟（日本労農党系、書記長織本貞代）創立総会 **社会婦人同盟（社会民衆党系）結成**（委員長山田やす子、会計赤松明子、赤松常子ら執行委員）。『労働婦人』（総同盟機関誌）創刊
1928	2 月 20 日 7 月 9 月 15 日	第 16 回総選挙、初めての普通選挙、無産諸派 8（社会民衆党 4）／ 466 議席 社会婦人同盟、**社会民衆婦人同盟に改称**、**阿部静枝**、執行委員となる（*以下**社民婦人同盟**と略す*）。11 月 25 日『民衆婦人』創刊 無産婦人連盟（無産大衆党系、堺真柄ら）結成
1929	1 月 20 日 3 月 16 日 7 月　1 日 12 月 10 日	全国婦人同盟（日本労農党系、1927 年 10 月年結成、書記長織本貞代）と無産婦人連盟（無産大衆党系、1928 年 10 月結成）が合同して無産婦人同盟結成（書記長岩内とみゑ）無産婦人の地位向上、統一戦線を目指す **温知**（京橋区・社会民衆党）東京市会議員選挙で当選（1332 票、5 人中 3 位）。 4 月救護法（貧困母子扶助）公布、1932 年施行 工場法改正により婦人年少者の深夜業務禁止施行。7 月 7 日社民婦人同盟、労働婦人同盟深夜業務廃止記念会 社会民衆党分裂、翌年 1 月　社会民衆党脱退派は、全国民衆党（田万清作、宮崎龍介）結成
1930	2 月 20 日 4 月 27 日 6 月 23 日 11 月 29 日 12 月　6 日	第 17 回総選挙、無産諸派 5 ／ 466 議席。**温知**（東京 3 区・社会民衆党）立候補、落選（4050 票 9 人中 6 位） 第 1 回全日本婦選大会開催（婦選獲得同盟主催）、1937 年まで続く。5 月 10 日婦人公民権法案提案、衆院本会議で初可決、貴族院審議未了 社民婦人同盟、母子扶助法制定要求決議文安達内相に手交、**静枝**参加。9 月 10 日社民婦人同盟、第 3 回中央大会、産児制限運動開始決議 社民婦人同盟、無産婦人同盟と共催で徹底婦選獲得生活権獲得大演説会、案内ビラに**静枝**連署 社民婦人同盟、第 1 回全国大会、母子扶助法即時制定、政治的自由権獲得、産児制限運動を決議。**静枝**、中央執行委員となる
1931	2 月　8 日 3 月 10 日 7 月 20 日	社民婦人同盟、無産婦人同盟と共催で第 1 回無産婦人大会開催、徹底婦選決議、デモに移る際、**静枝**ら多数検束、決議文安達内相に手交 社会民衆党の片山哲母子扶助法案を議会に提出、社民婦人同盟ビラまき・演説会 4 月**静枝**「社会民衆婦人同盟歌」作詞『民衆婦人』他発表 社民婦人同盟、労働婦人連盟（日本労働総同盟婦人部、1927 年 7 月結成、責任者赤松常子）と合同し「社会民衆婦人同盟」（書記長赤松明子、執行委員赤松常子、**静枝**ら 7 人）とし、同一労働同一賃金、母子扶助法・職業婦人保護法・産前産後 6 週間公休制・婦選獲得など要請

1931	8月11日	労農・全国大衆党・社会民衆党一部が合同して全国労農大衆党（麻生久書記長）結成。**9月18日満州事変始まる**
	11月22日	**静枝**、東京上空、飛行機より、三大要求、母子扶助法制定、無料託児所産院設置、女中待遇改善要求等のビラまく
	12月　3日	**静枝**、ＮＨＫ家庭講座「女中の教養」放送。12月12日社民婦人同盟、満州事変に関し、満蒙権益擁護の声明発表
1932	1月22日	無産婦人同盟提唱で婦選団体連合委員会結成、婦人公民権法案を犬養首相に陳情。1月29日社民婦人同盟、無産婦人大会開催
	2月20日	第18回総選挙、無産諸派5／468議席。**温知**（東京3区・社会民衆党）立候補、落選（3542票、8人中7位）
	4月29日	社民婦人同盟中央執行委員会、社会民衆党支持と国家社会主義新党支持（赤松明子ら）とに分裂、執行部改選（委員長赤松常子、書記長**静枝**）7月10日脱退者、日本国家社会婦人同盟を結成、1933年8月、日本婦人連盟となる
	6月11日	社会民衆党安部磯雄、婦人参政権法案第62臨時議会、第63臨時議会へ提出するもいずれも審議未了
	7月24日	社会民衆党と全国労農大衆党と合同し、**社会大衆党**（安部磯雄委員長、麻生久書記長）結成
	8月27日	無産婦人同盟（書記長岩内とみゑ）と合同して**社会大衆婦人同盟**として結成大会（委員長赤松常子、書記長堺真柄）、女子の封建的差別禁止、娼婦制禁止、産児制限徹底、反ファショなどの綱領採択。斎藤内閣打倒決議（*社会大衆婦人同盟は**社大婦人同盟**と略す*）
1933	1月29日	社大婦人同盟、無産婦人大会開催（議長岩内とみゑ、副議長赤松常子）、婦選獲得・堕胎法改正・無料産院設置・託児所設置など採択
	2月28日	社大婦人同盟、6団体と第4回全日本婦選大会共催、16団体後援、婦人参政権・公民権・結社権獲得決議、莫大な軍事予算に遺憾決議
	3月11日	東京市政浄化演説会開催、3月16日**温知**、東京市会議員選挙（京橋区・社会大衆党）立候補、落選（988票、14人中10位）
	4月	社大婦人同盟、婦人団体国際連絡委員会（1929年創立の国際連絡婦人委員会改称）に9団体と参加
1934	1月10日	社大婦人同盟、東京婦人市政浄化連盟（6団体参加）の一員として東京小市民税反対表明、1月18日さらに16団体により小市民税・女中税反対婦人協議会結成、3月26日東京市会にて若干の修正後決定
	4月10日	大日本国防婦人会総本部（武藤能婦子会長）設立、当時会員数54万2800人から1940年905万人となる
	7月27日	母子扶助法制定準備委員会開催、**静枝**、市川房枝、金子しげり等30余名参加
	9月29日	社大婦人同盟、母性保護法制促進婦人連盟（委員長山田わか）に参加
1935	2月　3日	社大婦人同盟拡大中央委員会開催、労働婦人保護法・母子扶助法等決定。執行部改選（委員長岩内とみゑ、書記会計堺真柄、常任中央執行委員赤松常子、**静枝**ら計3人）。3月26日**温知**、松竹系ゼネスト応援演説会、麻生久、河野密らと弁士を務める
	8月　7日	選挙粛正婦人連合会（会長吉岡弥生、書記市川房枝）結成、35団体参加
	8月25日	社大婦人同盟、YMCA、矯風会、婦選獲得同盟など5団体、退職積立金・退職手当金の女子結婚退職への適用などを内務省労働部長に陳情
1936	2月20日	第19回総選挙で社会大衆党18／466議席、加藤勘十推薦で内紛。**2月26日2・26事件**
	4月27日	社大婦人同盟、懇談会開催、4月28日社会大衆党出征兵士家族の生活保護を要求5月片山哲ら無産派議員は母子扶助法案提出、審議未了
	6月10日	**温知**（京橋区・社会大衆党）、東京府議会議員選挙で当選（3116票、9人中2位）
	9月　1日	日本労働総同盟女工員と**静枝**、岩内とみゑ、赤松常子ら内務省へ、「お嫁退職金問題」で陳情書提出
	9月10日	社大婦人同盟、総同盟婦人部合同大演説会、女子労働者退職金問題につき、弁士**静枝**、赤松常子、岩内とみゑら
	9月15日	内務省、女子の結婚退職を「止むを得ざる退職」として退職手当支給決定。12月19日内務省、母子保護法案要綱発表、私生児も対象となる

1937	3月16日	**温知**（京橋区・社会大衆党）東京市会議員選挙に立候補、落選（879票、19人中11位）、**38年2月24日　温知病死**
	3月31日	**母子保護法公布（2月23日政府、母子保護法案議会に提出、両院通過）。1938年1月1日施行**
	4月30日	3月31日解散による第20回総選挙、社会大衆党37／466議席。**7月7日　盧溝橋事件、日中戦争始まる**
	9月28日	婦選獲得関連八団体、日本婦人団体連盟発足、10月愛国婦人会・大日本国防婦人会など国民精神総動員中央連盟に合流
1938	4月　1日	**国家総動員法公布**。7月22日経済戦強調月間にちなむ「婦人と経済」懇談会に**静枝**、奥むめお、村岡花子、河崎なつ等15名出席
1939	2月18日	市川房枝提唱の婦人時局研究会結成発会、**静枝**、吉岡弥生・井上秀子・河崎なつ・丸岡秀子・深尾須磨子ら30名参加
1940	3月　9日	社会大衆党、斎藤隆夫議会除名反対の安部磯雄、片山哲、西尾末広、水谷長三郎ら8人除名、分裂
	7月　8日	**日本労働総同盟解散、労働運動の終止。7月21日社会大衆党解党、社会大衆婦人同盟解散**、無産政党運動の終止

＊『現代婦人運動史年表』（三一書房）『近代日本婦人問題年表』（ドメス出版）『年表・男と女の日本史』（藤原書店）『戦間期の女性運動』（東方出版）『日本近代史辞典』(東洋経済新報社)、新聞記事などにより作成。

＊重要事項は太字とし、阿部静枝、阿部温知の活動が確認できたものは名前を太字で示した。

野上弥生子「哀しき少年」論――少年が見た戦争

羽矢みずき

1　〈同伴者作家〉としての弥生子

一九三一年に勃発した満州事変以降、日中戦争へと突き進んでいく時期に「哀しき少年」（『中央公論』一九三五年十一月）は発表された。それ以前に書かれた弥生子の代表作『真知子』（『改造』一九二八年～一九三〇年）は、「主人公曽根真知子が、自身の属するプチ・ブルジョアの「退屈と滑稽と醜陋」に厳しい眼を向け、そこから脱出し、革命運動に参加しようとするが、そのはるか手前で挫折するという筋の物語[1]」と端的に説明されているように、社会運動家との結婚によって自らが革命家として生きることを〈理想〉とする真知子だが、その結婚が実現できないことを知ると、上流階級の学者との結婚を受け入れてしまうという内容である。

平野謙は『真知子』の連載時には「恋愛と革命を等価に描くその描きかたに反発」し、「作者の「同伴者」「限界性」をみとどけた気さえした」としているが、その一方で「昭和五、六年というプロレタリア文学の全盛期に、革命運動に対する作者のようなアプローチがいかに絶大な勇気を必要としたか[2]」と述懐している。

一九三一年四月、宮本顕治は「同伴者作家」（『思想』）と題する評論において、プロレタリア文学運動の正当性を主張し、対極にあるブルジョア文学を否定した。革命前後のソビエトの文芸批評から移入された〈同伴者〉という用語は、日本の文学における「プロレタリア階級――プロレタリア文学の同伴者」を意味するものであると定義づけて、次のように主張している。

同伴者文学に対しては極く一般的に言って、積極的な価値をおくことは出来ない。それは、生活感情の社会的組織体としての文学の機能を通じて、歴史の弁証法的論理に、積極的に応えていないから。しかし、評価とは対象に対する形式的価値判断ではなく、常に、具体的・性質的規定を伴うものである。同伴者文学は、それが真にプロレタリアートの同伴者としての意識に貫かれた場合は、勿論、反動の文学と自己を隔離する社会的価値を持っている。

（宮本顕治「同伴者作家」『思想』一九三一年四月）(3)

あくまでも「プロレタリアートの同伴者」としてのみ、その価値を認めるという書きぶりは、当時のプロレタリア文学運動の隆盛を如実に物語っているが、同時期の弥生子の日記には、プロレタリア文学運動に対する批判が散見される。

今ナップに加入するのはたしかに有利でいろくな便利と支持をうるであらう。しかし自分には彼等のやうな観点からのみはものはかけない。もっと自由な見方がし度い。しかしそれのみを描かなければならないとはおもはない。斯く行動するものもあり、行動せざるものもあり、いろ〳〵さま〴〵に浮動してゐる生活を常に批判しつゝ描きたい。虫のいゝ書き方はし度くない。また都合のよいことのみは見度くない。すべてをあるがまゝの形象に於て描き度い。長い歴史に於ては、それも一つの貴重な仕事であるとおもってゐる。

（「昭和六年五月十二日」『野上弥生子全集第Ⅱ期第三巻』）

弥生子はプロレタリア文学運動の理論に基づいた創作には同意せず、「自由な見方」で「浮動してゐる生活」を見つめ、「あるがまゝの形象に於て」自由に表現するという独自の創作姿勢を打ち出している。弥生子がプロレタリア文学運動の主張に共感を持ちながらも、その活動と距離をとる〈同伴作家〉という立場を選んだ理由がここに記されているといえるだろう。

プロレタリア作家が影響を受けていたとされていたソビエトの文学について興味を持った弥生子は、「ショーロフの「静なるドン」の一巻をよんだ。すっかり感心した。(略) プロレタリア文学——日本なぞに於ける——の持つ技巧的貧困をおもふと二つを同じカテゴリで論ずる気にはなれないほどである[4]」として、日本のプロレタリア文学における声高な文学運動の主張ではなく、「現実生活」が「ちみつに描かれてゐる」という芸術性を高く評価しているのである。

さらに、「中野重治の「開墾地」をよんだ。ダメ[5]」で始まる日記には、中野重治への厳しい批判が続く。「彼が彼のプロレタリア芸術論を正しく裏づけるやうな作物を発表しない以上、なにを云はうが彼の言葉は空しくひゞく。理論的闘争が実行運動と伴はない時、彼等の如何に大げさな、勢よい叫びも、プロレタリアの解放に何等の効果ももち来たさないと同じ意味である[6]」として、理論と実践の乖離というプロレタリア文学運動が内包する問題に鋭く迫っているのだ。

それは「プロレタリア運動に私は同伴者以上のわり役をつとめえないのだ[7]」と自らを〈同伴者作家〉と位置づけている弥生子の主張からも窺うことが可能であり、「われ〳〵、とにかく飢えずして生きてゐられるものが、その重大な欲求をまへに戦つてゐる人ゝにその真理を投げつけて超然としてゐることは許しがたい傲慢[8]」であるとして、プレタリア作家たちを批判している。『真知子』や『若い息子』で描かれた自らの階級への批判とマルクス主義運動への傾倒、そして思想と運動の矛盾に苦悩する若者の姿を描き出すことこそが、プロレタリア文学に与しない弥生子の立場の表明であり、痛烈な批判であったといえるのである。

『若い息子』(中央公論社、一九三二年)は、主人公圭次に「運動とのかかわりを、単なる観念的な共鳴から、自らの正義感にしっかりと立ち、自身の精神のゆくえをみつめての、実感的なものへと発展させて、主体性を与えている[9]」と評価され、弥生子が「人間的にめざめ、社会機構の矛盾をえぐり、自己の利己的利害を越えて、他者のために良心に従って生きることの尊厳がやがて自己に帰することを見抜いていた[10]」上で、主人公圭次の造型に至ったと指摘されている。『真知子』におけるテーマを成長させた『若い息子』で描かれた苦悩する若者の姿に託された社会批判は、『哀しき少年』における反戦テーマへと変容し、後の『迷路』へと受け継がれていくことになる。

2　子どもへの眼差し

「哀しき少年」は、兵士になるために育成されている少年たちが〈少国民〉として戦争に巻き込まれていく過程を、主人公隆の揺れ動く心情で捉えた作品である。「自我の覚醒と形成とを微妙に描写し、学校教育に批判のメスを揮っている[11]」、また「反戦の必死な叫びの漏れてくるような作品[12]」と評価されているように、無垢な少年の眼を通して浮かび上がる疑問が、軍国主義の色合いを強めていく時局への積極的な批判となり得ることを提示した作品といえるだろう。

この作品が発表された一九三五年二月には、憲法学者の美濃部達吉が示した学説「天皇機関説」に対して、貴族院議員菊池武夫陸軍中将が天皇に対する反逆だと主張する事件が起きた。このことを契機に天皇中心の国体観念を明らかにする「国体明徴運動」が始まり、三月には「国体明徴決議案」が可決された。これ以降、学校における「天皇絶対・国体信仰主義」の教育が顕著になっていった。

「哀しき少年」の制作過程と発表に至るまでの弥生子の苦労が、一九三五年六月以降の日記に何度か記されている。九月の日記における『中央公論』十月号に掲載予定の「哀しき少年」についての一節は、「新聞に中央公論の記念号の広告に私の名前がない。どうしたのであらうかと思ひまどふ」という驚きから始まっている。

　中央にはとうとう乗つてゐない。戦争否定のテマ《ママ》に不安をもち、ことに普通号とは違ふので発禁にでもなつたら大変と考へたのらしい。十年まへの私なら、否五年まへでも可なり失望したり、怒つたりしたかもしれない。しかし今の私は、一昨日新聞の広告を見た時はひどく不快であつたが、少くとも今は平然たる気もちになれてゐる。残念ではあるが、よいものが書けなかつたのではなく、書いてあつて、そんな事のために載らなかつたのは、残念ではあつても作家の芸術には関係はないのだ。みんなが顔を並べてゐる記年号に載つてゐないと思はれる位のことは我慢しよう。それは一つのヴァニティだ。ふり捨てなければならないものだ。まへ云った通り今の私にはらくにふり捨てられてゐる。

（「昭和十年九月十九日」『野上弥生子全集』第Ⅱ期第四巻）

『中央公論』五十周年記念号の十月号に掲載予定だった「哀しき少年」が、「戦争否定のテマ」であったために、十一月号の掲載に変更された経緯が記されている。出版社からの制約を受ける状況であるにもかかわらず、弥生子はこの作品を執筆する強い意志を明らかにしている。

一九三三年四月に小学校で使用される国定教科書が改訂されたが、この第四期国定教科書はそれまでのものとは大きく変わり、「意図的に超国家主義や軍国主義の思想を育成しようとするもの」であった。[13]「サイタサイタサクラガサイタ」で始まるこの教科書は、大陸への進出の喧伝とナショナリズムを鼓舞する当時の政策に合わせて作成され、天皇の存在を一国の父として仰ぐ〈忠君愛国〉の精神の育成が目的とされていた。このような状況の中、三人の男児の母親でもあった弥生子は小学校教育に危機感を抱き、その重要性について見解を述べている。

わたしの注文したいことはどうか成りたけほんとうのことを教へて貰ひたいと云ふことです。はつきり云へば、修身や歴史も算術や理科や地理のやうに教へてほしいのです。これはなかなかむづかしい注文であるでせうが、たとへばこのごろしきりに流行つてゐる国家主義の注入の仕方などあれでよいものかと疑はれます。（略）あの幼くも清浄に、瑞瑞しい信頼と愛でたよりきつてゐる小さい魂を、いいかげんな方便主義で圧し歪めることは甚しい冒涜だと信じます。

（野上弥生子「若い女教師へ」『児童』第一巻第二号　一九三四年七月一日）

物事の真理を追究する教育の根本が歪められ、「ほんとうのこと」が覆い隠されていく中で、弥生子は子どもに秘められた可能性や好奇心の奥深さを主張する。「大人の世界からわり出された形式主義や、その場の御都合主義に対しては子供はどこまでも疑ひを挟まうとします。なぜ？　彼らが殆ど口癖のやうに発するこの言葉の中には、大人に対する彼らの素朴な不信用が交つてゐる場合が多」く、「彼らはその疑惑をいかにも彼らしい表現で投げつけて来[14]」るという。

弥生子が観察する子どもの天真爛漫さは、作品世界における隆の行動として描かれ、隆は大人の論理で構築される日常に疑問を持つ存在として設定されている。学校の授業に対して「僕いやなんだ。先生でたらめを教えるんだもの」と不満を漏らす隆は、「漠然と疑いに似たもの」を抱いていく。授業を拒絶する隆の言葉は、〈忠君愛国〉の精神の育成を目指す「修身」や「歴史」の授業へのささやかな抵抗となっているのだ。さらに、母親や教員など周囲の大人への日常的な隆の反発にも、――物語終盤で軍事教練から逃げ出すという大胆な行動に発展するが――子どもが抱く大人への「不信用」や「疑惑」が明確な形で体現されているといえるだろう。

また、子どもたちへの誤った教育がもたらす不幸について、弥生子は子どもが世間を驚かせた「少年神兵隊の事件[15]」に注目した。「貧しい職人や小売商人の家に生まれた少年たち」が企てた「一国の元老や政党の首領」の暗殺は、「五・一五事件の子供つぽい複製[16]」であると断じている。十分な教育を受けられなかった少年たちが、自らの行動を「怖ろしい罪悪」だと顧みることなく「一種英雄的な讃美」に誘惑されて起こした浅はかな行動に、誤った教育が与える影響の大きさを訴えている。

3 父親の不在

作品の冒頭に登場する「S・L病院」は、一九〇二年に米国聖公会の宣教医師ルドルフ・トイスラーが東京・築地に開院した「聖路加国際病院」だと考えられる。「S・L病院の面会所は、白と黒のごばんの形になった大理石の床で、舞踏室のようにつるつるしていた。まん中の籐の卓には紅い薔薇が蔓になって垂れていた」とあるように、危篤に陥った父親を見舞う幼い隆が見た風景は、一九三三年に関東大震災の被害から新たに再建された西欧風の新病院の様子であった。東洋一の規模を誇り最高レベルを目指して設計され、トイスラー院長自らが「平和の宮殿として日米両国民の親善を図」るものであることを願って建設されたという。[17]

隆の記憶に残る父親の姿は、見舞った子どもたちに優しい言葉をかける慈愛に満ちたものだった。涙を流しながら「お母さまを大切にするのだぞ」と言い遺した父親は、「平和の宮殿」で静かな死を迎える。隆が自分の居場所である庭の樹の上で常に思い浮かべる父親は優しく自分を受け容れ、戦争や兵士など闘争のイメージとは対極に位置する母性的な存在として描かれている。

さらに、父親の死について「殆ど記憶がない」隆だが、幼い隆の記憶に刻みつけられたのは、父親との別れに付随して必ず浮かび上がる「跛足」の「異人」の姿だった。

　青い繻子のナイト・ガウンを着た異人が入つて来た。ひろい肩が揺れ、一方の脚が一方の脚を追ひかけるような歩き方をするのは跛足なのであつた。彼はいつせいに向けられた子供らのもの珍しげな顔にちらと碧色の視線を投げてから、薔薇の卓の籐椅子にかけ、もつて来た外字新聞をひろげた。病みあがりらしく皮膚の冴えない、顎骨の張つた若い男で、短い反つた鼻をもち、かみは美しい金髪であつた。

（「哀しき少年」）

足が不自由な「異人」の存在は、過去の戦争で傷ついた兵士を連想させる。兵士になることから逃れられない運命を隆に示唆し、亡くなった父親像を補完する存在だといえるだろう。しかし、傷ついた「異人」の姿に心惹かれる隆は、時代が求める勇ましい少年像とは反対に、繊細な感性を備えた少年であることがわかる。大人へと成長する時期に手本となる父親が不在である隆は、天皇を父的存在と捉えて逞しく成長する〈少国民〉にはなれなかったのである。

修身ではいつも叱られてゐるか、あてつけられてゐる気がした。歴史でみんな楠木正行にならなければいけないと激励されると、隆は困つてしまつた。彼には正成のやうなお父さんはゐなかつたし、顔さへ覚えないのだから。しかし手をあげてさう云つたら、睨みつけられた。（「哀しき少年」）

当時、「修身」という科目は重要視され、理想的だとみなされた歴史上の人物への妄信的な崇拝や神話による天皇の神格化などが行われていた。同様に「歴史」や「国語」も時局に合わせた解釈が強要されていた。[18]「僕誰からも教わりたくないんだ」と反抗する隆は、「修身」の授業で教わった楠木正成・正行親子を、自分と父親との関係に置き換えて考えてみるが実感が湧かない。

天皇への忠誠を誓って戦死した南北朝時代の武将楠木正成は、明治期以降〈忠臣の鑑〉として讃えられる存在となり、息子の正行も亡き父の遺志を継いで勇敢に戦った武将として称揚された。「修身」の教科書では、楠木正成・正行親子のように「孝行」「忠義」の徳目に該当する歴史的人物が「理想的人間像」として高く評価され、少年たちはそれらの人物に続く国民となることを学習させられた。殊に「忠義」の徳目に取り上げられている歴史上の人物の数が最も多いことから、いかに「忠義」という概念が重要視されていた時期であったかがわかる。[19]

父親の遺志を継いだ楠木正行のようになりたくないという思いを抱く隆は、天皇を父として崇める〈忠君愛国〉

の精神に反する存在だといえるだろう。隆にとって父親は忠誠を誓う対象ではなく、軍事教練から逃げだした自分の「過失を咎め」ずに、優しく自分を受け容れてくれる存在に他ならないのである。

4

母親からの自立

父の死後、隆は母親と隆を可愛がる姉と兄に囲まれて成長した。隆の育った家は「葉山の別荘」を所有し、姉の作る「苺やパイナップルが宝玉のやうに載つかつてゐるタート」や「プディング」を日常的に食べられる上層階級の家庭なのである。不在の夫に代わり「スパルタ風な厳しさ」で子どもを教育する母親は、戦争映画の鑑賞を隆に勧めるなど、まさに厳格な〈軍国の母〉のイメージを喚起させる存在として描かれている。

隆が難関とされる「七年制の学校」に入学したことに母親は歓喜し、「入学の手柄」として隆が好きなものを買うことや御馳走を食べさせることを約束するが、隆が期待したような母親からの褒美はなく、新調するはずの制服や外套も兄たちの「お譲り」だった。「古ものばかり着せようとする母への不信が、一種つよい鬱憤になつた」隆は、ある日この外套をめぐって母親と対立する。隆は母親から貰った「一円」をすべて使い「五十箇の金ボタン」を買い込む。この隆の反抗的な態度に対して母親も意地を張り、五十箇の金ボタンすべてを外套に付けてしまうのだった。

胸に二列に五つづつ附いてゐたのはその倍に増され、その他は、両袖や、脇の縫目や、背筋にそうて、とうとうひとつ残さず縫いつけてしまふと、お譲りの古外套は、その装飾でなにか芝居の金ぴかの衣裳のやうに燦然として見えた。母はいくら隆でもこれは着て行けないだらうと思つた。しかし明けの朝、隆は怒つて、泣きさうに下唇を突きだしながら、それでも玄関横の外套掛から素早く引つたくつて手を通した。よけいな嘘でこんな羽目に陥つた自分が悲しく、それを知つてゐて、わざとありつたけのボタンをつけた母が憎らしく、また、たしかにこれを面白がつてゐる兄たちや姉が腹立たしかつた。彼らにさあどうだと云はせないためには、隆は意地でもその外套を着て行かなければならなかつた。
（「哀しき少年」）

怒る母親や笑う兄姉への反抗心から、「金ぴかの衣裳」のような外套を着て出かけた隆は、学校で「新しいボタンの糸を、ぷつりぷつり切って」しまい、外套は「鱗を振り落とした」ような姿になった。過剰な数の金ボタンをつける行為を母親の愛情ゆえの躾とみなすならば、隆がボタンの糸を切る行為は母親への依存心を自ら断ち切ることであり、そこに隆の精神的な成長をみることができるが、同時に母親や国家が期待する人間像に成長することへの拒絶も意味しているといえるだろう。

隆が不満を持つ「お譲り」の外套にも、戦時に際して隆が兄たちの代替の存在であることが仄めかされており、成長途上にある隆の瑞々しい感性が黙殺され、個人を軽視する全体主義へと傾斜していく状況が家庭内にも浸透していく様子が読みとれるのだ。

厳しい躾をする母親とそれに耐える少年、父親が〈不在〉であるという家庭の設定は、十九世紀フランス文学の作家ルナールの小説『にんじん』（一八九四年）を想起させる。実際、弥生子は「哀しき少年」を執筆する際に、ルナールの小説『にんじん』（一八九四年）を読んだことを「昭和十年七月七日」の日記に記している。「参考にする気もあつてルナールの「にんじん」をよんで見た。気の利いた、簡素な筆致に独特の魅力があるが、しかしあれほど褒めあげられてゐる岸田氏の訳には少々異議を立て度い気がする。それはあまり精錬しすぎた会話や地の文が子供らをへんにマセさせてゐる事である」[20]として、子どもの実態が忠実に再現されていないことを批判している。

『にんじん』は、作者ルナールの幼少期の体験をもとに、少年の日常と精神的な成長を描いた作品とされ、日本では一九三三年に岸田国士が翻訳し広く知られている。主人公の髪の毛が赤い少年は、家族から名前ではなく「にんじん」という仇名で呼ばれていた。日常的に「にんじん」に虐待といえる躾を繰り返す母親のルピック夫人、その行為を面白がって同調する兄姉、さらにその状況を見て見ぬふりをする父親が登場する。

岸田国士は「少年「にんじん」の叡智が、いわゆる凡庸な大人の世界をいかに眺め、その暴圧と無理解とに処して、いかに自ら護ることを学んだかという、おそらく万人の経験に訴え得る興味深い分析と観察とが、身につまされるように記録されている」ことが、日本で『にんじん』が広く読まれた理由だとしている。(21)

十九世紀の文学作品に現れた子どもを虐待する母親像について、「「生まれついての継母」(義母のように振舞う実母)」は「不幸な子どもの視点から描かれ、母親の態度の裏にある動機は追及されない(22)」という指摘がある。父親の〈不在〉や母親の内面が明らかにされていないという物語の構成に「哀しき少年」と『にんじん』との共通する点を指摘することができるが、母親の虐待を躱すために達観したかのような「叡智」を持って「自ら護る」処世術を身につけた「にんじん」とは対照的に、子どもらしい疑問をもって反抗する隆の行為によって相対化されている母親は、〈軍国の母〉としての姿を顕現させているといえるだろう。

5 少年が見た戦争

母親との確執を抱え、自分を可愛がってくれる姉も恋人の曾木にとられてしまう寂しさに心を悩ませている隆だが、曾木や姉とともに新宿の「武蔵野館(23)」で映画を見ることを習慣にしていた。恋愛物や冒険物で夢のある大人の世界をかいま見る楽しさを味わっていたが、ある日母から「見ておく方がいい」と勧められた「欧州大戦」を描いた映画は、隆を「脅え」「打ちひしがれた顔」にさせ、戦争の実態と死の恐怖という大きな衝撃を与えるものであった。

背嚢をせおひ、鉄兜で武装した兵士らが動く黒い壁になって市街を行進する。ざく、ざく、ざく、ざく、ざく、大きな爪牙がなにかを噛み潰すやうな音、ゲートルで締めつけた無数の脚、馬鈴薯をむりやりに袋に詰めこんだやうに、それらの兵士でぎつちりになった軍用列車。スクリーンぜんたいが急に荒海のように鳴りだす。煙幕のうしろから歩兵が五、六人づつ銃を肩にし、前のめりに駈けだす。ぽつん、ぽつん倒れる。白い煙の中でただ浮いたり沈んだりしてゐるやうに見える。突然地面が底から吹きあげられてまつ黒になる。大砲の煙の薄れた鉄条網に屍体が十ばかり塊まつてゐる。飛行機で破壊された塹壕、屍体とともに散乱した砂嚢のあひだに、胴だけになつた兵士が、一人大きな蟇のやうにへばり附いてぴくぴくしてゐる。

（「哀しき少年」）

第一次世界大戦の惨状を描いた映画は、戦争直後から数多く制作され、『戦争か滅亡か』（一九一六年）、『戦争と平和』（一九二〇年）、『栄光』（一九二七年）、『西部戦線異状なし』（一九三〇年）、『太平洋爆撃隊』（一九三二年）、『戦場よさらば』（一九三三年）などが日本でも上映された。

中でも代表的な映画は、ドイツの作家レマルクの原作をもとにした映画『西部戦線異状なし』[24]（一九三〇年）だといえるだろう。米国アカデミー賞最優秀作品賞を受賞し大きな反響を呼んだ。反戦の意図をもって制作された映画だったが、日本では第一次世界大戦の惨状を伝えるものとして、軍隊や軍事的教育の強化を目的に上映された。そのため反戦的で戦争批判に結びつくシーンは大幅に削除されたが、同年のキネマ旬報第一位にランクされるほどの人気を博したのだった[25]。

作品世界においても隆が受ける「軍教」の授業で、「これをヨーロッパ大戦の映画と思ふべきではない。油断をすれば同じ惨禍がすぐわれわれの上にも生ずるのだから、いかに国防が重大であるかを忘れてはならない」と映画を使って説明する場面が登場する。

「西部戦線」は、ドイツとイギリス・フランスを始めとする連合国との熾烈な戦いが展開された場所だが、主人公のドイツ軍兵士パウル・ボイメルは、教師から入隊の志願を強要されて戦場に送られた。激しい塹壕戦の中で、友人の死や敵兵の殺害を経験したパウルが罪悪感に苦悩しながら、しだいに人間らしい感情を失っていく現実が描かれている。隆が映画で観た「まだ独楽を喜びそうな少年兵」の「円いあどけない眼」は、『西部戦線異状なし』のパウルの姿を髣髴とさせる。物語の結末で迎えるパウルの死は黙殺され、「西部戦線異状なし、報告すべき件なし」と司令部に報告されたことに由来する作品の題名は、個人の生命が国家の論理の前にいかに無力であるかを的確に伝えている。

兵士たちが人的資源であり、人命が軽視される戦場の実態を語るものとして、戦死者の「長靴」を使い回していくエピソードがある。友人が次々に戦死する苛酷な状況の中で、パウルの友人ケムメリヒは足を切断して瀕死の状態に陥った。友人たちは、ケムメリヒが入隊時に自慢していた上等な軍靴を手に入れようと、浅ましくも彼の死を待っていた。ケムメリヒの死後、「長靴」を手に入れたミュッレルも戦死した。ミュッレルは最期に「長靴」をパウルに渡し、パウルもまた自分が戦死した後に「長靴」を渡すことを友人と約束するのだった。物資の乏しい戦場で兵士たちに使い回されていく「長靴」は、あたかも次の戦死者を決定する手形へと変質していく。この軍靴にまつわるエピソードは、隆が常に思い浮かべる「跛足の異人」の存在を想起させるものであり、「異人」が凄惨な戦場から辛うじて逃れ、その後を生き延びた兵士の一人であることを推測させるのである。

第一次世界大戦後、日本国内では国防の意識が高まり、一九二五年四月に「陸軍現役将校学校配属令」が公布され、公立の男子校に陸軍現役将校の配属が義務づけられた(26)。中学生の隆が受ける軍事教練の授業でも、兵士の育成を前提にした射撃や軍事講話などが実施されている。「欧州大戦」の映画を観た翌日、軍事教練を受ける隆は、「ゲートルを巻きつけながら昨日塹壕の中で誰かがその通りやつてゐたのを真似してゐる」ように思えてしまい、現実世界と映像の世界が「二重写し」に見え始めた。「ヨーロッパ大戦」と同様の「惨禍」に備えなければならないと教えられても、映像のなかで展開される無数の殺戮を前に、隆は「そんな戦争がはじまるのが不思議で、わからなかつた」という実感を抱く。反戦や平和主義に基づく確固とした思想に裏打ちされたものではない、少年隆の素朴な問いかけこそが理不尽な大人の世界の論理を衝くものとして示されているのである。

昨日からの廻転をまだあたまの底で止めていない大戦のフィルムは、そこに構へたり、撃つたりする彼自身をも、ともすればいつしょに捲き込み、中佐の楔形の顔にフランスの将校を感じさせたと同じく、彼自身をも捕虜の少年にさせてゐた。隆はまた彼らと共に突撃し、手榴弾を投げ、毒瓦斯を浴びた。（「哀しき少年」）

隆が映画から受けた衝撃は、軍事教練の授業を戦場へと変化させた。隆は「分隊長の号令」を「ベルギー領の地平線から響いて来る」ように錯覚し、戦場に立つ兵士と自分をオーバーラップさせていく。それまで「鉛の兵隊」を相手にしていた少年たちの「戦争ごっこ」の延長にあったはずの軍事教練が、人命を軽視する戦争の実態と結びついたとき、兵士になることを運命づけられている自分の将来を隆は悟る。自分を押し潰そうとする「重い圧力」をもつ「虚無感」や教官の暴力を跳ね返すように「底深い怒りと敵意に類するものが、激しくからだじゅうに瀬ぎり立つのを感じ」ると、突然教官や友人に背を向けて走り出したのだ。

ほんたうの戦争つて、あんなにパタパタと無雑作に人が死ぬのであらうか。すぐ前まではあんな人たちは塹壕の中で煙草をふかしたり、ものを食つたり、笑つたり、手紙をよんだりしてゐたのだ。隆は嘘のやうに思へてならなかつた。（「哀しき少年」）

戦場であっても繰り返される人間の営みが突然断絶される「ほんたうの戦争」の理不尽さに「憤り」を爆発させた隆が、内部に潜在させていた〈死〉への抵抗を顕在化させた瞬間であった。それは、スクリーンに映し出された「見渡すかぎりの白い墓標」にみる夥しい〈死〉が存在する戦場の現実に絡め取られまいとする隆の〈生〉への叫びでもあったのだ。

しかし、戦争の名の下に国家に命を捧げなければならない現実を受けとめきれずに、「自由な寂しい孤独感」の中で亡くなった父親を慕って「ひたすらむせび泣く」隆の弱々しい姿は、時代が求める逞しい〈少国民〉の像からは遠くかけ離れていた。

戦争の実態に疑問を抱き不安を感じ取る少年の柔らかな感性によって、世相に抗うことが困難であった当時の日本社会の有り様を照射した「哀しき少年」は、単なる少年の成長物語に留まらず、無垢な子どもたちが国策に翻弄されていく残酷さを突きつけた作品として読み直されなければならない。

注

(1) 渡邊澄子『野上弥生子研究』八木書店、一九六九年一一月
(2) 平野謙「作品解説野上弥生子」『日本現代文学全集63』講談社、一九六五年二月
(3)『宮本顕治著作集　第一巻』新日本出版社、二〇一二年七月
(4)「昭和六年四月二十五日」『野上弥生子全集第Ⅱ期第三巻』岩波書店、一九八七年一月
(5)「昭和六年五月二十三日」『野上弥生子全集第Ⅱ期第三巻』岩波書店、一九八七年一月
(6)(5)に同じ。
(7)「昭和六年五月二十七日」『野上弥生子全集第Ⅱ期第三巻』岩波書店、一九八七年一月
(8)(7)に同じ。
(9) 澤田章子「解説」『若い息子』新日本文庫新日本出版社、一九七八年一月
(10) 瀬沼茂樹『野上弥生子の世界』岩波書店、一九八四年一月
(11)(10)に同じ。
(12)(9)に同じ。

（13）唐沢富太郎『図説近代百年の教育』国土社、一九六七年一一月
（14）野上弥生子「青葉のたより（X——夫人へ）——少年血盟団事件を顧みて——」『中央公論』一九三五年六月
（15）一九三二年七月の右翼によるクーデター「神兵隊事件」を模した事件で、「少年血盟団事件」とも呼ばれた。一九三四年一二月に静岡県清水市にある西園寺公望の邸宅に、東京荒川区の軍需品工場勤務の十七歳の少年が暗殺を目的に訪れたが未遂に終わった。
（16）（14）に同じ。
（17）『聖路加国際病院100年史』聖路加国際病院、二〇〇二年一〇月
（18）貝塚茂樹『文献資料集成日本道徳教育論争史第Ⅱ期第7巻』日本図書センター、二〇一三年六月
（19）唐沢富太郎『図説明治百年の児童史』〈上〉〈下〉講談社、一九六八年九月
（20）「昭和十年七月七日」『野上彌生子全集』第Ⅱ期第四巻岩波書店、一九八四年
（21）岸田国士「「にんじん」とルナアルについて」『にんじん』岩波文庫、一九五〇年四月
（22）E・バダンテール／鈴木晶訳『母性という神話』筑摩書房、一九九一年五月
（23）新宿にある映画館で、一九二〇年五月に開館した。
（24）主演はリュー・エアーズ、監督はルイス・マイルストン。
（25）猪俣勝人『世界映画名作全史戦前編』現代教養文庫、一九七四年一一月田中純一郎『日本映画発達史Ⅱ』中公文庫一九七六年一月
（26）『日本の教育と教科書のあゆみ』文教政策研究会、一九九三年一月

〈付記〉本文の引用は、『野上弥生子全集第八巻』（岩波書店、一九八一年八月）、『野上弥生子全集第Ⅱ期第三巻』（岩波書店一九八七年一月）に拠った。

佐多稲子「分身」論――二つの祖国のはざまで

伊原美好

1　はじめに

日中戦争の時代に、佐多稲子は、「分身」の中で、日本民族と中国民族の二つの祖国を持った、いわゆる「日中混血」の女性を表象化している。テクストとした「分身」は、一九三九（昭和一四）年一一月に春陽堂書店より刊行された窪川稲子短編集『青春陰影』に収録された作品を底本とした。この「分身」は、同年『文藝春秋』七月号に発表した初出の「分身」に、さらに同年の『文藝』一〇月号に発表した「昨日と今日」の二つの作品を短期間に一つの作品にまとめ直したものである。

作品内時間は、「この間に支那と戦争が始まっていた」（第一〇章）とあるから一九三七（昭和一二）年頃と推定されるが、二三歳の日中混血の主人公レンの、アイデンティティを求めて彷徨し、彷徨すればするほど何層にも深層に傷をため込まざるを得なかった精神の軌跡を描いたものである。この論考では、「日中混血児」として出生した主人公レンの、日中戦争期における、少女から娘時代に体験したアイデンティティの彷徨を探究する。ひたすら自己韜晦し、分裂する精神をかかえ、二度も自殺未遂に追い込まれる女性を、母と娘の心の軌跡を辿りながら考察したい。さらにそのように追い込まれていくヒロインを通して、佐多稲子の内部に抱えていた「隠し子」をも探ってみたい。何故なら、同じ年の一二月『文藝』に掲載された、堀辰雄との往復書簡「旧友への手紙」[1]の中で、佐多は次のように述べているからである。

今年は、「分身」といふ小説に少し自分をたゝき込んでみました。『文藝春秋』の「分身」と、『文藝』の「昨日と今日」をまとめて直し、少し気が落ちつきました。（略）私の性格の中にある一種のニヒリズム、そんなものをたゝいてみたかったのですが。これは私のいはゞ隠し子ですから。

四カ月という短期間に同じテーマに取り組み、まとめ直したとするテクスト「分身」は、昭和一四年当時の佐多に潜む一種のニヒリズム、「いはゞ隠し子」を叩いたというものだ。そうすることによって、「少し気が落ちつきました」と述べている。また、佐多は、「戦争の次第に激しくなってゆく頃、その情勢の中で中国人と日本人の混血の女性を扱うということに、私のいささかの時勢に対する抵抗がありました。これも苦しいことでした」(2)とも述べている。小林美恵子も(3)、「分身」を「決して戦時下に『混血児』の虚無的な思いを描いて終った作品ではなく、戦争に引き裂かれた母娘の現実を通して、文字通り佐多の抵抗の姿勢を『たたき込んだ』作品」と分析している。しかし、小田切秀雄(4)は、「もっぱら内向して苦しみ、二度も自殺をはかってかろうじて救われるというようなタイプの女性として設定し、そういう人物の内面性をつぶさに描きだすことに成功しているのだが、それが成功しているだけ主人公の背後にひそめられた作者の思いは弱くなっている」と指摘している。その理由は「二度も自殺をはかるが、その追い詰められた内面の表現が弱い」ため、女主人公に重ねられた「作者の思い」は、つまり「人前に隠れているひとりの自分の自覚が弱く」なっているという。従って、「国禁の共産主義を理想としながら生きているものとしての立場に係わる」自覚が弱くなり、佐多が昭和一四年頃抱えていた問題、すなわち転向に向かう危うさを孕んでいる事を指摘している。

小田切秀雄がいう「人物の内面をつぶさに描き出す」方法は、この時期の佐多稲子が直面した精神的危機の中で、文学者として苦しい戦いの末に獲得した表現方法であった。この方法によって表現された「人物の内面」を分析することによって、「主人公の背後にひそめられた作者の思いは弱くなっている」のかどうか、あるいは、抵抗の姿勢が表現し得ているのかどうかを追ってみたい。

2　日中戦争と「混血」という問題

プロレタリア作家として出発した佐多稲子は、長編「くれない」あたりから、これまでのプロレタリア文学理論に沿って人物を客観的に描く方法から、「内なる戦い」つまり自身の内面の動きを見つめ、追跡し、その軌跡を探究する表現方法を獲得していったと思われる。[5]「くれない」は、暗い転向の時代の、一九三四（昭和九）年の暮れから一九三五（昭和一〇）年夏の終わりまでの、自らが体験した夫・窪川鶴次郎との深刻な夫婦の危機を題材としたものであった。自分自身の内面に切り込み、苦闘し、さらに女の自立の問題に取り組んだ佐多にとっての最初の長編小説であった。その翌年『新潮』六月号に掲載した「営み」には、恋人との愛のもつれから、夜遅く房総の港町に出かけた女性の、暗欝な心情に陥った様子が描かれている。しかし、「くれない」で表現した、時代への抵抗の思想も、深層からの女の「さけび」や「苦悩」も希薄となり、強い虚無感が漂っている。この「営み」発表の翌月から、「分身」、「昨日と今日」、さらにテクストにした「分身」を書いている。いずれの作品も、執拗に一人の女性の分裂していく「人物の内面をつぶさに描き」出している。

それでは「分身」の考察に入ろう。まず、日中戦争と日中混血問題を考えてみる。主人公レンと弟・亮は、中国人を父とし、日本人を母として上海で出生している。母は、いわゆる中国人の第二夫人であった。が、中国人の異母兄（父と第一夫人との間の息子）が二人いるが、レンと亮は、母の国日本で、母の「私生児」として届けられていた。このように届けられているレンの出生の経緯、中国人の父親の存在について、母娘は具体的に話すこともなく、毎日を日本社会で日本人として生活している。レンは身内だけが知っている自分の隠された中国人である「分身」を「摑もう」とするが「摑みきれ」ない。そのため、母の国日本、父の国中国どちらの民族（祖国）にも居場所を見つけることが出来ず、分裂する意識を日常的に内在化していく。常に二つに引き裂かれた身体的感覚、あるいはもう一つの自分自身の「分身」と共存して毎日を生きている。フランツ・ファノンは、「人間は自分を他の人間に認知させるために、みずからを他者に強制しょうとする、（略）、他者によって実際に認知されない間は、この他者が彼の行動のテーマであり続ける」[6]と述べているが、「分身」のレンは、逆に、他者に自らを認知させる事から逃げ、もう一つの「分身」を隠蔽していく。しかし、レンの内部では、常に「他者」に隠しているもう一つの「分身」が問題となり、それを隠蔽する自分の生き方が「行動のテーマ」であり続けた。だから、他者からのまなざしから逃れようとするが、そうすればするほど深層に傷、つまり、混血である「引け目」と、他者にもう一方の分身を隠している「引け目」感をため込んでいる。父の国「中国」にも行くが、そこでも「分身」を掴む事が出来ない。この「引け目」感から逃げようと二度も自殺を試みるが未遂に終わる。解決出来ない傷を抱え、ますます日中戦争の時代に、宙づり状態で漂って行くしかなかった内実の表出と言えようか。

ねじ伏せられた「混血」問題と、レンに内在する「引け目」感について、もう少し見てみたい。主人公レンは、混血であることに「引け目」と「抵抗し難い恥ずかしさ」を感じている。レンが「混血」である事をうすうす知るのは、四歳の時の衝撃的な体験からであった。そして、この時から、自分の性格が出来てしまったと思っている。

ちょっとしたもののはずみから喧嘩になる子供同士の遊びの末、対手の子は小さな下駄でばたばたと駆け出しながら「ちゃんちゃん坊主」と、うしろ向きに叫んでいた。言う対手も何かよっぽど悪口を言うのだと承知しているらしく、そう叫んでよけいに駆け出していた。すると、レンはぽかんとしながらも、一口も返答の出来ない気持になっていた。（略）言われたことにくるりと背を向けるようにして、自分自身そのことから逃げた。

このようにレンは、「ちゃんちゃん坊主」(7)と投げ付けられた言葉に、何か特別なものがあることを直感的に悟っている。しかし、何を意味するかを十分に理解し、自分自身で解決するにはあまりにも重すぎたし、幼かった。その時から、この事実を呑み込み、家族にも云わず自分の心の中に溜め込み、「そのことから逃げた」のである。そして、二三歳になった今も、そのことに結果的に縛りつけられて生きている。「混血児としての引け目が、何故、投げつけられたその言葉に抵抗し難い恥ずかしさで、言われたことそのことからもさえ逃げねばならないほどのものだったのか」と繰り返し自問している。つまり、今も、混血児である事に「引け目」と、「抵抗し難い恥ずかしさ」が消えていないのだ。語り手は、この「混血」の問題をかかえる一人の女性の「不幸」を次のように説明している。

不幸は彼女の心の中にだけあった。レンの中に、人前に隠れているもうひとりの自分がいる。これはなまじ外面に現れていないだけに、例えば、西洋人との混血児の場合とはまた違った不幸である。(略)レンが黙っていれば誰も気づきはしないのである。相手は無心にレンに対している。レンはそれに応対しながら、隠されているひとりの自分を内側に感じている。

この中には、隠蔽されるが故の、レンの不幸の深さが伺える。

昭和一二年にレンは二三歳とあるから、四歳の頃とは大正七年から八年頃と推定できる。この時期すでに日本人は、中国人への差別意識を内在化させていた(8)。日本帝国主義は総力を挙げて国民を煽り、明治以前から経済的にも文化的にも優位にあった「大国支那」中国を蔑視していった。日本が中国に仕掛けた日清戦争の勝利と、「脱亜」論によって拍車がかかり、さらなるアジア蔑視を生んだ。昭和六年満洲事変、七年に上海事件、さらに一二年七月には盧溝橋事件が勃発、日本は中国との全面戦争(日中戦争)を開始している。言論統制が激しくなり時局は戦争一色となっていく。皇国史観の徹底がはかられ、日本固有の文化の優越性を強調し、外国文化への追随は排撃され、出版物の制限、外国映画流入の禁止等の日本型ファシズムの徹底化が計られていった。国家総動員法の施行により、銃後の支えが強力に叫ばれて女性も戦時体制に組み込まれ、小さな子供たちまでも中国人を侮蔑し、強い反感を持たされていった。従って、繊細な神経を有していたレンが、中国人でもあることに強い「引け目」と、「抵抗し難い恥ずかしさ」を覚え、この問題から逃げて、自分の内側にしまいこんでいった状況は想像するに難くない。

3　母の「沈黙」と子供への「鬼子」感覚

問題を深刻にしたのは、母お杉と娘レンが、「日中混血」の問題に直接触れることをタブー化したことだ。「レン」として届けられた自分の名前に父の影を追い、中国に郷愁すら覚えて苦悩する娘の、密かに韜晦する姿を見抜きながら、母お杉は当たり前のようにこの問題から「するりと通りぬけ」、何も語らず「沈黙」していた。異母兄が来日したとき、母お杉はぐずぐずしているレンに、「そんなこと言ったって仕様がないじゃぁないか。自分の兄弟じゃないか」と言う場面がある。しかし、この会話の中でも「混血」の問題に直接触れてはいない。「自分の兄弟」とのみ言っているのだ。お杉は中国人との混血の子どもたちを産むことになった経緯を、「仕様がない」と片付けている。レンの思い描く中国への「郷愁」は、かって住んでいた広い自宅の中国庭園を、青い長い「支那服」を着た母と、桃色のちゃんちゃんこを着て女中に抱かれ穏やかに歩いている風景の中にある。「仕様がない」という言葉で、一瞬にして「郷愁」の思いは掻き消され、「母親が遠くなる淋しさの中で、まざまざと憎悪」を感じる。母が混血の問題を語るであろう事を一瞬期待したが、「母の手でぱっと点けられた灯りをあわてて袖で蔽うような思いを、自分の身内の中へずるりと流し込んだ」のだ。混血として出生したことは「仕様がない」という母に、その事実をどうすることも出来ない娘は、甘えた憎悪をため込むしかなかった。

では、何故、お杉は「沈黙」をするのか、「沈黙」せざるを得ないのかについて考えて見る。レンの父は、中国からの留学生であり、下宿先の娘お杉と出会ったとある[9]。そして、若い男女は国籍を超え恋愛し、第一夫人が留学中に死亡したことから、お杉は夫と上海に渡って数年間生活している。レンと、弟亮は当地で生まれている。父の生家は、日本に留学をさせる事が可能なそれなりに裕福な家であったのだろう。行政の仕事つまり公務員生活をしており、お杉は「支那服」を着、下婢にかしずかれ優雅に生活していたようである。母とレンたちは、戸つまり家制度で管理される中国の戸籍制度下[10]で、どの程度公的に認知された立場にいたか、作品内では明確に語られていない。

レンが三歳になった時、お杉は夫の任地の異動を期に、二人の子どもたちと帰国している。その理由については、勤務地が上海の「少し奥」になった事と、「上海まではついて来たもののそれ以上は男についてゆけないものがあった。簡単にそれは、国籍、習慣を異にした人間同士の愛情に忍び込むお互いの自我であったろう」と記されている。しかし、一九一〇年頃から三〇年にかけての上海は、五・四運動から激しい抗日闘争下にあり、上海の少し奥では、さらに反日感情が強かったことも考えられる。敵国である日本人への民族差別、さらには夫の仕事が行政関係とあることから、お杉は、何らかの中国側の迫害も受けたとも推察可能であろう。あるいは、夫の意思（敵国同士の結婚であったため、妻にとって日本の方が安全であるとの判断）で、国情が回復すれば今までのような生活が可能という約束のもとに、一時的に別居を選択し帰国することになったとも考えられる。だから帰国後まもなく受け取った突然の夫の死亡通知に、悲嘆より「今からすぐ確かめてくる」と、夫の死を信じられないためか興奮し猛り立ったのであろう。後日、第一夫人の二人の息子との再会を果たしていることからも、中国で迫害を受けたというより、日中戦争が、お杉に中国での生活を断念させたのだ。中国の戸籍に母子は入籍されていたか否かは作品内では不明であるが、日本で日本人として生きていくためにはレンたちの日本の戸籍を作らざるを得なかったと推定される。国籍も異なるし、父の死亡の確証と中国側の状況も不明のため認知も得られないまま、お杉は、上海で生まれた子どもたちを婚姻制度の外で出生した「非嫡出子」つまり「私生児」として届けざるを得なかったのであろう。そして、益々戦局が進む中、美容師として自立し、再婚し、前向きにレンと亮を育てようとしていた。だから、子供たちを日本人として育て、中国人との「混血」の問題を封じ込み「沈黙」に徹しようとしたのだ。

混血の問題は、母とレンとの間ではたった一回しか語られなかったとある。しかし、言葉ではなく母お杉の毎日の生活の深層では語られていた。お杉は中国からの留学生として来日したレンたちの異母兄弟を「不審に見えるほどの喜びようで」迎え、そこから彼らとの交流も復活し、特に数年上海で親子として生活した長兄とは、文通をも開始している。にもかかわらず、お杉は、子供たちに中国側の血統が強く感じられるたびに、「鬼子」[11]を感ずる。つまり、亮の「大胆な行動」や、「賽子」遊び、また、性格や、容姿が兄たちに似る等、「血ということが恐ろしくさえ」感じるその思いを、「鬼子」感で示している。さらに、一二歳になる亮（リョウともトオルとも語り手は呼ばせていない）を、中国の兄たちのもとに送っている（日本で徴兵が予想される男子であったためでもあろう）。「亮はその当時とうとう兄たちが連れて行ってしまった。といふより、お杉が連れて行って貰ったのでもあった。お杉は、亮に対して明らかに鬼子を感じていた」と、お杉は、亮に対する愛着を「鬼子」感で断ち切っている。

4　「蒟蒻」という自己意識と自殺の反復

分裂していく自分を、何とか摑まえたいと煩悶するレンの性格を、佐多稲子は「蒟蒻」というメタファで表現した。「蒟蒻」は、形状はどのようにでもなり、どこを切り取ってもつるつるし、つかみどころもない。さらに外から手を加えないと形状は崩れない。「蒟蒻」は、レンの「つかまえどころ」のない性格、さらに自分自身を「掴みかね」自殺（自身を強制的崩す）を反復する姿を表現している。

レンは職場の同僚たちと、娘らしい恋愛談議をするが、相手に決して内心を語ろうとしない。また、同僚に「蒟蒻」のようだと言われた事を、自虐的な薄笑いで母に伝えている。

「ねえ、母さん、会社の友達が、わたしの事を蒟蒻だ、と言ったわよ」そう言うと、母親のお杉は、わざと目を反らすようにしながら、然し抗いはしないように、「へえ、うまく言ったね、そりゃよく当たっているよ」「そうでしょう。ほんとうにうまく言ったわ」。レンは、自虐的な薄笑いをしながら、そういう態度が母親に何を与えるか、ちゃんと承知の上で、そのことも併せて享楽するように妙なニヒリスチックな気持ちになるのであった。

何故母は「わざと目を反らし」娘の話を聞くのか、何故母から「うまく言ったね」と言われるのか、そして何故、娘は母に自虐的な薄笑いをしながら「蒟蒻」のようだといわれたことを言わねばならないのか。さらに、そういう娘の態度が母に何を与えるのか、そのことによって母はどう感じるのかを知っていて娘は自虐的苦痛を感じても、その苦痛を享楽してニヒリズムに陥っていくのか。母娘間で、直接語られない「混血児」問題、また「混血児」を生むに至った経緯が下敷きとしてある事がこの会話の中に的確に提示されている。語られないことから内向化するレンの姿や性格が、「蒟蒻」的姿に表象されている。また、母娘で直接語られない事が、レンの「蒟蒻」的性格を形成した事をも表現している。

次に、作品内から自殺の原因を探ってみよう。一度目は、二つの血の矛盾と、沈黙する母との思考方法の異なりが、レンを自殺へと追い詰めて行ったとある。離婚問題に直面した叔母夫婦から、人間には「直線運動」と「円運動」の思考方法があり決してかみ合わないと知る。現実問題を割り切り美容師として前向きに思考する「直線運動」型のお杉と、繰り返し堂々巡りし「蒟蒻」状態に逃げ込む「円運動」型のレンとは、本質的にかみ合わない。それも原因となり、レンを死への衝動に向かわせるのである。

二度目の原因は、何かが摑めるかもしれないと、もうひとつの「分身」探しに中国に渡り、そのことからも「敗北」したことである。戦時下の敵国日本の銭湯で、動揺も見せず静かに体を洗っている「支那婦人」への「羨望」と、中国民族へのひそかな郷愁。一方、使用人たちに語る「はきはきした話し声」から感ずる、日本人として自信を持って生きる母への「羨望」。中国人としても日本人としても生きられない矛盾を抱え、母が混血で自分を産んでしまったことへの怒り・憎悪と反抗から、自分探しに、中国に行くが、混血の問題はこの国では自明な事であった。しかし、中国語も話せず、理解もできない「ダンマリ生活」と「分身」を隠す必要もない中国の家族たちとの怠惰な生活から病気になる。弱った神経から呼ばれた中国人医師にすら神経的な嫌悪を感じ、しまいには「お母さん」と長く呼び、泣きだすのだが、この泣き方や、泣く仕草も中国人とは異なって異様であった。唯一レンを理解している長兄も長い袖の中国服を着た「中国人」であり、日本語を忘れてしまった弟も頼りにならない中で、自分だけが孤立していく。長く求めて来た「分身」も、自分にとっての「お母さん」も中国にすらなかったのだ。すなわち、中国人でもなく日本人でもなく、二つの祖国のいずれにも居場所がなかった事を確認することになる。レンを受け止めてくれる「お母さん」は、実母お杉でも、いずれの祖国でもなかったのだ。自分の内部にあった「郷愁」の思いであった。「郷愁」探し、故郷探しに「敗北」し、帰国後ますます孤独感を深めていく。このような経緯から、二度目の自殺に追い込まれて行く。行くところまで行けば「自分が摑まえられる」かもしれないと考えた結果であった。

5　初出との異同から見えてくるもの

冒頭で記したが、初出「分身」と「昨日と今日」を、わずか四カ月の間にテクスト「分身」にまとめ直している。どのように再構成したか細部の分析は論を改めるが、ここでは幾つかの改稿例から、当時の抱えていた佐多の内面の揺らぎを見てみたい。

初出の「分身」は六章で構成されている。レンの生い立ちから最初の自殺、そして、混血問題をひた隠しに隠し、「無関心」に日本で日々を生きていく姿が描かれている。「昨日と今日」は五章で構成され、中国人である自分のアイデンティティの確認のため中国に渡るが、求めたもう一方の「分身」探しの「郷愁」と、混血であることの「浪漫的思い」からも挫折し、再度自殺に追い詰められていくと展開されている。テクスト「分身」は、当初の「分身」の後半に「昨日と今日」をおおむねそのまま繋いでいるが、最終章には、再び当初の「分身」の五章と六章を挿入している。唐突に語り手が登場する記述部分の削除以外(12)（同時代評の指摘によるものと思われる）、若干の語句訂正と文字配置の変更は見られるが、物語の展開という点では、主だった変更はない。その意味で、佐多は、「昨日と今日」を、初出「分身」の続編と考えていたのであろう。

日中戦争の時代に「日中混血」の女性をテーマとしたが、当初の「分身」には、「ちゃんちゃん坊主」という差別用語は使用されているが、その差別用語に、単に「何か分からぬ圧迫感」を感じたとのみ記述されていた。「引け目」と、「抵抗し難い恥ずかしさ」を覚えていたという記述はない。さらに、「支那での戦争も始まり」という記述もない。混血問題に韜晦しながら、淡々と千人針に協力し、雨の中出征兵士を歌で見送る一方、中国語を習いつつも何事にも「無関心」に漂う姿が、母との関係性で描かれていた。しかし、三ヵ月後に発表された「昨日と今日」には一変して、日中戦争の開戦、その中で混血であることの「引け目」と「抵抗し難い恥ずかしさ」を感ずる事が強調されている。つまり、日中戦争と、中国人との「混血」問題を、レンの「引け目」感と、「抵抗し難い恥ずかしさ」を加筆することでより明確にした。そして、第二夫人という立場で中国人の夫に従い中国に住み、「支那服」を着、混血の子供たちまで儲けたお杉に、中国との関係を断ち切らせたのは、夫との愛情問題ばかりでなく日中戦争に巻き込まれた女性の悲劇であった事を語っている。激化する日中戦争下の日常生活の中での、「沈黙」する母と娘の、語られない事実が浮き上がり、その結果、時局に異議申し立てする語り手の立場が、より初出「分身」より明確に表現されていた。

しかし、両作品をまとめ直したテクスト「分身」では、作品が微妙に変化している。レンを中国・上海に向かわせたこと、中国での生活の活写や、二度目の自殺を繋ぎ合せたが、「無関心」に流されていく女性の姿が強調されていっている事からである。その点を、自殺にいたる経緯の改稿から見てみたい。

初出「分身」には、自殺の原因について、「自分を突き止めてみたかったのよ。どこまでいったら、自分がはっきりするのかしら」（傍線は筆者、以下同じ）とある。「昨日と今日」では「今度こそは、自分を取り押さえたい」、「とことんまでゆけば、何か自分が分かるであろう、さういふ、病的想念にとりつか」れ、自殺に駆り立てられたとしている。しかし、テクスト「分身」では、最初の自殺にいたる経緯は、「何だか、自分が分らなかったのよ。そんな自分が厭で仕様がなかったの、とにかく自分をなくしてしまいたかったの」と改稿している。また、二度目は、「最後のところにゆけば、やがて摑まえられるだろう」という自殺への思いを、「病的想念」から「病的悪念」と変更している。つまり、語り手は、レンに「分身」を「なくしたい」と考えさせ、自殺という「病的悪念」を持たせている事になる。四ヶ月という短期間に、レンに「自分を突き止めたい」「捕まえたい」という思いから、「自分をなくしてしまいたい」に、さらに、「病的悪念」である自殺願望をいだかせ、自分が消滅すれば苦悩がなくなるという消極的な生き方を選択させていることになる。ここには、小田切が言うところの、最後の守るべき思想的砦が後退し、「主人公の背後にひそめられた作者の思い」を、「なくしてしまいたい」と表現していると読める。(14)さらに、主人公を「病的悪念」である自殺に追い込む展開は、作者がレンに重ねた時代への抵抗の姿勢の後退を示していよう。言いかえれば、佐多が叙述の背後に隠した思想が後退し、時代への迎合に向かう姿勢が全面に押し出されているように思われる。その意味で、人前に隠した「分身」を、窮極には「なくしたい」という「病的悪念」に取り付かれ、自殺に向かわせたテクスト「分身」には、忍び寄る転向問題への揺らぎが強く漂っている。

小林美恵子(3)は、「戦争で迫害され、内面的に深い傷を負った母と、その傷ゆえに母から阻害される娘との姿を描くことは、体制への痛烈な批判となるものだ」と論じている。が、母お杉は、中国人との結婚を選んだが、戦争で混乱する中、子供たちを、自分の「私生児」として育てる道を選択し、美容師として自立してレンを女学校までやって教育している女性である。「戦争で迫害され、内面的に深い傷を負った」事は否定しないが、その傷ゆえに娘を疎外している母の姿ではない。二つの血に翻弄されるレンたちを、深層では「鬼子」感を抱きながら、苦悩と沈黙の中で的確に判断して行動させているのも見過ごせない。従って、レンは、戦争ゆえに内面に深い傷を持つ母から疎外されている娘ではない。最も身近に生活し親身に娘のことを考える母の深層を理解しようとしなかったか、あるいは理解していても母への反抗的甘えから無視したための悲劇なのだ。小林は、中国から帰国後のレンの「毎日毎日生きる」姿から、「時代がハッピーエンドを許さないが、『分身』の結末は、レンが遠からず『自分』を掴まえるであろう」と論じているが、どの国にも居場所を見つけられず「無関心」に「祖国喪失者」として生きていくレンの姿に、佐多は何も結論を与えていない。

また、小林は、「千人針を縫う一方支那語をならうレン、不倫の恋愛をするレンの姿からは、強まる一方のファシズムに対する、皮肉な嘲笑がかくされている」と指摘する。しかし、「千人針」に協力し、兵士を歌で送りだしている[13]姿や、その一方に男性に好意（片思い）を寄せる姿には、体制に抵抗する姿ではなく、むしろ体制に「無関心」状態となっている女性の姿勢が感じられる。また、レンの「上唇の端を片方にちょいと上げるやうな微笑」も、ファシズムに対する「皮肉な嘲笑」というより、レンの「無関心」さと、「虚無的」な姿の現れとも言えよう。であるから、「体制への痛烈な批判」を、「たゝき込んだ[1]」というより、「無関心」と「虚無感」を表現することで、深く己れの内部に向かおうとした作者の「隠し子[1]」を、「たゝき込んだ」作品であると言えよう。

この時期、佐多は、言論統制の中、次第に表現の自由も奪われていた。また、思想の基盤であるプロレタリア運動も壊滅状態となり、思想的にも孤立し、無力感を味わう中で、自身の生い立ちからくるニヒリズム[1]に陥りがちであった。さらに、自身の成長の基礎と考えていた夫婦の信頼関係も希薄となり、希望も持てない状況にあった。従って、佐多の「人前に隠れた」もう一つの「分身」を守り、時局に抵抗しようとした姿勢は、暗い時代の風前の灯のような状態であったとも言えよう。言うまでもなく、日中戦争の時代に中国との「混血」の問題を俎上に乗せること事態、体制に対する痛烈な異議申し立てではあった。「左翼運動崩壊後の知識人の主体形成」が、単に「外地」を思考せざるをえなかった図式[15]とは位相が異なり、レンに見られるニヒリズムの形象化こそが、戦争協力になだれ込む時代の風潮に疑問を投げかける表現方法であった。そして、東亜共同体を唱導する帝国日本の思想統制への疑問符をつきつけるものであった。しかし、初出「分身」と「昨日と今日」から、テクスト「分身」の改稿過程から思想の揺らぎが推測され、転向への危うさも否定できない。佐多は、翌昭和一五年には最初の外地への旅、日本の植民地支配下の朝鮮へ、朝鮮総督府鉄道局の招待で出かけたことが、それを物語っている。

すらりと伸びた身体によく似合う茶色っぽいワンピースをきて、変り型のベレーを前の方にかぶり、気どり気もなく、ぶらりぶらりと道を歩いてゆく。少し笑いを含んだような表情をしている。そのくせその微笑は、何らかの彼女の心の弾みを見せているわけではなかった。現にゆき合った友達とちらりと視線が会ってさえ、どうしたのか、彼女はそれに気づかないのであった。彼女はそのまま、同じ歩調であるいている。

とあるが、「無関心」に歩くレンの姿から、時代の風潮に対する疑問符を投げかける意図を持ちながら、作品が完成した段階では、その意図があいまいに崩れ、当時佐多の陥ったニヒリズムが全面に出てくる結果となっていることが読める。その意味で、いわば佐多の屈折点を示す作品と言えるだろう。

注

（1）『文藝』（一九三九年一二月号）
（2）佐多稲子全集三巻「あとがき」（講談社、一九七八年一二月）
（3）「『分身』論――〈母〉を求める『分身』『昭和十年代の佐多稲子』」（双文社出版、二〇〇五年三月）
（4）「追悼文にかえて――特異な「分身」についてのノート『くれない』第九号追悼号（佐多稲子研究会、一九九九年一〇

月）

（5）長谷川啓『佐多稲子論』「『くれなゐ』から『灰色の午後』への屈折――昭和十年代の佐多稲子」（オリジン出版センター、一九九二年七月）の中で、「くれない」を、「外へ向かっていた作者の目が、自らの内部へとむかって（略）自分の内部の問題とりくんだ初めての作品」とし、この表現方法で「作家主体を確立」したと分析している。

（6）『黒い肌、白い仮面』海老坂武・加藤晴久訳（みすず書房、一九九八年九月）

（7）中国人男子の髪形を「ちゃんちゃん」と称した。「ちゃんちゃん坊主」と中国人を総称し、次第に侮蔑用語となった。

（8）岡本幸治編著『近代の日本のアジア観』（ミネルヴァ書房、一九九八年五月）

（9）当時の中国からの留学生事情は、阿部洋編『日中関係と文化摩擦』（巌南堂書店、一九八二年一月）及び雑誌『東京人』三〇二号（都市出版二〇〇一年一一月）掲載の「チャイナタウン神田神保町」を参考にした。

（10）青木義人・大森政輔『全訂戸籍法』（日本評論社、一九八二年一月）

（11）近藤直也「『鬼子』論序説――その民族文化史的考察」（岩田書院、二〇〇二年三月）

（12）武田麟太郎「『文芸時評』分身について」（『東京朝日新聞』一九三九年六月二九日）

（13）長谷川啓「改題――屈折への道程」『佐多稲子全集』第三巻月報講談社、一九七八年一二月で、雨の中兵役に送りだす風景を、「日中戦争の渦中の中で、つつましく生きる市井の人々の痛みや悲しみを（略）凝視することで時代に耐え、暗欝な時代における民衆の悲哀に参加しようとしている」と述べている。

（14）小林裕子「解説　佐多稲子――人と文学」（短編集『樹々新緑』所収、旺文社、一九七四年八月）の中で、時局の言論統制を考慮したためか自殺の理由が十分な説得力がないと論じている。

（15）鳥木圭太のレジュメ「動揺する語り手の位相――佐多稲子の『分身』を読む」昭和文学会第四七回研究集会（二〇一〇年一二月一一日）発表

宮本百合子『杉垣』にみる反戦表現――国策にあらがう〈居据り組〉夫婦

岩淵宏子

1　はじめに

宮本百合子が、一五年戦争下において一貫してファシズムに抵抗し反戦小説や評論を書き続け、「千万人に対するただ一人」[1]の道を貫いたことはよく知られている。

プロレタリア作家同盟が解散した一九三四（昭和9）年二月から敗戦までの約一二年間には、最愛の夫宮本顕治が獄に繋がれ、自身も度重なる検挙・投獄・執筆禁止などの迫害に遭い、両親の死をいずれも獄中で迎える。しかし、一九三七（昭和12）年秋には、筆名を〈中條〉から〈宮本〉に変え、獄中非転向の政治犯の妻を名のることにより、不屈な抵抗の姿勢を示す。そのため太平洋戦争に突入した一九四一（昭和16）年一二月八日の翌日に作家ではただ一人検挙され、翌年七月、独房で熱射病にかかって昏倒し、危うく一命を取りとめるという苛酷な状況が続くが、屈せずに獄中の夫を支え、非転向を貫いた。この厳冬の時代に人及び作家としての百合子は、真に独自の作家になったといわれている。

この一二年間に執筆できたのは四年に満たないが、発表の場を最大限に利用して旺盛な仕事を残した。この時期は小説より評論に比重がかかるが、日中戦争勃発後は、軍国主義下の戦時下女性政策を批判・否定する反戦小説を多く書いている。未婚女性に向けた小説には、〈結婚報国〉に巻き込まれないようにという警鐘を鳴らした『鏡の中の月』（『若草』一九三七・一〇）『雪の後』（『婦人朝日』一九四一・四）などがあり[2]、既婚女性に向けた小説には、〈結婚〉が〈報国〉にならないような妻の自立的な生き方を示唆した『築地河岸』（『新女苑』一九三七・九）『二人いるとき』（『新女苑』一九三八・一）などがある[3]。

『杉垣』（『中央公論』一九三九・一二）も既婚女性を主人公にした小説であるが、百合子自身の夫婦関係を重ね合わせているとも指摘されている。しかし、本多秋五により「わざと泥に沈められた宝石[4]」と評価された小説であるにも拘わらず踏み込んだ分析はほとんどされていない[5]。本稿では、『杉垣』を取り巻く時代背景、主人公夫婦のモデル問題、初出稿と定稿の差異などを踏まえて、この小説の反戦表現を読み解きたいと思う。

2

まず、一九三九（昭和14）年の時代状況からみておきたい[6]。一九三七（昭和12）年七月、日中戦争が始まると、進歩的・文化的なエリート女性たちの多くが、戦時体制に巻き込まれてゆく。同八月、政府は国民精神総動員運動を閣議決定する。同九月、日本基督教婦人矯風会・婦選獲得同盟などは非常時局打開を目的に日本婦人団体連盟を結成。同一〇月、国民精神総動員中央連盟に愛国婦人会・大日本国防婦人会・大日本連合婦人会（体制側三婦人会）が参加する。同連盟の調査委員会は「家庭報国三綱領・実践十三要目」を公表し、家庭を通じて女性に戦争協力をさせる政策をはかる。「家庭報国三綱領」とは、「健全なる家風の作興」「適正なる生活の実行」「皇民としての子女の教育」であり、「『家』こそ国家隆盛の礎」とした。久布白落実や市川房枝も、劣位の性である女性の地位を好転させるために、国民精神総動員中央連盟の調査委員に就任したのである。

翌一九三八（昭和13）年四月、戦争遂行のための人的資源・物的資源を総動員することを目的とした国家総動員法を発令し、労働力不足を女性で補うべく戦時動員をはかる。一九三九（昭和14）年には、国家総動員法に基づいた国民職業能力申告令を発令し、医師・薬剤師・看護婦など医療関係者をまず動員する。女性にはまた、人口増加政策が次々とはかられる。早婚多産が奨励され、「産めよ殖やせよ国のため」という標語が生まれ、〈結婚報国〉、〈子宝報国〉が喧伝された。さらに、傷痍軍人の妻になること、満洲開拓移民の青年の妻、すなわち大陸の花嫁になることも奨励された。同年一月、厚生省が設置され、人口増加政策とむすびついた国民の体力向上がはかられ、保健婦の育成に力が注がれた。

このように女性は国家により時々刻々と戦争に巻き込まれていったのだが、『杉垣』の発表された一九三九年は、女性たちの時局参加にとり一大画期となる。何故なら、同年二月、大正期から婦人参政権運動のリーダーであった市川房枝が、吉岡弥生・井上秀子・金子しげりらと婦人時局研究会を主体的に結成したからである。進藤久美子『市川房枝と「大東亜戦争」――フェミニストは戦争をどう生きたか』(7)によると、市川の戦時下婦選運動は、国策に女の利益と意思を反映させることにあったが、結局、銃後の守りとしての戦争協力にほかならなかったと結論づけている。こうして、進歩的女性たちまでもが、主体的な社会参加、すなわち戦争協力に積極的に踏み出した一九三九年に、『杉垣』が書かれたことは着目に価しよう。

次に、『杉垣』の主人公小柳慎一・峯子夫婦のモデルについてふれておきたい。モデルは、当時改造社の編集者であり、後に『極光のかげに――シベリア俘虜記――』(8)など多数の著作を出した高杉一郎（本名小川五郎）・順子夫妻である。高杉は、「目白時代の宮本百合子」(9)で、次のように回想している。

「杉垣」は、当時、日ごとにきびしさを加えていく言論統制のもとで身動きができなくなりつつあった改造社にとどまるべきか、やめて義兄が用意した満州国政府の文化部門の椅子に坐るべきか、出処進退に悩んでいた私たち夫婦をモデルにし、中野電信隊裏の杉垣にかこまれた私たちの小さな家を舞台にして（百合子はこの家に訪ねてきたことがある）書かれた作品で、発行直後に作者自身から速達で私たちのところへ送りとどけられた「贈りもの」であった。（傍線引用者　以下同じ）

太田哲男『若き高杉一郎――改造社の時代』[10]によると、雑誌『文藝』掲載の百合子の論文（のち『婦人と文学』）は、もっぱら小川の担当だったようだ。同書によれば、「小川と百合子との交流は、家族ぐるみのものになっていた」、「小川五郎夫妻は、百合子に長女の名づけ親になってもらった。その後、小川夫人は赤ん坊を抱いてしばしば目白の百合子宅を訪問し、百合子も中野にあった小川家をしばしば訪ねた」という。小川の義兄とは、順子の兄大森三彦で、彼が小川に関東軍関係のポストを用意したのは、一九三八年に北支那方面軍司付（少佐）になっているので、このときのことだったろうかと推測している。また、高杉一郎『征きて還りし兵の記憶』[11]によれば、「私がはじめて知りあったころの中条百合子は、戦闘的なスローガンを声高に叫んでいるような作家ではなかった。文壇全体を見まわしても、二人と見つけることができないようなひろい視野をもった理性的な作家だった」と回想している。

初出稿と定稿の大まかな差異を確認しておこう。初出稿は、前記のように『中央公論』一九三九年一一月号に掲載された。定稿は、戦後、『宮本百合子選集』（以下、『選集』と表記）が安芸書房から百合子の生前に刊行され、『杉垣』は第五巻（一九四八年二月）に収録される際、全体にわたり全面的に加筆改訂して戦前の不自由な表現を改めており、その後の収録本は『選集』版に依っている。本多秋五でさえ、「発表当時これを読んで、私にはわからなかつた」[12]と書いているのは無理からぬことで、初出稿には明晰に書かれていない箇所が多く、それほど表現の自由が制限されていたことがわかる。本稿では、戦時下での反戦の主張を読み解くために、初出稿をテキストとし、必要に応じて、定稿を参照したい。

まず、初出稿『杉垣』には、伏せ字が二箇所ある。小柳慎一の勤務先が伏せ字になっており、『選集』で「東洋経済」と明らかにされている。東洋経済新報社は、一八九五（明治28）年に『週刊東洋経済』を創刊し、現在も存続している出版社であるが、初出稿ではなぜ伏せ字になったのだろうか。一九二四（大正13）年、第四代東洋経済新報社主幹に就任し、一九四一（昭和16）年、東洋経済新報社の社長制新設にともない代表取締役社長に就任した石橋湛山の『湛山回想』(13)を見ると、その訳が判明する。

当時東洋経済新報社は、戦時中にもかかわらず、依然として自由主義を捨てないという理由で、いわゆる軍部と称するやからから、ひどくにらまれた。軍部とは、どこに実際存在するのか、正体は全くわからぬしろものであったが、しかし、とにかく、かれらは情報局を支配し、言論出版界に絶対の権力をふるった。東洋経済新報は、この権力のもとに、その性格を改めて、かれらの気に入る雑誌社となるか、さもなければ、つぶれるほかないという危機に立った。

このように、当時は、自由主義すら存立しがたかった時代状況であったため、社名を伏字にさせられたことがわかる。

また、初出稿と定稿の最大の差異は、『杉垣』の山場である深夜の音に関する叙述である。定稿では、夜中に目覚めた峯子が代々木練兵場から聞こえてくる射撃訓練の音に、良人の身を案じて不安に襲われる場面であるが、初出稿では、この音が何であるかわからない書き方になっている。この点については、後の小説分析で詳しく述べたい。

以上のように、『杉垣』の書かれた一九三九年は、知的女性たちさえもが積極的に戦争協力に乗り出した年であり、女性の戦争協力は家庭を通じて行わせる政策が取られた時代であった。全四章からなる『杉垣』は、小柳慎一・峯子という夫婦の戦時下での生き方に光を当てた小説である。峯子の同級だった友人琴子の夫が「一年半ばかり中支へ行つてゐた」とあることから、一九三七年七月に勃発した日中戦争に出征したことを意味しており、テクスト内時間は発表年である一九三九年とほぼ同時期だとわかる。この時代に、どのような生き方をする夫婦を描いているのか、どのような家庭を営んでいるのか、解読してみよう。

3

まず夫の慎一の生き方に注目してみたい。

第一章は、二人で赤ん坊の照子を連れて峯子の兄鴻造宅より帰宅する場面から始まる。二〇歳近く年の違う長兄が、義弟の職業の世話をしかけたのは二度目で、初めは、「語学を国外で役に立てる方面」の仕事で、「夫婦相携へて勇飛」してはどうかという話であった。その時は、「そんな荒仕事には迚も向かない人間」と言って断った。その仕事について定稿には、「あとになって」「軍関係の或人に対しひきうけてあったと嫂からきかされて」と補足されている。海外での「軍関係」とは、おそらくアジアの植民地に関わる内容と思われ、日本統治下の台湾や韓国か、植民地の満洲における仕事と推測される。

今回は「その新興会社は北陸の或る主要な都会にも支社をつくる計画があつて、そこと東京との事業上の連絡、情報の仕事がある。重役直属で、そこを慎一にどうか」という話であった。定稿では、「満洲に本社」があり、「軍関係」の会社であることが補われている。義兄は、「×××の調査部員」である慎一に、「卅二三と云へばそろ〳〵真面目に将来の基礎をつくらなければならん」と訓誨するのであった。

小説の最後は、峯子が「臆面もなくえらくなつたりするの、私何だかいやなの、自分たちの姿としてみても。」と、この話に反対の意向を夫に語りかける場面で閉じられている。初出稿では、仕事の内容は不確かだが、「臆面もなくえらく」なるという表現から、戦時下に即応した仕事であることは容易に想像がつく。二人とも、それに反する生き方を選んでいる夫婦であることも明らかだろう。

第二章では、函館のある商館に勤務している慎一の友人飯島が上京したので、親しくしている同窓の友人二三人が昼時に銀座へ集まる。飯島は、勤務先が「今度南洋へ手をのばすについて、関係方面への折衝」に来たのだった。飯島は、「大陸の治安が恢復するにつれて、北海道から出る穀類、海藻類がいくらでもそつちへ輸出されるやうになつて来る」と言い、自分は銀行から可能な限り金を借りて貝柱を買い占めるつもりだと豪語する。「支那人は皆あれを料理につかふんだからね。——どうだい、出資しないか」という発言から、満洲の中国人をターゲットにした儲け話であることが窺われる。語り手は、この問題についての慎一の思いを次のように語っている。

> 慎一の身辺には、飯島の話のやうな、どつちかと云へば至極単純な罪のない夢より、もつと複雑な例もあつて、この一二年にさういふ特別な動きかたをした者の現在のりゅうとした姿には、世相の迂曲した大路小路がそのまゝにうつつてゐるのである。実際さういふ変りかたをした例もすくなくない。あの男も此頃は云々と、もといふ一ことに第三者の心持をこめて語られてゐるのが通例であるが、慎一自身、さういふ変転の姿に社会的な感情として羨望を感じないとほり、羨望といふ言葉で云はれゝば居据り組の何萬、何十萬といふ人々の大部分も恐らく羨望は感じてゐないにちがな《ママ》い。

飯島のように、戦時下の時流に乗ってひと儲けしようという人間はもとより、戦争に便乗して莫大な儲けをしている人間に対しても、慎一は「羨望」を感じていない。慎一のような人間を、語り手は〈居据り組〉と表現している。この〈居据り組〉とは、「昨今の時勢につれて格別立身のつるを掴んだと云ふのでもない連中。とび立つやうに夫々のきつかけをのがさずいろんな動きかたをしたといふのでもない連中」とされる。しかも、〈居据り組〉と見做される人々が「何萬、何十萬」いるというのは、時局に流されない生き方をする人々が実は大勢いると語っていて、注目に値しよう。

しかし近頃では、その慎一でさえ、その生き方を貫けないような恐れを感じつつ、やはり動じないでいることが次のように書かれている。

月給で足りないところは、文筆上の内職めいた収入で補つて、一人の知識人として、謂はゞ筋のとほつた貧乏をして、自分たちの境遇をも持つて来た。《(ママ)》／ところが、近頃は、或る瞬間足下を急流が走つてゐるやうな感覚に襲はれると同時に、はつきりした理由はないが、何となしこれまでのやうに安心して、その筋のとほつた貧乏をもやつてゆき難いやうな気のすることがある。／しかしながら、その感じにしろ現実には複雑で、異様な瞬間の感じのなかに、やつぱり自分の足の平はしつかり水底を踏んで動いてゐる感じにしろ、それには向う脛のあたり、といふ自覚が伴つてゐる。／そのやうな生活の感情が不安と呼ばれるなら、慎一はその不安ぐるみ、さういふものを発生させてもゐる今の時代を、面白い世相と見る心持も強くある。えらいにはえらいが、面白くもある。その心持に立つて自分の心理をも今日の中にみるのであつた。

以上の語りを定稿では、「面白い世相」を「歴史のうつりゆく興味ふかい世相」に、「えらいにはえらいが」は、「ひどいにはひどいが」と改められている。すなわち慎一は、戦時下を「ひどいにはひどいが」「歴史のうつりゆく興味ふかい世相」と見る心持を持っているのである。初出稿の「えらい」は、「ひどい」という意味であったことがわかるが、「えらい」という語は多義的である。『広辞苑』によると、①すぐれている、②ひどい、③とんでもない、④苦しい、などの意味があり、逆接の助詞「が」が使われているとはいえ、「すぐれている」という意味に受け取られかねない。わざわざ「えらい」という語を使ったのは、「ひどい」とあからさまに書くことを憚ったからにちがいない。そのため定稿では、誤解のない表現に変えたのであろう。

見てきたように慎一は、日中戦争が勃発した戦時下で、仕事においても私生活においても、戦争に与せず、戦争による余得にあずからず、「筋のとほつた貧乏」を厭わない〈居据り組〉の姿勢を貫く人物といえよう。

4

では、妻の峯子の生き方はどうであろうか。第三章の焦点は峯子で、彼女は「専門学校を出てから結婚しても」、「子供をもつてからも」、「或る雑誌社へつとめて」いる女性である。

ある日訪ねてきた友人の琴子は、「一年半ばかり中支へ行つてゐた」夫の山崎が、「還つて来てから、頻りに夫婦の間に子供のないのを苦にしはじめて、琴子を医者へやつたり、注射させたりしてゐる」ことを話し、それに対し自身は、「自分たちに出来た子供でなけりや育てるのいやだつて、それだけは、もう、はつきり云つてあるの」と言う。峯子は、不妊治療を強制されている「友達の妻としての苦しみや不安」に、「この頃はやりの」〈産めよ殖やせよ〉という女性政策である「時代の色がさしてゐる」と理解する。帰還した山崎は、戦地体験から自分が何時戦死するかわからない不安と焦燥感に駆られて、子供を欲しがっているのであろう。

琴子はまた、夫の山崎は戦地から帰還して「どつかちがつた」とも語る。その変化については峯子夫婦も、山崎が妻を「無視したり、或は黙つて笑つてゐる」のを見て、「何か滲みだすもの」を、すなわち、戦争体験が内面を荒廃させていることを感じていたのだった。前章の慎一をめぐる叙述からは、戦争によって利得を得る人間も多いことを窺わせたが、山崎が見せた変化は、具体的な描写こそないが、戦争の本質的暗部をにおわせている。

本田勝一『南京への道』(14)には、日本軍の南京大虐殺は南京市内だけの事件ではなく、満洲事変以来の一五年間にわたって中国国土のあらゆる場所で虐殺・強姦を繰り返したことが検証されている。同書には、同時代の新聞にも、戦争の酷さが戦勝として報道されていた例が何件も挙げられている。例えば、一九三七年一一月三〇日付『東京日日新聞』(『毎日新聞』の前身)の「百人斬り競争!両少尉、早くも八十人」という見出しの記事は、無錫・常州間における捕虜虐殺競争を報じたものである。同時代人は、日々このような記事を目にし、また、そのような戦地から帰還した人間の内的荒廃を肌身に感じていたのではないだろうか。

しかし、出征は人ごとではない。「一昨年の夏補充がどん〳〵出て、慎一も身仕度の用意をはじめ」る。すなわち、日中戦争による召集の準備である。慎一の会社で出征する人の送別会があった晩、慎一は、「半ばは冗談、半ばは本気という表情で」、「この俺だつて死ぬかもしれないんだよ、大事にしてお呉れ」と言う。すると峯子は、「とうに分つてゐることぢやないの。何故……」と言い涙する。それは、慎一は知らなかったが、峯子は夜中に目を醒まし、「遠方に聴えるのではあるが極めて耳につく音響に注意をひかれ」、幾晩も目が醒めて「切な」い思いに「涙が出て来て、涙が出て来てたまらず」、「一心こめた思ひで眠りのために芳しく重い良人の体を抱」いていたからである。

この場面を定稿では、次のように詳しく補足している。

その音は、遠い代々木練兵場の方からきこえて来た。シュルン、シュルン。いかにもつよい近代武器の鋼鉄バネが当ったらあやまたず命につきささる鋭い決然とした弾丸をはじき出すような音である。慎一の胸にかるく手をかけたまままき入っていた峯子は、その鋭い音と慎一の体の温さや鼓動がだんだん一本の線の上につながれて感じられて来た。きいていればいるほどシュルン、シュルンというその恐ろしい深夜の音は、自分たちのいのちにかかわりのあるものとしか思えなくなって来た。峯子はいつか上半身をのり出して、ねむりこんでいる慎一の胸を自分の胸でかばうような姿になった。

初出稿では、峯子を悩ます深夜の音の正体を明確に書くことはできなかったのだが、涙が止まらず良人の体を抱くのは、良人を戦争に取られる恐れからであろうことは推測できる。定稿により、それは代々木練兵場の射撃訓練であり、「自分たちのいのちにかかわりのあるもの」と捉えられ、いずれ戦争にとられるにちがいない良人を「かばうよう」にその胸に抱いたことが判明する。峯子のこの思いには、一九三三（昭和8）年末に逮捕・収監された政治犯である夫宮本顕治の身を案じ、抱き庇おうとする百合子の並々ならぬ切なく辛い思いが重ねられていると思われる。

この深夜の体験が峯子に、「自分たちの夫婦としての生活をあらゆる面から遺憾ない日々のうちに生きようと一層本気に」させ、翻訳の仕事を始めたのもこの頃からであった。「自分たちの日々が日々のうちに消えてゆくだけでは、それがい丶加減におくられてゐるのでなくても何となく峯子には物足りず、互いの生活からもたらされて現れるものを求める心が、翻訳となつた」。照子がおなかに出来たときも、「子供のなかにだけ天をも地をも畳みこんで覗いてゐるやうな女の暮しは不安で耐へ難かつた」のである。

共稼ぎで出産した後も雑誌社勤務を続けるだけでなく、翻訳の仕事まで新たに始めるという峯子の姿勢は、戦時下の女に課せられた産む性に特化する生き方とは相反する方向性であることはいうまでもない。ただし、核家族の峯子が、育児と仕事をどのように両立させているかはまったく描かれておらず、翻訳まで始めるというのは、やや非現実的であろう。非現実的ではあるが、母性称揚の時代にあって、母性だけに埋没せず、一人の人間として充実した日々を心掛けようとする峯子は、国策にあらがう女性像として鮮やかである。

最後の第四章では、慎一の友人澤田から集合住宅建築の誘いが届く。建築家の澤田は兄の土地を使って、「三十円づつの年賦」の集合住宅を建てる計画をたてたのである。峯子は、次のように反応する。

　これから先の十年といふ年月を、同じ動かない生活条件に想ひきめて計画されて居る発起人たちの生活への心持も、何となし峯子の実感にぴつたり来ないものがあるのであつた。
（略）これがもし二三年前だつたらと思ふと、峯子は、短い間にかはつて来てゐる自分たち一般の感情が顧みられた。

峯子は、この「二三年」の間、すなわち日中戦争が始まってからの数年の「かはつて」来た時局を思い、今後さらに戦争が激化していくだろうことを懸念している。それに対し、澤田は、戦時下の状況への認識が足りないと峯子は判断しているわけだが、当時の日本人の多くが、戦況を楽観視していたことを表わしているのではないだろうか。

慎一は、自身の「所謂えらいが面白い」という「今日を生きる気持」が、峯子の困難な状況下でも、「薄氷みたいなもの、上に飛々の足場を求めたりするのをいやがつてゐて、寧ろじゃぶ〳〵水を渉つても歩み出した方向は失はず行きたい気でゐる」という生き方に「一致」すると捉えている。戦争が国民生活に大きな翳りを落としている時代に、夫婦はともに〈居据り組〉としての生き方を主体的に貫いていて、互いにその姿勢を理解し合っているといえよう。

5　おわりに

最後に、この小説のタイトル『杉垣』について考えてみたい。既に指摘したように、モデルである高杉一郎夫婦が「杉垣」に囲まれた家に住んでいたのは確かだが、それだけの理由で小説のタイトルにしたのではないだろう。

慎一と峯子は、結婚以来の三年間、次のように描写されている「杉垣」に囲まれた借家の二階の出窓で話し合って暮らしてきたのだった。

特に峯子の気に入つてゐるのは、二階の六畳の座敷についてゐる一間の窓である。人通りの余りない杉垣の並んだ往来と、門内の小庭に面して、南向きのありふれた一間の出窓があつて、別にもう一間西側に窓がついてゐる。そちらは鴨居から敷居までずつとあいてゐて、白い障子に欅の影が映つたりする時、部屋には趣があつた。外にゆつたりした幅の手摺があつて、それは程いゝ露台であつた。

〈居据り組〉である二人は、何事も話し合う対等な夫婦関係を、この出窓を中心に築いてきた。従って「杉垣」に囲まれた借家では、「『家』こそ国家隆盛の礎」と唱えられた「家」とは自ずと異なる家庭が営まれており、「杉垣」には、同時代における国策にあらがう夫婦の表徴としての意味が付与されていよう。

では、家を囲む植物は、「杉」でなければならない必然性があったのだろうか。「杉」は、日本特産の常緑高木である。秋田、吉野、屋久島などが有名な産地で、高さ五〇メートル、径五メートルに達するものもある。和名は、「直木（すき）」または「すくすく立つ木」の意からとされる。[15]「杉」の高く直立するさまは、古くからこの木を神木・霊木として認識させていたそうで、それは文学作品からも検証できるという。[16]

慎一・峯子は戦時下において、峯子の兄や飯島、山崎のように無批判に戦争に巻き込まれないよう、「杉」のような真っ直ぐな生き方による垣根を作り、良心的な姿勢を貫き通す夫婦である。「杉垣」は、〈居据り組〉の、まさにメタファーとなっている。

発表年およびテクスト内時間の一九三九年は、市川房枝らのように、知的・進歩的女性さえもが戦争協力へと積極的に踏み出した年である。百合子が、おそらくそうした動きをも視野に入れながら、国策に迎合しない〈居据り組〉としての夫婦と、その家庭を形象化した意味はきわめて大きい。「杉」にはさらに、獄中非転向の政治犯の夫宮本顕治を誉れとし、かつ敬う真意をも重ね合わせていると思われる。本多秋五が「わざと泥に沈められた宝石」と評したのは、正鵠を射ているばかりか、最上の讃美であった。

注

（1）本多秋五「間口の広い理解力」（『中日新聞』一九五三・九・一二。『増補戦時戦後の先行者たち』所収、勁草書房、一九七一・四）

（2）拙稿「戦争ファシズムと女性——宮本百合子『鏡の中の月』『雪の後』『播州平野』をめぐって」（長谷川啓・岡野幸江編『戦争の記憶と女たちの反戦表現』ゆまに書房、二〇一五・六）を参照されたい。

（3）拙稿「宮本百合子『築地河岸』『二人いるとき』——既婚女性と反戦——」（『国文目白』第五十四号、二〇一五・二）を参照されたい。

（4）本多秋五「宮本百合子——人と作品——」（本多秋五編『宮本百合子研究』新潮社、一九五七・四）

（5）先行研究を挙げておきたい。

同時代評については、小林茂夫「「杉垣」「おもかげ」「広場」の波紋」（『民主文学』一九八六・一二）が、真船豊「胸を打つ作品　美しい文章の伝統（文芸時評）」（『東京朝日新聞』一九三九・一〇・二六〜三〇）、青野季吉「文学の伝統と動態（文芸時評）」（『公論』一九三九・一二）、浦島太郎「創作月評」（『文芸』一九三九・一二）の三編を取り上げ論じている。以下、その三編の主意をまとめておきたい。

真船豊は、「高いインテリジェンスを持つ人間が、しかし現実の上に如何にして生活して行くべきかという苦悩と、そのつつましい生活態度の誇示と建前が」、「沈んだ思索的な文章によつて書かれてゐるが故に、読むもの、胸を打つ」と評価している。

青野季吉は、「最近この小説ほど、私の知りたいと思つてゐたものに直截に触れ、巧妙で適格な言葉で、それを表現した作品に接したことが無かつた」と評価しながら、「「臆面もなくえらくなる」のをきらう気持（中略）、かかる時勢にこのやうな態度で貫くことが、果して正しいことかといふ疑念を打ち払ふことが出来ない」と疑問を呈している。

匿名の浦島太郎は、「しつかりした作品だが、なにか足りない。この作者は、見ようと意思したものだけは、実にしつかり見てゐる。しかし見ようと意思しなかつたものは、なにも見えないやうなところもある」という曖昧模糊とした批判を出している。

戦後では、宮本顕治が、河出書房版『宮本百合子全集』第五巻（一九五一・五）の解説で言及し、その批評は、のち『宮本顕治文芸論集』第三巻（新日本出版社、一九六八・五）ほかに収録された。「この夫婦の生活は「平凡」な勤労インテリゲンチアの姿である。しかし、それはこの時代にあっては「平凡でない」一つの典型たりうる「平凡さ」となっていたのである。時局的な動きをしている学校友だちの飯島の姿への批判的描写、戦争に行く鈴木の不安の点綴、それらとの対比やつながりの中で慎一夫婦の生活像はより明確となる」と解読している。

本多秋五は（注4）にあげた「宮本百合子――人と作品――」で、「『杉垣』は、発表当時これを読んで、私にはわからなかつた。（略）その後に読んでみて、まるで判つてゐなかつたことがわかつた。これはわざと泥に沈められた宝石である。これほど見事な宝石は当時は実際には存在しなかつただろう。宮本百合子が材料を選択し、練り合はせ、結晶させて、現実にないものをつくり上げ、人目をひく光輝を消すために、わざと戦時下の世相といふ泥のなかに沈めたのである。（略）あの時代（三九年）にこれほどまで緻密な文章が書かれたとは驚くべきことである」と評価した。

中島誠「「杉垣」前後の宮本百合子と窪川鶴次郎」（『多喜二と百合子』一九五七・七）では、窪川鶴次郎が『現代文学論』（中央公論社、一九三九）で提起した「第一に虚構性の崩壊、第二に形象化における普辺性《ママ》の喪失、第三に人間中心の文学思想の混乱」という当時の文学の問題点に対して、百合子は「杉垣」前後の作品において応えたのだという指摘をしている。

（6）若桑みどり『戦争がつくる女性像』（筑摩書房、一九九五・九）ほか参照。
（7）法政大学出版局、二〇一四・二
（8）目黒書店、一九五〇・一二。のち新潮文庫版・冨山房版・岩波文庫版、モスクワ刊。
（9）『ザメンホフの家族たち――あるエスペランティストの精神史』所収、田畑書店、一九八一・七

（10）未来社、二〇〇八・六
（11）岩波書店、一九九六・二
（12）注4に同じ。
（13）毎日新聞社、一九五一・一〇。引用は、岩波文庫、一九八五・一一
（14）朝日新聞社、一九八九・一二
（15）『日本国語大辞典』第一一巻、小学館、一九七九・九
（16）多田一臣「杉」（『國文學　古典文学植物誌』二〇〇二・二）

〈付記〉「杉垣」本文の引用は、初出稿は『中央公論』一九三年一一月号により、定稿は『宮本百合子全集』第五巻（新日本出版社、一九七九・一二）による。ただし、初出稿の旧字体は、新字体に改めた。

コラム

銃後——利用された言葉の力

和佐田道子

現在、「銃後」という言葉は、辞書に「戦場の後方、直接戦闘に加わらない一般国民」とあり、文例として「銃後の守り」が挙げられている。この「銃後」という言葉とは、そもそも、大正時代に日露戦争を描いた小説において、男性のみの軍隊の中での「前線」に対する「銃後」という意味で使われ始め、十五年戦争中には、「銃後の女性」や「銃後の子ども」といった、戦闘行為に直接関わらない人々と結びつけることで、国民の戦意高揚に利用された言葉である。「銃後」の発端は大正二年、作家櫻井忠温が発表した戦争小説『銃後』である。櫻井自身が、小説の巻頭で、その由来について、「「銃後」の名は、元英國大使マクドナルド氏の、「日本軍が戦捷の最大動力は蓋し銃後の人にあり」といつたことに取つた」と説明しているように、「銃後」の始まりは、実は、英国人の言葉から引用されたものであった。小説の題名として産声を上げた「銃後」という言葉は、その後、文学の域を出て、十五年戦争中は効果的なスローガンとして、一般に広く流布し、新聞や雑誌、単行本などの活字媒体でも、国家統制の為の有効な手段の一つとして、繰り返し使われた。国民を戦争へ総動員するため、当時の政府が重視した国民の強化や国策宣伝の目的で、特に女性や子どもは、「銃後女性」や「銃後の子どもたち」という言葉で、頻繁に小説や戯曲、短歌、詩、随筆、児童むけの物語や紙芝居など、数多くの文学ジャンルに登場している。

十五年戦争中の女性や子どもたちにとって、現実の「銃後」の守りとはすなわち、軍部や政府の監督下にあった隣組のような町村単位の組織や大日本婦人会などの婦人団体に従い、それらが指揮する出征兵士の盛大な見送り、千人針や慰問袋作り、配給制や戦没者の遺族への対応、軍需工場など様々な勤労奉仕、女子挺身隊への参加、防空壕掘り、竹槍訓練、学童疎開など、実に多岐に渡るものであった。そのように重要な役割が各人に割り振られており、戦時下の国民総動員体制を支える屋台骨でもあった。国民が実生活に疑問や不満を抱かず、日々の行動としての「銃後」の守りを賞揚し、美化するものが言説として必要であった。当時の政府は思想統制に力を注ぎ、軍部主導の下、「銃後女性」の美談「銃後の妻」「軍神の母」等を始めとして、「銃後の子どもたち」にも自発的に「軍国少女」「軍国少年」「少国民」等と教化すべく、紙芝居『銃後の力』や戦争を武勇伝に仕立てた戦争美談の児童文学の中に子どもを取り込んで「お国の為に死ぬ」という憧れを抱かせ、文字の力、活字の力を巧みに利用したのである。

国策の為の文学者利用に手を挙げたのは当初男性作家達だったが、その後、戦争協力の為にペン部隊に選ばれた女性作家は林芙美子と吉屋信子の二名であり、特に、吉屋はペン部隊参加の前年既に戦地へ赴き「婦人は銃後の花となつて」と記した慰問報告集『戦禍の北支上海を行く』を発表していた。当時の人気作家の吉屋と林が戦争協力の原稿を書いたことは看過できない事実であり、他にも、原稿掲載の機会を得る為や懸賞小説応募など、自身のキャリアの為に時に戦時色の強い作品を書いた女性作家たちがいたことも事実である。戦時下で、戦局と関係のない作品を書いた女性作家も存在したが、その一方で、そのような作家も時には意に沿わぬ戦時色の強い内容を描いたこともあり、検閲のある当時それは避けられぬ現実であった。特に、吉屋や林をはじめ、後に「文芸銃後運動」のメンバーとなった佐多稲子など、実際に満州を回った女性作家たちは戦地と銃後を繋ぐ役割を果たした。戦地の現状を見て女性作家たちが書いた「銃後の女」の文章は、女性読者に対して、同性の執筆者ならではの説得力があったといえる。長谷川時雨も『輝ク』を後年他の婦人雑誌と同様時局に沿う内容へと変化させ、例えば、輝ク部隊・慰問文集『海の銃後』には兵士への感傷的心情を表現する「銃後風景」という和歌や随筆の特集があり、『海の勇士慰問文集輝ク部隊寄稿』には、銃を肩に担いだ若い女性の写真に「逞し!!銃後の少女部隊」と添えられている。他の女性作家では、従軍看護婦の手紙「銃後の友に書き送る」が登場する宮川マサ子『大地に祈る』をはじめ、横山美智子の『純愛』の中には「銃後女性」という書簡体小説がある。海軍情報局中佐推薦の序文「銃後婦人必読の書」が付いた英美子『弾の跡へ』には「銃後抄」という外地訪問記があり、岡田禎子『祖国』では「銃後の中堅といふ気持ちで」と説いている。このように、「銃後」という言葉を含んだ活字の力、文学の力とは、服装の視覚的効果や標語の力と同じように、人々の思想を統制するばかりか、戦時下の人々の精神的支柱の役割も果たしていた。だからこそ、美談としての「銃後の妻」「軍神の母」のような良妻賢母思想や母性神話が、軍部の意図と合致し、巧みに利用されたといえる。「銃後」という言葉は、戦闘に加わらない人々を掌握するため、計り知れない力を発揮していた、といえるだろう。

真杉静枝の小説「深い靄」と女系の絆――福島から戦地へ

高良留美子

1　はじめに

真杉静枝の「深い靄」は四〇〇字詰め原稿用紙三〇枚程度の短編小説であり、『母と妻』（全国書房、一九四三（昭和一八）年四月）に収録された。初出誌は未詳で、『母と妻』が初出の可能性もある。二〇〇二年ゆまに書房から、岩淵宏子氏の解説を加えて復刻されている。

真杉は一九四一（昭和一六）年、長谷川時雨、円地文子らと共に中国の広東へ日本軍の慰問に赴いたが、そこは前線ではなかった。「深い靄」の戦闘場面には、四二（昭和一七）年五月～七月、窪川（佐多）稲子と共に行った中支派遣軍の戦地慰問での経験が生かされているようだ。このとき、彼女らは陸軍報道部の要請によって新潮社の『日の出』特派員として、上海・南京・蘇州・杭州・漢口・宣昌と最前線の慰問をしている（「佐多稲子年譜」小林裕子・長谷川啓編『佐多稲子と戦後日本』七つ森書館、二〇〇五年所収）。

「深い靄」の執筆時期は、この慰問旅行から帰った一九四二年後半から翌年初めと思われ、〇一年福井県生まれの真杉はほぼ四一歳であった。

先行研究は、岩淵氏による前掲復刻版の「真杉静枝『母と妻』解説」のみである。そこでは「深い靄」は、『母と妻』所収の他の三篇と同じく、「作品内時間や刊行年月の時代思想をうかがわせる戦争賛美の濃厚な小説である。祖国や同胞、家族のために戦う勇敢で力強い兵隊たちの雄々しさと、それを支える母や妻たちの献身の尊さが賛美され、時代の求めた理想的男性像・女性像が描き出されている」と書かれている。また「眼鏡の小母さん」以外の三篇には、「いずれも規範的な女性の典型が描かれている」という。「深い靄」については、「奇蹟を念じた戦時下の人々の心情に応えると同時に、救済としての母性の描出された小説」という意見である。「奇蹟を念じた戦時下の人々の心情に応える」点は同感だが、その他については異論がある。「深い靄」を分析しながら私見をのべていきたい。

2　主人公樋口あさ乃の人間像——規範に縛られない女性

小説は、主人公の老女、樋口あさ乃が異変を感じて炉ばたから立ち上がる場面から始まる。炉のなかの焚火が消えている。靄の深い晩だ。「会津盆地を吹きたてる磐梯おろしが、とがつたうなりをあげてゐた」。二人の孫は夕食を食べて半里ほどのポプラ並木の道を帰っていった。

あさ乃は「おらが、けふは、死ぬだあんめいかな」と思う。夫は二九年前にこの家で死去し、彼女はもう一一年間も一人暮らしをしている。一人娘の露乃には養子縁組をさせたかったが、娘の一途な気持ちを聞いて、柳津の町田の一人息子豊吉との結婚を「勿論、何も云はずに承諾してしまつた」。

樋口あさ乃は福島県会津の自作農の女性である。田んぼや麦畑など一定の土地をもち、今のところ「隣りの娘やなにか、二人ばかりの手伝ひ人」の手を借りたりしながら、農業に従事して独立の生計を営んでいる。

彼女は当時の民法で、家族の婚姻と養子縁組について同意する権利をもつ女戸主として設定されていると思われる。戸主は原則として男性だが、戸主が死亡したあと樋口家に直系男子がなく、露乃は乳児だったため、あさ乃が戸主になることは可能だった。露乃が父の死の前年の一九一二年に生まれ、一一年前（一九三二年）に一九歳で結婚し、二一歳で長子を産んだと考えれば、つじつまが合う。作者があさ乃の夫の死亡年をはっきり記したのは、その

時点での露乃の幼さを示すためだろう。(1)

あさ乃の同意によって樋口家は家督相続人を失い、彼女が死去したあと、家は不可避的に消滅することになる。これを法律上「絶家《ぜっけ》」といった。

明治政府は家を国家の基本単位とし、すべての国民を家に編成することによって統治をはかろうとした。一八七二（明治五）年から実施された戸籍法（壬申《じんしん》戸籍）では、戸主は家族の居所・職業・結婚・教育・兵役について届出の権限と義務を負い、また家族を扶養・保護する義務を負った。戸主は国家支配の最末端の役割を担うものとされ、この家の維持・存続のために前近代の武士の家の慣習がとりいれられた。

激しい論争の末に成立・施行された民法では、「家」については明記されず、資本主義経済に適合した構成がとられたが、そのいっぽう戸籍制度を基礎に戸主権と家督相続がみとめられ、事実上家制度が存続した。そのもとで妻は法的に無能力であった。また家の観念を補強するものとして、儒教道徳を説く教育勅語(2)が発布され、これに基づく国民教育が行なわれた。大正期においても国家観念・淳風美俗を強調すると共に、法制度においても家制度の強化の改正が論議された（『日本女性史大辞典』吉川弘文館、二〇〇七年）。

その「家」を「絶家」にすることは、当時としては祖先への不孝というだけでなく、家の正統な継承者であった亡夫の『妻』としてのジェンダー役割からの逸脱でもあり、世間のそしりを免れない、それだけに信念と勇気を要する行為であった。

「いつも、誰にも看とられずに、一人で死んでゆく日の自分の姿を想像する」のが、「彼女にとつては、いまや、それは、あまり恐ろしいことでもない筈だ。――」と、あさ乃は精神的にも自立した女性として描かれている。あさ乃は家父長的家制度の規範に縛られないどころか、自分の意思と判断でそれに背く行為さえする、自立・自律的な女性なのである。「時代の求めた理想的女性像」「規範的な女性の典型」とは、正反対の女性だといわざるを得ない。

3　娘・露乃の結婚と死——父系・家父長制の紋から女系の紋へ

あさ乃の娘・露乃が結婚した相手の豊吉は、「体ぢゅうが、真実のかたまりみたいな親切な男」で、妻子を養いながら師範を卒業し、故郷に戻って小学校に教師になった。あさ乃の二人の孫照吉と清子は東京で、豊吉の学生結婚のなかで生まれたのだ。豊吉の父親のことは書かれていないが、すでに死去しているとみていいだろう。

露乃の姑は「優しい苦労人によくある、思ひやりの深い人」だったが、あさ乃には遠慮があった。しかし露乃が戻って一年経たないうちに突然喀血し、病床に倒れたため、あさ乃は「家人の手前、小さくなりながら」毎日朝から夕ぐれまで、柳津に出かけて一心に介抱した。豊吉も実によく病人の世話をしたが、露乃は四年も病んだあげく亡くなってしまった。

露乃の発病は、「限られた学資のなかで」、しかも空気の悪い東京で二児を産み育てたことに原因があるのだろう。露乃という名前は、露のようにはかない人生を暗示している。

日曜ごとに遊びにくる二人の孫は、その日はいつもと違って実によく手伝いをしてくれた。戦地から子どもたちに手紙がきたのだ。あさ乃は、「——淋しい時には柳津へ来てゐなさい。——」という出征前の豊吉の言葉を思い出して、「こんな不安な、わけの解らない思ひの晩は、あの家まで、とにかくゆかなくては」と思う。後述するが、この日のあさ乃は戦地の豊吉の生命の危機を自分の死の予感として感受していたのである。

提灯をもち出し、ローソクの灯を入れる。油紙のかすかな匂いから、娘の露乃が嫁にいく晩の、提灯の灯の列がポプラ並木をつらなっていった記憶が甦る。あさ乃はその家の紋である「丸に四つ菱」の紋が大輪にくっきりと描きこまれている提灯を下げて、霧の深い戸外へ出かけた。かなり進んだ頃、風もないのにローソクの灯がすっと消えた。あさ乃はとぼとぼと歩きつづける。

「丸に四つ菱の紋」は、樋口家の紋である。家紋は家父長制の象徴だが、この紋はあさ乃が自分の代で「絶家」を決意した家の家紋である。家紋の本を調べると、「丸に四つ菱」の紋はなく、「丸に武田菱」と「丸に四つ重ね菱」の紋は実在する。図柄としてはっきり見えるのは前者である。江戸末期になると数多くの菱紋が現れたが、大半の菱紋が武田家の子孫のものだという（能坂利雄『家紋を読む』ＫＫベストセラーズ、二〇〇四年）。武田家も滅びた武将の家である。

この小説で、樋口家の紋は滅びた父系・父権の紋から、あさ乃と露乃をつなぐ女系の紋へと意味転換され、変身した紋だと考えていい。

あさ乃と豊吉の関係は義理の母子関係に当たるが、直接の利害や依存関係はない。豊吉のあさ乃への扶養義務は皆無ではないが、傍系のためその優先順位は低い。それにあさ乃は豊吉の扶養を必要としていない。豊吉はあさ乃を「おかあさん」とは呼ばずに「お婆さん」と呼ぶ。音だけ聞けば、「お祖母《ばあ》さん」でもある。自分の母ではなく、露乃とのあいだになした二人の子の「お祖母さん」という位置づけだろう。いっぽうあさ乃は、戦地の豊吉のために「献身」しているわけでもない。

あさ乃と豊吉のあいだには、つねに露乃の存在がある。二人は義理や依存や利害や献身によってではなく、露乃への愛情を通して結ばれているのである。なおあさ乃は二人の孫を可愛がっているが、金魚を生きたまま土に埋めたりするいたずらには、「懲戒」も怠らない。

4　露乃の夫・豊吉の出征と戦地での出来事

一九三九（昭和一四）年の初夏、妻を亡くしたばかりの豊吉に召集令状がくる。豊吉は一人あさ乃の家にきて、召集令状のことは何もいわず、ちょうど刈り入れ時になっていた麦を「ものもいはずに」、片はしから刈り入れてくれた。それは露乃の臨終近い時分に種を撒いた麦だった。

そのあと豊吉は、少し酒をのんで日ごろ口に出せないあさ乃への思いを語る。「お婆さんは、一人娘を僕にくれてしまつた。もうだれもたよりになる者もない身の上だ、とおもつてゐるかもしれないが、そんなものぢやありませんよ。（略）僕も、死んだ女房のお袋だと思やあ、決して、粗末にはおもひませんよ。（略）お婆さんが困るときには、いつでも、僕のお袋に相談して下さい。また、淋しいときには、ね、いつでも、僕の方へ来てしまつて下さつて、かまひませんよ」。そして豊吉は日が暮れるまで、家中の用足しをしてくれたのだった。

その年の一〇月の終わり、上等兵である豊吉の部隊はある作戦に参加する。「十一月のその作戦に動員されるために、部隊は、地方の警備地から、漢口の町へ、他の部隊と共に集結した」。真夜中に移動が始まり、長沙へ向かう。「中支那」のその付近の自然は日本とよく似ているが、季節が一月ほど早い。内地に似て「靄が大へん深い晩もある」。

移動中、泥沼のなかでの敵のちょっとした抵抗で、若い小隊長が腹部に盲貫銃弾を受けた。そばにいた豊吉はその命を救うための行為のあと、戦友と二人で小隊から遅れて出発する（小隊長は重傷から助かって現地で活躍していることが、作者の附記として作中で語られている）。「足をすべらせると、かたはらの沼の中に、ずるずると陥る」ような沼地である。深い靄のなか、かれは用足しをして一人になり、道に迷う。

一人走っている豊吉は、異様な不安に襲われる。少し離れたところから水鳥らしい羽ばたきの音が水面を打つのが聞こえるが、行く手には湖水はないはずだ。人の気配や銃声がするが、敵味方の区別がつかない。そのほうへ走り出そうとしながら、豊吉は故郷のこういう靄の深い晩を思い出す。

日本軍の漢口占領は一九三八（昭和一三）年一〇月のことだった。豊吉の部隊が参加した作戦は、実際の作戦だったとしても特定することはできない。ただ「昭和一四年（略）華中では揚子江を挟んだ南北地区で日中両軍は一進一退の戦闘を展開」と記されている戦闘の一部として、考えていいだろう（『1億人の昭和史　日本の戦史6　日中戦争4』

毎日新聞社、一九七九年)。同じ年の「12月全戦線で冬季大攻勢を開始」という記録もある(「日中戦争年表」『図説　日中戦争』河出書房新社、二〇〇〇年所収)。

この年、中国大陸に投入された日本軍兵士は約八五万名に達し、国力は逼迫し、日中戦争は泥沼にはまって解決の兆しも見えなかった。英米との関係は深刻に悪化し、ノモンハン事件、英仏の対ドイツ開戦など、国際情勢も大きく変化していた(前掲書)。

豊吉の眼の前の靄のなかに、ぼんやりと提灯の灯が見えた。「丸に四ツ菱」の、たしかに見覚えのある妻の家の紋が大輪に描き出ていた。豊吉は思わず、いま進もうとしていた方向をやめて、その提灯の灯がさっとかすめるように靄のなかに吸われたと見えたその方角へ向かって走った。

「雲の上を走るやうな大胆な、韋駄天走りの歩調だつた。何とも云ひやうのない感動が、腹の底からゆれあがり、走りながら、彼は、オイオイと男泣きに泣きたかつた。／もちろん命のことが問題ではなかつた。／何か、宇宙的な高いところへ心が誘ひあげられ、堤を切つて、ある、身をまかせることのできる高い感動の中に、あふれ込んだ時の、何ともいへない気持だつた」。そして翌朝、豊吉はようやく小隊に追いつくことができたのだった。

豊吉の感動は、命が助かったという感動ではない。戦争という現実を超え、生死の境を超え、すべての境界を超えて高い感動に身をまかせた感動である。しかしそれを書く作者の思想はどこまでも「生」の側にある。

戦場場面や兵士の描写には臨場感と現実感があり、それは真杉が前述の戦地慰問によって獲得したものであろう。しかし作者は視野を数人の兵士に限定し、かれらが戦う目的や大義名分を一切語らず、語らせない。国という言葉も、あさ乃の独白に「国宝さま」が出てくるだけだ。豊吉の手紙には「命を投げ出しきつた」という言葉があるが、その目的については沈黙している。敵についても、「敵」「敵さん」といわせるだけだ。兵士たちが戦う動機は、公的と私的とを問わず、この小説にはまったく書かれていないのである。

この時期、戦争を批判的に書くことは許されなかったが、戦争の大義名分を書くことはむしろ積極的に評価されていた。発禁にされ、執行猶予つきの有罪判決を受けた石川達三の「生きてゐる兵隊」（一九三八年）さえ、「明朗支那建設のために、正義日本を住民に認識させるために、彼等に安住の大地を与へるために」と、日中戦争の大儀名分を記している。

真杉が最初の広東慰問旅行について書いたものには、「国家総力戦といふ緊張のみなぎり」を語る一文（「私の慰問文」）があるだけで、日本軍の中国占領の難しさについての認識と危惧が目立つ。「「東亜新秩序」といふ言葉のうちにふくまれてゐる幾条もの実質的な条件や困難」、「宣撫工作のむづかしさ」（「広東春日記」）、「むづかしい戦の陣をひいてゐられる」（「仏山へ行く道」）などだ（共に『南方紀行』昭和書房、一九四一年六月所収）。

多感な十代を日本の植民地だった台湾で過ごし、この旅行の帰途にも家族の住む台湾を訪れている真杉は、他民族を支配することの難しさを感じていたはずだ（拙稿「真杉静枝が書いた台湾」ほか、『樋口一葉と女性作家　志・行動・愛』翰林書房、二〇一三年所収参照）。当時喧伝されていた戦争の大義名分を、そのまま信じることはできなかったに違いない。

翌年の前線慰問については、三年も五年も内地を離れている兵士たちが「一番待ってゐるのは内地から来る手紙のことだ」と書かれている（「中支戦線を巡りて」『放送』一九四二年八月所収）。

5　豊吉の手紙とあさ乃の柏手《かしわで》

四〇日ほどして、お婆さんのところへ孫たちが、父からの手紙をもってくる。そこには次のようなことが書かれていた。「作戦が無事に終つたこと。命を投げ出しきつた、さういふ時の気持の中では、いつも、郷里のなつかしい人々の顔が、ちやんとついてゐてくれるやうな安心した気持があるものだといふこと。それから、不思議なことがひとつある。お婆さんの家の、見馴れた、あの紋のはいつた提灯の火を、戦地でたしかにみたやうな気がしたこと。

そのおかげで、実は、犬死しなくてすんだこと。その日、恰度日曜日だつたので、子供たちはきつとお婆さんのところへ行つてゐたのだらうといふこと」。

一人ぼっちになり、火の始末をしてやすもうとしているとき、ふと、お婆さんは「ああ、あの時ではあんめえか提灯の灯が……」とぽつんと独語して、立ちすくんだ。あさ乃は戦地の豊吉に妻の家の紋が見え、かれを正しい方角に導いたのは、あの晩、風もないのにローソクの灯が消えたときだったことに気がついたのだ。3節で書いたように、あさ乃は豊吉の危機を、自分の死の予感として感受していたのである。

小説は次のように終わる。「思わず提灯をとり出してみたりしながら、ふと、お婆さんは、何を拝むともなく、激しい手つきで柏手《かしはで》をうつて、小さな頭をこくりこくりと下げながら一心に拝んだ」。

「何を拝むともなく」と書かれているように、あさ乃が柏手をうって拝んだのは、当時の日本人が神社で礼拝を強いられていた皇祖皇宗、またそれらに連なる神々とはいえない。お婆さんが一心に拝んだ何か――亡き娘の夫の命を救ってくれた何か――は、あさ乃の提灯の灯が消えた瞬間に戦地の豊吉の前に現れて消えた、樋口家の紋を浮かべた靄そのものではないだろうか。そこに感じられるのは、近代天皇制的・家父長的・国家神道的な心性とは別の、すべてのものに霊魂あるいは霊が宿ると考えるアニミズムにも近い心性である。

6　女性性のシンボルとしての靄――らいてう「靄の帯」との比較

豊吉が迷う戦地の場面には、靄の描写が多い。「大へん濃い靄が降《お》りてくる晩であつた」「手でつかめさうな綿のやうな靄」「空も大地も、いちめんの乳色の靄の中に埋まり……」「鼻先さへみえぬ靄の中」等々。

靄は非常に細かい水滴や吸湿性粒子が空気中に浮遊している現象で、霧より湿度が少なく、水の粒子が細かく、密度が濃い。そして灰色に見える（『日本国語大辞典』小学館）。

靄には現実を隠して錯覚を与え、欺く性質がある。戦地で豊吉を迷わせたのは、靄のもつその面だといえる。豊吉らが戦う侵略戦争の本質も、靄に隠されている。いっぽう靄は境界を無化し、現実を超え、超現実をもたらす。この小説に描かれている戦地と内地の境界の無化、人と人、魂と魂の感応現象を媒介するのも、靄である。

靄という自然現象自体は中立的であるが、そこに婚礼の夜の紋が浮かび上がると、一定の方向性をもったメッセージとなる。靄は露乃の化身となり、(3)豊吉とあさ乃をつなぐ霊的媒体となって、豊吉を正しい方向に導くのである。

「綿のやうな」という形容からも感じられるように、靄には暖かい感触がある。「乳色の靄」の「乳」も女性性を表象している。暖かく包みこむ乳色の靄のイメージは、女性性のメタファーにふさわしい。いっぽう湿気の多い霧は冷たい感触をもっている。靄はジェンダー的にみて女性、霧は男性といっていいだろう。フランス語でも靄を〈濃い霧〉という場合のほか、靄のジェンダーは女性である。この小説で、靄は女性性の象徴として使われているということができる。

平塚らいてうに、一九一二（明治四五〜大正元）年作の「靄《もや》の帯」という短いエッセイがある。作者は故障のためかれこれ二〇分も停車してしまった成田線の車窓から、暮れていく印旛沼の情景を見ている。ふと向うを見ると、闇のなかに真白い靄の帯がぼーっと横たわっている。

らいてうは靄の帯を、「松林に住む白衣の女神たちがなよやかな裳を長く背後《うしろ》に引いて今一列を作って静々と降りてきた」ように感じる。靄の女性・女神性が感受されているのである。

周囲には「不安、焦燥、軽い憤怒」といった穏やかならぬものの影が動いているが、らいてうは窓の硝子越しに斜めに見える停車場の釣燈籠を見つめながら、「何だか生れぬさきの遠い遠い故郷《ふるさと》の母がしきりに私を呼んでいるような、なつかしいような、心細いような、遣瀬《やるせ》ないような、泣きたいような気持がして、五体がしだいしだいに発散していくようだ」と感じる。靄に媒介されて、らいてうは胎内回帰に近い幻想を抱いているのである。

いっぽう「深い靄」において、靄に包まれた豊吉の心が向かうのは、故郷ではあるが、母ではない。「故郷のなつかしい人々の顔」のなかには、豊吉の心に今も生きている亡き妻、露乃の顔がある。靄は露乃の化身であり、豊吉とあさ乃をつなぐ霊的媒体なのである。

この小説に岩淵氏のいう「救済としての母性」の描出をみるとしたら、それはあさ乃の豊吉への母性というより、あさ乃の露乃への母性であろう。〈母性〉という近代的な言葉がふさわしいかどうかは別として……。

7 舞台を柳津《やなづ》に設定した理由――自由民権運動への共感

「深い靄」の〈銃後〉の舞台は、会津の柳津の農村に設定されている。柳津は「やないづ」と読むのが正しいが、真杉は「やなづ」とルビを振っている。その理由を含めて、作者が小説の舞台をこの村に置いた理由を考えてみたい。

知られているように、幕末、会津藩主の松平容保《かたもり》は幕府から京都守護職に任じられた。その後の戊辰戦争で会津藩は官軍（薩摩・長州軍）と戦い、完敗して深い傷を負った。その後、東日本でもっとも早く政治結社が結成された福島県では、明治一〇年代（一八七七～八七年）にはいると自由民権運動が大きな高まりをみせ、県は「自由党王国」の観を呈していた。

これを撲滅するため、薩長藩閥政府が送りこんだのが、薩摩出身の三島通庸《みちつね》であった。三島は一八八二（明治一五）年県令に着任早々、会津に大土木工事を計画し、農民に過大な負担をかけて強引にその起工を進めた。これが会津若松からの「会津三方道路」である。

激しい反対運動が起こったが、それを弾圧の好機と捉えた三島の密命により、一〇〇〇人近くが逮捕されて拷問を受け、県会議長の河野広中が軟禁獄七年の刑を受けるなど、六名が処罰され、県の自由党は壊滅した。これが福島事件あるいは喜多方事件と呼ばれる事件である（高橋哲夫『風雲・ふくしまの民権壮士』歴史春秋社、二〇〇二年ほか）。

自由民権運動についての真杉の見解は、『母と妻』の半年前に出版された書き下ろし長編小説『鹿鳴館以後』（実業之日本社、一九四二年一〇月）から読みとることができる。主要人物の一人由利朝之介は、ドイツ留学からの帰朝者である。貧民救済に関心をもっているが、自由民権運動を弾圧するため制定・施行された保安条例には「大賛成」だ。かれはしだいに、鹿鳴館時代以後「勃興して来るべき、新しい国家主義の唱道に力を入れてゐる」人物の相貌を現してくる青年である。

九州の高島炭鉱事件――日本初の労働争議に発展した炭鉱坑夫虐待事件――が社会問題化すると、朝之介はこれを調査して『国民の友』に論説を書いたが、それは事態発覚後に会社が改善した現状に基づいて三菱を擁護するもので、一部の当事者を怒らせ、かれは決闘事件に巻きこまれる。作者はこの人物を、元婚約者の女性から見て「冷たくて、清烈で、触れるとそこから、此方の体が氷ってしまひさうな人」として描き、彼女とは不縁にしている。

自由民権運動は、「あれだけ自由民権主義者の演説の材料に使はれてしまへば」という朝之介の台詞にひと言出てくるだけだが、この運動は、福島事件以来の相次ぐ激化事件と政府の弾圧による〈冬の時代〉を経て、後藤象二郎が提唱した大同団結運動（一八八七年一〇月）を契機に、ふたたび勢いを増していた。保安条例（同年一二月）はそれを弾圧するため、制定と同時に即日施行された勅令だったのである。

この若き国家主義者を描く批判的筆致の背後に、真杉の自由民権運動にたいする共感を読みとることができる。彼女がこの小説の舞台に会津を選んだのは、日本近代史におけるその歴史的意義を踏まえてのことだと思われる。そこには日中戦争を起こした大日本帝国を、薩長藩閥政府の国家として捉える大局的な視点さえ感じられる。

8 象徴としての柳津《やなづ》――自由民権運動への微妙な距離感

真杉静枝は小説「深い靄」の舞台を会津に設定したが、福島の自由党員や農民たちが藩閥政府と真っ向から対立して敗北した喜多方ではなく、南西に少し離れた柳津に置いた。

柳津《やないづ》観光協会に問い合わせたところ、柳津にポプラ並木はなく、かなり遠いため磐梯おろしが吹きおろすことはないという。自由民権主義者を輩出した土地柄でもない。柳津は円蔵寺虚空蔵尊《こくぞうそん》[4]の門前町だが、国宝の木造薬師如来及両脇侍像があるのは、河沼郡湯川村の勝常寺である（安在邦夫・田崎公司『会津諸街道と奥州道中』吉川弘文館、二〇〇二年）。ここは柳津から北東に、直線距離にして二〇キロは離れている。

しかし靄についてては、協会から肯定的な答えを得た。柳津は山深い土地なので、雨が降ると靄が発生する。もっとも靄の多いのは梅雨期だが、只見川と気候の関係によっては他の季節にも発生し、その幻想的な写真を撮るために訪れる人もいるという。

真杉は靄という柳津の自然的特徴を中心に据え、会津の他の地域に実在するポプラ並木、磐梯おろし、国宝などの事象を、象徴としての「柳津《やなづ》」に配したのではないだろうか。柳津《やなづ》は実在する柳津《やないづ》そのものではなく、福島の自然と歴史を凝縮し、象徴する存在として設定されているのである。そこには会津の自由民権運動への共感と同時に、微妙な距離感も感じられる。男性主導の運動であり、女性の参加が少なかったためかもしれない。

9　戸主（家父長）のいない小説

そのことと無関係でないと思えるのが、「深い靄」が成人男性のいない、女性と子ども中心の小説だという事実である。戦争のため当時の〈銃後〉には若い成人男性が少なくなっていたが、徴兵年齢を超えた男性は大勢いた。そのかなりの部分が家の統率者としての戸主（家父長）だったと考えていい。

しかしこの小説には、成人男性の戸主が一人も登場しない。豊吉は町田家の一人息子であり、戸主であるが、招集されていてその役を果たしていない。戦地での豊吉は一上等兵に過ぎない。そして〈銃後〉での出来事は、女と子どもだけの世界で起こるのである。隣家についても、作者は「小母さん」と「娘」についてしか語らない。

あさ乃と露乃、母と娘の強い結びつきがこの小説を貫いている。まるで朝の露が戦地での夜の靄となって豊吉を包み、紋を幻視させてかれを守ったかのようだ。あさ乃の意思で父系・父権の紋としては消滅を運命づけられ、婚礼の夜に束の間女系の紋として現れた提灯の「丸に四つ菱」の紋が、靄のなかでかれを正しい方角へ導いたのである。

情勢を支配する現実の家父長・大日本帝国は、その姿を現すことはない。しかし読者は、それが「深い靄」のさらに奥深くに隠されているのを感知することができる。

10　真杉静枝のフェミニズム思想の真髄――他に類例をみないすぐれた小説「深い靄」

この作品に描かれた不思議な出来事を、豊吉の無事を願うあさ乃の願いが天に届いたと解釈することもできる。しかしそうすると、ここに樋口家の紋が現れる必然性がない。亡き露乃が夫の危機を感受して〈銃後〉の母・あき乃を動かし、その提灯の灯を消して、靄のなかに浮かぶ紋に変身したと考えるのが、よりテクストに沿った解釈だろう。

あさ乃は、父系・父権の家を「絶家」にする決意をしてまで、娘の幸福を願った母である。あさ乃と豊吉のあいだには直接の母子関係はなく、提灯の列をつらねて嫁いでいった露乃の存在だけが二人を繋いでいる。そしてすべての根底にある露乃と豊吉の愛の絆も、あさ乃の決断によってはじめて現実のものになったのである。

作者はこの小説の〈銃後〉の舞台を、薩長に敗北し、政府の弾圧に屈した福島の会津の、靄の深い村に設定した。そこには日中戦争にいたる日本近代史への透徹した認識と批評があり、さらに女の精神力への深い信頼がこめられている。

「深い靄」を戦争賛美の作品ということはできず、その効果も生じていない。何よりもここには、当時天皇制国家とそのイデオロギーが唱導した「滅私」「献身」「死」への賛美が、皆無なのだ。また国家主義的な戦争目的を捨象したため、この小説には兵士の国籍を換えても通用する普遍性がある。

「深い靄」は、紋を浮かべた靄（露乃の霊的化身）に媒介されたあさ乃と豊吉の魂の交感が、戦争の現実を超え、生死の境を超え、空間の隔たりを超えて奇蹟を生んだ物語であり、母と亡き娘との女系のきずなが、娘の愛した戦地の婿の命を救った物語であるということができるだろう。そこには真杉静枝のフェミニズム思想の真髄がこめられている。

それればかりでなく、この小説は戦争の生《なま》の残酷さが描かれていないとはいえ、侵略戦争を起こした近代天皇制国家の規範とは別の生き方、別の価値観を、戦時下において見事に形象化し得た、他に類例をみないすぐれた小説であるということができる。その価値観とは、女性の自立と尊厳、生命への愛、そしてナショナリズムや超国家主義を支えた国家神道を無化する、自然への畏敬に満ちた感性と思想である。

注

（1）　樋口一葉は父の生存中に満一六歳未満で相続戸主になっている。「深い靄」の人物設定において、もし父親が死去したとき露乃がある程度の年齢に達していたら、露乃が戸主にされていただろう。作者が父親の死亡時の露乃を乳児に設定したのは、そういうことを考慮したためだと思う。旧戸籍法下での妻の地位は、それほど低かったのである。なお『鹿鳴館以後』にみられる真杉のすぐれた調査能力を考えると、彼女が一葉の例を知った上で「深い靄」の主人公と同じ苗字の「樋口」としたことも、十分に考えられる。

（2）　教育勅語（一八九〇年）は、「真ん中に臣民が守るべき徳目を説き、始まりと終わりの部分で天皇と臣民のあいだの神聖な紐帯、その神的な由来、また臣民の側の神聖な義務について述べている。国家神道的な枠のなかに、儒教の徳目に対応するような、ある程度の普遍性をもつ道徳規範が述べられている、という構造になっている。内側に示される道徳的教えの部分は宗教性が薄いが、外側の枠の部分を「国体」論や天照大神信仰、皇祖皇宗への畏敬の念、そして濃厚な天皇崇敬が囲んでいるのだ」（島薗進『国家神道と日本人』三八頁、岩波新書、二〇一〇年）。この頃から、学校での行事や集会を通じて国家神道が国民の思想や生活に強く組みこまれていった。いわゆる「皇道」が国民の心とからだの一部になっていったのである（中島岳志・島薗進『愛国と信仰の構造――全体主義はよみがえるか』一〇八～一〇九頁、集英社新書、二〇一六年）。「学校や軍隊や国家行事を通してナショナリズムが育てられるのは、欧米をはじめとする世界各地の国民国家で広く共通に見られることである。日本ではナショナリズムが国家神道という宗教的要素とからみあって展開した」（島薗前掲書一六六～一六七頁）。

（3）露は空気中の水蒸気が凝結して物に付着した状態であり、夜間の放射冷却によって気温が氷点以上、露点以下になったとき生じる（『日本国語大辞典』小学館）。露と、空気中に浮遊している状態の靄とは、気温の変化によって交替可能な自然現象である。

（4）円蔵寺本尊の虚空像菩薩像は茨城県の村松、宮城県の柳津とともに、弘法大師の作と伝えられる。日本三大虚空蔵の一つといわれ、古来、戦国大名から庶民にいたるまで攘災招福《じょうさいしょうふく》の仏として信仰を集めてきた。とくに初厄《しょやく》の十三歳に参拝すると霊験あらたかであると、近県からも「十三参り」にくる参詣者が多い。正月七日夜には奇祭「七日堂裸参り」が行なわれ、打ち鳴らす鐘を合図に、下帯一本の若者たちが本堂の梁をめざして一一三段の石段を駆け上がり、鰐口の綱にとりついてもみあいながらよじ登る。この地方で疫病が流行したとき、それを治すために竜宮から宝珠を持ち帰った。ところが只見川に住む竜神が奪いにきたので、檀徒がそれを防いだという伝説にちなむ。観衆と一体になってにぎわう様に、竜神は宝珠の奪還をあきらめるのだという。本堂は総ケヤキの白木造りで、西側に広い舞台を構えている（福島県高等学校社会科研究会編『新版福島県の歴史散歩』山川出版社、一九九〇年）。

私見では、西側の広い舞台は三日の朔を経て甦る月の出を迎える舞台であり、只見川に住む竜神は、月母神・地母神の化身である。この「七日堂裸参り」には月母神・地母神信仰と仏教との抗争がこめられているが、前者の力はまだ大きなものがある。この祭りは竜神のシャーマン力と檀徒の仏教力とが相拮抗して闘う祭りであり、一神教的な近代天皇制や国家神道とは相いれない柳津の精神的風土を象徴している。柳津に小説の舞台を設定した真杉には、このような風土への共感があったのではないだろうか。

〈付記〉真杉静枝「深い靄」からの引用は復刻版『母と妻』（ゆまに書房、二〇〇二年）により、石川達三「生きてゐる兵隊」からの引用は『生きてゐる兵隊』（河出書房、一九四五年）によった。『南方紀行』からの引用は復刻版『南方紀行』（ゆまに書房、二〇〇〇年）により、旧字体を新字体に改めた。平塚らいてう「靄《もや》の帯」からの引用は『平塚らいてう著作集　第1巻』（大月書店、一九八三年）によった。

岡田禎子〈フェミニスト〉の翼賛――「正子とその職業」から戦時ルポルタージュ・戯曲へ

中島佐和子

1　はじめに

岡田禎子は、昭和初期から戦中・戦後にかけて、数少ない女性劇作家の一人として活躍した。初期作品には既成の概念を覆す新しさがあり、当時の社会の基盤であった封建的家族制度や男尊女卑への鋭い風刺が込められていた。しかし戦争が拡大し、国を挙げて戦争への協力体制を推し進めたとき、禎子の作品の中のフェミニズムは影を潜め、家父長的家族制度を受け入れる戦争翼賛の姿勢に変わっていった。禎子の作品や言動を分析することは、時代の鏡として、また現代の私たちに対する警鐘として、意味のあることだと思われる。

昭和初期の禎子作品のフェミニズムを検証し、その後の戦争協力の道筋を追ってみたい。

2　ジェンダーへの異議申し立て……「正子とその職業」を中心に

岡田禎子（一九〇二〜一九九〇）は、愛媛県温泉郡石井村（現、松山市）に、父岡田温《ゆたか》、母イワの次女として生まれた。

温（一八七三〜一九四九）は、愛媛県および中央の帝国農会で活躍し、衆議院議員も務めた「第一級の農村のリーダー、優れた農政活動家」だった。[1]残された膨大な日記からは、[2]四人の子供たちそれぞれに心を配り、特に教育については進学先を吟味するなど周到な配慮をしていたことが伺われる。この恵まれた環境の中、禎子は愛媛県立松山高等女学校から東京女子大学に学び、卒業後、東京帝国大学心理学科聴講生となった。結婚したくないということが聴講生になった理由の一つだったという。[3]

東京女子大学在学中に劇研究会を創設、岡本綺堂に師事し、一九二九（昭和四）年一月、「夢魔」を『改造』に発表した。幼い子供を育てる未亡人が、狂気の男を見守る仕事をその弟から請け負う。月光の射す座敷牢の中の男と格子を隔てて会話を重ねるうち、未亡人は夢とも現ともつかない彼の言葉に巻き込まれていく。弟によって幽閉される兄と、見守る未亡人という、〈正常な家族制度〉から弾き出された二人を通して、〈日常〉への違和感を描いている。同年七月の長谷川時雨主宰『女人芸術』の「終列車」では、偶然居合わせた旧知の遊女と人妻とが、共に不実な男に裏切られた不幸を嘆き、「叩き込まれた女子の道」への反発から、手を携えて終列車に身を投じる。ここには主婦と娼婦という〈家〉の内と外の女の連帯がある。このように出発当初から、禎子の戯曲には女を取り巻く〈制度〉に対する告発があった。

「正子とその職業」は一九三〇（昭和五）年三月『改造』に発表された。同年七月に改造社から新鋭文学叢書の一冊として刊行された初めての戯曲集のタイトルにもなっており、初期の代表作である。なお、同叢書では、他に女性作家の作品としては、林扶美子『放浪記』、平林たい子『耕地』、中本たか子『闘ひ』、窪川稲子『研究会挿話』が同時に刊行されている。

舞台は関西の都会にある甦生舎の一室。舎監の河野秀子は、海に身を投げようとする女性達を救済して派出婦等の仕事を斡旋し、女子実業補習学校を経営している。[4]十五年間に九百人の女性を救済して「一寸待ての小母様」と呼ばれ、関西婦人会理事長、働き会会長、禁酒同盟……等を務め、普選・公娼廃止を主張する候補者の選挙運動に身を入れている。秀子の夫は、女道楽を尽くした挙句に女中と心中した。流産した後、子どもは作らなかった。

秀子の姪で養女でもある河野正子は、帝大の聴講生だったが、昨夜東京から帰って来たばかりである。正子は、甦生舎の人々からは「若先生」と呼ばれ、叔母からは「道楽息子」と揶揄されている。「高師（筆者注：女高師）」時代からの友人で、今は女子実業補習学校の教師をしている加藤信子は、正子が帰ってきたと聞いて早速やって来る。旧交を温める二人の会話で、正子が酒を嗜んで有閑マダム達のお相手を務めていることが語られる。信子は長い職業生活に疲れて、この三月に三歳の子供のいる高師出の男と結婚する予定だと言う。

甦生舎には一年前から、「奥様」と呼ばれている美貌の紀井しげが身を寄せている。夫が他の女に子どもを生ませ、妻である自分を顧みないことから自殺しようとしたところを秀子に助けられた。しげの手で甦生舎は美しく整えられ、見違えるように心地よくなっていた。ところが、夫は七箇所も「後悔」という字を書いた手紙を寄越し復縁を迫っている。夫の懇請に従って家に戻ろうとする気配を察して秀子は激怒し、残るよう哀願する。しげは逡巡するが、秀子の剣幕に押されて出ていかないと約束する。このやりとりを立ち聞きしていた正子は、「奥様」はいずれ夫の元に帰って行くと宣告する。しょげかえる秀子に正子は、「奥様」を奪うには一緒に心中する他はないと言うが、身投げを思いとどまらせる事業をしている秀子に自殺が出来るわけもない。活動的で若々しかった秀子は二十も老けたように見えた。正子は「この結構な仕事を受け継ぐ」という。風呂から上がって来た信子は、正子がこの女性救済の仕事に入るのは、鼠を米庫に追い込むようなものだ、「この神聖な社会事業も、いよ〳〵正ちゃんの愛欲篇に入る訳ね」と冷やかした。外は雪が深くなってきた。しげの空席を残して冷えた蕎麦を食べ始める秀子・正子・信子の三人……。

この作品について菊池寛は、「『正子とその職業』だけで、日本のどんな女流作家とも拮抗すべき秀れた女流として推薦するに躊躇しない」(5)と称賛し、築地座一周年記念公演として上演された舞台（一九三三年、杉村春子主演）は、「喜悦を覚える程、舞台的に精彩を添へ」(6)たと好評だった。作品論は多くないが、「まっとうな性をぬきとられた五十女の激しい嫉妬を描」き、「人助けの名目のもとに女性の人間性を去勢している甦生会の虚偽を痛烈にあばいた暴露劇」（大山功「弱き者よ、汝の名は女なり？　――ミニ岡田禎子論――」『悲劇喜劇』一九八二・一）という論や、「経営者の母と娘という世代の違う二人のインテリ女性の意見の対立を通して、個人的動機による復讐と社会的理想との混同をあぶり出して、本当の女性の自律とは何かを問いかけたもので、フェミニズムによるフェミニズム批判とも言うべき」（みなもとごろう「岡田禎子『夢魔』」日本近代演劇史究会編『二〇世紀の戯曲――日本近代戯曲の世界』社会評論社、一九九八）という分析があるが、表面的な理解にとどまると思われる。

この作品で注目されることは、女性救済事業、婦人会理事長、普選・禁酒・廃娼運動等で活躍している秀子が、男性社会の犠牲者としての一面を持ち、執着している「奥様」を奪われようとして意気消沈している姿を描いていることである。「奥様」という呼称には、制度に取り込まれているしげを揶揄し、かつ憧れるという、甦生舎の人々の複雑な心情が反映している。ともに同性を「愛欲」の対象とし、「この結構な仕事を受け継ぐ」という娘（姪）と母（叔母）の間に対立はない。「女を捨てて」「男並み」に活躍する社会事業家が、家事の習熟・男への服従・美貌という旧来の〈婦徳〉を備えた女性にみじめに敗北する。この不条理は、職業を持つ女性に対する社会の厳しい目を前景化し、同時に、異性愛制度から外れた女性の生きにくさを伝えている。正子は、(7)

うん。考へてみれば、私達高師出は全く惨めねえ。この世の滓が相寄つて……と云ふ意味はね、まあ毎年の女学校を見てごらん、高師へ行かうなんて連中に碌なのはゐやしない。目白台（筆者注：日本女子大学校）満足に出る売れ残りつて云ふが、此方は最初からてんで売りになど出されない組なんだから。

と自嘲している。この言葉からは、教師という〈職業婦人〉を目指す「高師出」の女性に対する世の中の偏見がシニカルに浮かび上がる。

この作品は、女が仕事に生きること、女が女を愛することの困難を描いて苦い味わいを残し、ジェンダーへの異議申し立てを行っているといえるだろう。「正子とその職業」というタイトルも象徴的である。

本作については、イギリスの劇作家バーナード・ショウの「ウオーレン夫人の職業」（一八九三）の影響が指摘されている。(8)「ウオーレン夫人の職業」はショウの「不愉快な《アンプレザント》劇《ドラマ》」(9)に分類される当時の社会を風刺した作品で、一九一〇年代に和辻哲郎訳（第二次『新思潮』一九一〇・一〇〜一一・二）や坪内逍遥訳（早稲田大学出版部、一九一三）があり、一四年『青鞜』新年号では、平塚らいてうや伊藤野枝等による合評も行われている。禎子は戯曲を書き始めた動機を、「こ、十年位に、我国で刊行になつた和洋の戯曲集を、並々ならぬ愛情で読んでゐる中に書き出して了つたのである。つまり私の劇作家へのスタートは、舞台を見た感動からではなく、読んだ感動から切られたものであつたのだ」(10)と語っている。タイトルの類似と、ヒロインが学業を終えて実業家の母（叔母）の元を訪ねるという大筋からも、「正子とその職業」が「ウオーレン夫人の職業」を下敷きにしているのは確かだろう。

主人公ウオーレン夫人は売春婦管理業のやり手だが教養のない女性で、娘ヰヽー（坪内逍遥『所謂新しい女』博文館、一九一二）は近代的な教育を受けた理知的な「新しい女」である。二人は生き方についてすれ違い、各々の才覚を活かしてそれぞれの道を歩むことになる。貧困や階級をテーマとし、母の粗野な言葉遣いには娘との階級差がにじむ。対して、正子が友人信子との間で時折見せる男言葉には、ジェンダーの越境が見られる。

「正子とその職業」の四か月後の三〇年七月、同じ『改造』に禎子は、小説「女の廃る藪」を発表した。独身の絵師・先生・文学士の三人の女が共同生活をしようと貸家を探す。しかし皆が揃って快適に暮らす家を見つけることができない。中の一人が次のように嘆く。

この諸々のハウスなるものは、つまりホームの象徴なのよ。家族制度のね。一人の主人が有る。そしてひとつの生活が有る。その主人に傅《かしづ》き、ぶる下《ママ》がり、つまり愛団欒する女房以下のメムバアを引率する。一人の男のひとつの生活なのよ。（中略）間違つてゐるのは私達なのよ。ひとつの生活のために設計された家へ、三つの生活を持ち込まうなんて、ね。

貸家探しをあきらめた三人は、「身の程を弁へて」「あの大塚の方へ出来るとか出来たとかの」「女の廃る藪」である「アパート」へ行ってみることになる。

ここでも、独身女三人の言葉には逆説的な自嘲の響きがあるが、町中に建てられている家は家長を中心とした家族制度そのものだという指摘は鋭い。作中の「アパート」とは、同潤会大塚女子アパートメントハウスのことだろう。竣工は三〇年五月一五日、日本で初めての職業婦人専用アパートで、屋上にはサンルームや音楽室を設置するなど当時としてはモダンで贅沢な建築であった[11]。そのアパートを「女の廃る藪」と表現するところに、制度が望む「女」への反発と、そこからの疎外感とのアンビバレントな感情を読み取ることができる。

このように、家父長制に対する告発や異性愛制度への異議申し立てなど、男社会への抵抗を作品の中に盛り込むとき、なぜ自嘲的な口調となるのか。当時の禎子は、次のような感想を漏らしている。

女には、（少くも今日迄に青年期を終つて了つた様な女）所詮面白いものは書けないのでは有るまいか、まるきり実社会を知らないから、知る方法が無いからである。（中略）この事は女の書くものを題材に於て非常に狭くするのは勿論、作品そのもののにぎはひ（実際それは随分舞台を面白くさせ、厚みをさへ添えるのだが）を殺ぐ事夥しい。（中略）政治、経済、色の世界に至るまで、今日全世界が女性抜きに運転してゐるのを考へて見るといゝ。（中略）とすれば、――何うやら私は何時迄も水鼻みたいな作品しか書けさうもない。

（「書きたくない癖」『舞台』一九三二・二）

劇作家としての実績を積んだ七年後にも、「女流作家であることは損なことばかりである。（中略）女の生活の余儀ない狭さ、小ささから来る栄養不良が、優れた作品の母体たるべく、逞しく女を成長させない」（「女流作家の立場から」『新潮』三九・七）と、同じ嘆きを訴えている。これは言い換えれば、優れた作品を書くためには、女も男並みの活動範囲、待遇や地位を必要とするということである。しかしその地点にはどうしても到達できない苛立ちが、自嘲的な口調となるのではないだろうか。

その後も、つましい生活の中で子供を育てる女の追い詰められた心理を描く「頸を絞める分数」（『文芸春秋』三〇・一二）、美人を持て囃す風潮に一石を投じる「田植」（『新潮』三一・八）、中年を迎えた女性たちの群像劇「クラス会」（初出未詳。『祖国』拓南社、四二）など、女が社会で自律的に生きていくことの困難を、皮肉を込めて作品化している。「クラス会」については、『祖国』の「後記」に、全九篇のうちこれだけは「事変前の作品」で、「女のいやらしさ、あさはかさ、その他あらゆるものをこめて、女といふもののあはれさを書いて見たかつた」という作者の言葉がある。

なお、他に禎子には、飢饉時の農民の苦しみ、役人の失政とその隠蔽を描く「出世作兵衛」（初出未詳。『正子とその職業』所収）、金に貪欲な和尚が主人公の「生計の道」（『改造』三〇・一二）、米価大暴落の農村の苦悩を描く「その大節季――無告者の群れ――」（『舞台』三二・一二）など、現実に根ざしたテーマを冷静な筆致で追求した作品群がある。

3　〈銃後〉の活躍……耀ク部隊／ルポルタージュ／日本文学報国会

二章で述べたように、禎子は、劇作家としての出発当初に長谷川時雨主宰の『女人芸術』に「終列車」を発表した。その後継誌『輝ク』には、二編の戯曲と随想や短評を載せている。『女人芸術』『耀ク』への発表作品は多くはないが、同じ劇作家の大先輩として、長谷川時雨は禎子にとって敬愛する人物であった。一方、時雨は、禎子のことを数少ない女性劇作家の一人として、「円地文子、辻山春子と共に大切に育てた[12]」という。『女人芸術』廃刊後、一九三三年四月に『輝ク』を創刊した時雨は、翌年一月に女ばかりの劇団「燦燦会」を結成。三九年七月には、銃後の活動を目的として輝ク部隊を組織した。禎子は評議員として、発会式の挨拶を行っている。それ以後顕著となる禎子の〈銃後〉の活躍は、この輝ク部隊が契機となったのではないだろうか。なお、四一年八月に急逝した時雨の葬儀に際しては、輝ク部隊を代表して弔辞を読んでいる。

前線で戦う兵士へのお年玉として企画された四〇年『海軍前線慰問文集 海の銃後』と『陸軍慰問文集 輝ク部隊』には、戯曲「舌」を、翌四一年『海の勇士慰問文集』には、戯曲「春ひらく」を提供している。輝ク部隊は、慰問袋を作るなどして出征兵士を支援、四一年六月に南方（直前に行先が南支に変更された）への海外派遣慰問団に参加した。禎子は出発前の心境を、自分には慰問する芸は何もないのでと、次のように語っている。

仕方がないので、私は勝手に自分の役割を決めた。私は、慰問を目的として、なにかを持ってゆくのでなく、只行つて、見て来たいと思ふ。見たり、聞いたりして来たいと思ふ。（中略）その人たちが、何をなし、何を考へ何を求めてゐるかを、したしく見聞して来たいのである。その見聞を、なにかその人たちのためになるやうに使ひたいと思ふ気持はいふまでもなく切実である。

（「お土産なし」『輝ク』四一・五・一七）

この言葉は、その少し前から始まっていた禎子のルポルタージュを書く姿勢にも通じている。「只行つて、見て来たい」「したしく見聞して来たい」「その見聞を、なにかその人たちのためになるやうに使ひたい」……真摯に行われたその行為が、戦争遂行の〈大きな支援〉の一つとなったことは、以後の〈活躍〉が証明することになる。

禎子のルポルタージュの早い時期のものとしては、四〇年九月『新女苑』に特派記者として書いた「幼い旅から（満州紀行）[13]」がある。同年四月から二か月の満洲旅行のうち、二十日あまりの北満開拓村見学のルポで、「実に不勉強、実に不用意な状態」で「見聞のひとつひとつが珍しく、愕きであるやうな幼い旅」だったとある。とは言うものの、当時、帝国農会特別委員や郷里の温泉郡石井村村長を務めていた父親と、「満拓」（満洲拓殖公社）のA氏、Y氏が同行とあるので、かなり立ち入った視察ができたことと思われる。「昭和七年」以来「開拓」が進む満洲北部の「開拓村」を視察して、苛酷な気候や土壌での苦労を知り、「苦力と馬とに喰はれるといふけれども、私の見たところでは、開拓村は又燃料にも喰はれてゐるやうに見えた」「渡満にあたつて教えられることは殆ど決意ばかりである。（中略）この移住の問題が、一種の精神運動の様に指導されて来たらしい段階は、早く通り過ぎなければならない」等と、現地の準備不足、対策の不備を手厳しく批判している。

しかしこのルポが単行本『病院船従軍記』（主婦之友社、四三・二）に収められた時、この批判的言辞は削除されたり、穏やかに言い換えられたりしている。改稿は四二年七月一四日とある。検閲の介入があったかもしれないが、その時点で既により深く翼賛の方向に舵を切っているといえるだろう。

ここで興味深いのは、八年間指導を続けているという青年義勇隊訓練所の指導員T氏の話として、「拳固ひとつで日本語を判らせることが出来るのですから、満語を憶えなくても仕事は出来るのですが、しかし、満語を知らなくては事故を未然に知ることが出来ません。やはり聞くことは大切です」という言葉を紹介していることである。「拳固ひとつで」とは、現代の視点から見れば、現地住民を暴力で押さえつける問題発言と受け取られるところだが、削除されなかったばかりか、単行本収録時に新たに「と言つてみせる温厚な人柄はいかにも頼もしい、名指導者であつた」という言葉が付け加えられて、「満洲国」の現地の人々への対応が伺われるものとなっている。このルポでは、「民族協和を建前として、新しく建設されつつある満洲国」の「共和体の中心民族」としての「日本民族」を誇らしげに語り、「満洲国」の土地は現地住民から搾取したものという認識は全くみられない。

続く『新女苑』のルポでは、同年一〇月「女性も斯く戦へり（その一）東京第一陸軍造兵廠を観る」で銃弾製造の工場を、一一月「女性も斯く戦へり（その二）陸軍被服本廠を観る」で軍服・軍靴等製造の現場を報告している。

戦地のルポルタージュとしては、吉屋信子の『主婦之友』皇軍慰問特派員としての華々しいルポ「戦禍の北支現地を行く」（三七・一〇）が名高い。吉屋のルポはその後も次々と書かれたが、禎子は吉屋と入れ替わるように登場して、『主婦之友』特派員として活躍した。[14]『主婦之友』は、四一年当時部数一二〇万部以上を誇り、戦争激化に伴い、物資不足と言論統制により雑誌の統廃合が行われた時期に終戦まで存続した数少ない雑誌の一つで、用紙不足となった戦争末期には回覧して読まれ、影響力が大きかった。四二年六月からは、禎子のルポルタージュが「主婦の友特派」という肩書付きで以下のように続く。

「大東亜戦争　海軍病院記」（四二・六）、「大東亜戦争病院船従軍記」（同・七）、「石炭増産婦人部隊　婦人六百人が働く磐城炭鉱訪問記」（同・八、この号の肩書は「大日本産業報国会特派」）、「海軍少年飛行兵」（同・一〇）、「大東亜戦争　陸軍病院」（同・一二）、「満ソ国境従軍記」（四三・三）、「学徒航空隊（学窓から陣営まで）」（同・一〇）、「転換工場を訪ふ（日本最初の女の飛行機工場）」（同・一二）、「海軍兵学校卒業式に参列するの記」（同・一二）、「陸軍船舶兵　海洋陣地戦の花」（四四・四）等である。

禎子のルポは吉屋と比べ、取材場所は病院・鉱山・工場・兵学校など、対象は傷病兵や看護婦・女性工員・少年兵など、戦闘の場からは離れた、身近な〈弱者〉への取材が多い。重傷を負いながらも早く戦場へ復帰してお国の役に立ちたいと意気込む負傷兵、幼いわが子を国に残して明るく献身的に尽くす看護婦、規律正しく凛々しい少年兵……前述した『輝ク』で語られた決意「只行つて、見て来」る対象が弱者へ向かうとき、同情や共感・称賛はさらに深まるに違いない。禎子は報告を、例えば次のような言葉で締め括っている。

世界に冠絶する日本の家庭！　私は、自分達の家庭に、誇りと歓びを感じないではゐられなかつた。更にまた、かうした日本の家庭で、その秀れた雰囲気の中心をなしてゐる日本の婦人達に、誇りと歓びとを感じないではゐられなかつた。

（「海軍少年飛行兵」『主婦之友』四二・一〇）

他との客観的な比較のない「日本の家庭」の絶対的礼賛が並んでいる。これは〈神国日本〉を旗印に、やみくもに戦争をつき進めていた時代の流れと同調している。

一九四一年一二月太平洋戦争に突入、戦時体制が加速していく中で、四二年五月には国策遂行のための文学者の一元的団体、日本文学報国会が成立した。禎子は、女流文学者委員会委員として参加、同年九月には、久保田万太郎や佐藤春夫等と共に、中部・北陸地方を廻る文芸報国運動講演会のハードな講演旅行をこなした(15)。日本文学報国会と読売新聞社の提携による「日本の母」顕彰運動(16)では、四九名の特派作家の一人として訪問記「五児に通ふ鍬の心　尊き母の感化に笑顔の一家」を書いた。戦死した夫に代わって精米機を動かし、田畑を耕作して、四人の子供たちを育てる若い母の奮闘を伝えている。

何でもないこれらの言葉のうちに潜む聡明さこそは「日本の母」によつていつ識らず養はれた「日本の少年」に独特のもので、鍬をとれば鍬のうちに、剱をとれば剱のうちに、行くところ最高の働きを現す、日本人精神そのものに相違ないのである。

（「日本の母　愛媛県・高井キクヨさん」『読売新聞』一九四二・九・二九）

ここでも根拠なく、「独特の」「日本の母」「日本少年」「日本人精神そのもの」が称揚されている。

4　翼賛の戯曲群へ

三章で紹介したように、長谷川時雨が企画した慰問の雑誌『輝ク部隊』と『海の銃後』にも掲載された「舌」（『輝ク』三六・一二）は、床の間を寝台置き場に改造するよう命じる異国の老婦人ミセス・ヂャヂソンに対し、それでは家を壊してしまうと抵抗する老大工善作の争いを描く。善作は、日本の大工が建てた日本の家の本当の主人は自分だと主張する。この戯曲では、日本の伝統や独自性を称揚し、異人を排斥しているが、まだ戦時色はない。

三七年一二月の「猫ヒス・マダム」（『文学界』）は、飛行機の発達した近代戦争には銃後の生活などないとして猫に防空訓練をし、近所の子供を動員して防空壕を掘る夫人が主役である。夫人のあまりの熱狂ぶりに、周りの人々は「猫ヒス・マダム」と仇名して呆れて見守る。「猫達」にまで演技を要求する破天荒な脚本だが、後の空襲の悲惨さを知れば、笑えない笑劇である。ここでは掛け声だけで実質の伴わない「銃後の備え」を皮肉っている。発表されたのは、まさに日中戦争が全面化していった時期であるが、戦争協力体制から一歩身を引いた客観的な視点がある。しかしこの後戦局が進むにつれて、禎子の戯曲にも戦争協力、翼賛の姿勢が明白に打ち出されるようになる。

「暖かい冬」（『舞台』四〇・一）は、写真館の娘が主人公である。兄は兵役についていて、姉の夫は戦死している。兄の友人の画家から求婚されるが、写真館を守ってくれる足の不自由な青年との結婚を決意する。ここでは、自分の感情よりも家の存続を第一に考える娘を美化して描いていて、以前の作品との違いに気づかされる。

四二年四月に刊行された戯曲集『祖国』（拓南社、四二・四）所収の同タイトル「祖国」の舞台は、広東の近藤家の客間である。慰問団の一員である画家の神崎俊子は、美術学校の同窓生近藤秀乃と二五年ぶりに再会した。秀乃は卒業直後、中国人の医師に嫁いで広東へ渡った。幸せな結婚生活だったが夫は病死し、戦争が始まって中国人の家族共々日本軍から逃げ惑う。広東へ戻ったとき、湾を埋める日の丸を見ると力が漲ってきて、祖国というものを実感した。中国姓の二人の息子の祖国意識を気遣う。「女の子は、ぼんやりしてゐて…さういふ素直さだけでも、運さへよければ、一応立派にやつていかれるのかも知れ」ないが、「男の子は、必らず、祖国を持たなければ」ならない。中国には、立派に見えるが「何かかう、高いものが、高く冴えたものが、一点、どうしても足りない」人がいる。「男の子が、祖国といふものなしに育つと、あんな風になるのではないでせうか」と言う。

ここでは男女が画然と区別され、日本を根拠なく特別な存在とする精神論が展開されている。秀乃が息子たちにどのような祖国意識を持ってほしいのか、はっきりとは示されていないのは、祖国日本が自明だからだろう。家族は毎朝、「新聞から切り抜いた、両陛下のお写真」を御神体として祭る神棚を、中国人の使用人と共に拝む。広東で刺繍と日本語を教えて七〇人余りの生徒を持つ秀乃のことを、俊子は、「あなたを中心にして、立派な町が出来上がるのですよ！……その町こそ、今、日本で喧しく言はれてゐる、東亜共栄圏の町なんですよ！」と讃えた。二人して神棚に礼拝し、俊子が、秀乃の中国人の教え子から贈られたジャスミンの枝を手にするところで幕となる。

その後も、傷痍軍人が銃後の人々と共に働き、戦場の兵士への感謝の気持ちを新たにする「ひそやかな感謝祭」（『婦女界』四二・五）、赤ん坊はみな国のたからと讃える「皇国のたから」（『日本婦人』四三・七）、軍事保護院委嘱脚本と銘打った「薫香あまねく」（『演劇』四三・九）は傷痍軍人の村での活躍と、都会出身の嫁が夫戦死後も舅姑に身を粉にして仕える姿を讃える……等、銃後の守りを称揚する作品を次々と発表している。

禎子の単行本は、初期は『正子とその職業』一冊のみだが、戦中期には、戯曲集『祖国』（拓南社、四二・四）、同『白い花』（全国書房、四二・一二）、ルポ集『病院船従軍記』（主婦之友社、四三・一二）、随筆集『ながれ』（富士書店、四三・七）と立て続けに刊行された。用紙不足で出版が困難だった時期に、それだけ需要があったということだろう。

5　おわりに

昭和初期に、ジェンダーの不平等を戯曲を通して訴えてきた岡田禎子は、戦争激化とともに批判精神を打ち捨てたかのように、翼賛の筆を執った。男手が兵士として徴収され、女性に様々な働きの場が割り当てられたとき、そもそも、出発点から〈男並み〉の力を渇望していた禎子にとって、それは進むに迷いのない道だったに違いない。

禎子のルポルタージュ・戯曲を通覧すると、戦局が逼迫してくるにつれ、具体的には太平洋戦争へ突入する前後から、批判的・客観的な言辞がなくなり、盲目的な翼賛と日本礼賛に変わる。もともと日本を相対化する視点は作品にみられず、神国日本の絶対視にも疑問を持たなかった。禎子の戦争協力の出発点となった耀ク部隊の、海外派遣慰問団参加に際しての覚悟、「只行つて、見て来」ることが〈神国日本〉の若者や傷病兵に向かうことで、一層翼賛の姿勢が加速していったように思える。

しかし、敗戦後間もない四五年一〇月二四日、禎子は『輝ク』時代の友人熱田優子に、

昨年来ひどい人間嫌ひになつて、物を言ふのも書くのも聞くのもいやになつてゐたのですが、それが終戦後もちつとも心が開けないで、人のやうにこれからよい日本ができるなぞと安価によろこべないで困つてゐます。（中略）戦争中つけ元気で生きてきた反動かもしれません。実際新時代へ歩みだすのには、年もとりすぎてゐるのですね。(17)

と書き送っている。「戦争中つけ元気で生きてきた反動」で「ひどい人間嫌ひになつ」たという敗戦前後の複雑な心境が伺われる。

戦後間もなくの戯曲「牛の仔」（『農村演劇脚本輯（一）』農村文化協会長野県支部、四六・九）は、若い娘の賢い選択が牛の命を救い周りの人々を感嘆させるという、次世代の女性の力を示す新しい時代に向けた作品になっている。また『主婦之友』に、ルポ「宿命の国のロマンス　長島の春　愛生園訪問記」（五〇・六）、同「広島の孤児の家『光の園』を訪ねて」（五〇・一二）を掲載、「（特別座談会）農村婦人十五人の叫び――農村の生活をどうするか――」（五〇・八）では司会を務め、農村の若い女性の声を掬い上げている。敗戦後も、禎子の真摯な姿勢、特に弱者へのまなざしや、女性の力を称揚することは一貫している。

昭和初期から戦中・戦後へ、岡田禎子の言動を辿ってきたが、そこには真摯に現実に向き合おうとするフェミニストの姿があった。そのフェミニストが戦争に加担していった過程を考察することは現代の我々にとって、再び戦(18)

争への道を歩まないための方策の一つとなるのではないだろうか。

注

（1）川東竫弘『帝国農会幹事　岡田温（上巻）――一九二〇・三〇年代の農政活動』（御茶の水書房、二〇一四）

（2）川東竫弘原文校閲・脚注『帝国農会幹事 岡田温日記 第一巻 明治二十五年～三十三年』（『松山大学総合研究所所報』二〇〇六）～以下刊行中。

（3）渡辺福徳作成「岡田禎子年譜」（愛媛県立松山南高校同窓会代表大西貢編集『岡田禎子作品集』青英社、一九八三）

（4）女性を救済する社会事業家河野秀子のモデルとして、城ノブ（一八七二～一九五九）を挙げることができる。城ノブは禎子と同じ愛媛県温泉郡の、川上村（現東温市）出身。一九歳で受洗し各地で伝道の後、大正五年神戸婦人同情会を設立して婦人救済事業を行った。「死なねばならぬ人よ／一寸待ての立札を／須磨海岸に立てゝから神戸婦人同情会は幾人若い女を助けたか」（『読売新聞』一九二四・七・一八）と報道されている。

（5）菊池寛「岡田さんの作品」（『サンデー毎日』秋季特別号、一九三〇・九）

（6）「編輯後記」（『築地座』一九三三・三）

（7）「正子とその職業」発表前年の一九二九年は「大学は出たけれど」が流行語となった不況の只中だった。同年五月刊の前田一『職業婦人物語』（東洋経済出版部）は、「職業婦人の進出が男性の失業苦を増大する――その点に於てだけでも、かの女らの存在は、社会に向つて、問題の巨弾を投じて居る」（「自序」）と、「職業婦人」の存在そのものを非難し、翌月には六版を重ねている。

（8）井上理恵「解説」（『病院船従軍記』ゆまに書房、二〇〇〇）に、「『正子とその職業』も女性の更正施設を舞台にした経営者の母娘のドラマで、ここで描かれるフェミニズムも禎子の優れた資質を示す。B・ショーの「ウオーレン夫人の職業」（一八九三年）を視野に入れていたかもしれない」とある。
（9）編者「はしがき」（島田青峰編『ウォーレン夫人の職業』アカギ叢書59、一九一四）
（10）岡田禎子「恒例までに」（『築地座』一周年記念号、一九三三・一二）
（11）川口明子『大塚女子アパートメント物語　オールドミスの館にようこそ』（教育資料出版会、二〇一〇）
（12）尾形明子『「燿ク」の時代——長谷川時雨とその周辺』（ドメス出版、一九九三）
（13）同年一九四〇年四月の『新女苑』には、林扶美子の満洲紀行「凍れる大地」を掲載。林は厳冬期の一～二月に満洲を旅行したが都市中心で、開拓村報告はその一部に過ぎない。
（14）渡邊澄子「戦争と女性——吉屋信子を視座として」（『大東文化大学紀要』二〇〇〇）は、吉屋信子の『主婦之友』誌上での「獅子奮迅の活躍ぶり」を伝える。一九四二年二月の「仏印・泰国従軍記」以降、岡田禎子と入れ代わっていると指摘している。
（15）岡田禎子「講演旅行から帰つて」（『日本文芸新聞』一九四二・一〇・一）
（16）『読売新聞』紙上に一九四二年九月九日から一〇月三一日まで連載され、単行本『日本の母』（春陽堂、一九四三）にまとめられた。
（17）『日本近代文学館資料叢書〔第Ⅱ期〕文学者の手紙5　近代の女性文学者たち　鎬を削る自己実現の苦闘』（博文館新社、二〇〇七）
（18）進藤久美子『市川房枝と「大東亜戦争」フェミニストは戦争をどう生きたか』（法政大学出版局、二〇一四）には、市川房枝は自己の戦争協力について「ああいう状況の下において国民の一人である以上、当然とはいわないまでも恥とは思わない」（「近代日本女性史への証言」インタビュー『歴史評論』一九七八・一一）と語ったとある。

コラム

大日本婦人会

橋本のぞみ

一九四二（昭一七）年二月二日、愛国婦人会（内務省の管轄）や大日本国防婦人会（陸海軍省）、大日本連合婦人会（文部省）など、各種婦人団体を改組統合して発足した銃後のための婦人組織。

当時の日本は、一九三八（昭一三）年に国家総動員法、翌三九（昭一四）年には国民徴用令が相次いで公布されるなど、総力戦の様相を呈していた。一九四一（昭一六）年に太平洋戦争が始まると、いっそう女性の労働力が必要とされていった時代である。そのような中で、上流階級の女性を中心とし、一九〇一（明三四）年に結成された愛国婦人会と、「国防は台所から」をスローガンとして一九三二（昭七）年に創設され、広く一般女性を会員とした大日本国防婦人会などのあいだで競合が激化した。政府主導でこれらを統制や動員に資するために一本化し、二〇歳未満の未婚者を除くすべての女性を加入させた全国的な団体である。

「大日本婦人会定款」（一九四二年二月二七日制定）では、会の目的を「高度国防国家体制ニ即応スル為皇国伝統ノ婦道ニ則リ修身斉家奉公ノ実ヲ挙クル」こととし、それを達成するための事業として、「国体観念ノ涵養、婦徳修練ニ関スル事項」や「国防思想ノ普及徹底ニ関スル事項」、「家庭生活ノ整備刷新並非常準備確立ニ関スル事項」など、八項目を掲げた。「大日本婦人会会歌」には、「世界に比無き日の本の／女の徳を磨きつつ／皇国に尽くす真心を／ここに結べる我等の集い」とあり、その心性をよく伝えている。

組織としては、中央本部、朝鮮、台湾、樺太、南洋の外地本部、各道府県単位の地方本部、郡支部、市支部、町村分会を置き、さらにその下に複数の部署があった。そのうち、実際に婦人運動の第一線となったのは、下部の分会であったという。会長は、侯爵夫人の山内禎子。「大日本婦人会会費規程」によれば、会費は年額六〇銭。一九四二年五月一五日、大政翼賛会の傘下に入り、一一月一一日には綱領を制定。同月、機関誌『日本婦人』を発刊した。同年一二月には、生産増強などのために大日本婦人会勤労報国隊を結成し、一九四三（昭一八）年度上半期の動員数は、二六支部三〇〇万人にのぼったという。

会の具体的な活動は、大日本婦人会編『[大日本婦人会]会員活動状況写真帖　昭和一八年度』(大日本婦人会、一九四三年)に残されており、農繁期共同炊事や空襲に備えた防火訓練、軍用部品の増産への協同奉仕、食糧や燃料増産のための奉仕活動などの様子が見られる。このほか、各支部の活動状況を伝える資料として、複数の著作があり、国立国会図書館デジタルコレクションでも公開されている。例えば、東京市と共催した八勇士とその母を讃える会の内容を収録した『母を讃ふ』(大日本婦人会、一九四二年)や、食糧問題の解決を目的に出版された『横浜市附近に自生する食べられる野草』(大日本婦人会横浜市支部、一九四三年)、また、母子保健の指導と世話を任務とした健民主任の活動について、妊産婦の保護、乳幼児の保護、結核の予防等の点から概況を記した『健民主任(母性補導委員)の活動について』(大日本婦人会名古屋市支部、一九四四年)など、多岐にわたる。

また、機関誌『日本婦人』では、創刊号から「日本の母と妻」と題した東條英機らの文章を載せ、「理想の日本婦人を創る」ための座談会の模様も掲載。これらにより、先述の定款で示したような目指すべき女性像を提示したうえで、そのための具体的な実践として、戦時下の婦人礼法や婦人標準服について説き、貯金を勧める。また、野菜や魚の無駄のない食べ方を講じ、妊産婦手帳や小児病の救急処置に関する記事を紹介した。こうした戦時体制への協力、母役割の重視は、本誌の大きな特色であろう。後続する号においても、前者に関しては代用石鹸・配給木炭の有効な使用法などを度々取り上げ、都市や農村それぞれの戦時家計の実例を挙げて指導した。後者においては、「母親学校」の欄を設け、育児の様々な問題点を論じるなどしている。

やがて、太平洋戦争末期の一九四五(昭二〇)年三月、大日本婦人会は、「当面喫緊ノ防衛及生産ノ一体的飛躍強化ニ資スルト共ニ状勢急迫セル場合ハ武器ヲ執ツテ蹶起スルノ態勢ヘ移行セシメンガ為」(「国民義勇隊組織ニ関スル件」一九四五年三月二三日)に組織された国民義勇隊に統合された。

このように、女性を統制し、労働力として駆り出すための組織であった大日本婦人会の活動は、決して家庭生活と懸け離れたものではなかった。むしろ、現実の生活と密接に結びついていたからこそ、彼女たちは戦争協力へと突き動かされていったのだといえる。同会の動向からは、戦時下において日常の隅々まで張り巡らされた政府・軍部支配の有り様が透けて見えると同時に、人々の生活全般を隈なく飲み込んでいく戦争の恐ろしさが改めて痛感されるのである。

V

女性文学の成熟と展開

〈母性〉の歌領域を拓く——初期中河幹子の歌の再発見

阿木津　英

1　昭和初期の短歌状況

一九三二（昭和七）年一〇月、初めての本格的な短歌専門総合雑誌として、『短歌研究』が改造社から創刊された。その意義を翌年末、四賀光子がつぎのように的確に述べる。

> 何としても昭和七年度末に於て有力な綜合雑誌の出現したと云ふことは、歌壇に大きな刺激を与へたことであつた。即ち今まで大衆と殆ど没交渉であつた歌壇にジヤーナリズムの勢力の入つて来たことであつた。昭和八年の歌壇はこのジヤーナリズムの綜合雑誌と各結社との折衝時代と云つてもよいと思ふ。(1)

『明星』『スバル』『創作』など短歌を中心とする詩歌文芸誌が市場に淘汰されていくなか、歌壇に今日まで継続する結社システムは大正中期前後から定着していった。なかでも島木赤彦編集による『アララギ』は、会員制に転換してのち「万葉集」と「写生」を二本の旗印として芸術的研鑽を積み上げ、底力のある叙景歌をもって歌壇を主導していった。会員を全国に増やし、のちに斎藤茂吉をして「歌壇制覇」と言わしめるほどであった。

二六年、その赤彦が没し、葬儀から帰った折口信夫はただちに「歌の円寂するとき」を書く。大正末期の歌壇状況はある達成を見せたのちの行き詰まりを見せていた。他方では時代の流れにそってプロレタリア短歌運動が勢いづき、堀口大学訳『月下の一群』に見られるような新しい詩言語も歌壇を刺激、口語自由律短歌が勃興する。文語定型は古い小ブルジョア的詩形として攻撃にさらされた。

このようななかにオーソドックスな専門性の高い短歌綜合雑誌として、『短歌研究』が改造社から創刊されたのである。周知のように改造社は、二六年『現代日本文学全集』刊行によって円本ブームを引き起こした出版社である。大衆化の波が押し寄せてきていた。

『短歌研究』創刊は、「アララギ」とその対抗勢力とに分裂していた歌壇に、ひとまず結社間の壁を越える場を提供したといえよう。(2) しかし、それは結社という芸術的研鑽の場にジャーナリスティックな要素が侵入してきたということでもある。四賀光子は、例として三三年一月号特集「大東京競詠」を掲げ、ジャーナリズムの勢力をあまり無遠慮に芸術上に施行することは迷惑と指摘した。鋭敏な指摘である。

付け加えるなら、同じ一月号の「女流歌人座談会」も、ジャーナリスティックな関心からの企画と言ってもいい。座談会メンバーは、社長山本実彦同席、編輯大橋松平の司会による若山喜志子・今井邦子・岡本かの子・水町京子・阿部静枝・杉浦翠子ら当代女流たち。座談会半ばには折口信夫の談話「万葉集その他にあらはれた女性の短歌」があった。折口は、今の女の人の歌は男の人の歌とあまりにも違わなさすぎる、昔の歌はずいぶん男の歌と女の歌に懸隔があった、「赤ん坊に乳を飲ます歌、嫁入りの歌、さう云ふことでなしに、根本から違つて居る」女の歌というものを考えてみてはどうかと、古代からの歌の歴史を説きながら励ましたのである。(3)

『短歌研究』誌上を見てゆけば、折口のいう意味がよくわかる。男女ともにほとんどが似たような叙景歌ばかりで、四賀光子に言わせれば「大正歌壇の指導的精神であつた写生主義がその模倣追随の大群を擁して動きのとれない無気力に陥つてゐる」(前掲)。

創刊に際して編集方針に折口信夫あたりの示唆もあったか、歌壇行き詰まり打開のためにとりあえず女性の歌を刺激してみたともいえる。こういう試みは、男性中心的な結社内ではなし得ない。結社内秩序から自由で、誌面に華やぎを求めるジャーナリズム誌だからこそできる企画であった。

一月号は「女流歌人座談会」のほか、女性一五名による「大東京競詠短歌（二）」と今井邦子・若山喜志子「女流歌人相互評」、二月号には「大東京競詠女流作品評」、八月号には杉浦翠子・四賀光子・今井邦子「現代女流歌人評」など、女性だけの結社誌や女性歌人同志の批評に、少なからぬ頁が割かれている。

女性同志の寸評・寸感を見ると「中河幹子氏は歌に歌論にいつも男性に伍して大いに勇をふるつてゐる」（北見志保子）[4]、「「（略）今の小説や絵は男性中心の社会制度が生んだ形式だから、外国の女でも日本の女でも、女にとつて都合がわるいんぢやないですかね」[5]」（中河幹子）など、対男性意識が女性歌人の間に盛り上がっているのがうかがわれる。男性の歌評にも、「最近歌壇では、男子と婦人の優劣論の如きものが闘はされて、婦人作家を男子並に取扱へという要求が婦人の側から訴へられてゐたが」（松村英一）[6]のような言及が散見される。

結社の時代に入って以降、歌壇に女性の歌の動きは沈滞していたが、このように三二年の『短歌研究』創刊を機として、女流歌人論議には若干の動きがあった。

さて、このたび中河幹子に関心をもったのは、阿部静枝「現代女流歌人論」[7]の次のようなくだりを読んだからであった。

実行力の強い中河幹子氏は、女性文化への貢献までの意義をもつてごぎやうを主宰し、若き女歌人等を指導してゐる。（中略）彼女は割合に若くから認められその母性愛歌には特に市場価値があつて、稿料は子供達のオーバーやジヤケツになつてゐた。婦人雑誌の短歌欄の選者をしてゐる女流を糾合して選歌料を二十円から三十円への値上げを画策して見たり、稿料を払はぬ雑誌へは寄稿絶対反対の申合わせを提議をして見たり、珍らしく直截な言動である。

八頁にもわたる評論にしては雑駁で、右の部分は個人的悪意すら感じられるが、わたしはかえって稿料の値上げや支払い要求をやってのける実行力（これが本当なら）に感嘆し、またことに「その母性愛歌には特に市場価値」があったというくだりに関心をもった。

川田順が、五島美代子歌集『暖流』を「母性愛の歌によつて、前人未踏の地へ健やかに第一歩を踏み入れた[8]」と絶賛したのは、右評論の一年後のことである。

かつてわたしは、『暖流』出現以前に「私共男子が女流の作者に対して特に求める所」（前掲川田順）の「母性愛の歌」の無いのは、「〈母であること〉という主題は女性たちによってまず否定的に発見された」のであり、一人の人間として生きることと〈母であること〉との葛藤がまずうたい出されたからだと書いた[9]。それにしても、〈母性〉の語流布の時期からすれば、〈母であること〉に積極的な意味を見いだそうとする歌の出現が、二五年から三五年までの作を所収した『暖流』では少し遅いような気がしていたのであった。

『暖流』出版以前の時点で、中河幹子の「母性愛歌には特に市場価値」があった、すなわち売れたと、皮肉まじりにでも記す阿部静枝の一行には目をとどめないではいられない。

2　中河幹子と『ごぎやう』創刊

中河幹子の旧姓は林、香川県現坂出市の紙問屋の三女として、一八九五（明治二八）[10]年生まれる。県立丸亀高等女学校では開校以来の秀才と言われ、一七歳で奈良女子高等師範学校国文科に推薦入学した。ここでのちの日本画家小倉（旧姓溝上）遊亀と同窓となる。「その後二年生の終り同級生から烈しい思慕を寄せられ、そのために誤解を受けて二人とも学校から追放せられ⑪」た。いったん郷里に帰ったが、一七年、二二歳のときに上京、津田英学塾に入学する。三年後の四月には、早稲田大学英文科在学中の中河与一と学生結婚、翌二一年には長男を出産した。

中河与一も、同郷の現坂出市出身である。一八九七年、裕福な医家の長男として生まれる。早熟で新聞懸賞小説に入選したり、短歌に熱中、北原白秋創刊雑誌『朱欒《ザンボア》』に投稿したりしたが、絵画にもっとも熱意があった。失恋を契機に病的な消毒癖がこうじ、医の道を期待した父親と齟齬、母の機転によって上京する。小説家への道をひらいたのは同郷の歌人林茂であり、その妹が幹子だった⑫。

二一年一月、津田英学塾在学中に出産した幹子は、夫与一の後年の筆によれば「子供を婆やに背負はせて学校にゆき、寄宿舎で子供に授乳した⑬」。「そのことに気づいたクリスチャンで独身のマクドナルド教授は、人妻である一女学生の堂々たる行動にあつけにとられて半年の休学を強要した⑭」。

休学中は、子供を傍に寝かしながらゴーリキーの小説『三人』を英語から翻訳の代訳をして稼ぎ、翌二二年春卒業してからは蔵前高等女学校に英語教師として一年間勤務、のちに千代田高等女学校に国語教師として二年間勤務。この間、夫与一は早稲田大学を中退、「悠々と遊んでは消毒を仕事のようにし、然しまた思い出したように小説を書いた⑮」。

『御形』を津田英学塾の同窓生たちとともに創刊したのは、病的な消毒癖をもつ文学修業中の夫と乳飲み子とを抱えながら、教師として生活を支えていた二二（大正一二）年一〇月、二七歳の時のことであった⑯。

『御形』創刊の年の年頭には『婦人公論』が新年特別「女性神聖」号と銘打って各界男性識者五〇名に大アンケート特集を行っている。同一〇月号では原田実「エレン・ケイの母性高調」を掲載した。晶子とらいてうの母性保護論争を通じてエレン・ケイの母性主義が紹介され、時まさに〈母性〉〈母性愛〉という新語が一般に流布、定着していく時代のただなかにあった⑰。

誌名「御形」とは、春の七草の一つで母子草ともいう。毎号、表紙裏に「御形《ごぎやう》は又母子草《ははこぐさ》と云ふ。又、ははこ、ひきよもぎ、おぎやうとも云ふ。（以下略）」と掲載[18]したが、この誌名こそがまず、女性の母としての価値を世に再認識させる新語〈母性〉に呼応して誕生した雑誌であることを示しているだろう。

「清規」に、「御形詩社は詩歌を中心とする文芸の結社です」「社友は女性に限るの外何等の差別を設けません」とある。実質的には短歌と英詩英文等の翻訳を中心とする雑誌であった。創刊号は三二頁、そのうちの半ばは翻訳である。創刊号の後記には、次のような（乙女）署名の文が見える。

私達の小さい集りが顔を合せる度に何か仕事をしなければならないと必ず云ひ合つた。けれ共暇が無かつたり、金が無かつたりして、今迄黙して居たのであつた。今、暇と金が出来たと云ふ理では決つして無いが、（現に金を借りに行つて断りの悲哀を舐めて居るのであるが）どうしても何か始めなければ止まない欲望に、総ての事情を押し破つて生れたものがこの御形である。[19]（以下略）

また、この創刊時を思い出して、のちに清水乙女（右の（乙女）と同人だろう）は、次のように書いた。

（略）その間の自分達の元気と喜びと興奮とに躍動してゐた姿は、はつきりと思ひ出す事が出来る。それ程自分達は最初の舟出に力瘤を入れてゐた。

その頃は実際女流だけによる雑誌が一冊もなかつた様に記憶する。創刊号に集つた同人は津田英学塾十一年卒業生である中河幹子氏が糾合した同級生の数人であつた。浅田雅子、麻田ふじ（中略）それに私、私等は最も初めに馳せ参じた一人であつた。従つて短歌は幹子氏をおいては素人ばかりで翻訳物が多かつた。[20]

「折柄島崎藤村「処女地」が廃刊とて「御形」は女流の総合誌の如く大きく新聞等に書き立てられる」[21]（全歌集年譜）

という。「清規」にも新たに「私達は女性に適切な問題を文芸の方から生かしてゆきたく思ひます。これは私達の気持ちにあつた正しい仕事だと信じます」という一項目を加えた(22)。

平塚らいてうを中心とする日本女子大の同窓生たちが「女流文学の発達」を願って『青鞜』を興したのは、ちょうど一一年前のことである。幹子たち世代にとって一〇代後半は、『青鞜』の活動がもっとも盛んな時期に当たっていた。母性保護論争は津田英学塾在学時代のこと、意識の高い彼女たちが一世代上の先輩女性たちの動向に無関心であったはずがない。『御形』は短歌と翻訳に特化したかたちではあったが、かつての『青鞜』を襲うような雑誌を、こんどは津田英学塾同窓から出すのだという熱意が「同人一同」には動いていた。そう言ってよいのではないか。

創刊以来各号に、短歌作品では杉浦翠子・山田邦子・若山貴志子を招き、巻頭評論では窪田空穂や富本一枝などに依頼した。一二三年四月号では「女流歌人号」として全九十六頁の特集号をつくった。

清水乙女の回想によると、書店に置いて回ったり、一般購読の依頼や広告を取ったというが、広告は、短歌関係のほかに、三越呉服店、銀座教文館、金星堂、十字屋楽器店などからもとっている。一二三年の第二巻第七号では、『御形』を『ごぎやう』と平仮名書きに改名、表紙絵を壺の花の絵から若い女性が坐っているマリー・ローランサンの絵に改めた。またヴアン・リース描く母子像を口絵として挟む。いずれも〈母と子〉という主題をより明らかにアピールする意図をふくむだろう。

このような、小冊子ながら市場に流通する女性の詩歌文芸誌を目指す努力も、しかし、一二三年九月の関東大震災までのことである。以後、発行継続は困難をきわめる。

一方、『御形（『ごぎやう』）』を短歌誌として見るなら、女性だけの同人誌は初めてで、こののち水町京子・北見志保子らの同人誌『草の実』、今井邦子主宰結社誌『明日香』など現れる。しかし、これら後続の歌誌に比べると、出発時の『御形（『ごぎやう』）』は脆弱であった。創刊号後記に幹子は、「今月は歌の方を全部夫に手伝つて貰ひました」と記す。会員の添削選歌をしてもらったという意味であろう。歌集『光る波』を出版したばかりの与一がバックにいたが、幹子はまだ無名、他の会員は短歌初心者ばかりである。

二三年三月、『御形』創刊の半年後、村野次郎・中河与一らが北原白秋を顧問として『香蘭』を創刊した。与一を通じて幹子ら同人たちは『香蘭』ほか歌壇の男性歌人たちと交流し、ことに北原白秋に親炙するようになる。

幹子の歌の成長は著しかった。一、二年ほどのうちに『御形（『ごぎやう』）』は幹子を中心とする短歌専門の雑誌へと性格を強めていった。

中河幹子という歌人をはぐくんだ「〝女性のための女性のみ〟の雑誌[23]」『御形（『ごぎやう』）』は、一九一〇年代半ばから二〇年代にかけての母性主義高潮の時代、母子草という名を負って誕生した雑誌であった。ここではまず、そのことを確認しておきたい。

3　職業をもつ母、授乳する乳房

創刊号では中河幹子による翻訳頁の余白に、「或る本の序文より」と題して、次のような文章を挿入している。

由来女流の歌には内に厳粛なる真を包蔵するよりも先づその性的誇示を好む傾向がある。今世に流行してゐる女流名家の歌をみても矢張りこの弊におちざるものは少ない。殊に覚醒したと自称する女流ほどにこれが多いのが一つの不思議で、如何にも深く難しく大胆に生命懸けに物を言つてゐても兎角その多飾によつて畢竟は自分自身を艶美に情熱的に神秘的に可憐に乃至云々の戯曲的に粧ふに帰着するにすぎない。（中村憲吉氏）

じつはこれは、一年ほど前に刊行された、『アララギ』所属の歌人杉浦翠子の歌集『藤浪』序文から抜き出した一節である。ここに「性的誇示を好む」「多飾」と暗に批判の対象とされているのは、まずは与謝野晶子であろう。憲吉は、杉浦翠子の歌には「性的誇示の煩わしさがない」と評価した。創刊号には杉浦翠子の作品が招かれていることとも合わせて思えば、少なくとも中河幹子には「性的誇示」のない歌への志向あるいは共感があったといえるだろう。

また、かつて奈良女子師範で幹子と意気投合し、画業研鑽していた友人溝上（小倉）遊亀は、同人の歌を評しつつ「女らしさをわざと見せる様な白蓮（筆者注・柳原白蓮）などのうたには、諸はれないものが有る《ママ》と御形のうたには女性の歌があつて、女らしい臭みの歌はないのであ。《ママ》[24]」と述べた。

「性的誇示」「多飾」「女らしさをわざと見せる様な」「女らしい臭み」のない歌が欲しい――そういった志向が『ごぎやう』同人間に動いている。幹子の子をうたう歌は、そんな同人たちの間から現れたのである。

あとを追ふ子をおきかねていでたればわがなりはひをかなしと思ふ
ちゝのみとさびしく留守居する吾子《あこ》を愛《かな》しと思ひわがゆくちまた
『御形』二二年一〇月　一－一

妊娠《みごも》りて疲れいちじるし務《つとめ》よりかへりしわれの眠《ね》むけを感ず
『御形』二三年三月　二－三

創刊まもないころの歌。後追いをする子を置いて出勤しなければならない自分の職業――「かなし」とは言いながらも歌に葛藤や不満の響きはうかがえない。文学修業する夫と赤子とを養うために働く生活は、少しも苦ではないのである。文体がやや古めかしいが、素材としては現代の育児をする夫と職業をもつ妻の歌、といってもいいような歌である。

ここには、かつて山田邦子や茅野雅子の歌にあったような「〈母であること〉の束縛」からくる葛藤がない。社会や世間道徳の強制に抗いがたく母という役割に足枷を嵌められて身動きが取れないといった嘆きはみられない。幹子はそういう社会構造の押しつけてくる圧力から自由である。子どもは後追いし、身に疲れは著しいが、〈母であること〉をおのずから受容し、職業をもつ母の哀歓をうたう。

のちに幹子はその時代を思い出して次のように書いた。

若い日から夫は胃腸が悪く虚弱であつたが私は丈夫そのものであつた。その頃はその日にこと缺くことがあつても私は一向に苦にしなかつた。金のために小説を書いてほしいと頼んだことは一度もなかつた。常に仕事に没頭してゐる夫と一つ家の下でつぎつぎ五人の子供を育てて不自由を常のこととし、私は明るく幸福であつた。[25]

幹子が「明るく幸福」なのは、日常事欠くことがあろうとも男の甲斐性などというものをあてにせず、文学に従事する夫をのみよろこび、おのれもまた文学する主体であろうとしているからである。ここでは〈母であること〉の受容も、経済的に依存せず精神的に従属もしない主体の自由な選択、といった趣さえある。世間苦をいまだ知らないお嬢さんとも言えば言えるが、しかし、流れ出るのびのびとした情感はまぎれもない。

留守居する吾子をいとしみ勤めよりかへるさに買ふ赤き風船

『中河幹子全歌集』「ごぎやう」一三年

泣きかへる児が愛《かな》しさに触れてやる丹《に》の頬はぬれて冷《つめた》かりつも
勤めおへて帰へる吾《わ》をまち夕ぐれの寒けきなかにゐたりわが子は

『ごぎやう』一四年二月　三‐二

一三年から一四年にかけて、幹子の〈母として子をうたう歌〉はいよいよ輪郭に明確さを増していった。歌が生気を帯びてくる。

作品タイトル名だけを見ても「幼児」「吾子病む」「母のうたへる」「童子遊戯」（二二年〜二三年）から、「母のうたへる1」「母のうたへる2」「愛児篇」（二四年）へと、すなわち自然発生的に子を素材とするところから主題意識の明確な〈母として子をうたう〉歌へと変わっていることがわかる。

幹子の歌の充実成長にいちはやく目をとめた一人は、先にも述べた溝上遊亀であった。遊亀は『ごぎやう』二四年五月号に右掲出三首目の歌を掲げてつぎのように言う。

このうたが三月号にあると思ふと私の心は嬉しくなつて来るのである。「夕ぐれの寒けきなかにゐたり」には頭がさがる。此処へ来れば理屈は出なくなる。誰でもが容易に出来る事と思つたら間違ひである。

さらに「泣きかへる児が愛《かな》しさに触れてやる丹《に》の頬はぬれて冷《つめた》かりつも」にも触れつつ、「中河さんの子をおもふ歌は心憎い限りと思つてゐるのである」と締めくくった。

「誰でもが容易に出来る事」ではないというところ、さすがに慧眼である。幹子の子をうたう歌は、常識的な母子情愛の歌に似てどこか異なる新鮮さがある。

それは、次のような子どもの姿をゆたかにうたいとる歌にもいえる。

たちどまりたほれんばかりに上を仰ぎ月かかれりと吾児のいふ（ふ）かも　　『ごぎやう』二四年四・五月号　三―三

燭台のほだちのゆれや雛《ひな》たちも眠くあらんと吾児のいふかも　　『ごぎやう』二五年一・二・三月号　四―一

立ち止まって倒れんばかりに上を仰ぎ「月がかかってる」と子の指すさまの無邪気でのびのびとした姿。蝋燭の火の揺れるのを見ているうちに眠くなったのか、雛たちも眠くないかしらんと子の言う可愛いさ。誰が読んでも楽しくなるような子どもたちの無心な姿をうたいとる。

「吾児」と言うが、幹子の歌は我が子だけをうたっているのではない。子というものが普遍にもつ無心無邪気なさまに、おのれもまた心放って同化するたのしさがここにはある。子の母であることに何ら屈託しないところから抒情が流れ出る。

また、次のような授乳期の母の歌は瞠目すべきものである。

おのづから乳はりこぼるるまさびしさ教室にゐて昼となりけり（出勤）
教壇にたちつゝあはれ張りてきし乳のこぼれはややに冷し
『ごぎやう』二四年四・五月号　三一三

「教壇にたちつゝ」という仕事の場での授乳期の身体がまことにリアルで生々しい。

二五年五月、幹子は次女まり子を出産したが、その授乳の歌「乳十首」[26]は次のようなものであった。

わが手枕《ま》きて眠る愛児《まなご》がほのかなる呼吸《いき》のけはひの胸の辺《べ》にすも
ほのほのとふとんの中のぬくとさに乳首《ちくび》はなして子は眠りたり
夕巷人あししげき中にして乳もめる女《ひと》をわれは見にけり
子をおきてわが来にければいくたびか着物の上ゆもみぬ乳房を
おのづからふところ手して触るる乳房《ちち》子がのまざりし一つは張れり

胸苦しく張れる乳房やみどり児ののみゆくまゝにかろくなりつも

『ごぎやう』二六年二月号　五－二

何とも率直な授乳する乳房の歌である。雑閙の中をゆくときにも乳をもむしぐさを見逃さず、ああ、あの人も乳が張って痛いのだと、女として共感する。

与謝野晶子は「春短し何に不滅のいのちぞと力ある乳を手にさぐらせぬ」と性的身体としての乳房をうたったが、このように授乳する乳房の実感を生々しくうたったものは、それまでにもなく、その後にもわたしは見たことがない。露骨な性的表現にもなりかねない「乳をもむ」という語をつかっての授乳期の乳房の歌は、今日から見ても目覚ましい。

母であることを受容する歌はとかく既成概念と結びつきやすく、授乳する母や子を抱く母の姿は〈慈母〉〈聖母〉の像《イメージ》へと神話化されやすい。しかし、幹子の歌は神話化へ向かうにはあまりにも率直で生々しすぎるのである。たとえば、「わが手枕《ま》きて眠る愛児《まなご》がほのかなる呼吸《いき》のけはひの胸の辺《べ》にすも」のような歌も、胸のべにこもる幼いものの生温かい息だけが感じられ、満ち足りたあたたかさだけが現出する。それ以上でもそれ以下でもない。

垂乳《たれぢち》の長き乳首もろ手もて扱《こ》きたぐるごとしぼる牛乳《ちち》かも
搾乳男《ちちしぼり》もろ手にたぐる乳首《ちくび》よりほとぼしる牛乳は濃き乳のいろ
乳房の張りゆるびゆくらし静かにも乳しぼらせて牛はたち居り

『日光』二七年一月号

幹子はのちに「牧場のうた」一三首をつくった。このような搾乳される牛の乳房にふかい共感をもつ歌は、乳を搾ったことのある女でなければうたえない。けだものの身体に共感同一化しつつ、ここでも搾乳される感覚だけが生々しく存在する。

先に掲出した「夕巷人あしげき中にして乳もめる女《ひと》をわれは見にけり」の歌は、同人の相沢照子が「中河氏近来の快作」「従来のものより一歩を踏み出した歌境を示すもの[27]」とした。おのが子に授乳する歌ばかりでなく、女どうし共鳴しあう歌のもつ普遍性の方をいっそう評価するのである。別の同人書簡にも「今度の「乳十首」も秀れたもので、非常にうれしく拝見しました[28]」とある。

このような率直な生々しい〈授乳する乳房〉の歌が、女性同人たちの共感を得ていたことを記憶にとどめておきたい。幹子の〈母であること〉を受容する歌は、いかにも慈母賢母風の教訓的世間常識的な〈母〉概念からすっきりと解放されている。ここにはそれまでにない新鮮な母の歌があり、子の姿が確かにあった。与一が小説家として売れるようになり、病的な消毒癖が緩和するまでのわずかの間ではあったが、経済的精神的に一方的に従属せず庇護されない、そういう主体からそれは生まれ出たのであった。

4　歌人としての評価

二四年前後、幹子はすでに『ごぎやう』同人間に「子供の歌には定評あり」と言われていた。広く歌人としての評価は、二五年から二六年にかけて、年齢にすれば三十歳から三十一歳にかけて定まったといっていい。『ごぎやう』二六年二月号には、幹子の転載歌が「拙歌抄」として掲載されているが、それを見ると、『三越』一月号に一〇首、『読売新聞』一月一日に六首、『少女画報』一月号に一〇首、『アルス婦人講座第一巻』に六首、『雄弁』一二月号に七首。

三月号に掲載された転載歌を見ると、『日光』一月号に「秋のころ」九首、『日光』二月号に「歌を思ふ歌」六首、

『文章往来』二月号に「早春の賦」七首、『芭蕉』二月号に「をりをりの歌」五首。一月号だけで、四、五〇首ばかりも作ったことになる。二六年年頭、幹子の歌は名実ともに歌壇内外に認められた。

歌壇一流どころの歌の掲載される『日光』[29]には右既出の他、三月号は「母のうたへる」七首、四月号に「時のながれ」一二首と、すでに常連同人の扱いである。

後年、紅野敏郎は『日光』創刊号から一冊ずつ「丹念に眺め、その特色と変遷についての検討を連載[30]」した際、男性常連組にまじって「中河幹子や三ヶ島葭子が登場、やがて彼女らも常連組に入っていくプロセスが、なんといっても興味深い[31]」と述べている。そしてつぎのように評価する。

一九二六年（大正一五）という大正末期の中河幹子の日常の瑣事。その瑣事の中軸を占める「吾児」とのふれあい、しかもそのおのずからのふれあいを通して、母として、歌人としての幹子の姿が、なんとふくよかに立ち現れてくることか[32]。

また、幹子の子をうたう新鮮な歌の魅力は、『日光』同人のみならず、一般ジャーナリズムにも迎えられた。二六年から二七年までの作品発表誌名を前出は除いてあげてみれば、『婦人倶楽部』『少女文芸』『婦女界』『解放』『週刊朝日』『サンデー毎日』『アサヒグラフ』『近代風景』『婦選獲得同盟機関誌』『愛国婦人』『文化生活』『婦人公論』『婦人之友』『令女界』。

婦人関係や少女向け雑誌が多いことを見ても、大衆それも婦女子層に迎え入れられたことがわかるだろう。すでに、幹子は年若くして著名な売れっ子歌人であった。

5　短歌史から消えた初期中河幹子の歌

中河幹子の二二年から二八年あたりまでの歌こそは、〈母性〉〈母性愛〉という新語が定着してゆく、その同時代の空気を呼吸してあらわれた、初めての、言うならば〈母性〉〈母性愛〉の歌である。それは、美代子のような近代核家族の専業主婦ではなく、職業をもつ母が子をうたう歌として、まずあらわれた。

後日回想して「我儘存分の彼が小説をかくのを喜んで、全く彼のいうままになり」「子供の愛におぼれて夢のように彼と子供中心の日を過ごした(33)」と述懐するが、文学中心の世間的な規範から自由な生活は、近代核家族のありようとは異なる。夫に何ら経済的に依存せず、母であることが強制でも足枷でもないと感じられるところから、母であることを享受するのびのびとした歌は流れ出た。ことにも、子に授乳する生々しい女性身体の発見は、瞠目すべきものである。

しかし、幹子はついにこの初期の歌をまとめた歌集を出さなかった。二七年、長女女禮を五歳でうしなうが、その一年後には歌集を出そうという気も動いたらしい。しかし、近頃の歌集出版の流行を目の前に見て自重することにしたそうだと、編集後記(34)に同人水谷静子は書く。静子は、中河幹子の子をうたう歌はすでによく人の知るところでそれを集めただけでも意義あることと、再三再四の勧めをした。夫与一も「しまいには少し怒る口調ですすめた(35)」という。親しく交わっていた富本憲吉・一枝にもすすめられたようだが、ついに幹子はこれをまとめなかった。

「若い時から世間の雑誌社から歌をたのまれ、それらは子供達の牛乳代にもと臆面もなく応じたが散逸して殆ど手もとにない(36)」と晩年に記す。幹子自身、自らの歌が大衆受けしたことに忸怩たる思いがあったのかもしれない(37)。前述した阿部静枝の「その母性愛歌には特に市場価値があつて」の一文の皮肉の混じった言い方には、幹子の歌が大衆受けしたことに対する軽侮の念がこもっているだろう。幹子自身の「子供達の牛乳代にも」という卑下や阿部静枝の「稿料は子供達のオーバーやジヤケツになつた」という揶揄は、その歌が俗受けする売りものであった、消費財と等価の歌であったということを意味する。大衆小説が純文学より格下に見られ、大衆小説家が大衆小説家であることに劣等感をもつ時代であった。

また『短歌研究』誌上で、折口信夫が女性たちに「赤ん坊に乳を飲ます歌、嫁入りの歌、さう云ふことでなしに、根本から違つて居る」女の歌というものを考えてみてはどうかと投げかけた、この「赤ん坊に乳を飲ます歌」は、直接には中河幹子の歌を指すだろう。有力男性歌人のこういう否定は、幹子の〈授乳する乳房〉の歌の価値を女性たちに軽んじさせることにもなったであろうし、何より幹子本人にそう思わせたかもしれない。

今日〈母性愛の歌人〉と冠される五島美代子は、この中河幹子が著名な売れっ子歌人となった二六年に長女を出産している。美代子の母の歌があらわれるのはそれから後のことであった。川田順が歌集『暖流』序文に、それまで母性愛の歌らしいものはなかったかのように初期中河幹子の歌を無視して述べたのは、まったく正当とはいえない。むしろ美代子の歌は、幹子の歌に刺激されつつ生まれたはずであろう。

こうして、大正末期から昭和初期にかけて、いわば〈母性〉の歌領域を拓いたといっていい中河幹子初期の仕事は、歌集にまとめられることもなく、無視され、やがて短歌史から忘れ去られてしまうこととなった。

注

（1）四賀光子「綜合雑誌の動向について」

（2）以前の総合雑誌としては『短歌雑誌』があったが、全歌壇を覆うものではなかった。

（3）参照・阿木津英「ヴァナキュラー・ジェンダー論としての折口信夫の女歌論」（『折口信夫の女歌論』五柳書院、二〇〇一年一〇月）

（4）北見志保子「概観」（『短歌研究』一九三二年一一月号「最近女流歌壇評」）

（5）中河幹子「総論」（1に同じ）
（6）松村英一「新進諸家の近業を評す」（『短歌研究』一九三三年一一月号）
（7）『短歌研究』一九三五年一一月号
（8）川田順序文、五島美代子歌集『暖流』一九三六年
（9）「五島美代子――その近代母性の歌」（阿木津英著『二十世紀短歌と女の歌』學藝書林、二〇一一年四月）
（10）幹子の生年を与一と同じ一八九七年とするものもあるが、ここでは娘池田まり子の編纂した『中河幹子全歌集』の年譜に従う。
（11）中河与一「序」（歌集『悲母』、所収『中河幹子全歌集』短歌新聞社、二〇〇五年七月）
（12）宮坂覺「作家前史研究――出生から早大予科入学まで」、笹淵友一編『中河与一研究』南窓社、一九七九年三月
（13）（6）に同じ。
（14）（6）に同じ。
（15）中河幹子「彼との生活（一）」、『中河与一全集』第一巻月報、角川書店、一九六六年一〇月
（16）結婚するとき、幹子は舅から「与一は気違いだから頼む」と言われたという。学生の間は中河家・林家ともに裕福で五十円ずつ送金はあったという。二二年以後、早稲田大学を中退した与一は仕送りを謝絶。前掲『中河与一研究』を参照。
（17）参照・「「母性」再考――翻訳語「母性」「母性愛」の生成過程と定着まで」（阿木津英著『二十世紀短歌と女の歌』前掲）
（18）創刊号には掲載がない。第二巻第三号以後には掲載があるが、その間の『御形』を見ることができていない。
（19）『御形』一九二二年一〇月第一巻第一号。
（20）清水乙女「御形の歩んで来た道」（『ごぎやう』一九二六年一〇月第五巻第一〇号「ごぎやう五周年記念号」）
（21）「中河幹子年譜」（『中河幹子全歌集』前掲）
（22）第二巻第三号の「清規」にはすでに付加。第一巻第二号から第二巻第二号までの『ごぎやう』を見ることができず、

いつこの項目が付け加えられたかは不明。
(23)（11）に同じ。
(24)溝上遊亀「三月号抄」、『ごぎやう』一九二四年五月第三巻第三号。
(25)歌集『悲母』あとがき（『中河幹子全歌集』前掲）
(26)この「乳十首」は『中河幹子全歌集』に掲載がない。
(27)相澤照子「清且集の三つの歌」（『ごぎやう』一九二六年三月第五巻第三号）
(28)「読後感」（(16)に同じ）
(29)『日光』（一九二四年四月創刊）は、大結社の砦を築く『アララギ』に反撥して生まれた、歌壇の超結社的な月刊同人誌である。北原白秋・前田夕暮・八代東村・川田順・土岐善麿ら各結社の主要歌人に加えて、『アララギ』からはじき出されたかっこうの古泉千樫・釈迢空（折口信夫）らが合流した。
(30)紅野敏郎は、一九八九年から一九九五年まで断続的に「『日光』を読む」と題して、歌誌『うた』に三十回連載した。
(31)紅野敏郎「『日光』と中河幹子」（『中河幹子全歌集』栞）
(32)（19）に同じ。
(33)（14）に同じ。
(34)『ごぎやう』一九二八年六月第七巻第六号
(35)（10）に同じ。
(36)「悲母」あとがき、（『中河幹子全歌集』前掲）
(37)島木赤彦が「短歌道」を唱えたように、歌は売りものではない、という倫理観芸術観が何より当時の歌壇には根底にあった。後年の幹子は、「短歌を私は芸道としてより修道の一端として考へ、人間が出来なければそれは浅いものであり、歌もとるに足りない」（歌集『悲母』あとがき）と主張している。

辻村もと子の農民文学——自分を生きる女たち

菊原昌子

1　はじめに

辻村もと子は、終戦の翌年四十歳で病没するまで、昭和の戦争と共にその作家人生を送っている。戦火と自分の病を重ね、「目のまへに、死をみつめての一作であらねばならない」（「泉」『日本文学者』一九四四・一二）として書き続けた一筋の道は、戦時体制に呑み込まれることなく、やみがたい創作への意志に貫かれたものであった。作品には、それぞれ置かれた場所で、自分の望む道を生きようとする女達が描かれ、特に北海道の農村を舞台にしたものには、大自然の中でひたすら働き、独自の生き方をした女達が活写されている。しかし、現在、もと子の作品は、代表作「馬追原野《まおいげんや》」（ルビ筆者）を除けば、電子図書館「青空文庫」配信の「春の落葉」、「早春箋」以外、一般読者が読むことはかなり難しい。昭和前期の女性文学を語るうえで、辻村もと子の農民文学は再評価されるべきものである。

彼女の初期の作品のほとんどは、創刊時から同人であった『火の鳥』（一九二八・一〇〜一九三三・一〇）に発表された。同人の一人古谷文子は、その終刊の一年前、「小さくまとまつた」『火の鳥』はこのままでは「発展の余地がない」と内部批判を行い、仲間達の作品を、「生活のない花」「美はしきサロンの飾りもの」とし、もと子の作品についても、「時代の生んだ美はしきシヤボン玉にすぎない」と評していた（「『火の鳥』に就いて」『火の鳥』一九三二・七）。

しかしその作品は、決して「シヤボン玉」などではなかった。確かに都会を舞台にしたものには、対象の客体化が不十分な失敗作も多いが、「黴の匂」（一九二八・一二）、「ルンペンと女地主」（一九三〇・六）、「埋もれた情欲」（一九三一・二）、「河底」（一九三三・三）など農村の日の当たらない人々に目を向けた作品は、作者のしなやかで骨太の資質が示され、そのリアリティーにおいても看過できないものである。もと子は、同時期にあった『女人芸術』（一九二八・七～一九三二・七）の「騒々しさ」[1]とは別のところで自由に個性を伸長させ、その後もプロレタリア作家とは一線を画しながら、国を挙げての戦意高揚にも与せず、固有の作風を地道に構築していった。「大地の底から響く生命の声に耳を澄ましながら」[2]「私は北海道の農民ととり組もうと思っています」[3]と語った彼女の人生をたどり、農村の女達を描いた三つの作品を中心に、その世界を解読したい。

2　辻村もと子の生涯

辻村もと子は、一九〇六（明39）年二月一一日、北海道岩見沢市志文南八線東に父辻村直四郎、母梅路の一女三男の長女として生まれた。本名元子。直四郎は小田原の小さな自作農の四男に生まれ、親戚の援助で東京農林学校予備校に入学したが、大農業への夢捨てがたく二十二歳で単身北海道に渡り、岩見沢志文の開拓に成功した。その後米国で大農法を学び、帰国後開拓農業の指導的役割を果す。又、大自然への畏敬の念が深く、住居周辺の広大な原生林を保存し、それは現在も残されている。その森林の中で、もと子は生まれ育った。後年、随筆「泉」（前出）に、この原始林を飛び回り、樹木や生息する生き物と交信した自由闊達な少女時代を語っており、これが彼女の文学の原点となっている。

もと子は志文尋常高等小学校を卒業後、小田原高等女学校に入学したが、一年後、祖母の他界によりミッションスクールの函館遺愛女学校に編入した。そこで日本女子大学出身の国語教師に詩歌の指導などを受け、また一学年下にいた石川啄木の娘京子と交友を結び、文学を志すようになる。一九二四（大13）年日本女子大学校文科国文学部に入学、在学中『目白文学』に作品を発表、札幌詩学協会から出た同人誌『さとぽろ』には啄木風の短歌などを投稿している。

一九二八（昭3）年四月、大学卒業記念として、創作集『春の落葉』（「春の落葉」ほか一二篇）を三百部限定で東京詩学協会から刊行した。母方の従兄である中村星湖、恩師の茅野蕭々から序文を得、跋文を詩人、外山卯三郎が書いている。ここには習作の域を出ない作品も多いが、後述する「正平とお信」のほか、「開墾者」、「月下を行く人々」等は、現実を見据えた、北海道の土の匂いを持つ、農民文学の確かな芽生えとして注目される。

同月、岩見沢町立女子職業学校の教師となるが、翌年、生命保険会社に勤める吉久保恒之介との結婚により上京、編集助手も務めた『火の鳥』の終刊後は、『婦人文芸』『婦人運動』など多数の雑誌に執筆を続けた。結婚後間もなく持病となる腎臓病を発症し、流産後の不妊など体調不良が続き、一九四〇年、吉久保との十一年間の結婚生活を解消した。後に、「自分は病弱なので、この先どれだけ生きられるか分らない。好きな文学の途をひたすら歩むのがよいと考え、夫とも離婚した(4)」と語っている。

離婚後、かねてから構想を練っていた、父直四郎をモデルとした長編小説に着手、一九四二（昭17）年五月、夕張川沿岸の開拓を描いた「馬追原野」が、風土社から新文芸叢書の一冊として刊行された。前年亡くなった父に、導かれるようにして成った作品であった。この年は太平洋戦争勃発の翌年にあたり、厳しい言論統制と用紙制限の中、もと子は『文芸主潮』の同人として活動したが、一九四四年、同人誌八誌が『日本文学者』一誌に統合整理されると、その発行元の日本青年文学者会事務局の主事に、職を得た。同年六月、「馬追原野」が、窪川（佐多）稲子ら選定委員全員の推薦を受け、『戦時女性』（『婦人画報』を改題）と日本文学報国会による第一回「一葉賞」を受賞した(5)。また、母梅路をモデルとした短編小説「早春箋(6)」を『戦時女性』六月号に発表、開拓移民の女の立場から、日々の厳しい労働と土を拓く喜びを、詩情豊かに描き出した。

戦火いよいよ激しい一九四五（昭20）年、稲の改良に取り組む研究者とその妻を描いた「月影」を『日本文学者』二月号（発行は三月）に発表、昭和二〇年上期の芥川賞候補に推されたが、[7] 雑誌を運送手配中に空襲で事務局が焼け落ち、一部、店頭には出たものの部数不足で選者の手に渡らず、[8] 芥川賞の選考も以後四年間中止となった。同年持病の腎臓病が悪化、四月疎開帰郷し、翌一九四六（昭21）年五月二四日、前年末から刊行準備が進められていた二冊目の小説集『風の街』（白都書房、一九四六・六）の急造本を手に、四十歳で永眠した。

3　「正平とお信」「脂粉」「炎」の女主人公

この三作品は、もと子の大学卒業後、一八年ほどの作家生活の中で、スタート時と、それから八年、七年と間をおいて発表された。北国の農村で懸命に働き、自分らしく生きようとした女主人公達の三様の生き方を見ることにする。

①「正平とお信」（『春の落葉』一九二八・四）は、もと子が二十歳の時脱稿した作品で、昭和元年頃の農村の、ある妊婦の過酷な日常と、その我慢が切れた時の行動の顛末を描いたものである。

十八才で内地から北海道の小作人に嫁いだお信は、続けて女の子を生み、歯は欠け髪も薄くなり、三人目を妊娠中である。「今度女の餓鬼を生みやあがつたら、うぬ離縁にするぞ」と繰り返す夫、正平の言葉に、彼女は不安な気持ちでいる。

収穫の秋の一日、お信は正平と、正平との仲が農場中の評判になっている出面取[9]のお満と、三人で小豆に殻竿を打っている。お満は「張りきつた體つき」で、流行歌を鼻にかけて歌いながら殻竿を軽々と動かしている。「馬鹿――今朝から牛に水をやれ〳〵と何度言つたと思つてゐるんだ」。正平はお信に次々と仕事を言いつけた。黙って二人を残し、重い足取りで仕事に向かう彼女の前を、「おびたゞしい蜻蛉の群が金色の羽を光らせてスイ〳〵と」通り過ぎて行く。途中、一歳になる下の子が襁褓を外したまま姉と地べたで遊んでいるのを見ると、お信はいらいらして「なんだね——お澄はまあ。着物がぐつしよりじやねえか。風邪を引いちまはあね、馬鹿め——」と怒鳴り、幼子の尻をまくってひっぱたいた。子供らは泣き出し、遠くで正平とお満の打つ殻竿の音が調子よく続いている。その時彼女は、今迄のあきらめに似た感情を突き破るお満への激しい嫉妬を感じ、馬草を刻みながら「指も腕も自分の體も切りきざむで仕まひたい様な寂しさ」に襲われる。仕事が終わった時、殻竿の音もやんでいた。お信はふと「或るいまはしい想像」に駆られ、まつわりつく子供らを払いのけ豆畑へ忍んでゆくと、山と積まれた豆殻の陰から二人の情事が目に飛び込み、「全世界が目の前でくづれて行く」ように感じて逃げ帰る。夕刻正平は、話しかけても黙りがちなお信に腹を立て、「お前はお満さんと俺が野良にゐたのが嫉けるんだな。その面でよ妬けるもくそも有るかい」「女の餓鬼ばかりひり出しやがつてよ。碌なかせぎも出来ねえくせに」と言いつのり、酒を飲んで彼女を「打つたり蹴《マ》たり《マ》」した後、家を出て行ってしまう。その夜お信は泣くだけ泣いた後、「不思議な落ち着き」の中で寝ている子供らに頬ずりすると、「影」の様に外へ出る。「おれなんぞゐたつてゐなくつたつて」という「空虚な世界」に入り込み、終列車の地響きが伝わる線路上に横たわろうとした。と、その時、腹の子にお信は強く突き上げられ、「こ、にも生れない生命があつたのだ」「私の子供だ」と、「狂人の様に」土手を転がり下りてしまう。夜中に正平が泥酔して帰った時、お信の膝にはぼろで作った産着ができかかっていた。

内地の家が傾き中学を辞めてぐれたという流れ者の夫が、多少の才覚と遠い親戚関係によって地主に気に入られ、ほんの少し手にした権力を無力の妻に思いきり振りかざす。男の怒声と暴力と理不尽な我儘に支配され耐え続けたお信は、夫の情事まで受け入れなければならなくなった時、沈黙と涙の果てに死を決意したのである。彼女の決意は、人間らしい生存が許されない妊娠した一農婦の、現在と未来からの逃避であったが、同時に、受け入れがたい現在と未来とを拒否する、確かな意思表示でもあった。お信の内面に暗く堆積した怒りは、農村の男社会の下位に位置づけられていた当時の女達の、やり場のない思いを代弁している。しかしお信は、腹の中で手足を伸ばした子の強い力によって、死から生へ舵を切った。それは、彼女を唯一必要としている新しい生命への気づきであり、自分の存在価値を取り戻した瞬間でもある。今、彼女の存在は耐えるだけの無用の「影」ではない。夜なべに産着を縫うという、小さくても自らが選んだ、自分と子供のための仕事に打ち込んでいるのである。この結末は、生きることの尊厳を破壊する極限状況の打開策としては、ささやかで、一時的なものであったろう。しかしお信はこの時、自分の分身としての他者、即ち、自分と愛する者のために生きるという単純かつ根源的な答えを、絶望の中から、自力で見出したのだ。この処女作と言っていい「正平とお信」は、〝自分を生きる〟女達を描いたもと子の農民文学の、まだ産声ながら、起点となった作品と言えるだろう。

②「脂粉」（『婦人文芸』一九三六・一）は、北海道の昭和初期の農村で意欲的に働き、抑圧をはねのけ、自分を通した女の話である。

春から実家に帰っていたお君は、吹雪の中、彼女を連れ戻そうとやってきた夫の佐吉に「もう〳〵今度と言ふ今度は駄目。私を、さつぱり一人にして下さいよ。」「武一は、あなたがとると言ふなら、あげます。乳ばなれさへすれば――」と言い放つ。別れ話も三度目になる佐吉は、たとえお君が戻っても働くのは初めの一か月ばかり、彼女が一人で稼ぎ出した商売の売り上げを賭場や色町で使い果たし、病気まで彼女に移した挙句、ついに博打の喧嘩で体刑になりかかった男である。彼はまたも離婚に応じず、姦通罪の脅しをかけて、金を貯めたら迎えに来るからと樺太に行ってしまう。お君は、鉄道官舎に母と住む兄一家に身を寄せ、子の武一を母に預けて日雇いの農作業や賃仕事に精を出していたのだが、正月も過ぎまた雪解けが来ると子を佐吉の実家に返した。

片付かない籍のために後妻の口も立ち消え「毎夜の寝床の肌さびしさが身もだへする程苦しいこともあつた」お君は、鉄道の春の慰安会に家族が出払ったあと、兄嫁の鏡台の前に座り込み、念入りに化粧を始める。と、丁度そこに、兄の知人で、保険の勧誘員をしている田川がやってきて、お君は彼と性関係を持ってしまう。彼女が田川の泊まる町の宿に、何かと理由を付けては出掛けてゆくうちに、いつしかそれは「単なる情慾の火あそび」ではなくなっていった。村中に飛び交う悪評にも、兄の説得にも耳を貸さず、お君は快活そうにせっせと「出面取」に出かけ、男に交じって働いた。「その猥褻な唄の中に田川と自分の関係を織りこまれても、平気で笑ひながら」ヨイトマケの音頭もとった。そして、彼女が屈託なく陽気に働くうちに人々はその醜聞に興味を失い、普通のことの様に受け容れていった。

モンペをはき、白い三角の布をロシアの婦人の様に頭からかぶり、なかば顔をかくして頸で結んだ出面取の女達が、健康さうな癇高い聲で話しながら野良から帰つて来た。お君もその中に交つてゐる。今夜は田川が町に来て泊まつてゐるのだ。お君はかくしきれない浮き〳〵した様子で女達に愛嬌をふりまきながら道をいそいだ。

しかし家に帰ると、仕事に失敗した佐吉が樺太から戻ったことを知らされ、お君の幸福感はたちまち打ち砕かれる。結局佐吉は姦通罪を持ち出し、籍と引き換えに「三百円位」の金を要求してきた。田川と別れたら金は工面するという兄に黙って、お君は夏の日の未明、そっと家を出る。霜が降りる頃、お君から、釧路で得た三年の年季奉公の前借金二百三十円の為替が届き、たどたどしい鉛筆文字で除籍依頼のこと、今は何の苦労もないが武一のことだけが心配なこと、帰ったら地道な仕事に就きたいことなど細々と書いた手紙が添えられていた。

お君は、夫が働かなければ自分が二人分働き、駄目な夫を見限った後は、情人を作った。一方、日雇い仕事で仲間を作り、世間の噂を封じ込めてしまう。「女房は、女房、お前はお前さ」という男の言葉を聞き流し、自分の籍が抜けずにいることも隠してあいびきを重ねる彼女は、選んだ男と五分五分の関係を結んでいるといえる。姦通罪という法の壁に屈して兄に従属するよりも、十分楽しんだ田川への執着を自ら断ち切り、自力で籍を抜く金を作ることが納得のゆく自由への近道と考えたお君は、いつもながら、自分で人生を選択し行動した。年季明けの仕事のことまで前向きに語る彼女に、新しい土地での三年間、また存分に働き、念入りに化粧をして、あらたな恋を得るであろうことをも思わせる結末である。世間の規範や、法律や、夫や子供に縛られず、内なる欲求に突き動かされて迷わず前へ進むお君は、「正平とお信」のお信が見つけた活路とはまた別の、新しく太い道筋をつけたと言えるだろう。

③「炎」（『文芸主潮』一九四三・一）は、昭和の初期、北海道岩見沢で土と共にその生を全うした女の、短い一生を描いたものである。

三十九歳のお濱は、四歳の時ランプの事故で顔半分大やけどを負い、悪童達から「やーい化けもの」と石を投げられた。弟の婚礼の時はモンペ姿のまま台所から出なかったし、遠くからくる馬車を見つけると、行く道を変えたりした。しかし子供のころ裏庭で一人遊びをするお濱に、父は「オハマノハタケ」を作り、「青豌豆が藤紫の花をつけ、やがてさやが下つて実になつたり、六七本の馬鈴薯がみのつたりする愉しみ」を教えてくれたのだった。お濱は娘時代から黙々と農耕に励んだが、父の死、弟夫婦の棄農により、二十五歳の時、父から貰った小農場の女主人として自立した。「お濱、この土はお父つさんだと思へよ。大事に土を守つてゆくことだ」という父の遺言を胸に刻み、「季節と土との間を命がけで」駆け回った。

お濱は夫の與吉も自分の思い通りに選んだ。家庭を持ってみたいという気持ちから、親族の反対を押し切って、足の悪い農作業の嫌いな流れ者とさっさと結婚してしまった。金銭というものは「早春から初冬にかけての血のにじむやうな労働」の結果、「土の生み出してくれる」「正當な天地に恥じない報酬」以外にない、というのがお濱にしみ込んだ考えだが、夫のブローカー的実入りが、昨年の不作の補いになった事実も認めて、彼とも折り合いをつけている。こうして彼女の現実路線は、五歳の健と一歳のヨネへの愛情を要として「こまやか」な夫婦生活をも生み出していた。

そんな早春のある夜中、帰らぬ與吉への嫉妬も忘れてお濱が眠り込んでいた時、煤のたまった煙突から出た火が乾燥した空気に燃え広がり、納屋も母屋も火の海になった。お濱は子供二人を外に助け出したあと、種籾を三俵担ぎ出し、炎におびえる馬の親子を厩から出そうと手こずっているうちに、玩具のトラックを取りに戻った健の悲鳴を聞く。助けに飛び込んだお濱は、死んだ健を抱いたまま背中一面黒こげになって焼け跡から発見された。お濱は瀕死の中で馬の太郎を助け出せなかったことに涙を流すが、子供は無事と聞かされ、火炎に焼かれる苦しさを耐えたおかげで顔の傷がすっかり消滅し、完全な美しい肉体となって、しかも助かった健を抱いているという幻想の中で、うっとりしながら死んでゆく。

三十九年というお濱の一生は短かったが、自分の運命を自分らしく切り開いた日々であったと言えるだろう。彼女は父の愛、即ち土地と家とに恵まれはしたが、子供の時から「化けもの」と言われ、身を隠して生きた被差別体験は過酷なものだった。しかし畏敬と愛着を持って耕す土は、お濱に伸びやかな賢さを与えた。天候不順による不作でさえも、土地に自分の非力を詫び、稲の品種の選定や冷害対策に新しい工夫を考え続ける。連日の厳しい農作業に加齢の弱音を吐くこともあるが、芹が伸び小鳥が舞い上がる北国の早春、「雪の下から出たばかりの堆肥のいきれた匂ひ」や、その水蒸気を身に浴びて満足げに歩くお濱には、土と共生する農婦の充足がある。

お濱は其の日も一日暗くなるまで田を起した。プラオの刃先にまくれかへつてゆく土の息づかひをきゝながら、なにひとつ思はず、ヨネの乳のことさへ忘れがちであった。

ではお濱の幻想を伴った焼死は何を意味するのであろうか。まずこの結末は、彼女の顔の傷が、自ら選んだ労働、結婚、出産などで忘れることはあっても、現世では根絶できない心の傷であったことを示している。他者から同情も差別もされない身体こそ彼女の根源的願望であったのだ。身の焼かれる煉獄の苦しみを、傷のない顔になるための試練として受け止めたお濱の自己執着には胸を突かれるものがあるが、大事な種籾と農耕馬とわが子を守るために火中に飛びこむまでの彼女の意志的人生はこの時完全燃焼され、胸底に潜んでいた癒しがたい傷も、農民としての究極の労働によって克服できたのだと言える。作者は、自己愛と献身とを全うさせたお濱に、長い間の呪縛からの解放と、土と子供のために生き切った満足を与えてこの作品を終わらせた。父の遺言通り土を守りぬいてお濱は自由になったのである。

さてこうしてみてくるとお信、お君、お濱という三人の女の生きた道は、何ものかの犠牲になることを拒否して、身体感覚の命ずるままに、ごく自然に主体的に選びとられていたことがわかる。小作農家の封建的家制度、姦通罪、被差別体験からそれぞれ彼女らが目指したものは、思う存分肉体を使って働き、心と身体の自由を手に入れることであった。男に隷属を強いられ、労働の喜びも持てない妊婦、お信の腹立ちは沈黙の中にも激しく直截であり、生き生き働くお君、お濱は世間の規範をあっさり突破し自分のルールで生きている。

彼女らには社会的視野の広がりも、現状への懐疑や、批評精神もみえない。しかし作者は、当時の閉鎖的、抑圧的な農村の無学な女達が、置かれた場所で精一杯よりよく生きようとした、生活者のその現実を描いた。作中、背景として随所に語られる北海道の自然は、瑞々しい力に満ちて美しい。それらは観念的ではない素朴な、生活上の叡智を彼女らにもたらした。渡道して間のないお信は、羽を金色に光らせて群れ飛ぶ蜻蛉の自由に心を留めている。お君もお濱も、肥沃な大地が見せる四季折々の相貌に心を開き、その息吹を身体にとりこみながら、労働の対価である生産の喜びに、生きることの揺るがぬよりどころを得ていたように思われる。彼女らのこだわりのない潔いともいえる生き方は、大自然が育てた素の人間が持つ原初的な生産性と、自己を解き放つエネルギーとに支えられ、自分を信じて行動する、力強い女性像として形成されていったと言えるだろう。

4　もと子と戦争

もと子の作家人生は、十五年戦争と共にあったが、戦争協力の影がほとんど見られないことは特筆されるべきである。一葉賞を受けた「馬追原野」（前出）を、国土拡張植民地政策の一翼を担う、国策小説とする見方がある。[10] 然しそれは、国策と開拓を安易に結びつけた皮相な論といえるだろう。「運平は、きつと立派にあの未開地を耕して国の富源に変へるであらう」という主人公運平の独白は、「天子様のためだといふのなら」と愛する息子を蝦夷地に手離した、明治の母に向けられた言葉であり、「国の富源」とは、自国の開墾による収穫の謂であって、決して他国を取り込むようなものではない。また、運平にとって開拓とは、内地の「零細な土地を舌でなめ、肌であたゝめる日本古来の百姓の精神」を広い土地で生かしたいという、「百姓の子のあこがれ」そのものであり、アメリカの「大農経営」も見てみたいと考える彼の夢は、昭和の時局に関係なく純粋なものである。

運平は開墾の一方で、自分の土地を得ようと、無償の貸下げ地申請のため道庁に「お百度」を踏むのだが、いくら待っても一介の書生に許可は下りない。先取りした資本家や華族らの札の立つ、放置された広大な土地を前に、「もつと合理的な土地の開放」を切望する運平の、いら立ちや、国政に物申す姿勢が作中随所に見られるのである。結局彼は夢の実現のために、役人が得た貸下げ地を借金して買わざるを得ず、自嘲しながら、「盗泉の水を飲む」という現実主義に下ったのであるが、農民を二の次とする、明治の開拓行政のからくりまで明かしたこの作品は、その主人公の反骨精神と共に、戦時の領土拡張政策の宣伝になどなる筈もないのである。さらに、もと子自身、「受賞者の言葉」（『文学報国』一九四四・六・二〇）で「百姓の精神と開墾の熱情と労苦、そして私の生れ故郷の新しい歴史、そのやうなものを織交ぜた長篇を書きたいと思ひたつたのは、まだほんの少女の頃であつた」と書いており、一九二八年発表の「開墾者」（前出）、一九三五年発表の「石狩原野」（『婦人文芸』三月号）の試作から連なる「馬追原野」

の精神は、時流にすり寄る国策小説とはかけ離れたものであった。

終戦の年『日本文学者』二月号に発表した「月影」（前出）では、稲の品種改良の研究に打ち込む夫に「いま、日本に産出するお米のとれ高が、かりに倍になつたと仮定すれば、それだけ日本の領土がふえたことと同じになるとは思はない？しかも軍隊を動かして、人命を犠牲にしてゞはないのだよ。我々個人の努力によつてなんだ」と言わせている。[11]発禁の続く中で思い切った軍部批判であると思うが、国民の食糧確保はまず自国の土地で個人の力で行うべきだという考えは、「馬追原野」の運平に通ずるものである。もと子の農民文学は女の生き方を追求する一方で、棄農による軽薄な都市化への疑問も投げかけ、[12]国富政策がひたすら他国への侵略に向かうさ中、自国の土を愛する農民主体の、国政批判もあったのだということを記しておきたい。

もと子の現代小説には戦争を背景としたものがいくつかあるが、いずれも戦争によって引き裂かれた愛の哀しみが主題になっている。「海底の花」（『今日の文学』一九三二・七）では、結婚三か月で上海に出征した夫の留守宅に届けられた月給を、夫の友人は国家の義務だというのだが、妻は「そんな義務なんか負つてもらはなくつたつてい丶、一日でもはやく帰へしてさへもらへれば」と応える。停戦交渉成立、上海の兵隊引き上げのニュースに妻は泣いて喜び、仲間と祝盃をあげた。ところが「運悪く」、夫の部隊はそのまま北満の守備に回され、落胆した妻は体調を崩し、夫の早い帰還を念じながら、病で衰弱してゆく。「物言はぬ花嫁」（『婦人新報』一九三八・六）は、息子の戦死の悲しみから半年たっても立ち直れない母親が、そばに置き続けた遺骨と一緒に埋めてやる花嫁人形を買いにゆくという内容である。

もと子の文学は、今次の大戦の本質を見極め糾弾するところまではいっていない。しかし、そこに描かれた戦時の愛は、銃後の女の国家的献身にすり替えられることなどなかった。愛国、国防の名のもと、人間の声を封殺していった戦時体制下に、もと子は、前節でみた三作品も含めて、いつの時代にも普遍的な、個人が生存し生活することの本質を問い続け、戦争協力とは遠いところで書き続けたのである。

5　おわりに

3節で見た三つの作品の女主人公達は、社会に抵抗する明確な権利意識などは持っていなかった。しかし、万民に公平に降り注ぐ自然界の生命を呼吸し、個として土と共に働く日常の中から、人は平等であるという意識が少しずつ育まれ、差別的環境においても彼女らを自由へ、自立へと内発的に立ち向かわせたのではないだろうか。農民と共に生き[13]、「大地の底から響く生命の声に耳を澄まし[14]」人間の真実の声を伝えようとしたもと子の農民文学は、女が、戦争をはじめ様々な国家的、歴史的抑圧に身動きが取れなかった暗黒の昭和前期に、〝土と個人とそれを包括する自然〟の結びつきを重視し、その中に、ありのままで逞しく〝自分を生きる〟女性像を描き続けたという点で、その独自性が高く評価されてよいと思う。

現在、世界は経済競争にしのぎを削り、過度の科学文明がもたらす人間の欲望に歯止めがかからず、〝信〟の及ばぬ格差の闇にテロリズムが横行し、新たな戦争の危機が訪れている。歴史、宗教、民族などが複雑に絡み合った状況下、解決の糸口を探すのは容易ではないが、土を耕し緑地を拡げ、自然の声を聴くといった、生産し創造する人間の原点の見直しも、地球規模で必要とされているのではないだろうか。もと子の農民文学の提示するものは大きい。

しかし一方で、もと子の文学は、広がりに欠け、女の前進を阻む様々な障害そのものの掘り下げが足りない、という課題を残している。農村の、〝自分を生きる〟ことの難しい女の多様な現実になお一層密着し、その辛苦の様相の、原因、構造の深部にまで切り込み、彼女らに自然、土のもたらした生きる力を見出しながら、しぶとくその活路を開いてゆく作品が、戦後さらに期待されるところであった。

今日に重要な示唆を残しながらまた、多くの可能性を持った辻村もと子に、その四十歳の死はあまりにも早すぎたと言わざるを得ない。

注

（1）高見順「いのちのかぎり」（『昭和文学盛衰史』文藝春秋新社、一九五八・三）
（2）『馬追原野』あとがき（風土社、一九四二・五）
（3）一九四五年一〇月初め、実家を訪ねた加藤愛夫にもと子が語った言葉（加藤愛夫『辻村もと子人と文学』いわみざわ文学叢書刊行会、一九七九・八）
（4）一九四一年、後に「日本文学者」の仲間となる同郷の朝谷耿三に、もと子が語った言葉（朝谷耿三「辻村さんと私」『文学岩見沢18』一九七八・一二）
（5）決定は三月一六日、発表は『戦時女性』六月号、賞は第一回のみで終了（賞金五〇〇円は『戦時女性』が提供）。選定委員は河上徹太郎、円地文子、宇野千代、林芙美子、窪川稲子、壺井栄、吉屋信子他。窪川（佐多）稲子は、開拓者を描くリアリズムと作中の美しい自然描写の融合に、もと子の「優しさ」を指摘し、「ツルゲーネフの『猟人日記』を読んだ時のやうなたのしさで読んだ」としている（「馬追原野について」『戦時女性』一九四四・六）。
（6）和田謹吾はこの「早春箋」に、開拓における女性の役割を描いた「稀有のもの」として「馬追原野」以上の評価を与えている（「辻村もと子『早春箋』」『風土の中の文学』北書房、一九六五・九）。
（7）（3）に同じ
（8）（3）及び、『現代文学代表作全集』（萬里閣一九四八・一二）所収「春の落葉」の解説で村岡花子が引用したもと子の書簡
（9）日雇い労働者
（10）「今の時局にも適宜なる感銘を贈り得る作品」（「推薦理由」『戦時女性』一九四四・六）、「辻村が満州開拓や国策へ賛同

しつつ身をすり寄せてゆく」（小笠原克「国策との相関」『近代北海道の文学』日本放送出版協会、一九七三・一一）

（11）昭和二一年刊行の『風の街』（前出）に収録された「日影」には末尾に（昭和十九年十二月二十日）と記され、「よその國の領土を侵掠したり」が挿入され、「個人の努力」が「個人の平和努力」となっている。戦後の改稿の可能性も否定できないが、昭和二〇年『日本文学者』二月号の初出にあたりぎりぎりの書き換えを余儀なくされ、戦後、原文が日の目を見たということであろうか。

（12）「炎」では、土を捨て町会議員となった弟一家の、都会風で派手な暮らしぶりに対するお濱の違和感や不満が、亡父の抱いたであろう思いに重ねて語られている。

（13）弟の辻村太郎は、もと子が帰郷のつど農民と語り合い、霜害予防のための早朝の燻煙作業にもゴム長をはき参加したことなどを語っている。（「姉もと子の思い出」『馬追原野』翻刻版北書房一九七二・八）

（14）（2）に同じ

〈付記〉テクストの引用はすべて初出による。旧字体は新字体に改めた。

辻村淑恵氏、堀利幸氏、清水敏一氏に資料をご教示頂き大変お世話になりました。ここに記して感謝申し上げます。

昭和初期の原阿佐緒——自立の歌への挑戦

遠藤郁子

1　はじめに

原阿佐緒（一八八八（明治二一）～一九六九（昭和四四））は、投稿雑誌『女子文壇』への歌の投稿から出発し、与謝野晶子にその才能を認められて『スバル』『青鞜』『我等』などで活躍した。一九一三（大正二）年の『アララギ』入社後は、『アララギ』派の代表的な女性歌人の一人となったが、同人の重鎮で妻子もある石原純との恋愛事件によって、一九二一（大正一〇）年、『アララギ』を破門された。石原とは七年間の同棲生活を経るも一九二八（昭和三）年に破局し、その後、酒場などで働きながら作歌を続けるが、一九三四（昭和九）年九月二一日の室戸台風の被害を受け、保管していた原稿のほとんどを失ったことが誘因となって歌から遠ざかったとされる(1)。

阿佐緒本人が歌集の「自序」や自伝などで自身について多くを語っているほか、石原との恋愛事件の際に各新聞、雑誌に大きく報じられたこともあり、昭和初期には、「女史にとつては、今では殆んど秘密といふものはなくなつてゐる(2)」と言われるまでの有名人になっている。現在でも、石原との事件のイメージだけは色濃く残っており、原阿佐緒の名前を知る人は多い。しかし一方で、事件後の阿佐緒がどうなっていったか、そしてどのような歌を残したかということは、あまり知られていない。

彼女は、生涯において、『涙痕』（東雲堂出版、一九一三年五月）、『白木槿』（東雲堂出版、一九一六年一一月）、『死をみつめて』（玄文社詩歌部、一九二一年一〇月）、『うす雲』（不二書房、一九二八年一〇月）の四冊の歌集と、それらを再編集した『原阿佐緒抒情歌集』（平凡社、一九二九年五月）を刊行した。しかし、その後は彼女の単独歌集は編まれなかった。そのためもあってか、『うす雲』以降の作については現在も無視されがちである。

しかし、単独歌集にこそまとめられてはいないが、『うす雲』以降も、阿佐緒は精力的に短歌を作った。しかも、そこで彼女の歌は大きな変質を遂げている。今回、これまであまり注目されてこなかった昭和初期、『うす雲』以降の阿佐緒の短歌に焦点を当てることで、彼女の創作活動の再評価を行いたい。

2

第四歌集『うす雲』から『原阿佐緒抒情歌集』の〈自画像〉へ

『うす雲』には、一九二一（大正一〇）年から一九二八（昭和三）年までに創作された四六七首が収録されている。この時期はまさに石原との同棲時期に重なる。同棲開始後、阿佐緒の歌は、すべて石原の添削を受けたとされる。それだけでなく、石原によると「彼女が歌をつくるにしても絵を描くにしても、又は文章を綴るにしても、それを私の前に持ち出してよいやうに直してもらはねば気がすまないのが例[3]」という関係だったらしい。

短歌の世界では師弟関係の中で歌の添削や選歌を受けることは一般的なことである。『アララギ』を破門されて師を失った阿佐緒が、先輩歌人でもある石原をその代わりとして頼りとしたのは、当然の成り行きだったかもしれない。しかし、それは同時に、石原との同棲時代の阿佐緒の創作活動が常に石原によって監視、検閲されていたということも意味する。そう考えると、『うす雲』の収録歌は石原の価値基準を多分に含みこんでいるはずで、自由な個性の表出となっているかどうかは非常にデリケートな問題となる。

阿佐緒は、『うす雲』刊行直前の一九二八（昭和三）年九月に、石原の元を去り、同棲生活を解消した。石原に別の女性ができたことがその原因とされる。阿佐緒と石原の破局はまたも新聞に一斉に報じられ、その騒動の渦中に出版された『うす雲』はスキャンダルとともに消費された。昭和初期、阿佐緒の歌は風評とともに偏った受け止められ方をされてしまった。

しかし、『うす雲』巻末の「自序」に「歌にさへ慰めを見出せないと思ふやうになつた私は、画を描き初めた。（略）併し、この、あやうい断崖に、辛じて踏みとゞまらしてくれるものは、やはり私にとつては歌より外にない」と記すように、阿佐緒には歌しかない。様々な偏見に晒されつつも、一人になった阿佐緒は彼女なりの歌を詠い続けてゆく。石原の支配下、監視下から抜け出した阿佐緒の自由な自己表現の第一歩がここから踏み出されることとなる。

そして刊行されたのが、『原阿佐緒抒情歌集』である。『涙痕』から『うす雲』までの全歌集から七三〇首を自選で収録しており、それまでの総決算とも言える。巻頭には、口を結び大きな眼を見開いて前を凝視する、断髪の女性の肖像画が付されている。タイトルは「自画像」[4]。この絵が象徴的に示すように、この歌集はまさに阿佐緒自身が自己と向き合いながら描き出した〈自画像〉の試みと言っていい。それぞれの歌集で断片的に詠われてきた出来事や感情が、すべてこの〈自画像〉の女性の中に集約され、再構築される。それは、偏見に晒され風評によって歪められた自己像を、自ら回復する試みとして捉えることが可能である。

収録歌から浮かび上がる〈自画像〉とは、どんなものか。まず、『涙痕』の章には、ある男性と恋をし、子をなすが、裏切られ、自殺を図る女性が描出される。死にきれなかった女性は、「恋のため泣くべき吾はとく死にき今は子のため親のため生く」と詠まれるように、恋と決別して家族と共に生きることを選ぶ。そして、「生きながら針に貫かれし蝶のごと悶へつゝなほ飛ばむとぞする」と表現される情熱を歌に託すことで、再び立ち上がってゆく。

続く『白木槿』の章には、その後の穏やかな日々が描き出されるが、先の男性との離別後に別の男性と結婚したことによって、平穏は再び乱されてゆく。彼女は、その新しい夫によって詠うことを封じられ、さらに、夫と母親との不仲に苦悶し、最終的には「黒髪もこの両乳もうつし身の人にはもはや触れざるならむ」という決意にいたる。

男たちに翻弄されてきた女は、ここにおいて男との決別を高らかに宣言した。そして、「歌にもつあこがれこゝろ妻といふ名とたゝかひて一年は過ぐ」と詠われた状況から解放され、再び自由に詠い出す。

その充実は『死をみつめて』の章に結実してゆく。ときには体調を崩しながらも、母とともに懸命に家を守り、子どもと仲睦まじく過ごす日常のささやかな幸福が読み取れる。しかし、その平穏もある男の登場によって、またかき乱されることになる。前章の終わりで男との決別を宣言したはずの彼女だが、「かくのみに吾は傷つきぬうつそみのかなしき人といのちちかひて」という、新たな恋人の出現を思わせる歌が詠まれる。この新たな恋愛に悩み、髪を切り、ついには「死をみつめて」のタイトル通りに再び死を思い詰める。

しかし、彼女は結局、その恋人と生きることを選択する。それが、『うき雲』の章の世界である。彼との新生活のために、彼女は子どもを故郷に残し別々に生活することを余儀なくされ、母の怒りにも触れてしまう。この恋のために失ったものは多い。にもかかわらず、困難を乗り越えて結ばれたはずのこの男とも、時とともに次第に心がすれ違いだす。そして、「人にもそしられのゝしられ遂げにたるわれらと思ふにかくもむなしき」と詠われ、死への親和性が増す中で、死をも選び得ない深い諦念が表出されることとなる。

ところで、単行本『うす雲』にもともと収録されていた「黙しながらくつろぎあへる火鉢辺に夜を鳴く鳥のひとこゑをきけり」、「たまたまのいとまを夫のモデルとなり椅子にくつろぐわれにあるかも」のような、男と共に過ごす穏やかで満ち足りた日常を思わせる歌は、『原阿佐緒抒情歌集』では採られていない。そうした日常の裏に潜んでいた欺瞞を知った今となっては、すでに偽りの穏やかさとして退けるべき世界となっていたということだろう。この集では困難な恋を成就させた充実感は希薄で、むしろ、別れて暮らす子どもへの愛惜、郷愁などが多く表現される。

以上のように、『原阿佐緒抒情歌集』に描き出されているのは、男たちを翻弄する魔性の女という世間に流布する阿佐緒のイメージとは異なる、男たちに翻弄されながらも懸命に生き、歌うことで自身を支えてきた一人の女性の姿と言える。歌に表現された女性像は、望まぬ妊娠出産を女に強いて消えた男、妻の自己実現を阻害した男、女を愛する子どもと引き離して独占しようとした男など、自分勝手な男たちのあり方をその背景とする。男たちとの関係に傷つくたびに、彼女は死を思い、母や子どもの存在がそれを思い止まらせる。

そうして繰り返される関係性のドラマは、女が家の娘として、子の母として、男の妻としてあることの困難を改めて考えさせる。『涙痕』の章で「今は子のため親のため生く」と詠った当初から、彼女の中では親や子に対する責任意識が非常に強い。『白木槿』の章に登場する、彼女の作歌活動を阻害した男に対しても「君と児のわが身なりけり自らの世はかたはしもたざりしかな」（『白木槿』）と詠んでおり、彼女は子のため親のため男のために無私となって尽くしてゆく。

彼女と家族とのこのような関係性は、近代日本における女性のあり方として決して特殊なものではなく、むしろ一般的な〈女徳〉のひとつとも言えるものだろう。しかし一方で、「恨みにも泣きにも六つの子をたよる親の心もあはれになりぬ」（『涙痕』）とされる子どもとの関係、「家を守るちからもあらずただに病みて母にのみよるをいまは堪へなくに」（『死をみつめて』）とされる母との関係、「いづれにあきらめても同じ寂しさ生きてゐて夫によるべきわれかも」（『うす雲』）とされる男との関係は、家族との関係における彼女の依存的な体質もまた浮き彫りにする。家族に尽くしているようで逆に依存し、彼女は、自己存在の拠り所を、自己ではなく家族に求めてしまっている。

中でも注目されるのは、母との関係である。彼女の母は、女ながらにただ一人で郷里の家を守る頼もしい存在であり、彼女が男らとの関係に傷ついた時にはその拠り所となり、時には、彼女の代わりに子どもの面倒も見てくれる。だからこそ、「吾を生まししはそはの母よわが生くる世にはもつひにゆるしまさぬか」（『うす雲』）のように、彼女はいつまでも母の存在を意識し、意向を気にし、頼ろうとする。(5) そして、そのように強い母との依存関係は、無意識に子や男との関係の基盤となり、彼女の精神的な自立を困難なものにしていた可能性がある。

このように、『原阿佐緒抒情歌集』は、家庭という場において、家族との依存関係へと落ち込み、もがき苦しんできたひとりの女性を映し出す。その姿こそ、阿佐緒自身が描き出した〈自画像〉、これまでの自分自身の姿である。この集によって、阿佐緒は、そうした弱い自己と向き合うことで、一つの清算を行ったと言えるのではないか。これ以降、阿佐緒の歌はそのような狭い世界に限定された表現から脱却してゆく。

3　「黒い扉」にみる自立と再生の契機

しかし、先に述べたように、『原阿佐緒抒情歌集』以降、阿佐緒の単独歌集が編まれることはなかった。そのため、昭和期の歌には散逸してしまったものも多い。現在では、各新聞、雑誌に発表されたものを直接見る以外は、一九三〇（昭和五）年に刊行された『現代新選女流詩歌集』に収録された「ひたすらに歌ふ」二〇首、(6)その翌年に刊行された『現代短歌全集』中の「黒い扉」六三首(7)が、当時の阿佐緒の歌の一部をわずかに伝えるのみである。しかし、これらの合同歌集に単行本未収録の近詠が無視されることなく収録されたこともひとつの傍証になるように、阿佐緒はこの時期、旺盛な創作活動を行っていた。特に、一九三〇（昭和五）年の雑誌・新聞への発表数は、石原との同棲以降において抜きん出ている。(8)歌にかける情熱の再燃を思わせる活躍である。ここでは、この時期の歌をまとめた「ひたすらに歌ふ」と「黒い扉」を軸に、阿佐緒の歌の新展開を分析する。

この家にひとり住むべし炬燵買ひて俄に心ひきたちにけり

「黒い扉」冒頭歌である。前述『原阿佐緒抒情歌集』の結末に見た男との破局の後、そのまま再び郷里の親や子を頼ったとしたら、彼女にとって、それは対象を代えた依存関係の繰り返しでしかない。しかし、彼女はそうせずに〈ひとり〉立つことを選んだ。「自らの世はかたはしもたざりしかな」と詠んだ時代は終わり、彼女は家族から離れて彼女自身の「世」を生き始めたのだ。彼女の歌の対象は明らかに家庭の枠を飛び出してゆく。以下、「ひたすらに歌ふ」から見てみよう。

かつて知らぬ社会の相をつぶさに見む恐れを感ずわが職業ゆゑ
求めても得られぬ人達にすまぬ思ひにわがこの職業もなすべきなりけり
女は若くもあらねば職業を得られずといふ社会に吾も老ゆ

家族から離れて〈ひとり〉になった彼女の歌は、自己と家族との関係性に限られた狭い世界の表現を脱し、「かつて知らぬ社会の相」へとその視野を転じている。原家の「おごさん」(9)と呼ばれ、世間知らず、苦労知らずのお嬢さん気質を指摘されがちな阿佐緒だが、四〇代となった今、彼女は自立を求め、酒場に職を得た。(10)一九二九（昭和四）年にバー「ラパン」にマネキン・ガールとして勤めた阿佐緒の月給は一二〇円、店の広告塔として接客を行った。(11)同じ酒場の職業として女給があるが、一九三〇（昭和五）年の調査で、多くの女給の平均月収が三〇〜三五円程度、高めでも六〇〜七〇円程度とされたことを考えると、阿佐緒の一二〇円は決して安い額ではない。(12)そして、「女は若くもあらねば職業を得られずといふ社会」を身一つで渡っていく。
「求めても得られぬ人達にすまぬ」という世の中を生きる意識が芽生えている。阿佐緒の歌には、四〇歳からの再出発である。現代の感覚からすれば、四〇歳で「吾も老ゆ」という表現は相応しくないかもしれない。しかし、特別な技術もなく、それまでに継続的に仕事をしてきた経験もない四〇歳の女性が、仕事を得て自立することの困難は、現代においても共有されるものだろう。酒場で働くという選択は、豊富な選択肢の中から積極的になされたものではないのだろうが、それでも職を得られたことに感謝しながら、困難な自立への一歩を踏み出してゆく。そして、〈ひとり〉になり酒場で働き出した阿佐緒の歌は、シビアな世の中と対峙することで、これまでにない視野の広がりを持つこととなる。
「黒い扉」で、その傾向はさらに顕著である。

ひとしく女なるを眉目のよしあしさだめざらむと目むかふ苦しさ
わがひと言この人達の生活に悲喜をもたらすおそれを思ふ
太りたる脛をさすりて精一杯はたらきし今日をいねぎはに思ふ
歌よみの阿佐緒は遂に忘られむか酒場女とのみ知らるはかなし

その後、バーのマダムとなり、雇われる身から雇う身となった阿佐緒は、女給応募者たちに自分を重ね、男では問題にならない見た目の良し悪しや若さが女の価値を左右する世の中の矛盾に向き合い、生活のために職を得ることに必死な世の人々と痛みを共に分かち合いながら、そうした社会のあり方に対する違和感を詠う。今は、彼女自身もむくんだ足をさする生活者の一人としてここにいる。そんな彼女だからこそ、その歌には世の中を批評する力が生まれている。家族との依存関係に縛られたそれまでの狭い世界から飛び出し、広い社会に触れたことで、阿佐緒の歌は社会批評に届く表現へと変質したと言える。

「歌よみの阿佐緒は遂に忘られむか」の歌には悲哀も読み取れるが、一方で、生活者としての開き直りも感じさせる。『涙痕』から『うき雲』まで、傷つくたびにただ嘆き、〈死〉の衝動に捉えられがちだった阿佐緒だが、ここでは「かなし」と詠っても、それは〈死〉を志向するものではない。むしろ、「生きながら針に貫かれし蝶のごと悶へつゝなほ飛ばむとぞする」と詠った在りし日の気概さえ感じさせる。葛藤を抱えながらも、この世を〈ひとり〉で泳ぎきろうとする決意、自立した〈生〉への志向が示されている。

4 昭和初期歌壇における女性短歌を巡る問題

昭和初期、阿佐緒の歌はこのように女性の自立を題材とし、社会批評へとつながる表現へと大きな変貌をとげた。しかし、そんな彼女の歌が批評の場で取り上げられることは、ほとんどなかった。

その要因のひとつには、当時の歌壇における女性短歌を巡る批評の問題がある。『日本短歌』一九三三（昭和八）年九月号の「女流作家の立場から」と題した特集では、四賀光子、若山喜志子、阿部静枝、築地藤子らがそれぞれに歌壇に対する希望を述べている。そこには、「一口に女流歌人の作はだめだとか、男性歌人の比べものにならないとかいふやうに、大ざつぱに云はれることは非帝《（ママ）》に嫌なものだ(13)」、「愛深い広やかな胸を拡げて女性の歌を抱きとり、批評して下さる男子はいないものか(14)」など、女性短歌が劣等視され、男性歌人たちの批評の対象にさえなりにくい状況への不満が吐露されている。

さらに、同人誌や結社をひとつのまとまりとして短歌の批評がなされる傾向の中で、「同人誌を離れてゐると世間的には有名でも歌壇では傍系的な素人扱ひをうけて正面から批評されない(15)」と指摘されるような状況もあった。女性短歌自体がただでさえ低く扱われた男性短歌中心の風潮に加え、『アララギ』破門以来どこの結社にも属していなかった阿佐緒の新たな歌が、正当な評価の場を得ることは非常に困難であった。七年に及ぶ石原との同棲生活を解消した一九二八（昭和三）年以降、彼女は無所属のままに様々な雑誌や新聞に歌を発表したが、歌壇からはほとんど無視された。

そんな中、一九三〇（昭和五）年一〇月の『短歌雑誌』の「女流歌人自己批判の会」は、同年六月の『草の実』「女流歌人自選歌号」に収録された女性短歌の合評会として、そこに発表された阿佐緒「酒場の歌」九首を取り上げていて興味深い(16)。先述のとおり、阿佐緒は、石原との離別の後、酒場に職業を得た。「酒場の歌」は、そうした新たな暮らしの中で生まれた歌であり、後にその一部は「黒い扉」にも収録されている。合評会の紙面では以下の三首が例として示された。

不決断の心重さにゐながらにわが店といはむ酒場出来たり
電車に揺れてゐてはじめて心さだまる眉を開きてわが店にゆかむ
ひとの偽りをあたりまへのことに思はむとあきらむる吾をあらたに生かしめ

これらの歌に対し、合評会では「心持に相当の内省は見られるが、燃焼し切つてゐない」（清水乙女）、「もつと真実な内省をもつてお歌ひになつたのなら、もう少しなんとか、外ッ側ばかりのものでなくなる」（杉田鶴子）、「心持の上で反省しながら、調子に流露したものがない」（今井邦子）、「気取りがあり過ぎる」（北見志保子）など、手厳しい批評が並んでいる。具体的な指摘はないが、読み取れるのは、彼女たちが共通意識として、阿佐緒は当然「内省」、あるいは「反省」をすべきであり、それを「気取り」を捨てて歌に表すべきだと考えているということだ。

誰もが反対し、破局は目に見えていると考えた阿佐緒と石原の同棲生活は、大方の予想通りに破局を迎えた。その後の歌にはやはりそれなりの「反省」や「内省」が表されるべき、ということだろうか。歌の中にある「あきらむる」という消極的な表現に内面の屈折は表れているものの、そうした状況を招いたことを「反省」し、今の自分自身を冷静に「内省」しようとする姿勢は、「酒場の歌」からはたしかに読み取りにくい。むしろ、読み取れるのは、自身が置かれている現実をとにかく受け入れて前を向こうとする姿勢である。「眉を開きて」や「あらたに生かしめ」には、一歩を踏み出そうと自身を鼓舞する心情も込められていよう。このような前向きな姿勢は、彼女に「反省」や「内省」を求めようとする合評者たちの期待の地平に沿ったものではなかったのかもしれない。

しかしそれでは、石原の歌にも同じように「反省」や「内省」は求められたのか。石原との関係において、その始まりから終わりまで、世間は石原よりも阿佐緒の方により強く倫理的な批判を浴びせてきた。この合評会の「反省」「内省」という発言の中にも同じ価値観が共有されているのではないか。[17]彼女らの具体性を欠いた居丈高な批評の根底には、女性短歌にいわゆる女性的な内面性や倫理性を求めようとする保守的な短歌観が窺える。

先の合評者自身による歌は、例えば、以下のようなものである。

ふるさとにかへる日のため杖つきて庭をあるきし母のおもほゆ（北見志保子）

軒の端の椎の葉うらに夕日さし事なくけふも暮れてゆくらし（杉田鶴子）

四方に山晴れきはまりて久方のさす光さやに秋さりにけり（清水乙女）[18]

彼女らの歌は、「庭」や「軒」など、どれも家の内やその周辺に留まる視線から詠まれている。落ち着いた詠いぶりであるが、その落ち着きはマンネリズムと紙一重でもある。「事なくけふも暮れてゆく」平穏な日々の暮らしに安住し、その狭い世界を表現することを善しとする彼女らの歌には、阿佐緒のような「この、あやうい断崖に、辛じて踏みとゞまらしてくれるものは、やはり私にとつては歌より外にない」という歌に対する情熱や切実さはない。こうしたマンネリズムについては、当時の女性短歌を紹介した淵脇義雄『現代女流短歌の鑑賞』でも、次のように批判されている。

最近の女流歌壇如何の問に対しては、何人も「余り振はない」と答へるでありませう。（略）最近歌壇の主流と云ふべきものの歌風が甚だしく現実的で地味で、而も巧緻的であつて、そこに一般大衆特に女性を惹付けるべき感激や、躍動する生命や詩といふやうなものがなく、随つて迫力や魅力が失はれてゐる。かういふやうな原因の為に、一般婦人といふものと女流歌人といふものが絶縁されて、歌人は歌壇に立籠るといふ状態に立至つたのではないでせうか。[19]

現実的で地味な日常を単に三十一文字に乗せて写し取る。そこに読者を動かす感動や輝きは生まれ得ない。こうした傾向を、淵脇が指摘するように、当時の女性短歌の多くが共有していた。阿佐緒を批判した女性歌人たちの歌にもそれは共通する。彼女たちは、阿佐緒が飛び出した家という狭い世界に表現の基盤を置き続け、安住している。そこに、阿佐緒の歌に表現されたような社会批評の眼が入り込む余地はほとんどない。彼女たちは、まさに旧態依然とした保守的な歌壇に立て籠もっており、こうした保守的な価値観の横行が、阿佐緒の歌の新たな方向性に対する評価を妨げたと考えられる。

しかし、阿佐緒の新生活の歌は、そのように家庭の内部に留まる表現が依然として女性短歌の中心的な表現とされ続けた中で、そこから脱して社会批評へと向かう、新たな女性表現の可能性につながり得るものだったのではないか。保守的な女性性の表現から脱し、生活者としての立場から男性中心社会の矛盾に向き合うことで、阿佐緒の歌は、多くの女性たちに共通する苦悩を掬い取る力を宿し得た。

5　短歌変革期における阿佐緒の歌の独自性

女性短歌を巡る以上のように偏狭な歌壇状況が続く一方で、昭和短歌は、折口信夫の「歌は既に滅びかけて居る」[20]という危機意識の表明を受け、大きな変革期を迎えていた。主張の根拠として折口は「歌の亨けた命数に限りがあること」、「歌よみ（略）が、人間の出来て居な過ぎる点」、「真の意味の批評の一向出て来ないこと」の三点をあげた。[21]こうした危機意識と、時代の潮流の中で興隆してきたプロレタリア運動などと相俟って、昭和初期には様々な形で短歌の革新が模索されてゆく。阿佐緒の歌も、こうした変革期の中でその意味づけが行われる必要があるはずだ。最後に、この問題に触れておきたい。

阿佐緒は、この変革期にあって、以下のように述べている。

現歌壇は激しい混乱と動揺に陥入つてゐる。プロレタリア短歌、アナルシズム短歌、詩歌の同人諸氏に見るやうなモダニズムの短歌、所謂新興芸術派の一群――等の人々がそれぞれ切実な主義主張を吐露してゐる。その内でプロレタリアートの主張する芸術上の功利主義に私は多くの関心を持たされたがその人達の多少のイデオロギーを含まれたものでなければ芸術としての価値を認めないと云つたやうな主張に対して、私にはそれをはつきり肯定することが出来ない。また、短歌定型律の破壊運動に対しても単なる賛意を持つことは出来ない。そして、私は、私の目標として表現形式の上に自由さと自然さとの外に多くを望まない。(22)

これらの言葉からは、阿佐緒がこの短歌の動乱期を注視している様子がはっきりと伝わってくる。プロレタリア短歌、モダニズム短歌などの動向を意識しながらも、彼女自身は、より「自由」な表現を目指す。そこには、結社にもイズムにも頼らず、〈ひとり〉立とうとする彼女の一貫した姿勢が表明されていると考えられる。

モダニズム短歌において、新たな時代の表現として、華やかな都市風景が登場するのがまさにこの頃である。昭和五年の作とされる石川信雄『シネマ』（西書房、一九三六年一二月、P42）・（P80）には、「カナリヤを飼へる女給のまなざしを愛しゐしよりぞ百年は経つ」、「スポットで追はれてるやうなはにかみよ今日もあてどない街のさまよひ」などの歌がある。ここでは、酒場の女は幻想の対象とされ、そうした幻想へと導く装置としての華やかな都市風景が背景に読み取れる。都市の新風俗を写すこうした歌の出現は、時代の新しい表現の在り方として興味深い。

しかし同時に、そうした華やかな世界を享受できるのは誰か、という問題も、その裏には潜んでいよう。阿佐緒が酒場を詠った歌も、『シネマ』と同じく都市風景を背景とする。生活の糧を得るためには、彼女にとっても、それは必要不可欠なものである。しかし、その華やかな世界で開放感を得られる男たちと異なり、彼女のような中年女性はその華やかさを享受することも、そこに安住することもできない。阿佐緒の歌は、生活者としての女性が抱える内的葛藤を表現することで、都市風景の別の一面を写し取っている。

また、そうした生活者の苦境を掬い取ることを期待されて当時登場したのが、プロレタリア短歌だった。阿佐緒自身「多くの関心を持たされた」と記すように、彼女の歌の変質には、プロレタリア短歌の登場に共振する側面もあった。同じく都市風景をモチーフとしたプロレタリア短歌の例をみよう。

東京のをんならよ君らの銀座街をいま女工らは歌ひながら行く（前川佐美雄）(23)
女工らが銀座の街をうたひ行くとき東京のをんならはくやしげなり（同）

ここでは、都市文化を享受する「東京のをんなら」と「女工」とを意図的に対立させることで、「東京のをんなら」に対する批判的な視点が表現されている。しかし、「くやしげ」という推量の形で表現された女性たちの分断は、本当に存在するのか。阿佐緒の歌と並べる時、こうした分断によって、「東京のをんなら」が抱える葛藤が一方的に切り捨てられてしまう危険性が浮かび上がる。

華やかな都市空間は、その華やかさの陰に、女性たちを商品として消費する側面を隠し持つ。自らもまた「東京のをんなら」のひとりである阿佐緒の歌は、華やかな都市のそうした実相を告発している。自らの実感に根差したその表現は、イデオロギーを重視するプロレタリア短歌とは異なる自由な表現として力強さを増している。そして、困難を抱えながらも生活者として開き直り、世の中を泳ぎきろうとするしなやかな態度によって、新たな歌の境地が切り開かれていると言える。

6　おわりに

このように、昭和初期において、阿佐緒の歌は時代と共振しつつ独自の展開を遂げた。それが評価され得なかったことは、当時の歌壇の保守性をよく表している。阿佐緒自身は、そんな歌壇をよそに、その後は活躍の場をさらに広げて舞台や映画に挑戦するが失敗し、大阪へと移住する。そして、「黒い扉」までをピークとして、彼女は歌壇から遠のき、まさに「歌よみの阿佐緒」は忘れられていった。しかし、逡巡しながらも自立を試みてもがき、その中で新たな歌の表現を切り開こうとした彼女の格闘は、昭和期の保守的な歌壇の状況に対して一石を投じた試みとして、改めて評価すべきものである。

注

（1）阿佐緒自身、「この一事だけが、私に歌を止めさせる基因を作つたといふのではなくとも、生活の重壓に喘ぎつかれてゐる当時の絶望に、拍車をかけたことは否めない」（「歌はぬ二十年」『短歌研究』一九五四年六月、P63）と述べている。
（2）直木三十五『明治大正実話全集』第十一巻（平凡社、一九二九年一二月、P138）。
（3）石原純「試練の姿」（『婦人公論』一九二九年一月、P101）。
（4）前掲の『うす雲』「自序」で触れられた「画」の中の一枚と考えられる。
（5）この歌集には父はほとんど登場しない。「人ら寄り挫かむとするわが家をひとり守らすとのこります母は」（『死をみつめて』）、「父上のみ墓にゆくとのぼりゆく栗の落葉にうづもれし道」（『うす雲』）などの歌に父の死が暗示されている。彼女にとっての頼るべき「親」とは基本的に母親であると知れる。
（6）『現代新選女流詩歌集』（太白社、一九三〇年六月）。女性歌人たちの合同歌集。

（7）『現代短歌全集』第十八巻（改造社、一九三一年三月）。
（8）例えば、秋山佐和子「原阿佐緒略年譜」（『原阿佐緒』ミネルヴァ書房、二〇一二年四月、P323-333）によると、『アララギ』破門の一九二一（大正一〇）年まで、阿佐緒の歌の雑誌掲載数は毎年コンスタントに一〇〇首前後になっている。しかし、翌年以降は、四〇首前後にまで激減する。一九二八（昭和三）年には二一首までに落ち込むが、一九三〇（昭和五）年には七六首と盛り返している。
（9）「おごさん」とは〈お嬢さん〉の意味。地元の名家である彼女の家系からそのように呼び習わされていたという。小野勝美『原阿佐緒の生涯――その恋と歌』（古川書房、一九七四年一一月、P20）など参照。
（10）ただし、それまでにも、家の中で養蚕をする様子や、子どもとの再会の時間を惜しんで出勤する様子が、折々の歌の中に刻まれている。職業経験がまったくないというわけではない。
（11）小野勝美「原阿佐緒年譜」（『涙痕――原阿佐緒の生涯』至芸出版、一九九五年六月、P176）参照。
（12）大林宗嗣『女給生活の新研究』（巌松堂書店、一九三二年一月）。引用は、『近代婦人問題名著選集社会問題編』第三巻（日本図書センター、一九八三年五月、P100）から。
（13）四賀光子「差別を廃せよ」（『日本短歌』一九三三年九月、P14）。
（14）若山喜志子「女流歌人のためによき批評を」（注13、P18）。
（15）阿部静江「一九三二年の女流歌壇」（『短歌月刊』一九三二年一二月、P102）。
（16）『短歌雑誌』（一九三〇年一〇月、P54－56）。『草の実』は、女性歌人の結社「草の実会」によって、一九二五（大正一四）年六月に創刊された。創刊一周年に当たる一九二六年六月号から女流歌人自選歌号の企画を行い、その年に活躍した女性歌人らの代表歌を自選で募り掲載する特集号を、毎年一回発行した。阿佐緒の歌は、第一回（一九二六年六月）、第三回（一九二八年六月）、第五回（一九三〇年六月）、第七回（一九三一年六月）に掲載されている。
（17）この時期にはちょうど阿佐緒は石原との関係についての告白文「純への絶縁状」（『婦人公論』一九三〇年九、一〇、一二月）を発表している。その内容や行為自体についての評価が、歌に対する批評に影響している可能性もある。

（18）『短歌雑誌』（注16、P63-65）。

（19）淵脇義雄『現代女流短歌の鑑賞』（厚生閣、一九三六年一〇月、P70-71）。ただし、淵脇の批評がどれほど広い視野で女性短歌を論じているかには疑問も残る。この本には、「現代女流短歌鑑賞」として、作家ごとに歌の鑑賞が示された章が立てられている。その中には「原阿佐緒」（P126-141）の項もあるが、そこで取り上げているのは『うす雲』までの歌であり、以降の歌にはやはり触れられていない。

（20）「歌の円熟するとき」（『改造』一九二六年七月）。引用は、『折口信夫全集』第二九巻（中央公論社、一九九七年七月、P11）から。

（21）注20に同じ（P12）。

（22）原阿佐緒「この集の終りに」『現代短歌全集』第十八巻（注7、P351-352）。「黒い扉」の後に付されている。

（23）前川佐美雄「街頭進出」（渡辺順三編『プロレタリア短歌集――一九二九年メーデー記念』紅玉堂書店、一九二九年五月、P36）。

大谷藤子「須崎屋」論——母子結合の夢の崩壊

小林裕子

1　はじめに

大谷藤子はプロレタリア文学隆盛期に小説を書き始め、運動壊滅後、一九三五年前後のいわゆる「文芸復興期」に文壇に認められた作家である。この時期は同時に多くの新進女性作家の輩出をもたらした。その中で大谷藤子は、戦後も高い評価を得て、一九七〇年代まで、寡作だが純度の高い小説を書き続けた希少な存在だった。その間、一九五二年に「釣瓶の音」で第五回女流文学者賞、一九七〇年に「再会」で第九回女流文学賞を受賞し、透徹した人間洞察を示す文体と緻密な構成を評価された。地味だが手堅いリアリズムによって、純文学の神髄を半世紀近く守り続けた作家である。作家としての出発当初から、人間の生の暗部を徹底して抉り出す描写の迫力、小説的効果を計算した巧みな技巧、とりわけ文体にも女性作家特有の魅力を微塵も武器にせぬ潔癖さが、その小説には目立っていて、当時の女性作家と比べて極めて異質な面を持った作家である。女の不幸がさまざまな切り口から立体的に描かれた完成度の高い作品として、「須崎屋」を分析してみることにした。

2　「須崎屋」誕生まで

大谷藤子（一九〇三年一一月三日〜一九七七年一一月一日）は埼玉県秩父郡の生まれで、二四歳の時海軍大尉井上良雄[1]と結婚、夫の任地、呉に住んだが、夫が遠洋航海で留守がちのうえ、舅姑もいない当時としては自由な環境のなかで、本格的に創作を試みるようになった。この間に書かれた「待たれぬもの」（二九・一）、「薄暮」（二九・四）の二作が『創作月刊』に掲載された。この雑誌に登場し、文壇の片隅に顔をのぞかせた藤子は、まさにプロレタリア文学全盛期に遭遇し、社会主義思想の波に接して衝撃を受け、創作上の刺激と示唆を受けたことは容易に想像できる。ただし、こうした思想的洗礼を受ける以前に執筆された「待たれぬもの」では、労働現場の環境の劣悪さと、女工の貧困、病苦の惨状が冷徹な筆で描かれてはいるが、階級闘争の萌芽すら見られず、社会主義思想の片鱗もまだ見せていない。同様に「薄暮」には、家の重圧に苦しむ跡取り娘の苦悩が描かれているのみで、階級格差への批判は未だ皆無である。

しかし、これらの作品の発表後、藤子は新人作家としてかなりの評価を得ると共に、作風には顕著な変化が現れる。特に左傾化した『女人芸術』に掲載された「町の一風景」（一九二九・一〇）、「貴き御事業」（三〇・八）にはプロレタリア文学の影響が明らかで、階級格差への冷たい怒りと、有産階級の偽善を暴く鋭利な皮肉がある。とはいえ階級闘争に参加するとか、プロレタリア作家同盟に名を列ねたような形跡は無く、藤子にとって社会主義思想は、社会対人間の関係性を認識するツールとして活用されたもので、生きる指標、行動の指針では無かったように想像できる。五年後に離婚した後も、作家同盟に参加するような積極的な行動は見られなかった。

海軍将校の妻としての身分のまま、このようなスタンスでプロレタリア文学の影響を受けつつ創作を始めた藤子は、荒木巍のはじめた同人誌『文芸尖端』に参加し、「指」（一九二九・五）などの小説が武田麟太郎などに認められ[2]、作家としての手応えも感じるようになる。当然、創作者としての欲も出てくるであろう。離婚の理由は様々言われているが、結局重要なのは結婚生活よりも創作活動を選んだということに尽きるであろう。夫や実家の反対を押し切って離婚した後、藤子は上京して自活し、文学で身を立てる決意をする。一九三三年九月、荒木とともに『日暦』創刊に尽力してその同人となり、「伯父の家」(三三・九)「二人の心」(三四・一)などを発表、武田麟太郎や川端康成に認められて『文学界』に「信次の身の上」(三四・二)が掲載された。大谷藤子の文壇デビューであった。その後藤子はおもに『日暦』を舞台に「泥濘」(三四・一〇)等旺盛な執筆活動を続け、『改造』の懸賞募集では「半生」(三四・八)が二等当選を果たし、作家的実力が広範に認められた。その翌年書かれたのが「須崎屋」(『改造』三五・一)である。

藤子の描く初期の小説世界は、ほとんど秩父の貧しい山村、もしくは近隣の町が舞台で、たとえ東京が舞台であっても、人物たちの境遇は山村での惨めな境遇に規定されている。文芸復興期以後には、従来の私小説の小説世界の狭さに飽き足りず、「素材派」と呼ばれた小山いと子の「オイルシェール」(四〇・三)のように、それまで小説に取り上げられなかった分野に取材した小説が多く書かれた。藤子もその流れの一部と見る向きもあったが、この作家の場合、素材の目新しさに頼る傾向は皆無である。貧困による辛苦だけではなく、村にありがちな狭隘な人間関係と家族制度の重荷によって苦しめられ、作中人物たちの人生には結末に至ってもほとんど救いがない。

懸賞当選作「半生」発表時に早くもそうした傾向に武田麟太郎は着目し、「感傷のあま皮がなく、婦人にありがちな遊戯がない。農村の生活に根を下す生々しさによつて一切の人間の醜悪が妥協なしに」描かれてきている、と評した。[4]「感傷のあま皮」が無いという指摘は、叙述に語り手のナルシスティックな自己表白が無いということであろう。そればかりか叙述自体に主観の表白が感じ取れないのは大谷藤子の語りの顕著な特徴で、これは「須崎屋」にも共通している。「一切の人間の醜悪が妥協なしに」描かれていることも、「須崎屋」に共通する特色である。主観を排した語りの方法、妥協なしに描かれた醜悪、この二点は、筆者がこの作品を取り上げて分析したいというモチーフにもなった。

3　須崎屋の没落と当時の時代状況との関係

「須崎屋」は「不景気」な経済状況の中で衰微する山村の安宿が、実業家の策略によって乗っ取られる話を縦糸に、宿の嫁・さだの幾重にも縛られた不幸の実相を横糸に織り上げられた陰惨な物語である。作中には繰り返し「不景気」という言葉がささやかれ、須崎屋の経営不振の直接の原因がそこに存在することが示唆されている。事実、一九三一年から執筆当時の三五年にかけて、日本経済は不況にあえいでいた。

一九三一年の社会状況を見ると、世界恐慌が日本に波及し、金融恐慌のあおりを受けて、一九二八年から三二年にかけて閉鎖休業銀行の吸収合併整理が進められた。「埼玉県では普通銀行三三行が整理の対象に」なり、武蔵銀行と埼玉銀行、足利銀行と熊谷商業銀行などの合併などが続々実施された[5]。作中「岸坂は、町の銀行の重役だったこともあったが、その銀行が破綻したとき財産を失ってしまったらしいと言われているにかゝわらず、派手な生活をしている男である」と語られた「町の銀行」の「破綻」の背景となる状況である。三一年にはついに「産業界で操業短縮盛ん（操短率はセメント・鉄鋼50％台）」（『近代日本総合年表』岩波書店）という状況に立ち至る。物語の舞台となる秩父地方は良く知られている通り、工業生産では秩父セメントが主要産業を担っていた。操短率50％台といえば、多数の失業者が出たことが想像される。秩父地方に恐慌の嵐が吹き荒んだわけである。失業者が溢れ、この年一〇月の国勢調査では、全国で三二万二五二七人とある。農村不況も深刻を極め、農産物価格の下落による農家の困窮は甚大だった。秩父地方は水田地帯がほとんど無く主に畑作地帯で、養蚕農家が多数を占めていたため、「秋繭一貫匁の代金僅かに三十銭也[6]」という不況に直面し農家は壊滅的打撃を受けた。ちなみに当時、安価な煙草のゴールデンバットは一箱七銭であった。当時の秩父郡の農家の負債状況をみると、全農家の87％が負債農家に属し、これは県下の他の郡部と比較しても、最も高い比率を示している（注（5）と同じ）。一戸当たりの平均負債額は六四八円で、銀行の大卒の初任給が七〇円の時代としてはかなり高額の、しかも返済不能の負債を抱えていることになる。

この小説では須崎屋の客がめっきり減り、宿の主人九蔵の貸した金の返済が滞ることが描かれているが、その原因は当時の農村不況から生じたものである。農民と、彼らに結び付いて商売する小商人の懐を宛てにした須崎屋の衰亡は必然的だったわけである。不景気を切り抜けられず没落していく田舎の安宿にひきかえ、策略を弄してそれを吸収してしまう町の資本家・岸坂は、銀行の重役だったにもかかわらず、不景気による銀行倒産にもさして痛手を受けず、昔から知られた須崎屋の名前と、須崎屋の家族の人手を利用して新築の鉱泉旅館を軌道に乗せ、将来は完全に経営権を奪うことが暗示される。須崎屋の旧経営者の没落のストーリーの背景には、こうした社会状況がある。

大まかに言えば、不景気の波を潜り抜けつつ、資本家が零細企業を併呑していく構図が物語展開から透けて見えてくる。社会構造それ自体を説明することはしないが、作品世界を支える語り手の認識として存在することが推察できる。取り立て不能の貸金や寂れた祭り客の描写によって、不景気が一時的なものでも偶発的なものでもなく、根強く長期に継続されることが示されているからだ。言い換えれば、須崎屋の衰退の原因が昭和恐慌による養蚕業の大打撃にあることが、物語の展開によって構造的に示されるのである。

安宿の「須崎屋」とは、不景気という大状況の下に、家族制度による支配・被支配の関係を体現し、我が子との母子結合の夢やら、家族同士の利害打算の衝突やら、子を亡くした悲哀、女中に向ける欲情、夫の背信による妻の憤激などが錯綜する象徴的存在である。その中で不幸の集約点として描かれるのが嫁のさだなのだ。

4　家父長制下の抑圧

ここに描かれた女性たちの不幸、とりわけ嫁さだの不幸の原因は直接には舅九蔵と夫伊之吉による抑圧である。一例を挙げれば、岸坂家の女中となり、主人と関係を結んでいる娘繁子を、自分のもとに引き取りたいとさだは義父九蔵に頼む。岸坂の病妻への罪悪感と、世間並みの常識からの頼みであろう。しかし、繁子との関係が続けば、岸坂との貸借関係が有利になると考える九蔵は、さだを叱りつける。九蔵の怒りは、さだが良心と世間的常識に縛られて損得を計ろうとせず、自分に楯突くと思うからだ。一方、さだに加えられる九蔵の苛めを批判したり、さだの気弱な良心や、娘を思う親心をかばったりする者は存在しない。九蔵が家長として権力をふるうことが、制度的にも慣習としても公認されている家父長制社会だからだ。語り手はこうした女たちを取り巻く状況を主観をまじえず、事実そのものによって冷徹に描出する。

語り手は封建的な女性差別に基づく抑圧、不合理、不平等を明確に見つめているが、それだけに留まらず、無知や貧困などの社会的条件とともに、人間の性格的要因にも女の不幸の原因を見出している。九蔵の強欲さ、伊之吉の無責任さ、自制心のなさと気弱な狡さなどの性格が周囲の人間と出会うところに生じる家族内の不幸として、凝視するのだ。それとともに語り手は、さだの性格の中に潜む、納得できないことは心の底で決して許さないという潔癖さをも見逃してはいない。表面的に反抗はしないが、内面まで服従してはいないさだの芯の強さや強情さが、九蔵や伊之吉の苛立ちを生んでいるとも読めるように描いている。そうであるなら、さだの性格と環境とが軋み合い、いっそうさだの不幸を呼んでいるという見方も出来るだろう。

語り手は基本的には女性に対する直接の加害者が男性であるという認識から、この小説を構成している。その点もこの小説の当時における新しさであろう。ただし例外は繁子である。彼女は徹底して淫奔で不潔で、母親に対しては侮蔑と高圧的態度をもって接し、女中たちには「意地悪」と陰口され、美点のかけらもない女だが、不思議に男性の性的関心を引き付ける存在である。語り手は、繁子をなぜこんな嫌味たっぷりな娘として造型し、小説の展開を促すキイ・パースンのように扱ったのだろうか。その理由は彼女が男たちに気に入られ、彼女もまた男たちの加害者性を許容し、男たちの共犯者となっているからではないだろうか。岸坂の妻に対して繁子は明らかに岸坂の共犯者で、そのことに後ろめたさなど微塵も感じていない。自分を弄んで邪魔になったら実家に追い返す冷酷な岸坂の仕打ちにもさして傷ついた様子も無く、須崎屋に戻ってからも客とふざける繁子の態度は、男たちを批判するよりも、利用することにだけ関心を持つ心的傾向が顕著に表れている。

語り手は、女を抑圧する男たちと、その共犯者である女の醜悪さ、悪辣さを冷徹に描き、事実そのものの迫真力で、男たちの処罰されざる犯罪的行為を批判しているのだ。

批判の表現方法も、人物や状況の概念的説明を抑制し、もっぱら人物の動作、台詞、表情によって心理を把握して語るのは、この小説の顕著な特色である。たとえば九蔵の強欲さは、「算盤をはじいたり宿帳をめくったりする手つきや眼の色に側のものが寄り付けぬほど余裕のない感じがあった。」あるいは「今の客から心附けをもらったにちがいないなどとさだを疑い」、機嫌を悪くしたと語られる。またこんなふうに九蔵の人格的醜悪さを身振りや態度のおぞましさによって伝える体感的表現もある。

九蔵は義歯を抜きとり茶飲み茶碗に指を突っ込んで洗いながら、ふみの後姿を見送って言うのであった。あの娘だったら、料理屋の酌婦をさせても客がつく代物だなどと低く笑った。

女性をモノ、商売道具としてのみ見る九蔵の視線が顕著に表れた場面である。

この部分に限らず、さだを抑圧する冷酷さすべてに、女性の人権など考慮の外という家父長制下の男性の陥りがちな傲慢さが覗き、語り手はそれを明確に把握している。男性優位の制度と社会通念に支えられているために、男性はその傲慢さに無自覚で、九蔵はさだを隷属させることを家長として当然と心得ている。商売の不振への不満をさだに当たりちらし、「機嫌の悪いたびにさだを責める」。あるいは堅気の旅館で、性的魅力を振りまくことが苦手なさだに「もっと色気を出さねえか」「どこの旅館でも働いてる女が客を釣って気前よくさせるもんだとそのかす」のも、理不尽な抑圧と言って良い。

とはいえ語り手は、ジェンダーに基づく抑圧、不合理、不平等を明確に見つめているが、それを男性優位の社会の構造、家父長制にのみ責めを負わせている訳ではない。九蔵の強欲からくる焦りと、伊之吉の女好きで遊惰で無気力な対照的性格を描き分け、両者あいまって須崎屋の没落を早める経緯が描かれ、ある種の性格悲劇の側面もこの小説は持っている。二人の男たちのそれぞれの性格に女性蔑視の意識が加味されると、さだにとっては耐え難い抑圧として働くという不幸な構図が見えてくる。悲惨な境遇の中で、人間らしい安らぎを求める女性の秘かな訴えを代弁しようとする使命感とも言えようか。メッセージとして訴えるのではなく、女性の生の形そのものの痛ましさを示すことによって、訴える。そのため周囲の人々の悪を徹底的に暴く。特に女性を抑圧していることに無自覚な男たちの悪を暴く表現は辛辣をきわめ、容赦ない。ここにこそ大谷藤子の思想的バックボーンが存在するのではないだろうか。

5　母子結合の夢の崩壊

さだの不幸をさらに決定的にしたのは、「須崎屋」に象徴される家族関係において、母子結合に託した夢の完璧な崩壊であろう。さだの我が子にかける夢は、最初はまず、一人息子の源作に掛ける希望という形を取っていた。「この子は親爺に似ず真面目一方だし、お舅さんの気性もうけついでいないらしいし、それだけが力とも楽しみとも思って自分は生きている、とさだは頼もしそうに源作をちょいちょい見やった」とある。さだは女中のふみに性病を伝染させながら、しらを切り通す夫・伊之吉の狡猾さ、卑怯さをなじり、夫婦の信頼関係は完全に崩れ去っている。理不尽に自分を叱りつける舅の九蔵にも恨みを抱き、性的に奔放で、母親の自分の手には負えなくなっている娘の繁子にも危惧を感じている。そうしたなかで、彼女の希望を託す相手は息子の源作しかいないのだ。この段階ですら、すでにさだの家族間の愛と信頼という幻想は壊れかけ、息子との母子の絆だけにすがっている状況である。そこへ追い打ちをかけるように、語り手は源作の奉公先での死という無残な結末を突き付けて、さだの母子結合の夢さえ破壊してしまう。

源作はなぜ死んだのか。作中には病名どころか一言の説明も暗示も無いのが不思議だが、逆に当時の丁稚奉公の過酷さは周知のことであって、あらためて言うまでもないことだったのかもしれない。源作はかぞえの一四歳という幼さゆえに、自分の病気に気付くのも遅れ、他人である周囲の大人たちの気配りもなく、手遅れとなって死んだのではないだろうか。「骨組の弱々しげな少年」という形容からもそんな想像が浮かぶ。いよいよ奉公にいくという挨拶回りの時、「座っている時の癖で、手を後ろにやり足の指をいじりながら、あちこち眺めまわす」という源作の動作もいかにも無防備な幼さを感じさせる。弱々しい身体と心に幼さの残る少年、そんな源作にとって奉公は過酷過ぎたのだろう。さだはもともと源作を手放すことに乗り気ではなかったが、九蔵の意向に押し切られたのだ。挨拶回りの際は、普段無口なさだが妙に「打ち明け話しをしたがり、それは源作を手放す心の動揺が、不意に新たな心の働きとなって、ふだんは腹の底に澱ませている思いが掻きたてられ活動しはじめたかのようであった。」と、彼女の不安と惑乱が語られている。

突き放して言えば、さだは母親としての愛情はあっても、幼い源作を守ることは出来なかった。成長した息子との楽しい人生を期待しただけに、〝幼い死〟という冷酷な事実を前に母としての無力を思い知らされ、虚脱状態に陥ったのだ。

源作が死ぬと、さだは、これで自分も手紙の苦労がなくなったとそんなことを思い、当てどのない空しい気持で体を動かすのも億劫になるときもあった。死に目に会えず、伊之吉が抱え戻った晒木綿に包まれた骨壷の蓋をとり、それを覗きこんだときは、これが源作か、とそれだけの感じが堂々めぐりするばかりで却って常よりも思いが溢れてこぬのが源作に済まないようであった。（傍線引用者、以下同じ）

手紙の苦労とは、さだがほとんどまともな文章を綴れない女だからで、もし、彼女が自在に手紙が書けたなら、あるいは奉公先の源作の様子ももっと十分に把握することができ、幼い死も防げたのでは、との想像を読者に誘い、さだの境遇の哀れさを印象付ける。しかし、語り手はあくまでも主観を吐露することなく、極限まで説明を抑制し、読み手の想像に任せている。「死に目に会えず」の部分は、我が子の死にさえ駆け付けることが許されない嫁の立場の弱さを示し、「当てどのない……」はさだの陥った虚無感、喪失感の深さを語り、作中では珍しく抒情的な表現である。源作の死は、さだの夢が打ち砕かれただけではなく、母親としてのさだの存在意義さえ否定された思いで、彼女の母子幻想をも崩壊させせずにはいなかっただろう。

エリサベート・バダンテールは「母性が祝福されたことによって、女たちは自分の人格の重要な一面を外在化させ」「そこから敬意を引き出すことができた(7)」と指摘している。これに倣えば、誰からも敬意を払われなかったさだは、源作の成長後の未来像によって、世間が「見直してくれる」という「敬意」さえ期待したのだ。さらに「何らかの欲望を伴わぬ愛情は存在しない」「母親になりたいと願うことは、さまざまな欲求不満の代償」であるというバダンテールの指摘は、まさにさだの置かれた被抑圧的な環境にあてはまるものだろう。母性を崇高なものとして崇めるイデオロギーは同時に、母親業に失敗した女性を「懲らしめることにも賛成する。責任と罪は紙一重なのである。」ともバダンテールは指摘している。母親の責任が無限に拡大すればするほど、失敗した時の罪の追及は厳しくなる。そうした状況の中では「子どもが死んだり、罪人になった場合にだれを被告席に座らせるべきか、いまや誰もが知っていた」「母親が弁明を求められるのだ」（引用は全て注（7）と同じ）とバダンテールは母親のこうむる抑圧的状況を批判している。

さだは源作を死なせ、あるいは繁子が〝淫らな女〟であるがために、世間の指弾によって「被告席に座らせ」られることに怯えなければならない。源作が死んで九蔵が残念そうに「烈しい音をたて、煙管をたたいたりすると」さだが「足をすくませ暫く顔色が変わる」のは、自分が責められたように感じるからであろう。

源作の死にも、繁子の不行跡にも、さだには責任が無いにもかかわらず、罪の追及に怯えなければならないという理不尽さ、その不合理を語り手は物語の展開それ自体によって示しているのだ。子供の死、あるいは不行跡に直面したさだの動揺と惑乱とは、母性という幻想によって負わされた責任意識に追いつめられたからであり、さだの苦悩は彼女が無自覚なまま、母性神話に骨がらみになっていることを示している。

一方、娘との関係はどのようなものだったろうか。娘の繁子は幼少時から性的関心が強く、さだの手に余る娘だった。「ほとんど毎夜のように寝小便をして、其の匂いがしみ込んでいるかと思われる浅黒い肌をだらしない着物の下からちらちら覗かせながら、彼女は男の子たちと隠れ遊びをするのが好きであった。」と、語り手はことさら不潔で淫猥なイメージを強調するかのようである。少女に似合わぬ繁子の性的な振舞いを嫌悪し、彼女の奔放さがモラルを外れる不安を感じて、さだは舅九蔵と夫伊之吉の反対を押し切って中流家庭の女中として行儀見習いに出す。しかし繁子はその家の主人・岸坂と性的関係を持ち、しかも岸坂の妻への罪悪感を微塵も感じないのみか、岸坂の愛を得ているという優越感から、露骨に妻を蔑視する台詞を漏らす。「あんな肺病病みのお婆さんを旦那が好きになれないのは解るがねよ」と「自分の強味を仄めかす」のだ。

繁子と夫との関係に気付いた岸坂の妻がさだを呼んで、繁子を引き取るよう婉曲にさだに伝えると、繁子は実家に戻されることを恐れて、さだに荒っぽく反発する。「さだの胸を両手で押しやるようにし、こんな格好で来て恥ずかしくないかねよと強く言い」さだをよろけさせるのだ。母子関係から慰めを得るどころか、むしろこれでは加害者と被害者の関係になりかねない。繁子はさだに敬意も愛情も示さず、貧しい中年女として気後れするさだを見下し、さだの世間的モラルを嘲笑する。さだにとって娘との関係は何ら愛情も、生活上の安定も約束するものでは無く、むしろ不快感を醸成する源である。このようにして、さだの最後の拠り所だった母子結合の夢は崩壊する。

岸坂家からの帰途、さだは繁子への愛情が裏目に出たショックにうちのめされ、母親としての存在意義を全否定されて、放心状態に陥いる。しかし語り手はいっさい説明せず、「小石に幾度も蹴つまず」き、「人に出会うとふいにどぎまぎし、顔を赤らめたりし」、それでいて今会ったのは「誰だったかというようにぼんやり振り返るのであった」と、もっぱら表情と動作で、さだの内心の動揺を語るのである。このあたりの描写は、語り手がさだを被害者と認識しているにもかかわらず、彼女に対して同情一辺倒ではなく、冷徹な視線でさだの卑屈さをも見据えていることを示している。

岸坂の金で新築された須崎屋に何人か新たに女中が雇い入れられ、さだの居場所が次第に失われても、繁子は意に介する風でもない。母子結合の夢、家族の愛と信頼など、さまざまな幻想によって織り上げられた人間観、社会観の認識の枠組みを、この小説の構造と描写は突き崩す。さだがこの須崎屋で、内儀として、嫁として居場所を確保するためには、いかに多くの屈辱と労働に堪えなければならないか、読者はそれを、さだの身体を通して感じ取る。

客から心付けをこっそりもらったという疑いから、九蔵がさだを苛め、「勝手に稼がれては赤の他人と同じだと機嫌をわるくした」と作中では語られている。「赤の他人と同じ」という慣用句がさだの道徳観に突き刺さることを、九蔵は無意識に計算しているだろう。〈赤の他人〉の対立概念は〈身内＝家族〉であり、ここで九蔵は家族として守るべき道徳を、さだに振りかざして威嚇しているわけだ。この時さだが全く抗弁しないのは、さだもまた家族を、〈赤の他人〉とは異なる恒久的で強固な絆に結ばれた共同体とまだ信じられたからであろう。繁子と源作に傾けるさだの関心のありようは、母子の強固な絆への信頼を感じ取らせる。３で詳述したように、繁子の不行跡に我を失うほど動揺し、恥の意識に怯えるのは、さだが母子の一体感を抱き、娘の罪は己が罪と感じているためである。しかしこうしたさだの一体感は繁子の軽蔑と拒否によって微塵に破壊される。源作の場合は、彼の死によって最後の母子結合の幻想も打ち砕かれる。こうしたさだの悲劇を通じて、この小説では家族という結合体への期待と信頼――幻想と言い換えても良い――と、それを支えるモラルに対する、語り手の懐疑が描かれているのだ。

こうした幻想は、家族制度を支えるモラルの補強材として必須なものである。と同時に民衆に慰藉と救済を与える甘味料でもある。この「須崎屋」よりやや遅れて世に出た壺井栄の「大根の葉」（一九三八年九月）「暦」（一九四〇年二月）などは文学的にも高い評価を得た。そこに再現された、貧困と病苦を乗り越える親子、姉妹、夫婦の愛と絆の強さが、読者に慰藉と救済を感受させたことは間違いない。壺井栄の体験を素材にしているとはいえ、そこから生じた慰藉と救済が家族という結合体への幻想に依拠していることもまた否定できないであろう。それにひきかえ「須崎屋」は、こうした幻想の崩壊を、さだという女の生身の身体を通して、読者に突き付けるのである。

6　おわりに

作中、一人として心惹かれる魅力的な、清々しい、美的な人物は登場しない。追い詰められ、没落が約束された安宿をめぐる顚末が物語られるのみ。文学に救済を求める読者は、この小説の語り手の視野には入っていない。あるいは物語るという行為によって自身の救済を求める語り手でもない。しかし一切の虚飾を剥ぎ取った人間社会の実相をえぐり出す、仮借ない語り口が、ある種の潔さを感じさせる。そこにこの作品の値打ちがある。

家長には絶対服従で、女中並みの労働に追われながら、息子の死に目にも間に合わなかったというさだの不幸、過酷な現実を暴露する語り手の強靭な意志は、そこに最も顕著に示されている。「よき嫁」であることを求められ、献身と自己犠牲を女性に強いる既成道徳の欺瞞性を、語り手はさだの苦しみを描くことによって暴いている。その点がこの小説の挑戦的な革新性であろう。九蔵に体現される家父長制がいかに抑圧的で、女の尊厳を踏みにじりながら、何の批判も受けず継承されていくかを、一人一人の不幸の実相、その身のこなし、表情の微妙な翳りによって浮かび上がらせているのだ。

大谷藤子の小説は川端康成に「男性的」(8)と評されたように、「女らしさ」で読者（特に男性の）に媚びる要素が微塵もないことは、誰の目にも明らかであろう。女性の身体や心理に受ける官能的、感情的刺激のかずかず、それ等に反応する女性の表情やしぐさからセレクトし、デフォルメして、「女らしさ」の通念に寄り添うものに仕立て上げて提示する、こうした装われた女性性は、男性から見てそれなりに魅力的であろう。しかし、これらの魅力を大谷藤子の小説から得ることはほとんど稀である。それとは逆に、男性の差別意識や性格上の醜悪は、これでもかとばかりに描かれる。男性優位の社会で肥大する男性の傲慢さ、見栄の張り方、女性蔑視に基づく無意識の冷酷さ、それらを徹底的に暴くために、九蔵や伊之吉や岸坂の人物造型がなされ、しかも多くの女性作家が男性の目を意識して表現を憚るような辛辣さで描く。この点、男性読者の反感を意に介さない強靭さと覚悟のほどがうかがわれる。文体にも、人物造型にも、装われた女性性を決して武器とせず、男性読者の同情、あるいは性的関心を呼ぼうとする要素が皆無なのは、この時代の女性作家にしては稀有なプライドと潔癖さを示している。この小説は、それゆえ「女流作家」という男性の幻想をも破壊する小説だといえようか。こうした特質は、戦後、女流文学賞を受賞した「再会」（一九六九年八月）まで一貫している。既成道徳と慣習の欺瞞性を突くだけにとどまらず、装われた女性性をも破壊する過激さを含んでいるのだ。時代を先取りするフェミニズムの新しさを、一見古めかしいリアリズムの手法によって丹念に描いた秀逸な小説である。

注

（1）原山喜亥「奥秩父の原風景――大谷藤子の人と文学――」（『大谷藤子作品集』所収）による。板垣直子『婦人作家評伝』（メヂカルフレンド社、一九四九年六月二三日）によれば夫の名は「井上義良」で、「須崎屋」については「老練な構成」「村人たちの生活雰囲気をよく描いている」と評した。作家論としては、渡邊澄子「大谷藤子の世界」（大東文化大学紀要、二〇一〇年三月）があり、伝記的事実のいくつかはこれに依拠した。記して感謝します。

（2）武田麟太郎「新進作家の印象・作品その二大谷藤子――むだばなし」（『文芸通信』一九三五年三月）

（3）藤子の故郷秩父両神村（現小鹿野町）には現在も須崎旅館が存在し、藤子はこの小説の発表前、この旅館に連泊していた。（そのため小説のモデルになったと周囲に思われたが、藤子は後年それを否定し「土地も人物もすべて創作」と述べた（奥山郁郎「須崎屋／大谷藤子」『朝日新聞埼玉版』二〇〇九年一月二〇日）。

（4）「文芸時評――婦人作家の作品――」（『改造』一九三四年九月）

（5）『埼玉県の百年　県民百年史11』（山川出版社、一九九〇年四月二〇日）

（6）『東京朝日新聞』（一九三〇年八月三〇日）

（7）バダンテール『母性という神話』（鈴木晶訳）（筑摩書房、一九九一年五月三〇日）

（8）「文芸時評――女流作家」（『東京日日新聞』一九三四年八月一日）「大谷藤子の「半生」のなかには、よい意味の男性的なものが感じられ」ると評した。

〈付記〉テキストの引用は『大谷藤子作品集』（まつやま書房、一九八五年六月）による。

吉屋信子『良人の貞操』論——邦子の築いた〈王国〉

小林美恵子

1　はじめに

吉屋信子の『良人の貞操』は、一九三六（昭和一一）年一〇月六日から翌年四月一五日まで『東京日日』・『大阪毎日』の両新聞に同時連載された長編小説である。夫の不貞に悩む妻たちの心をよく汲み取り、一矢報いたことが女性読者の心を掴んだという評価は揺るぎないものになっているようだ。(1)しかしながら、作中、夫の信也はさほどの痛手を受けてはいない。それよりも、大きな困難に見舞われた妻邦子が難局を乗り越え、逆境を逆手に取ったような「幸せ」を手にする過程にこそこの作品の特徴が指摘できよう。邦子は、親友加代に夫を奪われながら、夫も親友も取り戻すのである。これは奇妙とも言うべき展開だが、それが成立するところに魅力があるとも言える。不可能と思われることを可能にしたものは、何なのか。

大団円の結果を作り出したのは、ほぼ邦子一人の働きによるものといえるが、先々を周到に見通し、計画的にことを進める邦子の姿は、朝食の支度にも手間どった冒頭の邦子からは大きく変貌している。邦子は大きな痛手の中で何事かに目覚め、何らかの戦略を立て、この「幸せ」を勝ち取ったのではないだろうか。ラストシーンで静けさを取り戻した作品内世界は邦子の思い描いた望み通りに治まり、あたかも彼女の〈王国〉のようである。

本稿では、邦子が求めた「幸せ」の本質を明らかにし、女同士の利害と友情を交錯させながら、男性中心の価値観を押し返して加代との共存の道を獲得した邦子の足跡を跡付けてみたい。従来等閑に付されてきた信也や由利準吉についても、邦子の思惑との関わりを考えることで、その位置づけや役割を明らかにできよう。そこには、異性との関わり方次第で生きる場を失いかねなかった女たちが、男たちを脇役に従えて主役になり代わるまでの鮮やかな逆転劇が浮かび上がるのではないだろうか。

2 加代の恋愛観

作品内の時間は、おそらく執筆時間と並行した、日中開戦前の昭和初期とみてよいだろう。人々の暮らしには、まだ戦争の影は見あたらない。

邦子は女学校を卒業後、「娘が結婚するまでは安心できない親の焦慮」によって大卒のサラリーマン信也と見合い結婚している。邦子から信也への愛情は「尊敬」が基盤となっていることがうかがわれ、デビッド・ノッターが指摘するところの「教養型男女交際」を経て「友愛結婚」に至った当時の典型的な高学歴夫婦と思われる[2]。

結婚後既に四年が経過しており、邦子の現在の年齢は二〇代の前半、二二歳前後とみることができ、同級生の加代も同年齢ということになる。物語は、加代が未亡人になるところから動き出す。夫を喪うことは悲しいことであるはずだが、加代にとっては、生涯続くはずだった不幸な結婚生活が思いがけない形で突然幕を閉じ、心機一転のチャンスを得られたという意味づけができよう。

深川生まれの加代は、相当な規模の材木問屋の一人娘として裕福に育ったが、関東大震災で両親を失い、その後は祖母に養われた。現在の血縁は、一人娘の静江の他には、静岡に叔母が一人いるきりである。

加代の結婚生活は三年ほど続いた。加代が大正生まれの女性としては十分に高学歴と言える高等女学校卒業であるのに対し、夫の民郎は中学校には進学したものの、落第して「ろくに学歴らしいものを持たぬ」身であった。大正中期以降、女性の高学歴化が許され始めたのも、高学歴の夫にふさわしい知的な妻を用意し、高い知性の家庭から優良な子供を育んでもらいたいという国の目論見があった。[3]それを考え合わせると、この組み合わせは当時としては珍しく、妻のほうが学歴・文化レベルが高いというアンバランスを孕みながらの結婚となった。そこにはひとえに加代が大震災で両親を失ったという不幸に見舞われたこと、その結果、経済的にも精神的にも後ろ盾を失い、本来なら結びつきにくい相手との結婚を成り立たせてしまったという背景を窺うことができる。女学校卒業後にデパートで売り子をしていたということも、本来の加代の出身階層では考えにくいことであったろう。[4]都会の贅沢な文化の中で育った加代と、「北海道の野育ちの田舎者」で「少し知的な点の乏しい粗野な」民郎では、接点を探るほうが難しい。

のちに加代は信也に対し、民郎との結婚を「ただ何んとなく貴方の従兄弟というのに惹かされて行く気になった」と語っており、未婚のころからすでに信也を意識していたことが確認できる。ただ、結婚前の加代が信也の何ほどを理解していたかは疑わしい。その意識の仕方は、主体にとっての対象の価値は他者の欲望の模倣によって生み出されるとルネ・ジラールが指摘する「三角形的欲望[5]」のように、親友の夫ゆえに信也を理想的にみる意識が働いただけ、というものに過ぎなかったのではないか。加代は上京後も信也への好意を隠そうとしないが、それはあくまで邦子の目の前で振る舞われており、上京当初の加代が信也に対して何らかの企みを持っていたとは考え難い。むろん、加代の心の中では、信也への思いは恋愛として自覚され、後には道を外れた形で燃え上がるが、それでは加代が信也とどのような交流を持ったかと言えば、加代が多くのものを犠牲にしたのに見合うほどの深い関係は築けていない。

既婚者だったとはいえ、加代はまだ本物の恋愛と言えるような経験を持たない。夫の葬儀で力を借り、信也への恋愛感情が芽生えたとしたら、それもまた夫をはるかに上回る立派さを備えた男性への、尊敬をベースにした「教養型」恋愛に過ぎなかったのではないか。後に夫となる由利準吉から「自分を幸福にする道を知」らない、と評されるように、加代は、しっかり者のようでいて自分の幸せに対して今一つ正確な選択ができない部分が見受けられ、自らを窮地へと追い込んでしまう。

3　擬似家族としての三人

上京してからの加代は、信也の勤める東洋電化工業の事務員に就職が叶い、娘の静江やねえやとアパート暮らしをはじめる。近所に住む邦子夫婦の保護と監督の下、舅の兵助からも仕送りが約束されているので、経済的な不安もない。この時から、邦子・信也夫婦と、加代・静江母娘とは、あたかも本当の家族のような強い結びつきを育み始める。「なんだか私初めて、血が通ってる気がし出したのよ」と加代は喜びをあふれさせるが、これは、愛情の持てない夫に暴力を振るわれてもなお、炭鉱の社宅の一室でじっと妻役割を果たさねばならなかったこの三年間を思っての言葉とも取れるし、さらに遡って、震災で両親を失い、暮らしぶりが一変してからのことすべてを指すのかもしれない。惨憺たる結婚生活から辛くも逃れ得た加代にとって、ひそかに思慕する信也のそばで、だれの掣肘を受けることもなく、小さな家庭の主人として生きていく目途が立ったのは、まさに新たな生命を吹き込まれたような喜びに違いあるまい。が、加代が本来のお侠な明るさを取り戻せたのは、邦子の力によるところが大きい。

とびぬけた美貌と少し小生意気にも取れる鼻っ柱の強い気性を持つ加代は、同性とそりが合いにくいことが窺われ、たとえば邦子の妹の睦子からはすぐに「とても贅沢」で「おしゃれ」な「未亡人」とレッテルを張られ、自分自身も東洋電化の重役の妻や娘の傲慢さに強い反発を抱く。そんな加代にとって、周囲の誰をも肯定的に受け入れ、加代を危険視する邪気も持たず、開放的な温かさで友情を示してくれる邦子は、おそらく女学校という女の世界にいた時から、かけがえのない存在であったに違いない。

二家族が親しく交流するこの辺りの展開には、ホームドラマを見るような安定感と和やかさが感じられる。が、このような交わりは、邦子の家庭が核家族でなく、舅や姑、あるいは小姑や使用人など複数の目があったらできないものであった。

「未亡人」に注がれる世間の目には、好奇や警戒、蔑みや妬みなど様々なものが含まれるものだが、昭和初期のこの頃も例外ではない。隙でも見せれば好色な異性が接近し、あるいは夫を失って性的に欲求不満を抱えた存在としておせっかいな同情を受けたり、異性とわずかに言葉を交わしただけでも誘惑したなどと誤解を受けることも珍しくはなかった。近隣に「未亡人」のいる主婦たちは夫と関わりを持たれることを警戒し、「未亡人」自身もあらぬ誤解を受けぬように過敏な注意を払っていた(6)。職場でも、「未亡人」としての生きにくさをさまざま味わわされている加代には、自分を無条件に受け入れてくれるこの〈家族〉はかけがえのないものであったはずだ。

信也が静江のために庭に砂場を作ったと聞いた邦子の姉の安子が「猫に鰹節だ」と露骨に加代を警戒して見せ、それを耳にした邦子が自分たち三人の交流に対する侮辱であると憤慨する場面があるが、時代の常識では、安子の反応のほうが自然であったようだ。明治末期の婦人雑誌に掲載された寡婦の心得なるものを参考までに見てみると、「年若き未亡人の家には決して心易く男子を出入せしめてはならない」「男子に応接するには第三者を傍に侍らしめ」「成るべく他家に宿らない」などとあり(7)、改めて「未亡人」がトラブルに巻き込まれやすい存在と見られていたことが確認できる。加代はことごとくこれに反しており、邦子もまったく無頓着であった。

魅力的な「未亡人」の加代を頻繁に家に出入りさせ、挙句の果てには加代が留守番をする自宅に信也一人が帰宅できるような場を作ってしまったのは、邦子が加代に家族同然の信頼を寄せていたからに他ならない。邦子と加代は、互いに二家族の共同体を宝物のように大切にしていた。が、信也にとってはどうだったのだろうか。

彼は温和で賢いが細やかな心遣いや色香に乏しい邦子に無い魅力を、美しく女らしい加代に見出す時がある。信也は、この家族ぐるみの交流の中で、いつしか邦子と加代を相互補完させながら双方を手にすることを夢想するようになったのではないか。男性一人に女性が二人というアンバランスな関係に身を置くうち、いつしか信也は姦通罪がまかり通った時代を生きる男性の一人として、邦子一人の夫という自覚を薄れさせ、加代をも自分のパートナーのように錯誤するようになったということはないだろうか。そうであるならば、信也には世の常識同様に、加代を「未亡人」として軽んじる意識が潜在的にあったということが疑われる。少なくとも、邦子と加代が大切に思うほどには、信也にはこの擬似家族の価値が認識されていなかったに違いない。

4 バランスの崩壊と不倫の顛末

二家族の楽しい交流は一年ほど続き、二度目の秋を迎えた頃、加代と信也の関係が始まる。邦子が鎌倉の実家に行った不在中、留守番役の加代のいる自宅へ、鎌倉行きを勧めに戻った信也は、海の話から死にたいと漏らすに至った加代を諌めているうちに、加代への思いを口走ってしまう。女性として加代に一目置くことはあっても、恋愛感情を抱くようなことは全くなかった信也が、この場面で唐突にそれを露わにするのは不自然だろう。やはり、留守宅に二人きりという状況が彼を迷わせたとみる方がよい。加代のほうは、思いがけない信也の告白を聞かされ、表に出すつもりのなかった思いに火がついてしまったと思われる。追い打ちをかけるように、白石専務から加代への結婚の申し込みがあり、これが刺激剤となって、二人は一線を越えてしまう。

加代との関係が始まってからの信也は、すっかり人が変わってしまった。邦子に嘘を重ね、夫としての生活も乱し、別れ話を切り出す加代を罵り、信也に好きな研究をさせようと新たな目標を立てて倹約生活に励む邦子をよそに、贅沢な離れ座敷で加代と逢引きするためにボーナスの前借までしてしまう。邦子や岳父・専介が心から祝った信也の著書「化学工業全書」の印税も、一部が加代のコート代となった。二人の関係は、半年ほど続いてしまう。事実を知った邦子の怒りは収まらない。「信じていただけに、裏切られた怒りは百倍だった」。

この後、すべてが明るみになる過程において、加代は徹底的に邦子への詫びを口にし続け、邦子も当初こそ加代を到底許せない思いだったが、加代を心底憎み切ることはできなかった。邦子と加代はともに、信也を通して、男性の魅力だけではなく、その狡さ、卑怯さ、単純さ、ひ弱さをも学び取ってしまった。そして、そのような男に関わってしまった加代を「莫迦な女と思って見る」ことで、「邦子自身の心に一脈の余裕が出来て、救いが生じた」という。この「莫迦」という感情は、加代を見下し、軽蔑するというよりも、自身をどんどん不幸に追い込んでいく加代を哀れに思い、助けたいという衝動に駆られたという方が当たっていよう。被害者でありながら加害者に同情する、という矛盾が生ずるのは、信也の不誠実さゆえのことでもある。本来加代と共にいるはずの信也は、感情はどうであれ、早くも邦子の夫の位置に戻ってきており、その余裕も邦子を寛大にした。以後、どんなに信也が感情を荒立てようと、正義は邦子にあり、信也は善後策を邦子に頼むほかない。ここで夫婦のアドバンテージは完全に邦子に移ることとなる。

竹田志保の「良妻賢母の脅迫――吉屋信子「良人の貞操」論[8]」では、邦子の一連の措置が夫の去勢に繋がり、関係が逆転した結果、彼女自身の「良妻賢母」像を自壊させているとみているが、邦子の理想が幸せな良妻賢母であることは揺らがない。邦子は理想像を自壊させたというよりも、いわば夫をねじ伏せて、自己の理想とする家庭づくり、自己の良妻賢母化に従わせていくとも言えないだろうか。そのためには、まずは信也を夫として取り戻さねばならず、さらにそのためには加代を親友の位置に立ち戻らせねばならない。邦子の中の目指すべき妻像は、もはや尊敬すべき夫に導かれる妻ではなく、過ちの前科を持った夫を監視し、良妻賢母の夫にふさわしい男でいさせるよう操縦する妻へと大きく転換したのではないか。

信也の良き妻であることばかりを念頭に生きてきたような邦子だが、そもそも彼女は必ずしも保守的な女性とは言えず、女学校卒業の頃は、「上の学校」に進むつもりもあった。進んだ知識を身につけ、何らかの職業をめざす志もあったかもしれない。第一次大戦後、より総力戦体制を意識して期待された、就労体験を持つ新しいタイプの良妻賢母像を担える女学生だったといえよう[9]。当然、家の中で夫に服従するだけの古いタイプの良妻賢母像を求められることには抵抗を持ち、主婦という立場の窮屈さに疑問を抱くこともあった。邦子は夫の裏切りという窮地に立って、初めてその眠らせていた能力を目覚めさせ、自分の大切なものを取り戻すために立ち上がる。

しかし、加代には加代の思いがあり、たとえ自分が信也の浮気相手にされたに過ぎなかったとしても、一つの結果をこれからの生きる支えにしようとしていた。

5 邦子の「始末」——〈王国〉づくりという昇華

亡夫の郷里・帯広にも帰れないという置手紙を残して姿を消した加代は、飯倉のアパートに転居し、邦子からも信也からも身を隠していた。ようやく探し当てた邦子に問い詰められた加代は、信也の子を身ごもっていることを告白する。加代を許して救ってやろうと訪ねてきた邦子は、立場の逆転に愕然とする。子のない邦子は、加代に迫られれば、妻の座を譲らざるを得ない。が、加代の望みは信也の子を生みたいという一点にしかなかった。加代は邦子の妻の座を保ってやり、邦子は加代の出産を容認する。しかし、信也の援助なしに生まれてくる子を育てれば、加代とその子の今後に大きな苦難が付きまとうことは自明のことであった。私生児とその母は、戸籍表記上の差別や財産分与の不利にとどまらず、婚姻制度・家族制度を脅かした罪人として疎外され、迫害を受ける。

ここで邦子は、全員にとって最善の方法を考えつく。シングルマザーとして加代が生もうとしている信也の子を、水上の家の子として引き取って育てるというものだ。この提案には、子供を持たない邦子が保身のために思いついたことではという計算高さも疑われ、加代を助ける友情の言葉とのみ受け取るわけにはいかない。が、邦子が夫の裏切り行為のみを憎み、その夫も含めて大切なものを何一つ失うまいという強い意志を持っているとしたら、どうだろう。事実、邦子は裏切られた妻でありながら、夫も親友も手放さず、逆に子供や、後には親友の夫まで含め、皆に平穏な生きる場という「幸せ」を与えながら、自分の周囲を理想の世界につくり上げていく。それはあたかも、邦子の〈王国〉づくりと言ってよかろう。加代が信也から遠ざかった別の世界で「幸せ」になることは、邦子の「幸せ」を守ることにもなる。信也が家庭に収まって生きていくことは、父としての信也を「幸せ」にし、それはまた邦子にも還元される。邦子の大切な人たちの「幸せ」は、邦子自身の「幸せ」を次々と拡張していく。

邦子は、この〈王国〉づくりを加代と二人だけで推し進めた。二人の女の取引は、二人自身が決めたことであり、邦子によってあらかじめ排除された信也は介在することはできない。産科医の長谷部が男の友情から信也と加代の面会に手を貸そうとするが、加代は必死にそれを拒む。まだ信也に心を残している加代の懸命な拒絶は、邦子の信頼を取り戻すための必死さでもあったろう。邦子と加代は、男性が関わることで二度と友情が壊されないよう、女同士の手を携え合って、自分たちの理想とする良妻賢母としてのポジションづくりをしているともいえるのではないか。

当初、加代は邦子の提案に難色を示した。「しんから好きだったひとの子を、生んで育ててゆきたい」という加代の願いを聞いた時点で、邦子の立場は急速に弱められる。加代もまた、好きな人の妻になり、子を産み、良妻賢母になりたい女性であった。が、信也は加代をあっさり捨てた男である。せめて子供だけでも、という加代の気持ちは強いが、「不義を一生負う児」の将来は暗い。邦子の申し出に、加代が素早く様々な計算をしたことは間違いない。そして邦子は、大切な加代にふさわしくない信也を加代から引き離し、それによって大切な信也を加代から引き離すという、アンビバレントな行動を推し進める。加代を親友の位置に、信也を夫の位置に固定させ、両者の関係を遠ざければ、邦子は親友も夫も手放さずに済む。

かくして、現代の代理母を思わせるような契約が二人の間に交わされた。この日、加代の隠れ家に入ってすぐ、まだ加代の妊娠を知らない邦子は加代の頬を叩くことで全てを終りにし、加代を許そうとした。が、本当に邦子が加代を許すのはこの契約の成立によってであろう。いわば、姦通罪に裏打ちされた男の身勝手と、不幸な結婚の経験ゆえに今度こそ自分の恋愛を通したかった「未亡人」の一途さによって壊された二人の友情は、家父長制社会の下に相互が共存できる道を見出すことで復活の目途が立てられた。

この計画を実行した場合、邦子は晴れて夫と子供のそろった良妻賢母となることができる。邦子に償いきれない借りをつくった加代にとって、信也の子供を差し出すことは、唯一の贖罪の方法でもある。が、まだ邦子の〈王国〉づくりは途上にある。加代をも幸せな良妻賢母にできなければ、加代から子供を奪い取った自身の罪悪感はいつまでも疼き続け、また信也と加代の関係復活の危険も残されてしまうからだ。そして、加代の理想を考慮すれば、邦子は今度こそ、加代が本当に「しんから好きになれる」男性と結婚する姿を見届けねばならなくなった。

6 私生児の母から私生児の妻へ

このあと、邦子は加代を秘密裏に出産させ、男児を引き取った後、加代を鵠沼の貸別荘にかくまう。そこに現れたのが由利準吉である。彼は現在三七歳、今回二〇年ぶりにフィリピンから一時帰国した材木商である。恋人に逃げられた母親が私生児として準吉を生み、料理屋で「女中奉公」して彼を中学まで出した。苦労続きだったこの母親が、彼が一七歳の時に亡くなり、その後移民団に入って出国したという。母の死後、「ぐれて不良少年みたいに」なったという準吉が国外を目指したのも、私生児としての生きにくさと無関係ではあるまい。その後の彼は、麻栽培の労働者を皮切りに、漁船にも乗り、命の危険にも何度も遭い、やっと四、五年前にフィリピン人と共同経営で木材の貿易にこぎつけた。二親を持たないという意味では信也にも通ずるものがあるが、兵助に守られ、大学まで出たサラリーマンの信也と、私生児として浴びせられる偏見と闘いながら身一つで成功を手にした準吉では、風貌も性格も大きく異なる。

異国にあっても、私生児を生んだばかりに苦労の中で死んでいった母を痛ましく思う気持ちは少しも忘れたことがないと準吉は言う。加代がこの母に似ていることから一目ぼれをした準吉だったが、彼女が私生児を生んだと聞いた時点で、準吉の母恋の思いは、加代への恋心と完全に重ね合わされる。「亡くなったお袋を泣かせた奴を親爺に持った男の私には、（男が女を大事に思ってやらなきゃあすまない）ってことだけは、どんな男より人一倍身に沁みてわかっているんだ」という言葉には、だれからも償われなかった母の不幸を、母と同じ境遇の加代を幸せにすることで埋め合わせ、それを自身の生き甲斐にもしたいという強い思いがほとばしる。

それでも加代は、いまだに信也への思いを断ち切ることができない。最終的に加代を結婚へ踏み出させたのは、準吉の、夫婦としての試行期間を持とうという提案であった。準吉は、加代の心が自分の方を向くまで待ち続けると約束し、「女を形だけ女房にしたって――そんなら金で女を買って遊ぶも同然だ、私のこの年齢になって始めて欲しいのは妻の心ですよ…」と熱く語った。

これは、「しんから好きな人の子を生みたかった」という加代の恋愛観に近いといえよう。準吉は四谷で育ったとあるが、信也には通じなかった下町言葉が準吉とは共有でき、準吉も加代の亡父も材木商である。共通点は少なくない。しかし、加代が幸せになるには、準吉への自発的な恋愛感情が生じなくてはならない。

フィリピン行きの決まった加代と、新たに子持ちの主婦となった邦子が、別れを前に語り合う章には「人妻浄土」というタイトルが付けられている。それまでの過ちを浄め、人妻としての幸せを手にする場、という意味だろう。人妻浄土に至るということは良妻として完成されることであり、そのためには聖なる母となる必要がある。邦子は子を産んだ加代を「浄まった」と聖化してとらえ、準吉との再出発を促す。邦子もまた信也の妻として人妻浄土に辿り着かねばならず、そのためには自分を裏切った信也や加代への、一度は激しく憎んだ思いをあとかたもなく洗い流す必要がある。邦子が加代とともに出産を経験したかのように表現されているのは、邦子にもまた浄めの儀式が必要だったからだろう。

大正期以降、都市中間層の主婦に対して母役割が強調され、子に対する自己犠牲が求められ、それがゆえに母性に聖性が付与されたという[10]。また、昭和初期には、すでに戦争を意識した人口政策としても母性が強調されていた。出産に浄化の意味が与えられているのは時代の影響を大いに感じさせる。しかし、加代や邦子は、自分たち自身が母になりたいという意思を強く持ち、加代の出産を機に、すべての災いを無に帰し、友情を復活させようとしている。再出発する二人が目指すのがこの「浄土」であり、すでに邦子は信也を取り戻し、赤ん坊を手にし、その「浄土」に身を置いていると言えよう。あとは加代が準吉を愛せれば、加代も夫と子供の揃った身で「浄土」へ向かえることになる。

加代が準吉に心を開き始めるのは、父の愛を知らずに育った静江が、準吉に娘としていとおしまれ、満ち足りた表情を見せるようになってからだ。同じ船には白石専務の娘も乗り合わせており、加代の身分が準吉によって、上流の一員に高められたことがわかる。寄港した外国の美しい街並み、船内の異国情緒、プールやシャンペン、ダンスホール、準吉から贈られたヒスイの指輪…。これらは加代に、両親との豪奢な生活を懐かしく思い出させたのではないだろうか。誠実で愛情深く、経済的な力もあり、遊び上手な準吉は、加代が慕った父に重ねられよう。日本にいてこそ変わり者に見えた準吉は、国際色豊かな船上で、容貌でも態度でも外国人に引けを取らず、南国に向かうにつれ本来の魅力を放ち始め、それは加代の心をも引き付けてゆく。加代が幸福を手に入れられるか否かは、準吉を愛せるかどうかにかかっていたが、日本を出てこそ準吉が準吉らしさを発揮し、加代の心を掴んだのなら、加代も日本から出るべき運命だったということなのだろう。

7 おわりに

『良人の貞操』を、邦子の戦略的な〈王国〉づくりの物語として読んできた。邦子が絶体絶命の境遇から自身の〈王国〉を築けたのは、男性への妄信から目覚め、男の介入を遮断し、女同士の連携を優先したからに他ならない。男性に対する手放しの信頼や尊敬は、女の力の否定を生みかねず、男性中心社会の継続を補強した。吉屋が女性の力を信じ、それが女性を救うことを期待し、待ち望んでいたことは、この作品からもうかがえる。赤枝香奈子は『近代日本における女同士の親密な関係』[11]の中で、明治半ば以降の女学校にロマンティック・ラブ的な親密性、すなわち対等な関係性や精神的つながりといった、「「単なる友情」とは異なる親密な関係」が存在し、それが必ずしも性愛を含む同性愛ではないことや、吉屋が用いた「友情」という用語に「「エス」よりもさらに革新的な意味合いがこめられている」可能性を指摘している。邦子と加代が、女学校卒業と同時に消滅するような「単なる友情」に留まらず、互いの人生を積極的・継続的に支援し思い合う姿には、まさに「革新的な意味合い」が感じられよう。

結果的には信也には何の制裁も加えられず、彼の罪は家庭の中に隠しこまれ、時代の限界を見せつける。が、その家庭内で、邦子は実質的な主導権を握った。今後も信也が邦子の上位に立つことは難しくなったろう。これはささやかながら稀有な成果であり、それを可能にしたのは加代との友情であった。結果として『良人の貞操』は時代の枠組みを大きく打ち破ることはできなかったが、狭い家庭内を唯一無二の生きる場とした当時の大多数の女たちには、邦子の〈王国〉づくりは驚きと共感を以て一つの前進と認められたのではないか。

この作品のヒットの要因は女性の不満を汲み取ったところにあるとされているが、浮気な男性に鉄槌を下すことが目的で書かれたものではないようだ。妻への裏切りが公認されていた異常な状況下に、どう生きていくべきか。問われているのは、女性たちだったに違いない。そして、その一つの答えを示したのが、『良人の貞操』だったのではないだろうか。

注

（1）　たとえば佐多稲子は「「良人の貞操」という題名」（『吉屋信子全集月報1』朝日新聞社、一九七五年二月）で、作品の魅力が「多くの読者の求める声を担って」いる点にあると繰り返し述べている。久米依子が『「少女小説」の生成――ジェンダー・ポリティクスの世紀』（青弓社、二〇一三年六月）で、吉屋作品全般に同様の男性優遇社会への批判が挿入され女性の声を代弁したことを指摘しているのもこれに関連する。吉武輝子『女人吉屋信子』（文藝春秋、一九八二年一二月）には、『暴風雨の薔薇』から『良人の貞操』までの吉屋作品が追求したのは結婚後も女の友情が成り立つかという命題であるという指摘もある。また、昭和七〜九年頃の既婚女性の多くが夫の不貞に悩んでいたことは、『時代が求めた「女性像」――「女性像」の変容と変遷――』第23巻（ゆまに書房、二〇一四年三月）等に詳しい。

（2）デビッド・ノッターは『純潔の近代近代家族と親密性の比較社会学』（慶應義塾大学出版、二〇〇七年一一月）の中で、大正期男女の交際から結婚に至るパターンを分析し、配偶者選択において少しでも当人の意志が反映される、男女の対等性の強い見合い結婚を「友愛結婚」と呼び、また大正教養主義の影響から男女交際が「教養」や「人格向上」を目的として行われていたことを指摘している。

（3）小山静子『良妻賢母という規範』（勁草書房、一九九一年一〇月）を参照。

（4）『日本女性の歴史戦中戦後の女性』（暁教育図書、一九八三年五月）や小山静子『良妻賢母という規範』（注（3）に同じ）には、昭和初期の職業婦人が社会的に歓迎される存在になったことが記されている。西清子『職業婦人の五十年』（日本評論新社、一九五五年一一月）からは、関東大震災以後のデパート・ガールが容姿端麗・高学歴で高給を取る選ばれし女性であったことも確認できる。が、加代の場合、例えば民郎の通夜に集まった男たちが加代の美しさを卑しい笑いで噂するときに「百貨店の売り子だった」ことを話題にし、それを聞く信也が民郎の口の軽さに立腹する姿が描かれるなど、隠すべき経歴として扱われている節がある。

（5）ルネ・ジラール著／古田幸男訳『欲望の現象学ロマンティークの虚偽とロマネスクの真実』（法政大学出版局、一九七一年一〇月）。

（6）『近代日本のセクシュアリティ25』（ゆまに書房、二〇〇八年九月）所収の古谷綱武「悩める未亡人の為に」（中内書店、一九四九）や川口恵美子『戦争未亡人被害と加害のはざまで』（二〇〇三年四月）等を参照。

（7）福田滋次郎「未亡人の心得」（『日本婦人問題資料集成第五巻家族制度』ドメス出版、一九七六年二月）を参照。

（8）『学習院大学国語国文学会誌』53号（二〇一〇年三月）。

（9）（3）に同じ。

（10）（2）に挙げた『純潔の近代近代家族と親密性の比較社会学』を参照。

（11）角川学芸出版、二〇一一年二月。

〈付記〉本文よりの引用は、『吉屋信子全集5』（朝日新聞社、一九七五年二月）による。

網野菊「妻たち」の位置

沼沢和子

1　はじめに

網野菊の自伝的短篇「母」(『素直』一九四七年四月)は「私は今迄に姑を除いても四人の『母』と呼ぶ人を持った。」と書き出されている。四人の中でも、実家の貧しさを助けたさに身を過ち幼い菊の前から消えた生母と、代わって菊が七歳の時に嫁いで来て十四年後にチフスで死んだ第二の母の存在が、大正期に作家への道を歩き始めた菊の重要なモチーフだった。

どのような両親の間に生を受け、どのような環境で生育するかを、子は選ぶことができない。異母弟妹が次々に生まれ、祖父と義祖母が寄食し、父の店の徒弟達も住みこむ大家族の中で、無防備に甘えくつろぐことなど許されない生育環境は、自他の心理に敏感な感性をもたらし、更には自分を客観視する眼を養ったであろう。それは志賀直哉が「作家としていい素質」と認めたものにつながる。

生まれながらに与えられた宿命のモチーフに動かされて作家的出発を果たした網野菊は、結婚から離婚へという自ら選びとった人生を生き始める。そこから生み出されるのが、彼女の昭和前期の文学である。

寡作ながら倦まず弛まず創作活動を続けたこの作家は、六十九歳の一九六九(昭四四)年に全三巻の『網野菊全集』

を刊行するのだが、第三巻の巻末に九ページ分の「年譜」を載せている。志賀直哉に師事して一流誌に発表の場を与えられ、短篇集『光子』（新潮社、一九二六年）を刊行して文壇の一角に手の届いたのもつかの間、一九三〇（昭五）年一月に「早急な結婚と同時に満州奉天へ」去ると共に作品の発表は激減し、「異邦人」など三篇が結婚当初の三年間にあるのみである。そして、一九三六（昭一一）年三月の「満州引き上げ」と翌年八月の「単身、父の家へ移る」を経て、一九三八（昭一三）年の「四月、正式離婚。五月、『妻たち』を書き上げる」に至る。「妻たち」はそのようにして失敗に終わった結婚を吟味し、自ら終結させる営みとして書き上げられた小説だったのである。だが、結婚に至るいきさつと、結婚式前後に感じた婚家の家風や京都という土地柄に対する違和感を明かす「おかしな結婚」を加えて、中篇集『妻たち』（東晃社）の刊行が実現するのは、五年後の一九四三（昭一八）年になる。「年譜」に照らせば「妻たち」を書き上げた翌年の一九三九（昭一四）年こそ空白だが、その後は順調に文壇復帰を果たしている気配なので（作品の発表状況と女性作家達との交流など）、刊行が遅れたのは、「妻たち」執筆にとりくむ中で〝早急な結婚〟の失敗の原因がそもそもの出発点にあったと再認識した作者が、「おかしな結婚」を書き加えて離婚やむなしと自ら納得するまで、更に時間がかかったということだろう。

苦渋に耐えて、結婚の経験を書くことによって生き直し、作家として再出発する地点に立とうとした姿を追い、この作家における「妻たち」の位置の重要さを確認したいと思う。

2　心迷う妻たち

「妻たち」は作者自身をモデルにしたウメが視点人物で、全体は一〜二十の二十節から成り、各節にまずは一人ずつウメと同年輩の旧友が登場してウメと旧交を温めている。その対話によってウメは現代を生きる妻たちの有りようを知る。読者の前にはウメの視点から妻たちの人生を描き出す流れと、木原政平・ウメ夫妻の現在進行中の生活とウメの鬱積した思いが語られる流れとが重なり合って、かなり分厚く長い時間が過ぎつつあるようにも感じられる。だが、第四節冒頭に「七月七日、北京郊外で日華両国に兵火の火蓋がきられた。」という歴史的事実が記されているのをメルクマールとすれば、作中の現在時間は、ウメ達の満州引き上げ後一年余り経過した一九三七（昭一二）年六月頃から夏を越した九月までの三カ月程であることが読みとれる。

第一節で東京の小さなアパート住居のウメを訪れたのは、女学校で一年上級だった染井キヨ子だった。その名は確かに記憶にあるが二十年という月日による変貌に途惑いながらも「さあ、どうぞ」と愛想よく招じ入れるウメの物腰には、読者を迎える作家の雰囲気が感じられる。キヨ子は、卒業と同時に投書家仲間だった文学青年と結婚したという噂を最後に、消息が絶えた。その夫は昨年亡くなり、現在は会社勤めの一人息子と下宿屋にいる。夫はかなり手広く商いをしていたという話に、ウメは「それでこの人は話をする時、頭をチョッ〳〵とさげる癖がついたのだな」と作家的観察眼を働かせると共に、先頃、或る初対面の女流作家を訪問した時、お辞儀のしすぎを指摘されて赤面し、いつの間にか夫の郷里の女達が挨拶の一句ごとに平伏しあう風習が自分の身に染みついているのに驚いたことを思い出し、境遇の影響について考えずにいられなかった。キヨ子は満州について色々訊くが、ウメはウメでこの一年、東京では勤め口が見つからず、政平は京都へ帰るというがウメはどうしても京都の家には行きたくなく、落ち着かぬ不安な日々を送っているので、キヨ子が満州に行こうかと迷う心の底までは推察しようとしなかった。

その後、道で出会っての立ち話に、ウメは「あなたは息子さんがいらっしゃるからいいじゃありませんか。全然ひとりの人だっているんですもの」と、自分が夫と別れたら全くの一人になるんだと感傷的に考え乍らいう。子どもが生まれないままなのが妻としてのウメの最大の負い目であり、その為に夫と別れる可能性もないとはいえない。キヨ子は素直にウメの言葉を認めてニッコリし、「けれど、主人が亡くなって一年たちますのに、今だに何も手につきませんのよ。でも、それも仕方ないかもしれませんわね。何しろ二十年も一緒にいたんですから」と案外若々しく快活に笑った。夫との二十年が一瞬に甦ったかのような笑いが鮮やかに捉えられている場面である。ウメはその笑いに夫に対する妻の愛を感知し、いとおしく思ったのだ。商いの道を選んだ夫とおそらくは夫唱婦随の人生を共に生き、死別して一年たった今も生きる方針を自力では立て兼ねている妻の姿を、自分自身を含めての女性の常態として哀れにいとおしく感じ考えようとするのが、視点人物ウメの立ち位置だといえよう。

作者が第二節に劇作家志望の白井幸子を登場させウメと語り合わせるのは、ウメ自身が妻でありつつ作家であることに自信がない現状を読者に伝える為である。幸子は、ウメ達が内地に引き上げる二三カ月前に渡満して近所に住み、交流があった。その幸子に、ウメは銀座で用事をすませた帰路、パッタリ出会う。喫茶店に入って会話を交わしはじめると「幸子は袂から煙草を出して火をつけた」。ウメの目にとまった所作として何気なく挿入されたこの描写は、作者の同世代の或る女性作家を連想させ、文学を志す女性の雰囲気を感じさせるようだ。そういう幸子に会うことは政平もきっと喜ぶだろうと考えたウメは、彼女を自宅に誘い、自分は夕食準備のために市場に出かけた。その間、幸子は政平にもいろ〳〵と心の迷いを話すと、政平は満州にいても芸術の仕事が出来ぬということはないと云ったらしい。それは大体同じような理屈で東京に止まろうとしているウメへの反駁でもあった。そのくせ、政平自身、満州での職をやめたいと大学の恩師に言い送った時、満州にいるから勉強できないという事はないと説かれ乍ら承服しなかったのである、と、ウメを視点人物とする語り手は記す。この小説に於てウメからの反駁が直接話法で記されることはほとんど無く、ウメの心中思惟に留まり、とくに夫に対しては相手の立場に立って思いやり、譲歩する傾向が強い。

幸子を送って、駅までの壕端公園を歩きながら、幸子は満州へ、ウメは夫の故郷の京都へ帰るべきか、互いの迷いを話し合う。幸子は、一生満州にいると言っている夫との家庭と、自分の天分的な仕事との両立しがたさに、悩んでいるのだった。だが、今のウメは幸子程の熱情を文学に対して持っていない。東京に居たいと思う第一の理由は文学ではなく、木原の母達と一緒に暮らすのがいやだからで、京都の家では息苦しくて、どうしてもいじけた気持ちになると話しながら、ウメは、そもく\自分が文学に親しみ出したのは、幼時、家庭的に不幸だったその慰めの為だったことに思い至る。ならば、政平が翻訳の内職仕事をきっかけにしばらく東京に止まってみると言ってくれている現在、自分はともかくも幸福であり、家庭生活が順調に行くものなら文壇に対して野心を抱く必要もないのだ、と消極的に考えるのだった。

ウメが帰宅するのと前後して、政平も機嫌よくステッキを振り振り散歩から帰って来て「白井さんはなかなかコケットだね」といい出す。ウメが「女の人って、男の人と話している時、しらずしらず愛嬌を示すんじゃないかしら？　それがコケットリーに見えるのよ、きっと」と応じると、政平は「お前にはそういう所があまりないようだな」という。ウメは、自分にそういう所がないのは、女としての魅力を欠いている事になるかもしれぬと考え、又、作品に「色気が乏しい」と評されたのを思い出したりした。

そもそも、妻としてのウメのこの自信のなさは、八年前の〝突飛な結婚〟に遡るべきだろう。京都の大学を出て満州に職を得た四歳下の未知の青年からの長い手紙による唐突な求婚に、父の四度目の結婚で厭世的になっていて、プロレタリア文学全盛の中で仕事にも行き詰まり、年も三十歳になっていたことにいささかの引け目もあって応じたのだった。作品を一つ読んで批評と感想を書き送ったことがあるだけで、会ったこともない女流作家に「あなたの芸術を伸ばしてあげたい」と知的優越感で迫る求婚は、エロスを伴わない頭でっかちの結婚をもたらしたらしい。「おかしな結婚」には、身内だけのつましい結婚式の後、新夫婦は駅前のステーションホテルに一泊したが、一晩中話ばかりしていて、「ウメは、二人の無知から、それから一年も自分が結婚前の女と肉体的には違っていない事を知らずに、子供の出来ぬ事を淋しがっていたのだった。」とある。そんな初夜ではあったが、ウメは自分に対する呼び方が、一日にして「あなた」から「君」になり「お前」になった急激な変化に苦笑し、汽車に乗りこめば荷物を棚に上げる力仕事を一向に手伝おうとしない夫が腹立たしく、涙ぐまねばならなかった。こうして政平とウメは高学歴者同士のペアではあったが、異なった生育環境を背負ったまま、日本的男性優位の結婚生活に入ったのである。

政平は五人きょうだいの長男として大切に育てられ、一人だけ大学まで進み、卒業後はずっと満州から故郷への仕送りを続けて来た。政平の父は在職中の貯金と長男からの仕送りで生計を立て、由緒ある家柄を誇りながら金銭には細かく拘わった。この父は、徒弟上りで身を立てた働き者のウメの父を「家柄は悪いが金持だ」と評していて、家になじまず黙々としているウメを「家族制度を破壊しようとする奴には、俺は全家族をあげて戦ってやる」と眼のかたきにしていた。その父も亡くなり、三人の弟のうち二人までが学校を出て身が定まると、政平の内地へ帰りたい気持は一層つのり、ウメも結局同意したのだった。政平の退職金その他を合算すると、故郷の家をまかないつつ夫婦の新しい就職まで二年間のつましい生活費が保証される計算から、政平は東京の大学に入り直して職を見つける計画を立てた。この計画にウメは京都の家で生活せずにすむと喜んだ。だが、東京の大学に入り直す件は、先輩から「それでは出身大学の教授が今後世話をしてくれなくなる」と言われると、あっさり断念してしまった。ウメは意外だったが、それも結局は政平が故郷を愛していて親きょうだいや先輩友人に心ひかれる為だろうと解して、心中面白くなかったが何も云わなかった。ウメのいつもの夫への譲歩である。

しかし、内地に引き上げると、ウメは京都暮らしに精神的に窒息させられるばかりだった。父の死後は母が急に強気になってウメに当り、弟の一人が父代りに何かと政平に指図する。政平まで「人の気持というものは変化するものだから、俺の心もどう変るかもしれない」などと、例の思考癖からウメの心情を思いやることなく口にするのだった。子供もなく夫より年上のウメは不安でならず、「万一政平と別れた場合の自活の力をつけるには、やはり東京にいて、自分の昔の書く仕事を続けて行きたい」という思いで東京の実家に戻ると、二カ月後には政平も上京し、二人は家を借りた。だが政平の心は落ちつかず、一年経つ間に二、三度帰郷しては母の許に滞在し、東京では三回も転宅した挙句、今はやや小康を得ているのだった。

3　働く妻たち

ウメ達夫婦の就職口は容易に見つからない。ウメは到頭、十余年も絶交していた昔の親友の愛子に手紙を書いた。愛子はウメより少し年上で、専門学校の同級生で一番気が合っていた。結婚して野田姓になって二人の男の子があり、或る大きな団体の機関紙編集部に勤務している。昨日会ったばかりのような笑顔で立ち寄った愛子を駅まで送る途中、外出先から帰る政平とすれ違う。「いかにもインテリらしい、おとなしそうな人ね。いい人らしいじゃないの」と言う愛子の感想は、読者に政平の風貌をイメージさせると共に、生活者として職業人としてキャリアを積んだ女性の、こだわりのない公平な眼を感じさせる。「所詮二人は別れる運命かと悲しく考える」ばかりだったウメの物語は、この愛子の登場に続いて、七月七日の日中戦争の勃発、政平の妹が夏休みで上京した夜に政平の就職が京都の官立専門学校に決まる、という出来事が続いて急展開する。

政平に任せられる教科は満州でと同じ性質の「修身」で、満州では良心に反すると言っていたのだが、この度は校長から「君こそ適任者」と言われたことで嬉しくなり、「自分の考えはこの頃ますます日本的の方に傾いている」と肯定的に言うので、ウメは政平がこれ以上所謂「日本的」「封建的」になるのではたまらぬ、と心に思うのだった。心に思うだけにせよ、ウメが政平の言動を日本的・封建的と意識的に表現したのはこの時が始めてである。

愛子に手紙を書くと「夫について行くのが常識だから京都へ行きなさい。」と言ってきたが、ウメは愛子の忠告に腹を立てて「死んでも行きません。」と書いて出した。それでも政平が「俺に免じて来てくれ」と云ったら、ウメは行こうと思ったに違いないのに、政平はウメに言っても無駄だとばかりウメには構わず京都行きの準備を着々と進め、挨拶まわりに出歩いている。一方、愛子の夫の野田の就職が大阪に決まったというのでウメが心細い眼をすると、愛子はいたずらっ子のような表情で「私は行かないわ。野田が『東京にいろ』というし、当分私はまだ外で働かねばならないし、働くとなると私は矢張り東京がいいんですもの。」と動じる気配もない。愛子は二人の男の子と実母を抱えた家計を支えて働く女性であり、夫も「俺について来い」とは言わない。作者は、自信のない妻であるウメとは対照的な愛子の夫婦関係を、意識的に造型していると思われる。ウメは愛子夫婦の別居を案じるが、愛子の目はジャーナリストらしく時勢の厳しさに敏感に向けられていて「野田も弟もとられるかもしれない。今度は幾度にも召集するそうだから。」と言う。ウメは政平の召集の可能性を思うだけで心がおびえるのだった。

ウメは政平が京都に去った後の住所について途方に暮れた。父は実家に来てよいと言うが、母は四度目の母で、弟妹は全部腹違いである。ウメは、先日再会した同級生の井原和子なら卒業後自炊生活を共にした仲なので、一緒に住めるならと密かに考えたが、和子は現在親戚の者と同居し、そこを離れる必要は全然ないのだった。和子の母は家を継ぐ立場にあったが、養子した夫が父や継母と折り合いが悪くて去り、別の女と同棲してしまった。女の身の辛さを痛感した母は、和子を東京に出して、女子教育では先端を行く専門学校に進学させた。その結果、娘は母に勘当されかけながらも家を継がずに恋愛結婚をし、夫の事業が変る度に満州、南洋をついて歩き、離婚を勧める母との板ばさみに悩んだ末、夫と別居して自活する決心で上京し、今の会社の外交部に採用されて四年になる。仕事柄、流行の上質の服装で身ぎれいにしながらも、後姿に疲れが見える和子は、ウメが一人東京に残ると聞いても驚きも止めもせず「いざとなると一人になるのは淋しいわよ」と言うだけだった。これだけの人生遍歴を経て健気に働いて生きている旧友に、卒業当時の共同生活の再現を期待するとしたら、ウメの感覚の方がずれていると言わざるを得ない。

和子の場合は、母娘二代にわたって家を継ぐ立場に置かれたケースである。ウメの舅は出来のよい長男からの送金によって日本的家族制度を謳歌したが、和子の母は家族制度とジェンダーの二重の束縛に苦しんだといえよう。母が送り出してくれた東京の学校で自立的な精神と行動力を身につけた娘は、自分なりの人生を選び、働いて自活する喜びの中で母の老後も支えようとしているのである。

政平の就職が決まって以来、孤独の予想におびえているウメは、暗澹としながら自分の荷片付けをして実家に運びこむ。義妹は機嫌よく手伝ったが、政平は相変らず朝から外出していた。彼は素直に京都について行こうとしないウメに怒りを露わにし、それを傍観しているウメの父に対しても憤っているのだった。

政平兄妹が京都に発つ日、ウメが二人を送って円タクで東京駅に着いた時の状況描写は、簡潔だが時代相を写して秀逸である。

ウメの実家からは誰も見送らなかった。ウメはいつも、政平の家に対して不満を持つ一方、実家に対してもあきたらなさを感じるのであった。（略）だが、今はそんな小さな不平、悲しみ一切をおし流して了うものが駅をみたしていた。改札口の前、歩廊、行く所行く所に、出征軍人を送る軍歌の声が湧き上っている。興奮、緊張した顔、見送りの人の波、おし上る萬歳の声。毎日、怪我人が出そうな位に見送り人が駅をみたすという。（七）

色彩のない薄暗い画面に、黒い線描で切羽詰まった表情の群衆をぎっしりと描きこんだ絵を思わせるような、作中異色の描写である。故郷に去って行く政平を見送るのがこのような只ならぬ状況であったことが、狭く閉じられていたウメの視野を拡げるきっかけになり、ウメの物語もテンポを速める。

軍装品を作る父の店は戦争が起きたので一層忙しく、ウメの名義になっている高原の小家へも誰も出かけずにいたのだが、ウメが行くなら病後の妹も継母達も行くということで急に支度にかかり、翌朝には汽車に乗った。上野駅も出征軍人見送りの人でいっぱいで、ウメ達の車両にも新しい背広姿に赤だすきをかけた、いかにも大切に育てられた感じの青年が、父親らしい背広の男と乗って来た。大宮では幼児連れの若い夫婦が入って来た。夫の服はカーキ色で、荷物から歓送の小旗が数本のぞいていた。高崎に着くとウメ達のそばの席が空いて、若夫婦はようやく向い合いの席がとれた。十ヶ月位の幼児は上等の人形のように可愛い女の子で、牛乳をのませるとすや〳〵と眠ってしまった。妻が夫に抱かせると、幼児は何も知らずにいつまでも父に抱かれ、抱く父は、じっと、あかず子供の顔や手を眺めていた。ウメは溢れ出る涙を隠すのに困った。

前日の東京駅の状況描写で個々人の小さな不平や悲しみを押し流してしまう戦争の時代の到来を感知させた作者は、ここではズームアップして、ウメの視線を通して大切な息子や夫を否応なく戦場に向かわせられる家族の切ない姿を読者に伝え、第七節を閉じている。

5　妻たちの年輪

高原の落葉松林の中の小家に着くと、ウメは夢からさめたような気持ちがした。そして、そこから近い土地に来ている女画家を訪ねた。この人はウメより年上の人妻だが、かつて若い愛人が出来て家出したことがある。ウメが政平とのことをかいつまんで話して「子供でもあれば別ですけれど…」と云うと、三十近い一人息子がいる夫人は「いいえ、子供がある為に離婚せずに了うのはよくありませんわ」と言って少し黙し、「やはり、結婚というものは、好きな人と一生を共にするのが一番いいと思いますわ」と言う。この年配で悔いの残る我が身を振り返り、こんな率直なことを後輩に言う人がどの位あるだろうか、とウメは自分の心を振り返ってみるが、自分がどの程度に政平を愛しているのか、ハッキリしなかった。ウメの自問自答は読者としても身につまされるものがあるが、テキストに照らしても、ウメには孤独を予想して怯える自覚があるだけで、「愛している」のかどうかは読者にもハッキリしない。

その翌日は近くの村に来ている子供のない学者夫婦を訪ねた。その村では出征軍人の見送りで農家は仕事も手につかぬ様子で、毎年配達に来てくれた郵便屋さんも出征した。或る村人は息子の召集と同時に脳溢血で倒れ、出征前夜に息をひきとったが、息子は葬式を人手に任せて出発したという。息子といっても妻子持ちである。また一方、薬もろくにのめずに死んで行く村人達もいる。——避暑地の村でそういう話を聞きながら、ウメの目は戦争におびやかされる人々の暮らしに向けられている。だが、ウメ達は十日程で東京に帰らなければならなかった。継母の神経痛がよくない上、就職のことを頼んであった同窓の大先輩の田上から連絡があり、又、親友の愛子の手紙に夫が召集令を受けたと報じてあったからである。沿線の駅々には在郷軍人の姿が見られ、出征軍人の見送りがあった。ウメは、政平は第二乙だが今度は応召するかもしれないと思うと、彼との関係がこんな状態のままではたまらぬと心が不安と焦躁にみたされるのだった。

十日ぶりの父の家は、住居をはさんだ前後の小工場からトン〱と板を叩く音やガチャンという機械の音がして、家全体が火事場のような烈しい忙しさだった。それに加えて、前後の家々や隣区の電車通りから遠近入り乱れて「ばんざあい」の声や楽隊の音、歓送の人々を運ぶトラックや自動車の音が聞こえて「ウメは、音地獄におちたような気がした。」(十)。十日程の間に一段と戦時色を強めた東京の夜の、音による状況描写である。

翌朝、ウメは田上を玄関先に訪ねた。ウメの職を世話してくれたのは田上の友人で、やはり同窓の先輩の原夫人だった。つい数日前夫に急死された身で、田上に職が見つかった連絡の手紙をくれたという。原夫人の夫は釣り好きで、釣りの最中、脳溢血で急死したのだった。「川の中などで倒れて、ろくろく看護もしてやれず、可哀想でならないって、手紙で言って来たわよ。あなたも、あとで後悔しなさんな」と言い乍ら、未婚で五十を過ぎた田上は眼鏡越しにキラリと鋭い眼をウメの顔にすえた。ウメは帰宅する道々、原夫人の言葉を繰り返し思い出し、又、高原で女画家から聞いた、或る夫人が病夫について「年を取ると不憫でねえ」と言ったという言葉も思い合わせる。この時、ウメは、年輪を重ねた夫婦の情愛を憧れる感情を意識したのではないだろうか。
又、職を求める後輩への田上や原夫人の誠実な対応ぶりも、社会人としての女性の年輪を感じさせる。女性の自律的精神を支える経済的自立力の尊重がウメ達の母校の伝統としてあり、愛子や和子のような働く女性達を輩出しているのだろうと思われる。現在のウメは、文学に志す以上はそれに専念すべきだと思いつつも、政平と別居した今、てっとり早く自活の道を立てるには毎月定収入を得ねばと考えたのだった。田上は「あなたにはお気毒みたいな仕事だけど」と云うが、ウメはそうは思わなかった。唯、雇い主が外国人なのが少し気になった。臆病者のウメは、戦争気分の漲っている現在、外国人の所に出入りしているとどこかから睨まれる気がして怖いのである。だが、小型の洋館の二階でウメに与えられた仕事は、辞書編纂の為の英語の筆耕で、「世の中にはこんなに自分に適した仕事もあるものか。」と思った程、気に入ったのだった。ところが、四時きっちりまで働いて帰宅したその日のうちに、一日分の報酬を同封した書留速達が届いたのでウメは苦笑した。義理の母の手前、きまり悪かったが、断られた事は余り悲しくなかった。「一日の珍しい経験を得たし、結局は自分本来の文学の仕事をした方がいいという覚悟を与えられた点で、よかったとウメは思った。」（十五）
翌朝ウメは元気よく起きた。だが朝食後政平から手紙が来て、ウメが一旦京都へ行くと書きながら勤めが決まったからと取り消したことをなじり「すぐ京都へ来い。さもなくば離縁」とある。父にも同じ意味の手紙が来たので、父や義母は「一応京都へ行って暮してみて考えを決めたら」と言い、妹達も同意見で、上の弟に至ってはウメが京都へ行かないのは我儘だと怒り「今後、ウメちゃんの面倒は一切みないから」と言い放った。次代の家長たる弟にこう言われるウメの立場が、読者にも切ない。「父の家」ももはや安住の地ではない。

6　妻たちの友情

翌日は日曜日だったので、ウメは愛子の家を訪ね、泊りがけで話しこんだ。相変らず京都へ行ったものかウメが相談するのを聞きながら、愛子は子供に絵本を読んでやったり、ほどきものなどするのである。愛子の母は朝食前に、出征した野田の写真にかげ膳を供えるのだった。愛子の出勤の電車の中でも、ウメの話しは、つい、自分の事にばかり落ちた。「政平がいつも考えをぐらぐら変えるのは頼りない。野田は決してそんな事はない。」という愛子の言葉は政平の思考先行の言行不一致に対する的確な批評になっている。遠慮がちな妻であるウメもその批判を全否定はできず、心が悲しくなる。そして、愛子が心の底では深く野田を信頼しているのだと感ぜずにはいられなかった。「それから二日程して政平から手紙が来た。今度は割におだやかな文面で、やはり初めの話し合いのように暫く別居してお互いに反省してみる方がよかろう、とあった。その穏やかな文面を見ると、ウメは却って京都へ行きたくなった。」と始まる第十八節は大変短かいが、妻たちのさまざまなケースを見て来たウメの微妙な変化がたたみこまれている。とくに、年輪を重ねることによって夫婦の間に醸される情愛に憧れ、そこに希望をつなぐのが、我慢強く遠慮がちなウメの人柄（自ら継子育ちとか憶病とか小心者と称している）にふさわしく思われる。政平に穏やかに説かれれば何事も譲歩して来たウメが、譲歩することを止め、却って京都へ行きたくなった自分を発見し貫こうとするのである。この節は、義母が、辛かった最初の結婚生活で尽せるだけ尽し辛棒したからこそ今は幸福だ、と語るのを聞いて、ウメが自分ももっと辛棒しなければなるまいとしみじみ思い、京都行きの決意を固めるところで終り、次の十九節に登場するのが上田真知子である。

真知子とウメは同年輩で、十年程前は親しくつきあっていたが、その後の十年は、真知子は外国へ行って新しい考えを持ち、ウメは結婚して満州へ渡り、会う機会もなく過ぎていた。ウメは真知子の新しい考え方について行けず、彼女に接近するのを避けてもいた。ところが半年前、偶然道で出会い、数日後には夫婦で真知子の家へ夕食に招かれた。会ってみれば昔通り友達に親切な、ウメの尊敬する真知子だったので、京都へ行く前に是非訪ねたいと思ったのである。来意を告げると「京都へ?あなた、京都へ行くのは死んでもいやだと云ってらしたんじゃない?」と驚かれ、ウメは赤面したが、真知子はすぐに「そう。でも、行くことにおきめになったのなら、いらっしゃる方がいいわ。何と云っても、夫婦が離れて生活するのは不自然ですものね」とウメの気持ちを共感をこめて受け止め、京都に行っても自分の仕事を守って続けるよう励まし、創作でも翻訳でも「うちの人達」の理解を得るには発表してみせることが大切だが、その為の人脈はあるか等々、細々と心配し助言してくれるのだった。

夕方から夜十時頃まで話しこんでの帰り道、ウメは心がひきしめられ興奮していた。真知子の夫は結婚後間もなく思想問題で未決拘留されたままである。「精神的にも物質的にもいろいろの困難や不自由に耐えて毅然として生活し、仕事をし、勉強を続けている真知子を見ると、ウメは、一言もない、という思いだった。ウメは、真知子だの愛子だのという、よい友達のいる東京に、又しても愛着を感じずにはいられなかった。」（十九）

真知子のモデルが宮本百合子であることは「二つの庭」や「播州平野」の読者なら一読してわかる。網野菊は百合子が急逝した時、「宮本百合子さんを一学期だけでも同級生として持った因縁は、私にとって大変ありがたかった。百合子さんの存在は多くの場合私の思考の一つの『見張り』役になっていた。（「宮本百合子さん」『文芸』一九五一年三月）と書いたが、「妻たち」に登場する「専門学校の同級生」三人の中の三人目にふさわしい重味のある配置である。そして第二十節でウメに寄り添うのは三人中最多出場（三、五、十一、一六、十七、二十の各節）の親友愛子である。

真知子を訪ねた翌日は風雨の土曜日だった。愛子が寄る約束だったので両脚を気にしていると、政平の手紙が届いた。ウメの京都行きは見合わせるように、ウメに対する母の心象は一層悪化しているしするから、矢張り暫く別居した方がいい、とある。ウメの思いは届かなかった。ウメは淋しく感じながら、同時にホッとした気持ちだった。しかし、こうして幾度も行く行かぬを繰り返しているうちに、政平との心の距離は遠くなる一方で、遂には離婚するようになるだろうと思うと「底しれぬ淋しさがウメの胸中にひろがるのだった。」

やって来た愛子に手紙を見せると「なんだか侘しい手紙ね」と呟き「向うへ行ってのあなたの生活は全然自分を殺す生活だから、つまらないことはつまらないしね。木原さんも色々迷ってらっしゃるんでしょうけど、チャンと各々の生活さえ持っていれば、そんなにお互いのことがこせこせと気にならないものよ。初めの相談通り、こちらにいて勉強なさいよ。仕事は何かきっと見つかるわよ。」と励ます。経済的自立力と経験に裏打ちされた、愛子らしい胆の据った意見である。「同じ話のむし返しばかり聞かせて御免なさい。」と詫びるウメと「仕方ないわよ。人の気持ちって、中々、割り切れるものじゃないわよ。まあ、迷うだけ迷ってみなくちゃね。」と受け止める愛子との間に確かな友情が通い合い、ウメを支える。雨上がりの壕端公園を学生時代のように熱心に話し合い乍ら愛子を送って別れた後、ウメは又淋しさに襲われるが、「今の世の中では、淋しい思いをしている女達、妻たちが沢山いるではないか。出来る限りの力を尽して淋しさや悲しみをおし切って生活する事が大切なのだ。」と自分の心に云いきかせるウメを描いて作者は筆をおいている。

「妻たち」の冒頭で、夫に死別して一年たつのに生きる方針を自力では立て兼ねる妻の姿を、自分をも含めた女性の現実の常態と感じたウメだった。だが今は、日中戦争開始以来、男たちが続々と出征する「今の世の中」で淋しさに耐えつつ生活とたたかっている妻たちに思いを至す。そうすることで、夫との心の距離に離婚を予感する「底しれぬ淋しさ」を押し切って、力を尽して生活する決意を固めるのである。そのウメを描きながら作者の前に見えて来たのは、孤独を恐れず、文学の仕事にこれからの人生を賭ける一筋の道だったであろう。作者の分身であるウメが文学に親しんだ始まりは、幼時家庭的に不幸だった慰めの為であり、今も家庭生活が順調なら書く必要もないのだった。不幸な時、ウメはいつも文学に立ち帰る。そのウメのようにこの作者は、作家網野菊としての再出発を決意したのであろう。

7　おわりに

「妻たち」はその題名が暗示するような、妻たちの群像を描くのを最終目的とはしていない。失敗に終わろうとしている結婚の経験を吟味するために、同時代を生きる妻たちの一人として自分自身を客観的に見つめ直そうとした作品である。そのため、日中戦争開始と共に日々強まる戦時下の時代相も努めて描きこんでいる。東京駅の印象的な状況描写を始め、沿線各駅に見られる出征軍人歓送の光景がくり返し描かれるが、人々の表情はいずれも緊張した切羽つまったものとして読者に印象づけられる。避暑地の村で見聞する農村の状況も、戦争がもたらす民衆の痛苦を伝える。これから二年後にはヒットラー率いるドイツに英仏が宣戦して第二次世界大戦が始まり、日本もまきこまれて行く。そういう大きな戦争が、為政者のかけ声如何にかかわらず、民衆には災厄しかもたらさないことを知っている作者の視線である。そういう視線で日中戦争開始の年を描き、その視線を崩さぬまま空襲下の東京を一人住居で生き抜き、戦後いち早く作家活動を開始することになる網野菊を改めて高く評価したいと思う。

矢田津世子の文学的中核――「痴女抄録」を中心に

山﨑眞紀子

1　はじめに

一九三三年七月、左翼運動家の友人にわずかなカンパをしたかどで、矢田津世子は約十日間留置された。蒲柳の質の津世子の健康は損なわれ、以後、臥床を繰り返すようになる。丈夫ではない体で、一九三九年の矢田津世子は三本の長編連載小説を同時に走らすという快挙を成し遂げ、一九四四年三月に三六歳で没するまで、生前に十冊刊行している。

矢田津世子の短い作家生涯は、コント風プロレタリア文学からの出発であるが、純文学作家としての本格始動は芥川賞候補になった「神楽坂」（『人民文庫』一九三六年三月）からと言えるだろう。続く「蔓草」「やどかり」「秋扇」「ひかげかづら」「秋袷」などのいわゆる〈妾もの〉小説で、矢田の文学世界は高い評価を得た。妾を持つ男、妾になる女、妾に入れあげる男の妻、それぞれの立場を見事にユーモアも交えて描き、「金」の支配する社会構造を抉っている。ここには、無意識だろうが、現代の視点から見るとジェンダー問題が透けて見られる。いわゆる〈妾もの〉で独自の境地を樹立した矢田は更なる高みへと飛翔すべく、一九三七年八月に大谷藤子と一か月ほど満州視察に赴いた。その体験をとりこんだ長編連載小説「家庭教師」「駒鳥日記」「巣燕」を、一九三九年に同時並行して連載した。満州開拓民の子女教育に身を捧げるべく渡満した青年に嫁ぐまでの、女性主人公の心の葛藤を描いた「家庭教師」（『新女苑』一月号～十二月号）、家庭の事情でハルビンの伯母のもとで一時的に養育される小学五年生の少女を主人公にした「駒鳥日記」（『小学五年生』四月号～翌年三月号）、奉天（現在の瀋陽）の孤児院出身で日本人の養父母のもとで育った女性が未婚のまま出産し、紆余曲折を経てやがて孤児院で働き始めるまでを描いた「巣燕」[1]（『北海タイムス』夕刊八月十五日～翌年一月九日）である。連載の疲労による臥床の身に鞭打ちながら、矢田津世子独自の世界を拓いた、その最たる作品は「茶粥の記」（一九四一・二）であろう。本作は短編ながらも文学の醍醐味を味わわせる絶品である。[2]

〈妾もの〉にも言えるが、「茶粥の記」には、当時の日本がガダルカナル島撤退の戦況にあって、戦時体制一色化傾向にあり、文学者の戦争謳歌、使嗾が常態になっていた時期ながら、時局の追随はみられない。国民生活は逼迫の度を増していて食料確保に右往左往するような段階にあって、本作は読んでいて唾を飲み込み、引き込まれる美食談である。これは、時局に対する抵抗と見ることも不可能ではない。矢田津世子の作品世界を語る上で〈妾もの〉と「茶粥の記」を無視することは出来ないが、本論では、彼女の命を削るほどの精力的な創作活動を行った一九三九年に発表された、時局小説盛行下でありながらも戦争臭のない短編「痴女抄録」（一九三九・七『改造』）を敢えて採り上げてみたい。

当時の日本は、一九三一年九月に柳条湖事件によって引き起こされた満州事変から、一九三七年七月の盧溝橋事件以後の上海事変を経て、真珠湾攻撃以後の大東亜戦争を含めるアジア・太平洋戦争へと向かう激動の渦中にあった。満州事変から敗戦までの十五年間のちょうど真ん中にあたる一九三九年に、前述したように満州を小説の舞台に盛り込んだ長編連載小説を三本も発表した一方で、この長編作品に挟まれる形で「痴女抄録」（『改造』七月号）は発表された。川端康成は「巣燕」を「一口に言へば、全体に薄い感じなのでせうか。作者の深い心がいつぱいに溢れてゐるとは思へませんでした。悪作ではなく、またいいところは種々あるにしろ、根本に於て、例へば痴女抄録のやうに打たれるところが足りません」[2]と「巣燕」よりも「痴女抄録」を評価している。近藤富枝は「文学は俗世に汚れている人間どもに、神を見せるのがつとめだ。神とは何か。この世ならぬものである。天女散華である。これこそ文学の極致でなくて何であろう。」という矢田自身の文章を引き、「津世子も自らの作品に『天女散華』を行おうと、苦渋につぐ苦渋の筆を進めたのが『痴女抄録』であった。[3]」と本作に注目している。

本作の見どころは、痴女である寿女という名の主人公が、名もなき市井人として生を終えようとするとき、まるで何かに取りつかれたように若鷹の絵図である刺繍作品を仕上げることに精魂を傾ける、その生の燃焼にある。自分の生の中核にあるものに気づき亡くなる直前までそこに命を懸けた姿は、矢田の書くことへ向けた懸命な姿勢とも見事に重なる。時代が変わり長い時を経ても何かに打ち込む姿は魂を浄化させる。寿女の人生は私利私欲や名誉欲などとは無縁の上に成り立つ天女のようであり、その寿女の形象を見ていくことで、矢田津世子が目指した文学の中核にあるものを探っていきたい。

2
名もなき女性たちへのまなざし

作品冒頭におかれた「天寿国繍帳」は推古天皇三十年（六二二年）、聖徳太子の妃である橘大郎女が、太子薨去（六二一年）ののち図像をつくって太子往生の姿を偲び、宮中の采女に命じて太子が往生している天寿国の有様を刺繍させた日本最古の刺繍遺品として知られる。エピソードの中で「痴女抄録」の語り手である「わたくし」が注目しているのは、「繍帳」の下絵の絵師と刺繍した采女たちとの差異である。後世に名を残す者と、無名のままで終わる者の対比を以下のように語る。

その下絵には絵師の東　漢松賢《やまとのあやのまつけん》、高麗加世溢《こまのかせい》、漢奴加己利《あやのぬかこり》を、尚椋部《くらべの》秦久麻《はたのくま》をその令者として諸采女たちに繍を命じ給うた。（中略）ここに繍をなした采女たちとは、後宮に近習し上の寵を蒙つた婦人たちをさしてゐるのであらう。その下絵をかいた絵師はいずれ一世の逸材として伝わっているけれども、直接の工作者である采

　　女たちは、その名すら遺つてをらぬときく。
　わたくしは尚二三書物を繙いてみたが、どこにも采女たちの名は見出されなかつた。

　本作の末尾に付記されている明石染人『染織文様史の研究』（万里閣書房、一九三一年一月）(4)には、東漢松賢《やまとのあやのまつけん》、漢奴加己《あやのぬかこ》は帰化漢人で高麗加世溢《こまのかせい》は帰化高句麗人、なお椋部秦久麻《くらべのはたのくま》も工芸家の帰化人の家系であり、「云はゞ支那、高句麗両系の絵が繡帳にあらはされてゐる譯である。」と記されている。(5)この四名の下絵師の名が残されている背景には、当時の仏教受容において聖徳太子はそれまでの蘇我氏の百済偏向を継承せず、新羅や高句麗さらに中国まで広げ、とりわけ中国には積極的に遣隋使などを派遣し、朝鮮半島の三国および中国との均衡をとりながら仏教を受容していったことが見てとれるという。(6)つまり、当時の政治的外交を内包する下絵師の選択と言える。本作が「満州」を舞台にした長編三作品と同年に発表されたことの意味も併せて考えれば、飛鳥時代までさかのぼり中国や朝鮮半島から工芸や文化、宗教など大きな影響を受けていた日本が、かつて学びを受けていた国を従とし自らを主として組み敷いていく一九三九年当時の不穏な動きを矢田が見据えていたとも考えられる。

　歴史に名が刻まれることは、公権力と無縁ではない。支那高句麗両系をルーツとする刺繡芸術は日本のみならず西方にも伝わり、ノルマンディ公ウイリアムのイギリス征服に材をとったマティルド女王の手工、十一世紀の華麗な繡織のエピソードを「わたくし」が添えているのも、大橋一章が指摘する(7)ように刺繡は王権を明示することの意味合いもあろう。

　しかしながら、私たちが心を無にして刺繡作品に向かう際には、その美しい彩色、特に優れた刺繡技術に目を奪われる。名もなき繡者である「采女たち」の名こそ知りたいが残されていない。この語り手と重なるように無名の女性に目を向ける矢田津世子は、聖徳太子の往生先といわれる「天寿国」の一文字が含まれた「寿女《すめ》」という名をもつ女性主人公を立ち上げた。本作は二八歳で生涯を閉じた名もなき繡者・寿女を、「わたくし」が追悼する記でもある。

「天寿国繡帳」を目にする機会に恵まれない「わたくし」は、せめて「無量寿経」を見に上野にある博物館に赴くが入れない。門衛は「このほど新築が落成したので今は陳列品をそちらへ移しかへるため休館になつてゐる。十一月迄のご辛抱ですな。」と「白い巨大な建物」を指す。現在の東京国立博物館にあたる「上野の博物館」は、現館の前身である東京帝室博物館の復興工事が六年の歳月をかけてなされ、一九三七年十一月に竣工、翌年十一月に開館されている。(8)「わたくし」は立秋過ぎの「蝉しぐれ」の中を歩いて博物館に赴いているので、物語内の時間は一九三八年の晩夏であることがわかる。「帝室」によって管理された所蔵品を見ることが出来なかった「わたくし」は、以前から親交のある刺繡家・加福の家に赴き、そこで目を瞠る素晴らしい刺繡作品と出会うこととなる。それは後世に名を遺すこともなく生涯を閉じた種村寿女が、二年の歳月をかけて作成した作品であった。

3 しのぶもぢずり

上野の博物館に赴くために「わたくし」は、省線（現在のＪＲ）を鶯谷駅で降りて「徳川御霊屋の塀に沿うて樹木の鬱蒼と覆ひかぶさつてゐる径」を通っている。入館を断念し往路と同じ経路を引き返すのではなく、「東照宮をすぎて樹枝の小暗いまで繁りあつた径をおりて」池の端に出る道をとる。往復異なる経路ながらも共に徳川の霊廟や宮院など弔いと祈りの空間を選び、「徳川時代にはこの繡の多少によつて武家の格式の高下をはかるといふまでに用ひられた」とするオーソリティが付与された刺繡文化が息づいている徳川時代に時を戻すかのように歩みを進める。この経路を下った先の「わたくし」の眼に映るのは、「天寿国繡帳」中央にある浄土変相の図柄の一断面、阿弥陀浄土図の宝池を思わせるような風景であった。池の端に咲く大輪の蓮華の白と赤の花びら、その葉が豊かに重なる池上に浮かぶ水鳥がクローズアップされる。

見渡すかぎりの蓮であつた。葉と葉が重なりあふほどに混んでゐて繁茂してゐるといふにふさはしく、白と淡紅の大輪の花がみえかくれしてゐた。縁に近く、ちょうど蓮の葉でかこひされたぐあひの一坪ばかりの水の面《も》には、背に色彩りあざやかな紋のある水鳥が游いでゐた。うちつれて赤い小さな水搔きをうごかしながらその挾いかこひの中を円を描くやうなふうに游いでゆく。陽に煌めく水面にはささやかな波紋が立つて放射型のゆるい水線が尾をひいて行く。なんともいへず和んだ心地がして、わたくしは、しばらくそれに見とれてゐた。

「わたくし」はそのまま池の端数寄屋町にある刺繡家・加福の家に足を向ける。「痴女抄録」の主人公・種村寿女の刺繡の師匠・加福は「瘦せて小柄な体躯をいつも端然と持して、長い仕事中にもそれを崩すということがない」として「潔癖」な性格が語られ、技が鈍ってしまうために「お店《たな》もの」の依頼は受けない、芸術としての刺繡に誇りを抱く人物として描かれている。寿女は二八年間の生を終えようとする臨終の床で唯一人、加福に会いたがり、加福も寿女の才能を認め彼女の遺した刺繡作品に執着する。六〇歳を過ぎても独身を守り、「繡の名家」として「旋毛曲り」と周囲から見なされる妥協を許さない彼の技量を、「わたくし」は父から教えを受けて認識していた。

加福の刺繡作品は、「同系統を用ひた色糸の単調の美、ぶざまとみえてゐた面の置き方の妙」から構成される「不完全の調和」をもって「刺繡の道」に新たな道筋をつけた繡家として名だたる作品である。加福自身による刺繡解説によれば、写実を象徴に高めたところに至上のものが生まれ、その象徴も極致に達すると「気韻微妙な文様としての和」を見せ、その極致の作品が「天寿国繡帳」だというのである。そして、彼は「繡は絵とちがつて、一本一本の糸が微妙繊細な立体感をもつて、これが緻密に綾なすところに妙味がある」と主張する。後世に名を残している絵師と繡者として無名のまま作品だけを残した采女たちの対比は前述したが、元をただせば「天寿国繡帳」は絵ではなく刺繡作品であり、その一本一本の糸を布に巧みな技術で刺して目も鮮やかな作品を生み出した繡者が本来の作者なのではないだろうか。

「わたくし」は加福宅で寿女が亡くなったことを聞く。加福の机上には般若心経の写経が置かれ、その濡れた筆先に「わたくし」は加福の心の内を読み取っている。加福の「哀感」は、加福は寿女の話を聞きに来た「わたくし」に対面した際の照り付けられている庭に水を打った以下の場面に表現されている。

　庭というても四坪たらず、紅葉の木に桃葉珊瑚《あをき》が二本、手水鉢の水落ちのきはにも手入れの届いた葉蘭のひとむらがあつて、水に打たれ染め上げたばかりの緑の色艶は眼にしみるやう、したたり落ちる雫のはずみをうけて葉が微かに揺れてゐる。師匠は、軒のしのぶを取りはずして其処にしやがむで、わづか残つたバケツの水で丹念に葉を洗ひ、葉のへりが黄色く闌《すが》れたやうになつてゐる分を眼鏡を寄せて検べ見ながら、指さきで丁寧に撮みとつてゐられる。

軒の「しのぶ」を取り外す場面は、百人一首にもある河原左大臣の歌「陸奥《みちのく》の　しのぶもぢずり　誰《たれ》ゆゑに　乱れそめにし　われならなくに」（『古今集』恋四・七二四）を想起させる。秘めた恋歌にうたわれている「もぢずり」は推古時代以降からあり、明石は「信夫すりを詠むだ平安朝中期以降の歌は可なり多く、いずれも恋歌である」と指摘している。[9] つまり、彼が忍草を干す場面を「わたくし」が見ることによって、今は亡き寿女に対しての加福のしのぶ想いが読者に無言のうちに伝えられるのである。この象徴的で抑制のきいた表現方法は、のちの「茶粥の記」でさらに高められる。

4　寿女にとっての刺繍

本作の主人公・種村寿女は十四歳の時に佝僂病を発症した痀女である。寿女が十七歳の時に父が没し、後添えだった寿女の母親は先妻の息子夫婦に気兼ねをして、母娘は家を出て数寄屋町で荒物屋の商売を始めた。寿女のもつ独特のユーモアや、能弁でありながらも自己主張せずに一歩退いて控える遠慮深さは、身体から来る引け目のみならず寿女の母の種村家での低い地位意識からくる習性が多分に影響したと思われる。寿女の母親は、寿女を不具の子として特別扱いせず、寿女の髪の良いのを自慢にして正月には髪を結わせて連れ立って街通りを歩いた。そのせいか瘤をもつ背中を寿女が悲観している直接的な様子はない。だが、寿女は自分の身体が他人からどのように見られるのかを常に意識している。殊に寿女が好意や憧れを寄せる連之助や龍子に対しては、その盛り上がった背中を見せまいと後姿を向けることを極力避けているのだ。また、寿女の体への忌避感は自身にも向けられ、壁に映った自分の影に驚き、怯えて母親にしがみつくこともあった。観念の中では寿女の身体は自由に羽ばたくが、その不自由な体が実体として迫ってくると寿女はただ翼を閉じて陰の存在として下働きに徹するのである。寿女の身体は想念と実体がかけ離れたものだった。その身体と想念の隔たりは、やがて刺すという身体行為による表出と縫い糸を通して形作られていく刺繍作品に融合されていくことになる。

寿女は加福同門の葛岡連之助に想いを寄せていた。自らの心に秘められた激しく熱いものを、刺繍を通して対等にぶつけられる存在が連之助であった。だが、連之助にとっての刺繍は生活の糧となるもので、それ以上でも以下でもなかった。彼の選んだ婚姻者も刺繍で生計を立てるに有利な女性を選んでいる。語り手の「わたくし」は加福の眼を借りて、ときに商機に敏感な連之助を批判的な眼差しで映し出すが、模倣に長けた連之助の刺繍の手筋は、自らの心奥に描き出したい独自の想念があるわけではなく、芸術へと昇華させていくべく動機も見当たらない。寿女にとっては良き好敵手ではあったが、芸術としての技を競い合う相手ではなかった。ゆえに寿女は「挑みかゝりたい」「打ち負かしてやりたい気持ち」に駆られたのであろう。結婚を意識する年齢の同門の異性ということから、刺繍の技術に秀でていた連之助に向ける心情を寿女が恋と捉えたとしても不思議ではない。一方で、寿女の口にした冗談を真に受けて寿女に求婚した銀三は、辛抱強く加福のもとで修業するも不器用で上達が遅い。刺繍を通して相聞を交わす相手としては劣る。銀三は寿女に優しく遇してはくれたが、寿女の刺繍に向ける心をぶつける存在には到底なり得なかった。寿女にとっては常に意識に上がっている身体への忌避感を忘れて、無の境地に達することを可能とするのが刺繍をしている時なのであり、彼女の生の中核は刺繍にのみ存するのであった。

寿女は夢中になって糸と針で布に自らの想念を表現していくうちに、指先からほとばしり出る「激しいもの」が立ち表れるときがある。

寿女が加福の師匠の許へ通ひだしてから、三年あまり過ぎてゐた。今では師匠も目をはなして、その技に任せてゐる。寿女は念を凝らしてかかり詰めた。針にのつた静かな心が、枠に対ふと自然に滑り出す。出しぬけに、激しいものがこの針を衝き進め、寿女はまごつく時がある。烈しいものを綯ひ混ぜに針がすすんで、こんなとき、よく、師匠に窘められた。

刺繍に向ける烈しい情念が自分の中に芽生えながらも、彼女はその正体を自分のものとして受け止めることがまだできなかった。師匠の加福もこの時点では理解できていなかったために、銀三からの縁談を取り次ぐ。「あなたが真に倖せに生きる道をどこに求めたらいいか、わたしも考へてみたが…まだ、いまは銀三の心をお伝へする役目しかつとまりません」と加福から銀三との縁談を持ちかけられた時、寿女は無言のまま勝手口に走り去り、暗い路地にしゃがみ込んでむせび泣くが、この涙には形にならない〈想い〉が伺える。刺繍の技を競い合う相手として足もとにも及ばない銀三との〈結婚〉などで、彼女の情念が受け止められるはずもない。家庭に入り、趣味の手芸、もしくは生計の足しの手内職として刺していく方向性を師匠の加福によって示唆されたことは、寿女をどれほど傷つけたか計り知れない。寿女は銀三との縁談を断り、加福の門を出た理由は、こういった心境によるものであろう。以降、しばらく寿女は刺繍を手にしなくなる。

その封印を解いたのは、「呆やり」した時間だった。寿女は母亡き後に尾久の実家に引き取られる。子守や家事手伝いに終始し、刺繍を手にすることもなくなっていた寿女であるが、それでも彼女の心の中には求めるべきものが育まれていたようだ。それが自覚される契機となったのが、家の裏手にある空き地で子守りをしながら垣間見た風景だった。尾久の家では裏手が染料工場となっていて、路地の向こうには溝がある。その一帯には瀬戸物のかけらや炭俵のぼろが捨ててあり、快晴が続いてもその空地は乾くことがなく、「黒い土がグシヨグシヨ」して見える場所であった。そこに時折り、伸子《しんし》張りをする職人が現れる。寿女は、伸子《しんし》をはめこんで行く器用な「面白いくらゐ速い」手つきを見て、「土にめりこんだ瀬戸物の真つ白いかけら」や、溝の際に生える痩せた草の赤い米粒ほどの花や、ごみ芥が捨てられている溝の濁水に映る青空を視る。

生活片の芥類が人々によって粗雑に捨てられたじめじめとして乾くことのない黒い泥土の路地裏でも、人間の巧みな手わざによって布が張られ美しく再生されていく。貧し気な草でも健気に小さな赤い花をつけ次に命をつなげる。溝に溜まった汚水にも光り輝く空が映し出される。名もなき庶民が送る一見雑多に見える日常生活の時空間においても、眼を瞠る技術があり、美しく輝く自然の営みがあるのだ。寿女は「呆やり」した時間をもつことによって、その姿に気が付いた。そうした時間を重ねることで自らの心奥からほとばしり出る何か、換言すれば自分を支える世界を、ようやく「まごつく」ことなく静かに受け止められるようになり、それが刺繍に向けて放たれることとなる。

5　蘭と山茶の相聞歌

尾久での家事手伝いの後、寿女は乳姉妹（母親同士が従姉妹）であるソプラノ歌手の奥村龍子に家事手伝いとして招き入れられ、芸術家の生活空間に身を置くこととなった。寿女は龍子が新聞記事にも載るほどの有名人で美しく才能があることを誇りに思っていたが、「わたくし」は龍子に好感を寄せてはいない。金貸し業を副業とし蓄財に長けた側面も持つことや、人の顔色をうかがいながら発言するところなどに「わたくし」は負の感情を抱き、龍子のレコードを通して聴いた彼女の歌に対する感想も「憶えていない」と冷たくいう。父親から芸術の鑑識眼の薫陶を受ける環境にあった「わたくし」と、芸術的環境には恵まれなかった寿女との批評眼の差もあろうが、それだけでなく寿女は一貫して他者に対して厳しい眼を向けることがない。

龍子は、寿女が刺繍技術を体得していることを知り、しばしば生活品に刺繍をさせた。寿女は、前述した尾久での「呆やり」した時間、音楽という芸術に触れる環境、憧れの人からの依頼の三拍子がそろい、本格的に刺繍作品に向かうことになり、声をかけられても気づかぬほど刺繍に熱中するようになった。その結果生み出された作品が、やがて彼女の魂魄を表すこととなる。

加福は急死した寿女の通夜の帰りに龍子の家に寄り、寿女の遺した「白ひといろの蘭花」の刺繍作品を見る。加福は「あっ！」と声を漏らし、長い間見入り、白い蘭刺繍についている埃を指の腹でそっとはらい、長いこと黙した後に龍子に作品の譲渡を請う。蘭はかつて加福が連之助、銀三、寿女の三人に競わせた刺繍の課題である「四君子」の蘭、竹、菊、梅のうちの一つである。寿女はその競争で一位に輝いた。その矜持を胸に秘めて蘭を刺したに違いない。また、加福の白蘭の刺繍についた埃を指で払う場面は、寿女が連之助の外出から戻った下駄の埃をそっと払う場面と呼応し、本作においては恋する相手に向ける所作を意味する。寿女が連之助に刺繍を通して恋をしていたが、そういう意味での恋であれば加福は寿女に恋情を抱いていたといえる。寿女の刺した白一色の蘭は、「写実を象徴に高めた」至上のもので、寿女にとって刺繍は加福と同様に生の中核にあるものと加福は気づいたのだ。「天寿国繍帳」は極彩色の刺繍糸を用いて、当時の最上位の貴人であった聖徳太子が天寿国にいる様相を描いたものであった。寿女の刺したものは白一色であり、しかも人の足を包み地に直接付くスリッパに刺されたものである。極彩色と白一色、天と地、この対照性は刺繍がもつ権力を相対化させ、その示威をゆるがせ無効化させる意味を持っている。寿女は庶民の生活の中に輝きを見出して、再び針を持つことになったことは前述した。塵芥が集積されたかのような苦悩の連続として感じられる日々の中でも、一瞬の輝きをもつことを識り、寿女にとってその輝きが刺繍している時であると気づいた寿女にはある覚悟が生まれた。身体の障害ゆえに常に自分を低め、臨終の際には「自分が死んだら直ぐ火葬《やい》て呉れ、誰れにも知らせないで、直ぐ火葬《やい》て呉れ」と遺言し施療院で亡くなった寿女の断固とした覚悟の上に成り立っていた生は、寿女の遺作・若鷹の刺繍作品が表わしているように若々しく力強く、気韻あるものであった。

「わたくし」はその遺作を見て、「作者の魂の烈しい息づかひがここに織り込まれてゐる。この鷹は、その作者の魂をうけて生きてゐる。図模様の裡に生きている」と感動をもって寿女の刺繍作品を描出する。

> それは横一尺に縦二尺ばかりの、絲錦の地に木居《こゐ》の若鷹を刺繍したもので、あしらつた紐のいろは鮮やかな緋色であつた。若鷹は茶褐色の斑《ふ》に富み、顎から胸にかけての柔毛《にこげ》は如何にも稚を含んでゐて好もしいが、その眼、嘴、脚爪の鋭さが何ともいへず胸を衝く。わたくしは寸時眼を逸らしてゐたが、また、視入つた。
> この若鷹は斑《ふ》の彩色、誇張してゐるとさへみえる形の一種のそぐわなさからも、実際鷹狩につかふ鷹とは凡そかけはなれてゐる。（略）この美しい図模様としての鷹は、生きて、鋭い眼で観る者を射る。いまにも羽搏き飛ぶかと見える気韻をはらんでゐる。

寿女の中にある若鷹に込められた生の躍動は、彼女が果たせなかったもう一つの自己像といえる。その出来映えは、業界では「賞めない人」で通り、「独りの清貧を守り」「潔癖さ」「厳しさ」を持つ眼識を備える加福が、最高級の黒檀の額に入れて飾ることで至上の作品であることが示されている。

寿女の百日法要の日、加福の刺繍作品「山茶図」が華族所蔵品の売り立てに出され、高値が付いて落札され、作品が掲載された図録も高値がつき品切れとなった。だが、不思議なことに、この「山茶図」についての描写は全くなされない。作品自体の流れから言えば、寿女の遺作である若鷹の刺繍作品は「垂れ下がつた緋の房の先」に針をつけたまま完成の糸を結ばずに寿女は命を終えてしまったが、その「鮮やかな緋色」を用いた赤い椿の花を刺した「山茶図」であるのか、それとも白い蘭と呼応する白い花の山茶なのか、色彩のみならず構図や肝心の糸の運びも一切描写されない。語り手の「わたくし」はその作品を実際に目にすることなく、売却値段しか知らされないからである。本作の冒頭に目を戻せば、飛鳥時代の「天寿国繡帳」も実際には「わたくし」は見ていない。「わたくし」が実際に見たのは寿女の若鷹の刺繍作品なのである。加福は繡家として名を残すが、その力量は金銭でしかはかられない。一方で種村寿女が魂魄を込めて作成した、今にも羽ばたき飛び立とうとする気韻を孕んだ若鷹の刺繡作品は、金銭という目に見える現世の価値に換算されることなく、加福や「わたくし」など見るものの心の中に静かにとどまり続ける。

6 結びにかえて

矢田津世子は、本作発表の三年前に「神楽坂」が芥川賞候補に挙げられ、菊池寛や川端康成、室生犀星などからも高い評価を受けていた。(10) にもかかわらず矢田の作品研究は坂口安吾の想い人としての側面が強調され、長い間不当なものであったといえる。矢田の得意とした文学世界は、前述した〈妾もの〉にみられる財力を持つ男性に翻弄される経済力を持たない弱き立場の女性の姿を心理の綾を巧みに表現したものである。[11]妾は川村湊が指摘するように、近代的な貨幣経済社会の成立を前提とした金銭の雇用関係ともいえる。[12]近代化をはかる資本主義においての根幹は人より抜きん出ることが価値を生み出すわけだが、「痴女抄録」の寿女は人を押しのけて前に立とうとする姿勢を徹底して排除している。矢田の親友であった大谷藤子は、矢田作品の魅力を歯痒く思うほど周囲との調和を崩さないところだとして、「こんな調和こそ、今の私たちにとつては共感のもてる悲劇だといふきがします。もしも、それを物足らないといふ人があるならば、かうしたところにこそ本当の悲劇があるのだといふことに気づかないのだと思ひます。何もかも叩きこわしてしまへば、表面では恐ろしい出来事のやうに見えませうけれど、叩きこわさずに生きて行くことの方に苦しさが少ないとは言はれません」と矢田津世子の文学世界の神髄を衝いた発言をしている。[13]

本論の冒頭で触れたように矢田津世子の一九三九年発表の満州を組み込んだ長編小説も「痴女抄録」も、苦しいなかで我先にと歩みを進めるのではなく「調和」が根本にある。他者を顧みずに国家伸長を進めていく時局において、その逆を行くかのように調和を崩さない生き方を貫く女性主人公たちは、歴史に名は残さないが、彼女たちは日常の中で自己と闘い、苦しみの中を歩く。矢田津世子の文学世界は、その苦難の道を歩く者だけが見える真実と深さが見られるものなのである。

注

（1）岩見照代は本作を「神楽坂」の世界と似通っていると指摘している（矢田津世子『巣燕』ゆまに書房、一九九九年十二月、巻末解説）。

（2）「茶粥の記」を高く評価した論文に渡邊澄子「矢田津世子の世界」（『大東文化大学紀要　人文科学』二〇〇三年三月）がある。

（3）川端康成から矢田津世子宛ての書簡、一九四〇年七月二六日付。紅野敏郎編『矢田津世子宛書簡』（朝日書林、一九九六年一月）二七五頁所収。
（4）近藤富枝『花蔭の人　矢田津世子の生涯』（講談社文庫、一九八四年十二月）一七九頁。
（5）「天寿国繍帳」については、『聖徳太子への鎮魂　天寿国繍帳残照』（グラフ社、一九八七年）、澤田むつ代『上代裂集成』（二〇〇一年四月、中央公論美術出版）など参照。
（6）明石染人『染織文様史の研究』（復刻版・思文閣出版、一九七七年十月）二八頁。
（7）大橋一章・谷口雅一『隠された聖徳太子の世界　復元・幻の天寿国』（ＮＨＫ出版、二〇〇二年二月）所収の大橋の発言、四二頁および谷口の論考、六五頁～六六頁。
（8）「刺繍は、権力者とそれにつながる人たちしか、使うことはできない。庶民とはまったく関係のないもので、この上ない贅沢品なんです。中国でもそうで、それがいわゆる仏教美術の中にも応用され使われる。それが朝鮮半島を経由して日本に入ってきた。天寿国繍帳の美術史的な意識はそういうものですね。」注5同書、大橋の発言、四一頁。
（9）東京国立博物館公式ＨＰによる。
（10）明石染人同書、「信夫もぢずり考」四二二頁～四三〇頁。
（11）渡邊澄子（注（2）同書）は、矢田津世子研究は「坂口安吾研究に囲い込まれているものばかり」と坂口安吾の恋人を起点とした論考が多く、矢田自身の作品世界が正当に評価されていないことを指摘している。
（12）拙論「矢田津世子　女性たちの力」（『国文学解釈と鑑賞』別冊、一九九九年九月）。
（13）矢田津世子『神楽坂　茶粥の記』（講談社文芸文庫、二〇〇二年四月）所収、川村湊巻末解説。二六六頁。
（14）大谷藤子「矢田津世子氏に」（『文藝通信』一九三六年十一月）。

〈付記〉本文引用は、『矢田津世子全集』（小澤書店、一九八九年五月）によった。

研究ノート

昭和前期の女性文芸雑誌

永井　里佳

関東大震災によって廃刊となった『種蒔く人』を引き継ぐ形でプロレタリア文学運動再建を目指して創刊された『文芸戦線』（一九二四年～一九三二年、三一年に『文戦』と改題）をはじめとして、第二次『解放』（一九二五年～一九三三年）が、さらにその後昭和初期にかけての運動全盛期には、『プロレタリア芸術』（一九二七年～一九二八年）、『戦旗』（一九二八年～一九三一年）、『ナップ』（一九三〇年～一九三一年）、『婦人戦線』（一九三〇年～一九三一年）、『プロレタリア文学』（一九三二年～一九三三年）、『働く婦人』（一九三二年～一九三三年）、『人民文庫』（一九三六年～一九三八年）が相次いで創刊された。平林たい子、林芙美子、中条（宮本）百合子、窪川いね子（佐多稲子）、住井すゑ、松田解子他が執筆しているが、これらの雑誌は弾圧によって短命に終わっている。

昭和前期（昭和改元から敗戦時まで）の女性文芸雑誌は、『女人芸術』（一九二八年七月～一九三二年六月、女人芸術社）の創刊がまず注目される。女性による女性の為の自由な発言の場として『青鞜』の後継といえる同誌は、長谷川時雨の夫で、円本ブームに乗った流行作家三上於菟吉の出資により時雨が主宰し、ここに集った女性達によって編集された。創刊号には、山川菊栄、望月百合子、神近市子の評論を巻頭に、深尾須磨子、柳原燁子（白蓮）、若山喜志子その他の詩歌や随筆が掲載され、大衆的家庭雑誌とは一線を画した社会性と芸術性がみられる。翌年六月号の「女人芸術一年間批判」座談会では、企画に商業主義傾向がみられることへの批判や、今後の思想的方向性についての論議がなされたが、最終的には「オール女性」の場であることに意見の一致をみている。

『女人芸術』は、劇作家として知られていた時雨をはじめとして、岡田八千代、岡本かの子、今井邦子、ささきふさ、片山広子（松村みね子）、与謝野晶子など既に活躍していた文学者が諸ジャンルにわたって寄稿しているが、林芙美子、上田（円地）文子、矢田津世子、中本たか子、大田洋子、窪川いね子、松田解子、尾崎翠その他の新進作家を世に送り出す役割を果たした。評論では、前述の山川、望月、神近ほか、中条百合子、平林たい子、八木秋子、初期には高群逸枝も執筆している。

だが一九三〇年頃からは無産階級の様々な「実話」の採用や、ソビエト滞在中の湯浅芳子と百合子の寄稿によるソビエト関連記事の割合が増加し、百合子帰国後は、プロレタリア文学運動の高潮を反映して、誌面は急速に左傾していった。そのため発禁処分を重ねて受けたことと、資金問題に時雨の体調不良が重なって終刊するに至った。

一九三三年一月、誌友の求めに応じて「輝く会」を発足させた時雨は、『女人芸術』終刊から九ヶ月後、機関誌として小冊子『輝ク』（一九三三年四月～一九四一年一一月、輝く会）を創刊した。当初の誌面は小品、詩歌、評論、随筆、座談会、講演録、消息欄等で構成されていて、ピクニックや観劇、忘年会を楽しむ同好会的な色合いが強いが、「職業婦人グループ」による「婦人職業調査」（三七年）等の実践活動の記録なども掲載されていて興味深い。

だが日中戦争勃発後は誌面が一変する。一九三七年八月号巻頭の、矢田津世子の「千人針」には、千人針を頼み歩くお婆さんの姿に涙ぐみ、「兵隊さん」を「死なせたくない」と強く願う反戦感情がみられるが、以後時雨は時局に随伴し、同年一〇月号を「皇軍慰問号」とした。この号の巻頭に置かれた岡本かの子の「わが将士を想ふ言葉」は、殆ど陶酔しているかのような戦争謳歌であり、その過度な修辞に窪川いね子や中条百合子からは苦言が呈されたが、時雨は戦争指嗾へと急速に進み、傷病兵や出征兵士の家族及び遺児への慰問、前線の兵士に送る慰問袋や慰問文集献納の他、戦地への会員派遣などを軍部と一体となって行うようになった。一九四〇年一一月には大政翼賛会文化部として設立された日本文芸中央会の一組織として「日本女流文学者会」を結成するなど、戦争の一翼を担うべく「輝ク部隊」員を鼓舞している。翌四一年一月には海軍の依嘱による輝ク部隊南支慰問団を編成して、自身も強行軍のこの慰問に参加している。その無理からか、帰国後時雨は弱りがちとなり、最後まで慰問袋献納に心を残しながら、同年八月にこの世を去った。時雨追悼号となった一〇〇号（九月）、一〇一号（一一月）で『輝ク』は終焉した。

『火の鳥』（一九二八年一〇月～一九三三年一〇月）は『女人芸術』に三ヶ月遅れて、渡辺千春伯爵の妻竹島きみ子（本名渡辺とめ子）主宰の文芸雑誌として発刊された。きみ子の『心の花』時代の同人が中心となって、詩、小説、戯曲、翻訳など、幅広い女性文学の発表の場となったが、『女人芸術』に比べて社会性に乏しくサロン的で、「高踏的」と評された。『女人芸術』終刊後は、同誌を拠り所としていた左翼的作家達の執筆が急増し、三度の発禁処分をうけたことも原因となって廃刊に至った。ここには五島美代子、村岡花子、辻村もと子、小山いと子、中里恒子、矢田津世子、大谷藤子、窪川いね子、板垣直子その他が執筆していて、当時の女性文学者相を知ることができる。

『婦人文芸』（一九三四年六月〜一九三七年八月、新知社）は、神近市子主宰の「婦人の為の婦人自身の手による」雑誌である。創刊号後記に「『女人芸術』も『火の鳥』もない」世界は「寂しい」とあり、紙面を解放し、女性に開かれた場の創設を目的としている。三五年一〇月からは「社会文芸総合雑誌」として、国際的な視点も加わったが、戦局の波にのまれて短命に終わった。松田解子、横田文子、平林英子、矢田津世子、大田洋子、永瀬清子など多くの女性作家が執筆している。

時期は遡るが、『青鞜』を源流とする女性解放思想の影響の下で創刊された『婦人公論』（一九一六年一月〜一九四四年四月休刊、中央公論社）は、知識階層の女性を対象とし、女性の自立や解放を掲げていたが、次第に恋愛、結婚、家庭の問題を取り上げる大衆性を持つようになった。山川菊栄と高群逸枝の母性保護をめぐる恋愛論争（二八年）は注目を集めた。自由主義的な編集によって多くの読者を得たが、国の雑誌整備によって休刊を強いられた。平塚らいてう、奥むめお、三宅やす子、市川房枝、窪川いね子その他が活躍している。

『女性』（一九二二年四月〜一九二八年五月、プラトン社）は、「『婦人公論』ふう」な女性の活躍の場を目指して創刊され、当初は「婦人問題の種々相」等の評論も載り、大正デモクラシーの余波がみられたが、昭和に入ると当時注目された「モダン・ガール」をテーマにしたものが目立つようになった。吉屋信子や望月百合子、原阿佐緒らが断髪について語る「断髪物語」は興味深いが、女性は「家庭の範囲」に止まるべきとの家制度下の価値観による批判もあって、次第に料理や美容法、名家令嬢グラビア等も掲載する家庭雑誌風になり、昭和期の刊行は長く続かなかった。

『女性時代』（一九三〇年一一月〜一九四四年三月、女性時代社）は、河井酔茗、島本久恵夫妻によって編集された雑誌で、三六年年八月号からは「河井酔茗主宰」とされている。因みに酔茗は、女性に広く門戸を開いた『女子文壇』（一九〇五年一月〜一九一三年八月）の編集主任として、女性文芸の振興や作家育成に多大な功績を残した人物であり、島本久恵も『女子文壇』から巣立った一人であった。『女性時代』の誌面は小説、詩歌、童謡、評論等で構成され、酔茗や室生犀星などが投稿作品の選者となった。

相馬黒光の『黙移』をはじめ、詩集や童謡集も刊行している。日中戦争後は戦争協力の傾向が目立つようになったが、戦争末期の雑誌整備によって廃刊となった。

日中戦争の泥沼化に伴い、一九三八年には「婦人雑誌ニ対スル取締方針」が出され、用紙供給も削減された。さらに統制団体として日本出版文化協会が設立されて、厳しい用紙割り当て制度が始まり、一九四一年には雑誌の統廃合が行われた。

一五年戦争下に創刊された『女子文苑』（一九三四年～一九四一年、女子文苑編輯部）には、小品、童話、詩歌、俳句等が掲載され、皇軍兵士を詠んだ歌や、「紀元二千六百年奉祝歌集」など時局に添うものもあるが、概ね戦時下の身辺雑記が中心である。窪川いね子や宮本百合子の精一杯の抵抗をこめた文章もみられるが、統廃合によって姿を消した。

敗戦前年に創刊された『芸苑』（一九四四年八月～一九四五年一月休刊、巌松堂書店）は、詩歌、随筆中心の『むらさき』（紫式部学会出版部）を主体とする六種の短歌雑誌が統合されたもので、創刊号には「戦時下の皇国女性」の雑誌とあるが、戦災によって休刊を余儀なくされた。

このような言論の自由の抑圧下に「若き純情」の「教養の伴侶」を目指して創刊され、戦後まで続いた文芸雑誌に『新女苑』（一九三七年一月～一九五九年七月、実業之日本社）がある。充実した文芸欄のほか、実用記事や人生論などもみられる。矢田津世子、中里恒子、山川菊栄、長谷川時雨、岡本かの子、吉屋信子、窪川いね子、円地文子、宮本百合子、宇野千代、佐藤（田村）俊子などが執筆している。一九四〇年代に入ると時局の進展に伴い、軍関係者に迎合の姿勢を示しながら、並行して文芸や教養記事を載せている。

文芸雑誌とは性格を異にするが、大衆性を持ち、婦人雑誌や家庭雑誌といわれる『婦人世界』、『婦人之友』、『婦女界』、『主婦之友』、『婦人倶楽部』等には、家庭小説をはじめ、多くの小説や女性問題に関する評論も掲載された。グラフィック誌の草分けである『婦人画報』は一九四四年五月、雑誌整備により『戦時女性』と改題した。『主婦之友』と『婦人倶楽部』は一九四一年まで付録が付けられ特権的立場にあったが、一九四五年八月号まで休刊なく発行できたのは、当局の意向に密着し続けた『主婦之友』一誌のみだった。『主婦之友』特派員として吉屋信子が果たした戦争先導者としての役割は特筆される。

概観すれば昭和前期の女性雑誌の命運は、戦争により翻弄されたといえるだろう。この時期の女性雑誌には、戦争と言論の問題が集約されあらわれている。

昭和前期女性文学論　年表

〈作成〉設楽　舞

＊「」は単行本、『』は雑誌、○数字は月を示す

年	女性文学	男性文学	社会動向・文学事象他
1926 （大正15・昭和元）	奔流（三宅やす子、東京・大阪朝日新聞①～） 光子（網野菊、中央公論②） 冷たい笑（平林たい子、文藝戰線③） 「恋愛創生」（高群逸枝、万生閣④） 「窓」（小金井喜美子、竹柏会⑤） 「現代戯曲全集　第18巻」（長谷川時雨、国民図書⑤） ある対位（ささきふさ、不同調⑥） 大石良雄（野上彌生子、中央公論⑨） 雨後（中條（宮本）百合子、改造⑨） 「山梔」（野溝七生子、春秋社⑨） 「女性の言葉」（平塚らいてう、教文社⑨） 病児（鷹野つぎ、文章倶楽部⑩） 婦人労働者と労働組合（山川菊榮、改造⑩） 「秋草」（阿部静枝、ポトナム社⑩）	セメント樽の中の手紙（葉山嘉樹、文藝戰線①） 「輪廻」（森田草平、新潮社①） 伊豆の踊子（川端康成、文藝時代①～） 安土の春（正宗白鳥、中央公論②） 「解放の芸術」（青野季吉、解放社④） 現代文学の十大欠陥（青野季吉、女性⑤） 苦力頭の表情（里村欣三、文藝戰線⑥） 「天の魚」（佐々木茂策、文藝春秋社⑦） 春は馬車に乗って（横光利一、女性⑧） 元の枝へ（徳田秋声、改造⑨） 嵐（島崎藤村、改造⑨） 自然生長と目的意識（青野季吉、文藝戰線⑨） 「海に生くる人々」（葉山嘉樹、改造社⑩） 豚群（黒島傳治、文藝戰線⑪） 「退屈読本」（佐藤春夫、新潮社⑪）	文芸家協会設立、菊池寛が初代会長① 京都学連事件（治安維持法初適用）① 白井喬二ら二十一日会が『大衆文芸』を創刊① 東京・共同印刷で大規模労働争議起こる① 第一次若槻禮次郎内閣成立① 全国連合女子教育大会が開催② 女性運動家エレン・ケイが逝去④ 中野重治ら『驢馬』創刊④ 朴烈事件の金子文子、獄中死⑦ 日本放送協会（ＮＨＫ）設立⑧ 杉野芳子がドレスメーカー女学院設立⑪ 大正天皇崩御、昭和と改元⑫ 日本農民党⑩、社会民衆党⑫、日本労農党⑫など無産政党が結成 改造社が『現代日本文学全集』（頒布1円）刊行し、円本ブーム始まる⑫
	「無憂華」（九條武子、実業之日本社②） 「龍女の眸」（森三千代、紅玉堂書店③） 投げすてよ！（平林たい子、解放③） 「愛しき歌人の群」（杉浦翠子、福永書店③） 「空の彼方へ」（吉屋信子、主婦之友④～昭3④）	玄鶴山房（芥川龍之介、中央公論①～） 自然生長と目的意識再論（青野季吉、文藝戰線①） 何が彼女をさうさせたか（藤森成吉、改造①～） 「転換期の文學」（青野季吉、春秋社②） 饒舌録（谷崎潤一郎、改造②～）	蔵相の失言から金融恐慌が起こる③ 南京事件発生、蒋介石が国民政府樹立④ 田中義一内閣成立④ 花柳病予防法公布、性病診療所設置④ 大日本女子青年団創立④ 大審院が夫の婚外交渉を違反と判決⑤ 第一次山東出兵⑤

1927（昭和2）

喪章を売る生活（平林たい子、大阪朝日新聞⑤）後に「残品」、「嘲る」と改題
「鱶沈む」（森三千代・金子光晴、有明社出版部⑤）
施療室にて（平林たい子、文藝戰線⑨）
入学試験お伴の記（野上彌生子、東京朝日新聞⑨〜）
「潮みどり歌集」（潮みどり、ぬはり社⑪）
一本の花（中條百合子、改造⑫）
「深淵」（中原綾子、交蘭社⑫）

河童（芥川龍之介、改造③）
文芸的な、餘りに文芸的な（芥川龍之介、改造④〜）
「山科の記憶」（志賀直哉、改造社⑤）
「無限抱擁」（瀧井孝作、改造社⑨）
橇（黒島傳治、文藝戰線⑨）
或阿呆の一生（芥川龍之介、改造⑩）
歯車（芥川龍之介、文藝春秋⑩）
邦子（志賀直哉、文藝春秋⑩〜）

東洋モスリン亀戸工場争議⑤
立憲民政党創立、東方会議が開催⑥
日本プロレタリア芸術連盟が分裂、労農芸術家連盟創立⑥
検問制度改正期成同盟結成⑦
芥川龍之介が自殺⑦
千葉・野田醤油で長期に渡る労働争議⑨
労農芸術家連盟が分裂、前衛芸術家同盟創立⑪
『主婦之友』に荻野久作の受胎調節法が紹介（後のオギノ式受胎法）⑫

1928（昭和3）

キャラメル工場から（窪川稲子（佐多稲子）、プロレタリア藝術②）
夜風（平林たい子、文藝戰線③）
「伸子」（中條百合子、改造社③）
散華抄（岡本かの子、読売新聞③〜）
「朝の呼吸」（杉浦翠子、福永書店⑤）
荷車（平林たい子、新潮⑥）
フエミニズムの検討（山川菊榮、女人藝術⑦）
黍畑（林芙美子、女人藝術⑧）
モスクワ印象記（中條百合子、改造⑧）
眞知子（野上彌生子、改造⑧〜）
毆る（平林たい子、改造⑩）
秋が来たんだ——放浪記（林芙美子、女人藝術⑩〜）
晩春騒夜（上田（円地）文子、女人藝術⑩）
赤い貨車（中條百合子、改造⑪）

業苦（嘉村礒多、不同調①）
新感覚派とコンミニズム（横光利一、新潮①）
渦巻ける烏の群（黒島傳治、改造②）
卍（谷崎潤一郎、改造③〜）
左傾について（片岡鐵兵、文藝春秋⑤）
冬の蠅（梶井基次郎、創作月刊⑤）
プロレタリヤ・レアリズムへの道（藏原惟人、戦旗⑤）
誰だ？花園を荒す者は！（中村武羅夫、新潮⑥）
崖の下（嘉村礒多、不同調⑦）
波（山本有三、東京・大阪朝日新聞⑦〜）
春さきの風（中野重治、戦旗⑧）
一九二八年三月十五日（小林多喜二、戦旗⑪〜）
風呂と銀行（横光利一、改造⑪〜）、後に「上海」第一編となる

初の普通選挙実施、25歳男子に選挙権②
共産党員全国検挙（三・一五事件）③
日本左翼文芸家総連合が結成③
日本プロレタリア芸術連盟と前衛芸術家同盟が合同し、全日本無産者芸術連盟結成③
算術教科書にメートル法が採用④
奥むめおが婦人消費組合協会結成⑤
張作霖爆殺事件⑥
治安維持法改正、死刑・無期が追加⑥
長谷川時雨が『女人芸術』を復刊⑦
特別高等警察が全国に設置⑦
婦人矯風会が婦人雑誌の性愛記事の取り締まりを内務省に請願⑦
人見絹枝が陸上競技で銀メダル獲得、日本女性初のオリンピアンとなる⑧
イギリスで21歳以上の男女に選挙権を与える平等選挙権法が可決⑦
堺真柄が無産婦人連盟を結成⑨

匂ひ――嗜好帳の二三ペエヂ（尾崎翠、女人藝術⑪）

蓼喰ふ虫（谷崎潤一郎、東京日日新聞・大阪毎日新聞⑫～）

昭和天皇御真影が全国小中学校下賜⑩
竹島きみ子が『火の鳥』を創刊⑩

1929
（昭和4）

非幹部派の日記（平林たい子、新潮①）
「晶子詩篇全集」（与謝野晶子、実業之日本社①）
現代職業婦人論（山川菊榮、中央公論①）
煙草工女（窪川稻子、戦旗②）
赤（中本たか子、女人藝術①）
あの日の出来事（ささきふさ、女人藝術②）
鈴虫の雌（中本たか子、女人藝術③）
稲妻（宇野千代、中央公論③）
日本橋（長谷川時雨、女人藝術④～）
「燃ゆる頭」（生田花世、中西書房④）
「叛く」（竹内てるよ、銅鑼社⑤）
聖母のゐる黄昏（大田洋子、女人藝術⑥）
「蒼馬を見たり」（林芙美子、南宋書院⑥）
乳を売る（松田解子、女人藝術⑧）
アツプルパイの午後（尾崎翠、女人藝術⑧）
レストラン・洛陽（窪川稻子、文藝春秋⑨）
九州炭鉱街放浪記（林芙美子、改造⑩）
敷設列車（平林たい子、改造⑫）
罌粟はなぜ紅い（宇野千代、報知新聞⑫～）
「わが最終歌集」（岡本かの子、改造社⑫）

牛山ホテル（岸田國士、中央公論①）
写生といふこと（高浜虚子、ホトトギス①）
綾里村快挙録（片岡鐵兵、改造②）
不器用な天使（堀辰雄、文藝春秋②）
鉄の話（中野重治、戦旗③）
鉄（岩藤雪夫、文藝戦線③）
政治的価値と芸術的価値（平林初之輔、新潮③）
夜明け前（島崎藤村、中央公論④～）
蟹工船（小林多喜二、戦旗⑤～）
太陽のない街（徳永直、戦旗⑥～）
檻（武田麟太郎、十月⑥）
「敗北」の文學（宮本顕治、改造⑧）
蜘蛛男（江戸川乱歩、講談倶楽部⑧～）
様々なる意匠（小林秀雄、改造⑨）
不在地主（小林多喜二、中央公論⑪）
屋根の上のサワン（井伏鱒二、文學⑪）
浅草紅団（川端康成、東京・大阪朝日新聞⑫～）

全国婦人同盟・無産婦人同盟が合同、無産婦人同盟を結成①
日本プロレタリア作家同盟創立②
治安維持法改正緊急勅令、旧労働農民党の山本宣治が刺殺される③
小山内薫没後、築地小劇場が分裂③
小原國芳が全人教育の玉川学園を創設④
共産党員全国検挙（四・一六事件）④
中村武羅夫ら反マルキシズム系作家による十三人倶楽部が結成④
貧困母子扶助を規定した救護法公布④
文部省が全国高等女学校校長会議を招集、思想の善導を討議⑥
改正工場法施行により婦人および年少労働者の深夜業が禁止⑦
張作霖爆殺事件で内閣総辞職、浜口雄幸内閣成立⑦
文芸戦線婦人部発足⑧
ニューヨーク株式暴落から世界恐慌⑩
浜口内閣が金解禁による省令を公布⑪

「偉大なる戀」（コロンタイ、中島幸子譯、女人藝術①～）
嗤ひを投げ返す（矢田津世子、女人藝術③）
転形期（大谷藤子、女人藝術③）

失業都市東京（徳永直、中央公論②）
「日本プロレタリア文芸運動史」（山田清三郎、叢文閣②）
「ナップ」芸術家の新しい任務（佐藤耕一

高群逸枝が無産婦人芸術連盟結成し①、『婦人戦線』を創刊③
ロンドンにて海軍軍縮会議開催①
米・株・生糸大暴落、昭和恐慌発生③

1930（昭和5）	
正子とその職業（岡田禎子、改造③） 風呂場事件（松田解子、戰旗④） 婦人戰線に参加して（平塚らいてう、婦人戰線④） 映画漫想（尾崎翠、女人藝術④～） 大地にひらく（住井すゑ子、読売新聞④～） 「豹の部屋」（ささきふさ、新潮社⑤） 「牝鶏の視野」（深尾須磨子、改造社⑤） 「恐慌」（中本たか子、鹽川書房⑤） 「研究会挿話」（窪川稲子、研究社⑦） 「耕地」（平林たい子、改造社⑦） 文芸戦線脱退について（平林たい子、女人藝術⑧） 「燃ゆる花びら」（三宅やす子、新潮社⑨） 子供・子供・子供のモスクワ（中條百合子、改造⑩） 「筑摩野」（若山喜志子、改造社⑩） 「グレンデルの母親」（永瀬清子、歌人房⑪） 「続放浪記」（林芙美子、改造社⑪） 罠を跳び越える女（矢田津世子、文学時代⑫）	幹部女工の涙（窪川稲子、改造①） 女獣心理（野溝七生子、都新聞①～） 新しきシベリヤを横ぎる（中條百合子、女人藝術①～） 春浅譜（林芙美子、東京朝日新聞①～） 第七官界彷徨（尾崎翠、文学党員②～） アメリカの左翼文藝運動（石垣綾子、文戰④）
=藏原惟人、戰旗④ 「ゴー・ストップ」（貴司山治、中央公論社④） ブルジョア（芹沢光治良、改造④） 工場細胞（小林多喜二、改造④～） ドレフユス事件（大佛次郎、改造④～） 「夜ふけと梅の花」（井伏鱒二、新潮社④） ルウベンスの偽画（堀辰雄、作品⑤） 愛撫（梶井基次郎、詩・現実⑥） 蝸牛考（柳田国男、刀江書院⑦） 機械（横光利一、改造⑨） 黄金仮面（江戸川乱歩、キング⑨～） 聖家族（堀辰雄、改造⑪） 寝園（横光利一、東京日日・大阪毎日新聞⑪～） 東倶知安行（小林多喜二、改造⑫） 「主知的文學論」（阿部知二、厚生閣書店⑫）	水晶幻想（川端康成、改造①） 愛情の問題（片岡鉄兵、改造①） マルクスの悟達（小林秀雄、文藝春秋①） 吉野葛（谷崎潤一郎、中央公論①～） 「安城家の兄弟」（里見弴、中央公論社③） 時間（横光利一、中央公論④） オルグ（小林多喜二、改造⑤） 「檸檬」（梶井基次郎、武蔵野書院⑤）
大日本産児制限協会設置、大阪に優生児相談所開設③ 内村鑑三没、聖書研究会解散③ 全日本婦選大会開催④ 婦人公民権法案が衆院本会議で可決されるが、貴族院では審議未了⑤ 共産党シンパ事件で中野重治ら検挙⑤ ロンドン海軍軍縮条約に調印④ 新興芸術派倶楽部を結成④ 星野立子が『玉藻』を創刊⑥ 東京・大塚に女性独身者専用アパート建設⑥ 高等学校高等科修身教授要目制定⑥ 谷崎潤一郎が佐藤春夫に妻千代を譲渡、三者合意声明書を公表⑧ 長谷川かな女が『水明』を創刊⑨ 全日本無産者芸術団体協議会が『ナップ』を創刊⑨ 奥むめおが本所に婦人セツルメント設立⑩ 島本久恵が『女性時代』を創刊⑪ 日本図書館協会の設立が認可される⑪	石本静枝が産児調節連盟結成① 東京航空輸送が初のエアガール採用② 婦人公民権法案が再度衆院本会議で可決、貴族院本会議で否決② 三月事件（陸軍クーデター事件）③ 大日本連合婦人会発足、母の日制定③ 東京府廃娼期成同盟会発会③ 第2次若槻礼次郎内閣成立④

1931（昭和6）	1932（昭和7）
風琴と魚の町（林芙美子、改造④） 途上にて（尾崎翠、作品④） 大人の絵本（宇野千代、中央公論④〜） 「何が私をかうさせたか」（金子文子、春秋社⑦） 「紫草」（今井邦子、岩波書店⑦） 小幹部（窪川稲子、文藝春秋⑧） プロレタリヤの星（平林たい子、改造⑧） 清貧の書（林芙美子、改造⑪） 松澤病院にて（中本たか子、文藝春秋⑫） 「星の子供」（村岡花子、青蘭社）⑫	舗道（中條百合子、婦人之友①〜）未完 プロレタリヤの女（平林たい子、改造①） 東モス第二工場（中本たか子、女人芸術①〜） 何を為すべきか（窪川稲子、中央公論③） 偽れる未亡人（三宅やす子、婦人公論④〜）未完 転落（平林たい子、中央公論⑤） 「若桃」（久保田不二子、岩波書店⑥） こほろぎ嬢（尾崎翠、火の鳥⑦） 一九三二年の春（中條百合子、改造⑧）、後に『プロレタリア文学』で加筆 地下室アントンの一夜（尾崎翠、新科学的文芸⑧） 着物・好色（森田たま、中央公論⑩） 若い息子（野上彌生子、中央公論⑫） 「雪の下草」（下田歌子、実践女学校出版
風博士（坂口安吾、青い馬⑥） プロレタリア芸術運動の組織問題（古川荘一郎＝藏原惟人、ナップ⑥） 盲目物語（谷崎潤一郎、中央公論⑨） 「文芸評論」（小林秀雄、白水社⑦） ゼーロン（牧野信一、改造⑩） つゆのあとさき（永井荷風、中央公論⑩） 転形期の人々・序編（小林多喜二、ナップ⑩〜） 武州公秘話（谷崎潤一郎、新青年⑩〜） オフエリヤ遺文（小林秀雄、改造⑪）	のんきな患者（梶井基次郎、中央公論①） ごん狐（新見南吉、赤い鳥①） 抒情歌（川端康成、中央公論②） 途上（嘉村礒多、中央公論②） 新心理主義文学（伊藤整、改造③） 鮎（丹羽文雄、文藝春秋④） 沼尻村（小林多喜二、改造④〜） 日本三文オペラ（武田麟太郎、中央公論⑥） 青年（林房雄、中央公論⑧〜） 青春物語（谷崎潤一郎、中央公論⑨〜）、後に「若き日のことども」と改題 女の一生（山本有三、東京・大阪朝日新聞⑩〜） あすならう（深田久彌、改造⑪） 蘆刈（谷崎潤一郎、改造⑪〜） 芸術論（藏原惟人、中央公論⑫）
『婦人戦旗』創刊⑤ 無産者産児制限同盟創立大会開催⑥ 満洲事変勃発⑨ 十月事件（陸軍クーデター事件）⑩ 日本無産者芸術団体協議会が解消、日本プロレタリア文化連盟結成⑪ 東北・北海道で冷害起こり凶作⑪ 左傾思想事件（学生思想事件）多発⑪ 犬養毅内閣成立⑫ 『プロレタリア文化』創刊⑫	『働く婦人』創刊① 上海事変勃発① 日本プロレタリア作家同盟（ナルプ）が機関誌『プロレタリア文学』創刊① 国際連盟のリットン調査団が来日② 溥儀を執政とする満洲国が建国宣言③ 大阪国防婦人会発足③ 拓務省が満洲移民計画発表⑤ 犬養毅首相暗殺（五・一五事件）⑤ 『女人藝術』廃刊⑥ ドイツ国会議員選挙でナチス第一党⑦ 日満議定書調印⑨ 第一次武装移民、東京から満洲へ⑩ 大日本国防婦人会が発足、以後全国的に拡大⑩ 国語辞典『大言海』が刊行開始⑩ F・ルーズベルトが米大統領に当選⑪

部⑫）
「職業婦人を志す人のために」（河崎なつ、現人社⑫）

日本橋・白木屋デパートで大規模火災⑫
日本学術振興会が設立⑫

1933（昭和8）

一連の非プロレタリア的作品（中條百合子、プロレタリア文学①）
女の友情（吉屋信子、婦人倶楽部①～）
「花とまごころ」（竹内てるよ、溪文社②）
長流（島本久恵、女性時代③～）
没落の系図（平林たい子、新潮⑤）
二月二十日のあと（窪川稲子、プロレタリア文学⑤）
だるまや百貨店（中條百合子、働く婦人⑤）掲載誌押収のため未発表
「大村嘉代子戯曲集」（大村嘉代子、舞台社⑤）
海門橋（小山いと子、婦人公論⑦～）
色ざんげ（宇野千代、中央公論⑨～）
伯父の家（大谷藤子、日暦⑨）
社会主義リアリズムの問題について（中條百合子、文化集団⑪）
「鱗片記」（島本久恵、女性時代社⑫）
小祝の一家（中條百合子、文藝①）
鶯（林芙美子、改造①）
信次の身の上（大谷藤子、文學界①）
「三ヶ島葭子全歌集」（三ヶ島葭子、立命館出版部③）

枯木のある風景（宇野浩二、改造）①
「現代文学」（瀬沼茂樹、木星社書院①）
地區の人々（小林多喜二、改造③）
人生劇場青春論（尾崎士郎、都新聞③～）
町の踊り場（徳田秋聲、経済往来③）
橋の手前（芹澤光治良、改造④）
転換時代（小林多喜二、中央公論④～）、後に「党生活者」と改題
若い人（石坂洋次郎、三田文學⑤～）
春琴抄（谷崎潤一郎、中央公論⑥）
不安の思想とその超克（三木清、改造⑥）
「五稜郭血書」（東建吉＝久保栄、日本プロレタリア演劇同盟出版部⑥）
禽獣（川端康成、改造⑦）
風雨強かるべし（広津和郎、報知新聞⑧～）
万暦赤絵（志賀直哉、中央公論⑨）
美しい村（堀辰夫、改造⑩）
暢気眼鏡（尾崎一雄、人物評論⑫）
陰翳礼讃（谷崎潤一郎、経済往来⑫～）
紋章（横光利一、改造①～）
黒蜥蜴（江戸川乱歩、日の出①～）
癩（島木健作、文学評論④）
「天狗外伝斬られの仙太」（三好十郎、ナウカ社④）

長谷川時雨が「輝く会」を結成①
ドイツでA・ヒトラーが首相就任①
昭和三陸地震発生、津波の被害甚大③
リットン調査報告書の対日勧告採決を不服として、日本が国際連盟を脱退③
長谷川時雨が機関誌『輝ク』を創刊④
児童虐待防止法が公布④
弁護士法から性別要件が削除、女性弁護士の途が開かれる⑤
長野で教員赤化事件（二・四事件）②
小林多喜二が築地署で虐殺される②
京都帝国大学で滝川事件起こる⑤
塘沽停戦協定を終結（満州事変の終結）⑤
共産党幹部佐野・鍋山が「共同被告同志に告ぐる書」公表、転向宣言⑥
東京・日本橋に日本民族衛生学会付属優生結婚相談所が開所⑥
宮沢賢治が急性肺炎で没⑨
皇太子明仁親王誕生⑫
官民企業の合同により日本製鉄株式会社が設立①
日本プロレタリア作家同盟（ナルプ）が解散②
溥儀が満州国皇帝に即位③

1934（昭和9）

恐怖（窪川稲子、文学評論⑤）
大鋸屑（松田解子、文芸⑥）
牡丹のある家（窪川稲子、中央公論⑥）
繭（平林たい子、文学評論⑥）
文学的自叙伝（宇野千代、新潮⑦）、後に「模倣の天才」と改題
主人（矢田津世子、婦人文芸⑥）、後に「凍雲」と改題
半生（大谷藤子、改造⑧）
梅の花（仲町貞子、文學界⑧）
文学の新動向（板垣直子、行動⑨）
泣蟲小僧（林芙美子、東京朝日新聞⑩～）
「仏教読本」（岡本かの子、大東出版⑪）
冬を越す蕾（中條百合子、文藝⑫）

白夜（村山知義、中央公論⑤）
連作・丹下左膳（林不忘、東京日日新聞・大阪毎日新聞⑥～）
あにいもうと（室生犀星、文藝春秋⑦）
贅肉（丹羽文雄、中央公論臨時増刊号⑦）
盲目（島木健作、中央公論臨時増刊号⑦）
ひかげの花（永井荷風、中央公論⑧）
銀座八丁（武田麟太郎、東京朝日新聞⑧～）
友情（立野信之、中央公論⑧）
シェストフ的不安について（三木清、改造⑨）
風雲（窪川鶴次郎、中央公論⑪）
鬼涙村（牧野信一、文藝春秋⑫）
「山羊の歌」（中原中也、野々上慶一発行⑫）

内務省警保局松本学が文化統制の目的で文芸懇話会を結成③
武藤能婦子を会長として、大日本国防婦人会総本部設立④
母子愛育会が発足④
山野愛子が山野美容講習所を開設⑥
文部省に思想局設置、思想取締強化⑥
帝人事件により斎藤内閣が総辞職⑦
岡田啓介内閣成立⑦
室戸台風による被害甚大⑨
山田わかが委員長となり母性保護法制定促進婦人連盟発足⑨
ワシントン海軍軍縮条約破棄を通告⑫
中條百合子が獄中の宮本顕治と入籍⑫

1935（昭和10）

桜（平林たい子、新潮①）
須崎屋（大谷藤子、改造①）
緑の地平線（横山美智子、東京・大阪朝日新聞①～）
「踊る影絵」（大倉燁子（物集芳子）、柳香書院①）
ぼけの花（相原（網野）菊、文藝春秋②）
石狩原野（辻村もと子、婦人文芸③）
月給日（壺井榮、婦人文芸④）
乳房（中條百合子、中央公論④）
「惜春」（円地文子、岩波書店④）
牝鶏（林芙美子、改造⑤）
章魚（平林たい子、文藝⑥）
「別れも愉し」（宇野千代、改造⑥）

芸術派の能動性（舟橋聖一、行動①）
夕景色の鏡（川端康成、文藝春秋①）、後に「雪国」の冒頭部分となる
真実一路（山本有三、主婦之友①～）
眼中の人（小島政二郎、改造②）
故旧忘れ得べき（高見順、日暦～）
お化けの世界（坪田譲治、改造③）
純粋小説論（横光利一、改造④）
蒼氓・第一部（石川達三、星座④）
村の家（中野重治、経済往来⑤）
私小説論（小林秀雄、経済往来⑤～）
反進歩主義文学論（保田与重郎、日本浪漫派⑤）
集金旅行（井伏鱒二、文藝春秋⑤⑦⑧）

『文藝春秋』に「芥川・直木賞宣言」が掲載され、両賞を制定①
柳原白蓮が『ことたま』を創刊①
東京都中央卸売市場築地市場が開場②
貴族院本会議で美濃部達吉が天皇機関説弁明演説②
廃娼連盟解散、国民純潔同盟が発足③
美濃部達吉が不敬罪で起訴される④
第一次青年学校令公布④
母性保護法制定促進婦人連盟が母性保護連盟に改称④
神近市子が『婦人文芸』を創刊⑦
吉岡弥生を会長とし、選挙粛正婦人連合会が結成⑧

	1936 （昭和11）	
牡蠣（林芙美子、中央公論⑨） 「悪魔の貞操」（中原綾子、書物展望社⑩） 女の問題（平林たい子、改造⑪） 哀しき少年（野上彌生子、中央公論⑪） 「山花集」（生方たつゑ、むらさき出版部⑫）	くれなゐ（窪川稲子、婦人公論①～） 稲妻（林芙美子、文藝①～） 女の街道（平林たい子、新潮①） 「晩年の父」（小堀杏奴、岩波書店②） 白日の書（横田文子、婦人文芸②～） その人と妻（平林たい子、中央公論③） 神楽坂（矢田津世子、人民文庫③） 鶴は病みき（岡本かの子、文學界⑥） 「黙移」（相馬黒光、女性時代社⑥） やどかり（矢田津世子、改造⑦） 「もめん随筆」（森田たま、中央公論社⑦） 「暖流」（五島美代子、三省堂⑦） 渾沌未分（岡本かの子、文藝⑨） 未練（宇野千代、中央公論⑩） 良人の貞操（吉屋信子、東京日日・大阪毎日新聞⑩～） 滅亡の門（川上喜久子、文學界⑪） 黒い行列（野上彌生子、中央公論⑪）、後に「迷路・第一部」と改作 「村の月夜」（貴司悦子、文学案内社⑫）	小魚の心（真杉静枝、婦人文芸①）
假装人物（徳田秋聲、経済往来⑦～） 渡辺崋山（藤森成吉、改造⑦～） 宮本武蔵（吉川英治、東京・大阪朝日新聞⑧～）	小説の書けぬ小説家（中野重治、改造①） 猫と庄造と二人のをんな（谷崎潤一郎、改造①～） 冬の宿（阿部知二、文學界①～） 第一義の道（島木健作、中央公論②） いのちの初夜（北條民雄、文學界②） コシヤマイン記（鶴田知也、小説②） 「思想としての文学」（戸坂潤、三笠書房②） 描写のうしろに寝てゐられない（高見順、新潮⑤） 嗚呼いやなことだ（高見順、改造⑥） 「民族と平和」（矢内原忠雄、岩波書店⑥） 普賢（石川淳、作品⑥～） 「晩年」（太宰治、砂子屋書房⑥） 虚構の春（太宰治、文學界⑦） 麦死なず（石坂洋次郎、文芸⑧） 日本の橋（保田與重郎、文學界⑩）	愛染かつら（川口松太郎、婦人倶楽部①～）
永田鉄山暗殺事件（相沢事件）⑧ 政府が「国体明徴声明」を発表⑧⑩ 日本ペン倶楽部結成、島崎藤村会長⑪ 文部大臣の諮問機関として教学刷新評議会が設置⑪	ロンドン海軍軍縮会議を脱退① 二・二六事件、東京市戒厳令布告② 廣田弘毅内閣成立③ 武田麟太郎・本庄陸男らが『人民文庫』を創刊③（昭13年に廃刊） 外務省が国号を「大日本帝国」とする④ 内務省が治安維持を理由に陳情運動を禁止⑤ 阿部定事件⑤ 宇野千代がスタイル社を創立⑥ 五相会議で「国策の基準」が決定⑧ オリンピック競泳種目にて、前畑秀子が日本女性初の金メダル獲得⑧ 城戸幡太郎が保育問題研究会を設立⑩ 日本消費組合婦人協会が設立⑪ 帝国議会議事堂（国会議事堂）落成⑪ 日独防共協定終結⑪ 蒋介石拉致監禁事件（西安事件）⑫ ワシントン海軍軍縮条約失効⑫	実業之日本社から『新女苑』を創刊①

1937 （昭和12）	
一千の生霊を呑む　死の硫化泥を行く（松田解子、婦人公論①） エルドラド明るし（平林たい子、中央公論③） 母子叙情（岡本かの子、文學界③） 「浅間の表情」（杉浦翠子、藤浪社③） 「日本農村婦人問題」（丸岡秀子、高陽書院③） 乳房の悲しみ（窪川稲子、婦人公論③〜） ヒューマニズムへの道（中條百合子、文藝春秋）④ 花は勁し（岡本かの子、文藝春秋⑥） 人の棲家（平林たい子、文藝⑦） 西洋館（中里恒子、文學界⑦） 慾（川上喜久子、中央公論⑦） 「綴方教室」（豊田正子、中央公論社⑧） 白衣作業（中本たか子、文芸⑨） 金魚撩乱（岡本かの子、中央公論⑩） 「春帯記」（長谷川時雨、岡倉書房⑩） 迷路（野上彌生子、中央公論⑪） 「立子句集」（星野立子、玉藻社⑪） 馬が居ない（佐藤（田村）俊子、女藝⑫）	南部鉄瓶工（中本たか子、新潮②） 樹々新緑（窪川稲子、文芸④〜） 「母系制の研究」（高群逸枝、厚生閣⑥） 「現代小説論」（板垣直子、第一書房⑦） 「耐火煉瓦」（中本たか子、竹村書房⑦） 東海道五十三次（岡本かの子、新日本⑧）
「アイヌ民譚集」（知里真志保編、郷土研究社①） 薄紅梅（泉鏡花、東京日日・大阪毎日新聞①〜） 路傍の石（山本有三、東京・大阪朝日新聞①〜）第一部連載打切⑥ HUMAN　LOST（太宰治、新潮④） 暗夜行路・終章（志賀直哉、改造④） 濹東綺譚（永井荷風、東京・大阪朝日新聞④〜） 旅愁（横光利一、東京日日、大阪毎日新聞④〜） 「萱草に寄す」（立原道造、風信子叢書刊行所⑤） 「再建」（島木健作、中央公論社⑥）発禁 幽鬼の街（伊藤整、文芸⑧） 国民文学論の根本問題（浅野晃、新潮⑧） 「生活の探求」（島木健作、河出書房⑩） 糞尿譚（火野葦平、文學會議⑪） 火山灰地（久保栄、新潮⑫〜） かげろふの日記（堀辰雄、改造⑫）	マルスの歌（石川淳、文學界①） 天の夕顔（中河與一、日本評論臨時号①） 子供の四季（坪田譲治、都新聞①〜） 生きてゐる兵隊（石川達三、中央公論③）発禁 「風立ちぬ」（堀辰雄、野田書房④）
「君が代」小学校修身教科書に掲載① 林銑十郎内閣成立② 母子保護法制定③、翌年公布 保健所法公布（保健婦設置）④ 第1次近衛文磨内閣成立⑥ 帝国芸術院に文芸分野創設、島崎藤村・永井荷風らが参加を辞退⑥ 蘆溝橋事件勃発、日中戦争に突入⑦ 国民精神総動員実施要綱閣議決定⑧ 内閣情報部の設置⑨ 婦選獲得同盟、基督教婦人矯風会、日本消費組合婦人協会など8団体が合同して日本婦人団体連盟を結成⑨ 国民精神総動員中央連盟結成⑨ 愛婦・国婦・大日本連合各婦人会等、国民精神総動員中央連盟に包含⑩ 日本が南京を占領（南京事件）⑫ 矢内原忠雄が思想弾圧され東京帝国大学を追放⑫ 治安維持法により、山川均・荒畑寒村ら検挙（第一次人民戦線事件）⑫	厚生省官制公布① 産児制限相談所、警察命令で閉鎖① 治安維持法により、大内兵衛・有沢広巳らが検挙（第二次人民戦線事件）② 内務省警保局が、中条百合子・中野重治ら原稿掲載見合せを雑誌社に内示③

1938（昭和13）

晩夏（窪川稲子、中央公論⑧）後に、「くれなゐ」の最終部となる
大根の葉（壺井榮、文藝⑨）
乗合馬車（中里恒子、文學界⑨）
日光室（中里恒子、新潮⑪）
山道（佐藤俊子、中央公論⑪）
ひかげかづら（矢田津世子、婦人公論⑪）
恋の手紙（宇野千代、中央公論⑪）
秋袷（矢田津世子、中央公論⑪）
老妓抄（岡本かの子、中央公論⑪）
「小島の春」（小川正子、長崎書店⑪）
「明日香路」（今井邦子、古今書院⑪）
「戦線」（林芙美子、朝日新聞社⑫）

厚物咲（中山義秀、文學界④）
「在りし日の歌」（中原中也、創元社④）
「さざなみ軍記」（井伏鱒二、河出書房④）
器用貧乏（宇野浩二、文藝春秋⑥）
麦と兵隊（火野葦平、改造⑧）
風雪（阿部知二、日本評論⑨）
「戴冠詩人の御一人者」（保田与重郎、東京堂⑨）
「土と兵隊」（火野葦平、改造社⑪）
「結婚の生態」（石川達三、新潮社⑪）
還らぬ中隊（丹羽文雄、中央公論⑫～）
「蛙」（草野心平、三和書房⑫）

「綴り方教室」築地小劇場で上演③
占領下南京に中華民国維新政府樹立③
国家総動員法公布、政府が国民生活全般について統制④
勤労動員始まる⑥
張鼓峯事件⑦⑧
日本ペン倶楽部が国際ペンを脱退⑦
内閣情報部委嘱により、従軍作家が漢口に向け出発、陸軍部隊は久米正雄・丹羽文雄・岸田國士・林芙美子など、海軍部隊は菊池寛・佐藤春夫・吉屋信子など⑨
日本初の女性弁護士が誕生⑪
農民文学懇話会が発足⑪

1939（昭和14）

家霊（岡本かの子、新潮①）
鮨（岡本かの子、文藝①）
「北岸部隊」（林芙美子、中央公論社①）
戦争文学批判（板垣直子、新潮③）
山村の母達（大谷藤子、改造③）
「花蔭」（矢田津世子、實業之日本社③）
生々流転（岡本かの子、文學界④～）
河明り（岡本かの子、中央公論④）
桃栗三年（壺井榮、新潮⑤）
「建設の明暗」（中本たか子、春陽堂⑤）
人の姿――「清風徐ろに吹来つて」（宮本百合子、中央公論⑤）
「ベンゲット移民」（大石千代子、岡倉書房⑤）
日々の映り（宮本百合子、文藝集団⑦～）

武漢作戦（石川達三、中央公論①）
死者の書（釋迢空（折口信夫）日本評論①～）
如何なる星の下に（高見順、文芸①～）
「源氏物語」（谷崎潤一郎現代語訳、中央公論社①～）
「寒雷」（加藤楸邨、交蘭社③）
多甚古村駐在記（井伏鱒二、改造②～）
富嶽百景（太宰治、文體②～）
女生徒（太宰治、文學界④）
歌のわかれ（中野重治、革新④～）
旅愁（横光利一、文藝春秋⑤～）
光と影（阿部知二、東京・大阪朝日新聞⑤）

平沼騏一郎内閣成立①
三木清・室伏高信・清沢洌らが評論家協会設立②
市川房枝が婦人時局研究会を発足②
大陸開拓文芸懇話会が結成③
大学での軍事訓練必修化を通達③
第一次賃金統制令公布③
国策ペン部隊が満州へ出発④
青年学校令が改正され、12～19歳の男子青年の就学義務化始まる④
少年文芸懇話会が結成⑤
ノモンハン事件⑤～⑨
国民精神総動員委員会が生活刷新案を決定、口紅、白粉、パーマネント廃止⑥

	1940 （昭和15）
痴女抄録（矢田津世子、改造⑦） 妻と戦争（大庭さち子、サンデー毎日⑩） 杉垣（宮本百合子、中央公論⑪） 「青春陰影」（窪川稲子、春陽堂書店⑪） 熱風（小山いと子、中央公論⑫） 「流離の岸」（大田洋子、小山書店⑫） 小指（堤千代、オール讀物⑫）	「輝ク部隊」（長谷川時雨ほか、輝ク部隊編・陸軍恤兵部発行①） 「海の銃後」（長谷川時雨ほか、輝ク部隊編輯・指導監修海軍省恤兵係①） 女体開顕（岡本かの子、日本評論②～） 赤いステッキ（壺井榮、中央公論②） 風の町（真杉静枝、中央公論②） 暦（壺井榮、新潮②） オイル・シェール（小山いと子、日本評論③） 「素足の娘」（窪川稲子、新潮社②） 桜の国（大田洋子、東京・大阪朝日新聞③～） 三月の第四日曜（宮本百合子、日本評論④） 「娘時代」（大迫倫子、偕成社⑤） 「巣燕」（矢田津世子、白水社⑥） 賢ちゃん（堤千代、オール讀物⑦） 「女獣心理」（野溝七生子、八雲書林⑦） 「明日への精神」（宮本百合子、実業之日本社⑨） 「明治初期の三女性」（相馬黒光、三省堂⑨） 「向日葵」（三橋鷹女、厚生閣⑩）
「石狩川」（本庄陸男、大観堂⑤） 滅びの支度（亀井勝一郎、文藝⑥） 空想家とシナリオ（中野重治、文藝⑧～） 「艸千里」（三好達治、四季社⑨） 「後鳥羽院」（保田与重郎、思潮社⑩） 「近代日本の作家と作品」（片岡良一、岩波書店⑪）	文学の三十年（宇野浩二、中央公論①～） 旅人（阿部知二、婦人公論①～） 駈込み訴へ（太宰治、中央公論②） 「獄中記」（林房雄、創元社②） 錯乱の論理（花田清輝、文化組織③） 夫婦善哉（織田作之助、海風④） 走れメロス（太宰治、新潮⑤） 連環記（幸田露伴、日本評論⑥） 姨捨（堀辰雄、文藝春秋⑦） 斎藤茂吉ノオト（中野重治、日本短歌他⑦～） 得能五郎の生活と意見（伊藤整、知性⑧～） オリムポスの果実（田中英光、文學界⑨） 「典子の生きかた」（伊藤整、河出書房⑫） 「或る作家の手記」（島木健作、創元社⑫）
国民徴用令公布⑦ 阿部信行内閣成立⑧ 第二次世界大戦始まる⑨ 朝鮮文人協会が結成⑩ 中国の桂林で日本人民反戦同盟結成大会開催⑫	長谷川時雨の輝く会が『輝ク部隊』『海の銃後』を発行① 米内光政内閣成立① 朝鮮総督府が朝鮮人に創氏改名強要② 文芸銃後運動として文芸家全国行脚⑤ 内閣に新聞雑誌用紙統制委員会設置⑤ 第2次近衛文麿内閣成立⑦、大政翼賛会の結成 国民優生法公布⑤、同法施行⑦ 奢侈品等製造販売制限規則が公布⑦ 内務省が左翼的出版物の弾圧強化⑦ 全政党が自発的に解散⑧ 愛国・国防・大日本連合の3婦人団体、新体制婦人組織委員会設置⑨ ベルリンで日独伊三国軍事同盟締結⑨ 婦選獲得同盟が婦人時局研究会と合流する⑨ 大政翼賛会が結成⑩ 賃金統制令改定（第二次賃金統制令）⑩ 教育勅語50周年式典が開催⑩

魚介（林芙美子、改造⑫）

女流文学者会議を発足⑪

1941
（昭和16）

「女心拾遺」（矢田津世子、筑摩書房①）
「海の勇士慰問文集」（長谷川時雨ほか、輝ク部隊編輯・監修海軍省恤兵係①）
山姥（野上彌生子、中央公論①）
「文学の進路」（宮本百合子、高山書店①）
「海燕」（橋本多佳子、交蘭社①）
雨（林芙美子、新女苑③〜）
猫柳（阿部光子、文學界④）
雪の後（宮本百合子、婦人朝日④）、後に今朝の雪に改題
杉子（宮本百合子、新女苑④）
「茶粥の記」（矢田津世子、実業之日本社⑧）
縁談（大谷藤子、知性⑧）
「躋の神」（壷田花子、砂子屋書房⑧）
「日々の伴侶」（窪川稲子、時代社⑧）
野の子（大田洋子、日本評論⑨）
鴻ノ巣女房（矢田津世子、文藝⑩）
青果の市（芝木好子、文藝首都⑩〜）
花開くグライダー（大庭さち子、大衆文芸⑩）
明月（野上彌生子、中央公論①）
「現代の文芸評論」（板垣直子、第一書房①）
「若い日」（網野菊、全国書店③）
女（牛島春子、藝文④）
妻の手紙（宇野千代、中央公論④〜）
安南（森三千代、中央公論⑤）
花の子（大田洋子、中央公論⑤）

東京八景（太宰治、文學界①）
菜穂子（堀辰雄、中央公論③）
転向に就いて（林房雄、文學界③）
長江デルタ（多田裕計、大陸往来③）
悉皆屋康吉（舟橋聖一、公論④）
千代女（太宰治、改造⑥）
縮図（徳田秋聲、都新聞⑥〜）中絶
「新ハムレット」（太宰治、文藝春秋社⑦）
「人生論ノート」（三木清、創元社⑧）
「智恵子抄」（高村光太郎、龍星閣⑧）
花ざかりの森（三島由紀夫、文芸文化⑩〜）
曠野（堀辰雄、改造⑫）
「森鷗外」（石川淳、三笠書房⑫）
「万葉の伝統」（小田切秀雄、光書房⑫）
「近代の終焉」（保田與重郎、小学館⑫）
巴里に死す（芹沢光治良、婦人公論①〜）
古譚（中島敦、文學界②）
日本文化私観（坂口安吾、現代文学②）
「戦争と平和」について（本多秋五、現代文学④〜）
「大いなる日に」（高村光太郎、道統社④）

東条英機が戦陣訓を示達①
内閣情報局が執筆禁止者リスト内示②
国民学校令公布③
日本基督教婦人矯風会の『婦人新報』が休刊⑤
日本文芸家協会が文芸銃後運動開始⑤
用紙配給権を用いた出版統制確立⑤
『新興婦人』が終刊⑥
第3次近衛文麿内閣成立⑦
奥むめおの『婦人運動』が終刊⑧
東條英機内閣成立⑩
国民勤労報国協力令公布⑪
軍報道班員として文学者を徴用⑪
真珠湾攻撃、太平洋戦争始まる⑫
国民優生連盟が結婚十訓を発表⑫
神社参拝に反対した朝鮮人キリスト教徒を多数逮捕⑫
文学者愛国大会開催、多数集結⑫
日本軍がマニラ、シンガポール占領①
ベルリンで日独伊軍事協定調印①
大日本婦人会を発足、20歳未満の未婚女性を除く全女性を組織化②
日本出版文化協会が出版を許可制③
米陸軍が東京・名古屋・神戸を空襲④
大日本青少年団・大日本婦人会が大政翼賛

1942（昭和17）

「馬追原野」（辻村もと子、風土社⑤）
「欧米の旅」（野上彌生子、岩波書店⑤）
気づかざりき（窪川稲子、婦人日本⑦〜）
「軍神の母」（吉尾なつ子、三崎書房⑦）
「白桜集」（与謝野晶子、改造社⑨）
「香に匂ふ」（窪川稲子、昭森社⑨）
人形師天狗屋久吉（宇野千代、中央公論⑪〜）
「野の子・花の子」（大田洋子、有光社⑪）
「飛騨の女たち」（江馬三枝子、三国書房⑫）

光と風と夢（中島敦、文學界⑤）
無常といふ事（小林秀雄、文學界⑥）
花の街（井伏鱒二、東京日日、大阪毎日新聞⑧〜）
「幼年時代」（堀辰雄、青磁社⑧）
「夏目漱石」（森田草平、甲鳥書林⑨）
海戦（丹羽文雄、中央公論⑪）
「得能物語」（伊藤整、河出書房⑫）

会傘下に入る⑤
文部省が戦時家庭教育指導要項発表⑤
日本文学報国会が設立され、文芸家協会が解散⑤
ミッドウェー海戦敗北⑥
厚生省、妊産婦手帳規程公布実施⑦
学制頒布70周年式典挙行⑩
新聞事業令、新聞が一県一紙に統合⑫
大日本言論報国会が設立⑫

1943（昭和18）

月から来た男（吉屋信子、主婦之友①〜）
「妻たち」（網野菊、東晃社③）
「武家の女性」（山川菊榮、三国書房③）
「現代日本の戦争文学」（板垣直子、六興商会出版部⑤）
「南支の女」（円地文子、古明地書店⑥）
みをつくし（阿部光子、三田文学⑦）
「祝出征」（大原富枝、新民書房⑦）
「雪の山」（網野菊、昭南書房⑧）
「鄭一家」（坂口䙥子、清水書店⑨）
「みたみわれら（民族の記録）」（大庭さち子、春陽堂書店⑨）
「母と妻」（眞杉静枝、全国書房⑨）
「弾の跡へ」（英美子、文林堂⑩）
「新らしき情熱」（中本たか子、金鈴社⑪）
「限りなき美」（鷹野つぎ、立誠社⑪）
「日露の戦聞書」（宇野千代、文体社⑪）

東方の門（島崎藤村、中央公論①〜）中絶
細雪（谷崎潤一郎、中央公論①〜）
実朝（小林秀雄、文學界②〜）
弟子（中島敦、中央公論②）
戦争文学について（佐々木基一、日本評論③）
「司馬遷」（武田泰淳、日本評論社④）、後に「史記の世界」と改題
陸軍（火野葦平、朝日新聞⑤〜）
故園（川端康成、文藝⑤〜）
行軍（豊田三郎、新潮⑦〜）
李陵（中島敦、文學界⑦）
辻小説集（日本文学報国会編、八紘社杉山書店⑦）
「右大臣実朝」（太宰治、錦城出版社⑨）
「光をかかぐる人々」（徳永直、河出書房⑫）

内務省情報局ジャズ等米英楽曲禁止①
ガダルカナル島から撤退②
米英語による雑誌名禁止②
日本出版文化協会は日本出版会に改組③
アッツ島の日本守備隊が玉砕⑤
工場法戦時特例公布施行により、女子・年少者の就業時間、深夜業等制限緩和⑥
学徒戦時動員体制確立要綱閣議決定⑥
上野動物園が空襲に備え猛獣毒殺⑨
イタリア、連合国に無条件降伏⑨
次官会議で女子勤労動員促進決定、17職種の男子就業を禁止し、14歳以上の女性の就業を拡大させる⑨
在学徴収延期臨時特例公布により生徒・学生の徴兵猶予停止⑩
徴兵適齢を一年引下げ19歳とする⑫
文芸雑誌は『日本文学者』一誌に統合され

年	作品	作品	事項
	「森鷗外の系族」（小金井喜美子、大岡山書店⑫）		る⑫
1944 （昭和19）	「汀女句集」（中村汀女、甲鳥書林①） 二番稲（大原富枝、文藝④） 適応性への努力（大田洋子、文学報国④） 「比島日記」（阿部艶子、東邦社②） 「海のたましひ」（壺井榮、大日本雄弁会講談社⑥）、後に「柿の木のある家」と改題 「若き妻たち」（窪川稲子、葛城書店⑥） 早春箋（辻村もと子、戦時女性⑥） 「雪明」（生方たつゑ、青磁社⑦） 正直の喪失（壺井榮、文学報国⑨） 草分（野上彌生子、文藝⑫）	「ビルマ記」（高見順、協力出版②） 「義貞記」（石川淳、桜井書店②） 劉廣福（八木義徳、日本文學者④） 「花筐」（三好達治、青磁社⑥） 乞食大将（大佛次郎、朝日新聞⑩～） 「細雪」上巻（谷崎潤一郎、私家版⑦） 「大東亜」（日本文学報国会編、河出書房⑩） 「津軽」（太宰治、小山書店⑪） 「礎」（島木健作、新潮社⑪） 「魯迅」（竹内好、日本評論社⑫）	内務省が東京・名古屋に疎開命令① インパール作戦開始③ 宝塚歌劇団など19の劇場が決戦非常措置要綱による享楽追放の理由で休場③ 『婦人公論』廃刊（戦後に復刊）③ 文部省が学校工場化実施要綱発表⑤ サイパン陥落⑦ 国民総武装閣議、学童集団疎開開始⑧ 学徒勤労令・女子挺身勤労令が公布⑧ レイテ沖海戦で帝国海軍が事実上壊滅、初の神風特別攻撃隊による攻撃⑩ B29が東京初空襲、本土爆撃本格化⑫
1945 （昭和20）	山茶花（壺井榮、少国民の友①） 特殊衣料配給日（壺井榮、週刊毎日①） 朝霧（大原富枝、日の出②） 白雁（大田洋子、新青年②） 月影（辻村もと子、日本文学者②） あき地（網野菊、文藝④） 戦災女性へ贈る（高良富子、新女苑⑥） 大いなる愛の心（横山美智子、朝日新聞（東京）⑥）	弥生さん（武田麟太郎、文藝①） いのち燃ゆ（里村欣三、征旗①） しげ女の文体（中野重治、文藝②） 微笑（武田麟太郎、東京新聞②～） 「ガダルカナル戦詩集」（吉田嘉七、朝日新聞社②） 冬の曲（川端康成、文藝④）	アメリカが硫黄島を強襲②、東京大空襲③ 慶良間諸島に米軍上陸③、沖縄本島での地上戦開始④、鈴木貫太郎内閣成立④ ドイツ、連合国に無条件降伏⑤ ひめゆり部隊荒崎海岸で自決、沖縄陥落⑥ 鈴木首相が戦争継続を連合国に表明⑦ 広島に原爆投下、ソ連が日本に宣戦布告⑧ 長崎に原爆投下、ポツダム宣言受諾決定⑧ 天皇による終戦の詔書、内閣総辞職⑧

執筆者紹介（あいうえお順）

阿木津英（あきつ・えい）歌人。日本女子大学・文教大学講師。歌集『紫木蓮まで・風舌』（短歌研究社）、『黄鳥』（砂子屋書房）、評論『折口信夫の女歌論』（五柳書院）、『二十一世紀短歌と女の歌』（學藝書林）、編著書『短歌のジェンダー』（本阿弥書店）

乾智代（いぬい・ともよ）城西国際大学大学院人文科学研究科比較文化専攻博士後期課程在学中

伊原美好（いはら・みよし）城西国際大学大学院院生。共著『大正女性文学論』（翰林書房）、『〈3・11フクシマ〉以後のフェミニズム』（御茶の水書房）、論文「佐多稲子『風になじんだ歌』」（『PAJLS VOLUME16　SUMMER　2015』）

岩淵宏子（いわぶち・ひろこ）城西国際大学客員教授。著書『宮本百合子――家族、政治、そしてフェミニズム』（翰林書房）、共編著『はじめて学ぶ日本女性文学史【近現代編】』（ミネルヴァ書房）、『少女小説事典』（東京堂出版）、共監修『【新編】日本女性文学全集』（菁柿堂）

岩見照代（いわみ・てるよ）著書『ヒロインたちの百年』（學藝書林）、監修・解説『時代が求めた「女性像」第1期・2期』全39巻（ゆまに書房）、『「婦人雑誌」がつくる大正・昭和の女性像』全30巻（同）、共編著・解説『近代日本のセクシュアリティ』全36巻（同）

内野光子（うちの・みつこ）歌人・『ポトナム』同人。国立国会図書館勤務を経て、元大学図書館司書。著書『現代短歌と天皇制』（風媒社）、『天皇の短歌は何を語るのか』（御茶の水書房）、歌集『一樹の声』（ながらみ書房）

漆田和代（うるしだ・かずよ）世田谷区生涯大学専任講師。共編著『女が読む日本近代文学』（新曜社）、共著『煌めきのサンセット――文学に老いを読む』（中央法規出版）、『おんなと日本語』（有信堂）、『男性作家を読む』（新曜社）、『【大正生命主義】とは何か』（河出書房）

江黒清美（えぐろ・きよみ）城西国際大学大学院非常勤講師。著書『「少女」と「老女」の聖域――尾崎翠・野溝七生子・森茉莉を読む』（學藝書林）、共著『〈3・11フクシマ〉以後のフェミニズム――脱原発と新しい世界へ』（御茶の水書房）

遠藤郁子（えんどう・いくこ）石巻専修大学特任准教授。著書『佐藤春夫作品研究――大正期を中心として』（専修大学出版局）、共著『大正女性文学論』（翰林書房）、『村上春樹　表象の圏域――『1Q84』とその周辺』（森話社）

岡野幸江（おかの・ゆきえ）法政大学他非常勤講師。著書『女たちの記憶――〈近代〉の解体と女性文学』（双文社出版）、『平林たい子――交錯する性《ジェンダー》・階級《クラス》・民族《レイス》』（菁柿堂）、共編著『売買春と日本文学』（東京堂出版）、『女たちの戦争責任』（同）、『木下尚江全集』（教文館）

菊原昌子（きくはら・まさこ）元日本女子大学付属高等学校教諭。共著『大正女性文学論』（翰林書房）

北田幸恵（きただ・さちえ）城西国際大学教授。著書『書く女たち　江戸から明治のメディア・文学・ジェンダーを読む』（學藝書林）、共著『〈3・11フクシマ〉以後のフェミニズム』（御茶の水書房）、共編著『女たちの戦争責任』（東京堂出版）、『買売春と日本文学』（同）

高良留美子（こうら・るみこ）詩人・評論家・作家。著書『樋口一葉と女性作家　志・行動・愛』（翰林書房）、『世紀を超えるいのちの旅――循環し再生する文明へ』（彩流社）、高良美世子著・高良留美子編著『誕生を待つ生命――母と娘の愛と相克』（自然食出版社）

小林裕子（こばやし・ひろこ）日本近代文学研究者。著書『佐多稲子――体験と時間』（翰林書房）、『女性作家評伝シリーズ　壺井栄』（新典社）、編著『書誌・佐多稲子』（日外アソシエーツ）、共編著『幸田文の世界』（翰林書房）

小林富久子（こばやし・ふくこ）城西国際大学客員教授。著書『円地文子』（新典社）、『アメリカ女性作家――周縁から境界へ』（學藝書林）、監修『憑依する過去――アジア系アメリカ文学におけるトラウマ・記憶・再生』（金星堂）、共編著『ジェンダー研究／教育の深化へ』（彩流社）

小林美恵子（こばやし・みえこ）久留米工業高等専門学校教授。著書『昭和十年代の佐多稲子』（双文社出版）、論文「吉村昭『仮釈放』」（『国文目白』第52号）、「作品とその生成要素―〈アンケート回答〉―昭和一〇・一一年の三篇」（『太宰治研究』第23輯）

近藤華子（こんどう・はなこ）フェリス女学院中学校・高等学校教諭。著書『岡本かの子――描かれた女たちの実相』（翰林書房）、論文「岡本かの子と巴里―憧憬のイメージ」（『国文目白』第54号）、共著『少女小説事典』（東京堂出版）

設楽舞（したら・まい）日本近代文学研究者。論文「田村俊子『あきらめ』の斬新性」（『国文学解釈と鑑賞』別冊「俊子新論」）、「アダム・スミス旧蔵書から見えてくる資料保存」（『Better Storage No.189』日本ファイリング機関誌）、女性文学関連年表『大正女性文学論』（翰林書房）

武内佳代（たけうち・かよ）日本大学准教授。論文「ニーズのゆくえ――田辺聖子「ジョゼと虎と魚たち」をめぐるケアの倫理／読みの倫理」（『日本近代文学』91集）、「〈幸福な結婚〉の時代――三島由紀夫『お嬢さん』『肉体の学校』と一九六〇年代前半の女性読者」（『社会文学』36号）

但馬みほ（たじま・みほ）城西国際大学大学院院生。論文「視覚からの逃避と視覚への逃避：水村美苗『私小説 from left to right』における美苗の主体性構築」（『*Proceedings: 24th Annual Association of Japanese Literary Studies*』）、「トラウマの歴史として読む円地文子『女面』」（『RIM』通巻39号）

鄭穎（てい・えい）大連科技学院准教授。共著『瘋癲老人日記』（南海出版社）、論文「植民地主義と女性――牛島春子の『女』（『芸文』一九四二年四月）を軸に――」（『かりんかりん』VOL.12）、「〈満洲〉と日本女性」（『城西国際大学大学院紀要』VOL.3）

永井里佳（ながい・りか）日本近現代文学研究者。論文「『誓言』とその周辺」（『国文学解釈と鑑賞』別冊「今という時代の田村俊子――俊子新論」至文堂）、「『道草』にみられる沈黙について」（『日本文学論集』24号）

中島佐和子（なかじま・さわこ）聖学院大学・明海大学非常勤講師。論文「『草枕』の〈美〉――『高野聖』を一つの視座として――」（『人間文化研究年報』第21号）、共著『明治女性文学論』（翰林書房）、『大正女性文学論』（同）、『〈3・11フクシマ〉以後のフェミニズム』（御茶の水書房）

沼沢和子（ぬまざわ・かずこ）日本近代文学研究者。著書『宮本百合子論』（武蔵野書房）、共編著『宮本百合子の時空』（翰林書房）、共著『女が読む日本近代文学』（新曜社）、『男性作家を読む――フェミニズム批評の成熟へ』（同）、『買売春と日本文学』（東京堂出版）

橋本のぞみ（はしもと・のぞみ）日本女子大学他非常勤講師。著書『樋口一葉　初期小説の展開』（翰林書房）、共著『日本女子大学に学んだ文学者たち』（同）、『明治女性文学論』（同）、『大正女性文学論』（同）、『『青鞜』と世界の「新しい女」たち』（同）、『少女小説事典』（東京堂出版）

長谷川啓（はせがわ・けい）城西短期大学客員教授。著書『佐多稲子論』（オリジン出版センター）、共編著『買売春と日本文学』（東京堂出版）、『女たちの戦争責任』（同）、『老いの愉楽』（同）、『戦争の記憶と女たちの反戦表現』（ゆまに書房）、共監修『田村俊子全集』全10巻（同）

羽矢みずき（はや・みずき）、明星大学教授。論文「舞台劇『放浪記』をめぐって――テクスト〈林芙美子〉の行方」（『大衆文化』創刊準備号）、「伊藤左千夫『野菊の墓』論――封印された性」（『国文学解釈と鑑賞』第73巻4号）、共著『大正女性文学論』（翰林書房）

藤木直実（ふじき・なおみ）日本女子大学他非常勤講師。共著『『青鞜』を読む』（學藝書林）、『明治女性文学論』（翰林書房）、『日本文学の「女性性」』（思文閣出版）、『大正女性文学論』（翰林書房）、『神経症と文学』（鼎書房）、論文「「女がた」の周辺」（『文学』8－2）

松田秀子（まつだ・ひでこ）元都立高校教員。共著『『青鞜』を読む』（學藝書林）、『明治女性文学論』（翰林書房）、論文「私の干刈あがた――定時制高校で『プラネタリウム』を読む」（『新日本文学』第57巻2号）

溝部優実子（みぞべ・ゆみこ）日本女子大学他非常勤講師。共著『日本女子大学に学んだ文学者たち』（翰林書房）、『明治女性文学論』（同）、『『青鞜』と世界の「新しい女」たち』（同）、『少女小説事典』（東京堂出版）、論文「『第七官界彷徨』」（『国文目白』第36号）

矢澤美佐紀（やざわ・みさき）法政大学他非常勤講師。著書『女性文学の現在――貧困・労働・格差――』（菁柿堂）、共著『佐多稲子と戦後日本』（七つ森書館）、『ジェンダーで読む　愛・性・家族』（東京堂出版）、『少女小説事典』（同）、『佐多稲子アルバム』（菁柿堂）

山﨑眞紀子（やまさき・まきこ）日本大学教授。著書『田村俊子の世界　作品と言説空間の変容』（彩流社）、『村上春樹と女性、北海道…。』（同）、共著『上海1944－1945　武田泰淳『上海の螢』注釈』（双文社出版）

和佐田道子（わさだ・みちこ）作家・城西国際大学大学院人文科学研究科比較文化専攻博士後期課程在学中。著書・訳書『トンマッコルへようこそ』（角川書店）、『天国の樹』（同）、『あなたを忘れない』（幻冬舎）、『太王四神記公式ノベライズ』（講談社）、『シンデレラ』（竹書房）

渡邊澄子（わたなべ・すみこ）大東文化大学名誉教授。著書『野上彌生子研究』（八木書店）、『女々しい漱石、雄々しい鷗外』・『日本近代女性文学論』・『男漱石を女が読む』（世界思想社）、『與謝野晶子』（新典社）、『青鞜の女・尾竹紅吉伝』（不二出版）、『負けない女の生き方』（博文館）

渡邉千恵子（わたなべ・ちえこ）淑徳与野高等学校講師。共著『大正女性文学論』（翰林書房）、『〈3・11フクシマ〉以後のフェミニズム』（御茶の水書房）、論文「有島武郎『実験室』試論」（『国文学解釈と鑑賞』第72巻6号）、「五〇年代における基地と売春」（『社会文学』第33号）

渡辺みえこ（わたなべ・みえこ）詩人・元大学非常勤講師。著書『女のいない死の楽園　供犠の身体三島由紀夫』（パンドラカンパニー）、『語り得ぬもの：村上春樹の女性表象』（御茶の水書房）、紀行文学『女ひとり漂泊のインド』（彩流社）、詩集『空の水没』（思潮社）

昭和前期女性文学論

発行日	2016年10月15日　初版第一刷
編　者	新・フェミニズム批評の会Ⓒ
発行人	今井　肇
発行所	翰林書房
	〒101-0051 東京都渋谷区本町1-4-16
	電 話　(03) 6276-0633
	FAX　(03) 6276-0634
	http://www.kanrin.co.jp/
	Eメール●Kanrin@nifty.com
装　釘	須藤康子＋島津デザイン事務所
印刷・製本	メデューム

落丁・乱丁本はお取替えいたします
Printed in Japan. 2016.
ISBN978-4-87737-401-3